Fantasy

Herausgegeben von Friedel Wahren

Von **Lois McMaster Bujold** erschienen in der Reihe
HEYNE SCIENCE FICTION & FANTASY:

Die Quaddies von Cay Habitat · 0605243

DER BARRAYAR-ZYKLUS:

Scherben der Ehre · 0604968
Barrayar · 0605061
Der Kadett · 0605020
Der Prinz und der Söldner · 0605109
Ethan von Athos · 0605293
Grenzen der Unendlichkeit · 0605452
Waffenbrüder · 0605538
Spiegeltanz · 0605885 (in Vorb.)
Fiamettas Ring · 0605895
Cetaganda · (in Vorb.)

Lois McMaster Bujold

Fiamettas Ring

Roman

Deutsche Erstausgabe

WILHELM HEYNE VERLAG
MÜNCHEN

HEYNE SCIENCE FICTION & FANTASY
Band 0605895

Titel der Originalausgabe
THE SPIRIT RING
Übersetzung aus dem Amerikanischen von
Michael Morgental
Das Umschlagbild malte David Cherry

Redaktion: Ragnar Thalov

Erstausgabe 1992 bei Baen Books, distributed by Simon & Schuster,
New York
Mit freundlicher Genehmigung der Autorin und Thomas Schlück,
Literarische Agentur, Garbsen
(# 33776)

Technische Betreuung: M. Spinola
Satz: Schaber Satz- und Datentechnik, Wels
Druck und Bindung: Presse-Druck, Augsburg

ISBN 3-453-12678-5

KAPITEL

1

Fiametta drehte den warmen rötlichen Lehmklumpen in ihrer Hand. »Glaubst du, er ist schon fertig, Papa?« fragte sie eifrig. »Darf ich ihn jetzt aufbrechen?«

Ihr Vater umschloß ihre Hand mit der seinen und überprüfte die Wärme. »Noch nicht. Leg ihn hin. Er wird nicht schneller abkühlen, wenn du ihn herumjonglierst.«

Sie seufzte ungeduldig und legte die Lehmkugel wieder auf die Werkbank in das Morgenlicht, das durch das vergitterte Fenster fiel. »Kannst du nicht einen Abkühlzauber darüber aussprechen?«

Er gluckste. »Ich werde über dich einen Abkühlzauber sprechen, mein Mädchen. Du hast zuviel vom Element des Feuers in dir. Sogar deine Mutter hat das immer gesagt.« Nachdenklich bekreuzigte sich Meister Beneforte und neigte den Kopf, als er die Verstorbene erwähnte. Die Fröhlichkeit in seinen Augen ließ etwas nach. »Laß es nicht so schnell brennen! Denk daran – mit Asche belegte Kohlen reichen die ganze Nacht.«

»Aber man stolpert in ihrer Dunkelheit«, parierte Fiametta. »Was schnell brennt, brennt hell.« Sie stützte die Ellbogen auf die Bank, scharrte mit den Hausschuhen auf den Bodenfliesen und betrachtete ihr Werk – Lehm mit einem goldenen Kern. In seinen Sonntagspredigten sagte Bischof Monreale oft, der Mensch sei aus Lehm gemacht. Sie empfand ein Gefühl der Verschmelzung, der Einheit mit dem Gegenstand auf dem Tisch, der äußerlich braun und klumpig aussah – sie seufzte wieder –, doch voll von geheimem Versprechen war. Wenn man ihn nur aufbrechen dürfte.

»Vielleicht ist er mißlungen«, bemerkte sie nervös. »Eine Luftblase … Schmutz …« Konnte Papa es nicht spüren? Ein reines, hohes Summen, wie ein winziger Herzschlag?

»Dann kannst du ihn wieder einschmelzen und überarbeiten, bis du ihn richtig zustande bringst«, sagte ihr Vater mit einem Achselzucken. »Es wäre dein Fehler, und du würdest es verdienen, weil du es so eilig hattest und nicht mit dem Guß warten wolltest, bis ich kam, um dir zuzuschauen. Das Metall wird nicht verloren sein, oder zumindest sollte es nicht verloren gehen – ich würde dich verhauen wie einen echten Lehrling, wenn du einen solchen Lehrlingstrick fertigbrächtest.« Er runzelte grimmig die Stirn, doch Fiametta spürte, daß er es nicht ganz ernst meinte.

Bei den Sorgen, die sie sich machte, ging es nicht darum, daß Metall verloren gehen könnte. Doch sie hatte nicht die Absicht, ihr Geheimnis zu verraten und damit Mißbilligung oder Spott zu riskieren. Als sie die Schritte ihres Vaters im Flur gehört hatte, hatte sie das mit Kreide gemalte Diagramm schnell mit Spucke und einem ihrer Ärmel weggewischt. Ebenso hatte sie das Blatt mit dem Rezept, das sie in ihrer Sonntagsschrift abgeschrieben hatte, und das Arrangement symbolischer Gegenstände – Salz, getrocknete Blumen, ein Stückchen unbearbeitetes Gold, Weizenkörner – von der Werkbank gefegt. Die Schürze, in die sie alles gepackt hatte, lag am Ende des Tisches und kam ihr schrecklich auffällig vor. Papa hatte ihr schließlich nur die Erlaubnis gegeben, *Gold* zu gießen. Sie setzte sich auf einen großen Schemel, rieb an ihrer Lederschürze, die sie über ihrem Obergewand aus grauer Wolle trug, und schnupperte die frische Frühlingsluft, die durch das unverglaste Fenster der Werkstatt drang. *Aber es hat funktioniert! Mein erster Zauberguß hat funktioniert.*

Oder zumindest ... hat es keine böse Überraschung gegeben.

An der Haustür, die aus schwerem Eichenholz war, klopfte es laut, dazu war die Stimme eines Mannes zu hören: »Meister Beneforte! Hallo, Ihr da drinnen! Prospero Beneforte, seid Ihr schon wach?«

Fiametta kletterte auf den Tisch, preßte das Gesicht gegen das Gitter und versuchte um die Ecke des Fensterrahmens herum auf die Straße zu schauen. »Zwei Männer sind's – der Haushofmeister des Herzogs, Messer Quistelli, Papa. Und ...«, ihr Gesicht wurde freundlicher, »der schweizerische Hauptmann.«

»Ha!« Meister Beneforte nahm schnell seine Lederschürze ab und strich die Säume seiner Jacke glatt. »Vielleicht bringt er mir endlich meine Bronze. Es ist auch an der Zeit! Hat heute morgen noch niemand die Tür entriegelt?« Er steckte den Kopf durch das andere Fenster der Werkstatt, das auf den Innenhof seines Hauses führte, und brüllte: »Teseo! Entriegle die Tür!« Sein ergrauender Bart fuhr nach links und nach rechts. »Wo ist der nutzlose Bub? Lauf und entriegle die Tür, Fiametta. Aber steck dir zuerst die Haare unter die Haube, du siehst ja aus wie eine Waschfrau.«

Fiametta hüpfte herab, löste die Bänder ihrer einfachen weißen Leinenhaube und schob und kämmte mit den Fingern die Strähnen des gekräuselten schwarzen Haars zurück, die unbemerkt herausgerutscht waren, als sie in ihre Morgenarbeit versunken war, und band sich wieder die Haube auf den Kopf. Doch am Hinterkopf trotzte ein wildes Lockenbündel jeglicher Ordnung und fiel in Kaskaden über ihren Nacken sowie gut ein Drittel des Rückens. Fiametta wünschte sich jetzt, sie hätte sich bei Tagesanbruch die Zeit genommen, die Haare zu flechten, bevor sie losgerannt war, um, ehe Papa aufstand und herunterkam, den kleinen Scheideofen in der Ecke der Werkstatt anzuheizen. Noch besser wäre es gewesen, sie hätte die echte Spitzenhaube aus Brügge aufgesetzt, die Papa ihr im vergangenen Frühling zu ihrem fünfzehnten Geburtstag geschenkt hatte.

Man klopfte erneut an die Tür. »Hallo, Ihr da drinnen!«

Fiametta tanzte über den gefliesten Flur und schob den Riegel der Haustür zurück, öffnete sie und machte einen Knicks. »Guten Morgen, Messer Quistelli.« Und einen Hauch schüchterner: »Hauptmann Ochs.«

»Ah, Fiametta.« Messer Quistelli nickte ihr zu. »Ich bin hier, um den Meister zu besuchen.«

Messer Quistelli trug die langen, dunklen Gewänder eines Gelehrten, Uri Ochs, der Offizier der herzoglichen Garde, war in die Livree des Herzogs gekleidet, ein kurzer rot-schwarzer Waffenrock auf golden gestreiften Ärmeln und einer schwarzen Hose. An diesem friedlichen Morgen trug er keinen metallenen Brustharnisch, keinen Helm und keine Pike, nur ein Schwert an der Seite und eine schwarze Samtkappe mit dem Wappen des Herzogs von Montefoglia auf seinem braunen Haar. Das Abzeichen mit der Blume und der Biene war Meister Benefortes eigenes Werk, vergoldetes Kupfer, das wie massives Gold aussah und somit nicht verriet, wie arm der Hauptmann eigentlich war. »Der Schweizer schickt die Hälfte seines Soldes nach Hause an seine Mutter«, hatte Meister Beneforte geflüstert und dabei den Kopf geschüttelt – ob aus Bewunderung für so viel kindliche Ergebenheit oder aus Entsetzen über die finanzielle Unbeholfenheit des Hauptmanns, hatte Fiametta nicht erkennen können. Doch Hauptmann Ochsens Beine füllten seine Hose stramm. Da sah man keine traurig herabhängenden Säcke wie bei den Beinkleidern magerer junger Lehrlinge oder ausgetrockneter alter Männer.

»Seid ihr vom Herzog hierhergeschickt?« fragte Fiametta hoffnungsvoll. Die lederne Börse, die neben seinen Augengläsern an Messer Quistellis Gürtel hing, war höchst vielversprechend ausgebuchtet. Aber schließlich war der Herzog immer vielversprechend, wie Papa sagte. Fiametta geleitete die Männer ins Haus und führte sie in die vordere Werkstatt, wo Meister Beneforte ihnen grüßend entgegenkam und sich dabei die Hände rieb.

»Guten Morgen, meine Herrn! Ich hoffe, Ihr bringt gute Nachricht über die Bronze, die Herzog Sandrino mir für mein großes Werk versprochen hat. Sechzehn Barren Kupfer, wohlgemerkt, keiner weniger. Sind die Vorkehrungen schon getroffen?«

Messer Quistelli beantwortete diese Aufdringlichkeit mit einem Achselzucken. »Noch nicht. Doch ich bin sicher, Meister, das Metall wird bereitliegen, sobald Ihr bereit seid.« Er zog mit sanfter Ironie die linke Augenbraue hoch. Meister Beneforte runzelte die Stirn. Fiametta wußte, daß ihr Vater ein Gespür wie ein Jagdhund für die leichteste Kränkung und Beleidigung hatte. Sie hielt den Atem an. Doch Messer Quistelli fuhr fort und tippte dabei auf die Börse an seinem Gürtel: »Ich bringe Euch die Zuwendung meines Herrn für Euer Holz, Euer Wachs und Eure Arbeiter.«

»Selbst ich bin kein so großer Zauberer, daß ich Bronze aus Wachs und Holz herstellen könnte«, knurrte Meister Beneforte. Aber er griff trotzdem nach der Börse.

Messer Quistelli wandte sich etwas ab. »Euer Können steht außer Frage, Meister, doch bezüglich Eurer Schnelligkeit sind Seiner Hoheit Zweifel gekommen. Vielleicht versucht Ihr, zuviele Aufträge zu übernehmen, was dann für alle zusammen abträglich ist?«

»Ich muß meine Zeit wirkungsvoll nutzen, wenn mein Haushalt zu essen haben soll«, erwiderte Meister Beneforte starrköpfig. »Wenn Seine Hoheit wünscht, daß seine Gemahlin aufhört, Schmuck zu bestellen, dann sollte er sie tadeln und nicht mich.«

»Es geht um diesen Salznapf«, sagte Messer Quistelli mit Nachdruck.

»Ich habe mit unablässigem Fleiß daran weitergearbeitet. Wie ich schon sagte.«

»Ja, aber ist er fertig?«

»Es fehlt nur noch die Emaillierung.«

»Und vielleicht die Zweckzauber«, erinnerte Messer Quistelli. »Habt Ihr sie schon auf's Werk gelegt?«

»Nicht *daraufgelegt*«, erwiderte Meister Beneforte im Ton verletzter Würde. »Was Euer Herr von mir verlangt, ist nicht ein Zauber des bloßen Anscheins, den jeder Feld-, Wald- und Wiesenmagier beherrscht. Mein Zauber bildet eine Einheit mit dem Werk; er ist quasi eingebaut, mit jedem Schlag meines Meißels eingearbeitet.«

»Herzog Sandrino verlangt von mir, daß ich den Fortschritt des Salznapfs beobachte«, sagte Messer Quistelli etwas zögernder. »Die Nachricht ist noch nicht für die Allgemeinheit bestimmt, aber im Vertrauen darf ich Euch sagen, daß derzeit die Verlobung seiner Tochter ausgehandelt wird. Er möchte sicher gehen, daß der Salznapf rechtzeitig für das Verlobungsmahl fertig wird.«

»Aha.« Meister Benefortes Gesicht hellte sich auf. »Eine würdige Gelegenheit, um mein Kunstwerk in Dienst zu nehmen. Für wann ist das Bankett geplant?«

»Zum Ende dieses Monats.«

»So bald schon! Und wer soll der glückliche Bräutigam sein?«

»Umberto Ferrante, der Herr von Losimo.«

Einen Augenblick lang herrschte Schweigen. »Ich verstehe, warum Seine Hoheit es eilig hat.«

Messer Quistelli machte eine abwehrende Geste, um weitere Bemerkungen dieser Art zu unterbinden.

»Fiametta«, wandte sich Meister Beneforte an seine Tochter und nahm einen Schlüsselbund vom Gürtel. »Lauf und hol den goldenen Salznapf aus der Truhe in meinem Zimmer. Gib acht, daß du danach Truhe und Tür wieder abschließt.«

Fiametta nahm die Schlüssel und ging mit damenhaften Schritten hinaus. Unter den Augen des schweizerischen Hauptmanns durfte es kein kindliches Gehüpfe geben. Doch als sie im Hof die Treppe zur oberen Galerie erreicht hatte, nahm sie zwei Stufen auf einmal.

Die große eisenbeschlagene Truhe am Fuß von Papas Bett enthielt ein Dutzend ledergebundener Bücher, einige Stapel Notizen und Papiere, die mit Bändern zusammengeschnürt waren – ängstlich versuchte sie sich daran zu erinnern, ob sie sie beim letztenmal genau so hineingelegt hatte, wie sie zuvor geordnet gewesen waren – und einen polierten Kasten aus Walnußholz. Die Truhe duftete nach Papier, Leder, Tinte und Magie. Sie hob den schweren Kasten heraus und schloß Truhe und Zimmer wieder ab. Sie spürte, wie die Schutzzauber zusammen mit den Riegeln wieder an Ort und Stelle glitten – winzige Stöße, die an den Nerven ihrer Hand entlangzuckten. Außerordentlich mächtig mußten sie sein, daß sie überhaupt zu spüren waren, wenn man bedachte, wie Papa sich unablässig um Raffinesse in seiner Kunst bemühte. Sie kehrte zur Werkstatt im Erdgeschoß zurück. Ihre leichten Lederpantoffeln glitten fast lautlos über die Steinplatten, als sie sich der Werkstattür näherte. Ein zufälliges Wort des Hauptmanns drang an ihr Ohr. Sie hielt vor der Tür an und lauschte.

»… die Mutter Eurer Tochter war wohl Maurin oder Mohrin?«

»Gewiß Äthiopierin«, meinte Messer Quistelli. »War sie Eure Sklavin?«

»Nein, sie war Christin«, erwiderte Fiamettas Vater. »Aus Brindisi.« Seine Stimme klang etwas spröde. Fiametta wußte nicht, ob das etwas mit den Christinnen oder mit Brindisi zu tun hatte.

»Sie muß sehr schön gewesen sein«, bemerkte der Schweizer höflich.

»Das war sie gewiß. Und ich war auch nicht immer so vertrocknet und ramponiert, wie Ihr mich heute seht, damals, bevor mir die Nase gebrochen wurde und mein Haar ergraute.«

Hauptmann Ochs gab einen entschuldigenden Laut von sich, mit dem er zu verstehen gab, daß er nichts Abfälliges über den Hausherrn zu sagen beabsichtigt hatte. Messer Quistelli, dem man ebenfalls schon das Alter ansah, lachte verständnisvoll.

»Hat sie Euer Talent in Eurer Kunst geerbt, Meister Beneforte, während ihr Eure Nase erspart blieb?« fragte er.

»Sie ist gewiß besser als mein tolpatschiger Lehrling, der nur zum Holzholen taugt. Ihre Zeichnungen und Modelle sind sehr schön. Ich sage ihr das natürlich nicht, denn es gibt nichts Unangenehmeres als eine stolze Frau. Ich habe sie schon mit Silber arbeiten lassen, und gerade habe ich ihr erlaubt, mit Gold zu arbeiten.«

Messer Quistelli gab ein gebührend beeindrucktes *Hmm* von sich. »Aber ich dachte an Eure *andere* Kunst.«

»Ach so.« Meister Beneforte ging darüber hinweg, ohne die Frage wirklich zu beantworten. »Es ist eine große Verschwendung, eine Tochter auszubilden, die später heiratet und dann allen Aufwand und alle Geheimnisse bloß zu einem anderen Mann mitnimmt. Wenn allerdings gewisse edle Persönlichkeiten mit den Zahlungen, die einem Künstler meines Formats geziemenderweise zustehen, im Rückstand bleiben, dann ist ihr Wissen vielleicht die einzige Mitgift, die ich ihr geben kann.« Er stieß einen langen, anzüglichen Seufzer in Messer Quistellis Richtung aus. »Habe ich Euch jemals davon erzählt, wie der Papst von dem schönen Goldmedaillon, das ich für seinen Chormantel anfertigte, so überwältigt war, daß er meinen Lohn verdoppelte?«

»Ja, schon einige Male«, erwiderte Messer Quistelli schnell, doch es nützte nichts.

»Er wollte mich auch zu seinem Münzmeister machen, bis das Geraune meiner Feinde diese falsche Bezichtigung wegen Totenbeschwörung gegen mich in Umlauf brachte und ich ein Jahr im Verlies der Engelsburg moderte ...«

Diese Geschichte hatte Fiametta auch schon gehört. Sie trat ein paar Schritte zurück, scharrte mit ihren Pantoffeln laut auf den Fliesen und betrat die Werkstatt. Sie setzte den Kasten aus Walnußholz vorsichtig vor ihrem Vater ab und gab ihm die Schlüssel zurück. Er lächelte, wischte sich die Hände an seiner Jacke ab, schloß flüsternd den Kasten auf und öffnete ihn. Dann faltete er die Seidenumhüllung auseinander, hob den darin enthaltenen Gegenstand heraus und stellte ihn mitten in den Schatten des Gitters aus Sonnenlicht, der auf den Tisch fiel.

Der goldene Salznapf strahlte und funkelte im Licht. Beide Besucher hielten den Atem an. Die Skulptur ruhte reich geschmückt auf einem ovalen Sockel aus Ebenholz. Auf ihr befanden sich zwei goldene Figuren, jeweils eine Handlänge groß: Da saßen eine schöne nackte Frau und ein kräftiger, bärtiger Mann, der einen Dreizack hielt, und sie hatten die Beine ineinander verflochten. »Wie sich Vorgebirge und Meeresarme ineinanderschlingen«, erklärte Meister Beneforte begeistert die Symbolik. Ein Schiff – Fiametta kam es mehr wie ein Ruderboot vor –, ein Stück feinster Goldschmiedekunst, sollte nahe der Hand des Seekönigs das Salz aufnehmen; ein kleiner griechischer Tempel unter der graziös herabhängenden Hand der Erdkönigin war für den Pfeffer bestimmt. Um den Mann herum tummelten sich Seepferde, Fische und seltsame Krustentiere; die Frau umgab ein fröhlicher Tumult aus schönen Erdgeschöpfen.

Dem schweizerischen Hauptmann blieb der Mund offen. Messer Quistelli nahm die Brille von seinem Gürtel, setzte sie auf die Nase und blickte sehnsüchtig auf das schöne Kunstwerk. Meister Beneforte wies, sichtlich stolz, auf bedeutungsvolle Einzelheiten hin und genoß das Staunen der Männer.

Messer Quistelli fand als erster die Fassung wieder. »Aber *funktioniert* es auch?« fragte er mißtrauisch.

Meister Beneforte schnalzte mit den Fingern. »Fiametta! Hol mir zwei Weingläser, eine Flasche Wein – den sauren Wein, den Ruberta zum Kochen nimmt, nicht den guten Chianti – und das weiße Pulver, das sie verwendet, um die Ratten in der Speisekammer umzubringen. Schnell!«

Fiametta hüpfte davon. Ihr Gesicht strahlte, als sie an ihr Geheimnis dachte. *Ich habe die Delphine entworfen. Und auch die kleinen Kaninchen.* Sie hörte, wie Meister Beneforte hinter ihr wieder nach Teseo, dem Lehrling, brüllte. Sie eilte über den Hof in die Küche und begegnete Rubertas Protesten wegen ihrer Eile mit einem atemlosen »Papa möchte es!«

»Ja, ja, mein Mädchen, aber ich glaube, er will auch sein Essen haben, und im Ofen ist das Feuer ausgegangen.« Ruberta zeigte mit ihrem Holzlöffel auf die blaugekachelte Feuerstelle.

»Ach, ist das alles?« Fiametta bückte sich, öffnete die Eisentür und schaute in das dunkle Viereck. Sie befahl ihren Gedanken einen Augenblick Ruhe. *»Piro«*, hauchte sie. Strahlend blaue und gelbe Flammen loderten wie Tänzer aus den toten Kohlen empor. »Das sollte reichen.« Sie schmeckte mit Befriedigung die Hitze des Zauberspruchs auf ihrer Zunge. Das eine konnte sie wenigstens gut. Das sagte sogar Papa. Und wenn das eine, warum dann nicht etwas anderes?

»Danke, meine Liebe«, sagte Ruberta und schickte sich an, ihren eisernen Topf zu holen. Nach den Düften zu schließen, die von ihrem Schneidebrett aufstiegen, war sie gerade dabei, großartige Dinge mit Zwiebeln, Knoblauch, Rosmarin und einem Frühlingslamm zuzubereiten.

»Nichts zu danken!« Schnell stellte Fiametta alles, was für die Demonstration gebraucht wurde, auf ein Tablett, darunter die letzten zwei unbeschädigten venezianischen Weingläser, die aus dem Satz übriggeblieben waren, den die Fuhrleute bei ihrem Umzug hierher nach Montefoglia vor fast fünf Jahren zerbrochen hatten. Papa hatte vergessen, Salz und Pfeffer zu erwähnen; sie nahm die Krüglein vom hohen Regal und stellte sie zu den anderen Dingen auf das Tablett. Dann brachte sie alles mit hocherhobenem Kopf in die Werkstatt.

Mit einem Lächeln schüttete Meister Beneforte ein bißchen Salz in die Schale des Schiffes. Einen Augenblick lang nahm sein Gesicht einen nach innen gerichteten Ausdruck an. Er flüsterte leise und bekreuzigte sich. Als Messer Quistelli zu sprechen ansetzte, berührte Fiametta seinen Arm, um ihn daran zu hindern, einen ihres Wissens kritischen Schritt zu unterbrechen. Das Summen aus dem Salznapf, das auf Meister Benefortes Flüstern antwortete, war tief und volltönend, doch sehr, sehr fein, wohlklingend und schön. Noch vor etwa einem Jahr hätte sie es überhaupt nicht wahrnehmen können, und Messer Quistelli hörte es offensichtlich nicht.

»Den Pfeffer, Papa?« Fiametta hielt ihm das Krüglein hin.

»Heute werden wir den Pfeffer nicht verwenden.« Er schüttelte den Kopf. Dann gab er einen großzügigen Löffel von dem Rattenpulver in eines der Weingläser und band eine Schnur um den Stiel, um es zu kennzeichnen. Zuletzt goß er Wein in beide Gläser. Das Pulver löste sich mit einem leisen Zischen langsam auf.

»Wo ist den bloß der Junge?« murmelte Meister Beneforte nach einigen weiteren Minuten des Wartens.

Bevor jedoch sein Herr sich zu wirklichem Unmut steigern konnte, kam Teseo durch die Vordertür in die Werkstatt. Die Mütze auf seinem Kopf saß schief. Ein Hosenbein hing herunter, weil die Hose nur zur Hälfte am Wams festgebunden war. In seinen nervösen Händen hielt er ein zusammengebundenes Handtuch.

»Ich hab nur eine auf dem Abfallhaufen fangen können, Meister«, entschuldigte sich Teseo. »Die andere hat mich gebissen und ist davongerannt.«

»So, so! Vielleicht nehme ich dann dich als Ersatz«, sagte Meister Beneforte mit gerunzelter Stirn. Teseo erbleichte.

Er hielt das Handtuch hoch. Darin befand sich eine große, wild aussehende Ratte mit gelben Zahnstummeln und räudigem Pelz. Teseos Daumen blutete, er saugte daran. Die Ratte schnappte um sich, zischte, zappelte und quiekte. Meister Beneforte hielt das Tier fest am Genick, dann nahm er ein dünnes Glasrohr, zog damit etwas von dem inzwischen kalkig-rosafarbenen Wein aus dem mit der Schnur gekennzeichneten Glas und träufelte die Flüssigkeit in die Kehle der Ratte. Er wartete einen Augenblick, dann ließ er das Tier auf den Fliesen los. Die Ratte schnappte wieder um sich, begann zu laufen und fing dann an, sich im Kreis zu drehen und nach allen Seiten zu beißen. Schließlich verfiel sie in Zuckungen und starb.

»Schauen Sie nun, meine Herren«, forderte Meister Beneforte sie auf. Seine Gäste beugten sich vor und beobachteten, wie er eine Prise Salz zwischen seine Finger nahm und sie in das nicht gekennzeichnete Weinglas streute. Nichts geschah. Er nahm eine zweite, üppigere Prise und ließ sie in den vergifteten Wein sinken. Das Salz loderte auf, die Körner funkelten orange, eine blaue Flamme wie von entzündetem Branntwein stieg von der Oberfläche der Flüssigkeit auf und brannte eine volle Minute. Meister Beneforte rührte die Mixtur langsam mit der Pipette um. Der Inhalt war jetzt so klar und rubinhell wie im anderen Glas. Er hob das Glas mit der Schnur. »Jetzt…«, sein Auge fiel auf Teseo, der fast wie die Ratte quiekte und ängstlich zurückwich. »Ha, unwürdiger Bub«, knurrte Meister Beneforte verächtlich. Er schaute auf Fiametta, und ein seltsames Lächeln wie von einer Eingebung erschien auf seinen Lippen. »Fiametta, trink!«

Messer Quistelli hielt keuchend die Luft an, der Hauptmann ballte mit erschrockenem Protest die Faust, doch Fiametta richtete sich auf, lächelte ihnen stolz und zuversichtlich zu und nahm das Weinglas aus der Hand ihres Vaters entgegen. Sie führte es an ihre Lippen und kippte es in einem einzigen Zug hinunter. Hauptmann Ochs zuckte zusammen, als sie eine Grimasse schnitt. In Meister Benefortes Augen flackerte einen Moment lang leise Besorgnis auf, doch Fiametta hob beruhigend die Hand. »Salzig-saurer Wein.« Sie fuhr mit ihrer Zunge über die Zähne und unterdrückte einen leichten Rülpser. »Zum Frühstück.«

Meister Beneforte lächelte den Haushofmeister des Herzogs triumphierend zu. »Funktioniert es? Offensichtlich. Und das könnt Ihr Eurem Herrn bezeugen.«

Messer Quistelli klatschte in die Hände. »Wunderbar!« Doch seine Augen wanderten immer wieder prüfend zu Fiametta zurück.

Mit Bedauern unterdrückte Fiametta einen boshaften Impuls, sich an den Unterleib zu fassen, sich auf den Boden fallen zu lassen und aufzukreischen. Die Gelegenheit, die sich gerade dazu anbot, mochte verlockend sein, doch Meister Benefortes Sinn für Humor erstreckte sich nicht auf Scherze, die man mit ihm selbst trieb, und sein Verständnis für den Wunsch nach Revanche bezog eine Genugtuung für Kränkungen, die er selbst anderen angetan hatte, nicht ein. *Es ist eine große Verschwendung, eine Tochter auszubilden…* Fiametta seufzte.

Messer Quistelli berührte die wunderschöne Goldarbeit. »Und wie lang wird das Werk bestehenbleiben?«

»Der Salznapf für immer, denn das liegt in der unzerstörbaren Natur des Goldes. Der Zauber der Reinigung – vielleicht zwanzig Jahre, wenn das Stück unbeschädigt bleibt und nicht unnütz verwendet wird. Das Gebet zur Aktivierung wird in den Boden eingraviert, denn ich erwarte, daß dieses Werk mich überlebt.«

Messer Quistelli zog beeindruckt die Augenbrauen hoch. »So lange!«

»Mein Werk ist von bleibendem Wert«, erklärte Meister Beneforte.

Messer Quistelli verstand diesen Wink und zählte die monatliche Zuwendung des Herzogs auf die Werkbank. Fiametta wurde erneut fortgeschickt, diesmal, um den Salznapf sowie die Börse wieder in die feste Truhe einzuschließen.

Als sie zurückkehrte, war Messer Quistelli schon gegangen, doch Hauptmann Ochs blieb noch bei ihrem Vater, wie er es oft tat. »Kommt in den Hof, Uri«, lud Meister Beneforte ihn ein, »und seht Euch Euren kriegerischen Zwilling an, bevor ich ihn mit seinem Waffenrock aus Lehm bekleide. Erst vor zwei Tagen bin ich damit fertig geworden, das Wachs aufzulegen. Der Lehm reift schon seit Monaten.«

»Fertig! Ich hatte keine Ahnung, daß Ihr schon so weit seid«, staunte Hauptmann Ochs. »Werdet Ihr den Herzog einladen, damit er diesen neuen Krieger in seinem Dienst inspiziert?«

Meister Beneforte lächelte säuerlich und legte den Finger an seine Lippen. »Ich hätte es nicht einmal Euch gesagt, wenn ich nicht noch ein paar letzte Einzelheiten überprüfen wollte. Ich habe vor, die Statue im Geheimen zu gießen und meinen ungeduldigen Herrn von Montefoglia mit der fertigen Bronze zu überraschen. Dann sollen meine Feinde es wagen, meinen Fleiß zu schmähen!«

»Ihr habt über drei Jahre daran gearbeitet«, sagte Uri unsicher. »Doch es ist immer besser, weniger zu versprechen und mehr zu tun, als umgekehrt.«

»Ganz recht.« Meister Beneforte führte den jungen Mann in den offenen Hof. Das Pflaster war noch im Morgenschatten, doch so wie die Sonne hochstieg, kroch die Lichtgrenze fast sichtbar die Wand hinab. Fiametta ging ganz leise hinterher, um nicht die Aufmerksamkeit ihres Vaters auf sich zu ziehen und eine unwillkommene Aufgabe übertragen zu bekommen, mit der sie wieder außer Hörweite geschickt würde.

Unter einem Sonnendach aus Segeltuch stand eine massige, in Leinen gehüllte Figur, anderthalb Mann hoch, geisterhaft grau. Meister Beneforte stellte sich auf einen Schemel und wickelte vorsichtig die Schutzhüllen ab. Zuerst erschien die hocherhobene starke Hand eines Mannes, die an Schlangenhaaren einen grotesken, abgetrennten Kopf hochhielt. Sein Gesicht war zu einer Totenmaske verzerrt. Dann kam das ruhige, heldenhafte Antlitz unter dem Flügelhelm, schließlich der Rest der wohlproportionierten nackten Gestalt zum Vorschein. In der rechten Hand hielt sie ein elegant gekrümmtes Schwert. Unter der gräßlichen Trophäe, die sie triumphierend hob, schienen die geschmeidigen Muskeln den ganzen Körper im Gleichgewicht zu halten, lebendig wie eine Quelle. Die durchscheinende Oberfläche war ganz aus goldbraunem Wachs gefertigt, das einen schwachen Honigduft ausschickte.

»Wahrlich«, hauchte Uri und trat näher heran, »das ist Zauberei, Meister Prospero! Es scheint fast, als wäre er bereit, von seinem Sockel herunterzusteigen. Er ist noch besser als das Gipsmodell!«

Meister Beneforte lächelte zufrieden. »Da ist kein Zauber dabei, mein Junge. Das ist reine Kunst. Wenn er gegossen sein wird, wird er für immer meinen Namen preisen: Prospero Beneforte, Meisterbildhauer. An dem

Tag, an dem dieses Standbild auf dem Platz enthüllt wird, werden die unwissenden Narren, die mich einen bloßen Goldschmied und Kesselflicker nennen, völlig verwirrt und verdutzt sein. ›Der Dekorateur des Herzogs‹, ha!«

Uri starrte fasziniert auf das Wachsgesicht des Helden. »Sehe ich wirklich so aus? Ich fürchte, Ihr schmeichelt mir außerordentlich, Meister Beneforte.«

Meister Beneforte zuckte mit den Achseln. »Das Gesicht ist idealisiert. Perseus war Grieche, nicht Schweizer, und nicht pockennarbig wie Käse. Es war Euer Leib, der für mich als Modell so wertvoll war. Drahtig und stark, ohne diese Klumpigkeit, die manche starken Männer an sich haben.«

Uri tat so, als schauderte ihm. »Ob es eine Ehre sein mag oder nicht, Ihr werdet mich nicht noch einmal dazu überreden, Euch im Winter nackt Modell zu stehen, während Ihr in Pelz eingemummt dasitzt.«

»Ich hatte das Feuerbecken voller Kohlen, und ich dachte, ihr Bergziegen seid unempfindlich gegenüber Kälte.«

»Wenn wir uns bewegen können. Der Winter läßt uns immerzu hart arbeiten. Still stehen, verdreht wie ein Seil – das war's, was mich erschöpfte. Einen Monat lang hatte ich danach noch Kopfschmerzen.«

Meister Beneforte machte eine beschwichtigende Geste. »Das war es wert. Jetzt, wo ich Euch hier habe, zieht Euren rechten Stiefel aus. Ich habe ein kleines Problem mit dem Fuß dieser Statue. Wenn die Statue gegossen wird, muß ich das Metall nahezu fünf Ellen hinabzwingen. Die Köpfe werden gut werden, denn Feuer steigt auf. Doch es soll Perseus werden, nicht Achilles, oder?«

Der schweizerische Hauptmann zog pflichtschuldigst seinen Stiefel aus und zappelte mit den Zehen, um sie dem Bildhauer zu zeigen. Meister Beneforte verglich das Fleisch mit dem Wachs und knurrte schließlich zufrieden. »Nun, ich werde ausbessern können, was fehlt, falls nötig.«

»Man kann am Fleisch dieses wächsernen Burschen genau die Adern sehen«, sagte Uri und beugte sich vor. »Ich bin fast überrascht, daß Ihr nicht auch meine Niednägel und Schwielen eingearbeitet habt, so lebensecht sieht er aus. Wird er aus dem Lehm genauso schön herauskommen, in Bronze? Das Fleisch ist so zart.« Hüpfend zog er seinen Stiefel wieder an.

»Ha! Das kann ich Euch gleich demonstrieren. Wir haben gerade einen hübschen kleinen Einfall in Gold gegossen – ich werde vor Euren Augen den Lehm abschlagen, und Ihr könnt selbst sehen, ob die Niednägel meiner Statue überdauern werden.«

»O Papa«, fiel ihm Fiametta schnell ins Wort, »darf ich es selbst herausholen? Alle anderen Schritte habe ich selbst gemacht.« Gewiß würde er ihren neu verfertigten Zauber spüren, wenn er das Stück so frisch in die Hände bekam.

»Was, du drückst dich noch immer hier herum? Hast du nichts zu tun? Oder hast du bloß gehofft, ein weiteres Mal einen Blick auf einen nackten Mann zu werfen?« Meister Beneforte wies mit einem Ruck seines Kinns auf seinen wächsernen Perseus.

»Du wirst ihn auf dem Stadtplatz aufstellen, Papa. Alle Jungfern werden ihn sehen«, verteidigte sich Fiametta. Hatte er sie ertappt, wie sie bei diesen Modellsitzungen geguckt hatte?

Der lebende Perseus, Uri, schaute drein, als sei dies ein neuer und beunruhigender Gedanke. Er blickte wieder auf die Statue, als wollte er gleich um ein bronzenes Lendentuch bitten.

»Nun«, Meister Beneforte kicherte nachsichtig wegen ihrer Aufregung, »du bist ein tapferes gutes Mädchen, Fiametta, und verdienst eine Belohnung dafür, daß du sauren Wein zum Frühstück getrunken hast, um diesen Zweifler Quistelli in Erstaunen zu versetzen. Komm mit.« Er geleitete sie beide zurück in die vordere Werkstatt. »Ihr werdet sehen, Hauptmann, das Verfahren mit dem verlorenen Wachs ist so einfach, daß es sogar ein Kind fertigbringt.«

»Ich bin kein Kind mehr, Papa«, warf Fiametta ein.

Sein Lächeln wurde sanft. »So mag es scheinen.«

Der Lehmklumpen lag auf dem Werktisch, wo sie ihn zurückgelassen hatte. Fiametta nahm die kleinsten Meißel vom Gestell an der Wand, hielt die Kugel einen Augenblick lang in der Hand und sprach ein stilles Gebet. Das unhörbare Summen des Zaubers wurde fast zu einem stummen Schnurren. Ihr Vater und der Hauptmann stützten sich zu beiden Seiten auf die Ellbogen und beobachteten sie. Sie bearbeitete das Stück mit dem Meißel, und der Lehm flog in Bröckchen davon. Gold schimmerte aus der Gußform.

»Aha! Es ist ein Ring«, stellte Uri fest und beugte sich zu ihr. Fiametta lächelte ihn an.

»Eine kleine Löwenmaske«, fuhr der Hauptmann interessiert fort, als sie mit einer Nadel die letzten Lehmreste entfernte. »Oh! Seht doch nur die winzingen Zähne! Wie er brüllt!« Er lachte.

»Die Zähne sollen in der Lage sein, einen Rubin zu halten«, erklärte Fiametta.

»Einen Granat«, korrigierte Meister Beneforte.

»Ein Rubin wäre heller.«

»Und teurer.«

»An der Hand eines edlen Herrn würde er gut aussehen, glaube ich«, bemerkte Uri. »Man könnte den Preis eines Rubins erzielen.«

»Der Ring soll mir gehören«, sagte Fiametta.

»So? Der Größe nach ist er aber für einen Mann, Jungfer Beneforte.«

»Es ist ein Daumenring«, erklärte Fiametta.

»Ein Modell, das mich doppelt soviel Gold kostet wie ein Fingerring«, warf Meister Beneforte ein. »Ich werde beim nächstenmal mein Versprechen vorsichtiger eingrenzen.«

»Ist das ein magischer Ring, Madonna?«

Meister Beneforte strich sich über den Bart und antwortete für sie. »Nein.«

Fiametta blickte unter den schützenden Fransen ihrer Wimpern zu ihrem Vater empor. Er lächelte nicht und runzelte auch nicht die Stirn, doch sie spürte, wie er sie hinter seinem höflichen Benehmen scharf beobachtete. Sie drehte sich um, legte den Ring auf die Handfläche des Hauptmanns und hielt den Atem an.

Uri wendete das Schmuckstück und strich dabei mit einem Finger über die winzigen Erhebungen der Löwenmähne. Er versuchte nicht, den Ring anzustecken, sondern blickte verwundert drein.

»Wißt Ihr, Meister Beneforte, wie bitterlich Ihr Euch über Eure faulen und ungeschickten Arbeiter beschwert habt? Mir kam gerade ein Gedanke – wie wäre es, wenn ich meinem Bruder Thur in Bruinwald schriebe? Er ist erst siebzehn, arbeitet aber schon seit seiner Knabenzeit in den dortigen Bergwerken und Schmelzhütten. Er ist sehr flink und hat Meister Kunz am Schmelzofen geholfen. Ihr müßtet dann nicht einen jungen und unwissenden Lehrling anlernen. Er weiß schon viel über Metalle, besonders über Kupfer. Und er muß inzwischen größer und stärker sein als damals, als ich ihn zum letztenmal sah. Genau das, was Ihr für Euren Perseus Gloriosus braucht.«

»Schreibt Ihr Eurem Bruder oft?« fragte Meister Beneforte und beobachtete, wie der Schweizer den Ring in der Hand drehte.

»Du lieber Himmel … nein! Ich bin seit vier Jahren nicht mehr zu Hause gewesen. Das Leben eines Bergmanns ist hart und karg. Wenn ich mich an diese dunklen Stollen erinnere, dann schaudert mich noch heute. Ich habe Thur zweimal angeboten, ihm einen Posten in der Garde des Herzogs zu verschaffen, aber er sagt, er mag nicht Soldat werden. Und ich meine, er weiß nicht, was gut für ihn ist. Aber wenn der Ruhm des Herzogs ihn nicht aus diesem Erdloch locken kann, dann schafft es vielleicht Euer Ruhm in den Künsten.« Seine Hand umschloß erneut den Ring. Er gab ihn an Fiametta zurück und rieb versonnen seine Hand.

»Er hat beim Kupferschmelzen mitgearbeitet?« fragte Meister Beneforte. »Nun ja, schreibt ihm. Dann wollen wir sehen, was geschieht.«

Der Hauptmann lächelte. »Ich gehe und schreibe ihm auf der Stelle.« Er machte einen hübschen Kratzfuß vor Fiametta, wünschte Meister Beneforte einen guten Morgen und eilte davon.

Fiametta setzte sich auf den Schemel, den Ring in ihren Händen, und stieß einen schweren Seufzer der Enttäuschung aus. »Du hast recht, Papa. Es ist zwecklos. Mir gelingt einfach kein Zauber.«

»Glaubst du?« fragte Meister Beneforte sanft.

»Der Zauber hat nicht gewirkt! Ich habe mein Herz und meine Seele hineingelegt, und nichts ist geschehen! Er hat den Ring nicht einmal einen Augenblick lang angesteckt.« Sie blickte auf und ihr wurde bewußt, daß sie gerade ihr Geheimnis verraten hatte, doch Meister Beneforte blickte eher nachdenklich als ärgerlich drein. »Ich war eigentlich nicht ungehorsam, Papa. Du hast mir nicht gesagt, daß ich nicht versuchen darf, einen Zauber in den Ring zu legen.«

»Du hast mich nicht gefragt«, erwiderte er kurz angebunden. »Du weißt sehr wohl, daß ich dich nie dazu ermutigt habe. Zauber mit Metallen zu wirken ist für eine Frau zu gefährlich. Oder zumindest habe ich das immer gedacht. Jetzt beginne ich mich zu fragen, ob es nicht gefährlicher wäre, dich unausgebildet zu lassen.«

»Ich habe sorgfältig darauf geachtet, für den Ring nur heilige Zauber zu verwenden, Papa!«

»Ja, ich weiß – glaubst du, du bist durchsichtig, Fiametta?« fügte er hinzu, als er ihren besorgten Blick sah.

»Ich bin ein Meister, Kind. Selbst ein anderer Meister könnte meine Bücher und Instrumente nicht benutzen, ohne daß ich es erfahre.«

Sie sank zusammen. »Aber mein Zauber hat versagt.«

Er nahm den Ring in die Hand und hielt ihn ins Licht. »Ich sollte dich dafür schlagen, daß du so schlau warst und heimlich hinter mir hergeschnüffelt hast ...« Er schlug die zusammengefaltete Schürze auf, die am Ende der Bank lag, untersuchte ihren Inhalt und kniff seine Lippen zusammen. »Du hast den ›Zauber für wahre Liebe‹ des Meisters von Cluny verwendet, stimmt's?«

Sie nickte traurig.

»Dieser Zauber schafft keine ›wahre Liebe‹, mein Kind. Das wäre ein Widerspruch in sich selbst, denn auf magischem Wege herbeigeführte Gefühle sind nicht wahr. Dieser Zauber enthüllt nur ›wahre Liebe‹.«

»Ach so.«

»Dein Ring kann gewirkt haben, obwohl der Zauber des Meisters von Cluny keine Übung für Lehrlinge ist. Der Ring hat wahrheitsgemäß enthüllt, daß der gutaussehende, wenn auch pockennarbige Hauptmann Ochs nicht deine ›wahre Liebe‹ ist.«

»Aber ... ich habe ihn gern. Er ist freundlich und höflich. Ein Mann mit Lebensstil und Charakter, anders als die gewöhnlichen rohen Soldaten.«

»Er ist einfach der erste Mann, den du gesehen oder zumindest bemerkt hast. Und du hast sicher alles gesehen, was es bei ihm zu sehen gibt.«

»Nun, das ist nicht meine Schuld«, versetzte sie mürrisch.

»Dahinter stecken deine kichernden Freundinnen, die dich zu dieser unziemlichen Dreistigkeit angestiftet haben.«

»In ein paar Wochen werde ich sechzehn, Papa. Du weißt, meine gute Freundin Maddalena hat sich im vergangenen Monat verlobt. Ihr wird schon für das Hochzeitskleid Maß genommen. Und dazu noch die Neuigkeit von heute morgen – und dabei ist des Herzogs Tochter Giulia erst zwölf!«

»Das ist *reine* Politik«, erwiderte Meister Beneforte, »und duftet obendrein nicht nach Rosen. Gib acht, daß du deine Zunge zügelst hinsichtlich dieser Nachricht, denn sonst weiß ich, woher das Gerücht kam. Baron Ferrante von Losimo ist fünfundreißig Jahre alt und hat einen zweifelhaften Ruf. Seine zweite Frau war noch nicht sechzehn – genauso alt wie du, denk dran! –, als sie vor weniger als zwei Monaten im Kindbett starb. Ich glaube nicht, daß du alles in allem ihr Schicksal sonderlich anziehend finden würdest.«

»Nein, natürlich nicht! Und doch ... ganz plötzlich scheinen alle verheiratet zu werden. Außer mir. All die guten Männer werden weg sein, und du wirst mich bei dir behalten, bis ich alt und dick bin, bloß damit du mich bequem für deine Zauberei bei der Hand hast. ›Blute ein bißchen in diese neue Schale aus Grünholz, meine Liebe, nur einen Tropfen‹ – bis ich umfalle. Jungfrauenblut. Jungfrauenhaar. Jungfrauenspucke. Jungfrauenpisse. Manchmal komme ich mir vor wie eine magische Kuh.«

»Deine Metapher ist schrecklich unpassend, Fiamia.«

»Du weißt, was ich meine! Und dann wirst du mich mit einem alten Gockel, der dürre Beine und einen kahlen Eierkopf hat, anverloben!«

Meister Beneforte unterdrückte ein Grinsen. »Nun ja, reiche Witwen führen kein so schlechtes Leben.«

»Ach, das ist gar nicht komisch, Papa.« Sie hielt inne und sagte dann leiser: »Es sei denn, du hast es schon versucht und keinen gefunden, der mich nimmt – weil ich eine zu dunkle Haut habe. Oder eine zu armselige Mitgift.«

»Meiner Tochter wird man keine zu armselige Mitgift nachsagen«, versetzte er, pikiert genug, um endlich seine aufreizende Maske der Amüsiertheit fallenzulassen. Dann faßte er sich wieder und fügte hinzu: »Hab Geduld in deiner Seele, Fiametta, bis mein großer Perseus gegossen ist und der Herzog mich so belohnt, wie ich es verdiene. Und ich werde dir auch keinen armen Soldaten als Ehemann kaufen. Deinen schnatternden Freundinnen wird die Sprache wegbleiben – was ganz ungewohnt ist –, und der Mund wird ihnen vor Neid offenstehen, wenn sie den Brautzug von Prospero Benefortes Tochter sehen!« Er gab ihr den Ring zurück. »So bewahre also dieses goldene Spielzeug auf. Es sei dir eine Lektion, deinem Vater mehr zu vertrauen als deiner eigenen Unwissenheit. Der kleine Löwe wird doch noch bei deiner Hochzeit brüllen.«

Ich habe deinen vergifteten Wein getrunken. Wieviel mehr Vertrauen verlangst du noch? Fiametta versteckte den Ring tief in einer Tasche ihres Gewandes und ging einen Tischbesen holen, um den Lehm von der Werkbank aufzufegen.

KAPITEL 2

Als Thur Ochs aus dem kleinen Taldorf Bruinwald zur Förderhütte am Bergwerkseingang hinaufstieg, knirschte der Schnee unter seinen Stiefeln. Nachdenklich stieß er gegen einen grau-weißen Haufen, der neben dem Pfad lag. In traurigen Klumpen flog der Schnee auseinander. Das war nicht mehr das feine kalte Pulver wie vor ein paar Wochen, aber auch noch nicht der Frühlingsmatsch. Thur hätte Schneematsch wie jedes sonstige Vorzeichen der kommenden Wärme begrüßt. Die bleierne Morgendämmerung kündigte einen weiteren bleiern grauen Wintertag an, der kein Ende zu nehmen schien. Nicht, daß Thur viel von diesem Tageslicht sehen würde. Er rückte die Keilhaue zurecht, die er über die Schulter trug, und steckte die freie Hand in die Achselhöhle – ein vergeblicher Versuch, warm zu bleiben.

Von oben ertönte ein Ruf. Thur blickte auf, trat schnell zur Seite und suchte wohlweislich Schutz hinter einem Baum. Ein hölzerner Schlitten sauste vorüber. Auf einem schweren Schweinsledersack voller Erz saß ein Junge und brüllte wie ein tatarischer Reiter. Kurz darauf folgte ein zweiter bei diesem Wettrennen hinab ins Tal. Wenn die beiden nicht vor der nächsten Kurve mit den Füßen bremsten, würde es Knochenbrüche geben. Doch irgendwie schafften sie es um die Biegung und waren verschwunden. Thur grinste. Vor ein paar Jahren war es eine seiner bevorzugten Winterbeschäftigungen gewesen, das Erz mit dem Schlitten zum Fluß hinunterzubringen, damals, bevor er zu seiner jetzigen Größe herangewachsen war und jeder spontan begonnen hatte, ihm die schwersten Aufgaben zu übertragen.

Er erreichte den Holzschuppen, der die Fördermaschinerie und die Blasebälge für die Lüftung beherbergte, und entkam dankbar der kühlen Morgenbrise, die von den felsigen Einöden herunterwehte. Der Steiger des Bergwerks war schon da und maß die Tagesration Öl für ihre Lampen ab. Thurs Werkgenosse Henzi löste die Blockierung des Flaschenzugs und überprüfte die Zähne sowie die Wellen des Getriebes. Vielleicht würden sie sich es im nächsten Jahr leisten können, die Maschine zu vergrößern und ein Joch Pferde oder Ochsen anzuschaffen, die dann die Achse drehten. Aber bis dahin mußte das Erz auch nach oben geholt werden, und so traten zwei große Männer ein Rad, das sich unter ihren angespannten Beinen drehte. Eine schwere Arbeit, aber die beiden konnten wenigstens das Tageslicht sehen.

»Guten Morgen, Meister Entlebuch«, grüßte Thur höflich den Steiger und hoffte dabei, heute zur Arbeit am Rad eingeteilt zu werden. Doch Meister Entlebuch brummte etwas in seinen Bart und reichte Thur eine Lampe. Dann kam Farel, der Hauer, herein, stampfte sich den Schnee von den Stiefeln und bekam ebenfalls eine mit Öl gefüllte Lampe, dazu die Körbe und hölzerne Laden für das schwarze Kupfererz.

»Meister Entlebuch, war der Priester schon da und hat die Kobolde ausgeräuchert?« fragte Farel besorgt.

»Nein«, antwortete Meister Entlebuch kurz angebunden.

»Die werden dort unten schrecklich dreist. Gestern haben sie zwei Lampen umgestoßen. Und die gebrochene Kette der Wasserpumpe – das war nicht bloß Rost.«

»Es war Rost«, bemerkte der Steiger mürrisch. »Wahrscheinlich weil einer beim Ölen geschludert hat.

Und was die Lampen angeht, da ist meiner Meinung nach ›Kobold‹ nur ein anderes Wort für ›Ungeschick‹. Begebt euch also hinunter und bringt heute anständiges Erz, bevor wir alle verhungern. Ihr beiden fangt auf dem oberen Streb an.«

Thur und Farel packten ihr Werkzeug in den Förderkorb und begannen den Abstieg über die hölzerne Leiter hinab in das Bergwerk.

»Der ist aber heute schlecht gelaunt«, flüsterte Farel, als sie in dem mit Balken ausgekleideten Schacht außer Hörweite des Förderschuppens waren. »Ich wette, der will bloß nichts für den Weihrauch des Priesters bezahlen.«

»Ich glaub eher, er kann nicht«, seufzte Thur. Die wenigen Erzadern, an denen sie derzeit arbeiteten, waren das ganze Jahr hindurch immer magerer geworden. Es gab nicht mehr genug ausgewaschenes Erz, um Meister Kunzens Schmelzofen öfter als nur zweimal im Monat arbeiten zu lassen. Sonst wäre Thur an diesem Tag unten im Tal gewesen, um in der Schmelzhütte zu helfen, die ausgebrannten Öfen zu reinigen, das brausende Feuer zu schüren und Meister Kunz dabei zu beobachten, wie er auf wunderbare Weise schwarzen Dreck in reine schimmernde Flüssigmetalle verwandelte. Würde Thur für Meister Kunz arbeiten, dann hätte er es mollig warm. Vielleicht sollte er versuchen, bei den Köhlern Arbeit zu finden. Allerdings gab es zur Zeit wenig Nachfrage nach Holzkohle, da die Schmelzerei gezwungenermaßen ruhte. Der Bergmeister drohte, dieses Bergwerk bald zu schließen, wenn seine Erträge sich nicht verbesserten. Das Gespenst der Not hatte den Steiger so übellaunig und gereizt werden lassen meinte Thurs Onkel. Und was Thur betraf, nun … er mußte einfach ein wachsames Auge auf die Kobolde haben.

Sie erreichten den Boden des senkrechten Schachts. Henzi ließ ihr Werkzeug herunter. Thur zog die Kapuze über seinen Kopf, damit ihm nicht der Felsstaub ins blonde Haar und in den Nacken fiel. Das träge Schweigen des Gesteins drückte auf seine Ohren, während sie im flackernden orangenfarbenen Licht der Öllampen ihrem Weg in dem abwärts geneigten Stollen folgten. Manche Männer empfanden die Stille als unheimlich, doch Thur war sie immer ziemlich beruhigend vorgekommen, geduldig und unveränderlich, duldsam wie eine Mutter. Es war der Lärm, das plötzliche Stöhnen schiebenden Gesteins, was ihn erschreckte.

Nach etwa vierzig Schritt in den Berg hinein teilte sich der Weg in zwei krumme Abzweigungen. Jede folgte einer ehemals reichen Kupferader. Die eine ging steil nach unten, und Thur war doch dankbar, daß er hier heute keine Körbe voll Erz würde hochschleifen müssen. Andere dunkle Löcher gingen seitlich ab, erschöpfte Erzgänge, die aufgegeben und ihrer Stützbalken beraubt worden waren. Die beiden Bergleute folgten einem oberen, ebeneren Stollen, der schließlich vor einer schroffen Felswand endete.

Farel stellte seine Lampe sorgfältig außerhalb der Reichweite umherfliegender Splitter auf und hob seine Keilhaue hoch. »Los, mach dich ran, Junge.«

Thur stellte sich so auf, daß er beim Ausholen nicht den anderen treffen würde, und dann begannen beide, auf die dunkle Verfärbung im Felsen loszuhauen, die eine schwächer werdende Metallader anzeigte. Nach einer halben Stunde Arbeit keuchten sie beide. »Hat dieser Trottel Entlebuch immer noch nicht das Gebläse eingeschaltet?« Farel wischte sich den Schweiß von der Stirn.

»Geh und schrei hinauf«, schlug Thur vor. Er schaufelte ihren Korb zur Hälfte mit Erz voll, damit Farel ihn mitnehmen konnte, wenn er ging. Wenn er innehielt, hörte Thur das ferne Echo der Schläge, die jetzt auf dem Arbeitsstreb des tieferen Stollens dröhnten. Der Fels war hart, das Erz war dünn, und sie hatten den

Stollen in den letzten drei Monaten kaum fünfzehn Fuß weiter vorangetrieben. Thur schob die ledernen Knieschoner zurecht, die seine Mutter ihm angefertigt hatte, kniete sich hin und ging weiter unten auf den Streb los. Er haute und haute, bis er außer Atem war und ihm der Rücken vom Bücken wehtat, dann stand er auf und stützte sich einen Augenblick auf seine Haue, um auszuruhen.

Farel war noch nicht zurück. Thur blickte um sich, trat an die Felswand und lehnte sich an ihre behauene, mit Narben übersäte Fläche. Er spreizte die Finger vor der Verfärbung und schloß die Augen. Das Geplapper seiner Gedanken verstummte zu einem sprachlosen Schweigen, das eins war mit dem Schweigen des Steins. Er *war* der Stein. Er spürte die Erzader wie eine Sehne, die sich durch seinen Körper zog. Zehn Fuß tief drinnen wurde sie dünner, schwand dahin… und doch, wenige Fuß weiter, wie ein Schwertstreich, der herabstieß: ein reicher Erzgang, gediegenes Kupfer, das wie ein heller, gefrorener Fluß dahinschimmerte und nach Licht schrie, damit es glänzen konnte… »Das Metall ruft mich«, flüsterte Thur zu sich. »Ich kann es fühlen. Ich spüre es.«

Doch wer würde ihm glauben? Und wie wurden ihm diese Visionen eingegeben? Oder waren es Teufelsträume, falsche Verlockungen? Stussi, der Gerber, hatte einmal bei einem Fieberanfall von Visionen geplappert, dann war ein langer Wurm aus seiner Nase gekrochen, und er starb. Thurs Vision pochte im Pulsschlag einer Gefahr, aufreizend undeutlich, und sie schmolz in dem Moment dahin, als seine Leere von der Frage getrübt wurde: Was …? Seine Hände ballten sich auf dem Stein zu Fäusten.

Ein Flackern im Augenwinkel – ging die Lampe aus? Oder kehrte Farel zurück? Er sprang vom Fels zurück und errötete. Doch da war kein Stiefeltrampeln, und die Lampe brannte nicht schlechter als gewöhnlich.

Dort. Ein Schatten im schwankenden Schatten – dieser komisch geformte Stein *bewegte sich.* Thur stand still und wagte kaum zu atmen.

Der Stein stand auf, er war ein knorriges braunes Männchen, etwa zwei Fuß groß, mit einer Art Lederschürze um die Lenden wie die eines Bergmanns. Es kicherte und hüpfte zur Seite. Seine schwarzen Augen glitzerten im Licht der Lampe wie geschliffene Steine. Es sprang zu Thurs Korb und schickte sich an, einen Klumpen Erz hineinzulegen.

Thur machte keine plötzlichen Bewegungen. In seiner ganzen Zeit in den Bergwerken hatte er nie einen Gnom so nahe und deutlich gesehen, sondern nur Bewegungen in den Augenwinkeln, die in den Wänden zu verschwinden schienen, wenn er versuchte, sich ihnen zu nähern. Das Männchen kicherte aufs neue und schob in einer Haltung komischer Neugier sein schmales Kinn zur Seite.

»Guten Morgen, kleiner Mann«, flüsterte Thur fasziniert und hoffte, seine Stimme würde das Wesen nicht wieder verscheuchen.

»Guten Morgen, Meister der Metalle«, erwiderte der Kobold mit blechern klingender Stimme. Es hüpfte in den Korb, sah über den Rand hinweg Thur an und hopste mit schnellen, ruckartigen Bewegungen wieder heraus. Seine Arme und Beine waren dünn, seine Finger und Zehen nach außen gespreizt und seine Gelenke sahen aus wie Wurzelknoten.

»Ich bin kein Meister«, sagte Thur lächelnd. Er kauerte sich zusammen, um weniger drohend aufzuragen, und fingerte an seinem Gürtel nach der Lederflasche, die seine Mutter vor Tagesanbruch mit Ziegenmilch gefüllt hatte. Vorsichtig faßte er nach der flachen hölzernen Schüssel, die dafür verwendet wurde, das beste Erz hinauszutragen, schlug sie umgedreht leicht auf den Boden, um den Dreck herauszuklopfen, und goß etwas Milch hinein. Dann schob er sie dem kleinen Geschöpf einladend zu. »Du kannst trinken wenn du willst.«

Das Männchen kicherte erneut und hüpfte zum Rand der Schüssel. Es hob das Gefäß nicht hoch, sondern neigte den Kopf und leckte die Milch auf wie eine Katze. Eine spitze Zunge huschte flink hinein und hinaus. Während es trank, wichen seine leuchtenden Augen nicht von Thur. Die Milch verschwand schnell. Der Kobold setzte sich auf, gab einen winzigen, aber ganz deutlichen Rülpser von sich und wischte sich mit dem Rücken seines dünnen Handgelenks die Lippen ab. »Gut!«

»Meine Mutter gibt sie mir mit, für den Fall, daß ich vor der Essenszeit Durst bekomme«, erwiderte Thur automatisch, dann kam er sich ein wenig töricht vor. Gewiß sollte er doch wohl eher versuchen, das Geschöpf zu fangen, anstatt sich mit ihm zu unterhalten. Es ausquetschen, damit es ihm verriet, wo Gold und Silber lagen. Doch sein runzeliges Gesicht, das an einen getrockneten Apfel erinnerte, ließ es ehrwürdig erscheinen, nicht böse oder bedrohlich.

Das Männchen kam an Thurs Seite. Er erstarrte. Langsam streckte es einen seiner kühlen knorrigen Finger aus und berührte Thurs Handgelenk. *Jetzt sollte ich es packen.* Doch er konnte sich nicht bewegen, wollte sich nicht bewegen. Der Kobold hüpfte über die Steine und streifte an der verfärbten Erzader im Fels entlang. Er schwand dahin, schien zu schmelzen – *er macht sich davon!*

»Meister Kobold«, krächzte Thur verzweifelt, »sag mir, wo finde ich meinen Schatz?«

Der Kobold hielt inne. Seine halbgeschlossenen Augen starrten geradewegs auf Thur. Seine Antwort war ein knarrender Singsang, wie der Laut des überdehnten Holzes einer Förderhaspel, die eine schwere Last hochzog. »Luft und Feuer, Meister des Metalls, Luft und Feuer. Du bist Erde und Wasser. Geh zum

Feuer. Eiswasser wird dich auslöschen. Kalte Erde wird dir den Mund stopfen. Kalte Erde ist gut für Kobolde, nicht für Meister des Metalls. Grabschaufler, Grabschaufler, geh zum Feuer und lebe.«

Das Männchen verschmolz mit der Erzader und hinterließ nur ein vergehendes Kichern. Und ein Rätsel. Wenn man einem verdammten Gnom eine offene und einfache Frage stellte, dann bekam man ein Rätsel zur Antwort. Der Tonfall, in dem der Kobold gesprochen hatte, hatte seine Worte doppeldeutig klingen lassen. *Grabschaufler.* Ein Bergmann, der gräbt und schaufelt, oder ein Mann, der sein eigenes Grab schaufelt? Meinte er damit ihn selbst, Thur? Der Schweiß, der auf seiner Haut trocknete, ließ ihn bis ins Mark frieren. Zitternd sank er auf die Knie. Sein Herz hämmerte, und in seinen Ohren war ein Dröhnen zu vernehmen, wie es aus Meister Kunzens Schmelzofen kam, wenn die Blasebälge arbeiteten. Ihm wurde schwarz vor Augen … nein, die Flamme der Lampe nahm ab, wurde klein und schwach …, doch da war reichlich Öl …

Farels Stimme hallte schmerzhaft in seinen Ohren. »Bei Unserer Lieben Frau, was für eine stinkige Luft in diesem Loch!« Und dann: »Heh, Junge, heh …!«

Eine starke Hand schloß sich um Thurs Arm und zog ihn grob hoch, bis er auf die Beine kam. Thur schwankte benommen hin und her. Farel fluchte, legte Thurs Arm um seinen Hals und begann, ihn stollenaufwärts zu führen.

»Schlechte Luft«, knurrte er. »Die Blasebälge der Lüftung pumpen jetzt richtig. Da muß irgendwo etwas das Rohr blockieren. Verdammt! Vielleicht sind die Kobolde schuld daran!«

»Ich habe einen Kobold gesehen«, berichtete Thur. Sein Herz pochte immer noch, doch er konnte allmählich wieder klar sehen, soweit überhaupt jemand in diesen starren Schatten im Herz des Berges klar sehen konnte.

»Ich hoffe, du hast mit einem Stein nach ihm geworfen!« sagte Farel.

»Ich habe ihm ein wenig Milch zu trinken gegeben. Anscheinend hat sie ihm geschmeckt.«

»Du dummer Junge! Um Himmels willen! Wir versuchen, das Ungeziefer loszuwerden und nicht noch mehr anzuziehen! Gib ihm zu trinken, und er wird mit all seinen Brüdern zurückkommen. Kein Wunder, daß unser Bergwerk mit ihnen verseucht ist!«

»Es war das erstemal, daß ich einen gesehen habe. Mir gefiel er.«

»Oje.« Farel schüttelte den Kopf. »Schlechte Luft, ja, ja, und die bringt schlechte Träume.«

Sie erreichten die Stollengabelung. Hier war die Luft frisch genug. Farel setzte Thur neben dem Holzrohr ab, das die heruntergepumpte Luft in die tieferen Bereiche des Bergwerks leitete. »Bleib hier, während ich Meister Entlebuch hole. Dir wird es gleich besser gehen, ja?«

Thur nickte. Farel eilte davon. Thur hörte, wie er den Förderschacht hinaufrief und dabei das Knarren und Stöhnen der hölzernen Maschinerie übertönte. Ihm war immer noch kalt, er schlang die Arme um seinen Leib und zog die langen Beine hoch. Farel hatte die Lampe mitgenommen. Um ihn herum war es dunkel.

Farel kam rechtzeitig mit Meister Entlebuch zurück, der Thur die Lampe ins Gesicht hielt und ihn besorgt anschaute. Er fragte ihn nach seinen Symptomen, ging zusammen mit Farel den Stollen hinab und klopfte dabei mit einem Stock auf das hölzerne Belüftungsrohr. Schließlich kam Farel zurück. Er brachte die Lampe und das Werkzeug mit, das Thur zurückgelassen hatte.

»Ein Rohrstück ist durch Steinschlag beschädigt worden. Meister Entlebuch sagt, wir sollen den oberen Stollen für heute vergessen. Sobald du dich dazu in der Lage fühlst, sollst du dich der Mannschaft auf dem tieferen Streb anschließen und eine Zeitlang Körbe hochholen.«

Thur nickte und stand auf. Farel zündete Thurs Lampe an der Flamme seiner eigenen an. *Luft und Feuer,* dachte Thur. *Leben.* Jetzt fühlte er sich nicht mehr so schwach, und er machte sich auf den Weg hinunter zum tieferen Stollen, um die andere Mannschaft zu suchen. Er gab auf dem steil nach unten abfallenden Pfad acht, daß er kein Öl verschüttete, und auf der Leiter in dem senkrechten Schacht, der weitere dreißig Fuß hinabführte, war er noch vorsichtiger. Dieser tiefste Stollen folgte einem Erzgang, der sich wie ein Korkenzieher drehte, hinunter und dann wieder hinauf. Am Ende fand er vier Männer, die abwechselnd paarweise auf die harte Felswand einhieben oder die Brocken aussortierten, während sie Luft holten. Sie begrüßten ihn jeder auf seine Weise, Niklaus etwa wie gewöhnlich mit guter Laune oder Birs mit einem melancholischen Brummen.

Thur lud einen Korb mit großen Brocken voll, hob ihn auf die Schulter und trug ihn durch den Stollen hinab und hinauf zum Schacht. Er entleerte ihn in einen Ledereimer, kletterte die Leiter hoch, wobei er den Korb über dem Arm hängen hatte, drehte die Förderhaspel und zog den Eimer am Seil hoch, füllte den Korb erneut, beförderte ihn zum oberen Förderschacht, kippte seinen Inhalt diesmal in den großen hölzernen Eimer und rief nach Henzi, der die Ladung hochzog, bis sie nicht mehr zu sehen war. Dann ging Thur zurück, um die nächste Ladung zu holen, und die nächste, und wieder die nächste, bis er nicht mehr zählen konnte. Arbeit und Hunger hatten ihn erschöpft, als Henzi endlich einen Eimer herunterließ, der mit Brot, Käse und Bier gefüllt war und den die Männer auf den tieferen Streb viel lebhafter begrüßten als sie Thur begrüßt hatten.

Nach der Essenspause schloß sich Farel ihnen an.

»Meister Entlebuch und ich haben das zerbrochene Rohr herausgesägt, und er läßt jetzt ein anderes Stück zuschneiden, das hineinpaßt.« Die Mannschaft nahm Farel mit dem üblichen zustimmenden Brummen auf. Thur arbeitete mit Hammer und Keilhaue am härtesten Teil der Stollenwand, der Felsen klang und die Splitter flogen, bis seine Arme, sein Rücken und sein Hals schmerzten. Der Geruch des Bergwerks schien seinen Kopf zu füllen: kalter, trockener Staub, geschürftes Metall, heißes Öl, der Rauchgestank von brennendem Fett (denn das Öl in den Lampen war nicht das beste), mit Schweiß getränkte Wolle – und dazu der nach Käse und Zwiebeln riechende Atem der Männer.

Als sie endlich genügend gutes Erz für einen schweren Korb beisammen hatten, nahmen Thur und Farel ihn gemeinsam nach oben. Sie waren auf halbem Weg zur Leiter, als das orangenfarbene Öllicht auf eine kleine knorrige Gestalt fiel, die sich an der Seite des Stollens entlangbewegte.

»Verfluchter kleiner Dämon!« rief Farel. »Scher dich fort!« Er ließ seine Seite des Korbes fallen, nahm seine Haue und schleuderte sie heftig nach dem Kobold. Mit einem spitzen Schrei verschmolz die Gestalt mit dem Felsen.

»Ha! Ich glaube, ich hab ihn getroffen«, rief Farel, als er seine Haue holte, die im Fels steckengeblieben war.

»Ich wünschte, du hättest das nicht getan«, sagte Thur, der gezwungenermaßen auch seine Seite des Korbes fallen ließ und achtgab, daß ihre Lampe darauf im Gleichgewicht blieb. »Das sind doch sanfte Wesen. Die richten keinen Schaden an, der zu sehen wäre. Man gibt ihnen bloß die Schuld dafür, wenn etwas schiefgeht.«

»Keinen Schaden, daß ich nicht lache!« knurrte Farel. Er zog an seiner Haue, die feststak. Er ruckte und ruckte, dann stemmte er den Fuß gegen die Wand und zog. Die Haue kam los und nahm einen großen

Brocken aus der Wand mit sich. Farel fiel auf den Rücken und schlug mit dem Kopf gegen einen Stützbalken. »Keinen Schaden!« schrie er und rieb sich den Schädel. »Das nennst du keinen Schaden?« Er zog sich wieder hoch.

Von dem neuen Loch in der Wand des Stollens breitete sich ein Spalt aus, der auf seltsame Weise dunkel wurde, während Thur noch auf ihn starrte. Wasser begann herauszusickern.

»Ui, oje«, sagte Farel mit erstickter Stimme und spähte über Thurs Schulter.

Der Berg stöhnte, ein tiefes Vibrieren, das Thur irgendwie nicht mit den Ohren, sondern mit dem Unterleib vernahm. Aus dem Sickern wurde ein Speien, dann ein Spritzen, dann ein starker Strahl, der gerade hervorschoß und an die gegenüberliegende Wand spritzte. Von weiter unten kam aus dem Schacht ein Krachen, dann Schreie und ein gequälter Aufschrei.

»Das Hangende kommt herunter!« schrie Farel. Seine Stimme überschlug sich vor Schreck. »Nimm Reißaus!« Er warf seine Haue beiseite und galoppierte den Stollen hinauf. Erschrocken folgte Thur ihm auf den Fersen und hielt dabei die Hände hoch, um zu verhindern, daß er in der Dunkelheit mit dem Kopf gegen einen Stützbalken lief.

Am Fuß der Leiter, die sie in der Dunkelheit ertasteten, hielten sie an. »Sonst ist nichts eingestürzt«, sagte Thur in Farels Zögern hinein.

»Noch nicht«, erwiderte Farel. Seine Hand kam aus dem Nichts und tastete nach Thur. Thur ergriff sie. Sie war kalt vor Schweiß.

»Es hat so geklungen, als wäre dort hinten jemand verletzt worden«, sagte Thur.

Er hörte, wie Farel schluckte. »Ich laufe zu Meister Entlebuch und hole Hilfe«, sagte Farel nach kurzem Nachdenken. »Geh du zurück und schau nach, was geschehen ist.«

»In Ordnung.« Thur machte kehrt und tastete sich seinen Weg zurück, den Stollen entlang. Er spürte das ganze Gewicht des Berges, das sich über ihm zusammenpreßte. Die großen Stützbalken würden wie Brennholz splittern, wenn sich der Berg noch weiter verschob. *Kalte Erde wird dir den Mund stopfen, Grabschaufler …* Von vorn konnte er keine Rufe oder Schreie mehr hören, nur das schlangenhafte Zischen des Wassers.

Er sah den gekippten Erzkorb, auf dem noch die Lampe brannte. Das Wasser, das sich aus der Wand ergoß, floß den Stollen hinab. Thur nahm die Lampe und glitt den jetzt schlammigen Stollenboden entlang. Nahe am Grund der Biegung des ausgegrabenen Erzgangs zitterte eine Wasserfläche. Sie erstreckte sich von Thurs Füßen bis zu dem Punkt, wo die Stollendecke sich neigte und dem Wasser begegnete. Kein Wunder, daß er nichts gehört hatte. Die Männer auf dem Arbeitsstreb waren in einer Luftblase eingeschlossen, und das Wasser verschluckte ihre Schreie. Bis das tückische Element, das durch alle Spalten, die es finden konnte, nach oben drang, die Luftblase immer kleiner werden ließ …

Ein nasser Kopf drang durch die dunkel schimmernde Fläche, spuckte aus und holte mit einem mächtigen heulenden Keuchen hastig Luft. Daneben tauchte ein zweiter Kopf auf. Thur griff zu und half den Gestalten, sich aus dem Wasser zu ziehen, wobei die zweite sich an die erste klammerte.

Der zweite Mann blickte benommen drein. Über seiner Stirn war eine Schnittwunde, aus der Blut quoll und sich mit dem herabrinnenden Wasser vermischte. Der erste verdrehte vor Angst die Augen, bis nur noch das Weiße zu sehen war.

»Kommen die anderen hinter euch her?« fragte Thur.

»Ich weiß es nicht«, keuchte Matt, der als erster aufgetaucht war. »Ich glaube, Niklaus hat der Steinschlag erwischt.«

»Und Birs ist bei ihm geblieben?« Tapferer Birs! Er war tapferer als Thur, soviel war sicher. Wenn Thurs Vater vor sechs Jahren einen so tapferen Werkgenossen gehabt hätte, dann würde er vielleicht noch leben.

Matt schüttelte den Kopf. »Ich dachte, er würde mit uns kommen. Aber ihm graust so vor dem Wasser. Eine landfahrende Hexe hat ihm einmal prophezeit, er sei vor allen Todesarten sicher, nur nicht vor dem Ertrinken. Er trinkt nicht einmal Wasser, nur Bier.«

Das steigende Wasser stand an Thurs Zehen. Er trat zurück. Die Männer schauten alle gespannt auf die Wasserfläche, doch es tauchten keine weiteren Köpfe mehr auf. Der Blutende schwankte, als wäre er betrunken.

»Am besten begleitest du ihn hinaus, bevor wir ihn tragen müssen«, bemerkte Thur. »Es dürfte bald Hilfe kommen. Ich werde ... hier Wache halten. Sag den anderen oben, sie sollen weiter die Blasebälge der Lüftung treten. Vielleicht hilft es, hier unten das Wasser zurückzuhalten.«

Matt nickte und taumelte den Stollen hinauf, wobei er den Verletzten stützte. Thur stand da und beobachtete, wie die dunkle Flut anstieg. Je länger sie warteten, desto schlimmer würde es werden, tiefer und schwieriger. *Eiswasser wird dich auslöschen.* Es tauchten keine anderen Köpfe auf. Das Wasser stand schon wieder an Thurs Zehen, und wieder trat er einen Schritt zurück. Er unterdrückte einen spitzen Schrei des Entsetzens, der sich tief in seiner Kehle sammelte, ein Quieken wie das des verletzten Kobolds. Einige Fuß weiter hinten stollenaufwärts setzte er die Lampe auf dem Boden ab, wandte sich um und watete durch das Wasser.

Als es über seine Stiefel drang und seine Lendengegend berührte, nahm ihm der eisige Schock die Luft, doch er schob sich weiter, bis seine Füße den Boden verloren. Er atmete tief ein, hielt die Luft an, drehte sich um und begann, sich an der Stollendecke entlangzuschieben. Hinunter, hinunter … er spürte, wie der Druck in seinen Ohren zunahm, bis sie allmählich taub wurden. Dann wieder aufwärts, Gott sei Dank! Von hier an ging es nur hinauf. Er zog sich schneller voran. Es sei denn, auf der anderen Seite gab es gar keine Luftblase mehr, dann wäre er …

Seine Hand stieß platschend in Luft, die keinen Widerstand leistete, dann tauchte sein Kopf auf. Er keuchte so wild, wie Matt es getan hatte. Eine Öllampe war aufrecht stehen geblieben und verbreitete ein wenig Licht. Seine Füße fanden festen Boden. Er stieg hinaus auf trockenen Stein. Seine Augen waren kalt, seine Kopfhaut kribbelte, seine Finger waren nur noch krumme, taube Klauen. Die vom Lampenlicht erfüllte Luft, so kühl sie auch war, erinnerte ihn an ein Dampfhaus.

Birs stand am Wasserrand und schluchzte. Im Schatten des Bodens nahe der Felswand zappelte eine Gestalt und fluchte zu ihm empor. Es war Niklaus. Das Fluchen hörte auf. »Thur? Bist du das?«

Thur kniete im Zwielicht neben Niklaus nieder und tastete ihn nach Wunden ab. Der Rand einer gekippten Steinplatte drückte Niklaus' Bein an den Boden. Der Knochen war gebrochen, das Fleisch fühlte sich für Thurs Finger schwammig und geschwollen an. Die Felsplatte war so verdammt *groß.* Thur griff nach einer Haue, schob ihre Spitze unter die Platte und hob an. Der Stein bewegte sich kaum.

»Birs, hilf mir!« verlangte Thur, doch Birs weinte weiter, als sähe und hörte er nichts. Er stak so tief in seiner eigenen eingebildeten Verdammnis, daß er das echte Verhängnis in seinem Rücken nicht wahrnahm. Thur trat zu ihm und schüttelte ihn an den Schultern, erst sanft, dann fest. »Du Einfaltspinsel, wach auf!« schrie er Birs an.

Birs hörte nicht auf zu weinen, doch die Felsplatte setzte sich in Bewegung. Mit Haue und Schaufel, einer

Stange und Steinen, die sie darunterschoben, um den Fortschritt eines jeden Rucks zu sichern, hoben sie die Felsplatte an. Niklaus schrie auf, als das Blut wieder in sein Bein strömte, doch es gelang ihm, sich mit einem Ruck zu befreien und zur Seite zu rollen.

»Das Wasser steigt immer noch«, sagte Thur.

»So wurde mir vorhergesagt!« heulte Birs.

Thur ballte die Fäuste und baute sich vor dem Mann auf. »Die Wanderhexe hat die Wahrheit gesagt. Es *ist* dein Schicksal zu ertrinken. Ich werde dir den Kopf unter Wasser halten, wenn du mir nicht hilfst!«

»Sag's ihm nur, Thur!« keuchte Niklaus vom Boden her.

Birs duckte sich zur Seite. Sein ängstliches Geheule schrumpfte zu einem unterdrückten Winseln.

»Nimm Niklaus am anderen Arm. Ihr müßt nichts weiter tun als euren Atem anhalten und euch voranschieben. Die anderen beiden haben es auch geschafft.«

Sie schleiften Niklaus in das Wasser und wateten hinaus. Thur stieß sich mit den Füßen ab und tauchte unter. Birs schlug um sich und zog sich mit einem entsetzten Schrei zurück. Da konnte man nichts machen.

Thur setzte seinen Weg fort und zog Niklaus hinter sich her, der wenigstens vernünftig genug war, mit seinem freien Arm nach der Wand zu greifen, um sich abzustoßen. Diesmal wich die Wärme schneller aus Thurs schmerzenden Muskeln und Knochen. Als sie wieder an die Oberfläche kamen, hatte Niklaus vor Schreck die Augen verdreht.

Doch Meister Entlebuch und Farel warteten schon zusammen mit zwei anderen Männern. Die drei Hauer legten Niklaus schnell auf eine Decke und machten sich mit ihm davon.

»Noch jemand übrig?« fragte Meister Entlebuch.

»Birs«, erwiderte Thur und nieste dabei. Sein Leib wurde von einem Schauder geschüttelt.

»Ist er verletzt?«

»Nein. Aber er ist völlig durcheinander, aus Angst vor dem Wasser, wegen einer dummen Prophezeiung.«

»Kannst du zurückschwimmen und ihn herausholen?«

»Er könnte selbst herauskommen, wenn er nur wollte.« Thurs Wollkapuze, seine Jacke und seine Beinkleider hatten sich mit Wasser vollgesogen und hingen als schwere Last an seinem Körper. Da ihn das schrecklich störte, zog er die tropfende Kapuze über seinen Kopf wie das Kummet eines Pferdes und ließ sie mit einem nassen Klatschen auf den Boden fallen.

Der Berg dröhnte erneut. Die dicken Stützbalken gaben quakende Geräusche von sich wie Sackpfeifen, gefolgt von einem Knacken und Knistern im Holz.

»Jetzt nichts wie weg!« Meister Entlebuchs Stimme klang heiser. »Wir müssen den Stollen *jetzt* räumen.«

Thur unterdrückte sein eigenes stummes Lamento und watete zum drittenmal in das Wasser. Seine zunehmende Gefühllosigkeit milderte fast die Kälte. In seinem Kopf hämmerte es, und vor seinen festgeschlossenen Augen wirbelten rote Muster, bevor er wieder an die Luft kam. Als er sich diesmal aus dem Wasser emporkämpfte, war der felsige Strand in der Luftblase auf bloße Schrittlänge zusammengeschrumpft. Birs kauerte dort und betete oder wimmerte: »O Gott, o Gott, o Gott, o Gott ...« Er erinnerte Thur an ein blökendes Schaf.

»Los!« brüllte Thur. »Sonst werden wir hier begraben!«

»Ich werde ertrinken!« kreischte Birs.

»Heute noch nicht«, knurrte Thur und verpaßte ihm mit der geballten Faust einen harten Schlag gegen das Kinn. Zu Thurs Überraschung prallte Birs von der Wand ab und fiel durch diesen einzigen Hieb betäubt um. Zum erstenmal hatte Thur richtig als Mann zugeschlagen, nicht mehr wie ein Junge in einer spielerischen Rauferei. Birs' Kinn wirkte seltsam verschoben.

Da konnte man jetzt auch nichts mehr ändern. Thur nahm Birs' Kopf unter den Arm und schleppte seinen Werkgenossen ins kalte Wasser.

Selbst betäubt kämpfte Birs noch gegen Thurs Griff, als sie untertauchten. Thur packte ihn fester, zog und schob. Seine Lungen plagten sich und preßten den Atem gegen den verschlossenen Mund. Er ließ ein bißchen Luft heraus, er konnte es nicht verhindern. *Eiswasser wird dich auslöschen ...,* aber heute noch nicht, heute noch nicht, heute noch nicht. *O Gott, lieber laß ich mich hängen!*

Er kam an die Oberfläche, an die Luft – und war verwirrt. Es war absolut dunkel, pechrabenschwarz. Meister Entlebuch war fort und hatte die Lampe mitgenommen. Thurs freier Arm fuchtelte herum und suchte Wand oder Boden oder Decke oder irgend etwas, woran er sich orientieren konnte. Schließlich stieß er gegen die Wand und stauchte sich dabei seine suchenden Finger. Seine Füße fanden den abschüssigen Boden. Er war verkrampft, von der Kälte gekrümmt wie ein Bogen, mit Beulen in den Beinen und Armen, die sich wie Walnüsse anfühlten. Er verließ das Wasser mit seiner Last. Birs würgte und spuckte, also war er noch am Leben und nicht ertrunken. Thur hatte Angst davor, ihn in der Dunkelheit loszulassen, selbst als Birs sich herumrollte und etwa ein Quart Wasser ins Thurs Schoß spie. Thur stellte sich auf die Beine und begann, Birs hinter sich her den Stollen hinaufzuschleppen.

Die Leiter am unteren Schacht stellte ein alptraumhaftes Hindernis dar, als Thur versuchte, seinen benommenen Werkgenossen auf ihr hinaufzuschieben. Er schrie drohend und ermutigend auf Birs ein. »Beweg dich! Beweg dich! Beweg deine Hände! Beweg deine Füße!« Seine Finger waren so taub, daß sie ihm gelähmt erschienen, wie verkrüppelte Klauen. Dann ertönte von dem Stollen unter ihnen ein fast rhythmisches Splittern und Krachen sowie ein donnernder

Knall. Vor Thurs Nase waren Birs' Stiefel verschwunden – *Er ist hinabgefallen,* war Thurs erster entsetzter Gedanke. Dann prasselten ihm kleine Steine auf den Kopf, die Birs bei seiner verzweifelten Kletterei zum Ausgang des Schachts losgelöst hatte. *Nein, er hat sich erholt.* Thur beeilte sich ebenfalls und rannte geduckt wie ein Kaninchen los, nachdem er sich in den oberen Stollen gehievt hatte.

Mit seinem Gebrüll unterstützte er Birs' gedämpfte Schreie, als sie den Förderschacht erreichten. Es schien eine Ewigkeit zu dauern, bis der Erzeimer herunterkam. Thur steckte Birs hinein und nahm die Leiter. Unterwegs, auf halbem Weg nach oben, wurde er fast ohnmächtig, doch das graue Licht über ihm zog ihn hinauf wie ein silbernes Versprechen des Himmels. Als Thur oben ankam, war Henzi gerade dabei, Birs auszuladen. Thur richtete sich im Förderschuppen auf, stützte seine Hände auf die Knie und ließ seine Lungen wie Blasebälge pumpen.

»Hast du kein Werkzeug mitgebracht?« fragte ihn Meister Entlebuch besorgt.

Thur starrte ihn verblüfft an, wie der Ochse vorm Scheunentor. Birs war jetzt auf den Beinen, brummte etwas Unverständliches, dem Ton nach aber ausgesprochen Feindseliges, und zielte auf Thur, traf aber daneben und fiel wieder hin. Vor der Tür des Förderschuppens rieselte im Wind ein frühlingshafter Schneeregen hernieder.

»Ich möchte nach Hause«, murmelte Thur.

Ganz durchfroren erreichte er endlich seine Hütte. Seine Mutter schaute ihn erschrocken an, entledigte ihn seiner schon gefrierenden Kleider, steckte ihn in ihr eigenes Bett zwischen zwei Federmatratzen mit heißen Steinen, nötigte ihn, dampfendes Gerstenwasser zu trinken, das mit Honig gesüßt war, und fragte nicht ein einzigesmal nach Werkzeugen, nicht einmal nach seiner fehlenden Kapuze. Trotz allem brauchte er zwei volle Stunden, bis er aufhörte zu zittern und vor Schüttelfrost zu schaudern. Er gab ihr einen stoßweisen und abgekürzten Bericht von seinem Arbeitstag. Sie zog das Gesicht lang und preßte die Lippen zusammen. Und blieb bei ihm, bis er aufhörte, mit den Zähnen zu klappern.

Als seine allmählich fester werdende Stimme sie endlich überzeugte, daß er wahrscheinlich überleben würde, ging sie durch das Zimmer zum Kaminsims über der Feuerstelle und kam mit einem Stück Papier zurück. Es knisterte, während sie es entfaltete. »Hier, Thur. Das kam heute morgen von deinem Bruder Uri. Er hat eine feine Stelle für dich gefunden.«

War Uri immer noch hinter ihm her, damit er die Pike des Söldners nahm? Das rote Wachssiegel hatte die besorgte Mutter schon aufgebrochen, denn sie nahm jede seltene Mitteilung mit unterdrücktem Schrecken entgegen, dem Schrecken vor Neuigkeiten über Krankheiten, entzündete Wunden, Amputation, Geldverluste bei Spielen, einer verheerenden Verlobung mit einer Hure vom Troß – über all die Wechselfälle eines Soldatenlebens.

Es waren eigentlich nicht die Gefahren des Soldatenhandwerks, die Thur abschreckten. Das ganze Leben war gefährlich. Und er wäre bereit gewesen, Schwerter zu machen. Er hatte Arbeiten Mailänder Waffenschmiede gesehen, die ihm fast den Atem geraubt hatten. Aber dann dieses Kunstwerk zu nehmen und in den Leib eines lebendigen Menschen zu treiben … nein. Er stieß einen Seufzer aus und nahm das Papier.

Ein seltsamer Schock zog durch seinen Arm. Seine Finger wurden warm. Während er las, fiel die Müdigkeit von ihm ab, und er setzte sich auf. Also doch kein Soldatenspielen. Seine Augen liefen schneller über die Sätze. *… Lehrling bei des Herzogs Goldschmied und Meister-Magus … eine wunderbare Bronze in Arbeit für Seine*

Hoheit den Herzog ... braucht einen starken, geschickten Jungen ... Gelegenheit ...

Thur striff über das Papier. Genau in diesem Augenblick dürfte die Sonne warm auf die südlichen Hänge des Passes nach Montefoglia scheinen. Im Sommer würde sie wie das Mundloch eines Schmelzofens lodern. Er leckte sich die Lippen. »Was meinst du?« fragte er seine Mutter.

Sie holte tapfer Luft. »Ich glaube, du solltest gehen. Bevor dieser teuflische Berg dich frißt wie deinen Vater.«

»Dann wärst du allein.«

»Dein Onkel wird sich um mich kümmern. Mir wäre lieber, du wärst in Montefoglia sicher, als jeden Tag dort oben in der tückischen Grube. Wenn Uri dich als Soldat haben wollte, dann wäre es anders. Du weißt, wie sehr ich dagegen war, als er Söldner wurde. So oft kommen die Jungen, wenn überhaupt, entweder gebrochen und krank zurück, oder sie sind seltsam geworden und hart und grausam. Aber das da, jetzt ...«

Thur drehte den Brief um. »Weiß der Meister-Magus, daß ich kein Talent zur Zauberei habe?«

Seine Mutter preßte die Lippen zusammen. »Ich gestehe, das stört mich ein wenig daran. Dieser Meister Beneforte ist Florentiner. Er mag sich aus Liebhaberei mit den Schwarzen Künsten befassen, oder mit schlimmeren Dingen, die für Jungen so gefährlich sind wie für Mädchen. Doch er arbeitet für den Herzog von Montefoglia, der nach Uris Berichten ehrbar ist, zumindest für einen Edelmann.«

»Montefoglia.« Er hatte noch nie zuvor bemerkt, was für einen warmen Klang schon allein dieser Name hatte.

»Du kannst in zwei Sprachen lesen und schreiben und beherrschst auch noch ein bißchen Latein. Als Bruder Glarus dich unterrichtete, sagte er mir einmal, du könntest nach Padua gehen und studieren, um Arzt zu werden. Ich habe oft davon geträumt, aber dann kam dein Vater ums Leben und alles wurde schwieriger.«

»Ich mochte Latein nicht gern«, gestand Thur vorsichtig, als er plötzlich erkannte, daß ein noch schlimmeres Schicksal als das Soldatenleben denkbar war. Aber seine Mutter beschäftigte sich nicht weiter damit. Sie stand auf, um sich um den Erbsenbrei zu kümmern, der über dem Feuer köchelte und den sie zu Ehren von Thurs knapper Rettung aus dem Bergwerk zusätzlich mit Schinken gekocht hatte.

Er grub sich wieder in die Federmatratze und hielt den Brief an seine Brust. Sein Fleisch was noch kalt wie Schweineschmalz, doch das Papier schien Wärme auszustrahlen. *Grabschaufler, Grabschaufler, geh zum Feuer …* Er lachte und erstickte sein Gelächter, als die Mutter herüberschaute und lächelte, obwohl sie nicht wußte, was so witzig war. *Bei Gott und dem Kobold, ich glaub, ich tu's.* Er legte sich zurück und beobachtete, wie auf der weiß getünchten Decke zwischen den dunklen Dachbalken der Feuerschein flackerte wie Licht, das vom Wasser gespiegelt wurde, und dann träumte er von einem leuchtenden Sommer.

KAPITEL 3

Ruberta, die Haushälterin, half Fiametta, das schwere rote Samtkleid zuerst über den Kopf und dann über ihr feines leinernes Unterkleid zu ziehen und glattzustreichen. Fiametta fuhr mit der Hand über die Falten des weit geschnittenen Rocks, dieser Verschwendung von Stoff, und seufzte aus purer Befriedigung. Das Kleid war viel schöner als alles, was sie zu erhoffen gewagt hatte. Meister Beneforte hatte es ganz unerwartet aus einer alten Truhe hervorgeholt, als Fiametta sich beklagte, was für eine traurige Figur sie in einfacher grauer Wolle beim Bankett des Herzogs abgeben würde. Das Kleid hatte einst Fiamettas Mutter gehört. Fiametta und Ruberta hatten eine Woche damit zugebracht, es kleiner zu machen und wieder zusammenzunähen. Nach den Maßen zu schließen war Fiametta jetzt fast so groß wie ihre Mutter gewesen war, allerdings schlanker. Seltsam. Fiametta hatte ihre Mutter als groß in Erinnerung, nicht als klein: groß und dunkel und warm.

Fiametta streckte die Arme aus, Ruberta zog an den Ärmeln, band sie an den Schultern an das Kleid und plusterte zum Kontrast an den Ellbogen die Bausche des Unterkleids auf. Die roten Samtärmel waren mit Silberfäden bestickt; als deren Fortsetzung lief ein Silberband um den ganzen wunderbaren Saum.

»Hüpf nicht so herum, Mädchen«, beschwerte sich Ruberta sanft und biß sich vor Konzentration in die Unterlippe, als sie die Schleifen zumachte. Sie trat zurück und betrachtete Fiametta stolz. »Jetzt zu deinem Haar!«

»O ja, bitte.« Fiametta ließ sich gehorsam auf den Schemel nieder. Heute gab es keine Mädchenhaube und auch keinen einfachen Zopf, der über ihren Rücken herabhing! Zum Kleid gehörte ein passendes Haarnetz aus Silberdraht und Perlen, das auf magische Weise vom Alter unberührt geblieben war. Ruberta teilte Fiamettas Haar in schöne, schwingende Wellen, rollte es auf ihrem Hinterkopf zusammen und zog das Netz über die Haarmasse. Nur zwei dunkle Löckchen durften kunstvoll vor ihren Ohren herabbaumeln. Fiametta blickte neugierig in ihren kleinen Spiegel und drehte entzückt den Kopf hin und her, damit die Löckchen hüpften. »Danke, Ruberta!« Sie schlang die Arme um die beschürzte Taille der Haushälterin und umarmte sie. »Du bist so klug.«

»Oh, deine Schuhe – sie sind noch in der Küche. Ich hole sie.« Ruberta eilte hinaus. Fiametta betrachtete sich aus verschiedenen Blickwinkeln im Spiegel und fuhr erneut mit den Händen über das weiche, kostbare Tuch. Sie saugte an ihrer Unterlippe, stand einem Impuls folgend auf und ging zu der Truhe am Fußende ihres Bettes.

Sie schob Leinentücher zur Seite und fand einen flachen Kasten aus Eichenholz. Sie öffnete ihn und blickte auf die Totenmaske ihrer Mutter. Viele Leute bewahrten Totenmasken aus Wachs auf. Prospero Beneforte hatte die Totenmaske von Fiamettas Mutter in Bronze nachgegossen und mit seiner Kunst zu einem prächtigen Braun nachgedunkelt, das ihrer ursprünglichen Hautfarbe nahekam. Über den sanften Kurven ihrer Nase und ihres breiten Mundes waren die wachen dunklen Augen nun geschlossen, wie im Schlaf, doch in einem seltsam traurigen Schlaf. Fiametta hielt die Maske an ihr Kleid und blickte darüber hinweg in den Spiegel, den sie auf Armeslänge entfernt hielt. Sie kniff die Augen zusammen und bemühte sich, das Gesicht der Maske und das Kleid in einem zu sehen. Dann zog sie die Maske unter ihr Kinn und verglich die beiden Gesichter. Wieviel von dem blasseren Gesicht war Prospero Beneforte, wieviel diese verstorbene Frau? Fiamettas Nase hatte einen ausgeprägten Rücken, und ihre Kieferpartie war schärfer geschnitten als in diesem dunklen Antlitz, doch sonst … *Wer bin ich? Und wessen bin ich? Wohin gehöre ich, Mutter?*

Auf der Galerie erklangen Rubertas Schritte. Fiametta legte die Maske hastig in den Kasten zurück und schloß ihn wieder. Ruberta reichte ihr die polierten Schuhe durch die Tür. »Beeil dich jetzt. Dein Papa wartet unten schon.«

Fiametta zog die Schuhe an und sprang aus ihrem Schlafzimmer auf die obere Galerie, von der man in den Hof sehen konnte. Sie hob die Röcke, um die Treppe hinabzugehen, dann schüttelte sie sie aus und ging gesetzter, wie es ihrer damenhaften Haartracht zukam. Das war nicht das Kleid einer Sklavin oder einer bloßen Dienerin, sondern der offensichtliche Beweis, daß ihre Mutter die rechtmäßige christliche Ehefrau eines großen Handwerkers gewesen war. Fiametta hielt das Kinn stolz erhoben.

Meister Beneforte stand im gefliesten Korridor. Auch er sah prächtig aus, stellte Fiametta fest. Er trug einen Umhang aus schwarzem Samt, der bis zu seinen Knien reichte, und einen großen Hut aus demselben Stoff, der wie ein Turban mit einem Tuch umwunden war, das flott zur Seite fiel. Sein Rock war aus honigbraunem Samt und reichte bis zum Hals hoch, wo sich ein leuchtend weißer Streifen Leinen zeigte, und reichte mit seinen gefalteten Schößen bis zu den Knien in der schwarzen Hose. Trotz seines ergrauenden Haars lehnte Meister Beneforte immer noch die langen Gewänder der Älteren ab; die gedeckten Farben, die er allerdings gewählt hatte, wiesen ihn als einen reifen Mann aus. Er hatte den Rock mit einer goldenen Kette aus der eigenen Werkstatt abgesetzt und stellte so seine Kunst zur Schau.

Als er Fiamettas Schritte hörte, wandte er sich um. »Ah, da bist du ja.« Er blickte sie von oben bis unten an, seine Augen gingen seltsam in die Ferne, er murmelte: *»Oh«*, und schüttelte den Kopf, als müßte er seinen Blick klären. »Sehe ich gut aus, Papa?« fragte Fiametta beunruhigt.

»Du siehst gut aus. Hier.« Er streckte ihr die Hand entgegen.

Auf seiner Handfläche lag ein silberner Gürtel, eine geschickt angefertigte Arbeit. Fiametta nahm ihn überrascht entgegen. Er hatte die Form einer silbernen Schlange, war rund und biegsam wie ein Seil. Die schimmernden Schuppen waren so fein wie die einer echten Schlange, und ihre einander überlappenden Plättchen verbargen, was immer ihr Skelett zusammenhielt. Der Kopf der Schlange war aus massivem Silber und lebensecht, mit grünen Splittern – aus Smaragd? aus Glas? – als glitzernde Augen.

»Leg ihn an«, befahl Meister Beneforte.

»Wie? Ich sehe keine Klammer.«

»Leg ihn einfach um. Er wird halten.«

»Er ist verzaubert, nicht wahr?«

»Nur ein kleiner Zauber zu deinem Schutz.«

»Danke, Papa.« Sie legte die silberne Schlange um ihre Taille, drückte den Schwanz hinter den Kopf, und tatsächlich hielt der Gürtel. Erst da fiel ihr ein zu fragen: »Geht er auch wieder ab?«

»Wann immer du möchtest.«

Sie versuchte es und gürtete sich dann erneut. »Hast du den jetzt erst gemacht?« Sie dachte, er hätte Tag und Nacht an der Fertigstellung des Salznapfes gearbeitet.

»Nein, ich besitze ihn schon seit geraumer Zeit. Ich habe ihn nur gereinigt und den Zauber erneuert.«

»Gehörte er Mama?«

»Ja.«

Fiametta streichelte den Gürtel. Ihre Finger glitten

über die Schuppen. Sie gaben schwache, musikalisch vibrierende Töne von sich, die fast zu zart waren, um gehört zu werden.

Der Salznapf des Herzogs wartete auf einer Bank an der Wand. Sein neuer Kasten war mit Satin ausgelegt und – passend zum Sockel – aus Ebenholz; an den Seiten hatte er goldene Klammern und goldene Henkel. Fiametta hatte geholfen, ihn zusammenzubauen und zu polieren. Sie wäre nicht auf die Idee gekommen, ihr Vater könnte nervös sein, doch er öffnete den Kasten und überprüfte seinen Inhalt ein letztesmal, überprüfte den Sitz und die Sicherheit der Klammern und wanderte dann in die Werkstatt, um zum Fenster hinauszuschauen.

»Aha. Endlich«, hörte sie ihn sagen, und er kehrte in den Korridor zurück, um die Tür für den schweizerischen Hauptmann und zwei Gardisten zu entriegeln. Die Brustharnische der Soldaten glänzten wie Spiegel. Hauptmann Ochs trug seine beste und sauberste Livree, ein neues Wams mit Goldknöpfen, das zu Ehren der Verlobung ausgegeben worden war.

»Alles bereit, Meister Prospero?« fragte der Hauptmann lächelnd. Er nickte in die Richtung, wo der Kasten aus Ebenholz stand. »Sollen meine Männer ihn tragen?«

»Ich glaube, ich trage ihn am besten selbst«, sagte Meister Beneforte und hob den Kasten hoch. »Laßt einen vorausgehen, und einen hinterher.«

»In Ordnung.« Sie machten sich auf den Weg. Der Hauptmann und Fiametta flankierten den Goldschmied.

»Laß die Tür verriegelt, bis ich zurückkomme, Teseo«, rief Meister Beneforte zurück. Der Lehrling verbeugte sich linkisch und schloß hinter ihnen die Tür. Meister Beneforte blieb stehen, bis er hörte, wie der Riegel einrastete, dann nickte er und ging die gepflasterte Straße hinab.

Es war ein strahlender Tag, zwei Wochen nach dem heiligen Osterfest, gerade noch kühl genug, daß es bequem war, Samtkleider zu tragen. In den Wochen, seit Fiametta ihren Ring gegossen hatte, hatten die Bäume ausgeschlagen. Sie hielt die Löwenmaske auf ihrem linken Daumen umfaßt und ließ den Granat (mit einem Seufzen dachte sie an den Rubin, den sie gern gehabt hätte) die Mittagssonne einfangen und zurückblinken. Auch die gelben Ziegel und Steine sowie die roten Ziegeldächer warfen das Licht zurück. Traurig braun im Winter, sah Montefoglia an langen Sommernachmittagen wie eine Stadt aus Gold aus. Von der Straße mit den großen Häusern, die das Heim und die Werkstatt ihres Vaters flankierten, kamen sie hinab zu älteren, dichter stehenden Gebäuden.

Als sie eine Seitengasse überquerten, die zum Wasser hinabführte, sah Fiametta Boote und die Anlegestellen. Ein paar faule Lachmöwen stießen herab und krächzten. Wenn Papa sie diesen Sommer wieder zum Fischen mitnahm, dann würde er sie vielleicht den geheimen Zauber lehren, den er benutzte, um einen Köder an seinem Haken zu befestigen. Der schmale See erstreckte sich von Montefoglia elf Meilen nach Norden, auf die Ausläufer der Alpen zu, hinter denen Hauptmann Ochsens Heimat lag. Die erste Saumtierkolonne des Jahres war vor einer Woche über den Montefoglia-Paß gekommen, wie Fiametta gehört hatte. Zwar war dieser Übergang höher und schwieriger als der große Brenner im Osten, doch die Route diente den Bedürfnissen des kleinen Herzogtums. Montefoglia bestand aus rauhem Bergland und wäre ohne den Rinnsal des Handels und ohne die Fischerei im See wirklich arm gewesen.

An der Ostküste, im Norden der Stadt, befand sich das Kloster von San Girolamo mit seinen Weinbergen und den terrassierten Feldern für Frühlingsweizen mit seinen Obstgärten und Schafherden. Die Hauptstraße lief am Ostufer des Sees entlang, vorbei an den Steinmauern des Klosters, während es am steilen, felsigwilden Westufer nur Ziegenpfade gab. Fiametta sah ein paar Gestalten auf Pferden sitzen und einen langsamen Ochsenkarren, die sich auf dem staubigen weißen Band dahinbewegten. Die Schreibstube von San Girolamo lieferte auch illuminierte Bücher für die Bibliothek des Herzogs, den Stolz der Burg, die auf dem Felsen am anderen Ende der Stadt thronte. Der Herzog prahlte damit, daß seine Bibliothek nichts von diesem billigen, modernen gedruckten Zeug enthielt, sondern nur echte, kalligraphisch geschriebene Manuskripte, die in reich verziertes Leder gebunden waren – über einhundert Bände. Nach Fiamettas Auffassung bedeutete dies eine Einengung, doch vielleicht lag es daran, daß Herzog Sandrino zwar lesen, aber selbst nicht schreiben konnte, und die Kalligraphie ihm deshalb so wichtig erschien. Alte Leute waren bei den seltsamsten Dingen auf lächerliche Weise altmodisch.

»Und wie gehen die Verlobungsfeierlichkeiten vor sich?« forschte Meister Beneforte den Hauptmann aus. Fiametta, die etwas zurückgefallen war, beschleunigte ihre Schritte und schloß auf, um zu lauschen.

»Nun, die Herzogin ließ gestern abend im Garten eine Festillumination mit einem lebenden Bild und mit Madrigalen abhalten. Die Sänger hörten sich sehr hübsch an.«

»Ich hätte die Kostüme für dieses Kunstwerk entworfen, wenn nicht der Herzog auf dem da bestanden hätte«, Meister Beneforte hob den Ebenholzkasten hoch. »Ich bin überrascht, daß dieser Tölpel di Rimini nicht die Effekte verpfuscht hat. Der Mann könnte nicht einmal einen Türknopf entwerfen.«

Der Hauptmann lächelte trocken über diese Schmähung von Meister Benefortes angesehenstem hiesigen Rivalen in den ornamentalen Künsten. »Er hat alles richtig gemacht. Zu Eurem Trost ist anzumerken, daß es einen schlimmen Augenblick gab, als die Kerzen einen Kopfputz in Brand setzten, doch wir haben die Dame mit Wasser übergossen und das Feuer gelöscht, und außer ihren Federn war nichts beschädigt. Ich wußte doch, daß ich recht hatte, als ich verlangte, daß diese Eimer hinter der Bühne bereitstehen sollten.«

»Ha. Wie ich gehört habe, ist der zukünftige Bräutigam wenigstens heute morgen rechtzeitig eingetroffen.«

»Ja.« Der Hauptmann runzelte die Stirn. »Ich muß sagen, ich mag das Gefolge nicht, mit dem er hereingeritten kam. Ein abgebrühter Haufen. Und fünfzig schwerbewaffnete Reiter erscheinen für einen solchen Anlaß übertrieben. Ich weiß nicht, was Herzog Sandrino sich dabei dachte, als er dem Baron von Losimo gestattete, so viele Reiter mitzubringen. Es sei die Ehre, die er seinem zukünftigen Schwiegersohn schulde, sagt er.«

»Nun, Umberto Ferrante war Condottiere, bevor er vor zwei Jahren der Erbe von Losimo wurde«, sagte Meister Beneforte wohlüberlegt. »Er ist noch nicht lange genug dort, um unter den Einwohnern loyale Gefolgschaft zu finden. Vermutlich besteht seine Eskorte aus Männern, denen er vertraut.«

»Erbe geworden, von wegen! Er hat die päpstliche Kurie bestochen, um den Anspruch des anderen Vetters zunichte zu machen, und dann aufs neue, um den Dispens zur Hochzeit mit der Erbin zu bekommen. Ich vermute, Kardinal Borgia wollte sicher sein, einen Guelfen in Losimo zu haben, als Gegner gegen die Ambitionen von Venedig und der Ghibellinen.«

»Nach meiner Erfahrung mit der Kurie würde ich sagen, Ihr habt genau richtig geraten«, sagte Meister Beneforte mit einem säuerlichen Lächeln. »Ich frage mich jedoch, woher Ferrante das Geld genommen hat.«

»Mailands Ambitionen erscheinen mir als naheliegendere Bedrohung. Das arme Montefoglia sitzt dazwischen wie eine Nuß in der Beißzange.«

»Nun, Mailand ist ja ein Beispiel dafür, wie ein Soldat aufsteigen kann. Ich hoffe, Baron Ferrante hat nicht das Leben des verblichenen Francesco Sforza zu eingehend studiert. Heirate die Tochter und mach dich dann zum Herrn des Staates … Nehmt Euch ein Beispiel, Uri.«

Der Hauptmann seufzte. »Leider kenne ich keine Erbtöchter.« Er überlegte kurz. »Genau das hat Ferrante in Losimo tatsächlich gemacht. Ich hoffe, er hat nicht vor, den Trick in Montefoglia zu wiederholen.«

»Unser Herzog und sein Sohn sind beide gesund genug, um das zu verhindern, meine ich«, sagte Meister Beneforte. Er klopfte auf den Ebenholzkasten. »Und vielleicht kann ich meinen kleinen Teil dazu beitragen, daß sie es bleiben.«

Der Hauptmann starrte auf seine Stiefel, während er über die Pflastersteine schritt. »Ich weiß es nicht. Ich weiß jedoch, daß Herzog Sandrino über diese Verlobung nicht sonderlich glücklich ist, und Herzogin Letizia noch weniger. Ich weiß nicht, über welche Druckmittel Ferrante verfügt, doch ich spüre … da hat es harte Verhandlungen um die Mitgift gegeben.«

»Zu schade, daß Baron Ferrante nicht jünger ist, oder Donna Giulia älter.«

»Oder beides. Ich weiß, daß die Herzogin darauf bestanden hat, in den Vertrag die Klausel einzufügen, daß die Hochzeit erst nach einem weiteren Jahr stattfinden darf.«

»Vielleicht wirft Baron Ferrantes Pferd seinen Herrn ab, und er bricht sich beizeiten das Genick.«

»Das werde ich in meine Gebete aufnehmen«, sagte der Hauptmann lächelnd. Fast klang es nicht wie ein Scherz.

Das Gespräch erstarb, als sie ihren Atem für den

Aufstieg zur Burg brauchten. Das Tor, durch das sie gingen, wurde von zwei trutzigen eckigen Türmen aus behauenen Steinen flankiert, die mit den gleichen gelben Ziegeln gedeckt waren, wie sie an den meisten neueren Gebäuden von Montefoglia üblich waren. Die Soldaten eskortierten Meister Beneforte und Fiametta über einen gepflasterten Hof und dann die neue Prunktreppe hinauf, die der derzeit regierende Herzog in der Hoffnung hatte bauen lassen, er könne damit die strenge Architektur seiner Vorfahren etwas auflockern. Meister Beneforte rümpfte im Vorübergehen die Nase über die Steinmetzarbeiten und murmelte sein übliches Urteil: »Man hätte einen wirklichen Bildhauer beauftragen sollen, und nicht einen Steinmetz vom Lande ...« Durch zwei dunkle Hallen und eine weitere Tür kamen sie in den umfriedeten Garten. Hier waren inmitten der Blumen und Obstbäume die Tische für das Verlobungsmahl aufgestellt.

Die Menge nahm gerade Platz. Das war genau der Zeitpunkt, den Meister Beneforte sich für seine große Präsentation erhofft hatte. Die herzogliche Familie saß zusammen mit Baron Ferrante und dem Abt von San Girolamo, der zugleich Bischof von Montefoglia war, an einem langen Tisch, der auf einer Plattform aufgebaut war. Ein Baldachin aus Tapisserien spendete Schatten. Im rechten Winkel zu dem Podest waren unterhalb davon vier weitere Tische für die rangniedrigeren Gäste aufgestellt.

Herzog Sandrino, ein angenehm fülliger Mann um die fünfzig mit Gesichtszügen von edlem Ebenmaß, wusch sich gerade die Hände in einem Silberbecken, in dessen dampfendem Wasser die Blütenblätter von Rosen schwammen und das ihm Messer Quistelli, sein Haushofmeister, hinhielt. Sein Sohn und Erbe, der zehnjährige Don Ascanio, saß zu seiner Rechten. Einer von Baron Ferrantes livrierten Gefolgsleuten schob unter den Stiefeln seines Herrn einen Fußschemel zurecht, der die Form einer Truhe mit einem Lederpolster auf dem Deckel hatte und mit Losimos geschnitztem Wappen verziert war. Das tragbare Möbel diente offensichtlich einem besonderen Wunsch nach Bequemlichkeit, denn Baron Ferrantes Beine waren von normaler Form und Länge. Vielleicht verbarg seine Seidenhose eine alte Kriegswunde, die ihm immer noch Schmerzen bereitete. Fiametta übte sich darin, nicht zu gaffen, während sie versuchte, ihrem Gedächtnis so viele Einzelheiten wie möglich von der überwältigenden Szenerie aus Samt und Seide, aus Hüten, Abzeichen und Wappen, aus Juwelen und Haartrachten einzuprägen.

Donna Giulia, die zwischen ihrer Mutter und ihrem zukünftigen Bräutigam saß, trug ein frühlingsgrünes Samtkleid mit goldener Stickerei und – ha! – eine Mädchenhaube. Allerdings war die grüne Haube mit noch mehr Goldfäden bestickt und mit winzigen Perlen besetzt. Ihr Haar war mit grünen Bändern zu einem blonden Zopf geflochten, der über ihren Rücken hinabhing. Suchte Herzogin Letizia absichtlich die Jugend ihrer Tochter zu betonen? Giulias leichte Aufgeregtheit bildete einen lebhaften Kontrast zu dem Baron von Losimo, der auf ihrer anderen Seite saß. Baron Ferrante war dunkel, reif und machtvoll, sichtlich ein Jünger des Mars. Seine Lippen lächelten, ohne die Zähne zu zeigen. Vielleicht waren seine Zähne schlecht.

Der Abtbischof saß links von Baron Ferrante, zweifellos sowohl aus Gründen der Ehre als auch, um Ferrante einen passenden Gesprächspartner zu geben, falls Giulias mädchenhaftes Gerede oder scheues Schweigen ihm langweilig werden sollte. Abt Monreale war in seiner Jugend ein prächtiger Ritter gewesen, bevor er ernstlich verwundet worden war und auf dem Sterbebett ein Gelübde abgelegt hatte, sein Leben der Kirche zu weihen, wenn Gott ihn verschone. Er hatte sein Versprechen gehalten. Jetzt, wo sein Haar ergraut war, hatte er einen Ruf als Gelehrter und auch als

Mystiker. Heute trug er nicht die Kutte des Abts, sondern den wallenden weißen Talar und den goldgefaßten roten Ornat des Bischofs mit einem Käppchen aus weißem Seidenbrokat auf der Tonsur. Monreale war der Kirchenmann, dem es oblag, alljährlich die Werkstatt wie auch die Seele von Prospero Beneforte einer Prüfung zu unterziehen und seine kirchliche Lizenz zur Ausübung der weißen Magie zu erneuern. Nachdem Meister Beneforte vor dem Herzog, dessen Familie und Baron Ferrante seinen Kratzfuß gemacht hatte, verneigte er sich vor dem Abt mit großer und ungeheuchelter Ehrerbietung.

Wie sie es geübt hatten, kniete sich Meister Beneforte nieder, öffnete den Ebenholzkasten, und Fiametta reichte mit einem hübschen Knicks dem Herzog den Salznapf. Das schneeweiße Leinen des Tischtuchs ließ das schimmernde Gold und die leuchtenden Farben des Email vollkommen erscheinen. Meister Beneforte strahlte, als die am Tisch Sitzenden in spontanen Beifall ausbrachen. Herzog Sandrino lächelte mit offensichtlicher Genugtuung und bat den Abt, er solle selbst das erste Salz segnen, das der Haushofmeister eilends in die glänzende Bootsschüssel schüttete.

Meister Beneforte sah mit atemloser Spannung zu. Jetzt war der Zeitpunkt gekommen, da der Herzog – wie er gehofft und es Fiametta bei ihrer privaten Probe anvertraut hatte – in einer großzügigen Geste der Freigebigkeit vor den versammelten Gästen seine Hände mit Dukaten füllen würde. In Erwartung dieses goldenen Augenblicks hielt er unter seinem Umhang schon einen großen leeren Geldbeutel bereit. Doch der Herzog verwies sie nur – wenn auch freundlich – auf die Plätze, die für sie an einem der unteren Tische hergerichtet worden waren. »Nun, er hat an soviel zu denken. Dann also später«, murmelte Meister Beneforte in seinen Bart und verbarg seinen Ärger, während sie sich niederließen.

Ein Diener brachte ihnen das Silberbecken zum Händewaschen – eines von Meister Benefortes eigenen Werken, wie Fiametta bemerkte – und das Bankett begann mit Wein und gebratenen Ravioli, die mit Schweinehackfleisch und Kräutern gefüllt waren, sowie mit Rahmkäse, der in Puderzucker gewendet war. Man trug Körbe mit Weißbrot auf, dann Platten mit Kalbfleisch, Geflügel, Schinken, Würsten und Rindfleisch. Und noch mehr Wein. Meister Beneforte beobachtete mit scharfer Aufmerksamkeit den oberen Tisch. Doch von niemandes Teller stiegen blaue Flammen auf. Fiametta betrieb höfliche Konversation mit der Frau des Kastellans, einer rundlichen Frau namens Donna Pia, die auf ihrer anderen Seite saß.

Als die Frau des Kastellans, von ihrem Mann herbeigewunken, einen Moment lang aufstand, neigte sich Meister Beneforte nahe zu seiner Tochter. Fiametta machte sich auf noch mehr Gebrumm über die Dukaten des Herzogs gefaßt, doch statt dessen fragte er unerwarteterweise mit gedämpfter Stimme: »Hast du den kleinen Silberring bemerkt, den Baron Ferrante an seiner rechten Hand trägt, mein Kind? Du warst näher an ihm dran als ich.«

Fiametta blinzelte. »Ja, jetzt wo du es sagst, fällt es mir ein.«

»Was war dein Eindruck?«

»Nun …«, sie versuchte, sich den Ring vor ihrem geistigen Auge vorzustellen. »Mir kam er äußerst häßlich vor.«

»Welche Form hatte er?«

»Die einer Maske. Ein Kinder- oder Puttogesicht, glaube ich. Eigentlich nicht häßlich, aber … ich mochte ihn einfach nicht.« Sie lachte leicht auf. »Er sollte dir den Auftrag geben, etwas Besseres für ihn zu machen, Papa.«

Zu Fiamettas Überraschung bekreuzigte sich ihr Vater mit einer schnellen, schützenden Geste. »Sag so etwas nicht! Doch … wieso wagt er es, ihn offen vor dem Abt zu tragen? Vielleicht hat er ihn aus zweiter Hand bekommen und weiß nicht, um was es sich handelt. Oder er hat ihn irgendwie stumm gemacht.«

»Der Ring ist neu, meine ich«, sagte Fiametta. »Papa, worüber zerbrichst du dir den Kopf?« Ihr Vater sah beunruhigt aus.

»Ich bin mir fast sicher, daß es sich um einen Geisterring handelt. Doch wenn der Ring aktiv ist, wo kann er dann …«, er verstummte, preßte die Lippen zusammen und starrte heimlich zum Obertisch.

»Schwarze Magie?« flüsterte Fiametta bestürzt.

»Nicht … nicht unbedingt. Ich habe einmal … einen solchen Ring gesehen, der keine Todsünde war. Und Ferrante ist ein Fürst. Einem solchen Mann sollten Formen der Macht vertraut sein, die geringeren Leuten nicht zustehen, jedoch zu einem Herrscher passen. Wie der große Herr Lorenzo in Florenz.«

»Ich dachte, alle Magie sei entweder weiß oder schwarz.«

»Wenn du einmal so alt bist wie ich, mein Kind, dann wirst du einsehen, daß nichts in dieser Welt entweder ganz weiß oder ganz schwarz ist.«

»Würde Abt Monreale dem zustimmen?« fragte sie mißtrauisch.

»O ja«, seufzte er und zuckte mit den Augenbrauen. »Nun, Baron Ferrante hat noch ein Jahr Zeit, um seinen Charakter zu offenbaren.« Er krümmte die Finger und ließ das Thema fallen, als Donna Pia zurückkehrte.

Die Diener trugen die wenigen Überreste der Fleischspeisen fort und setzten statt dessen große Teller mit Datteln, Feigen, frühen Erdbeeren, Feingebäck und Konfekt den Gästen vor. Fiametta und Donna Pia wählten gemeinsam aus und richteten unter den Kirschtorten große Verheerungen an. Am anderen Ende des Gartens begannen Musikanten zu spielen und übertönten das Geklirr und Geklapper von Besteck und Geschirr. In Erwartung der abschließenden Trinksprüche schenkten der Kellermeister des Herzogs und seine Gehilfen süße Weine aus.

Messer Quistelli kam aus der Burg geeilt und trat unter den Tapisserien hindurch, die der Ehrentafel Schatten spendeten. Er beugte den Kopf vor und flüsterte dem Herzog etwas ins Ohr. Herzog Sandrino runzelte die Stirn und stellte ein Frage. Messer Quistelli zuckte mit den Achseln. Der Herzog schüttelte den Kopf, als wäre er verärgert, doch er beugte sich zur Seite und sprach mit der Herzogin, dann erhob er sich und folgte seinem Haushofmeister in das Innere der Burg.

Die Frau des Kastellans ging an Fiametta vorbei und verhandelte mit Meister Beneforte. Er sollte ihr einen kleinen Wasserkrug aus Silber reparieren, dessen Griff abgebrochen war. Fiametta bemerkte, daß ihr Vater sich keineswegs geschmeichelt fühlte, mit solchen häuslichen Bagatellen behelligt zu werden, die eine reine Lehrlingsarbeit bedeuteten. Doch dann fiel sein Auge auf seine Tochter.

Er lächelte leicht. »Fiametta wird ihn reparieren. Das kann dein erster eigenständiger Auftrag sein, mein Kind.«

»Oh. Könnt Ihr das?« Donna Pia blickte sie zweifelnd und zugleich beeindruckt an.

»Wahrscheinlich … sollte ich ihn mir erst einmal ansehen«, antwortete Fiametta vorsichtig, doch insgeheim freute sie sich.

Donna Pia blickte zu dem erhöhten Tisch. »Man wird mit den Trinksprüchen nicht beginnen, bevor der Herzog zurückgekehrt ist. Was hält ihn bloß so lange fern? Kommt in meine Gemächer, Fiametta, und dann könnt Ihr den Krug auf der Stelle sehen.«

»Gewiß, Donna Pia.«

Während sie sich erhoben, kehrte Messer Quistelli zurück, um diesmal mit Baron Ferrante zu sprechen.

Ferrante machte ein verwundertes, irritiertes Gesicht, doch offensichtlich vom Befehl seines Gastgebers gezwungen, stand er auf und folgte dem Haushofmeister. Mit einer Handbewegung gab Baron Ferrante zweien seiner Männer ein Zeichen, ihm zu folgen. Wäre sie ihnen auf der Straße begegnet, dann hätte Fiametta nicht gezögert, sie als Bravos, gedungene Meuchelmörder, zu bezeichnen. Der ältere von ihnen, ein übelaussehender bärtiger Kerl, dem einige Schneidezähne fehlten, war als Ferrantes oberster Offizier vorgestellt worden. Hauptmann Ochs, der sich gerade herüberneigte, um mit einer Dame an einem der unteren Tische zu plaudern, blickte auf, runzelte die Stirn und folgte den anderen. Er mußte große Schritte machen, um sie einzuholen.

Die beiden Frauen warteten, bis die Männer den Eingang freigaben, dann führte die Frau des Kastellans Fiametta hinein. Fiametta warf einen neugierigen Blick zur Seite, als sie den Saal durchquerten. Durch eine Tür am anderen Ende, die in ein Kabinett oder Studierzimmer führte, konnte sie den Herzog sehen, wie er an seinem Pult stand, zusammen mit zwei staubbedeckten Männern, der eine ein Priester mit ernstem Gesicht, der andere ein anscheinend zum Jähzorn neigender Edelmann. Dann nahmen Baron Ferrante und der Rest des Gefolges ihr die Sicht, und sie folgte Donna Pia.

Der Kastellan hatte seine Gemächer in einem der eckigen Türme mit den dicken Mauern. Donna Pia nahm den Wasserkrug von einem Regal in ihrem winzigen Schlafzimmer, das mit ihrem bißchen Mobiliar vollgestellt war – einem Bett und Truhen –, und wartete besorgt, während Fiametta ihn zu einer Fensterscharte trug, um ihn anzuschauen. Fiametta war insgeheim erfreut, als sie entdeckte, daß es sich nicht um eine bloße Lötarbeit handelte, sondern daß mehr Können erforderlich war. Der Griff in Form einer geschmeidigen Meerjungfrau war nicht nur locker, sondern hatte auch einen Sprung. Fiametta versicherte Donna Pia, sie könne ihn schnell reparieren. Sie wickelten das Stück in ein altes Leinentuch und gingen zum Garten zurück.

Als sie wieder durch den großen Saal kamen, erschrak Fiametta. Aus dem Kabinett drangen die zornigen Rufe des Herzogs. Er lehnte sich, auf die Fäuste gestützt, über sein Schreibpult. Baron Ferrante stand ihm gegenüber, hatte die Arme verschränkt und die Zähne zusammengebissen, und sein Gesicht lief dunkelrot an. Seine Antworten waren kurze ruckartige Sätze, die er hervorpolterte – zu leise, als daß Fiametta sie hätte verstehen können. Die beiden staubbedeckten Fremden schauten zu. Das Gesicht des Edelmanns zeigte boshafte Schadenfreude, das des Priesters war bleich. Hauptmann Ochs lehnte sich anscheinend ungezwungen mit dem Rücken gegen den Türrahmen, doch seine Hand ruhte auf dem Heft seines Schwertes. Donna Pia packte erschrocken Fiametta an der Schulter.

Herzog Sandrinos Stimme wurde lauter und dann wieder leiser. »… Lügen und Mord … schwarze Magie … Totenbeschwörung! Sicherer Beweis … mein Kind nicht … Beleidigung meines Hauses! Begib dich sofort hinweg oder mach dich darauf gefaßt, daß ein Krieg dir den schändlichen Kopf raubt, du Bastard von einem Condottiere!« Stotternd vor Wut biß sich Herzog Sandrino in den Daumen und schüttelte ihn vor Baron Ferrantes Gesicht.

»Ich brauche mich auf nichts gefaßt zu machen!« erwiderte Baron Ferrante wütend und beugte sich zum Herzog vor. »Euren Krieg könnt Ihr auf der Stelle haben!« Fiametta blieb der Mund offen stehen, als Baron Ferrante mit der linken Hand seinen Dolch zog. In derselben Aufwärtsbewegung führte er einen so mächtigen Hieb über Herzog Sandrinos Kehle, daß die

Waffe den Hals zur Hälfte durchtrennte und vom Knochen abprallte. Ferrante hatte so fest zugeschlagen, daß er das Gleichgewicht verlor und zusammen mit seinem Opfer auf das Pult fiel, so als umarmten sie einander. Beide waren plötzlich mit Rot beschmiert.

Mit einem empörten Schrei, der fast einer Wehklage glich, zog Hauptmann Ochs sein Schwert aus der Scheide und sprang nach vorne. In dem engen Raum des Kabinetts war ein Schwert jedoch nur wenig wirkungsvoller als ein Dolch, und Ferrantes Bravos hatten schon ihre Dolche gezogen. Der Offizier mit den Zahnlücken durchbohrte dem zornigen Edelmann das Herz mit einem Stich, der fast so plötzlich und machtvoll war wie der erste Streich seines Herrn. Messer Quistelli, alt und unbewaffnet, duckte sich, doch nicht schnell genug. Der Messerstich des zweiten Mörders streckte ihn zu Boden. Uri sprang nach vorne und wehrte einen zweiten Stich ab, dann geriet er mit dem Mann in ein Handgemenge.

Als der Priester die Hand hob, machte Baron Ferrante gegen ihn eine Geste mit der geballten rechten Faust. Der Silberring blitzte auf, der Priester faßte sich an die Augen und schrie auf. Baron Ferrante stach ihn in die ungeschützte Brust.

»Ich muß meinen Mann holen!« Donna Pia ließ ihren Wasserkrug fallen, raffte ihre Röcke hoch und lief in den Garten. Das Geräusch ließ Ferrantes Offizier aufblicken, er runzelte die Stirn und ging auf Fiametta los. Seine Augen waren sehr kalt. Wie benommen vor Schreck drehte Fiametta sich um und rannte hinter Donna Pia her. Das Herz hämmerte in ihrem Leib.

Das Sonnenlicht blendete sie. In der Mitte des Gartens hing die Frau des Kastellans in den Armen ihres Mannes und warnte ihn schreiend. Er schüttelte den Kopf, als verstünde er die Schreie nicht, deren Sinn Fiametta nur allzu klar war. Im hellen Licht des Nachmittags schaute sie sich verzweifelt nach dem großen schwarzen Hut ihres Vaters um. *Dort* war er und nickte irgend jemandem zu. Der losimanische Offizier blickte sich am Eingang der Burg um und verschwand wieder im Gebäude. Fiametta warf sich an Meister Benefortes Brust und packte ihn an der Jacke.

»Papa«, keuchte sie, »Baron Ferrante hat gerade den Herzog ermordet!«

Uri Ochs kam rückwärts durch die Tür gewirbelt. An seinem Schwert war Blut. »Verrat!« schrie er; aus seinem Mund quoll Blut, als er rief: »Mord und Verrat! Montefoglia, zu den Waffen!«

Ferrantes Männer waren ebenso überrascht wie die Gardisten Montefoglias und begannen sich in kleinen Gruppen zu sammeln. Ferrantes Offizier, der Hauptmann Ochs durch die Tür gefolgt war, rief seine Kumpane zu Hilfe.

»Der Teufel«, zischte Meister Beneforte mit zusammengebissenen Zähnen. »Mein Auftrag ist dahin!« Er packte Fiametta am Arm, wandte sich um und blickte umher. »Dieser Garten ist eine Todesfalle. Wir müssen sofort weg von hier!«

Die Männer zogen ihre Schwerter und Dolche, die unbewaffneten Gäste griffen nach den Tischmessern. Frauen kreischten.

Meister Beneforte rannte los, doch nicht zur Tür, sondern zu dem erhöhten Tisch. Hauptmann Ochs und Ferrantes Offizier stürzten Hals über Kopf in dieselbe Richtung. Ferrantes Mann sprang nach vorne und zielte mit dem Schwert über das leinene Tischtuch hinweg auf den kleinen Don Ascanio. Er hätte dem Jungen den Kopf abgeschlagen, hätte nicht Hauptmann Ochs die Klinge mit seiner eigenen abgelenkt. Als der zahnlückige Losimaner taumelnd zu einem neuen Streich ausholte, sprang Abt Monreale hoch und kippte den Tisch gegen ihn.

Glitzernd flog der goldene Salznapf durch die Luft. Mit einem wilden Sprung fing Meister Beneforte sein

Werk auf und hüllte es in seinem Umhang ein. »Los, Fiametta! Zur Tür!«

Fiametta zog krampfhaft an ihrem Rock. Er war unter der Ecke des umgestürzten schweren Tisches festgeklemmt. »Papa, hilf mir!«

Herzogin Letizia packte ihre Tochter. Halb sprang, halb fiel sie über den rückwärtigen Teil des Podests in die Tapisserien. Uri sprang hoch, ergriff Don Ascanio und schob ihn Abt Monreale zu. »Bringt den Knaben hinaus!« keuchte er. Der Abt schlug seinen roten Bischofsmantel um das erschrockene Kind und parierte mit dem Krummstab das Schwert eines losimanischen Bravos. Der Parade ließ er ganz automatisch einen mächtigen und wohlgezielten Tritt in die Lendengegend des Mannes folgen.

»San Girolamo! Zu mir!« brüllte Monreale. Sein Prior und sein stämmiger Sekretär eilten ihm zu Hilfe. Der Abt vereitelte mit einer seltsamen Bewegung seines Krummstabs den Angriff eines weiteren Losimaners auf Don Ascanio. Das Gesicht des Soldaten verlor abrupt jeglichen Ausdruck, er ließ das Schwert fallen und torkelte seitwärts über das Podest hinab. Ein Mann von Montefoglias Garde, der sich ins Getümmel stürzte, schlug den Losimaner nieder. Meister Beneforte – schon auf halbem Weg zur Tür – hörte Fiamettas Schreie und rannte zurück.

Uri, der die Gruppe schützte, die sich jetzt um den Abt und Don Ascanio bildete, war in einen mörderischen Schwertkampf mit Ferrantes zahnlückigem Offizier verwickelt. Er keuchte seltsam. Mit einem Stoß und nachfolgender Parade stieß er Baron Ferrantes Fußschemel-Truhe über den Rand des Podestes. Sie fiel auf die Seite und sprang auf. Das Steinsalz, mit dem sie vollgepackt war, lief Fiametta über die Füße.

Im Salz lag gekrümmt die verschrumpelte Leiche eines neugeborenen Kindes. Fiametta schrie auf, schreckte zurück und riß dabei ihren vom Tisch eingeklemmten Rock los. Uri blickte zur Seite. Seine Augen weiteten sich. Ferrantes Offizier sprang nach vorne und stieß sein Schwert in Uris neues Wams. Fiametta sah, wie die Klinge fünf Zoll aus dem Rücken des Hauptmanns herausfuhr. Der Zahnlückige drehte das Schwert, stieß mit dem Fuß gegen Uris Rumpf und riß die Waffe mit einem schrecklichen saugenden Geräusch wieder heraus. Aus der Brust- und Rückenwunde strömte Blut. Der Hauptmann fiel hin. Fiametta schrie wütend auf, beugte sich vor und schleuderte mit aller Kraft eine schwere Servierplatte auf den losimanischen Offizier. Meister Beneforte packte sie am Arm und zerrte sie zum Ausgang.

Der Ausgang war von kämpfenden Männern verstopft. Meister Beneforte wich bestürzt zurück. Er gab den zusammengebündelten Umhang, der den Salznapf enthielt, in Fiamettas zitternde Hände und knurrte: »Laß ihn nicht fallen! Und bleib mir diesmal auf den Fersen, verdammt!« Er schnappte sich von einem der Tische eine Flasche und zog seinen eigenen prächtigen Dolch mit dem juwelenbesetzten Heft. Die spiegelblanke Klinge, die noch nie benutzt worden war, blitzte im Licht der Sonne.

Dann versuchte er erneut, sich seinen Weg durch den einzigen Ausgang des Gartens zu erzwingen. Ein Menschenknäuel stob nach draußen, als noch mehr von Montefoglias Wachen hindurchstürmten. Meister Beneforte stürzte sich vorwärts in die kurzzeitige Bresche. Einer von Ferrantes Männern stach nach ihm. Mit einem Schrei parierte er und spritzte den Inhalt der kleinen Flasche dem Soldaten ins Gesicht. Der Losimaner schrie auf und wischte sich mit der freien Hand die Augen. Meister Beneforte stieß das Schwert des Mannes zur Seite, und schon waren sie hindurch.

»War das Zauberei?« würgte Fiametta hervor.

»Essig«, versetzte ihr Vater.

Auf der von ihm so geringgeschätzten Marmortreppe war ein weiterer schlimmer Kampf im Gange. Meister Beneforte warf Fiametta über die Balustrade hinunter und sprang hinter ihr her. Sie stürmten durch den Hof auf das von den Türmen flankierte Tor zu, das jetzt von Ferrantes und Montefoglias Männern heiß umkämpft wurde.

Da stand Baron Ferrante höchstpersönlich, winkte mit seinem Schwert und feuerte seine Leute an. »Haltet das Tor, und die Burg ist unser! Haltet das Tor!« Fast beiläufig stieß sein Schwert vor und schlitzte den Hals eines Angreifers in Montefoglia-Livree auf. An der Kappe des Mannes hingen noch – zur Feier des Tages – Bänder in Ferrantes Farben am Abzeichen mit der Blume und der Biene, und sie flatterten wild, als er fiel.

»Herr Jesus Christus, es gibt ein Massaker«, stöhnte Meister Beneforte.

Baron Ferrante wandte sich um und sah den Goldschmied und Magus. Er trat einen Schritt zurück, seine Augen verengten sich, dann hob er die rechte Faust mit dem Silberring, die Ringmaske nach außen gekehrt. Meister Beneforte knurrte: »Wie dumm!« und hob seine eigene Hand zu einer eigenartigen schnellen Geste, wobei sich die Finger sehr präzise bewegten. Fiamettas Unterleib krampfte sich zusammen, als sie den Aufeinanderprall der magischen Kräfte spürte. Hier konnte man nicht mehr von Feinfühligkeit sprechen. Der Silberring begann zu glühen, dann entsandte er plötzlich einen hellen Blitz, begleitet von einem ohrenbetäubenden Knall.

Baron Ferrante, nicht Meister Beneforte, schrie auf, ließ sein Schwert fallen und umklammerte die rechte Hand mit der linken. Ein Gestank von verbranntem Fleisch mischte sich in einen anderen strengen Geruch, den Fiametta nicht erriet.

»Tötet sie!« brüllte Baron Ferrante und stampfte, von Schmerzen gepeinigt, mit seinem Stiefel, doch der Soldat, der Meister Beneforte gegenüberstand, wich in

Verwirrung und Panik zur Seite. Fiamettas Vater sprang ein paar Schritte zurück und schwenkte seinen Dolch, als sie ihn einholte, dann rannten sie beide, so schnell sie konnten, durch das Burgtor hinaus.

Am Fuß des Hügels warf Fiametta einen Blick zurück. Baron Ferrante zeigte in ihre Richtung, hielt eine Geldbörse hoch und brüllte einen Befehl. Zwei seiner Schergen eilten zum Tor hinaus. Als die Häuserreihen dichter wurden, stürzte Meister Beneforte zwischen zwei Läden in eine Gasse, dann wich er in eine andere Seitengasse aus. Sie kämpften sich durch Wäsche hindurch, die zum Trocknen aufgehängt war, und sprangen über einen schlafenden Hund. Fiametta schnappte nach Luft. Es kam ihr vor, als hätte ihr jemand einen Dolch in die Seite gestoßen, so scharf war der Schmerz in ihren erschöpften Lungen und ihrem vom Festmahl noch vollen Magen.

»Halt, Fiametta …«

Sie waren an den Rand des bebauten Gebietes gekommen, an das Ufer des Sees. Meister Beneforte sank an einer braunen Backsteinmauer nieder. Auch er keuchte und neigte den Kopf zur Seite. Mit seiner rechten Hand massierte er den Unterleib, genau unter der Brust, als wollte er einen Schmerz zurückdrängen. Als er aufblickte, war sein schweißnasses Gesicht nicht gerötet, sondern von einer grauen Blässe. »Ich hätte nicht … soviel essen sollen«, stieß er hervor. »Auch nicht, wenn es auf Kosten des Herzogs ging.« Und dann sagte er, einen Moment später, mit seltsam leiser Stimme: »Ich kann nicht mehr laufen.« Seine Knie gaben nach.

KAPITEL 4

»Papa!« Fiametta durfte nicht zulassen, daß ihr Vater niedersank, denn allein würde sie ihn nicht wieder hochbekommen. Sie schob ihre Arme unter seine Achsel und zog mit einer Hand seinen Arm über ihre Schultern, während sie den zusammengebündelten Umhang unter dem anderen Ellbogen festgeklemmt hielt. Er war unglaublich schwer, wie er so über ihr hing. »Wir müssen weitergehen. Wir müssen zurück zum Haus.« Panische Angst schnürte ihr die Kehle zu. Die unheimliche graue Farbe seines Gesichts jagte ihr mehr Schrecken ein als die Schergen, die wie zwei Jagdhunde in den Gassen nach ihnen suchten.

»Wenn Ferrante … die Burg einnimmt … dann nimmt er auch die Stadt ein. Und wenn er … die Stadt einnimmt … dann hält unsere alte Eichentür seine Soldaten nicht auf. Nicht, wenn sie glauben, daß es drinnen Schätze gibt. Und wenn er … die Stadt einnimmt … dann nimmt er auch das Herzogtum an sich. Wir können nirgendwohin davonlaufen.«

»Mit nur fünfzig Mann?« fragte Fiametta.

»Fünfzig Mann … und der günstige Augenblick.« Er hielt inne. »Nein. Er wird höchstens die Stadt einnehmen. Dann wird er auf Verstärkung warten. Dann kommt der Rest.« Sein Gesicht war vom Schmerz zerfurcht. Er schlang den anderen Arm um den Leib, blieb gebückt stehen und schwankte. »Lauf, Fia-mia. Beim lieben Gott, laß dich nicht einfangen. Die Blutgier wird sie für Tage verrückt machen. Ich habe gesehen, wie Männer … so geworden sind.«

Ein steinerner Kai führte zu ein paar hölzernen Anlegestellen, die in das Wasser hineingebaut waren. Ein kleines Fischerboot stieß gerade an den Pfählen an. Sein einziger sonnengebräunter Insasse warf ein Tau um einen Pfosten, um seinen Kahn zu sichern, dann wandte er sich wieder seinem Lateinsegel aus grobem, braunem Hanfstoff zu, das er halb eingeholt hatte, als er sich der Küste genähert hatte. Er zog die Falten des Segels gerade und holte es ganz ein. Dann kletterte er auf den Bootssteg und nahm das Tau, um sein Boot um das Ende des Stegs herum zu seinem richtigen Anlegeplatz auf der Leeseite zu bugsieren.

»Das Boot«, hauchte Fiametta. »Komm!«

Ihr Vater warf einen Blick auf den Fischerkahn. »Vielleicht ...« Sie taumelten vorwärts.

»Meister Fischer«, rief Fiametta, als sie näher herankamen, »würdet Ihr uns bitte Euer Boot leihen?« Plötzlich wurde ihr bewußt, daß sie keine Münzen bei sich trug. Und ihr Vater auch nicht.

»Was?« Der Fischer blieb stehen, schob seinen Strohhut zurück und schaute sie stumm an.

»Mein Vater ist verwundet, wie Ihr seht. Ich möchte ... ihn sanft über den See nach San Girolamo bringen, zu Bruder Mario, dem Heiler.« Sie blickte über ihre Schulter zurück. »Auf der Stelle.«

»Nun, ich muß zuerst meine Fische ausladen, Madonna. Dann vielleicht.«

»Nein. Sofort.« Als er beleidigt die Stirn runzelte, riß sie sich das silberne Netz aus dem Haar und hielt es ihm hin. »Hier. In meinem Netz sind so viele Perlen wie Fische in dem Euren. Damit sind wir quitt, aber *streitet nicht mit mir herum.*«

Der Bootsbesitzer nahm verwundert das Haarnetz entgegen. »Na sowas ...! Noch nie habe ich aus dem See von Montefoglia Perlen gefischt!«

Fiametta unterdrückte ein Stöhnen und brachte ihren Vater dazu, sich an den Rand des Bootsstegs zu setzen. Von dort ließ er sich schwer in das offene Boot fallen und winkte hartnäckig nach seinem zusammengewickelten Umhang. Fiametta legte den Mantel in seine Hände, und er drückte ihn an seine Brust. Meister Beneforte sah noch schlimmer aus als zuvor, hielt den Mund vor Schmerzen offen und zog die Beine an den Leib. Sie sprang hinter ihm her und kämpfte mit ihren Samtröcken. Das Boot schwankte heftig. Verdutzt warf der Bootsbesitzer, der auf dem Bootssteg stand, das Bugtau ins Boot, und dann, nach einem weiteren Blick auf die Handvoll Perlen, auch noch seinen Strohhut. In einer Spirale segelte die Kopfbedeckung auf den Boden des Bootes herab. Fiametta setzte sich hin, ergriff ein Ruder, das ihr schwer in den Händen lag, und stieß damit heftig von der Anlegestelle ab.

Ein Mann in Ferrantes Livree tauchte aus den Gassen auf, entdeckte sie und rief etwas über die Schulter nach hinten. Mit einem blanken Schwert in der Hand rannte er auf die Anlegestelle zu.

Fiametta zeigte aufs Ufer zurück. »Gebt acht, Meister Fischer! Die Männer, die da kommen, wollen Euch die Perlen stehlen.« Und ihm aus Enttäuschung über den entgangenen Fang auch die Seele aus dem Leib prügeln, so ungezügelt grausam wie Wölfe.

»Was?« Der Fischer drehte sich um und starrte auf die beiden Bravos, die fast die Anlegestelle erreicht hatten. Seine Hand schloß sich um seinen neuen Schatz.

Fiametta fand das Tau, mit dem das Segel gesetzt wurde, und zog es Hand über Hand hoch. Die warme Nachmittagsbrise war schwach, aber stetig, und was noch wichtiger war, sie kam von Süden und trug sie vom Ufer weg, während Fiametta noch mit dem Segel kämpfte und keine Hand frei hatte für das Steuerruder. Sie waren gute vierzig Fuß von der Anlegestelle weggetrieben, als die beiden brüllenden Soldaten das Ende des Stegs erreichten.

Sie schwangen ihre Schwerter gegen Fiametta und stießen obszöne und grausame Drohungen aus. Dann machten sie kehrt, um an dem armen Mann, der den Flüchtenden geholfen hatte, tödliche Rache zu üben. Der Fischer war zurückgewichen und hatte ein langes Ruder aufgehoben, und nun stürmte er damit los wie ein Ritter bei einem Turnier. Das Holz traf den einen schwertschwingenden Losimaner unmittelbar auf seinem stählernen Brustharnisch. Mit einem Schrei fiel er rückwärts ins Wasser und ging unter. Der Fischer schwang das Ruder herum wie einen Bauernspieß und traf den zweiten Soldaten am Kinn mit einem Krachen, das über das Wasser bis hin zu Fiametta zu hören war. Der Losimaner taumelte zurück, verlor das Gleichgewicht und fiel hinter seinem Kumpanen ebenfalls ins Wasser.

Als die beiden Männer sich vor dem Ertrinken gerettet hatten, indem sie ihre Waffen und ihre schweren Harnische auf den Grund des Sees sinken ließen, und völlig durchnäßt an den Strand zurückkehrten, war der Bootsbesitzer schon spurlos verschwunden. Die leichte Frühlingsbrise füllte das braune Segel des kleinen Bootes. Die wütenden Gestalten am Ufer, die ihre Fäuste schüttelten und sich hilflos in den Daumen bissen, wirkten so klein und schwach wie Gnome.

Meister Beneforte, der an der Bootsseite mit großer Sorge das Geschehen verfolgt hatte, ließ das Dollbord los, seufzte und sank auf den Boden des Bootes zurück. Sein Gesicht war immer noch sehr bleich, doch schien er ein wenig leichter zu atmen. Er mußte wirklich stark verwundet sein und Schmerzen haben, da er nicht einmal Fiamettas Umgang mit dem Boot kritisierte. Sie wünschte sich fast eine tadelnde Bemerkung, einfach zur Beruhigung. Handelte es sich um ein Herzleiden, oder hatte Baron Ferrantes böser Zauber ihn niedergestreckt? Oder eine tückische Verbindung von beidem?

»Die Perlen in dem Haarnetz waren mehr wert als

dieses ganze lecke Boot«, sagte er nach einer Weile. Doch es klang mehr wie eine Bemerkung als eine Beschwerde. »Gar nicht zu reden vom Tagesfang.« Die fraglichen Fische lagen in einem hölzernen Bottich im Bug des Bootes unter einer Abdeckung im Wasser. Daneben waren die Netze aufgehäuft.

»Nicht vorhin«, bemerkte Fiametta hartnäckig.

»Das ist wahr«, keuchte er, »nur allzu wahr.« Müde lehnte er den Kopf zurück und benutzte seinen Hut als Kissen.

Fiametta, die im Heck am Steuerruder saß, lockerte das Tau und ließ den Segelbaum ein bißchen mehr quer in die Brise schwingen. Hier draußen schien es wunderbar ruhig und friedlich zu sein, nur das Knarren der Taue, das Plätschern der Wellen und das Gluckern des Kielwassers hinter dem Boot unterbrachen die Stille. Es war ein Tag für ein Picknick, nicht für ein gräßliches Massaker.

Das Segel war nicht sehr groß, das Boot auch nicht sehr schnell, und die Brise nicht sehr stark. Ein entschlossener Reiter, der parallel zu ihnen auf der weißen Straße am Ostufer entlangritt, hätte sie überholen können. Sie hatten reichlich Wasser und brauchten gewiß kein Essen – Fiamettas Magen war immer noch voll von den Speisen des Verlobungsmahls –, aber früher oder später mußten sie an Land gehen, wo Männer mit harten Gesichtern warten würden ... Das grüne Ufer verschwamm, als ihr die Tränen in die Augen traten und an den Wangen hinabliefen und ärgerliche nasse Spuren zurückließen. Sie zog den Kopf ein und wischte die Tränen mit dem Ärmel ab. Auf dem roten Samt waren Flecken zu sehen, die allmählich dunkelten. Blutflecken. Hauptmann Ochsens Blut. Fiametta konnte nichts dagegen tun: Sie begann heftig zu weinen. Trotz der Tränen hielt sie das Steuerruder gerade und steuerte das Boot zwischen den beiden Ufern dahin. Es war ungewöhnlich, daß Meister Beneforte sie nicht aufforderte, mit dem Weinen aufzuhören (›sonst setzt's eine Ohrfeige‹). Er lag nur da und beobachtete sie, bis sie schluckte und sich wieder faßte.

»Was hast du in der Burg gesehen, Fiametta?« fragte er nach einer Weile, immer noch auf dem Rücken liegend. Seine Stimme klang müde, nicht gehetzt. Der Ton wirkte auf sie beruhigend. So gut sie sich erinnern konnte, berichtete sie stammelnd über die Männer, Worte und Schwerthiebe, deren Zeugin sie geworden war.

»Hm.« Er biß nachdenklich die Lippen zusammen. »Zuerst hatte ich vermutet, es handle sich um einen lang vorbereiteten Verrat, bei dem Baron Ferrante vorhatte, seinen Gastgeber zu ermorden. Die Tochter nehmen und das Herzogtum ... Aber das wäre töricht gewesen, denn die Tochter hatte er schon, und er hätte in Ruhe heimlich morden können, wenn er das vorgehabt hätte. Aber wenn es sich so verhält, wie du vermutest, daß diese Fremden mit einer Anschuldigung kamen, die ausreichte, um die Verlobung rückgängig zu machen, dann mußte Baron Ferrante sich mit seinem Verrat beeilen. Und danach wird sich zeigen, ob er Verstand hat oder nicht. Jetzt muß er bei seinem Vorhaben ganze Arbeit leisten.« Er seufzte. »O weh, Montefoglia.« Fiametta war sich nicht sicher, ob ihr Vater den Herzog meinte oder das Herzogtum.

»Was machen wir als nächstes, Papa? Wie kommen wir nach Hause?«

Er verzog das Gesicht in einer Mischung aus Kummer und Widerwillen. »Die Dinge, an denen ich gearbeitet habe – die Juwelen, das Geld – alles ist weg! Mein großer Perseus! Was für ein trauriger Tag. Wenn ich nicht in meinem törichten Stolz darauf bestanden hätte, den Salznapf bei dem Bankett zu präsentieren, dann hätten wir uns ruhig verhalten und die Angelegenheiten der Fürsten über unseren Köpfen vorüberziehen lassen können. Ein Herzog wird niedergestreckt, ein anderer steht auf – so dreht Fortuna ihr tückisches Rad. Vielleicht hätte Ferrante, wenn er sich als Tyrann von Montefoglia durchgesetzt hätte, die Aufträge an mich fortgesetzt. Jetzt – jetzt kennt er mich. Ich habe ihn verletzt. Ich fürchte, das war ein großer Fehler.«

»Vielleicht«, gab Fiametta einer vorsichtigen Hoffnung Raum, »vielleicht verliert Baron Ferrante den Kampf. Er könnte inzwischen schon gefallen sein.«

»Mm. Oder vielleicht gelingt es Monreale wirklich, den kleinen Don Ascanio wegzubringen. Den Abt sollte man nicht unterschätzen. In diesem Fall würde allerdings ein Bürgerkrieg daraus. O Gott, bewahre mich vor den Händeln der Fürsten! Doch nur die Förderung durch Fürsten kann große Werke finanzieren. Mein armer Perseus! Die Krönung meines Lebens!«

»Was ist mit Ruberta und Teseo?«

»*Die* können davonlaufen. Meine Statue kann es nicht.« Er brütete vor sich hin.

»Vielleicht werden die Soldaten, wenn sie in unser Haus kommen, den Perseus übersehen«, gab Fiametta zu bedenken. Sie war beunruhigt ob der Aufregung ihres Vaters, die seine offensichtliche Krankheit nur verschlimmern würde.

»Er ist sieben Fuß hoch, Fiametta! Ihn zu übersehen ist schwer.«

»Nicht in seinem gegenwärtigen Zustand. Er ist immer noch mit Lehm bedeckt und sieht aus wie ein großer Klumpen, der im Hof herumliegt. Und er ist viel zu groß, als daß man ihn einfach wegträgt. Gewiß werden die Soldaten nach Gold und Juwelen suchen, die sie in ihren Kleidern verstecken können.« Aber würden sie zum Beispiel auch eine bronzene Totenmaske mitnehmen? Die war gewiß klein und leicht zu tragen.

»Und dann suchen sie nach Wein«, stöhnte Meister Beneforte. »Und betrinken sich. Dann fangen sie an, alles Mögliche zu zerschlagen. Mein Genius ist aus Ton und so zerbrechlich!« Er blickte drein, als würde er gleich selbst weinen.

»Du hast den Salznapf gerettet.«

»Das verfluchte Ding. Ich hätte fast Lust, ihn im See zu versenken. Soll er doch den Fischen Unglück bringen.« Er machte jedoch keine Anstalten, seine Worte in die Tat umzusetzen, sondern drückte das zusammengewickelte Tuch nur noch enger an den Leib.

Mit dem Zinnbecher des Fischers, den sie unter dem rückwärtigen Sitz gefunden hatte, schöpfte Fiametta etwas kaltes Seewasser. Meister Beneforte trank, blinzelte in die Nachmittagssonne und rieb sich mit gekrümmten Fingern die gerunzelte Stirn.

»Die Sonne stört dich, Papa. Warum setzt du nicht diesen Strohhut auf und schützt deine Augen?«

Er hob den Hut auf, drehte ihn herum und atmete hörbar. »Der stinkt ja.« Doch er setzte ihn auf. Schatten fiel auf seine markante Nase. Er rieb sich die Brust. Dort hatte er wohl immer noch Schmerzen, tiefe Schmerzen, schloß Fiametta aus den vorsichtigen Bewegungen, mit denen er sich auf der vergeblichen Suche nach einer bequemen Stellung zur Seite und dann wieder zurück drehte.

»Warum hast du keinen Zauber eingesetzt, um aus der Burg zu fliehen, Papa?« Sie erinnerte sich daran, wie Baron Ferrante seine Faust gehoben und wie der Putto-Ring geglitzert hatte. »Oder … oder hast du welchen eingesetzt?« *Wenn ich in der Zauberkunst ausgebildet wäre, dann hätte ich etwas getan, um den tapferen Hauptmann zu retten.* Wirklich? Die Verwirrung und der Schrecken jenes Augenblicks hatten sie überwältigt. Sie war kaum in der Lage gewesen, sich vor ihren eigenen Röcken zu retten.

»Zauberei im Dienst von Gewalt ist sehr gefährlich«, seufzte Meister Beneforte. »Ich habe Zauberei schon einmal eingesetzt, und ich habe auch – Gott sei mir gnädig – Gewalt angewendet, sogar bis hin zum

Mord – ich habe dir erzählt, wie ich an einem Korporal des Bargello, des Gefängnisses von Florenz, Rache nahm für den Tod meines armen Bruders. Damals war ich zwanzig Jahre alt, dazu hitzig und töricht. Es war eine schwere Sünde, auch wenn der Papst mich begnadigte. Aber ich habe nie Gewalt *in Verbindung mit Zauberei* ausgeübt. Selbst im Alter von zwanzig war ich nicht so töricht. Ich benutzte einen Dolch.«

»Aber Baron Ferrante und sein Geisterring – ich habe zweimal gesehen, wie er damit Gewalt ausübte.«

»Und einmal hat ihn der Ring schmerzlich gebissen.« Meister Beneforte lächelte in seinen Bart, doch das Lächeln verflog schnell. »Dieser Ring war schlimmer als ich befürchtet hatte.«

»Was ist ein Geisterring, Papa? Du hast gesagt, du hättest schon einmal einen gesehen, im Besitz des Herrschers von Florenz, und daß der keine Sünde war.«

»Ich habe den Ring *gemacht,* den Lorenzo de' Medici jetzt an seiner Hand trägt, mein Kind«, bekannte Meister Beneforte mit einem leisen Seufzer. Er blickte sie verlegen aus dem Schatten des Strohhutes an. »Die Kirche verbietet solche Ringe, und das mit Grund, aber ich dachte, auf die Art, wie wir diesen Ring anfertigten, könnte ich ein so mächtiges Werk gießen und doch ohne Makel bleiben. Ich weiß es nicht … Weißt du, wenn eine Leiche ohne Absolution und unbeerdigt bleibt (was gegen kirchliches Recht verstößt), dann hat der gerade vom Körper getrennte Geist die Neigung, sich noch bei seinem Leib aufzuhalten. Und mit den entsprechenden Vorkehrungen kann dieser Geist dem Willen eines Herrn unterworfen werden.«

»Versklavt werden?« Fiametta runzelte die Stirn.

»Ja, oder … oder gebunden. In Florenz hatte Don Lorenzo einen Freund, der hochverschuldet starb. Mit diesem Mann hatte er einen Pakt geschlossen. Er tauschte einen Ring mit seiner Seele nach seinem natürlichen Tod, und Lorenzo sollte sich um die Familie dieses Mannes kümmern. Diesen Eid hielt Don Lorenzo bis zum heutigen Tag, soweit ich weiß. Lorenzo schwor auch, den Geist freizulassen, wenn er das Nahen seines eigenen Todes spürte. Geistermagie ist außerordentlich mächtig. Ich meine, in dem, was wir taten, war nichts Sündhaftes. Aber wenn ein engstirnigerer Inquisitor zu einer anderen Beurteilung käme, dann könnte man Lorenzo und mich Rücken an Rücken auf dem Scheiterhaufen verbrennen. Behalte deshalb diese Geschichte für dich, mein Kind.« Nachdenklich fügte er hinzu: »Wir haben die Leiche in einem alten ausgetrockneten Brunnen versteckt, unter einem neuen Bauwerk der Medici im Herzen von Florenz. Die Macht des Ringes läßt nach, wenn er von seinem früheren körperlichen Zuhause zu weit entfernt wird.«

Fiametta schauderte. »Hast du das tote Kind gesehen, als diese Schatulle voller Salz aufging?«

Meister Beneforte atmete hörbar aus. »Ja, ich habe es gesehen.«

»Das kann doch keine … läßliche Sünde gewesen sein.«

»Nein.« Meister Beneforte preßte die Lippen zusammen. »Du warst näher daran – war es ein Mädchen?«

»Ja.«

»Ich befürchte sehr … daß es sich vielleicht um Baron Ferrantes eigene totgeborene Tochter gehandelt hat. Abscheulich …«

»Totgeboren? Oder ermordet?« Gewiß kam es nur bei den Armen vor, ungewollte Töchter insgeheim zu erdrosseln.

Meister Beneforte senkte sein Haupt. »Das ist der Trick daran, weißt du. Der Geist eines Ermordeten hat … besondere Kräfte. Eine besondere Wut. Ein ermordetes, ungetauftes, unbestattetes Kind …« Trotz der Hitze schauderte ihm.

»Glaubst du immer noch, nichts in dieser Welt könne ganz schwarz sein?«

»Mm.« Er schmiegte sich an die Wand des Bootes. »Ich gestehe«, flüsterte er, »daß ich hinsichtlich der Farbe von Umberto Ferrantes Herz große Zweifel zu hegen beginne.«

»Ein Kind kann sich nicht dafür entschieden haben, seinen Geist zu verpfänden. Es muß versklavt worden sein«, sagte Fiametta und runzelte stark ihre Stirn. »Gezwungen, ohne zu wissen warum.«

Meister Benefortes Mundwinkel deuteten ein Lächeln an. »Nicht länger. Ich habe es aus dem Ring freigelassen. Es sprang in dem großen Blitz davon, den du gesehen hast.«

Fiametta setzte sich auf. »Oh, gut, Papa! Oh, ich danke dir!«

Er zog die Augenbrauen hoch, verwirrt von ihrer eifrigen Zustimmung. Unwillkürlich wurde ihm warm ums Herz. »Nun ... ich bin mir nicht so sicher, als wie gut sich das erweisen wird. Baron Ferrante muß sich sehr bemüht haben, diese Kräfte an seinen Willen zu binden. Sein Zorn wird grenzenlos sein, da alle seine Mühen in einem Augenblick zuschanden wurden. Das Brandmal auf seiner Hand wird nichts sein im Vergleich zu solch einem Machtverlust. Aber es wird ihn daran erinnern. O ja, meine Liebe. Er wird sich an mich erinnern.«

»Du wolltest immer, daß man sich an dich erinnert.«

»Ja«, seufzte er. »Aber ich fürchte, dieser Ruhm könnte mein letzter sein.«

Der Nachmittag ging vorüber. Die von Süden wehende Brise trieb das Boot beständig voran, wenn auch nur wenig schneller als im Schrittempo. Auf beiden Seiten kroch die Küste vorüber, rechts waren Bauernhöfe, Weinberge und kleine Wälder, links Geröll, Gebüsch und steile Felswände, die immer höher und wilder wurden. Zu Fiamettas Erleichterung schlief ihr Vater eine Weile. Sie hoffte, daß er sich besser fühlen würde, wenn er wieder erwachte. Und in der Tat, als er im schräg einfallenden Licht des späten Nachmittags die Augen blinzelnd öffnete, setzte er sich zum erstenmal aufrecht hin.

»Wie kommen wir voran?«

»Ich glaube, wir werden bei Sonnenuntergang das Ende des Sees erreichen.« Sie wünschte sich fast, der See würde endlos nach Norden weitergehen. Doch jene letzte Biegung um die wechselnden Hügel hatte keine Fortsetzung der Seefläche mehr enthüllt, sondern das Ende des Seeufers mit dem winzigen Dorf Cecchino.

»Solang der Wind noch weht.«

»In letzter Zeit ist er sehr launisch geworden«, räumte Fiametta ein. Sie zog erneut das Segel zurecht.

Meister Beneforte blickte zu der wolkenlosen, türkisfarbenen Wölbung des Himmels empor, die sich wie eine Kuppel über die Hügel spannte. »Ich hoffe, es gibt heute abend keinen Sturm. Bei Windstille haben wir ja die Ruder.«

Fiametta blickte mit Unbehagen auf die Ruder. Damit war ihre letzte Hoffnung dahin, das gefürchtete Ufer zu vermeiden, selbst wenn der Wind sich legte, was wohl einzutreten schien. In der nächsten halben Stunde krochen sie nur noch dahin. Die Wasserfläche wurde glatt wie Seide, das Plätschern der kleinen Wellen am Bootsrumpf verstummte. Das Dorf war noch eine Meile entfernt. Sie gab schließlich auf und holte das Segel ein, ließ die schweren Ruder in den Ruderdollen einrasten und ließ sich auf der mittleren Ruderbank nieder.

»Gib her«, sagte Meister Beneforte. »Deine schwachen Mädchenarme bringen uns nicht ans Ufer, bevor die Nacht anbricht.« Er vertrieb sie mit einer Handbewegung von ihrem Platz und setzte sich selbst hin. Knurrend begann er, mit mächtigen klatschenden

Schlägen zu rudern. Die Ruderblätter rissen kleine Strudel in das glatte Wasser. Doch nach zwei Minuten hielt er inne. Sein Gesicht war wieder grau geworden, was selbst vor dem orangenfarbenen Glühen des Sonnenuntergangs zu sehen war. Er ließ sie ohne Widerrede erneut an die Ruder und war eine Zeitlang sehr still.

Als mit Fiamettas letztem Ruderschlag der Bug des Bootes auf den steinigen Strand stieß, dämmerte es schon. Mit steifen Beinen stolperten sie aus dem Boot und zogen es einen weiteren Fuß weit das Ufer hinauf. Meister Beneforte ließ das Bugtau auf den Kies fallen, der unter ihren Füßen knirschte.

»Bleiben wir hier über Nacht?« fragte Fiametta ängstlich.

»Nicht, wenn ich Pferde bekommen kann«, sagte Meister Beneforte. »Dieser Ort ist zu klein, um sich darin zu verstecken. Mir wird erst wohl sein, wenn wir über der Grenze sind. Bis sich die Dinge klären, werden wir uns irgendwo verstecken, wo Baron Ferrantes Arm nicht hinreicht.«

»Werden wir … jemals wieder nach Hause zurückkehren?«

Er blickte nach Süden über den dunkelwerdenden See. »Mein Herz ist im Hof meines Hauses in Montefoglia zurückgeblieben, bedeckt mit Lehm. Bei Gott und allen Heiligen, ich werde nicht lange von meinem Herzen getrennt sein.«

Im Laufe der nächsten Stunde entdeckten sie, daß Fischer keine sonderlich guten Reiter waren. Boote brauchten schließlich weder teures Heu noch Getreide. Sie wurden von einem kopfschüttelnden Dorfbewohner zum anderen geschickt, und das immer weniger gastfreundlich, je weiter der Abend vorrückte. Schließlich landeten Fiametta und ihr Vater in einem Schuppen am Ende des Dorfes, wo sie einen dicken alten Schimmel anschauten, der eingeknickte Knie hatte und mit seinem grauen Kopf und Schnurrhaaren ehrwürdig alt aussah.

»Seid Ihr sicher, daß Ihr nicht meint, wir beide sollten ihn tragen?« fragte Meister Beneforte den Besitzer des Wallachs entsetzt. Fiametta streichelte die breite samtige Nase des Tiers und hörte nur zu. Sie hatte noch nie ein Pferd besessen.

Der Dorfbewohner begann, lange und ausführlich die Stärken und Tugenden des Tiers aufzuzählen und endete mit der Erklärung, das Pferd sei praktisch ein Familienmitglied.

»Ja, Euer Großvater«, murmelte Meister Beneforte in seinen Bart. Doch nach weiterem Feilschen war der Handel perfekt: ein Edelstein und das Boot für ein Pferd. Unter den mißtrauischen Augen des Mannes brach Meister Beneforte einen Edelstein vom Heft seines Dolches. Empört hielt er inne, als der Dorfbewohner einen zweiten Edelstein für einen Sattel verlangte. Der dann ausbrechende Streit ließ den Handel fast wieder platzen.

Doch der Pferdeverkäufer bot ihnen Brot, Käse und Wein an. Meister Beneforte leugnete, hungrig zu sein, doch er und Fiametta tranken etwas Wein. Brot und Käse nahmen sie mit.

Der Mond war gerade über den Bergen im Osten aufgestiegen, als der Fischer Fiametta hinter ihrem Vater auf den warmen, breiten Rücken des Pferdes half. Die Nacht war klar und der Mond fast voll. Sein Licht reichte aus, daß sie die vor ihnen liegende Straße ausmachen konnten. Das war bei der Geschwindigkeit, mit der sie reisen würden, völlig sicher. Meister Beneforte schnalzte und schlug mit seinen Absätzen in die Flanken des Pferdes, und sie zockelten los. Als sie den Umkreis des Dorfes verlassen hatten, schien dieser Bruch mit seiner gewohnten Routine das Pferd munter zu machen, und es fiel in einen … nun, *lebhaften* Galopp wäre zuviel gesagt. Vielleicht in einen begeisterten Trab …

Der schwere Rotwein und die Strapazen des gerade vergangenen gräßlichen Tages ließen Fiamettas Augenlider zufallen. Sie legte den Kopf an den Rücken ihres Vaters. Umgeben von dem stetigen *Klipper-di-klapper* der Pferdehufe schlief sie ein. Der Vorbesitzer des Pferdes hatte sie allen Ernstes vor den Dämonen gewarnt, die in der Dunkelheit unterwegs waren. Nach dem, was sie an diesem Tag erlebt hatte, kamen Fiametta Dämonen im Vergleich zu Menschen fast ungefährlich vor. Sie fürchtete die Finsternis nicht, solange keine Menschen lauerten …

Das Blut pochte in ihren Ohren, als sie durch einen plötzlichen Ruck des Schimmels geweckt wurde. Ihr Vater zischte und trieb das Tier mit einem Klaps zum Trab an. Doch nein, das Trommeln ertönte nicht in ihrem Kopf, sondern es kam von draußen – Hufschläge auf der Straße hinter ihnen. Hin- und hergeworfen und hin- und herrutschend, umklammerte sie Meister Beneforte an der Taille und wandte ihren schmerzenden Kopf, um über die Schulter zu schauen.

»Wie viele?« fragte ihr Vater mit gepreßter Stimme.

»Ich … ich bin mir nicht sicher.« Reiter, ja, dunkle Gestalten auf der Straße hinter ihnen, kaltes Licht glitzerte auf Metall. »Mehr als zwei. Vier.«

»Ich hätte einen Rappen kaufen sollen. Dieser verdammte Schimmel leuchtet wie der Mond«, stöhnte Meister Beneforte. »Und in dieser verdammten Gegend gibt es keine Deckung, die auch nur die Spucke einer Hure wert wäre.« Trotzdem lenkte er das Pferd von der Straße herunter und ritt über eine von silbernem Nebel überzogene Wiese auf ein Wäldchen aus dünnen Bäumen los.

Es war zu spät. Hinter ihnen erscholl ein Ruf, dem Pfiffe und höhnische Schreie folgten, als ihre Verfolger sie sahen und ihre Pferde zu vollem Galopp antrieben.

Als sie drei Viertel des Weges über die Wiese zurückgelegt hatten, riß Meister Beneforte den Kopf des Schimmels herum und zog seinen Dolch.

»Steig ab und lauf in den Wald, Fiametta.«

»Nein, Papa!«

»Du bist mir mehr Hindernis als Hilfe. Hier brauche ich meine ungeteilte Aufmerksamkeit. Lauf weg, verdammt noch mal!«

Fiametta protestierte, doch sie war sowieso schon halb vom glatten Rücken des Pferdes hinabgeglitten. Sie kam mit den Füßen auf und sprang nach hinten. Die vier dunklen Reiter bogen in die Wiese ein und schwärmten zu einem Frontalangriff aus. Doch eigentlich wurde es nicht einmal ein Angriff. Ihr Pferde fielen in einen zögernden, gezügelten Kanterschritt, als begänne der Gedanke, in der Dunkelheit einen Meister-Magus anzugreifen, seinen Reiz zu verlieren, wenn man dem Gegner näherkam. *Sie wissen nicht, wie krank er ist,* dachte Fiametta.

Der Anführer zeigte auf Fiametta und rief einem seiner Männer etwas zu. Der trennte sich vom Rest und galoppierte in einem viel überzeugenderen Tempo voran. Fiametta nahm ihre Röcke hoch und rannte auf die Bäume zu, ins Dickicht des Wäldchens. Wenn sie es als erste erreichte, würde ihr Verfolger sein Reittier nicht zwischen die peitschenden Zweige treiben können. Wenn nicht … Ein erschrockener Blick über die Schulter zeigte ihr, wie die anderen drei sich ihrem Vater näherten, der mit erhobenem Dolch auf sie wartete. Das Drama des lebenden Bildes wurde nur etwas von dem dicken Schimmel gestört, der sich bemühte, mit dem Kopf den Boden zu erreichen und Gras zu fressen.

»Schweine!« klang Meister Benefortes Ruf in ihren Ohren. »Abschaum! Kommt und laßt euch abschlachten wie die schmutzige Sauherde, die ihr seid!« Fiamettas Vater hatte oft die Ansicht vertreten, ein guter Angriff sei die beste Verteidigung, denn die meisten

Männer seien im Grunde Feiglinge. Doch seine gequälte Atmung nahm seinem Ton viel von der Drohung.

Der Mann, dem befohlen worden war, Fiametta zu verfolgen, hatte offensichtlich nicht die geringste Angst vor ihr. Sie gelangte kurz vor ihm in das Wäldchen. Er zügelte sein Pferd und stieg ab, um ihr zu folgen. Dabei zog er nicht einmal sein Schwert. Seine Stiefel waren schwer, seine Beine lang. Sie lief an den Baumstämmen vorbei, der holperige Boden griff nach ihren leichten Schuhen. Der Mann kam immer näher – mit einem Sprung fing er ihren wehenden Rock auf und riß ihn hoch. Fiametta fiel aufs Gesicht und schlug so auf dem Boden auf, daß ihre Zähne schmerzten. Sie spuckte Erde aus. Der Mann stürzte sich auf sie und drückte sie zu Boden. Sie drehte sich herum, um ihm die Augen auszukratzen. Er war außer Atem, lachte aber. In dem dunklen Gesicht schimmerten seine Augen und Zähne. Mit einer Hand hielt er ihre beiden Handgelenke fest. Ihre Lunge brannte. Sie war zu sehr außer Atem, um zu schreien, und versuchte, den Mann in die Nase zu beißen. Er riß gerade noch seinen Kopf zurück und fluchte.

Mit einer Hand begann er, ihr Stück um Stück den Schmuck abzureißen. Ihre silbernen Ohrringe und die Halskette, die abgesehen von ihrer zarten Form keinen großen Wert hatten, stopfte er in sein Wams. Glücklicherweise gaben die Drähte nach, bevor ihre Ohrläppchen rissen; als die Ohrringe ab waren, schmerzten die Ohren. Er mußte sich über ihre Brust legen und beide Hände benutzen, um ihren Daumen hochzureißen und den Löwenring abzustreifen, während ihre Beine strampelten, ohne ein Ziel zu finden. Er hielt den Ring ins Mondlicht und stieß ein zufriedenes »Ha!« aus, als er sein Gewicht spürte, doch dann legte er ihn ziemlich gedankenlos auf den Boden. Er stützte sich mit den Armen auf und betrachtete ihren Körper. Die facettierten grünen Augen der Silberschlange glitzerten im Mondlicht, das durch die Blätter drang.

»Oho!« rief er, legte seine freie Hand auf den Gürtel und riß daran. Der Gürtel hielt fest. Der Mann zog aufs neue, härter, und hob ihre Hüften vom Boden. Neugierig ließ seine Hand den Gürtel los und schloß sich über ihrer Lendengegend. Er zwickte sie kräftig, so daß sie es durch den dicken Samt hindurch spürte.

Die Augen der Schlange glühten rot. Der silberne Kopf hob sich, schwang von einer Seite zur anderen, drehte sich herum, öffnete sein Maul weit und senkte die silbernen Fangzähne tief in die suchende Hand des Mannes.

Er kreischte wie ein Verdammter auf – für diesen mächtigen Hals ein lächerlich hohes Gekreisch –, preßte die Hand an die Brust und rollte, zu einer Kugel zusammengekrümmt, von Fiametta herunter. Er hörte nicht auf zu schreien. Das Geheul ging in Worte über: »O Gott, ich brenne, ich brenne! Eine schwarze Hexe! O Gott, ich brenne!«

Fiametta setzte sich auf dem mit Laub bedeckten Boden kerzengerade auf. Der Mann rollte wie ein Besessener von einer Seite zur anderen und krümmte krampfhaft seinen Rücken. Sie tastete den Boden ab, fand ihren Löwenring, steckte ihn wieder an ihren Daumen, rappelte sich hoch und bahnte sich ihren Weg durch den Frühlingswuchs.

Sicher würden die Soldaten glauben, sie liefe davon. Statt dessen machte sie kehrt und ging zurück in Richtung Wiese. Eine große alte Buche, die umgestürzt war und mit aus dem Boden gerissenen Wurzeln schräg zwischen den Stämmen lag, hatte eine Öffnung in das Geäst des Wäldchens gerissen. Fiametta versteckte sich im Schatten des entwurzelten Baums in einer mit Laub gefüllten Mulde und wurde so still, wie es ihre wogende Brust und ihr heiser pfeifender Atem erlaubten.

Sie hörte die Rufe der Männer, doch nicht Meister

Benefortes Gebrüll. Das Opfer des Schlangenbisses fand schließlich, immer noch jaulend, den Weg zu seinen Kumpanen zurück, und der abscheuliche Lärm ließ etwas nach. Auf jeden Fall waren ihre rauhen, groben Stimmen nicht näher zu vernehmen.

Allmählich bekam Fiametta ihren Atem wieder in ihre Gewalt. Schließlich verklangen die Hufschläge in der Ferne. Doch waren sie alle fort, oder nur einige? Sie wartete und spitzte die Ohren, doch sie hörte nur das Geflüster der Zweige im Wind, einige Insekten und den Ruf einer Nachtigall. Schatten aus Blättern woben einen Brokat mit dem Mond, der jetzt im Zenit stand.

Mit weitaufgerissenen Augen suchte sie sich still den Weg zurück zum Rand der Wiese. Kein Mörder sprang aus dem Hinterhalt hervor. Nur der Schimmel war zu sehen. Er stand mitten auf der Wiese und hatte den Kopf in den milchigen Nebel gesenkt. Sie hörte, wie seine Zähne die saftigen Gräser rupften und zermahlten. Fiametta kroch auf die kalte, taufeuchte Wiese hinaus.

Nicht weit von dem Pferd entfernt fand sie die Leiche ihres Vaters. Er lag zusammengesunken da, der silberne Bart zeigte nach oben, die offenen, erloschenen Augen blickten ins Mondlicht. Die Losimaner hatten ihm den Salznapf, den Umhang, die Goldkette, den juwelenbesetzten Dolch samt seiner Scheide und die Ringe abgenommen, wie Fiametta es schon erwartet hatte. Auch seine Jacke, den Hut und die Schuhe hatten sie mitgenommen. Nur das zerrissene Leinenhemd und die schwarze Hose – die Gurtbänder halb gelöst – hatten sie ihm gelassen. Es war unheimlich würdelos. Er sah aus wie ein alter Mann, den der Tod auf dem Weg zum Kleiderschrank überrascht hatte.

Ängstlich suchte sie ihn nach Schwertwunden ab, fand jedoch keine. Sie legte ihr Ohr auf seine taufeuchte Brust. Was konnte man hören, wenn ein Herz erloschen war? Wer würde das ihre hören, wenn es jetzt erlosch?

Seine Krankheit mußte ihn dahingerafft haben, bevor er noch eine Gelegenheit gehabt hatte, sich zu verteidigen. Vielleicht hatten ihm die Anstrengungen den letzten Schlag versetzt. Fiametta hatte gemeint, dieser Tag hätte sie schon zu sehr erschöpft, aber offensichtlich hatte sie noch Tränen übrig. Sie fing ganz von selbst an zu weinen, als wäre sie in zwei Teile gespalten. Ihr anderer Teil schleifte Meister Benefortes Leichnam beharrlich zum Rand eines kleinen Grabens, der der Entwässerung der Wiese diente. Sie fing das Pferd ein – die Losimaner hatten es offensichtlich verschmäht, den alten Gaul zu stehlen –, führte es herbei und stellte es in den Graben. Dann zog sie Meister Beneforte auf den krummen Rücken des Tieres. Seine sterblichen Überreste … Wo immer er auch sein mochte, in diesem Leib war ihr Vater gewiß nicht mehr.

Die buschigen weißen Ohren des Pferdes zuckten vor und zurück. Es war verwirrt über die seltsame Last. Meister Benefortes Arme baumelten herunter, sein Haar hing glatt und fremdartig herab. Fiametta entschied sich dafür, das Pferd von der anderen Seite zu führen; dabei hielt sie den Fuß des Leichnams, um ihn im Gleichgewicht zu halten. Immer noch weinend, doch seltsam ruhig, lenkte sie das Pferd zurück auf die Straße und ging in Richtung Norden.

KAPITEL 5

Vom Winter zum Sommer waren es nur zwei Tage Fußmarsch, wie Thur zufrieden für sich vermerkte. Er klopfte dem großen braunen Maultier auf die Schulter, das er für Saummeister Pico führte. Am Morgen des Vortages hatte die Saumtierkolonne die schneebedeckten Höhen des Montefoglia-Passes erklommen, wo es nichts gab als kahle Felsen, trügerisches Eis und beißenden Wind. Und an diesem Abend zogen sie schon auf einer Pappelallee entlang, dankbar für das grüne Blätterdach, das das Gleißen der Sonne abhielt, die im Westen über den sanft gewellten Hügeln hinabsank. Thur krümmte seine Zehen in den staubigen Stiefeln. Seine Füße waren warm.

Das Maultier richtete seine langen pelzigen Ohren auf, die es bisher hatte hängen lassen, und der müde, schwerfällige Gang des Tieres wurde schneller. Weiter vorn hatte Pico angehalten und das Gatter zu einer Weide geöffnet, um seine Saumtierkolonne hindurchzuführen. Danach zu urteilen, wie sie an ihren Zügeln rissen, waren die acht Maultiere mit diesem Halt vertraut. Für Thur war allerdings alles neu.

»Treibt sie bis zu dem Wäldchen«, rief Pico über die Schulter seinen beiden Söhnen sowie Thur zu und zeigte auf eine Baumgruppe, die das andere Ende der Weide überschattete. »Dort werden wir Rast machen. Wir nehmen ihnen zuerst die Lasten ab und lassen sie dann frei.«

Das Maultier versuchte, Thur zum grünen Gras und zu dem schmalen Bach zu drängen, doch Thur zog es pflichtgemäß zu dem Wäldchen und band es an einem Baum fest. »Du wirst dich besser fühlen, wenn du erst einmal deine Last los bist«, sagte er zu dem Tier. »Dann kannst du dich nämlich auf dem Boden wälzen.« Das Maultier wedelte mit seinen lächerlichen Ohren, um ihm zu zeigen, daß es nicht damit einverstanden war, und schnaubte mit der cremefarbigen Nase. Thur mußte grinsen.

Er nahm dem Tier die schwere Last vom Rücken, die aus Kupferbarren und Häuten bestand, dann nahm er die Last des nächsten Maultiers ab, das an einem Seil folgte, und band beide Tiere los. Sie liefen auf den Bach zu und wieherten fröhlich. Der einzige andere Nutzer der Weide, ein alter Schimmel, betrachtete die Eindringlinge mit einer Mischung aus Neugierde und Mißtrauen. Der Ausdruck seines langen grauen Gesichtes erinnerte Thur an Bruder Gallus, den alten Gelehrten: so mochte er dreinschauen, wenn er mit einer Horde lärmender neuer Schüler konfrontiert war. Dann wandte Thur sich Zilio zu, Picos jüngerem Sohn, und half ihm bei den schweren Lasten seiner Maultiere, die den Jungen fast zu erdrücken drohten. Zilio lächelte dankbar und hüpfte fast so fröhlich davon wie die losgebundenen Saumtiere.

Pico, seine Söhne und Thur reihten die Lastbündel nebeneinander auf und legten die hell gestreiften Sattelkissen zum Trocknen und Lüften umgekehrt darauf. Die Jungen machten sich daran, ihre karge Lagerausrüstung auszupacken. In einem verkohlten Feuerkreis errichtete Pico mit Scheiten aus einem nahen Holzstapel ein Lagerfeuer. Thur schaute sich neugierig um. Auf der anderen Seite der Straße ragte ein großes zweistöckiges verputztes Haus auf, das in pastellfarbenes Rosa getüncht war und an das im Hof dahinter Nebengebäude angeschlossen waren. Das ganze Anwesen war von einer hohen, rosa verputzten Mauer umgeben, in deren Krone Glasscherben und rostige Nägel eingelassen waren. Zur Straße hin stand ein großes hölzernes Tor einladend offen.

»Du kannst dir ein Zimmer im Gasthaus nehmen, wenn du möchtest«, sagte Pico, als er Thurs Blick bemerkte, und wies mit dem Kinn über die Straße. »Wenn du es leid bist, auf dem Boden zu schlafen. Die Betten sind gut. Aber ich warne dich: Catti, der Wirt, ist ein großer Gierbauch und verlangt für sein Leinen sehr viel. Eigentlich sind ihm Prälaten liebere Gäste als Maultiertreiber, wenn er sie nur bekommen kann.«

»Schlaft ihr dort?«

»Nein, ich bleibe immer bei meinen Tieren und meinen Lasten, es sei denn, es regnet oder es schneit. Er verlangt von mir schon genug für die Weide und das Feuerholz. Allerdings ist das hier ein guter Rastplatz mit gutem Futter, und den Tieren gefällt er. Und wenn wir früh aufbrechen, dann lege ich im Sommer den ganzen Weg heim nach Montefoglia für gewöhnlich noch vor Einbruch der Dunkelheit zurück. An den Abenden, an denen der Regen mein Feuer auslöscht, deckt Cattis Frau den Tisch gut. Sie räuchert ausgezeichnete Schinken. Da fällt mir ein, ich habe meinem Nachbarn, der während meiner Abwesenheit auf mein Haus aufpaßt, ja einen Schinken versprochen. Erinnere mich daran, wenn ich hinüber gehe und bezahle.«

Thur nickte, holte sein Stück Talgseife heraus und ging zum Oberlauf des Baches, um sich Hände und Gesicht zu waschen. Das Wasser war eisig, aber erfrischend, und die warme Abendluft verlockte ihn dazu, sich auch die Haare und den Oberkörper zu waschen, und dann, viel schneller, den Unterleib. Tico, Picos älterer Sohn, ein bäurisch wirkender Fünfzehnjähriger, kam herbei und schaute zu. Fasziniert streifte er einen Stiefel ab und steckte versuchsweise den Fuß in den Bach. Die Kälte ließ ihn aufschreien.

»So schlimm ist's doch nicht«, sagte Thur sanft.

Tico hüpfte im Kreis herum und schüttelte die Tropfen ab. »Verrückter Bergbewohner!« Er steckte den Fuß wieder in den Stiefel.

»Das Wasser in den Bergwerken ist viel kälter.«

»Dann bewahre mich Gott vor den Bergwerken«, sagte Tico inbrünstig. »Mir gefällt die offene Straße. Ist das nicht das richtige Leben?« Er winkte besitzergreifend in den einsetzenden Frühlingsabend, als gehörte ihm hier alles bis zum Horizont. »Du solltest dich uns anschließen, Thur, und dich nicht in einer häßlichen engen dunklen Werkstatt einschließen.«

Thur schüttelte den Kopf und lächelte. »Es geht um das Metall, Tico. Hunderte von Männern plagen sich ab, um Metall zu gewinnen, wie das Kupfer, das wir jetzt einem kunstfertigen Schmied bringen. Und wer bekommt die Anerkennung? Der Handwerker. Außerdem ...«, Thur hielt inne. Er zögerte, seine geheime Hoffnung einem möglicherweise gleichgültigen Ohr zu offenbaren. *Ich möchte lernen, wie man prächtige und schöne Dinge herstellt.* »Außerdem kann die Werkstatt nicht dunkler oder häßlicher sein als ein Bergwerksstollen.«

»Du bist halt vermutlich an all das gewöhnt«, räumte Tico ein, da er keine Lust hatte zu streiten.

Pico kam herbei, um Ticos Energie auf etwas anderes zu lenken. »Komm, mein Sohn, du mußt die Maultiere abreiben.«

Thur zog seine staubige Wolljacke und seine Beinkleider wieder an. Die mußten noch aushalten, bis er Montefoglia erreichte und eine Waschfrau fand. Vielleicht konnte er mit ihr einen Handel abschließen, Feuerholz spalten oder sonst etwas im Austausch für sie tun. Da er unterwegs bei Saummeister Pico arbeitete, hatte Thur seine kleine Barschaft noch nicht anzapfen müssen, und er hoffte, möglichst lange damit auszukommen, damit er nicht ganz von der Hilfsbereitschaft seines Bruders Uri abhängig wäre.

Er lieh Pico seine Seife, während Tico versuchte, den

zehnjährigen Zilio zu zwingen, bei der ihm zugewiesenen Arbeit zu helfen, doch Zilio protestierte. Ihr Streit verhallte auf der Weide, als Thur und Pico über die Straße zum Wirtshaus gingen. Vor ihnen lagen ihre langen Schatten, da die Sonne in ihrem Rücken den Rand der Berge erreichte. Thurs Schritte wurden größer. Das rosafarbene Wirtshaus schien ein unbestimmtes Versprechen zu enthalten, das ihn anzog. Thur kam zu dem Schluß, das müsse an seinem Durst liegen.

Er schob sich hinter Pico durch die Vordertür. Der Saummeister rief fröhlich nach Catti, dem Wirt. Im weiß getünchten Vorderzimmer standen einfache Tische und Bänke. Einige Kohlen glommen im offenen Kamin. Daneben lag ein hübscher Stapel Scheite, die später, wenn der Abend kühler würde, gebraucht wurden. An einer Wand standen auf Schrägen einige vielversprechende Fässer, in denen Zapfhähne staken.

Aus den rückwärtigen Räumen des Hauses kam Meister Catti und wischte sich die Hände an einem schmutzigen Leinenhandtuch ab. Der Wirt war ein grauhaariger Mann mit dickem Bauch, den er wohl mehr dem Alter als dem Wohlleben verdankte, und kam auf kurzen Beinen schnell herbeigestapft.

»Ah, Pico«, begrüßte er den Saummeister eifrig. »Ich habe euch schon ankommen sehen. Habt ihr die Neuigkeiten aus Montefoglia schon gehört?« Er lächelte freundlich, doch in seinen Augen war Spannung spürbar.

Picos Blick wanderte von den Fässern zum Wirt. »Nein. Was ist denn geschehen?«

»Vor vier Tagen wurde Herzog Sandrino ermordet!«

»Was? Wie ist denn das passiert?« Pico blieb der Mund offenstehen. Thur war es, als hätte ein kalter Eisklumpen im Nu die Wärme aus seinem Unterleib vertrieben.

Catti wippte auf den Fersen und zeigte sich von der

Wirkung seiner Nachricht grimmig befriedigt. »Es heißt, er habe bei dem Verlobungsmahl für seine Tochter Giulia sich mit Baron Ferrante von Losimo gestritten. Man zückte die Dolche, und dann ... folgte das Übliche. Ein schrecklicher Schlamassel, nach den Berichten zu schließen, die ich bis jetzt von Leuten gehört habe, die die Straße heraufkommen. Die Truppen von Baron Ferrante haben Montefoglia eingenommen, zumindest für den Augenblick.«

»Mein Gott! Haben sie die Stadt geplündert?« fragte Pico.

»Nicht sonderlich. Sie haben immer noch alle Hände voll zu tun mit ...«

»Mein Bruder dient in der Garde des Herzogs«, warf Thur ein.

»So?« Catti hob die Augenbrauen. »Na, da hat er sich gerade seine Stelle vermasselt, würde ich sagen.« Und etwas weniger schroff: »Wie man hört, haben sich einige von der Garde mit dem kleinen Don Ascanio und ihren Verwundeten zusammen mit dem Abt Monreale hinter die Mauern von San Girolamo geflüchtet.«

Und einige von der Garde wahrscheinlich nicht ... Thur stellte sich Uri vor, wie er den Sohn des Herzogs verteidigte und ihn sicher hinter die Steinmauern des Klosters brachte. Ohne Zweifel war er als letzter durch das Tor geritten.

»Ferrantes Truppen belagern das Kloster und starren wütend auf seine Mauern«, fuhr Catti fort, »aber sie trauen sich nicht recht, die Mönche anzugreifen. Noch nicht. Ferrante hält die Herzogin und Donna Giulia als Geiseln und hat aus Losimo noch mehr Truppen im Eilmarsch angefordert.«

Pico pfiff durch die Zähne. »Das ist schlecht ...! Nun, mein Haus liegt außerhalb der Stadt, und bei mir gibt es herzlich wenig zu stehlen. Dank sei der Heiligen Jungfrau, daß ich Zilio auf diese Reise mitgenommen habe. Ich lasse ihn sonst oft beim Nachbarn zurück. Ich glaube, ich sollte lieber ein oder zwei Tage bei dir Zwischenstation machen, Catti, wenn ich deine Weide haben kann, bis wir mehr darüber erfahren, wie die Dinge sich entwickeln.«

»Vermutlich könntest du dort unten jetzt einen guten Preis für dein Metall bekommen, von der einen oder der anderen Seite«, gab Catti zu bedenken. »Die brauchen jetzt Rüstungen, Waffen, Bronze für Kanonen ...«

»Wahrscheinlicher ist, daß es mir gestohlen wird, von der einen oder der anderen Seite«, sagte Pico unheilvoll. »Nein. Es wäre wohl besser, einen Umweg über die Berge zu machen und nach Westen zu gehen, nach Mailand. Allerdings würden dann meine Maultiere den größten Teil meines Gewinns von der Reise wegfressen.« Er schaute Thur an. »Es bleibt dir überlassen, nach Montefoglia weiterzugehen, falls du möchtest, Thur, um Nachrichten über deinen Bruder in Erfahrung zu bringen. Allerdings würde es mir leid tun, deinen starken Rücken zu verlieren.«

»Ich weiß nicht ...« Thur stand steif da, voller Zweifel und Sorge.

»Bleib über Nacht«, schlug Catti vor. »Entscheide dich dann am Morgen.«

»Ja, das wäre am besten«, stimmte Pico zu. »Vielleicht gibt es dann bessere Neuigkeiten, wer weiß?« Er klopfte Thur tröstend auf die Schulter.

Thur nickte und stimmte widerstrebend zu. »Willst du immer noch deinen Schinken?« erinnerte er Pico.

»Nicht jetzt ... aber ich sag dir, Catti, wenn deine Frau noch eine von diesen großen geräucherten Würsten hat, dann nehme ich eine. Wir können sie heute abend in Scheiben über dem Feuer rösten, und uns dann auf unseren Weg nach Mailand begeben.«

»Ich glaube, sie hat noch ein paar übrig vom letzten Schwein. Sie hängen im Räucherhaus. Aber ...«

»Gut! Thur, geh mit und such eine für uns aus, ja?

Ich gehe jetzt und erzähle meinen Jungen die schlechten Neuigkeiten.« Mit gerunzelter Stirn verließ Pico das Haus und überquerte wieder die Straße.

Catti zuckte mit den Schultern und führte Thur durch das Gasthaus und über den Hinterhof zu einem kleinen Schuppen. Der aromatische graue Dunst, der unter seinem Dachfuß hervorsickerte und vielversprechend in der Abendluft hing, verriet Thur sogleich, daß dies das Räucherhaus war. Er folgte Catti geduckt in die rauchige Dunkelheit. Der Wirt bückte sich und legte ein paar weitere feuchte Scheite Apfelholz auf die Glut in der Feuergrube, die sich in der Mitte des Lehmbodens befand. Die aromatische Wolke, die aufstieg, kitzelte Thur in der Nase, und er mußte niesen.

»Vier sind noch übrig.« Catti faßte nach oben, tippte an eins der braunen, mit Gaze umwickelten walzenförmigen Dinger, die in einer Reihe an den geschwärzten Balken hingen, und ließ es hin und her baumeln. »Such dir eine aus!«

Thur sah hoch, doch dann wurde sein Blick von etwas in der Dunkelheit über den Balken gefesselt. Ein Brett war im rechten Winkel darübergelegt, und darauf lag der nackte Körper eines graubärtigen Mannes, der in dieselbe Art von Gaze gewickelt war wie die Würste. Es sah aus, als wäre er mit einem dünnen durchsichtigen Leichentuch umwickelt. Seine Haut war runzelig und wurde braun vom Rauch.

»Pico hatte recht«, bemerkte Thur nach einem Augenblick verblüfften Schweigens. »Eure Frau räuchert wirklich die ungewöhnlichsten Schinken.«

Catti blickte ebenfalls nach oben. »Oh, *das da*«, sagte er mit Abscheu. »Ich wollte eben noch Pico die Geschichte erzählen. Das ist ein Flüchtling aus Montefoglia, der es nicht mehr ganz geschafft hat. Ohne einen roten Heller, wie sich herausgestellt hat – nachdem die Rechnung abgelaufen war.«

»Macht Ihr das oft mit Gästen, die nicht zahlen?«

fragte Thur fasziniert. »Ich werde Pico sagen, er soll unsere Rechnung auf der Stelle begleichen.«

»Nein, nein, er war schon tot, als er hier ankam«, erklärte Catti ungeduldig. »Vor drei Tagen. Aber der Priester war fort, und im Augenblick ist niemand da, der ihm die Absolution erteilen kann, und keiner meiner Nachbarn wird zulassen, daß ein toter Zauberer ohne Absolution auf seinem Grundstück beerdigt wird, und offen gesagt will ich es auch nicht. Und das zänkische Mädel will nicht zahlen. Wir mußten etwas mit ihm machen, und da habe ich an das Räucherhaus gedacht. Da liegt er also, und da kann er bleiben, bis seine Rechnung bezahlt ist. Das habe ich auch zu meiner Frau gesagt. Sie kann in ihrer Wut zu ihrer Schwester abhauen, wenn sie will, aber ich lasse mich nicht von der Magd eines toten Florentiners betrügen.« Catti verschränkte die Arme, um seine Entschlossenheit zu unterstreichen.

»Ich glaube, er ißt und trinkt nur wenig, Herr Wirt. Wieviel berechnet Ihr ihm für den Rauch?« fragte Thur, immer noch den Hals nach oben gestreckt.

»Ja, aber du solltest sehen, wie gierig das Pferd frißt, auf dem er angekommen ist«, stöhnte Catti. »Als letzte Rettung werde ich das Pferd beschlagnahmen. Aber zur Sicherheit würde ich lieber den Ring haben. Der Ring kann nicht plötzlich tot umfallen, wie es der Gaul wohl bald tun wird, so wie er aussieht.« Er wedelte ungeduldig den aufsteigenden Rauch beiseite, nahm eine Wurst von ihrem Haken ab und gab Thur ein Zeichen, er solle vor ihm das Räucherhaus verlassen.

»Weißt du«, fuhr Catti fort, nachdem er die Lunge mit frischer Luft gefüllt hatte, »am Morgen vor drei Tagen kam dieses halb äthiopische Mädchen in einem schmutzigen Samtkleid und schleppte ihn auf dem Rücken dieses Schimmels da auf meiner Weide die Straße herauf. Sie sagte, sie seien vor dem Gemetzel in Montefoglia geflohen und ausgeraubt worden, und ihn habe man ermordet. Baron Ferrantes Männer seien es gewesen, die sie hinter Cecchino verfolgt hätten. Bloß ist er nicht ermordet worden – er hat keine einzige Wunde –, und sie ist nicht beraubt worden, denn sie trägt einen großen Goldring am Daumen, den nicht einmal ein blinder Bandit hätte übersehen können.

Ich war mißtrauisch, doch sie schien verzweifelt zu sein. Meine Frau ist leicht bescheuert und hat ihr geholfen, sich zu reinigen und hat sie beruhigt. Je mehr ich darüber nachdachte, desto mißtrauischer wurde ich. Man muß schon sehr früh aufstehen, um den alten Catti zum Narren zu halten. Sie behauptete, der alte Mann sei ein Florentiner Magus und ihr Vater. Daß er Florentiner war, das akzeptierte ich, aber ich glaube, sie war seine Sklavin. Er ist unterwegs an einem Schlaganfall gestorben, oder vielleicht an Schwarzer Magie. Sie hat seine Leiche ausgeplündert, seine Sachen versteckt, sich im Dreck gewälzt und ihr Haar zerzaust, um dann hierherzukommen und diese Geschichte zu erzählen. Sie will ihn auf meine Kosten loswerden und später zurückkommen und seinen Schatz mitnehmen. Ein Beweis dafür ist, daß dieser Goldring ein Männerring ist. Wahrscheinlich hat sie ihn vom Finger ihres Herrn gestohlen. Na gut! Ich habe ihre List durchschaut und es ihr auf den Kopf zugesagt.«

»Und was ist dann passiert?« fragte Thur.

»Sie hat einen Schreikrampf bekommen und sich geweigert, ihren gestohlenen Ring herzugeben. Sie sagte, wenn ihr Vater noch lebte, dann würde er mich in eine meiner eigenen Wanzen verwandeln. Ich glaube, daß *sie* nicht einmal Bier in Pisse verwandeln kann. Sie hat sich in meinem besten Zimmer verbarrikadiert, schreit mir durch die Tür Flüche zu, droht, mein Gasthaus anzuzünden, und sie will nicht herauskommen. Jetzt frage ich dich: Ist das nicht verdächtig? Ist die nicht wahnsinnig?«

»Man sollte fast meinen, sie befürchtet, aufs neue beraubt zu werden«, murmelte Thur.

»Völlig verrückt.« Catti runzelte die Stirn, dann wanderte sein düsterer Blick über Thurs Gestalt. In seinen Augen glomm ein schwaches Licht auf. »Hör mal, du bist doch ein großer, starker Bursche. Du kannst dir einen Krug Bier verdienen, wenn du sie aus meinem besten Zimmer herausholst, ohne meine Möbel zu beschädigen. Was meinst du?«

Thur zog seine blonden Augenbrauen hoch. »Warum werft Ihr sie nicht selbst hinaus?«

Catti murmelte etwas von »alten Knochen« und »zänkischem Weibsbild«. Thur überlegte, ob Catti sich selbst schon als Wanze sah. Konnte ein Magier wirklich einen Mann in ein Insekt verwandeln, und falls ja, wäre es dann ein Insekt in Mannsgröße oder ein ganz kleines? Nun gut, er hatte ja erwogen, seine Barschaft anzugreifen und zu der gerösteten Wurst noch ein Bier zu kaufen. In der Schankstube hatte es in der Nähe der Fässer so köstlich geduftet.

»Ich könnte es schon mal versuchen«, bot Thur vorsichtig an.

»Gut!« Der Wirt klopfte Thur auf die Schulter. »Komm mit, ich zeige dir, wo sie ist.«

Im ersten Stock des Gasthauses wies Catti auf eine verschlossene Tür und flüsterte: »Da drinnen!«

»Wie hat sie sich verbarrikadiert?«

»Die Tür hat einen Riegel, allerdings keinen sehr festen. Und sie hat ihn mit irgend etwas verkeilt. Ich glaube, sie hat das Bett davorgestellt.«

Thur betrachtete die Holztür. Von unten kam die Stimme eines Mannes: »Catti! Heh, Catti! Bist du dort oben eingeschlafen? Beweg deine fetten Glieder hier herunter und schenk mir einen Krug ein, sonst bediene ich mich selbst.«

Catti rang gequält die Hände. »Tu dein Bestes«, beschwor er Thur und eilte die Treppe hinab.

Thur betrachtete die Tür noch etwas länger. Das seltsame, unbestimmte Verlangen, das er draußen vor dem Gasthaus als Durst gedeutet hatte, war jetzt viel stärker und ballte sich in seinem Unterleib zusammen. Sein Mund war ausgetrocknet. Er zuckte mit den Achseln, ging zur Tür und legte seine Schulter an das Eichenholz. Er stemmte den Fuß auf den Boden und spannte die Muskeln an. Die Tür hielt stand. Er drückte etwas stärker. Von der anderen Seite war ein ungutes Splittern zu hören. Thur hielt besorgt inne. Hatte er gerade seinen Krug Bier verloren? Er drückte wieder. Das schrille Geräusch von Holz, das an Holz rieb, erinnerte ihn an die Förderhaspel im Bergwerk. Der Türspalt weitete sich etwas mehr. Blinzelnd schob er den Kopf hindurch.

Einige schwarze Eisenbolzen, die die Riegellasche gehalten hatten, waren aus dem Türrahmen gerissen worden. Der Riegel hing frei. Die Tür, die nach innen aufging, hatte das Himmelbett ein Stück zurückgeschoben. Keine drei Fuß davon entfernt stand ein braunhäutiges Mädchen in einem roten Kleid mit langen, leinenen Unterärmeln und hielt mit beiden Händen einen schweren, mit Blumen bemalten Keramik-Nachttopf hoch. Der Inhalt des Gefäßes schwappte bedenklich unterhalb des Deckels.

Thur hielt den Atem an. Noch nie hatte er jemanden so Außergewöhnlichen gesehen. Mitternachtsschwarzes Haar bauschte sich wie eine Sturmwolke auf. Die Haut in der Farbe gerösteten Brotes atmete die Hitze eines mediterranen Mittags. Ein zierlicher, flinker, doch gut gepolsterter Leib, der ihn an die Engel aus Walnußholz erinnerte, die den Altar der Pfarrkirche in Bruinwald umgaben. Leuchtende Augen in der warmen, braunen Farbe der kostbaren Zimtstangen seiner Mutter. Sie sah … sie sah wirklich ganz und gar warm aus. Sie wich zurück und blickte ihn zornig an.

So würde er nicht weiterkommen. Er quetschte sich

ganz durch die Tür, schob das Bett mit einem weiteren ohrenbetäubend schrillen Geräusch über den Boden und verschränkte die Hände, um – wie er hoffte – nicht bedrohlich zu wirken. Seine Hände kamen ihm so groß vor wie Käserschaufeln – und genauso schwerfällig. Er schluckte, und ihm fiel ein, daß er wieder ausatmen mußte »Hallo.« Er neigte höflich den Kopf vor ihr und räusperte sich.

Sie trat einen weiteren Schritt zurück, ließ jedoch die Arme, die den Nachttopf hielten, etwas sinken.

»Du kannst hier wirklich nicht bleiben. Jedenfalls nicht für immer«, redete Thur ihr zu. Ihre Arme zitterten. »Bringt dir dieser habgierige Wirt etwas zu essen?«

»Nicht mehr ... nicht mehr seit gestern, seit seine Frau weg ist«, stammelte sie und löste ihren wachsamen Blick nicht von ihm. »Ich hatte eine Flasche Wein, mit der ich mich begnügen mußte, aber die ist jetzt auch leer.«

Sie starrte ihn an, als wäre er ein Ungeheuer. In Wirklichkeit war er gar nicht so groß. Er beugte die Knie ein wenig, zog die Schultern ein und versuchte vergeblich zu schrumpfen. Es war das kleine Zimmer, das ihn so unvorteilhaft groß machte. Er brauchte ein größeres Zimmer oder das Freie, um normal zu wirken.

Der goldene Ring an ihrem Daumen auf dem Nachttopf fesselte seinen Blick. Eine Löwenmaske mit einem roten Edelstein im Maul ... Sie schien mit einer saharahaften Hitze zu glühen und zog ihn an wie Feuer. Er nickte in die Richtung des Edelsteins. »Ist das der Ring, den Catti stehlen möchte?«

Sie lächelte bitter. »Er möchte, aber er kann nicht. Er hat es zweimal versucht, aber er bekommt ihn nicht zu fassen. Nur ein einziger Mann kann diesen Ring tragen. Ich werde es dir beweisen.« Sie warf ihre wilde Lockenmähne zurück und setzte den Nachttopf auf dem Boden ab. »Ich hatte vor, diesen Topf auf Cattis Kopf zu zerbrechen, aber für dich bin ich zu klein.« Sie schnitt eine Grimasse und schob das Gefäß mit dem Fuß davon. Dann zog sie den Ring vom Daumen und hielt ihn mit grimmiger Selbstsicherheit Thur hin. »Versuch einfach, ihn anzustecken. Dann wirst du merken, daß du es nicht kannst.«

Der Ring glühte auf Thurs Handfläche. Als er die Hand schloß, fühlte sich das Schmuckstück lebendig an, wie ein klopfendes Herz. Automatisch streifte er es über den Ringfinger seiner linken Hand und hielt es in den letzten Sonnenstrahl, in den goldenen Streifen von Licht, der durch die Fensterläden des Zimmers fiel und einen hellen Strich auf die Wand zeichnete. Die Mähne des winzigen Löwen schimmerte in schwingenden Wellen, und der kleine Edelstein brannte. Thur drehte die Hand um und ließ den roten Widerschein wie eine Fee über die gegenüberliegende Wand tanzen. Als er aufblickte, sah er, wie das braune Mädchen ihn mit dem Ausdruck äußersten Entsetzens auf den schönen weichen Zügen anstarrte.

»Oh – tut mir leid«, entschuldigte er sich, obwohl er nicht wußte, wofür. »Du hast doch gesagt, ich solle ihn anstecken. Hier.« Er zog an dem Ring. Sein Fingerknöchel leistete Widerstand.

»Ein Maultiertreiber?« flüsterte sie, immer noch mit diesem entsetzten Blick. »Mein Ring hat mir einen stinkenden *Maultiertreiber* gebracht? Ein großen, dummen deutschen Flegel …?«

»Einen schweizerischen«, korrigierte Thur, der immer noch an dem Ring zog. Einen großen, dummen schweizerischen Flegel, jawohl. Sie mußte ihn vom Fenster aus gesehen haben, als Picos Saumtierkolonne ankam. Er wurde feuerrot im Gesicht, wie der Edelstein. Sein Fingerknöchel war rot und weiß und schwoll an. »Verzeih, aber der Ring steckt fest.« Er drehte verlegen daran, aber das Schmuckstück blieb stecken. »Vielleicht mit etwas Seife. Ich habe etwas Seife in meinem Gepäck. Du kannst mit mir kommen. Ich werde nicht versuchen, deinen Ring zu stehlen, Madonna. Ich war unterwegs nach Montefoglia. Mein Bruder hat mir eine Lehrstelle bei einem dortigen Goldschmied vermittelt, oder zumindest wollte er das tun, aber jetzt weiß ich nicht, was geschieht. Mein Bruder Uri ist Hauptmann in der Garde des Herzogs, weißt du, und ich weiß nicht … Ich befürchte … Ich weiß nicht, ob er noch lebt oder schon tot ist.« Er drehte und zog noch heftiger an dem Ring, als Tränen über ihr verschrecktes Gesicht zu laufen begannen, aber es nützte alles nichts. Der Ring stak fest. »Es tut mir leid. Kann … kann ich helfen? Kann ich dir helfen, Madonna?« Er streckte ihr seine Hände geöffnet hin und bot ihr an – nun, er hatte nicht viel zu bieten außer seinen Händen.

Zu seinem Schrecken und seiner Bestürzung sank sie auf den Boden, bedeckte das Gesicht mit ihren Händen und weinte. Linkisch ließ er sich neben ihr nieder. »Ich werde den Ring schon irgendwie abbekommen, und wenn ich … mir den Finger abhacken muß«, versprach er verwegen.

»Das ist es nicht. Es ist alles zusammen«, stieß sie hervor und schüttelte hilflos den Kopf.

Thur schwieg einen Augenblick, dann fuhr er sanfter fort: »Der Mann im Räucherhaus ist wirklich dein Vater, nicht wahr? Das tut mir so leid. Dieser Wirt ist schon ein Ungeheuer, fürchte ich. Ich schlage ihm den Kopf für dich ein, wenn du möchtest.«

»Oh …« Sie legte ihre Hände flach auf den Boden und stützte sich erschöpft auf. Sie starrte auf ihre Hände, dann blickte sie zu Thur auf und betrachtete forschend sein Gesicht. »Du siehst Uri nicht sehr ähnlich. Ich hatte nicht erwartet, daß sein jüngerer Bruder so viel größer ist als er. Und verglichen mit ihm bist du so blond und blaß.«

»Ich habe fast den ganzen Winter im Bergwerk gearbeitet und war kaum an der Sonne.« Für sie mußte er so widerwärtig aussehen wie ein weißer Wurm, den man unter einem Stein hervorgeholt hat. »Du kennst meinen Bruder Uri?« Und beschwörend: »Hast du eine Ahnung, wie es ihm geht?«

Sie setzte sich aufrecht hin und streckte ihm mit trauriger Ironie die Hand entgegen. »Hallo, Thur Ochs. Ich bin Fiametta Beneforte. Prospero Beneforte ist mein Vater. Du bist rechtzeitig eingetroffen, um Lehrling einer geräucherten Leiche zu werden.« Sie biß die Lippen zusammen und unterdrückte ein zorniges Schluchzen.

»Uris Brief hat nichts von einer Tochter erwähnt«, platzte Thur überrascht heraus. Er ergriff schnell ihre Hand, damit sie sie nicht wieder zurückzog. »Seine Briefe sind immer zu kurz, sagt Mutter.«

Ihre Stimme wurde leiser. »Ich habe Hauptmann Ochs zum letztenmal gesehen, als ihm ein Schwert durch die Brust gestoßen wurde, während er versuchte, den kleinen Don Ascanio vor Ferrantes Mörderbande zu beschützen. Ich weiß nicht, ob er noch am Leben oder schon tot ist, oder ob er mit den anderen Verwundeten zu den Heilern von San Girolamo durchgekommen ist. Aber es war keine kleine Wunde.« Sie entzog sich seinem Griff und zupfte an dem zerknitterten Samt ihres Rockes, der sich in ihrem Schoß bauschte. »Es tut mir leid, daß ich keine besseren und keine neueren Nachrichten habe. Mein Vater und ich sind um unser Leben gerannt. Zumindest haben wir es versucht.«

»Was ist geschehen?« In seinem Bauch wurde es kalt, sehr kalt ...

In kurzen, knappen Sätzen stammelte sie einen Bericht vom Alptraum der letzten vier Tage hervor. Thur mußte an den Kummer über den Verlust seines eigenen Vaters denken, als ihn der Tod im Bergwerk ereilte.

An jenem Wintertag war er bei Bruder Glarus in der Schule gewesen. Die Nachricht vom Einsturz des Stollens hatte atemlos jemand überbracht, der sie aus zweiter Hand erfahren hatte. Nach Tagen verzweifelter, fruchtloser Rettungsversuche hatte der Priester den Schacht gesegnet, und die verschütteten Männer waren begraben zurückgelassen worden. Thur hatte das Gesicht seines Vaters nicht mehr gesehen. Fiametta hatte mit ihrem toten Vater in der Nacht allein fertig werden müssen. Thur empfand ihr gegenüber sein Mitgefühl für ihren Schrecken und zugleich auch seltsamen Neid. Ihr Vater war tot, wie seiner, aber wenigstens nicht um die letzten Dienste gebracht, die die Überlebenden dem Verstorbenen erweisen konnten, obwohl Räuchern und Beizen nicht gerade zu den tröstenden, pietätvollen Riten gehörten, die einem Familienoberhaupt zukamen.

»... und als er zum zweitenmal versuchte, ihn mir vom Daumen zu ziehen, da stieß ich ihn in die Knie und verbarrikadierte mich hier drinnen. Das war ... das war gestern«, beendete sie ihre Geschichte und legte den Kopf auf die Knie, das Gesicht ihm zugekehrt, und wiegte sich leicht. »Wie bist du hierhergekommen?«

Er beschrieb kurz den Brief seines Bruders und wie er durch seine Arbeit für Pico einen Führer und Reisegefährten gefunden hatte.

»Aber wie *hierher?* In dieses Gasthaus, zur rechten Zeit, um mir zu begegnen?«

Thur zwinkerte. Er hatte ein außerordentliches Geschick, Dinge zu finden, gewiß, aber sicher wäre es irgendwie arrogant, vor der Tochter eines echten Magiers für ein seltsames Gefühl im Magen übernatürliche Bedeutung zu beanspruchen. »Pico hält immer hier an. Es ist der einzige Ort zwischen Bergoa an der Grenze und Cecchino.«

»Hab ich schließlich doch das Richtige bewirkt?«

hauchte Fiametta verwundert. Sie schloß ihre Hand. »Du hast meinen Ring geradewegs angesteckt…«

Thur drehte daran. »Ich werde ihn abbekommen. Das verspreche ich.«

»Nein.« Sie setzte sich auf und spreizte die Finger, mit den rosafarbenen Handflächen nach unten. »Behalte ihn. Einstweilen. Auf jeden Fall wird der fette Catti nicht versuchen, den Ring von *deinem* Finger zu ziehen.«

»Ich kann ihn nicht annehmen. Er ist viel zu wertvoll!« Allerdings hatte er keine Wahl, bis sein Knöchel wieder abschwellen würde. »Ich sag dir was, Madonna Beneforte. Ich habe ein bißchen Geld. Ich glaube, es reicht, um die Leiche deines Vaters von diesem habgierigen Wirt freizukaufen. Zumindest, um ihn aus dem Räucherhaus zu bekommen und um dir zu helfen, daß du ihn gebührend bestatten kannst.«

Sie runzelte die Stirn. »Ja, aber wo? Die abergläubischen Bauern hier fürchten sich alle davor, ihn auf ihrem Gebiet zu beerdigen, weil er ein Magier war. Und ich werde ihn nicht mitten auf der Straße begraben lassen.«

»Ich kam gestern durch das Dorf Bergoa. Dort gibt es eine kleine Pfarrkirche und einen Priester. Er wird deinen Vater beerdigen. Morgen helfe ich dir, ihn dorthin zu bringen.«

Sie senkte den Kopf und flüsterte: »Danke!« Jetzt, wo sie von der Erstarrung ihrer Isolation und Angst befreit war, sah Thur, daß ihre Müdigkeit sie fast überwältigte.

»Ich… ich werde danach nach Süden gehen müssen«, sagte Thur. »Ich muß herausfinden, was mit meinem Bruder geschehen ist.«

Sie hob den Kopf. »Das wird umso gefährlicher, je näher du an Montefoglia herankommen möchtest. Baron Ferrantes Söldner werden unterwegs sein, um zu marodieren und für ihre Bedürfnisse zu plündern, wobei sie jeden, der ihnen Widerstand leistet, umbringen … oder in ihre Dienste zwingen. Oder denkst du daran, dich freiwillig den Garden des Herzogs anzuschließen, falls sie San Girolamo noch gegen Ferrante halten?«

Thur schüttelte den Kopf. »Ich habe nicht die Berufung zum Soldaten. Es sei denn, ich würde Bruinwald verteidigen, so wie die Männer von Schwyz in der Schlacht von St. Jakob an der Birs die Franzosen abwehrten. Aber ich kann nicht zu unserer Mutter zurückkehren, ohne ihr sichere Nachricht von Uri zu bringen. Wenn er verletzt ist, dann muß ich versuchen, ihn wegzuholen.«

»Und wenn er tot ist?«

»Wenn er tot ist … dann muß ich es wissen«, sagte Thur mit einem Achselzucken. »Aber für dich ist es bestimmt zu gefährlich dort unten, Madonna Beneforte. Vielleicht weiß der Priester in Bergoa einen sicheren Ort für dich, wo du bleiben kannst, bis ich – wir … zurückkehren.«

»Zurückkehren?«

Er lächelte, um damit zu versuchen, sie zu beruhigen. »Dein Ring wird deine Sicherheit sein. Wenn ich ihn nicht losbekomme, dann muß ich ihn zurückbringen, nicht wahr?«

Traurig und zugleich verwundert preßte sie ihre vollen Lippen zusammen. »Ist es nicht umgekehrt, wenn es um eine Sicherstellung geht?«

»Eine Schuld ist eine Verpflichtung. Sie muß bezahlt werden.«

»Du bist ein ungewöhnlicher Mann, Maultiertreiber, Bergmann.« Sie hob die Augenbrauen. »Magus?«

»Oh, ich bin kein Magus. Ich wollte bei deinem Vater in die Lehre gehen, ja, aber ich stellte mir vor, daß ich dabei vor allem Holz holen und Barren heben würde. Bloß als Arbeiter. Wirklich.«

»Ich bin die einzige Erbin meines Vaters.« Sie biß sich mit starken weißen Zähnen in die Unterlippe. »Dein Lehrvertrag wäre jetzt ein Teil meines Erbes, wenn man ihn aufgesetzt hätte. Ich frage mich, wieviel vom Rest meines Erbes inzwischen die Losimaner geplündert haben.«

»Siehst du«, sagte Thur fröhlich. »Schön, daß wir uns begegnet sind, Madonna, obwohl die Zeiten schlimm sind.«

»Schön, daß wir uns getroffen haben, Maultiertreiber«, flüsterte sie. Ihr schiefes Lächeln war nicht unfreundlich, und sie verzog spöttisch die Augenbrauen, als würde sie sich an ihn gewöhnen. »Obwohl die Zeiten sehr schlimm sind.«

Er erhob sich und reichte ihr die Hand zum Aufstehen. »Komm! Besorgen wir uns etwas zum Essen. Ich glaube nicht, daß Catti meine Münzen zurückweisen wird.«

»Nein, aber da seine Frau fort ist, könnte es mit dem Essen etwas heikel werden«, warnte Fiametta. »Soweit ich weiß, hat sie das Kochen erledigt, und dazu noch eine Menge mehr.«

»Du kannst an Picos Feuer von meiner gerösteten Wurst essen, wenn du willst. Du kannst bei uns kampieren. Pico wird nichts dagegen haben.«

Sie zog eine Grimasse. »Ich würde lieber unter einem Baum schlafen, als noch eine Nacht unter Cattis Dach verbringen, das steht fest.«

Sie gingen zur Treppe, die zum vorderen Schankraum hinunterführte. Von unten waren Gespräche von Männern zu hören. Am Kopf der Treppe erstarrte Fiametta plötzlich, sie hob die Hand und gebot Thur stehenzubleiben. »Pst«, flüsterte sie und lauschte angestrengt, den Kopf zur Seite geneigt. »O Gott, ich kenne diese Stimme, diesen boshaften Ton …«

»Ein Freund?« fragte Thur hoffnungsvoll.

»Nein. Es klingt wie der Mann, der Ferrantes Mörder anführte, in der Nacht, als sie meinen Vater umbrachten.«

»Würdest du ihn erkennen, wenn du durch das Treppengeländer guckst?« Unterhalb des Handlaufs waren kleeblattförmige Schmucklöcher in das Holz geschnitten.

Sie schüttelte den Kopf. »Ich habe sein Gesicht nie gesehen.«

»Mich kennen sie nicht«, murmelte Thur nach kurzem Überlegen. »Setz dich hier nieder, und ich werde nachsehen, was geschieht.«

»Dreh den Ring nach innen. Sie könnten ihn sonst erkennen«, flüsterte sie. Er nickte, drehte die Löwenmaske zur Innenhand und ballte die Faust.

Fiametta sank auf den Boden, rutschte die Treppe ein Stück hinunter und hielt ihr Auge an eines der Kleeblattlöcher. Sie hielt den Atem an und ballte die Fäuste. Anscheinend kannte sie den Mann doch. Thur trat in den Schankraum.

Drei oder vier Einheimische waren hereingekommen, saßen auf den Bänken und hielten ihre Krüge fest. Nach ihren von der Arbeit verschmutzten Jacken und Beinkleidern zu schließen waren sie Bauern oder Tagelöhner. Außerdem standen da zwei Fremde, schlürften Bier in großen Zügen und sprachen mit Catti. Offensichtlich waren sie Reiter, Reisende, denn sie trugen schlammbespritzte Stiefel, kurze Mäntel, Wämser und schwere Kniehosen. Zusätzlich zu den üblichen Dolchen, die jedermann trug, hatte jeder von ihnen noch ein stählernes Schwert. Sie trugen weder Abzeichen noch Kokarde, die sie als Männer des Barons Ferrante oder eines anderen Herrn ausgewiesen hätten. Als der ältere der beiden – er trug einen Bart – nach einem letzten, tiefen Schluck den Krug absetzte, sah Thur, daß ihm einige Schneidezähne fehlten. Thur blieb im Hintergrund und mischte sich unter die einheimischen Bauern.

»Dann bring uns zu ihm, Wirt, und wir werden sehen, ob er der Dieb ist, den wir suchen«, sagte der bärtige Reiter und wischte sich mit dem Ärmel die Lippen ab.

»Um den Preis seines Lösegeldes könnt ihr ihn haben«, brummte Catti. »Ich wußte doch, daß da etwas faul war. Hier entlang.«

Catti zündete eine Lampe an und führte die beiden Fremden durch das Gasthaus in den Hof. Thur und zwei neugierige Bauern gingen hinterher. Der Himmel leuchtete immer noch im späten Zwielicht, obwohl über den Bergen im Westen schon der Abendstern funkelte.

Catti, der die Lampe trug, und der Bärtige traten geduckt in das Räucherhaus. Sie kamen kurz darauf wieder heraus. Der bärtige Losimaner wandte sich an seinen stoppeligen Kumpan. »Wir haben ihn gefunden. Hol die Pferde!«

Der Jüngere blickte in der zunehmenden Abenddämmerung unbehaglich um sich. »Bist du sicher, daß wir hier nicht die Nacht verbringen und erst am Morgen losreiten sollen?«

Die Stimme des Bärtigen begann zu Knurren. »Wenn wir zu spät kommen oder es wieder verpfuschen, dann wirst du dir wünschen, du hättest es nur mit Gespenstern zu tun. *Ohne Verzug,* hat er gesagt. Hol die Pferde!«

Der Jüngere zuckte mit den Achseln und trottete um die Ecke des Gasthauses davon.

Catti rieb sich zufrieden die Hände. Thur gesellte sich zu ihm. Catti schaute ihn an. »Hast du die Wildkatze aus meinem besten Zimmer herausbekommen?« fragte er.

»Ja.«

»Und wo ist sie?«

»Sie ist die Straße hinauf davongerannt.«

»In der Dunkelheit? Verdammt! Ich wollte doch diesen Ring haben. Nun, ich hab ja noch das Pferd. Gott sei Dank bin ich sie los. Es sieht so aus, als wäre ich gleich meine beiden Probleme los.«

Der jüngere der beiden Fremden kam mit drei Pferden an der Leine zurück. Zwei hatten leichte Kavalleriesättel aufgeschnallt, das dritte trug einen leeren Packsattel. Der Jüngere breitete ein großes Stück altes Segeltuch auf dem Boden aus und warf einige Stricke daneben.

»Wer sind diese Männer?« fragte Thur flüsternd.

»Wachleute aus Montefoglia. Es hat sich herausgestellt, daß dieser tote Graubart in meinem Räucherhaus ein Dieb war. Sie sagen, er habe einen wertvollen goldenen Salznapf aus der Burg gestohlen. Sie nehmen ihn mir vom Hals.«

»Ich finde, sie sollten hinter dem Salznapf her sein, nicht hinter einer Leiche. Ist es nicht ein bißchen spät für den Galgen?« fragte Thur. Die beiden Männer gingen in das Räucherhaus. Man hörte ein Geräusch, dann kamen sie mit der Leiche des alten Mannes auf dem Brett heraus. Sie zogen das Brett unter ihm weg und begannen, die Leiche in das Segeltuch einzurollen. »Wofür brauchen sie den Toten? Und wessen Wachleute sind es, die des Herzogs oder des Barons Ferrante?«

»Wen kümmert das, solange ihre Münzen gut sind?« murmelte Catti ungeduldig.

Die beiden Männer befestigten das Segeltuchbündel mit Stricken und hoben das lange Paket hoch. Mit Gestöhne schoben sie es quer über den Packsattel. Während der Bärtige die in Segeltuch gehüllte Gestalt an ihrem Tragtier festband, schlüpfte der Jüngere noch einmal in das Räucherhaus und kam mit zwei Schinken zurück, die er über seinen Sattelknopf hängte.

»Das ist unrecht, Meister Catti«, flüsterte Thur beschwörend. »Ihr dürft nicht zulassen, daß sie ihn mitnehmen. Hier – ich habe ein paar Münzen in meinem

Bündel. Ich hole sie auf der Stelle. Ich werde an ihrer Stelle ihn von Euch freikaufen.«

»Nein danke, ich nehme die Münzen dieser Leute«, versetzte Catti. »Sie bieten mir mehr.«

»Was immer sie bieten, ich gebe Euch mehr.«

»Wohl kaum, Maultiertreiber.« Catti winkte ihn fort und näherte sich lächelnd den Fremden. »Ich sehe, Ihr habt Lust auf meine Schinken. Ihr werdet es nicht bereuen, das garantiere ich Euch. Nun wollen wir mal sehen: Das Lösegeld, dazu zwei Krüge Bier und zwei Schinken, das macht ...« Er zählte mit den Fingern.

Thur sah es kommen. Er zog sich ins Räucherhaus zurück und schnappte sich von einem Holzstapel ein langes Scheit.

Der jüngere Mann schwang sich auf sein Pferd, während der ältere den rechnenden Catti an der Schulter packte und zu sich zog. »Hier ist deine Bezahlung, Wirt.« Der Stahl seines Dolches blitzte aus den Falten seines Umhangs auf, als er Catti in den Bauch stach.

Der Wirt schrie vor Schmerz und Überraschung auf. Der Bravo stieß ihn von sich, und Catti stolperte zurück, die Hände um den Bauch gekrallt. Die beiden Einheimischen, die zugeschaut hatten, liefen zu ihm, doch sie reagierten zu langsam. Der Bärtige grinste und zeigte seine dunklen Zahnlücken, dann sprang er auf sein Pferd. Sein Untergebener drängte sein Roß schon zur Straße und zog das Packpferd hinter sich her. Vergeblich schleuderte Thur das Holzscheit mit aller Kraft nach dem Rücken des jüngeren Losimaners. Es flog rotierend durch die Luft und prallte ohne große Wirkung an dem mit Umhang und Wams gepolsterten Mann ab. Dreckklumpen flogen von den Hufen der Pferde hoch, als die Losimaner in die zunehmende Dunkelheit entflohen.

Thur stürzte hinter ihnen her um die Ecke des Gebäudes, doch als er das vordere Tor erreichte, verhallten ihre Hufschläge bereits im Zwielicht. Fiametta stand mitten auf der Straße in dem Staub, der in der Luft hing, und spähte nach Süden den verschwundenen Reitern hinterher. Ihr Gesicht war verzerrt, ihre Augen groß und dunkel.

»Sie haben die Leiche deines Vaters gestohlen«, keuchte Thur. »Ich konnte sie nicht aufhalten.«

»Ich weiß. Ich habe es gesehen.«

»*Warum?* Das ist doch Wahnsinn! Sie haben auch zwei Schinken mitgenommen. Die wollen ihn doch nicht etwa aufessen!«

»Oh …«, hauchte sie. In ihrem Gesicht kämpften Entsetzen und angestrengtes Nachdenken miteinander. »Ich habe eine Vermutung. Eine ungeheure Vermutung. Er kann doch nicht – ich muß sie aufhalten …« Mit geballten Fäusten ging sie ein paar Schritte die Straße hinab, als befände sie sich in Trance.

Thur packte sie am Ärmel. »Du kannst nicht mitten in der Nacht allein die Straße hinunterlaufen.«

Sie drehte sich in seinem Griff um und schaute hinüber zu der Weide, wo ihr Schimmel zwischen Picos Maultieren hell schimmerte. »Dann werde ich reiten.«

»Nein!«

Sie starrte ihn an und senkte die Augenbrauen. Ihre Augen lohten. »Was denn?«

»Ich werde gehen. Morgen.« Und als sie zornig den Atem einzog, fügte er schnell hinzu: »Wir beide werden gehen.«

Sie zögerte. Ihre Fäuste öffneten sich. Sie blickte in die weite, ungewisse Finsternis. Ihre Schultern sanken herab. »Ich weiß nicht, was ich … wie ich … ja. Du hast recht. Sehr gut.« Wie betäubt wandte sie sich um und folgte ihm ins Gasthaus zurück.

KAPITEL 6

Den Tumult im Gasthaus steigerten noch zwei Flüchtlingsfamilien aus Montefoglia, die genau in dem Augenblick eintrafen, als der verwundete Catti von dem großen blonden Schweizer und den Einheimischen ins Haus getragen wurde. Das Chaos legte sich erst, als – von einem atemlosen Nachbarn herbeigeholt – Cattis Frau zurückkehrte. Fiametta zögerte unsicher, als die Frau, die zu ihr so freundlich gewesen war, hereingeeilt kam. Doch Signora Catti sprach keinen Tadel aus, obwohl sie die Stirn in tiefe Falten legte. Statt dessen requirierte sie Fiamettas Hilfe, um Bettzeug, Wasser und Waschbecken für die Schar neuer Gäste zu bringen und herzurichten, während sie selbst sich um ihren Ehemann kümmerte. Etliche Male kam sie aus ihrem Schlafzimmer heraus, um ihre Stalljungen anzutreiben und die Diener der Montefoglianer anzuweisen, eine Mahlzeit aus Brot, Käse, Räucherwurst, Wein und Bier herzurichten und allen anzubieten. Fiametta aß nichts vom Räucherfleisch.

Auf Signora Cattis Bitte brachte Saummeister Pico seine Maultiere, seine Fracht und seine Söhne in die Umfriedung, und die Tore wurden für die Nacht fest verschlossen. Die Montefoglianer waren beunruhigt, als sie erfuhren, daß die marodierenden Soldaten, vor denen sie geflohen waren, so weit nach Norden kamen, und sie machten Pläne, am Morgen weiterzuziehen. In dieser Nacht befanden sich, wenn man die Väter, Brüder, Diener, Cattis Stallburschen, Pico und seine Söhne sowie den Schweizer dazuzählte, vierzehn bewaffnete Männer innerhalb der Mauern des Gasthauses. Nur eine große bewaffnete Patrouille würde eine Bedrohung für sie darstellen. *Doch Baron Ferrante hat schon, was er wollte,* dachte Fiametta für sich. *Heute nacht werden sie nicht wiederkommen.* Nicht, bis Ferrante als Eroberer die Straße heraufreiten würde, an der Spitze einer Truppe, gegen die kein Dorfgasthaus Widerstand leisten konnte.

Fiametta lief wie eine aufgezogene Puppe umher. Arbeiten war besser als Nachdenken oder Fühlen. Unvermeidlicherweise wurde sie aber mit ihrer Arbeit doch einmal fertig. Das Geplapper und die Aufregung ließen nach, die Leute bliesen ihre Kerzen aus und gingen zu Bett. Cattis Frau kam mit blutbefleckten Verbänden und Cattis Hemd aus ihrem Schlafzimmer. Um die Sachen in kaltes Wasser einzuweichen, holte ihr Fiametta Wasser aus dem Brunnen im Hof. Sie stellte den Eimer draußen vor der Hintertür im Laternenlicht ab.

»Wie geht es Meister Catti?« fragte Fiametta schuldbewußt.

»Wenn die Wunde nicht brandig wird«, sagte Signora Catti mit einem Seufzer, »dann wird er wahrscheinlich überleben. Sein dicker Bauch hat ihn davor bewahrt, daß der Dolch zu tief eindrang. Wenn er nach Essen verlangt, dann gib ihm nichts.« Sie stieß die zusammengebündelten Tücher in den Eimer, richtete sich müde auf und wischte ihre Hände an der Schürze ab.

»Es tut mir leid, daß ich diese Schwierigkeiten über Euch gebracht habe.«

»Wenn der habgierige alte Esel dich an jenem zweiten Morgen auf den Weg zum Priester nach Bergoa geschickt hätte, wie ich ihn um der Nächstenliebe willen bat, dann wären diese Schwierigkeiten anderswohin gegangen«, bemerkte Signora Catti scharf. Sie blickte zu ihrem Gasthaus hoch, das im Dunkeln aufragte. »Wenn er wirklich den Geist eines toten Zauberers fürchtete, dann hätte er ihn anständig begraben und nicht in mein gutes Räucherhaus stecken sollen. Das wird jetzt verflucht sein. Ich würde mich nicht wundern, wenn all mein Fleisch verfaulte und madig würde.«

»Mein Vater hat nie eine Beleidigung verziehen«, gab Fiametta widerstrebend zu. »Aber ich glaube – ich fürchte – sein Geist hat jetzt größere Schwierigkeiten.« Sie knetete mit ihrer Hand die Falten ihres Rockes.

»So?« Signora Catti musterte sie scharf. »Nun … geh zu Bett, Mädchen. Aber verlaß morgen mein Haus.«

»Darf ich mein Pferd haben?« fragte Fiametta bescheiden.

»Das Pferd und alles andere. Ich möchte nicht, daß du hier irgend etwas zurückläßt, was du mitgebracht hast.« Sie schüttelte den Kopf. Fiametta folgte ihr wieder ins Haus.

Eine Veranda oder Loggia im ersten Stock, die auf den Hinterhof des Gasthauses führte und gewöhnlich zum Trocknen von Wäsche benutzt wurde, war in einen Schlafraum für die Dienerinnen der beiden montefoglianischen Familien umgewandelt worden. Fiametta hatte sich direkt neben dem Geländer ein Bett hergerichtet. Nun suchte sie sich ihren Weg über die schnarchenden Gestalten der erschöpften Frauen. Sie streifte ihr Obergewand ab und legte es auf ihre Bettdecke, dann zog sie ihr leinenes Unterkleid etwas herab, denn es hatte sich über dem Schlangengürtel, den sie wegen Cattis Habgier versteckt getragen hatte, leicht gebauscht. Trotz der Nachtkühle lehnte sie sich über das Geländer und blickte über den Hof.

Der abnehmende Mond hatte schon ein Viertel seines Wegs zum Zenit zurückgelegt. An der Mauer auf der anderen Seite des Hofes standen Picos Maultiere angebunden, jedes mit einem Haufen Futter vor sich, damit sie zufrieden waren. Immer noch sickerte Rauch aus dem Räucherhaus und wurde zu einer Schicht von

Dunst im trüber werdenden Mondlicht. Pico, seine Söhne und der Schweizer hatten sich unten in einer kleinen Bastion gebettet, die sie in der Nähe der Maultiere aus den Packsätteln gebildet hatten. Fiametta sah Thurs rundgeschnittenes blondes Haar, als er sich auf seinem Bettzeug hin und her warf. Sie schloß ihre Finger um den ringlosen linken Daumen und rieb die leere Stelle. *Was habe ich getan? Hat mein Ring ihn zu mir gezogen? Soll er wirklich meine ›wahre Liebe‹ sein? Weiß er davon?*

Thur war nicht das, was sie sich vorgestellt hatte, als sie am ersten Frühlingstag den Ring gegossen und den Zauber der ›wahren Liebe‹ damit verbunden hatte. Sie konnte kaum sagen, was sie sich in ihrem unausgesprochenen Verlangen geliebt zu werden vorgestellt hatte. Sie starrte hinab auf den Klotz unter seiner Bettdecke und versuchte, sich inbrünstig zu fühlen, oder von Leidenschaft überwältigt, oder wenigstens beeindruckt. Nichts. Es war nicht, daß sie ihn nicht mochte. Er war nur einfach da, erschreckend greifbar und real. Freundlich, gewiß, nach der Art eines großen verwöhnten Bulldoggenwelpen, der noch nie einen Klaps bekommen hatte und einen beschnupperte, um getätschelt zu werden.

Es war ihr nie in den Sinn gekommen, daß sie ihre ›wahre Liebe‹ nicht sofort erwidern würde. Aber sie hatte jemanden … kleineren erwartet. Jemanden älteren, erfahreneren. Zumindest besser gekleideten. Und reicheren.

Für einen Maultiertreiber riecht er wirklich nicht so übel.

Sie spürte in ihrer Enttäuschung einen Impuls, ihm den Ring von der Hand zu reißen und damit auf den nächsten Tisch zu klopfen, als könnte damit etwas gelockert werden, was in ihrem Zauber feststak. Doch immer noch spürte sie, selbst aus der Entfernung, das gleiche ruhige, leise Summen der Magie. Der Zauber hatte kaum eine Welle gekräuselt, als der Schweizer den Ring angesteckt hatte. Das Schmuckstück hatte sich um seinen Finger gelegt und geschnurrt wie eine schmucke Katze, die sich nach einer Fütterung mit Fisch und Sahne behaglich fühlte. Ein guter Zauber war selbst für das innere Auge eines erfahrenden Magus kaum zu erkennen. Nur wenn sie arg verpfuscht war, wurde Magie für gewöhnliche Sinne wahrnehmbar, als schriller Mißklang, der Kraft vergeudete. Teseos erste Versuche waren fast schmerzhaft laut gewesen und hatten sichtbare Funken ausgeschickt. Doch man wußte es kaum, wenn Meister Benefortes Zauber am Werk waren, denn sie flossen so weit wie möglich mit der Natur und kämpften nicht gegen sie an.

Weißt du, wenn eine Leiche ohne Absolution und Beerdigung aufbewahrt wird, dann kann der gerade vom Leib getrennte Geist dem Willen eines Herrn unterworfen werden …

War Baron Ferrante auf einen neuen Geisterring aus? Ein ermordeter Meister-Magus mußte eine Quelle großer Macht darstellen. Der ironische Gegensatz müßte Baron Ferrante gefallen: Man müßte den Mann, der seinen Ring zerstört hatte, zwangsweise zum Ersatz dafür heranziehen. Und wenn Ferrante ihr Haus geplündert hatte, dann mochte Gott wissen, was sonst noch seiner machthungrigen Aufmerksamkeit aufgefallen war.

Sie ging in Gedanken die Tage durch. Eine Nacht und einen Tag für die Losimaner, um mit ihrem Verletzten zur Burg zurückzureiten und den magischen Salznapf bei ihrem Herrn abzuliefern. Einen Tag, bis dem mit der Belagerung beschäftigten Baron Ferrante einleuchtete, daß seine Leute einen größeren Schatz der Zauberei zurückgelassen hatten, auf daß er in einem Feld verweste. Einen Tag, bis sie zurückkamen und entdeckten, daß ihre Beute verschwunden war, einen weiteren Tag, um an der Straße auf und ab nach einer verdächtigen Leiche zu fragen …

Sie rieb sich die schmerzenden Schläfen. Gewiß hätten ihre Ängste um ihren Vater mit seinem Tod zu Ende sein sollen. Die Toten, so glaubte man, waren dem Schmerz entrückt, geheilt und getröstet in der Gegenwart des Herrn Jesus und der Heiligen. In jener ersten Nacht hatte sie in ihrem Kummer eine seltsame Leichtigkeit des Geistes gefühlt, als wäre ein Gewicht von ihrer Schulter genommen, dessen sie sich bislang nicht bewußt gewesen war. Als hätte sich ihre Welt plötzlich vergrößert. Als wäre ein weiter leerer Raum über ihr frei geworden, damit sie hineinwachsen konnte. Als wäre ihr Leben unerwarteterweise ihr eigenes geworden, in dem sie jetzt selbst wählen und befehlen konnte. Noch während sie aus ihrer Kehle Schluchzer hervorwürgte, hatte ihr Herz mit einer verhaltenen Freude gepocht. Gewiß war diese Freude eine schwere Sünde. Sie sollte eigentlich nur Trauer und dazu Angst vor der Welt empfinden, wo doch ihr Beschützer von ihr genommen war. Nur Trauer. Kein Groll.

Jetzt tauchten Meister Benefortes Schwierigkeiten wieder auf, ließen sich wie ein großer Schwarm von Aaskrähen auf ihrem Leben nieder und krümmten ihren Rücken. *Das ist nicht gerecht. Du bist tot. Ich sollte jetzt eigentlich frei von dir sein.* Jetzt drohte nicht der Tod, sondern ewige Verdammnis und die Gefahr einer schwarzen Magie, die weit über ihre Fähigkeiten hinausging.

Was kann ich tun? Ich bin nur halb ausgebildet. Du selbst hast es unterlassen, mich auszubilden. Es ist dein Fehler, wenn ich jetzt nicht einmal weiß, wo ich anfangen soll. Ich bin nur ein schwaches Mädchen.

Morgen würde sie sich den Dienern der Montefoglianer anschließen und nach Norden fliehen. Soll doch der große dumme Schweizer gehen, wohin er will, nur nicht in ihre Richtung. Soll er doch in den nächsten Graben purzeln – ihr war es egal. Sie wollte ihn nie wiedersehen. Und auch Montefoglia nicht. Und auch nicht ihr Haus. Und auch nicht ihr kleines Schlafzimmer, das so warm und gemütlich gewesen war …

Zitternd, die Nase von ungeweinten Tränen verstopft, rollte sie sich in ihre Decke und vergrub ihr Gesicht in dem dünnen Kissen so gut sie konnte. Ihre sich ständig im Kreis drehenden Gedanken versanken schließlich im Schlaf.

Fiametta erwachte aus einem wirren Traum, in dem sie in einer seltsam labyrinthischen Version ihres Hauses in Montefoglia herumgewandert war. Das Gebäude war verlassen und lag in Ruinen. Bretter der Galerie verrotteten trügerisch unter ihrem Fuß, die Fensterläden hingen halb herab, die Mauern bröckelten. Sie hatte versucht, ein Feuer anzuzünden, doch es gelang ihr nicht. Bewaffnete Gläubiger schlugen an die Tür und riefen nach Zahlungen, die Meister Beneforte versteckt hatte und Fiametta nicht finden konnte, obwohl sie verzweifelt Zimmer um Zimmer durchsuchte …

Ihr Kissen war feucht und kalt, ihre Decke außen naß vom Tau. Der abnehmende Mond stand im Zenit und warf sein schwaches Licht in den Hof des Gasthauses. Immer noch erfüllt vom Unbehagen des Traums, drehte sie sich auf die andere Seite, sah durch die Latten des Geländers und wanderte mit dem Blick an der Außenmauer des Anwesens entlang. Auf ihr bewegten sich keine bedrohlichen Männergestalten. Der weite Nachthimmel verschluckte alle Geräusche. Nur ihre Ängste nahmen der Szenerie den Frieden, obwohl die Reihe der schläfrigen Maultiere eine beruhigende tierische Wärme ausstrahlte. Doch irgend etwas stimmte nicht ganz. Sie starrte eine volle Minute in die Dunkelheit, bevor sie erkannte, was es war.

Der letzte Rauch, der aus dem Räucherhaus entwich, zwirbelte sich nach *unten,* nicht nach oben und sammelte sich in der Mitte des Hofes wie in einem nebligen Teich. Er wurde dichter, zog sich zusammen. Eine formlose, suchende Substanz ... Ihr Herz pochte gegen die Rippen. Sie hielt die Luft an, kroch auf die Knie, ohne sich um die Kälte zu scheren, und drückte ihr Gesicht an die Latten.

Der silbergraue Rauch zog sich zu einer Menschengestalt zusammen, mit Beinen in einer Kniehose, einer gefalteten Jacke, einem großen Stoffhut, der wie ein Turban gewunden war, mit einem fesch fallenden Tuch aus Rauch an der Seite. Der Hut war schräg nach oben gekippt, in Richtung Fiametta, die auf der Loggia war. Unter der Krempe kräuselte sich ein zarter Bart aus Rauch. Das Mondlicht ließ rauchige Augen aufblitzen, wie die Silberborte einer hohen Wolke.

»Papa?« flüsterte Fiametta. Das Wort blieb ihr im Halse stecken. Sie schluckte.

Die Gestalt winkte ihr mit sichtlicher Mühe zu: winzige Rauchwölkchen stiegen vom Arm auf, als er sich bewegte. Der Knoten in ihrem Unterleib löste sich in eine seltsame, verrückte Freude auf. *Ich freue mich, dich zu sehen ...* Hieß es nicht, Geister seien fürchterliche Erscheinungen, die einem einen Schrecken einjagten? Doch Meister Beneforte sah so ... wie er selbst aus. Ungeduldig und ärgerlich wie immer. Sie konnte fast seine Stimme hören, wie er sie herumkommandierte und wie er drohte, sie wegen ihrer Ungeschicktheit oder Zögerlichkeit zu schlagen, eine Drohung, die er fast nie in die Tat umgesetzt hatte, außer wenn es ihm ernstlich an Geld fehlte, und sie hatte gelernt, an solchen Tagen vorsichtig zu sein. Die durchscheinende Gestalt winkte erneut.

Fiametta kletterte über das Geländer, ließ sich an den Händen vom Rand der Veranda herab und sprang in den Hof. Sie lief zu der Erscheinung, dann blieb sie stehen. Sie hatte das Verlangen, sie zu berühren, doch gleichzeitig fürchtete sie sich davor. Offensichtlich hielt er den Rauch nur mit großer Mühe zusammen. Sie konnte in seinem Ausdruck diese vertraute gespannte Versunkenheit erkennen, die sein Gesicht verwandelte, wenn er seine raffinierteren Zauber wirkte. Seine grauen Hände öffneten sich vor ihr, sein Mund formte Worte.

»Papa, ich kann dich nicht hören!«

Er schüttelte den Kopf und formte weitere Worte. Nichts war zu hören. Er zeigte nach Süden.

»Was versuchst du mir zu sagen?« Sie tanzte von einem Fuß auf den anderen – ein Spiegel seiner Enttäuschung.

Dummes Kind, sagte er lautlos. Das konnte sie erkennen – aus langer Vertrautheit mit diesem Tadel. Doch was folgte, war zu schnell und zu kompliziert. Sie ballte wie er die Fäuste.

Picos jüngerer Sohn setzte sich auf, von Fiamettas Stimme geweckt, rieb sich die Augen und spähte über einen Packsattel auf den Mann aus Rauch. Erschocken schrie er auf, sprang zum Bett seines Vaters und verkroch sich unter dessen Decke. Saummeister Pico erwachte mit einem empörten Schnauben. Mit offenem Mund zog er seine Decke über den Jungen, bis zum eigenen Kinn. Thur, der immer noch dieselbe Jacke und dieselben Beinkleider trug, setzte sich auf, dann erhob er sich und starrte auf die Erscheinung. Tico, Picos älterer Sohn, schnarchte weiter, ohne etwas zu bemerken.

Thur holte tief Luft und kam vorsichtig zu Fiametta herüber. Er trat neben sie, noch bleicher im Gesicht als sonst, und schaute zwischen ihrem Gesicht und dem mondgrauen Antlitz hin und her. »Ist das dein Vater, Madonna Beneforte? Was sagt er?«

Die dunstige Gestalt begann, sich verzweifelt im Nachtwind aufzulösen. Die verwehenden Arme streckten sich nach Fiametta aus, und sie griff nach ihrem Vater. Dann zog sich der Rauch abrupt zu einer weißen Kugel von der Größe eines französischen Tennis-balls zusammen und barst wieder mit einem einzigen Wort.

»Monreale!«

Ein Windstoß trug Wort und Rauch davon, und der Hof war aufs neue leer.

»Monreale?« fragte Thur verständnislos. »Was meint er damit?«

»Monreale!« Fiametta stampfte heftig mit dem Fuß auf.

»Natürlich, Monreale! *Er* wird wissen, was zu tun ist. Er wird wissen, wie Papa zu retten ist, wenn es überhaupt jemand weiß. Außer ...«, sie wurde unsicher, »falls diese schwatzhaften Mägde die Wahrheit sagen, dann ist er auf der falschen Seite einer belagerten Mauer.«

Der Schweizer nickte feierlich, als entginge ihm, daß es sich hierbei nicht nur um eine interessante Tatsache handelte, sondern um einen entscheidenden Fehler.

»Einer Mauer, die von Ferrantes Soldaten umzingelt ist«, fügte Fiametta hinzu.

»Ich fange an, Ferrantes Soldaten zu verabscheuen«, bemerkte er sanft.

»Ich bin sicher, sie werden über diese Neuigkeit ganz schön erschrecken«, versetzte Fiametta schnippisch. »Ohne Zweifel werden sie wegrennen und uns geradewegs durchlassen.«

Er lächelte verlegen. »Wir werden uns schon etwas einfallen lassen. Zuerst müssen wir dorthin gelangen. Oder ich muß jedenfalls dorthin gelangen. Glaubst du nicht, es wäre für dich besser und sicherer, wenn du mit diesen anderen Montefoglianern morgen nach Norden gingest?«

»Du wirst mich nicht in einen Straßengraben werfen!« schrie sie empört. Er trat einen Schritt zurück und winkte gütig mit seinen großen Händen. »Das ist meine Sache«, beharrte sie. »Ich könnte dich ... könnte dich einfach mitkommen *lassen*, das ist alles.«

»Danke, Madonna«, erwiderte er ernsthaft.

Fiametta verzog mißtrauisch die Lippen. »Wage nicht, mich zu verspotten!«

Er öffnete den Mund, schloß ihn wieder und setzte dann dieses gleiche entwaffnend törichte und freundliche Lächeln auf, das er ihr geschenkt hatte, als sie ihn mit dem Nachttopf bedroht hatte. Ihr wurde bewußt, daß sie heftig zitterte. Ihr dünnes Leinen kräuselte sich im Nachwind.

Die Mägde in der Loggia waren aufgewacht, sie weinten und beteten. Ein Tumult, fast so laut wie nach Cattis Verletzung, griff von ihnen auf das Gasthaus über, bis drei Viertel seiner Insassen wach waren. Als die Augenzeugen die Geschichte von der Geistererscheinung denen, die sie nicht gesehen hatten, erzählt und mit zunehmender Dramatik noch einmal erzählt hatten, geriet Signora Catti in Verzweiflung.

»Das wird mein Geschäft ruinieren!«

»Ich bezweifle, daß er noch einmal zurückkommt«, sagte Fiametta und biß die Zähne zusammen.

»Ich werde den Priester rufen lassen, damit er mir über mein Räucherhaus den Exorzismus betet!«

»Was, den gleichen Priester, den Ihr nicht bezahlen konntet, damit er meinen Vater bestattet?«

Die beiden Frauen blickten sich mit zusammengepreßten Lippen zornig an. Die Mägde redeten hysterischen Unsinn. Tico protestierte laut, weil ihn niemand geweckt hatte, da auch er das Wunder hätte sehen wollen. Fiametta ging zu ihrem kalten Bett zurück und zog sich das Kissen über den Kopf. Niemand wagte es, sich ihr zu nähern.

Diese endlose Nacht wich endlich einer nebligen, rosig-orangenfarbenen Morgendämmerung. In Fiamettas Kopf hämmerte es ganz schlimm, ihr Mund fühlte sich an, als sei er aus Barchent, ihre Augenlider kratzten, als haftete an ihnen Sand. Sie zog ihr ruiniertes Samtoberkleid an.

Wenigstens machte Thur keine Einwände und verzögerte den Aufbruch nicht. Er war schon angezogen und hatte sein Bettzeug binnen einer Minute nach dem Aufstehen zusammengerollt und eingepackt. Sie saßen auf den Bänken im Schankraum und spülten als Frühstück trockenes Brot mit Bier hinunter. Als größtes Hindernis für ihren zeitigen Aufbruch erwies sich das Einfangen des Schimmels auf der Weide. Die Frau des Wirtes schaute ihnen einige Minuten zu, wie sie im taunassen Gras hinter dem Gaul herliefen, dann schüttelte sie den Kopf und brachte eine Schüssel mit Hafer, um den Schimmel anzulocken, und zäumte ihn selbst auf. Sie reichte Thur die Zügel, der sie an Fiametta weitergab.

»Kannst du nicht reiten?« fragte Fiametta ihren zukünftigen Begleiter.

Er schüttelte den Kopf. »Meine Mutter hatte nur ein paar Ziegen. Wir konnten uns keine Kuh leisten, geschweige denn ein Pferd.« Nach einem Augenblick unbehaglichen Schweigens fügte er hinzu: »Ich könnte allerdings das Pferd führen, mit dir im Sattel. Wie die Maultiere.«

»Nun … schon gut«, sagte Fiametta voller Zweifel. Sie stellte sich neben das Pferd. Ihre Nase war auf gleicher Höhe mit seinem Widerrist. »Führ es zum Zaun, damit ich aufsteigen kann.«

»Ach, das ist einfach«, sagte Thur. Er faßte sie an ihrer Taille und setzte sie aufs Roß, als wäre sie eine Dreijährige. Als sie ihn empört anschaute, fügte er entschuldigend hinzu: »Du bist viel leichter als eine Ochsenhaut voller Steine, Madonna Beneforte.«

Sie zog sich die Röcke um die Beine, klemmte Thurs Bündel vor sich in den Sattel, ergriff eine Strähne der langen, fettigen Mähne, schluckte und nickte. »Also dann los!«

Der Schimmel verließ nur ungern die grüne Weide, doch sobald er auf der Straße war, schien er sich mit seinem Schicksal abzufinden und trottete neben dem

Schweizer her. Signora Catti beobachtete sie, bis sie außer Sichtweite waren, als wollte sie sichergehen, daß die beiden und ihr Unheil sie wirklich verließen. Das goldene Licht des frühen Morgens entflammte die Nebelschwaden, die noch über den Wiesen hingen, und warf die dunklen Schatten der Pappeln und Zypressen vor ihre Füße, die entlang der Straße standen. Die feuchte, wärmer werdende Luft war erfüllt vom Duft der Frühlingsblumen und vom frischen Geruch der kleinen steinigen Bäche, die dort die Straße kreuzten, wo sie kleine schattige Täler durchquerten. Die Sonne und der warme Rücken des Pferdes begannen die Kälte der Nacht aus Fiamettas Knochen zu vertreiben. Wenn sie nicht so müde gewesen wäre und ihr nicht alles weh getan hätte, dann wäre die Reise angenehm gewesen.

Thur schritt leicht neben dem Pferd dahin und tätschelte es dann und wann aufmunternd am Hals. Wenigstens ihn schienen die Unruhen der Nacht nicht mitgenommen zu haben. Als sie den Gipfel eines kleinen Hügels erreichten, blickte er sich über die Schulter nach Fiametta um.

»Dein Vater sagte *Monreale*. Du hast ihn den Abt genannt – ist er derselbe wie der Bischof Monreale, den mein Bruder manchmal in seinen Briefen erwähnt hat?«

»Ja, es gibt nur einen. Anders als die römischen Bischöfe dient er beiden Benefizien, die er innehat, sagt Papa. Sagte Papa. Der Vater des Abtes Monreale war ein savoyardischer Edelmann, der eine Dame aus der Lombardei heiratete. Monreale war ein jüngerer Sohn, deshalb ging er fort, um als Hauptmann im französischen Heer sein Glück zu suchen, damals, als sie die Engländer aus Bordeaux vertrieben. Dein Bruder Uri brachte immer wieder gern Monreale über diese Zeit zum Sprechen, und es war nie schwer, ihn dazu zu überreden, obwohl er jetzt vorgibt, sich dieser Zeit zu schämen. Monreale versuchte immer, Uri zu überzeugen, daß er besser daran täte, selber Mönch zu werden und Gott anstatt Herzog Sandrino zu dienen. Es wurde eine Art ständiger Scherz zwischen ihnen, abgesehen davon, daß es nicht nur ein Scherz war.« Fiametta biß sich auf die Lippe. Jetzt war es ganz sicher kein Scherz mehr.

»Papa und der Abt plauderten gern miteinander. Zuerst vermutlich, weil sie die beiden besten Magier von Montefoglia waren, und Papa mußte sich natürlich mit Monreale gut stellen, um von ihm als Bischof die kirchliche Lizenz zu bekommen. Aber ich glaube, sie mochten einander wirklich. Wenn Monreale in die Stadt zur Kathedrale kam, um sich um die Angelegenheiten der Diözese zu kümmern, dann saßen sie manchmal in unserem kleinen Hof, tranken Wein und redeten miteinander. Und manchmal gingen sie zusammen an den See zum Fischen. Papa war praktischer veranlagt und wollte die materielle Magie beherrschen. Monreale war mehr an der Theorie der Zauberei interessiert, vermutlich mit einem Auge auf seine entsprechenden spirituellen Pflichten. Manchmal ging Papa zu ihm, um Anregungen zu erhalten, wenn er bei der Ausarbeitung eines neuen Zaubers feststeckte. Monreale muß über Geistermagie Bescheid wissen, zumindest müßte er sie studieren, um sie bekämpfen zu können.«

»Geistermagie – was ist das?«

»Schwarze Totenbeschwörung.« Sie beschrieb den silbernen Putto-Ring, den Baron Ferrante getragen hatte, die Truhe mit dem in Salz eingelegten Neugeborenen und die Verbindung, die Meister Beneforte zwischen beiden befürchtet, gefunden und durchtrennt hatte.

»Das ist eine Art von Zauberei, die über meinen Verstand geht, fürchte ich«, bemerkte Thur bescheiden.

»Ja, das verstehe ich«, seufzte Fiametta. Aber um gerecht zu sein, fühlte sie sich gezwungen hinzuzufügen: »Auch über meinen.« Aber nicht über Monreales Verstand. Und nicht über den von Meister Beneforte – jetzt durfte nichts mehr verheimlicht werden, obwohl Fiametta sich fast sicher war, daß ihr Vater sein florentinisches Experiment dem Abtbischof nie gestanden hatte. Falls Fiamettas verschwommene Auffassung richtig war, dann baumelte der Geist ihres Vaters jetzt an Baron Ferrantes Strick über der Verdammnis. Seine Seele lief Gefahr, noch im letzten Augenblick von Gott getrennt zu werden. »Ich hoffe, Abt Monreale ist nicht zu beschäftigt mit der Belagerung, um sich mit einer einzigen armen verlorenen Seele befassen zu können.«

Thur runzelte nachdenklich die Stirn und blickte über die sich schlängelnde Straße hinab. »Falls es Baron Ferrante gelingt, den Geist deines Vaters zu zwingen, daß er seinem Willen dient, und falls diese Geistermagie so stark ist, wie du glaubst, dann würde sie alle Leute, die Monreale zu beschützen versuchten, in noch größere Gefahr bringen. Das Schicksal deines Vaters steht fast im Mittelpunkt von Monreales Schwierigkeiten. Er wird sich damit befassen.« Sein Gesicht wirkte entschlossen. »Alles, was ich tun muß, ist, dich dorthin zu bringen. In Ordnung!«

Fiametta klammerte sich fest an das Pferd, als Thur und der Schimmel sich ihren Weg durch einen felsigen Wasserlauf am Fuße des Hügels suchten. Als das Hindernis überwunden war, fragte sie: »Was ist deine Magie, Thur? Dein Bruder muß vermuten, daß du ein bestimmtes Talent hast, sonst hätte er nicht versucht, dich an einen Magus als Lehrling zu vermitteln.«

Thur verzog unsicher den Mund. »Ich weiß es nicht. Ich bin nie von einem echten Meister geprüft worden. Ich kann mit der Wünschelrute Wasser finden. Und ich habe eine Begabung, Dinge zu finden, sagt Mutter. Einmal habe ich ein kleines Mädchen gefunden, Helga, die Tochter des Mühlenbauers, die sich in einem

Schneesturm verirrt hatte. Aber wir waren alle draußen, sie zu suchen, also hatte ich vielleicht nur Glück. Und ich habe lange gedacht …«, er räusperte sich, als sei er verlegen, »gedacht, ich könnte das Erz in den Felsen spüren. Aber ich fürchtete mich immer, darüber zu reden, denn wenn ich unrecht gehabt hätte, dann wären die anderen Bergleute sehr wütend über mich geworden. Ein falscher Stützbalken macht die Arbeit kompliziert.« Er zögerte, dann fügte er scheu hinzu: »Einmal habe ich einen Kobold gesehen, vor gar nicht langer Zeit.« Er schien noch mehr sagen zu wollen und drehte den Löwenring an seinem Finger, doch dann schüttelte er den Kopf. »Und du, Madonna Beneforte? Du mußt geschickt sein.«

Fiametta runzelte die Stirn. Sie *sollte* geschickt sein, ja. Aber …

»Ich verstehe mich sehr gut auf Feuer«, brachte sie schließlich hervor. »Selbst Papa läßt mich seines anzünden. Und meine lateinische Aussprache ist gut, sagt Papa – sagte Papa.« Die Erinnerung hellte ihr Gesicht auf. »Das Beste, woran ich bisher mitarbeiten durfte, war der Fruchtbarkeitszauber für Signora Tura, die Frau des Seidenhändlers. Da durfte ich mithelfen. Sie hatte keine Kinder, obwohl sie schon vier Jahre verheiratet war. Der Zauber erforderte ein Gleichgewicht männlicher und weiblicher Elemente, weißt du. Wir fertigten ihn in Form eines Gürtels aus lauter kleinen silbernen Kaninchen an. Papa ließ mich die Kaninchen entwerfen und gestalten. Sie waren alle verschieden. Ich bekam zwei echte Kaninchen als Modelle. Weiße Franzosen. Lorenzo und Cecilia. Sie bekamen Junge, die ich so gern hatte – sie waren so weich! Und das gehörte zu dem Zauber. Doch dann bekamen sie noch mehr Junge und gruben sich aus dem Auslauf im Hintergarten raus. Sie fraßen alle Kräuter von Rubertas Beeten und hinterließen überall im Haus ihren Kot, und Papa ließ mich anschließend saubermachen. Als dann der Zauber vollendet war, sagte Papa, wir müßten alle Kaninchen aufessen. Vermutlich waren sechsunddreißig Kaninchen wirklich zuviel für unser Haus, aber wochenlang konnte ich Ruberta, unserer Köchin, nicht verzeihen. Kaninchenbraten, Kaninchenravioli, Kaninchenwurst … Ich hungerte lieber«, bekannte sie tugendhaft, doch dann verdarb sie den leidenschaftlichen Bericht vom Martyrium ihrer Schoßtiere, indem sie hinzufügte: »Außer daß ich half, Lorenzo zu essen, weil er mich immer gebissen hatte.«

Sie runzelte die Stirn, als sie Thurs Grinsen sah, doch es verschwand sofort. »Ich stahl Cecilia aus dem Käfig und ließ sie am Rand der Stadt frei.«

»Und hat er funktioniert?« fragte Thur, als sie verstummte.

»Was? Ach ja, der Zauber. Ja. Signora Tura wurde letzten Monat von einem Jungen entbunden. Ich hoffe, daß es ihnen gut geht.« Der Laden eines Seidenhändlers würde sich als Ziel für Plünderer bestens anbieten. Doch vielleicht war Signora Tura zu Verwandten geflohen.

Er hielt den Löwenring ins Sonnenlicht und bewegte die Finger, um ihn funkeln zu lassen. »Und das ist ein magischer Ring, Madonna?«

Bei seinen Worten lief es ihr kalt über den Rücken, denn seine Frage lautete fast genauso wie die seines – toten? – Bruders. »Er … sollte einer werden. Aber es funktionierte nicht, und deshalb habe ich ihn einfach als Schmuck getragen.«

Sie blickte vorsichtig zu ihm hinunter, aber er bemerkte lediglich: »Er ist sehr schön.«

Sie hatte von einer Stunde zur anderen überlebt und nicht nach vorn geschaut. Als Folge davon befand sie sich hier allein in der Wildnis – oder zumindest auf der Durchquerung von irgend jemandes Waldstück – mit einem fast wildfremden Mann. Vor einer Woche noch hätte sie so etwas noch für schrecklich unschicklich gehalten. Diese sorgfältigen gesellschaftlichen Vorsichtsmaßnahmen erschienen jetzt so dürftig und falsch wie eine Bühnendekoration. Doch welchem Schicksal ritt sie entgegen?

Ihre Mitgift hätte aus dem Erlös des großen bronzenen Perseus kommen sollen, den Meister Beneforte nicht mehr hatte gießen und Herzog Sandrino nicht mehr hatte bezahlen können. Sie würde vermutlich das Haus erben, obwohl es inzwischen sicher ausgeräumt war. Es sei denn, Papas Gläubiger leiteten einen Prozeß in die Wege, nahmen es ihr ab, teilten das Geld unter sich auf und ließen sie mittellos zurück ... An den Gerichtshöfen war schutzlosen Witwen und Waisen schon Schlimmeres geschehen. Die freie Zukunft, der sie entgegensah, war etwas Erschreckendes, wenn sie kein Geld hatte. Eine reiche junge Frau hatte Kontrolle über ihr Leben in dem Maße, wie sie die Kontrolle über ihr Vermögen hatte. Eine arme junge Frau ... ebenfalls. Nur anders.

Doch wenn Baron Ferrantes Eroberung von Montefoglia erfolgreich war, dann war alle Hoffnung vergeblich. Nur wenn Ferrante stürzte, hatte sie eine Aussicht darauf, etwas von ihrem Erbe zurückzugewinnen.

Sie beobachtete, wie Thur dahinmarschierte. Als sie aus dem von Insektengesumm erfüllten Wald wieder in die Sonne hinaustraten, schimmerte sein Haar heller als der Löwenring. Sie fühlte sich plötzlich schuldig, daß sie sich um Geld sorgte, während das Schicksal seines Bruders Uri noch ungewiß war. War es wirklich so ungewiß, wie sie es dargestellt hatte, in ihrem Bestreben, die Nachricht abzuschwächen? Der Schwertstoß hatte tödlich genug ausgesehen. Zumindest ließ die Ungewißheit sie beide in dieselbe Richtung ziehen. Wenn er gewußt hätte, daß sein Bruder tot war, welchen Grund hätte er dann gehabt, sie zu begleiten? Sie konnte kaum dem Zeugnis ihres Rings glauben. *Wie kannst du meine ›wahre Liebe‹ sein? Du kennst mich nicht einmal. Du mußt von irgendeiner magischen Illusion meiner selbst geblendet sein, und wenn du herausfindest, wie ich wirklich bin, dann wirst du mich hassen.* Tränen ließen ihren Blick verschwimmen. *Dummes Kind. Hör auf zu flennen,* ermahnte sie sich streng in Gedanken.

Am späten Vormittag kamen sie zu der Wiese und dem Wäldchen, wo Meister Beneforte ermordet worden oder gestorben war. Das Pferd fraß Gras, während Thur seine Beine ausruhte und Fiametta herumging. Doch hier gewann sie keine Empfindung von Papas Anwesenheit. Im Tageslicht erschien die Wiese nur unschuldig und schön. Sie zogen weiter.

Während er durch den warmen Mittag schritt, erzählte ihr Thur ein bißchen über sein eigenes Leben. Da schien es nicht viel zu erzählen zu geben, zumal Thur offensichtlich von Natur aus nicht redegewandt war. Er hatte etwas Unterricht vom Dorfpfarrer bekommen – Fiametta war erleichtert, als sie erfuhr, daß er wenigstens lesen und schreiben konnte. Eine jüngere Schwester war an der Pest gestorben, möglicherweise während derselben schlimmen Epidemie, die auch Fiamettas Mutter dahingerafft hatte. Der Tod seines Vaters im Bergwerk hatte ihn gezwungen, seine Schulausbildung abzubrechen und die harte Arbeit im Tal anzunehmen, und sein Bruder Uri war fortgegangen, um das etwas prächtigere Leben eines Söldners zu führen. Die Arbeit im Bergwerk hörte sich schrecklich öde an. Sie hatte nie eine Ahnung davon gehabt, daß die Hände so vieler Männer, so viele Schritte, so viele verbrannte Bäume notwendig waren, um die kleinen glänzenden Metallbarren herzustellen, die dann zu ihrer endgültigen Bestimmung in die Werkstatt ihres Vaters gelangten. Thur hatte noch nie eine Stadt gesehen – noch nie zuvor hatte er das Tal von Bruinwald verlassen. Er schien erstaunt und beeindruckt zu sein, als er hörte, daß sie sowohl in Rom als auch in Venedig gelebt hatte. Er schaute auf die welligen Hügel und die gewöhnlichen kleinen Bauernhöfe, als handelte es sich dabei um Wunder. Der Mann war praktisch ein kleines Kind, erkannte Fiametta bestürzt.

Uri hatte einen ausgezeichneten Perseus abgegeben. Sie studierte Thur und überlegte, für welche Statue er sich als Modell eignen würde. Ihr fiel kein passender griechischer Held ein. Ajax war zu kriegerisch, Odysseus zu listenreich, Hercules vielleicht zu schwach von Begriff. Hector war ein zuverlässiger Familienmensch gewesen, der mit seinem Bruder Unglück gehabt hatte … das wäre ein schlechtes Omen, wenn man an Hectors unglückliches Ende dachte. Dann also ein nordischer Held, Roland etwa, oder ein Ritter von König Arthurs Tafelrunde? Eine biblische Gestalt? Ein Heiliger? Nein, das wäre noch bizarrer. Irgendwie paßte Thur nicht als Modell für einen Helden. Fiametta seufzte.

Am frühen Nachmittag kamen sie dahin, wo das Tal breiter wurde, und sie näherten sich dem nördlichen Ende des Sees und dem Dorf Cecchino. Thur erklärte, er sei willens und fähig weiterzuziehen. Fiametta zögerte im Dorf anzuhalten, weil man sie vielleicht wiedererkennen würde. Allerdings gab es bei ihr inzwischen nicht mehr viel zu stehlen und es gab auch keinen Grund, warum ein umherziehender Bravo oder sonst jemand an ihr Interesse haben sollte, abgesehen von der üblichen gelangweilten Bosheit. Fiametta hielt das Pferd am Zügel und ließ es an einer Stelle grasen, die von der Straße aus nicht zu sehen war, während Thur in das Dorf ging, um Essen zu kaufen. Er kam mit Käse, Brot, frischen Rettichen, gekochten Eiern und Wein zurück. Es war fast wie ein Picknick in besseren Zeiten. Er ermunterte sie zu essen, bis sie satt war, und sie fühlte sich danach wirklich besser. Doch ihre Schläfrigkeit wich der Unruhe, und sie machten sich sofort nach ihrer Mahlzeit wieder auf den Weg.

Als der Abend anbrach, waren sie noch sechs oder sieben Meilen von San Girolamo entfernt. Sie aßen den

Rest ihrer Speisen auf und teilten sich, was von ihrem mit Wasser vermischten Wein noch übrig war.

»Von hier an dürfte es gefährlicher werden«, sagte Fiametta mißtrauisch, als die Schatten tiefer wurden. »Baron Ferrante hat sicher irgendwo an der Straße zwischen hier und dem Kloster Wachen aufgestellt.«

»Hast du nicht gemeint, daß seine Leute sehr dünn verteilt sind?«

»Am Anfang hatte er nur fünfzig. Vielleicht hat er mehr Reiter von Losimo kommen lassen, aber seine Hauptstreitmacht aus Fußsoldaten kann noch nicht eingetroffen sein. Und er wird einige in der Stadt lassen müssen.«

»Das klingt, als wäre heute abend die beste Zeit für uns, um zu versuchen, ins Kloster zu kommen. Wenn wir sie nicht sehen können, dann können sie uns auch nicht sehen.«

»Ich weiß nicht... In der Ostmauer von San Girolamo, in der Nähe der Wälder, gibt es eine kleine Seitentür. Ich glaube, sie ist unsere beste Chance. Das Haupttor wird besser bewacht sein. Wir können uns durch die Schafweiden und die Weinberge heranschleichen.«

»Dann führe du.«

»Ja, aber ich weiß nicht, wann wir die Straße verlassen müssen. Je später, desto besser, aber ...«

Thur schnupperte in die Luft. »Noch nicht, glaube ich. Ich rieche keine Lagerfeuer.«

»Ach so.«

Sie trotteten müde weiter. Der See war ein dunkelnder Abgrund hinter den Bäumen zu ihrer Rechten. Die kleinen Gehöfte zu ihrer Linken waren verriegelt, dunkel und unheimlich still. Im Schilfgürtel des Sees quakten Frösche. Die Luft wurde kühler, vom See her stieg Feuchtigkeit auf. Das alte Pferd wurde allmählich störrisch und steif, und Thur mußte es praktisch hinter sich herziehen. Fiametta stieg ab und ging zu Fuß weiter, obwohl ihre Beine schmerzten. Mit dem Boot wäre diese Reise sicher angenehmer gewesen. Von Zeit zu Zeit schnupperte sie versuchsweise. Dann blieben sie und Thur im selben Augenblick plötzlich stehen.

»Hammelbraten«, flüsterte Thur. »Im Süden, windwärts.«

»Ja, ich rieche es auch.« Sie zögerte. »Diese Mauer aus Feldsteinen dort vorn, das ist die abseits gelegene Schafweide des Klosters. Wir sind fast am Ziel. Aber wie bringen wir dieses dumme große Pferd heimlich durch den Wald?«

»Laß es auf der Weide«, schlug Thur vor. »Dort wird es zufriedener sein. Ich glaube nicht, daß jemand, der noch bei Sinnen ist, es stehlen wird, um es zu reiten. Und die Soldaten werden es wohl nicht schlachten, solange sie noch genug Schafe haben.«

Vielleicht war Thur es ebenso überdrüssig, das Tier zu ziehen, wie das Pferd es überdrüssig war, gezogen zu werden. Doch der Vorschlag schien praktisch zu sein. Fiametta führte sie von der Straße weg zu einer tiefgelegenen Stelle, die von Eichen überschattet wurde. Dort trug Thur in aller Ruhe einen Klafter breit die oberen paar Steinschichten der hüfthohen Mauer ab, damit sie etwas niedriger wurde. Schließlich konnten sie das widerstrebende Pferd dazu bringen, über die Mauer zu steigen. Fiametta nahm ihm die Zügel ab und steckte sie in Thurs Bündel, das der Schweizer auf den Rücken nahm. Das Pferd wanderte davon und schnupperte mißtrauisch an dem von den Schafen kurzgefressenen Gras herum. Fiametta kam sich jetzt viel weniger auffällig vor.

Hinter der Mauer verborgen, führte Fiametta Thur den Hügel hinauf und um die weite Weide herum. Er spähte über die Steine und zeigte stumm auf ein kleines Tal auf der anderen Seite. Vor orangenfarbenem Feuerschein bewegten sich dunkle Silhouetten von Männern, mit dem Rauch zusammen kamen Laute menschlicher Stimmen im Wind herübergeweht. Einige von Ferrantes Männern hielten eine späte Mahlzeit mit gestohlenem klösterlichem Hammelfleisch.

Als Fiametta und Thur über die nächste Mauer kletterten, klickerten nur wenige Steinchen. Hinter den Rebstöcken des dahinterliegenden Weinbergs verborgen, gingen sie weiter. Der lange Weingarten führte sie zu den Wäldern, die Fiametta ostwärts umging, oberhalb des Hanges. Ihre vorsichtigen Schritte durch das Gras klangen ihr wie das Geräusch von Sicheln in den Ohren. Schließlich war es nach Fiamettas Berechnungen an der Zeit, zwischen den Bäumen hindurch hinunterzugehen und dann, so hoffte sie, an der Hintertür von San Girolamo herauszukommen. Mit tiefem Unbehagen spähte sie in die Dunkelheit unter den Baumkronen. An der Mauer des Klosters dürften wohl mehr Wachen zusammengezogen sein. Thur probierte einige herabgefallene Zweige aus und fand schließlich einen kräftigen Stock, der noch genug Saft hatte, um nicht zu brechen. *O Mutter Maria. Warum bin ich nicht nach Norden gegangen, als ich noch konnte?* Fiametta ergriff Thurs Hand und schlüpfte mit ihm in den Wald.

KAPITEL 7

Sie kamen recht gut voran, bis sie über den schlafenden Wächter stolperten.

Der Mann lag in eine graue Decke gewickelt auf dem Boden. In dem schwachen Mondlicht sah er fast aus wie der Stamm eines umgestürzten Baumes. Er war genau an dem Ausguck postiert, auf den Fiametta ganz natürlich zugestrebt war, eine Mulde am Rande des Waldes mit einem ungehinderten Ausblick auf das abgemähte Feld vor der Seitentür des Klosters. An der Steinmauer über der kleinen Tür brannten zwei helle Laternen und warfen ihren Lichtschein aufs Gras. Offensichtlich wurde der Eingang von Männern bewacht, die vor einem nächtlichen Angriff auf der Hut waren. Fiametta war so sehr auf das Ziel ihrer Hoffnungen fixiert, das so nahe lag und das sie, Gott sei Dank, so leicht gefunden hatte, daß sie in Gedanken schon über den Rasen lief. Sie schaute nicht einmal auf den Boden, bis der Baumstamm, auf den sie gestiegen war, um eine bessere Sicht zu haben, weich zusammensackte, sich krümmte und schwerfällig hochfuhr. Mit einem Angstschrei wich sie zurück. Das unheilverkündende schabende Geräusch von Stahl, der aus einer Schwertscheide gezogen wurde, drang schmerzhaft schrill an ihr Ohr. Bilder von dem Gemetzel beim Bankett überfluteten ihre Vorstellung: schimmerndes Metall, das in Fleisch drang.

Thur ließ sein Bündel fallen, trat zwischen Fiametta und den Schwertkämpfer und packte den Prügel in der rechten Hand fester. »Losimo! Losimo!« schrie der Soldat aus voller Lunge und führte einen kräftigen Streich gegen Thurs Hals. Mit seinem Knüppel hielt Thur die Klinge ab. Sie blieb im Holz stecken, er riß fast dem Mann das Schwert aus der Hand. Dann zerbrach der schon halb gespaltene Stock, Thur sprang in den Schwung des Schwertarms, um den Mann niederzuringen, und umklammerte das Gelenk der Schwerthand.

Der Wächter hörte nicht auf zu schreien. Er mußte Kumpane in der Nähe haben. Thur, der stumm kämpfte, versuchte mit der Stirn dem Mund des Losimaners einen Kopfstoß zu versetzen. Während die beiden Männer knurrend um die Oberhand rangen, kam aus einer verborgenen Stellung einige hundert Schritt weiter südlich am Waldrand ein anderer Wächter angelaufen. Er trug eine Armbrust mit sich, die er im Laufen spannte. Das Gerassel der Kurbel klang wie das Klappern von Kastagnetten. Der Mann blieb stehen, fast in Kernschußweite, und lud die Armbrust mit einem schweren kurzen Bolzen, der im Mondlicht glitzerte. Dann hob er sie und zielte auf Thur, doch er zögerte, um eine Schußbahn zu bekommen, die nicht seinen Kameraden gefährdete. Fiametta stieß einen Warnschrei aus. Thur sah die Armbrust und riß den Schwertkämpfer zwischen sich und den Schützen.

Der Armbrustschütze war ein stark behaarter Kerl mit buschigem Kopfhaar und einem dichten, lockigen schwarzen Bart. Seine Zähne schimmerten inmitten des Bartschopfes, als er beim Zielen das Gesicht verzerrte. Das einzige, woran Fiametta denken konnte, war, seinen Bart in Brand zu setzen. Als er die beiden ringenden Männer umkreiste, um wieder eine Schußlinie zu finden, setzte Fiametta an, den oft geübten häuslichen Zauber aufzurufen. Sie kniff die Augen zu Schlitzen zusammen und ballte die Fäuste, um sich auf ihren Schrecken zu konzentrieren.

Die Stimme ihres Vaters flüsterte ihr ins Ohr: »Nein, Fiametta! Das ist eine Sünde!«

Ihr stand der Mund offen und sie fuhr herum, doch sie sah niemanden, keine Gestalt aus Rauch ...

Vor dem Armbrustschützen hoben sich Erde und Staub und welkes Laub und Stöckchen vom Boden und wurden zur Figur eines Mannes. Ein Wirbel aus Steinchen und verrotteten Bucheckern bildete Beine, eine gefaltete Jacke, einen großen Stoffhut – *Papa!* Mit einem verdutzten Aufschrei wich der Armbrustschütze einen Schritt zurück, zog ab – und sein tödlicher Bolzen flog abseits in den Wald.

Knochen knackten, als Thurs Griff das Schwert aus der Hand des Losimaners riß. Der Schwertkämpfer stieß einen Schmerzensschrei aus. Der Armbrustschütze heulte auf, als die Laubgestalt sich in einen Wirbelwind auflöste, der um seinen Kopf herumfegte und ihm Dreck in die Augen und Stöckchen in den Bart schleuderte. Thur bückte sich, um das Schwert aufzuheben, sprang zurück und schob seinen Gegner fort. In der Form einer wilden Acht schlug er das Schwert umher, unerfahren zwar, doch mit drohendem Schwung. Der Armbrustschütze faßte sich an die Augen.

»Lauft!« erscholl Meister Benefortes Stimme aus dem Nichts.

Fiametta stürmte vor, packte Thur an der freien Hand und riß ihn mit sich. »Lauf zum Tor!«

Um Atem ringend nickte er. Sie sprangen aus der Mulde heraus. Mit seinen langen Beinen war er schneller als sie. Bei jedem Schritt sprang sie in die Luft und ließ sich von ihm mitziehen. Ihre Schultern krümmten sich in Erwartung des *Plonk,* eines Armbrustbolzens, des schweren Stahls, der die Rippen zerschmetterte und tief in ihre Lungen drang ...

Es schien ewig zu dauern, bis sie endlich die Seitentür erreichten, die in ihrem Lichtschein wie ein zurückweichendes Trugbild vor ihnen geschwebt war.

Fiametta fiel gegen das Holz, pochte daran und keuchte: »Hilfe!«, doch ihre Stimme war nur ein Flüstern, und ihre Schläge erschienen ihr so schwach wie die eines kleinen Kindes. Als Thur an die Tür schlug, zitterte das Eichenholz in seinen verborgenen eisernen Angeln. »HILFE!« brüllte er.

»Wer da?« knurrte ein Mann von oben.

Fiametta wich zurück und reckte den Hals nach oben, doch im hellen Licht der Laternen konnte sie nur verschwommen zwei dunkle Köpfe erkennen. Der eine hatte eine Tonsur, der andere trug einen Helm. »Helft! Gebt Zuflucht, um der Liebe Gottes willen! Wir müssen Abt Monreale sprechen!«

Jetzt reckte sich der mit dem Helm hervor. »Tatsächlich, ich kenne das Mädchen. Das ist die Tochter des herzoglichen Goldschmieds. Doch den Mann kenne ich nicht.«

»Sein Name ist Thur Ochs, er ist der Bruder eures schweizerischen Hauptmanns«, rief Fiametta beschwörend zurück. »Er ist gekommen, seinen verwundeten Bruder zu besuchen. Oh, laßt uns ein, schnell! Sie sind hinter uns her!«

»Der Abt hat uns verboten, die Tür zu öffnen«, sagte der mit der Tonsur.

»Dann laßt uns ein Seil herab«, erwiderte Thur in einem Ton, der normal begann und beim Wort *herab* zu einem Schrei wurde, als nur einen Schritt von ihm entfernt ein Armbrustbolzen auf der Steinmauer aufschlug und in die Dunkelheit zurückprallte. Sie beide bildeten prächtig beleuchtete Ziele. Thur trat zwischen Fiametta und die Nacht.

»Wir könnten wenigstens das Mädchen hereinlassen«, sagte der mit dem Helm.

»Es wäre eine Sünde, sie hier drinnen zu haben. Lieber den Mann!«

»Pah! Euer Hospiz ist gerade jetzt voll mit weinenden Frauen, Bruder. Also keine Haarspalterei!«

»Zögert nicht länger«, kreischte Fiametta, als ein weiterer Metallbolzen in die Eichentür einschlug, darin stecken blieb und tief brummend vibrierte.

Endlich ließ man ein geknotetes Seil herunter. Thur hob Fiametta den halben Weg empor. Zwar konnten ihre schwachen Mädchenarme kaum ihr eigenes Gewicht heben, doch sie mußte schnell hochklettern, damit er seinerseits hinterherklettern konnte. Das Seil scheuerte Haut von ihren Händen, doch schließlich konnte sie sich bäuchlings auf die Mauerkrone werfen und auf die andere Seite rollen, wobei sie alle ihre Röcke verwickelte. »Schnell, Thur!«

Der Soldat und der Mönch standen auf einer nicht sonderlich stabilen hölzernen Plattform, die man eilig errichtet hatte, um die Seitentür überwachen zu können. Der behelmte Soldat spähte in die Nacht, hob seine Armbrust und schoß mit einem Fluch einen Bolzen ab, als Antwort auf einen, der nahe über seinem Kopf vorbeigebrummt war. »Vielleicht bringt *das* die Mistkerle dazu, ihre Köpfe einzuziehen«, knurrte er und duckte sich hinter der Steinbrüstung.

Dann rollte sich Thur über die Mauerkrone und fiel auf die Plattform, daß sie erbebte. Der Mönch zog Hand über Hand, so schnell er konnte, das Seil zurück. Der Soldat spähte wieder über die Mauer, wobei er nur die Wölbung seines Helms und seine Augen über die schützende Brüstung hob. In panischer Hast untersuchte Fiametta, ob Thur blutete, doch er war unverletzt. Die Augen des losimanischen Armbrustschützen mußten immer noch halb blind vom Dreck sein, doch nach der Wucht des Fluges seiner Bolzen zu schließen war er ihnen bis nahe an die Mauer gefolgt.

»Ich muß ... den Abt sprechen«, beschwor Fiametta keuchend den kauernden Mönch. »Es handelt sich um einen Notfall.«

Der Soldat prustete. »Bei Gottes Gebeinen, das ist wahr.«

Der Mönch runzelte die Stirn. »Bloß weil wir Dispens von unseren Schweigeregeln haben, bedeutet das noch nicht, daß wir frei sind, unziemliche Redensarten im Kloster zu gebrauchen.«

»Ich habe nie ein Schweigegelübde abgelegt.«

Der Mönch schnitt eine Grimasse. Anscheinend handelte es sich um einen schon länger währenden Streit zwischen den beiden. Er wandte sich an Thur. »Weswegen will sie den Abt sprechen?«

»Es handelt sich um meinen Vater«, antwortete Fiametta. »Ich fürchte, er ist in schrecklicher Gefahr. In geistlicher Gefahr. Wir haben beobachtet, wie Baron Ferrante schwarze Magie einsetzte.«

Der Soldat bekreuzigte sich, der Mönch blickte beunruhigt drein. »Nun gut ... sag ihr, sie soll mir folgen«, wies er Thur an. Er kletterte an den dreieckigen Stützbalken der Plattform herab in den darunterliegenden Hof, der sich als der Friedhof des Klosters erwies.

»Warum sagt *Ihr* es ihr nicht? Soll ich auch kommen?« fragte Thur verwirrt.

»Ja, ja«, erwiderte der Mönch ungeduldig.

»Er will nicht mit einer Frau sprechen«, erklärte Fiametta flüsternd.

»Oh.« Thur zwinkerte. »Vertraut er nicht der Dispens seines Abtes?«

Fiametta blickte säuerlich lächelnd auf den tonsierten Schädel hinunter. »Vielleicht ist er in seinem Herzen ein ungehorsamer Mönch.«

Der Mönch blickte auf und blitzte Fiametta zornig an, doch dann schaute er doppelt beunruhigt drein. Sie folgten ihm, Thur zuerst. Er half Fiametta, die letzten paar Fuß sicher herabzuspringen. Der Mönch führte sie, jetzt wieder stumm, durch ein anderes Tor hindurch in einen Korridor, dann durch einen noch dunkleren Raum und hinaus in einen Kreuzgang. Er führte sie eine Treppe zu einer Galerie hinauf und klopfte an einer Tür. Einen Augenblick später öffnete von innen ein anderer Mönch und steckte seinen Kopf heraus. Warmes Kerzenlicht drang aus dem Türspalt. Fiametta war erleichtert, als sie Bruder Ambrosio erkannte, Abt Monreales Sekretär, einen großen Mann mit einer Schwäche für Katzen, Kaninchen und andere Kleintiere, dem sie schon einige Male in der Gesellschaft des Abtbischofs begegnet war.

Da alte Gewohnheiten nur schwer abzulegen sind, zeigte ihr Führer stumm auf Thur und Fiametta.

»Fiametta Beneforte!« rief der Sekretär überrascht aus. »Woher kommt Ihr?«

»O Bruder Ambrosio, helft mir!« flehte ihn Fiametta an. »Ich muß Abt Monreale sprechen!«

»Kommt herein, kommt herein – danke, Bruder«, entließ er ihren schweigsamen Führer. »Du darfst auf deinen Posten zurückkehren.«

Bruder Ambrosio führte sie in ein kleines Gemach, bei dem es sich offensichtlich um das Studier- oder Schreibzimmer des Abtes handelte. Auf einem Schreibpult stand ein Leuchter mit zwei Kerzen aus Bienenwachs und warf Licht auf ein Stück Papier und eine Schreibfeder, die der Sekretär anscheinend gerade niedergelegt hatte. Ein anderer Kandelaber brannte hell auf einem winzigen Altar unter einem kleinen geschnitzten Holzkruzifix, das an der gegenüberliegenden Wand hing. Abt Monreale hatte davorgekniet und erhob sich, als sie eintraten.

Er war in den grauen Habit seiner Brüder gekleidet und hatte die Kapuze zurückgeschoben. Nur sein Gürtel mit den Schlüsseln zeigte seinen Rang. Sein zerfurchtes Gesicht wirkte müde und besorgt. Die Tonsur hatten auf seinem Schädel einen Haarkranz zurückgelassen, dessen Grau fast genau der Farbe seines Gewandes entsprach. Die Robe ließ ihn massiger erscheinen, als er war. Jahre der Askese hatten seinen Leib abmagern lassen.

Als er sich ihnen zuwandte, zog er überrascht die

grauen Augenbrauen hoch. »Fiametta! Du bist entkommen! Ich bin froh, daß du unverletzt bist.« Mit einem warmen Lächeln kam er auf sie zu und nahm ihre Hände. Sie machte einen Knicks und küßte seinen Bischofsring. »Ist dein Vater mitgekommen? Ihn könnte ich jetzt gebrauchen.«

»Oh, Ehrwürden«, begann sie, dann verzog sich ihr Gesicht unter erschöpften Tränen. In den Wäldern hatte sie sich noch im Griff gehabt, doch das plötzliche Gefühl von Sicherheit in Monreales Gegenwart ließ sie die Fassung verlieren. »Er ist tot«, schluchzte sie.

Monreale blickte sie erschrocken an und führte sie dann zu einer Bank an der Wand. Sie setzte sich. Der Abt warf Thur einen neugierigen Blick zu und bedeutete ihm mit einer Geste, er solle sich auch setzen. »Was ist geschehen, Kind?«

Fiametta atmete tief und gewann wieder die Herrschaft über ihre Stimme. »Wir sind aus der Burg herausgekommen, und zwar vor Euch, glaube ich.«

»Ja.«

»Dann sind wir in einem Boot geflohen. Papa wurde plötzlich sehr krank. Ich glaube, es war eine Herzkrankheit, die durch das Festessen, das Laufen und den Schrecken ausgelöst wurde.«

Monreale nickte voller Anteilnahme. Obwohl selbst kein Heiler, so war er doch als kirchlicher Aufseher und Heiler von Montefoglia hinsichtlich der leiblichen wie geistlichen Schwächen der Menschen wohl erfahren.

»In Cecchino kaufte Papa ein Pferd, und wir ritten in die Nacht hinein. Aber einige Soldaten, die Baron Ferrante ausgeschickt hatte, holten uns auf der Straße ein. Papa kämpfte mit ihnen, während ich mich versteckte. Ich fand ihn auf dem Feld, tot – unverwundet – ich glaube, es war ein Herzschlag. Sie hatten ihn ausgeplündert. Ich nahm seine Leiche mit zu einem Gasthof, wo Thur mich fand – oh! Frag nach deinem Bruder,

Thur. Das hier ist der jüngere Bruder von Hauptmann Ochs«, erklärte Fiametta schnell. »Er war auf dem Weg nach Montefoglia, und – los, frag nur, Thur!« Sie war hier nicht die einzige, die sich um einen Toten sorgte, allerdings war der Schweizer viel geduldiger.

»Habt Ihr meinen Bruder gesehen, ehrwürdiger Vater?« fragte Thur. Seine Stimme war ruhig, doch seine Hände spielten an dem Löwenring herum. »Ist er hier?«

Monreale wandte seine ganze Aufmerksamkeit Thur zu. »Es tut mir leid, mein Sohn. Ich habe deinen Bruder fallen sehen, doch er war nicht unter denen, die wir forttrugen. Ich … glaube, er hat einen tödlichen Hieb abbekommen, doch genau dann wurde ich fortgebracht, und ich kann seinen letzten Atemzug nicht beschwören. Ich fürchte, ich kann dir nicht viel Hoffnung machen, daß er noch lebt, doch du darfst für seine Seele hoffen – er war ein sehr ehrenwerter Mann –, falls dir das ein Trost ist. Aber … es ist kaum möglich, daß er noch mit anderen Verwundeten in der Burg liegt. Bei den gestrigen Unterhandlungen wurde er nicht übergeben. Ich … – um die Wahrheit zu sagen, ich habe nichts von ihm gehört. Es gab zuviel anderes, was mich beschäftigte.«

»Es ist schon gut«, sagte Thur. Er wirkte etwas benommen. Er hatte erwartet, auf die eine oder andere Weise Klarheit zu bekommen. Jetzt schien es, als sei er gezwungen, seine Befürchtungen noch länger mit sich zu tragen. Er ließ die Schultern sinken und streichelte mit dem rechten Daumen geistesabwesend den Ring. Monreale betrachtete ihn nachdenklich.

»Unterhandlungen?« fragte Fiametta. »Was ist geschehen?«

»Ach so, ja. Nun, der Rest von Herzog Sandrinos Garde scharte sich um uns, das heißt: um mich und Don Ascanio. Wir flohen durch das Tor, doch wenn ich jetzt darüber nachdenke, dann meine ich, wir hätten ihnen widerstehen und dort gegen sie kämpfen sollen … militärisch gesprochen. Wir kämpften uns durch die Stadt und zogen uns nach San Girolamo zurück. Seitdem haben viele Flüchtlinge hier Zuflucht gesucht. Bei uns ist es jetzt sehr eng.« Er schüttelte den Kopf. »So viel Blutvergießen, und das so plötzlich. Wie ein Strafgericht. Ich muß es beenden, bevor es sich wie eine Pest von Mann zu Mann über ganz Montefoglia ausbreitet.«

»Und was tut Ihr?«

»Baron Ferrante ist auch bestrebt, diesen unerwarteten Krieg zu beenden. Er schickte zu mir, um mit mir zu verhandeln, da ich *de facto* der Kanzler des armen kleinen Ascanio bin. Im Augenblick schläft der Junge in meiner Zelle.«

»Einen Waffenstillstand mit Baron Ferrante?« wiederholte Fiametta erschrocken.

»Ich muß ihn in Erwägung ziehen. Wir sind hier in keiner guten Position. Die Garde des Herzogs war Losimo ebenbürtig, als Sandrino sie noch anführte, doch jetzt ist sie verstreut, demoralisiert, von ihren Befehlshabern getrennt.«

»Könnt Ihr von irgendwoher Hilfe anfordern?«

Monreale preßte unheilvoll die Lippen zusammen. »Das ist genau das Problem. Jahrelang hat Herzog Sandrino eine sehr vorsichtige Gratwanderung zwischen Mailand und Venedig betrieben. Ruft man jetzt einen von beiden herbei, zu einem Herzogtum ohne Herzog, dann – schwupp! – wäre Montefoglia im Nu verschlungen. Ruft man dann den anderen herbei, um den ersten zu vertreiben, dann würde Montefoglia zu einem Schlachtfeld.«

»Würde Baron Ferrante wirklich das Kloster angreifen?« fragte Thur erschrocken. »Wie könnte er mit einer solchen Untat davonkommen?«

Abt Monreale zuckte mit den Schultern. »Leicht. Es sind schon früher Klöster von gewalttätigen Männern angegriffen worden. Und wenn er Erfolg hat – wer würde ihn bestrafen? Falls er seine Herrschaft in Montefoglia und Losimo festigt, dann wird er zu stark sein, um noch leicht vertrieben zu werden. Außer Venedig oder Mailand, die dann Montefoglia für sich selbst behalten würden – was würde Don Ascanio daraus gewinnen?«

»Was ist mit päpstlichen Truppen?« fragte Fiametta und griff nach einem Zipfelchen Hoffnung.

»Die sind zu weit weg. Selbst wenn der Gonfaloniere, der Bannerträger der Kirche, sie abschicken würde, wo er doch jetzt so in die Unruhen in der Romagna verwickelt ist.«

»Aber Herzogin Letizia ist doch die Enkelin des Papstes!«

»Des falschen Papstes«, seufzte Monreale. »Vielleicht steigt der Stern ihrer Familie wieder bei der nächsten Papstwahl, aber gewiß nicht unter der Herrschaft des derzeitigen Heiligen Vaters. Die Kurie zeigt sich mehr von den Argumenten der Ordnung als von denen des Rechts beeinflußt. Warum sollte sie Truppen schicken, um eine schwache Frau und ein Kind wieder an die Spitze des Herzogtums setzen, wenn dann, wenn sie nichts tut, ein starker, erfahrener Mann, der als Guelfe bekannt ist, die Regierung übernimmt?«

»Ist das auch Eure Entscheidung?« fragte Fiametta hitzig. »Ordnung über Recht?«

»Das ist praktische Politik, mein Kind. Ich weiß nicht, ob ich Ascanios Herzogswürde retten kann, aber ich glaube, ich kann sein Leben retten. Ferrante bietet an, im Austausch für den Frieden Don Ascanio, seine Mutter und seine Schwester mit einer Apanage nach Savoyen ins Exil gehen zu lassen. Das ist mehr als ein Minimalangebot. Unter den gegebenen Umständen ist es fast großzügig.« Monreale sah wie ein Mann aus, der in eine Zitrone gebissen hatte und sich nun aus Höflichkeit gezwungen sah zu behaupten, sie schmecke süß.

»Nein! Ein solches Arrangement gibt Ferrante alles!« rief Fiametta empört.

Abt Monreale runzelte die Stirn ob dieses Ausbruchs. »Soll ich bis zum letzten – Mönch kämpfen? Es tut mir leid, Fiametta, aber die meisten meiner Brüder sind nicht auf eine solche Machtprobe vorbereitet. Ich würde nicht zögern, auch noch den geringsten von ihnen zum Martyrium um des Glaubens willen zu drängen, aber sie dem Zorn zu opfern, dient keinem heiligen Ziel. Ich überlasse Ferrante nichts, was er sich nicht – all zu bereitwillig – selbst nehmen könnte.«

»Aber Baron Ferrante hat den Herzog ermordet!«

»Ihr könnt von einem gewöhnlichen Mann nicht erwarten, daß er sich nicht verteidigt. Als Herzog Sandrino ihn angriff, blieb Ferrante nichts übrig, als seinerseits das Schwert zu ziehen.«

»Pater, ich war *Augenzeugin*. Herzog Sandrino schleuderte ihm nur Worte entgegen, wenn auch bittere. Baron Ferrante zog als erster und erstach ihn auf der Stelle.«

Abt Monreales Aufmerksamkeit war gebannt. »So hat man mir die Geschichte nicht erzählt.«

»Wer? Ferrantes Unterhändler? Donna Pia war mit mir dabei zugegen. Wir beide haben es gesehen. Fragt sie, wenn Ihr mir nicht glaubt!«

»Sie ist nicht hier. Soweit ich weiß, wurden sowohl sie als auch der Kastellan zusammen mit der Herzogin und Donna Giulia gefangengenommen.« Monreale rieb sich den Nacken, als schmerzte er, trat zu dem Flügelfenster und blickte in die Dunkelheit hinaus. »Ich zweifle nicht an deinen Worten, Kind. Aber es macht wenig praktischen Unterschied. Die Truppen aus Losimo sind im Anmarsch, und sobald sie eintreffen, wird das Endergebnis nur schlimmer werden, wenn wir Ferrante trotzen. Ich habe schon genug Belagerungen mitgemacht und weiß, was sie mit den Menschen anrichten.«

»Aber Baron Ferrante hat schwarze Magie benutzt! Habt Ihr nicht den toten Säugling beim Bankett gesehen?«

»*Was* gesehen?« Monreale fuhr auf, als hätte ihn eine Wespe gestochen.

»Den Säugling in dem Kasten. Ferrantes Fußschemel, der aufbrach, als Uri ihn von dem Podium stieß, kurz bevor er niedergestochen wurde.« Sie versuchte zwanghaft, sich genau an diesen chaotischen Augenblick zu erinnern. Monreale hatte sich auf der anderen Seite des umgestürzten Tisches befunden und sich mit Ascanio, seinem Krummstab und einem Schwarm von Angreifern und Helfern befaßt und einen Ausgang gesucht, während er sich über die andere Seite der Plattform zurückzog.

»Ich habe den Fußschemel gesehen. Doch habe ich ihn nicht aufbrechen sehen.«

»*Ich* habe es gesehen. Er ist mir praktisch über die Füße gefallen. Mein Rock war unter dem Rand des Tisches eingeklemmt. Der Fußschemel war gefüllt mit Steinsalz und mit diesem schrecklich eingetrockneten und verschrumpelten Kind. Papa sagte, sein Geist sei in diesen häßlichen silbernen Putto-Ring gebannt gewesen, den Ferrante an der rechten Hand trug. Habt Ihr nichts gespürt? Ferrante benutzte den Ring, um einen Mann zu blenden, und er versuchte ihn auch gegen Papa einzusetzen, doch Papa machte irgend etwas, und der Ring verbrannte Ferrantes Hand. Papa sagte, er habe den Geist des Kindes freigelassen, doch ich weiß nicht, wie.«

Erregt wandte sich Abt Monreale an seinen Sekretär: »Bruder Ambrosio, hast du das gesehen?«

»Ich stand auf der anderen Seite, von Euch aus gesehen, Vater Abt. Ein Losimaner versuchte gerade, Euch mit seinem Schwert den Kopf abzuhauen, und ich wehrte ihn mit einem Stuhl ab. Tut mir leid.«

»Du brauchst dich nicht zu entschuldigen.« Monreale ging hin und her. »Der Ring. Der Ring! Natürlich! Verdammt! – ich meine, Gott schütze mich! *Das* also war es.«

»Dann *habt* Ihr etwas gespürt.« Fiametta war erleichtert.

»Ja, aber ich hätte viel mehr spüren sollen! Was kann Ferrante getan haben, um es zu verbergen …« Wie von einem Marionettenfaden gezogen, lief er auf seinen mächtigen Bücherschrank zu, dann wandte er sich wieder um und schüttelte den Kopf. »Später. Ich wünsche mir, dein Vater wäre jetzt hier, Fiametta.«

»Was habt Ihr in diesem Ring gesehen, Pater?«

»Er schien einen einfachen Zauber zu enthalten, der Läuse und Flöhe abwehrt, von der Art, wie ihn jedermann in einem Amulettsäckchen in seiner Tasche tragen kann. Ich hielt es für eine seltsame Eitelkeit, ein so einfaches Ding in Silber zu bannen. Doch es fühlte sich irgendwie falsch an – ich dachte, der Zauber sei armselig gefertigt. Aber der Zauber zur Abwehr von Ungeziefer verdeckte nur einen anderen und war in Wirklichkeit ein Zauber, um die *Aufmerksamkeit* abzulenken … und *darunter* dann …« Er zischte mit zusammengebissenen Zähnen und sah aus, als wäre ihm übel. »Was hast du darin gespürt, Kind?«

»Häßlichkeit.«

»Aus dem Munde von Kindern … Du demütigst mich.« Er lächelte traurig. »Aber schließlich bist du deines Vaters Tochter.«

»Das habe ich ja begonnen, Euch zu erzählen. Baron Ferrantes Männer kamen zurück, und zwar in das Gasthaus, wo ich mit Papas Leichnam Hilfe suchte …« Schnell beschrieb Fiametta ihre unangenehmen Abenteuer mit dem Wirt Catti, seiner Habgier und seinem Räucherhaus, mit dem bizarren Diebstahl der Losimaner und den Erscheinungen von Meister Beneforte im Rauch und in welkem Laub. Thur bestätigte die Einzelheiten ihrer Reise. Viel zögerlicher wiederholte Fiametta, was Meister Beneforte ihr von seiner früheren Erfahrung mit Geisterringen anvertraut hatte, allerdings verschwieg sie die Namen Lorenzo de' Medici und Florenz. Der Medici mußte seinen Teil selber verantworten. Sie erklärte ihre Befürchtung, daß Baron Ferrante vorhabe, Meister Benefortes Geist als neuen und mächtigeren Sklaven einzusetzen. Während sie erzählte, ließ Abt Monreale die Schultern sinken.

»Papa hat nach Euch gerufen«, betonte Fiametta zum Schluß. »Er schrie nach Euch um Hilfe. Ehrwürdiger Abt, was sollen wir als nächstes tun?«

Monreale seufzte tief. »Kurz bevor du kamst, Kind, betete ich auf den Knien um Führung, um ein Zeichen, daß meine Entscheidung, diesen Waffenstillstand zu schließen, richtig sei. Das ist das schrecklichste Risiko, das man beim Beten eingeht – manchmal antwortet Gott.« Er nickte müde seinem Sekretär zu. »Zerreiß den Vertrag, Bruder Ambrosio.«

Der große Mönch nahm das Papier, an dem er gerade gearbeitet hatte, als Fiametta und Thur angekommen waren, und riß es langsam entzwei. Er ließ die Stücke auf den Boden fallen. Seine Augen begegneten Monreales Blick mit einer Zustimmung, in die Angst gemischt war. »Soviel zur Kapitulation. Vater Abt, was tun wir als nächstes?«

Monreale schloß die Augen und rieb sich die gerunzelte Stirn. »Abwarten, Bruder. Höfliche Antworten geben und abwarten.« Er schaute auf Thur und Fiametta. »Bring diese erschöpften jungen Leute beizeiten ins Hospiz. Ich gehe in die Kapelle, um vor den Laudes noch zu meditieren. Unter der Voraussetzung, daß wir noch jemanden zum Singen der Nachtpsalmen haben.« Leise fügte er hinzu: »Endlich wird mir klar, warum die Regel unseres Ordens soviel Wert darauf legt, die Mönche darin zu üben, daß sie ohne Schlaf auskommen.«

Sein Sekretär murmelte *Amen,* nahm eine Kerze und

forderte Fiametta und Thur mit einer Geste auf, vor ihm den Raum zu verlassen.

Auf dem Weg zum Hospiz, das in der Nähe des Haupttores lag, kamen sie durch einen mit einem Brunnen überdachten Hof. Selbst zu dieser späten Stunde – es war schon nach Mitternacht –, standen zwei Mönche da, ein Soldat und eine Frau und warteten darauf, Wasser hochziehen zu können. Ein Mönch hatte die Hand an der Kurbel, drehte aber nicht daran.

»Wie steht's, Bruder?« fragte Bruder Ambrosio im Vorübergehen.

»Nicht gut«, erwiderte der Mönch an der Kurbel. »Es kommt schlammiges Wasser. Wir holen jetzt dazwischen immer zwei Eimer, bis es sich klärt, aber es dauert immer länger.«

Schließlich begann er zu kurbeln und goß den Inhalt des Brunneneimers in die Gefäße, die der Soldat und die Frau ihm hinhielten. Dann ließ er den Eimer am Seil hinab und begann erneut zu warten. Bruder Ambrosius ging hinter dem Soldaten her.

»Wassermangel?« fragte Thur.

»Wenn es nicht regnet und unsere Zisternen sich wieder füllen …«, erwiderte Ambrosio. »Normalerweise sind wir etwa siebzig Brüder im Kloster. Jetzt haben wir fünfzig bis sechzig Soldaten des Herzogs aufgenommen, darunter viele Verwundete, dazu ihre Familien und andere Leute, die vor der Gewalt in der Stadt geflohen sind – im Augenblick sind über zweihundert Menschen hier eingepfercht. Der Krankensaal ist überfüllt. Abt Monreale erwägt, das Hospiz ganz den Frauen zu überlassen und die Verwundeten in der Kapelle unterzubringen, wenn noch mehr hinzukommen.«

Als sie am Krankensaal vorbeikamen, bog der wassertragende Soldat seitwärts ab. Fiametta spähte hinter ihm her durch die Tür eines langen, überwölbten Dormitoriums. Zwischen den Betten mit Holzrahmen waren Strohsäcke ausgebreitet, und auf den meisten lagen in Decken gehüllte Gestalten. Im trüben Licht einiger Öllampen schimmerten glasig und fiebrig die offenen Augen eines Mannes in seinem stoppeligen Gesicht. Ein Mönch, der seine Kapuze aufgesetzt hatte, bewegte sich zwischen den Betten. Am Ende der Reihe stöhnte unaufhörlich ein Mann vor Schmerzen. Es klang wie das Muhen einer Kuh.

Bruder Ambrosio führte sie durch eine andere Tür in den Bereich des eigentlichen Hospizes. Für gewöhnlich war dies der einzige Teil des Klosters, der Besuchern zugänglich war. Er übergab Fiametta einer müde aussehenden älteren Frau, die schon in ein Nachtgewand gekleidet war und ihr graues Haar in einem langen Zopf trug, der ihr über den Rücken fiel. Fiametta erkannte in ihr eine Laienschwester vom Domkapitel der Kathedrale in der Stadt. Bruder Ambrosio nahm Thur mit sich durch das Gastrefektorium in den Schlafbereich für die Männer. Als Thur um die Ecke bog, blickte er unsicher über die Schulter auf Fiametta zurück und winkte ihr linkisch zum Abschied.

Das Dormitorium der Frauen war ebenfalls ein überwölbter Raum, ähnlich dem Krankensaal, aber kleiner und dichter gefüllt. Auch hier hatte man neben die ursprünglichen Betten Strohsäcke gelegt, es gab sogar eilig hingeworfene Strohhaufen mit Decken darauf. Etwa fünfundzwanzig bis dreißig Frauen und vielleicht doppelt soviele Kinder und junge Mädchen lagen in alle Richtungen verteilt. Die älteren Jungen waren wahrscheinlich bei den Männern untergebracht.

Fiametta suchte sich ihren Weg vorbei an den liegenden Körpern und betrat durch eine Tür am anderen Ende des Saals eine überlastete, stinkende Latrine. Sie erkannte, warum der Abt auch dann, wenn man keinen Angriff durch die Verstärkungen von Ferrantes Fußsoldaten abwehren mußte, es für ein zweifelhaftes

Vorhaben hielt, einer langen Belagerung standzuhalten. Gestern nacht um diese Zeit hatte sie sich vorgestellt, Monreale würde schon irgendwie alles richten, wenn sie nur zu ihm durchkäme. Und es schien, daß sie nicht die einzige aus Montefoglia war, die diesen Gedanken gehabt hatte. Doch jetzt …

Als sie aus der Latrine zurückkam, führte die Laienschwester sie zu einem Haufen Stroh, der schon mit zwei schlafenden Mädchen belegt war. Fiametta streifte ihre ramponierten Schuhe ab und ließ sich zwischen die beiden Schlafenden fallen. Einstweilen war dieses Lager als Bett genug.

KAPITEL 8

Uri. Thur öffnete blinzelnd die vom Schlaf getrübten Augen und sah über sich das düstere Gewölbe der Decke des Männerschlafsaals. Er dehnte sich auf dem dünnen Lager, auf losem Stroh, über das man eine Decke geworfen hatte. Der böse Traum, aus dem er erwacht war, verflüchtigte sich wie Nebel, während er sich noch bemühte, ihn festzuhalten. Nach den schmerzenden Stellen überall an seinem Körper zu schließen, hatte das Stroh wenig dazu beigetragen, ihn vor dem Steinboden zu schützen. Um allerdings gerecht zu sein: die meisten der blauen Flecken hatte ihm der schreckliche losimanische Schwertkämpfer beigebracht, mit dem er am Abend zuvor gekämpft hatte. Wie viele Schmerzen mußte in diesem Augenblick Uri im Kerker seiner Feinde erdulden, wo er doch weit Schlimmeres abbekommen hatte als nur Prellungen? Thur hatte immerhin Stroh, eine Decke und seine Freiheit. Vielleicht gab es für Uri nur nackten Stein.

Einige Männer waren schon auf und bewegten sich umher, die meisten schliefen noch. Neben Thur lag ein montefoglianischer Soldat mit stoppeligem Gesicht, der nach dem getrockneten Schweiß mehrerer Tage roch. Er kniff die Augen zu und rollte sich auf die andere Seite, wobei er die Decke mit sich riß, furzte und wieder zu schnarchen begann. Thur erhob sich ächzend und schloß sich der Schlange vor der Latrine an. Wenigstens würde Uris Kerker wohl kaum voller sein als dieser Saal.

Sich anzuziehen war für Thur kein Problem, denn er

hatte in seinen Kleidern geschlafen. In den einzigen Kleidern, die er hatte – denn im Kampf am vergangenen Abend hatte er all seinen Besitz verloren. Nun, da paßte er gut unter all die besitzlosen Mönche hier, auch wenn seine Armut zufällig war und nicht auf einem Gelübde beruhte. Er würde sie wie die Brüder Gott weihen, zusammen mit einem Gebet, der Allmächtige möge sie doch so kurz wie nur möglich dauern lassen.

Als Thur das Refektorium betrat, teilte dort gerade ein Mönch Schwarzbrot, Bier und verdünnten Wein aus. Die Portionen waren nicht groß. Das Brot war gut, doch unter den obwaltenden Umständen zögerte Thur, noch mehr zu erbitten. Das Bier war ein Segen und befeuchtete seinen klebrig-trockenen Mund.

Sobald er wieder vernehmbar sprechen konnte, begann Thur, Männer zu befragen, die aussahen, als hätten sie vielleicht Uri gekannt. Uri zuliebe begrüßten sie ihn voller Anteilnahme und erzählten ihm ihre eigenen grauenhaften Geschichten von Kampf und Flucht, doch keiner von ihnen hatte Uri später noch gesehen als Abt Monreale oder Fiametta, keiner wußte mehr über das Schicksal ihres schweizerischen Hauptmanns als die beiden. Die gräßliche Ungewißheit bereitete Thur Nackenschmerzen.

Im Refektorium befanden sich auch Frauen, doch Fiametta war nicht unter ihnen. Ihre Stimmen klangen gedämpft, abgesehen vom schrillen Organ einer Frau, die ihre Klagen näselnd vorbrachte, bis sie sich abrupt auf den Boden setzte und zu weinen begann. Eine andere Frau führte sie fort in ihren Schlafsaal. Thur rieb den Löwenring und überlegte, ob er eine Frau nach Fiametta fragen sollte. Aber während er noch seinen Mut sammelte, erschien Bruder Ambrosio und berührte ihn an der Schulter.

»Thur Ochs? Abt Monreale würde gern mit Euch sprechen.«

Thur leckte sich die letzten Brotkrümel von den Fingern, leerte seinen Krug und gab ihn dem Küchenbruder zurück. Dann folgte er Bruder Ambrosio.

Der Mönchssekretär führte ihn über einen Hof und verschiedene Korridore entlang, durch den Kreuzgang, erst eine Steintreppe hoch, dann Holzstufen hinauf. Sie kamen auf einem flachen Dach über dem Studierzimmer heraus, in dem Thur dem Abt am Vorabend begegnet war. Die Bogen der Strebepfeiler in der Kapelle zeigten hier gerade nach Norden. Ein hölzerner Taubenschlag nahm das eine Ende des Daches ein, daneben stand Monreale, die Kapuze zurückgeschoben. Bruder Ambrosio hielt an und machte Thur ein Zeichen, er solle warten.

Eine grau gesprenkelte Taube flatterte unruhig in der Hand des Abtes. Monreale schien zu ihr zu sprechen. Er berührte mit den Lippen den Kopf des Vogels und hob dann seine Hand. Mit einem Gegurre und einem Flügelschlag, der wie ein Trommelwirbel klang, stieg die Taube in den Himmel auf, umkreiste zweimal die Kapelle und flog dann fort nach Süden.

Als Thur und Bruder Ambrosio sich dem Abt näherten, knirschte unter ihren Füßen eine dünne Schicht von sonnengetrocknetem Taubenkot. Auf dieses Geräusch hin wandte sich der Abt um, lächelte ihnen kurz zu und suchte dann den Himmel ab.

»Sind schon welche zurückgekehrt, Vater Abt?« fragte Bruder Ambrosio ehrerbietig.

Monreale seufzte und schüttelte den Kopf. »Nicht eine einzige. Nicht eine einzige! Ich fürchte um meine Schar.«

Ambrosio zeigte mit einem Nicken, daß ihm der Doppelsinn der Worte des Abtes bewußt war, und sie blickten beide, mit der Hand die Augen beschattend, südwärts in das blasse Morgenblau. Monreale ließ schließlich seine Hand fallen und ballte sie zur Faust, ein Zeichen, daß diese Beobachtung zu Ende war, und führte sie wieder die Treppe hinunter zu seinem Studierzimmer und durch eine weitere Tür in einen danebenliegenden Raum.

Thur blickte fasziniert um sich. Der Raum war vom Norden her durch große hohe Fenster gut beleuchtet und mit Truhen und Kästen voll Bücher gesäumt. Regale an der Wand trugen eine bunte Sammlung von Gefäßen aus Messing, Keramik und Steingut, farbige Glasflaschen und geheimnisvolle kleine Schachteln mit Aufschriften in Latein. Zwei große Arbeitstische standen da, einer in der Mitte des Raums und einer an einer Wand, überhäuft mit einem Wirrwarr von Gegenständen, Stapeln von Papier und einigen viel benutzten, leinengebundenen Notizbüchern. In einer Ecke des Raumes standen in einem schmalen Faß Stäbe aus verschiedenen Hölzern sowie, mit der Schnauze nach oben, der lange, steife Körper eines getrockneten und mumifizierten Krokodils, dessen ledrige Lippen einen Kiefer entblößten, der nur noch die Hälfte der Zähne aufwies. Von den Balken hingen Säcke und ein rotes Seidennetz, das ein zartes Gewirr papierartig getrockneter, abgestreifter Schlangenhäute enthielt. In einer anderen Ecke befand sich ein verputzter offener Kamin. Genau in die Feuerstelle eingepaßt saß dort auf der Herdplatte aus Schiefer ein kleiner, wie ein Bienenkorb geformter Schmelzofen, gereinigt und bereit zum Gebrauch.

Bruder Ambrosio holte aus einem Schrank einen runden Spiegel von der Größe einer Servierschüssel und legte ihn in die Mitte des Tisches. Daneben plazierte er ein kleines rundes Tamburin, das mit fahlem Pergament bespannt war. Monreale räumte an den vier Himmelsrichtungen den Krimskrams vom Tisch und legte statt dessen Bündel getrockneter Kräuter um die beiden Gegenstände in der Mitte, wobei er leise etwas in lateinischer Sprache murmelte. Bruder Ambrosio schloß die Fensterläden, der Raum mit seinen getünchten Wänden wurde kühl und dunkel. Dann bedeutete er Thur, der sich in einer Mischung aus Höflichkeit und Vorsicht im Hintergrund gehalten hatte, mit einer Geste, er solle an den Tisch herantreten und zuschauen, doch gleichzeitig legte er einen Finger an die Lippen und gebot Schweigen.

Aus einer kleinen blauen Glasflasche ließ Monreale den Tropfen einer klaren Flüssigkeit mitten auf den Spiegel fallen. Mit einem hellen Schimmer breitete sich die Essenz bis zum Rand des Spiegels aus. Der Abt blies auf die Oberfläche, und der Spiegel begann in einem Licht zu glühen, das keine Widerspiegelung von irgend etwas im Raum darstellte. Thur reckte den Hals, um alles zu sehen, und wagte kaum zu atmen.

Ein schwindelerregender, stoßweiser Farbenwirbel tanzte in dem Glas. Thur kniff die Augen zusammen und versuchte, etwas Sinnvolles in dem zu sehen, was zuerst nur gelbe und orangenfarbene Konfetti zu sein schienen. Dann erkannte er, daß er auf Ziegeldächer blickte – und von oben auf eine Stadt *hinab*schaute. Sie drehte sich im Spiegel mit der übermenschlichen Geschwindigkeit eines fliegenden Vogels. Gelbe Stein- und Ziegelmauern einer Burg kamen in Sicht. Dann tauchte der Blick wie im Flug eines Falken hinab auf die Krone eines Burgturms, wo er glücklicherweise einen Moment anhielt. Thur, der in das Gesehene ganz vertieft war, schluckte eine leichte Übelkeit hinunter. Er erhaschte einen Blick hinab in einen Burghof mit einer kunstvollen Marmortreppe, dann umrahmte der Spiegel den Zwilling dieses Turms.

Dort waren zwei Ambrustschützen gerade dabei, kurbelnd ihre Waffen zu spannen. Ein schlanker, dunkler, glatt rasierter Mann in einem roten Gewand lehnte sich auf die Zinnenmauer aus gelben Backsteinen und zeigte auf etwas. Thur mußte ein bestürzendes Gefühl unterdrücken, denn die Männer schauten direkt auf ihn. Der Schlanke rief, die Armbrustschützen zielten und schossen. Das Bild ruckte hin und her und drehte sich wieder. Ein weiterer Armbrustschütze, hinter dem Vogel auf dem ersten Turm, war viel näher. Thur sah und hörte noch, wie dessen Sehnen schwirrten, als sie den Bolzen abschickten, dann flackerte das Bild im Spiegel und wurde dunkel. Thur erkannte plötzlich, daß das Geräusch in Wirklichkeit aus dem Tamburin gekommen war, doch irgendwie hatte sein Verstand es mit den Bildern im Spiegel verknüpft. Der Abt knurrte. Es klang wie bei einem Mann, den man in den Magen geboxt hatte.

»Nein, nicht noch eine!« stöhnte Bruder Ambrosio.

Monreale ballte die Fäuste und stützte sich auf dem Tisch auf. Über seine Lippen kamen Worte, die nicht wie Gebete klangen. »Sie haben gewartet. Sie waren vorbereitet und haben gewartet«, stieß er zornig hervor. »Irgendwie müssen sie meine Vögel von den anderen unterscheiden können.« Er drehte sich um und ging mit ungeduldigen Schritten im Raum hin und her. »Heute abend werde ich es dennoch mit Fledermäusen versuchen. Nicht einmal Ferrante hat einen Bogenschützen, der so schnell ist, daß er im Dunkeln eine Fledermaus im Flug herunterholt.«

»Wir selbst werden im Dunkeln wenig sehen«, bemerkte Bruder Ambrosio skeptisch.

»Aber besser hören.«

»Vor allem Schnarchen.«

»Ja, doch falls Baron Ferrante wirklich bis zum Hals in Schwarzer Magie steckt, wie man ihn bezichtigt, dann dürfte es bei Nacht in der Burg geschäftiger zugehen, als wir bisher meinten.«

Bruder Ambrosio verzog das Gesicht, bekreuzigte sich und nickte. Dann öffnete er wieder die Fensterläden.

Abt Monreale straffte die hängenden Schultern und wandte sich mit einem gezwungenen Lächeln an Thur. Sein Gesicht war bleich und von Falten durchzogen, die Haut unter seinen Augen war müde und aufgedunsen. Thur hatte auf Stroh und Stein geschlafen und es als Buße empfunden. In ihm regte sich der Verdacht, der Abt habe überhaupt nicht geschlafen, und so beschloß er, sich nicht über seine Schlafstelle zu beklagen.

»Ihr habt mich in eine wirkliche Zwickmühle gebracht, mein Junge. Du und Fiametta«, bemerkte Monreale. »Weder Gebet noch Nachdenken haben mir bisher einen Ausweg gezeigt. Also bete ich noch mehr und versuche meinem armen müden Geist noch einige neue Prämissen zu geben, mit denen er arbeiten kann. Doch wie du siehst, kommen meine Vögel nicht zu mir zurück.«

»Sind sie magische Spione?« fragte Thur. Der Spiegel reflektierte jetzt nur die Decke mit ihren Balken.

»Das sollten sie sein. Auf jeden Fall scheinen sie dem Schicksal entdeckter Spione anheimzufallen.« Der Abt rieb die tiefe Falte zwischen seinen Augen. »Ambrosio, hast du den Mann im roten Gewand auf dem Turm entdeckt?«

»Nein, Vater Abt. Habt Ihr ihn erkannt?«

»Nein … das heißt, ich meine, ihn zu erkennen. Aber mir fällt der Name nicht ein. Vielleicht bin ich ihm in einer Menschenmenge begegnet, oder vor langer Zeit. Nun, der Name wird mir noch einfallen. Meine armen Tauben.« Monreale wandte sich Thur zu. »Ich brauche einen raffinierteren Spion. Einen menschlichen Spion. Ich brauche einen Freiwilligen. Jemanden, dessen Gesicht in Montefoglia nicht bekannt ist.«

Thur blickte sich im Zimmer um. Außer ihm und Ambrosio war niemand anwesend, und irgendwie sah es nicht so aus, als spräche der Abt zu Ambrosio.

»Du solltest wissen, daß es gefährlich ist. Meine Vögel waren nicht mein einziger Versuch. Ich vermisse einen Bruder.«

Thur schluckte. »Ich auch, ehrwürdiger Vater«, erwiderte er, und es klang unnatürlich laut in der ruhigen Kammer. »Was wünscht Ihr, daß ich tun soll?«

Monreale lächelte und klopfte Thur auf die Schulter. »Gut gesprochen. Sei gesegnet, mein Sohn.« Er räusperte sich. »Man berichtet, daß Baron Ferrantes Truppen Montefoglia nach Metallarbeitern durchkämmen, und Ferrante hat eine Belohnung für jeden Gießermeister ausgesetzt, der sofort zu ihm kommt. Dein Bruder hat von den Bergwerken und Schmelzhütten von Bruinwald erzählt. Glaubst du, du könntest als Gießer durchgehen?«

»Als Arbeiter schon. Ich glaube aber nicht, daß ich lange als Meister durchgehen könnte.«

»Ein Arbeiter würde schon ausreichen. Ich möchte, daß dieses Unternehmen so einfach wie möglich vonstatten geht. Du mußt dir nur Eingang zur Burg verschaffen. Während du dich bei der Erledigung der Arbeit, die man dir zuweist, bewegst, halte nach unauffälligen Orten Ausschau, wo du kleine Gegenstände ablegst, die ich dir geben werde. Orte, wo Menschen herumstehen und reden – an den Wachposten, im Speisesaal. Falls … falls du in das Studierzimmer des Herzogs gelangen könntest, oder in die Räume, die Baron Ferrante jetzt benutzt, so wäre das ideal. Falls du einen irgendwie zu Herzogin Letizia hineinschmuggeln könntest … nun, es ist unwahrscheinlich, daß ein Gießer die Erlaubnis zum Betreten des Turms der Gefangenen bekommt. Doch wenn du es kannst, dann tu's.«

»Was sind das für Gegenstände, ehrwürdiger Vater?«

»Ich muß darüber nachdenken und sie herstellen. Wir lassen dich heute abend über die Mauer, unter dem Schutz der Dunkelheit und eines Zaubers, den ich vorbereiten werde. Sobald du etwas weiter vom Kloster entfernt bist, dürften die feindlichen Soldaten weniger werden. Du kannst versuchen, nach Montefoglia zu gelangen, wenn bei Tagesanbruch die Stadttore geöffnet werden.«

»Warum braucht Baron Ferrante Metallbearbeiter?«

»Ich wünschte, ich wüßte es. Vielleicht kannst du es herausfinden, hm? Am ehesten würde ich vermuten, daß es darum geht, einige von Herzog Sandrinos Kanonen zu reparieren. Da gibt es zum Beispiel eine geborstene Bombarde, die mit dem armen Kloster San Girolamo nicht viel Federlesens machen würde, wenn sie instandgesetzt werden könnte. Die leichteren Kanonen sind alle mit der Söldnertruppe von Sandrinos Bastard in Neapel, sonst würden sie uns schon zermalmen. Wer hätte schon vorhersehen können, was für ein schlechter Zeitpunkt dies sein würde, um die Armee auszuleihen? Im Augenblick sind sie weiter entfernt als die päpstlichen Truppen. Doch mit Mailand bestand Frieden, und Venedig war viel zu sehr mit den Türken in der Adria beschäftigt, um Montefoglia in diesem Jahr zu bedrohen, und Losimo war drauf und dran, mit Blutsbanden vereinigt zu werden. Ich hätte …« Monreale verstummte und starrte blind in den unendlichen Abgrund der Reue des Was-wäre-gewesen-wenn. »Nun denn.« Er schüttelte die Finsternis ab. »Was hast du zu tragen, mein Sohn?«

Thur hielt ihm die leeren Hände hin. »Nur dies. Ich habe mein Bündel gestern abend vor den Mauern verloren.«

»Hm. Vielleicht kann Bruder Ambrosio dir helfen, bei den Männern, die hier sind, etwas weniger … Ländliches zu finden. Einige Kleider, die dir helfen, so auszusehen, wie es deiner Rolle entspricht. Übrigens«, Monreale zögerte, »wie bist du an diesen Ringe gekommen?«

Thur berührte die kleine Löwenmaske. »Er ist nicht wirklich meiner, ehrwürdiger Vater. Er gehört Madonna Beneforte.«

»Aha! Das erklärt manches.« Monreales Gesicht hellte sich auf. »Prospero Benefortes Werk, oder? Ich hätte es erkennen müssen. Ich rate dir, ihn bei Fiametta zu lassen. Das ist nicht die Art von Schmuck, die ein Gießer normalerweise trägt. Du solltest nichts tun, was zusätzliche Aufmerksamkeit auf dich lenkt, weißt du.«

»Ich bringe ihn nicht herunter, ehrwürdiger Vater.« Thur zog an dem Ring, um es zu beweisen.

»So?« Monreale nahm Thurs linke Hand und beugte sich darüber. Dort, wo sein Schädel am Rand seiner Tonsur entlang rasiert war, wuchsen stoppelig neue Haare, doch die Mitte war von Natur aus kahl, glatt und glänzend. »Aha! Der Zauber für ›wahre Liebe‹ des Meisters von Cluny, da gehe ich jede Wette ein.« Lächelnd richtete er sich wieder auf. »Und er funktioniert.«

»Oh«, sagte Thur. »Das müßt Ihr Fiametta sagen. Sie wird sich freuen. Sie dachte, ihre Magie habe versagt.« Er zögerte. Zauber für ›wahre Liebe‹? Für *welche* ›wahre Liebe‹? »Wie funktioniert er?« Eine undefinierbare Angst überkam ihn. War sein neues Verlangen von der Magie beeinflußt worden? Das war ein beunruhigender Gedanke – aber nein doch. Echte Panik packte ihn bei der Vorstellung, daß ihm Fiametta irgendwie genommen würde. Aber sie gehörte ihm ja gar nicht. Besitzergreifend ballte er die linke Hand zur Faust.

»Fiametta hat diesen Ring gegossen? Nicht Meister Beneforte? Entschuldige, ich muß ihn mir näher anschauen.« Der Abt ergriff erneut Thurs Hand, doch anstatt auf den Ring zu schauen, schloß er die Augen fest. Thur runzelte die Stirn. Abt Monreale schwieg eine Weile. Als er sich wieder aufrichtete, öffnete er die Augen mit einem ernsten Gesichtsausdruck. »Bruder Ambrosio. Bitte hole Fiametta Beneforte.«

Als Monreale mit Thur allein war, verschränkte er seine Arme und lehnte sich an seinen Arbeitstisch. Er sog nachdenklich an seiner Unterlippe und sah auf seine Sandalen, dann blickte er den jungen Mann scharf an. »Also, wie gern hast du das Mädchen, mein Sohn?«

»Ich … habe sie sehr gern, ehrwürdiger Vater«, erwiderte Thur standhaft. »Wenigstens … glaube ich das. Aber was macht der Ring mit mir?«

»Mit dir? Der Ring macht mit dir gar nichts. Doch du machst etwas mit ihm. Ihn vollenden, könnte man es wohl nennen. Clunys Zauber hat den Ruf, ›wahre Liebe‹ zu enthüllen, doch das ist nicht ganz zutreffend. Genauer gesagt, enthüllt er ein treues Herz.« Er blickte Thur eindringlich an und lächelte seltsam.

Thur atmete erleichtert auf. Er war nicht verzaubert. Nun, er hatte ja auch nicht wirklich geglaubt, daß er es sei.

»Aber sind deine Absichten ehrenhaft?« fragte Monreale. »Cluny ist in diesem Punkt nicht immer klar.«

»Meine Absichten?« wiederholte Thur verwirrt. »Was für Absichten?«

»Denkst du an Heirat oder befindest du dich in der Gefahr, in die Sünde der Lust zu geraten?« fragte Monreale. Heirat? Das Wort hatte das Gewicht eines Steinhammers, der – von hinten geschwungen – auf seinen Kopf traf. Thur blinzelte. Er, ein Ehemann? Wie … wie ein Erwachsener? Ganz unerwartet erschien vor ihm ein schwindelerregender Abgrund der Reife. »Aber … ich kann nicht … Ehrwürdiger Vater, wenn alles geblieben wäre, wie es war und wie ich erwartet hatte, als der Brief meines Bruders mich nach Montefoglia holte … Uri hatte es eingerichtet, daß ich Lehrling bei Meister Beneforte werden sollte, versteht Ihr? Als armer Lehrling hätte ich nicht hoffen können – auf Jahre hinaus nicht, und inzwischen wäre sie schon an einen reichen Kerl verheiratet worden. Sind wir nicht zu weit auseinander? Darf ich glauben, ich könnte … sie haben? Es stimmt, Signorina Beneforte braucht jemanden …« Thur verstummte. In seinem Kopf drehte sich alles. Lust? In der Ehe konnte er wahrscheinlich all die Lust bekommen, die er wollte, und dafür gesegnet werden.

»In Anbetracht des Todes ihres Vaters braucht Fiametta sehr dringend jemanden«, erklärte Monreale. »Sie hat hier keine Verwandten. Keine Frau sollte allein leben, ohne einen Herrn und Meister in ihrem Haushalt zu haben. Besonders keine junge Frau. Und Fiametta Beneforte noch weniger. Eine Situation, die gefährlich ist. Es gibt einen Rangunterschied zwischen euch, das stimmt, doch das Zeugnis dieses Ringes ist … ungewöhnlich. Allerdings bist du zu jung und zu arm, um an die Einrichtung eines eigenen Haushalts zu denken.«

Daran hatte Thur überhaupt noch nicht gedacht – bis Monreale ihn jetzt darauf brachte.

»Doch nicht zu jung, daß ich dich in eine Gefahr schicke, von der ich befürchte …« Monreale verstummte. »Gott helfe mir.« Das klang wie ein Gebet. Seine Stimme wurde fester. »Der Mann ist selten und glücklich, mein Sohn, der jemals seine wahre Berufung findet, seine wahre Liebe oder seinen wahren Glauben.« Er nickte in die Richtung des Ringes. »In diesem Ding steckt für dich nichts Böses.«

Im Raum nebenan erklangen Schritte. Bruder Ambrosio trat mit einer Verneigung in die innere Kammer, gefolgt von Fiametta. Ihr wild gelocktes Haar war an diesem Morgen in einem dicken Zopf gebändigt, der ihr über den Rücken hing. Er ließ sie gelassen und älter aussehen, doch diesen Eindruck störten einige Strohhalme, die hier und da an ihrem schmutzigen Samtkleid hingen. Thur wünschte sich, sie möge weniger müde und besorgt aussehen. Gestern auf der Straße hatte sie einmal gelacht, auf irgend etwas hin, das er gesagt hatte. Er wünschte sich, daß sie wieder lachte. Ihr Gelächter war an dem heißen Tag erfrischend wie Wasser gewesen. Sein Kummer über ihre Müdigkeit und Sorge vermischte sich in seinem Kopf mit einem plötzlichen Bild von ihr in einem Ehebett, lachend, die glatten braunen Glieder in einem Gespinst von Nachtgewand schimmernd …

Abt Monreale machte ein strenges Gesicht. Er zeigte

auf den Löwenring. »Hast du den angefertigt, Fiametta?«

Sie blickte vom Abt zu Thur und wieder zurück und sagte leise: »Ja, ehrwürdiger Vater.«

»Unter Aufsicht deines Papas?«

Sie schluckte. »Nein, ehrwürdiger Vater. Nun, ja und nein.«

Monreale zog die grauen Augenbrauen hoch. »Was jetzt – ja oder nein?«

»Nein.« Sie hob ihr fein geschnittenes Kinn. »Aber er hat davon gewußt.«

»Es scheint ein Charakterzug der Benefortes zu sein, sich auf dilettantische Weise mit fragwürdigen Ringen zu beschäftigen«, bemerkte der Abt trocken. »Du weißt, daß dein Vater dich nicht als seinen Lehrling lizenziert hatte.«

»Ich erlerne seit Jahren das Juwelierhandwerk. Ihr wißt das, ehrwürdiger Vater.«

»Die Metallbearbeitung geht mich nichts an.«

»Ihr wißt, daß ich ihm beim Herstellen der Zauber geholfen habe.«

»Geholfen, wie es unter einem lizenzierten Magus angemessen war. Dies hier ist jedoch kein Werk von Hilfe. Und es ist auch nicht das Werk eines unbeholfenen Amateurs. Wie bist du dazu gekommen, soviel zu wissen?«

»Ich habe ihm *oft* geholfen, ehrwürdiger Vater.« Nach einem langen, erwartungsvollen Schweigen fügte sie widerstrebend hinzu: »Ich habe den Zauber in einem von Papas Büchern gefunden. Ihn in den Ring zu bannen war kein Problem. Die Sache mit dem Goldgießen kannte ich schon. Ich habe einfach die Anleitungen sehr sorgfältig befolgt. Da schien nicht viel dran zu sein. Kein Blitz. Zuerst war ich enttäuscht, weil ich dachte, es hätte nicht funktioniert, weil … weil Uri ihn nicht ansteckte. Ich versuchte ihm den Ring zu schenken.«

»Aha!« sagte der Abt in einem Ton, der professionell und interessiert klang und den er schnell in ein neutraleres Räuspern übergehen ließ.

»Aber dann habe ich allmählich erkannt, daß ihn niemand anstecken konnte. Dieser Soldat und der diebische Wirt haben beide mit aller Gewalt versucht, ihn wegen seines Goldes zu stehlen, aber sie konnten es nicht.« Sie blickte verstohlen zu Thur hinüber. »Äh … funktioniert er, ehrwürdiger Vater?«

»Das werden wir später diskutieren. Also, du hast die Bücher deines Vaters gelesen. Mit seiner Erlaubnis?«

»Äh … nein.«

»Fiametta, das ist die Sünde des Ungehorsams.«

»Nein, das ist es nicht! Er hat es mir nicht verboten. Das heißt … ich habe ihn auch nicht gefragt. Aber später habe ich herausgefunden, daß er mich die ganze Zeit beobachtet hat, und er hat mir nicht Einhalt geboten. Das kommt doch fast einer Erlaubnis gleich, nicht wahr?«

Thur hätte schwören können, daß Abt Monreale bei dieser Haarspalterei ein Lächeln unterdrücken mußte, aber sein Gesicht war fast sofort wieder streng. »Dein Vater hat sich nie bei mir um deine Lizenz bemüht.«

»Er hatte es vor. Er war in letzter Zeit einfach so beschäftigt, mit dem Salznapf und dem Perseus und allen seinen anderen Aufträgen. Ich bin sicher, er hatte es vor.«

Monreale hob wieder die Augenbrauen.

»Nun ja«, seufzte Fiametta, »ich bin mir nicht sicher. Aber wir haben darüber geredet. Ich habe ihn angebettelt, er soll's tun, immer wieder. Abt Monreale, ich möchte Zauberin werden! Ich kann gute Arbeit leisten, das weiß ich! Bessere als Teseo. Es ist nicht gerecht!«

»Von wegen nicht gerecht! Soll ich dir sagen, was es nicht ist? Nach den Vorschriften anerkannt«, sagte Monreale, »vorschriftsmäßig überwacht – das ist es nicht. Ich habe schon Seelen gesehen, die an einer solchen Hybris verlorengegangen sind, Fiametta.«

»Also erkennt mich doch an! Papa ist nicht hier, sonst könnte er für mich bitten, und deshalb nehme ich an, ich kann jetzt für mich selbst bitten. Wer sonst? Ich möchte gut sein, laßt mich doch!«

»Du bist zu schnell für mich«, erwiderte Monreale sanft. »Zuerst kommen Reue, Bekenntnis und Buße. Dann erst die Absolution. Ich bin noch nicht einmal mit meiner Ansprache über die Buße fertig.«

Fiamettas braune Augen glühten mit einem plötzlichen Funkeln der Erwartung, als ihr bewußt wurde, daß sich hinter Monreales entschlossener Fassade Humor und Hoffnung gezeigt hatten. Sie richtete sich lebhaft, fast hüpfend auf. »Oh, nennt meine Buße, ehrwürdiger Vater, schnell!«

»Deine Buße wird sein, daß du in die Kapelle zum Altar Unserer Lieben Frau gehst und dort auf den Knien um Geduld und Gehorsam betest. Wenn du spürst, daß dein Gebet erhört worden ist, dann geh und nimm dein Mittagsmahl ein, und dann komm hierher zu mir zurück. Ich brauche dringend einen talentierten Helfer, zusätzlich zu Bruder Ambrosio, der so erschöpft ist wie ich selbst. Ich habe ein Projekt, das ich an diesem Nachmittag abschließen muß, noch vor der Komplet.«

»In der Zauberkunst? Ihr laßt mich Euch in der Zauberkunst helfen?« Ihre Stimme zitterte aufgeregt.

»Ja, mein Kind.«

Sie tanzte um ihn herum und schlang ihre Arme heftig um seinen Habit. Er wehrte sie ab und mußte unwillkürlich lächeln. »Du mußt wirklich erst dein Herz im Gebet sammeln und beruhigen, denk daran. Und es geht nicht, daß du bittest: ›Mutter Maria, gib mir Geduld, und gib sie mir auf der Stelle!‹«

»Wie wißt Ihr das?« Fiamettas Augen funkelten.

»Hm. Nun, du kannst es versuchen, nehme ich an.

Wer bin ich, daß ich sagen könnte, was die Muttergottes in ihrer unendlichen Güte nicht tun kann? Je schneller sie dich zur Geduld bringt, desto eher kann ich dich zur Arbeit einsetzen. Ach ja, zuerst noch etwas anderes. Ich schicke deinen Freund Thur hier mit einem Auftrag fort, und ich befürchte, daß dieser große goldene Ring an seiner Hand zu auffällig ist. Ich kann ihn mit einem kleinen Zauberspruch abnehmen, aber du kannst ihn einfach so abziehen.«

»Aber … er steckt fest. Ich habe es gesehen. Wie kann ich ihn herunterziehen, wenn er es nicht kann?«

»Einfach gesagt, er will es nicht.«

»Aber ich habe es wirklich versucht, ehrwürdiger Vater!« beteuerte Thur.

»Ich weiß, daß du es versucht hast. Wenn wir einmal mehr Zeit haben, werde ich mit euch die innere Struktur des Zaubers des Meisters von Cluny erörtern.«

Fiametta runzelte verwirrt die Stirn und wandte sich Thur zu. Gehorsam hielt er ihr seine Hand hin. Ihre schlanken braunen Finger schlossen sich um den Löwenring. Das Schmuckstück kehrte so glatt in ihre Hand zurück, als wäre es mit Fett eingeschmiert gewesen. »Oh«, sagte sie überrascht.

Monreale reichte ihr eine lange Lederschnur. »Ich empfehle dir, daß du den Ring um deinen Hals trägst, Fiametta, und zwar so, daß ihn niemand sehen kann. Bis du kommst, um ihn zurückzugeben.« Er schaute sie mit einem Blick an, der nicht zu enträtseln war.

Thurs Finger fühlte sich leer, leicht und kalt an ohne seinen, nein – *ihren* Ring. Er rieb an der nackten Stelle und vermißte schon die Sicherheit, die die Berührung des Löwen ihm gegeben hatte.

Vom Nebenraum her waren schlurfende Schritte in Sandalen zu hören. Ein Mönch klopfte höflich an den Türrahmen und steckte dann seinen Kopf durch. »Vater Abt? Baron Ferrantes Herold ist am äußeren Tor.«

»Ich komme schon, ich komme schon.« Monreale winkte ihn hinaus. »Thur, ich möchte, daß du dich am Nachmittag ausruhst. Ich werde einen Bruder schicken, der dich weckt, wenn es an der Zeit ist. Fiametta, ich sehe dich hier wieder nach dem Mittagsmahl. Geht jetzt!« Er schickte sie vor sich hinaus, durch sein Schreibzimmer, wo er stehenblieb, um am Pult mit Bruder Ambrosio etwas zu erledigen. Thur folgte Fiametta über die Treppen hinab in den Schatten des Kreuzgangs. Einige Tauben spazierten feierlich im Sonnenlicht auf dem Rasen des Klosterhofs einher und pickten vergeblich im Gras nach Futter.

Zwischen den Steinsäulen der Gewölbebogen säumten Steinbänke den Kreuzgang. Thur fühlte sich verlockt, sich auf einer von ihnen niederzulassen. Fiametta setzte sich ans andere Ende. Ihre Finger berührten die steife neue Lederschnur, die um ihren Hals hing, gingen dann zögernd zu ihren Lippen und ließen sich dann auf dem kalten Stein nieder.

Das Seufzen des Windes im nahen Wald, das leise Gezwitscher und gelegentliche fließende Trillern des Vogelgesangs sowie die gedämpften Stimmen aus dem Kloster vermittelten die vorübergehende Illusion von Frieden. Thur wünschte, der Friede wäre echt. Die Schönheit des Tages wirkte wie ein grausamer Scherz. Schwitzend und knurrend patrouillierten direkt vor den Steinmauern stupide Belagerer wie der, mit dem er gestern abend gerungen hatte. Er wollte diese Bedrohung von Fiametta fernhalten.

Fiamettas Augen leuchteten immer noch, sie war munter und lebhaft und erinnerte Thur an den Deckel auf dem dampfenden Kessel seiner Mutter. »Abt Monreale nimmt mich *ernst*«, gluckste sie. »Er will, daß ich ihm helfe – ich frage mich, wobei?«

»Vielleicht bei diesen Wahrsagedingern«, sagte Thur.

»Wahrsagedingern?«

»Er möchte, daß ich mich als Arbeiter verkleide und

einige Wahrsagedinger in die Burg von Montefoglia bringe und sie hier und da abstelle. Seine Kundschaftervögel kommen nicht durch, weißt du.«

»Er will, daß du nach draußen gehst? Durch die Belagerung hindurch?«

»Wir sind auch durch die Belagerung hindurch hereingekommen.« *Gerade noch.* »Er wird mich nach Einbruch der Dunkelheit hinausschicken.«

Fiametta wurde sehr still. Thur stellte sich vor, sie würde ihn ermahnen: *Sei vorsichtig!*, in dem Ton, den seine Mutter jeden Tag benutzt hatte, wenn er zum Bergwerk ging. Doch statt dessen sagte sie langsam: »Das Haus meines Vaters ist am anderen Ende der Stadt, von der Burg aus gesehen. Wahrscheinlich wirst du keine Gelegenheit haben, dorthin zu kommen und nachzuschauen, was geschehen ist, aber wenn du kannst … es ist das letzte Haus in der Via Novara. Das große quadratische.« Sie zögerte erneut, und ihre Stimme klang endlich besorgt. »Abt Monreale will doch nicht, daß du etwas sehr *Kompliziertes* tust, oder?«

»Nein.« Er blickte von ihr fort in die Helligkeit. Draußen auf dem Rasen schlich sich eine sehr junge Küchenkatze an die Tauben heran. Sie hatte große Ohren, ein grau-schwarz gestreiftes Fell und etwas übergroße weiße Pfoten. Ihre Schnurrhaare standen herausfordernd ab, ihre Augen schielten fast, so intensiv war ihr Blick. Sie kauerte sich hin, ihr Hinterteil war ernsthaft zum Sprung bereit.

Die Ehe. Die warme Weichheit dieses Mädchens – ganz sein? Aber was, wenn … gewiß hätte Abt Monreale etwas gesagt, wenn … »Madonna Beneforte«, platzte er heraus, »du bist noch nicht verlobt, oder?«

Sie wich zurück und blickte ihn beunruhigt an. »Nein. Warum fragst du?«

»Ohne besonderen Grund«, stammelte er.

»Gut«, sagte sie ziemlich leise. Sie stand auf und ging um die Bank herum. »Ich muß jetzt in die Kapelle.

Auf Wiedersehen!« Sie rannte davon, aus dem Kreuzgang hinaus.

Im Gras sprang die Katze – daneben. Die Taube war flügelschlagend auf und davon. Die Katze starrte hinter ihr her, mit zuckendem Schwanz und klappernden Zähnen, bis alle Hoffnung über den Dachfirst verschwunden war. Steif und verlegen eilte die Katze davon, kam zu Thur und ließ sich zu seinen Füßen nieder. Sie blickte zu ihm auf und stieß ein lautes, erbarmungswürdiges Miau aus, als könnte Thur wie ein Zauberer auf einem Jahrmarkt nach Bedarf flügellose Tauben aus seiner Tasche hervorholen. Er kam sich in diesem Augenblick ganz und gar nicht wie ein Zauberer vor.

Er hob die Katze hoch und kratzte sie an den Ohren. »Was würdest du denn mit ihr machen, wenn du sie gefangen hättest, mein Kätzchen, na? Der Vogel ist doch größer als du.« Die Katze schnurrte begeistert und rieb ihren Kopf an Thurs Hand. »Bei mir zu Hause in den Bergen gibt es Vögel, die würden eine Mahlzeit aus *dir* machen. Du mußt noch etwas größer werden.« Er seufzte.

Thur verbrachte den restlichen Vormittag mit kleinen Hilfeleistungen für die geplagten Mönche. Er drehte die Brunnenkurbel, brachte den Wachen auf den Mauern Wasser und half, die Tische für das Mittagsmahl aufzustellen und nachher wieder abzubauen.

Er dachte, er wäre zu angespannt, um schlafen zu können, doch aus Achtung dem Abt gegenüber legte er sich hin. Draußen herrschte die Wärme des Nachmittags, doch der Schlafsaal war kühl und ruhig. Als Thur wieder zu sich kam, weil ein Mönch ihn wachrüttelte, war er von einem neuen Traum in Schweiß gebadet, doch er war froh, daß er sich nicht mehr an ihn erinnern konnte. Durch die Fensterschlitze fielen die letzten rötlichen Strahlen der untergehenden Sonne, die schon die Berge im Westen berührte. Orangenfarbene Sonnenstäubchen tanzten in ihrem Schein.

Nach einer Abendmahlzeit, die hauptsächlich aus geröstetem Brot mit etwas Käse und Knoblauch bestand, führte Bruder Ambrosio Thur in die Wäscherei, um einige Kleider anzuprobieren. Sie fanden eine wattierte, lohfarbene kurze Jacke und eine echt gestrickte, rot gefärbte Hose, die lang genug für ihn war. Die Kleider waren zwar nicht neu, doch erst vor kurzem gewaschen worden. Thur hatte bisher noch keine richtige Hose besessen, nur die schräg geschnittenen Beinkleider, die seine Mutter gemacht hatte, ›weit genug, um hineinzuwachsen‹. Er starrte verlegen auf seine roten Schenkel und kam sich auffällig bunt vor. Eine runde rote Kappe war der krönende Abschluß.

Sie verließen die Wäscherei und durchquerten das Labyrinth des Klosters. Als sie in einen kleinen Hof am Fuße des Glockenturms der Kapelle kamen, hielt Bruder Ambrosio an. Ein Mönch, der sein Gewand in den Gürtel hochgesteckt hatte, so daß seine weißen Beine zu sehen waren, kletterte unbeholfen an dem dicken Efeuvorhang herab, der sich am Turm hochrankte. Zwischen den Zähnen hielt er einen großen Leinensack. Ambrosio hielt den Atem an, als einer der mit Sandalen bekleideten Füße abrutschte, doch der kletternde Mönch fing sich und beendete sicher seinen Abstieg.

Von der Anstrengung keuchend, ordnete der Bruder sein Gewand und warf Ambrosio den Sack zu. Darin bewegte sich etwas. »Hier ist dein Sack voller Fledermäuse. Darf ich *jetzt* essen gehen?«

»Danke, Bruder. Das war nicht so schwer, oder?«

Der Mönch warf ihm einen unbrüderlich bösen Blick zu. »Nächstes Mal«, keuchte er, »versuchst *du* es. Ich habe mich fast zu Tode gestürzt, als ich nach ihnen griff, und zwei haben mich gebissen.« Er zeigte winzige Wunden an seinem Finger, die er drückte, damit Blut herauskam und seine Behauptung bewies. »›Sing das Lied‹, hast du gesagt, ›und sie werden dir geradewegs in den Sack fliegen.‹ Ha! Sie haben's nicht getan.«

»Du mußt den Zauber mit wahrhaft liebevoller Freundlichkeit singen«, tadelte ihn Bruder Ambrosio.

»Für *Fledermäuse?*« Der Mönch verzog empört den Mund.

»Für jedes von Gottes Geschöpfen.«

»Ganz recht.« Der Mönch deutete einen spöttischen Gruß an. »Ich gehe jetzt und besorge mir mein Abendessen – falls noch etwas übrig ist –, bevor der Abt beschließt, daß er einen Kübel voll Tausendfüßler haben möchte.« Er stapfte davon.

Bruder Ambrosio hielt vorsichtig den zappelnden Sack und ging vor Thur.

Abt Monreales Arbeitsraum war von Kerzen erleuchtet. Fiametta saß auf einem umgedrehten Faß am mittleren Tisch und stützte sich mit den Ellbogen auf. Thur betrachtete sie besorgt. Sie sah müde aus, aber nicht unglücklich. Der Abt ging im Zimmer hin und her.

»Aha, gut«, sagte er, als Ambrosio und Thur den Raum betraten. »Thur. Ich möchte, daß du dich im Zimmer umsiehst und sagst, ob du etwas Neues bemerkst.«

Verwirrt, doch bereitwillig ging Thur um den Tisch herum. Das getrocknete Krokodil grinste immer noch aus seiner Ecke. Falls Monreale seinen Wirrwarr umgelagert hatte, so konnte Thur es nicht erkennen. »Nein, ehrwürdiger Vater.«

Monreale lächelte Ambrosio triumphierend zu. »Was hat sich vor Fiametta auf dem Tisch befunden? Sieh nicht hin!«

»Äh … ein Tablett.«

»Und was war darauf?«

»Ich … ich kann's nicht sagen.«

»Gut.« Monreale fuhr mit der Hand über Thurs Augen. Thur sah sofort wieder auf den Tisch.

Auf dem Tablett war ein Dutzend winziger weißer, mit Pergament bespannter Tamburine angeordnet. Sie waren klein genug, um in eine Hand zu passen. Thur hätte schwören können, daß sie einen Augenblick zuvor noch nicht dagewesen waren. »Habt Ihr sie unsichtbar gemacht, ehrwürdiger Vater?« Thur nahm eins hoch und drehte es um.

»Nein. Ich wünschte, ich hätte es gekonnt. Oder sie kleiner machen oder als einen anderen alltäglichen Gegenstand tarnen können. Prospero Beneforte hätte sich etwas Schlaueres ausgedacht, dessen bin ich mir sicher.« Monreale seufzte mit einem Ton des Bedauerns. »Aber wir haben keine Zeit mehr für Experimente. Doch zumindest sind sie sehr schwer zu bemerken. Trotzdem, wenn du sie verteilst, dann versuche sie so abzulegen, daß niemand sie sieht. Und so, daß nichts die Membran berührt oder dämpft. Sie müssen frei vibrieren können.«

»Was sollen sie bewirken?«

»Sie sind kleine Ohren. Ohren und Münder, in zusammenwirkenden Paaren. Was jedes Ohr in der Burg von Montefoglia hört, wird sein zugehöriger Mund hier in San Girolamo einem lauschenden Mönch erzählen. Da für jeden Mund ein Mönch eingesetzt werden muß, versuch bitte, sie dort abzulegen, wo wahrscheinlich etwas Wichtiges gesagt wird, ja?«

»Ich werde es versuchen, ehrwürdiger Vater. Wie lange wirken sie?«

»Nur einen Tag oder so. Ich muß nach einem Weg suchen, um diesen Zauber dauerhafter zu machen. Deshalb aktiviere sie erst dann, wenn du sie tatsächlich ablegst. Das ist eine Abwandlung des Wahrsagezaubers, den ich bei meinen Vögeln verwende, aber ich habe noch nie von jemandem gehört, der ihn ohne eine lebendige Kreatur am anderen Ende versuchte. Ich habe Küchenschaben in Erwägung gezogen, aber sie krabbeln gern davon, wenn sie nicht verkrüppelt werden, und dann sterben sie meistens.«

Und Thur hatte gedacht, die Bemerkung des Mönchs über die Tausendfüßler wäre ein Scherz gewesen.

»Ich frage mich, ob jemand das schon einmal versucht hat und damit gescheitert ist, oder zum Teil Erfolg hatte und dann geheimhielt ... Es gibt zuviel Geheimhaltung in diesem Handwerk. Wenn alle Zauberer ihr Wissen zum gemeinsamen Nutzen zusammenbrächten, statt ihre Geheimnisse für sich zu behalten, was für praktische Fortschritte könnte man dann machen! Selbst in der Kirche trennen uns Stolz und Furcht. Ich habe mich mit dieser Idee schon eine Weile beschäftigt, doch erst als heute der Vorschlag aufkam, das Pergament in zwei Schichten zu trennen und die Zwillingshälften zwischen Ohr und Mund aufzuteilen, um ihre natürliche Übereinstimmung nutzbar zu machen, hatte ich das Problem gelöst, wie man ein Ohr dazu bekommt zu hören, wenn nur auf einer Seite Leben ist. Aber die beiden sind eins, oder das eine sind zwei.«

»Sollte ich nicht einen Mund mittragen, damit Ihr zu mir sprechen könnt?«

»Ach, ich wünschte, du könntest es. Aber du bist kein ausgebildeter Magus, um den Zauber beständig aufrechtzuerhalten, damit der Mund laut genug spricht, so daß du es hören kannst.« Er runzelte besorgt die Stirn. »Ich hoffe, sie werden die Entfernung überbrücken. Wir konnten nur im Kreuzgang einen Versuch machen. Ich hoffe, der Zauber wird stark genug sein, um das Gehörte von der Burg von Montefoglia bis nach San Girolamo zu tragen.«

Monreale begann, die Hälfte der Tamburine in einem alten Tragebeutel aus Segeltuch zu verstauen, verborgen in einem Haufen Kleider und anderem Krimskrams, den ein nach Arbeit suchender Gießer bei sich tragen mochte. Ambrosio hängte seinen Leinensack mit den Fledermäusen sanft an einen der Deckenbalken.

Thur wandte sich an Fiametta. »Ist es dir heute gut ergangen?«

»Ja«, sagte sie fröhlich. »Allerdings handelte es sich zum großen Teil um die gleiche Art von Arbeit, die ich für Papa zu erledigen pflegte. Es scheint, daß er mich schon eine ganz schöne Weile als Lehrling eingesetzt hat, ohne die Lizenzgebühr zu zahlen.« Thur war sich nicht sicher, ob diese Tatsache Fiametta Freude oder Ärger bereitete, aber in ihren Augen leuchtete ein verhaltenes Selbstbewußtsein. Er merkte, wie er ihr Lächeln erwiderte. Hinter vorgehaltener Hand flüsterte sie: »Das Pergament zu spalten ist meine Idee gewesen. Ich bin darauf gekommen, weil Papa so etwas mit Leder zu tun pflegte, um in seine Börse eine geheime Tasche einzubauen.«

Monreale hielt das letzte der runden Pergamente hoch und blickte geistesabwesend darauf. »Was für ein Segen das wäre … Stellt euch vor, die Kirche würde jedes Jahr ein Buch mit den besten neuen Zaubern veröffentlichen und jeder Diözese ein Exemplar davon schicken. Die Leute wären vielleicht bereit, ihre Geheimhaltung aufzugeben, und würden um die Ehre eines solchen Ruhms in Wettstreit treten … Ach, nun ja. Also«, Monreale band Thurs neuen Reisebeutel zu, »hast du noch weitere Fragen?«

Keine Fragen, wirklich nicht. Es war alles klar genug. Gegen das flaue Gefühl der Sorge in Thurs Unterleib konnte Monreale nichts tun. Aber der Kobold hatte versprochen, wenn er zum Feuer ginge, dann würde er überleben. Was war das Wort eines Kobolds wert? »Abt Monreale, darf ich dem Wort eines Dämons glauben?«

»Was?« Monreale drehte sich überrascht herum. »Was für ein Dämon?«

»Ein Kobold. Wir nennen sie Bergdämonen. Ich habe im Bergwerk mit einem gesprochen.«

»Ach so.« Monreale atmete erleichtert auf. »Erschreck mich nicht noch einmal so, Junge. Ein Kobold ist kein Dämon.«

»So?«

»Überhaupt nicht. Kobolde – und Elfen und Dryaden und all diese Wesen – sind, hm, natürliche übernatürliche Wesen, sozusagen. Sie verfügen über materielle Magie, jedes entsprechend seiner Natur, doch die ist ihnen angeboren und ist nicht erlernt. Keines kann seine Natur überschreiten, im Gegensatz zu einem menschlichen Magus, der geistige und materielle Magie verbindet und dabei lernen kann, über seine menschliche Natur hinauszuwachsen. Die Kirchenväter haben entschieden, daß sie eine eigene Schöpfung Gottes darstellen, aber nicht wie die Menschen vom Leibe Christi sind, noch sich wie die Pferde unter der Herrschaft des Menschen befinden. Sie sind einfach ... anders. Im Vergleich zum Menschen sind sie langlebig, aber sie sind sterblich. Über die Natur ihrer Seelen gibt es verschiedene Theorien und Häresien, aber keine Gewißheit. Gott hat sie geschaffen, also müssen sie einen Zweck haben, aber schließlich hat Gott auch Löwen, Wölfe und Kopfläuse geschaffen. Wir dürfen nicht zulassen, daß sie uns stören. Glücklicherweise kann die geistige Magie der Kirche ihre materielle Magie bannen, wenn nötig.« Monreale war offensichtlich angeregt. Thur hatte ein Thema angesprochen, das den Abt begeisterte.

»Aber was ist dann ein Dämon?«

Monreale zögerte und wurde ernst. »Ah, ich fürchte, Dämonen sind für uns eher so etwas wie die Türken. Brüder. Dämonen haben einen menschlichen Ursprung, und so ist ihre Bosheit für uns unendlich gefährlicher als die kleinen boshaften Tricks des scheuen Volks.«

Fiametta blickte ihn scharf an. Angst ließ sie die Augen zusammenkneifen, eine Angst vor etwas, das Thur kaum zu vermuten wagte. »Was *genau* sind Dämonen, ehrwürdiger Vater?«

Monreale runzelte besorgt die Stirn. »Fiametta, du mußt begreifen, daß du dieses Thema nicht ohne entsprechende geistliche Aufsicht erörtern darfst, damit du nicht einer Häresie oder einem Irrtum zum Opfer fällst. Du mußt sehr klar denken. Wenn du in der Praxis der Magie weiterschreitest, wie du es zu tun hoffst, wirst du gewissen … Versuchungen ausgesetzt sein, die den Unwissenden nicht plagen.«

»Hat das etwas mit Papa zu tun?« wollte sie wissen.

»Leider ja.« Monreale zögerte. »Dämonen sind Geister.«

»Papa ist kein Dämon!«

»Noch nicht, nein. Aber er kann sich in der Gefahr befinden, einer zu werden. Weißt du, Seelen, die mit der Absolution von ihren Sünden losgesprochen sind, gehen zu Gott. Einige schöne Seelen steigen sogar ohne solche Hilfeleistung in den Himmel auf. Doch in wenigen Fällen – fast immer bei einem plötzlichen, überraschenden Tod durch Unfall oder Mord – bleibt der Geist zurück.«

»Das hat Papa auch gesagt.«

»Ja. Von denen vergehen die meisten mit der Zeit, wie Rauch im Wind, für Mensch und Gott verloren. Oder zumindest für den menschlichen Blick. Ein solcher Geist kann für eine gewisse Zeit in einen Geisterring oder eine andere materielle Matrix gebannt, gestärkt und gehalten werden.«

»Wie?«

»Oh, da gibt es eine Vielzahl von Riten. Was in der Tat wirksam ist, wird mit einer Menge verdammten Unsinns vermischt, der harmlos oder schrecklich ist – die Sünde der Herrschaft über einen Geisterring, abgesehen von der Behinderung des Aufstiegs einer Seele zu Gott, liegt zu einem Großteil in diesen Riten. Wenn der Möchtegern-Magus sich vorstellt, daß große Verbrechen große Macht einbringen, wird er oft verwirrt oder von Irrtümern geplagt, was gewiß Luzifer zum

Lachen bringt. Viel übler Unsinn ist dabei. Ich verabscheue diesen Unfug. Wenn die Herrschaft endet, beginnt der ringgebundene Geist zu vergehen.«

»Geht er nicht in die Hölle?«

»Die Hölle ist kein Ort, wie uns der große Heilige Augustinus offenbart hat, sondern eine Ewigkeit. Was nicht dasselbe ist wie das Ende der Zeit. Die Hölle ist jetzt genau hier. Wie auch der Himmel. In gewissem Sinn.« Er bemerkte, wie Thur und Fiametta ihn völlig verblüfft anstarrten, und winkte ab. »Zerbrecht euch jetzt nicht den Kopf darüber. Es gibt noch eine andere Kategorie von Geist. Irgendwie gelingt es manchmal einem Geist, sich selbst im Irdischen zu halten, ohne einen Körper oder einen Ring oder einen sonstigen materiellen Anker. Manche werden Sündenfresser, die sich von Angst, Zorn, Verzweiflung ernähren – und solche Sünden zu vermehren suchen, um sich selbst zu erhalten. Einige suchen Hexen und Magier auf und versuchen, sie zu verführen, daß sie ihnen helfen. Das ist der Ursprung eines wahren Dämons. Sie sind, Gott sei Dank, äußerst selten. Viel seltener, als man nach den Berichten des aufgeregten einfachen Volkes glauben möchte.«

Monreale rieb sich das Gesicht und drückte sich die tiefen Sorgenfalten glatt. »Doch wie ihr die Erscheinung beschreibt, ist die Stärke von Prospero Benefortes Geist schon fast so groß. Einen vorübergehenden Körper aus etwas so Substanzlosem wie Rauch zu schaffen, war schon eine Leistung. In Ferrantes Händen, in einen Ring gebannt, gestärkt … mit dem, womit man ihn stärken würde, könnte er schrecklich werden.«

»Papa wird nichts Böses tun!«

»Prospero Beneforte war ein Mensch. Ein ziemlich guter Mensch, im großen und ganzen gesehen. Wenig geplagt von Trägheit oder Völlerei … vielleicht ein bißchen zu sehr zu Stolz und Zorn neigend. Und zu Geiz. Wir alle sind noch Sünder, selbst die besten von uns. Er mag eine Zeitlang Ferrante widerstehen. Aber früher oder später wird, muß sich für ihn die Verlockung des Lebens oder zumindest einer fortgesetzten Existenz in der Welt des Willens als überwältigend erweisen. Aus eigener Kraft könnte ich einer solchen Lockung nicht widerstehen. Ich könnte mich nur der Gnade Gottes anheimstellen und für Rettung beten.«

Fiametta saß kalt und steif da. Thur sah, wie sie mit diesem neuen, unsichtbaren Schrecken rang. »Er hat nach Euch gerufen«, wiederholte sie.

»Ja«, gestand Monreale ein. »Ich hoffe, er hat mich nicht mit Gott verwechselt. Ich werde dir einige besondere Gebete aufgeben, Fiametta. Und in der Zwischenzeit werden wir sehen, was wir tun können, um Ferrante mit allen anderen Mitteln aufzuhalten, die Gott uns gibt.«

Abt Monreale führte Thur zu einer Stelle auf der südlichen Mauer, die sowohl von der Seitentür als auch dem Haupttor entfernt lag. Sie mußten über das Dach der Wäscherei klettern, um sie zu erreichen. Der Mond war nicht zu sehen. Bruder Ambrosio hatte seine Laterne abgedunkelt. Thur spähte hinüber und zwang seine Augen, in die nahen Wälder zu sehen. Wenn er keine Soldaten sehen konnte, dann konnten sie ihn vielleicht auch nicht sehen.

Monreale und Bruder Ambrosio wirkten wie bloße Schemen von Mönchen. Nur Fiamettas weiße Leinenärmel schimmerten als bleiche verschwommene Flecken. Thur hatte gehofft, Monreale würde einen Umhang hervorholen, der unsichtbar machte, doch der Abt sprach nur einen Zauber über ihn. Vielleicht wurde er mit all dieser Magie um ihn herum empfindsamer, denn diesmal spürte er, wie sich etwas Unbestimmtes bei Monreales Worten auf ihm niederließ.

»Können die mich überhaupt sehen?« fragte Thur flüsternd.

»Nicht leicht«, antwortete Monreale murmelnd. »Dieser Zauber ist mit dem verwandt, den ich über meine kleinen Ohren gelegt habe. Er wird in einigen Stunden vergehen. Wenn Ferrantes Männer eine Gestalt sehen oder ein Geräusch hören, dann werden sie es Tieren zuschreiben, oder ihren Nerven. Aber wenn du direkt in einen hineinstolperst, wie es euch gestern nacht passierte, dann kann der Zauber dir nicht helfen. Also paß auf dich auf!«

War es erst gestern nacht gewesen, daß sie in San Girolamo angekommen waren? »Ja, ehrwürdiger Vater.« Thur nahm das Seil, zog versuchsweise daran, dann schwang er seine Beine hinauf und saß quer auf der Steinmauer. Er drückte sich die Kappe fester auf den Kopf. Fiametta stand auf dem Dach. Sie hatte die Arme als Schutz gegen die Kälte um den Leib geschlungen, ihr Rock bauschte sich dunkel. Ihr Gesicht konnte Thur nicht sehen.

»Thur«, sagte sie, »sei vorsichtig. Ah … deine neuen Kleider sehen schön aus.«

Ihre Worte machten ihn glücklich, und er nickte. Dann ließ er das Seil durch seine Hände gleiten und begann seinen Abstieg.

KAPITEL
9

Thur döste die letzten Stunden der Dunkelheit hinter einem Baum nahe der Straße, eine Viertelmeile von Montefoglias Nordosttor entfernt. Endlich erwachte über den Bergen im Osten der goldene Morgen. Thur drehte sich auf die andere Seite und beobachtete die staubige Straße. Er wollte nicht als erster oder zweiter durch das Tor gehen. Das wäre zu auffällig gewesen. Vielleicht als dritter. Für diese Tagesstunde blieb die Straße – so nahe an einer so großen Stadt – ungewöhnlich ruhig. Vermutlich hielt sich jeder so weit wie möglich von den Soldaten fern. Aber schließlich kam ein Reiter vorbei – wahrscheinlich ein Losimaner –, und dann ein alter Mann, der eine Schubkarre mit Gemüse schob. Ein gutes Stück hinter ihm hüpfte Thur auf die Straße.

Er schluckte, als er die Stadtmauer vor sich aufragen sah. Aus Quadern und Ziegelsteinen unterschiedlichen Alters errichtet, zog sie sich bis zum Seeufer hinab, dann wieder hinauf und um die Stadt herum. Mindestens eine Meile war diese Mauer lang, die Montefoglia vor Schaden schützen sollte. War Rom auch so? Im hellen Morgenlicht sah die Stadt magisch und erregend aus – *Ist das von Menschen gebaut? Was für Wunder können Menschen denn noch vollbringen?* Freilich müßte an einigen Stellen die Mauer ausgebessert werden, dort, wo schon Steine herauszufallen begannen. Dennoch schlug Thurs Herz höher. Warum war er so lange in Bruinwald geblieben, wenn am anderen Ende der Straße so etwas wie diese Stadt auf ihn gewartet hatte? Uri hatte versucht, ihm davon zu erzählen …

Der Gedanke an Uri, der vielleicht schon seit Tagen verwundet bei grausamen Feinden und ohne Pflege lag, ließ Thur kräftiger voranschreiten, bis er den Mann mit dem Gemüsekarren einholte. Das Tor war ein gewölbter Durchgang in einem hohen rechteckigen Turm, der mit roten Ziegeln gedeckt war. Der Mann mit der Schubkarre wurde von drei Wachen angehalten, von einem unbewaffneten Mann in der Livree der Stadt und zwei Losimanern, die Schwerter umgegürtet hatten. Beide trugen noch die bunte Livree, die für den Verlobungszug ausgegeben worden war: festliche, grün-golden gestreifte Jacken und grüne Heroldsröcke, mit Ferrantes Wappen bestickt und jetzt arg schmuddelig nach dem unerwarteten Kampf und einer Woche Dienst bei Belagerung und Stadtbesetzung.

»Rettiche?« fragte der Stadtwächter besorgt, als er in der Schubkarre herumstocherte. »Du bringst uns bloß Rettiche?« Tatsächlich enthielt die Schubkarre auch Salat und Bündel von Frühlingszwiebeln.

»Unsere Leute werden schon etwas bringen, so oder so, wenn's das Landvolk nicht tut.« Der größere der beiden Losimaner blickte den Alten zornig an. »Sag das deinen Nachbarn nur!«

Der alte Mann wagte seinen Trotz nicht offener zu zeigen. Er zuckte mit den Achseln und schob sein Gefährt durchs Tor. Der Stadtwächter wandte seine Aufmerksamkeit Thur zu. »Was ist dein Begehr, Fremder?«

Thur drehte seine rote Kappe unterwürfig in den Händen hin und her. »Ich suche Arbeit, Herr. Man hat mir gesagt, einige Leute in der Burg wollten Gießer einstellen.«

Der Stadtwächter knurrte und schrieb Thurs Namen (den Thur als ›Thur Wyl‹ angab) und Begehr in sein Wachbuch. »Und woher kommst du?«

»Aus Meißen, von der Albrechtsburg«, antwortete

Thur aufs Geratewohl. Er war einmal einem verkrüppelten Bergmann von der Albrechtsburg begegnet, dem das ätzende Vitriol die Hände zerfressen und das halbe Augenlicht geraubt hatte. Die Albrechtsburg schien ein guter Ort zu sein, um von weit her zu kommen …

»Ein deutscher Metallbearbeiter, was?« fragte der kleinere Losimaner. »Man wird sich freuen, dich zu bekommen.«

Thur wandte sich ihm eifrig zu. »Wißt Ihr, wohin ich gehen und mit wem ich reden soll, Herr?«

»Geh zur Burg – nach rechts und dann die Hauptstraße geradewegs hinauf – und frag nach Baron Ferrantes Sekretär, Messer Niccolo Vitelli. Er stellt die Leute ein.«

»Danke, Herr.« Thur schlich sich davon.

Die Straßen waren eng und liefen wie Schluchten zwischen den hohen Steinhäusern und den dichtgedrängten Läden dahin. Über ihm war vom Himmel nur noch ein blaues Band geblieben. Aus diesem neuen Blickwinkel nahm Thur nur die Farben der Stadt wahr, nicht ihre Anlage. An diesem Morgen waren nicht viele Leute auf den Straßen. Ein plötzlicher dringender Impuls sagte Thur, es wäre vielleicht einfacher, zuerst nach Fiamettas Haus zu schauen, bevor er bei weiß Gott was für Arbeiten in der Burg festhing. Er hielt einen Mann an, der unter einem Bündel Brennholz gebeugt daherkam, und fragte ihn nach dem Weg zur Via Novara.

Dann wandte er sich in die der Burg entgegengesetzte Richtung. In der Mitte der gepflasterten Hauptstraße lief eine ausgetrocknete Gosse herab. In der Nähe der östlichen Stadtmauer fand er die Via Novara und ging bergauf bis zu ihrem Ende.

Dieses große quadratische Haus? In Thurs Augen war es fast ein *Palazzo,* ganz aus behauenen Steinen errichtet. Reich verzierte Gitter aus Gußeisen, geschmückt mit Blättern und Weinreben, schützten die Fenster des Erdgeschosses. Hoch darüber reihten sich im Obergeschoß größere Fenster aneinander, geschützt von hölzernen Läden. Dieses Haus schien der richtige Ort für Fiametta zu sein. Es würde sie in seinem Inneren wie ein menschliches Juwel hüten, wie eine kleine lombardische Prinzessin. Kein Wunder, daß sie sich Sorgen um das Haus machte.

In einem Torbogen, dessen weiße Marmorblöcke einen hellen Kontrast zu den gelblichen einheimischen Steinen der Mauern bildeten, hing eine kräftige Tür aus Eichenholz. Sie stand offen, ein bewaffneter Losimaner im grünen Waffenrock bewachte sie. Daneben stand auf der Straße ein junger losimanischer Stallbursche mit einem frischen Gesicht und hielt zwei Pferde an den Zügeln. Das eine Tier trug gewöhnliches Zaumzeug aus Leder, das andere, ein großer prächtiger Fuchs mit einer auffallenden schneeweißen Blässe und weißen Fesseln, hatte eine langstielige, vergoldete Kandare und grüne Lederzügel, die mit Goldnägeln beschlagen waren, dazu passend ein Brustblatt und einen Schweifriemen, die beide mit Seidenquasten geschmückt waren. Thur hielt unsicher an.

»Was willst du?« fragte der Wächter mißtrauisch, als er Thur warten sah.

»Man hat mir gesagt, Messer Vitelli, der Sekretär von Baron Ferrante, möchte Gießer einstellen«, begann Thur mit einem kräftigen nördlichen Akzent. Er wollte schon hinzufügen: *Aber ich habe mich in der Stadt verlaufen,* doch der Wächter wurde freundlicher und winkte verständnisvoll.

»Geh einfach hinein.«

Überrascht schlüpfte Thur an ihm vorbei. Im mit Steinen gepflasterten Vorraum blieb er stehen, damit sich seine Augen an das düstere Licht gewöhnten. Zu seiner Rechten führte eine offene Tür in eine menschenleere Werkstatt mit Werkbänken und einem Wirrwarr von verstreuten Werkzeugen, die man heruntergeworfen hatte, wie Thur an den leeren Haken an der Wand erkannte. Die Werkbänke waren von ihrem Platz geschoben, eine lag umgestürzt. Plünderer hatten offensichtlich den Raum heimgesucht, ihn aber noch nicht aller Werkzeuge und Arbeitsgeräte beraubt. Thur ging weiter, hinein in die Helligkeit eines großen Innenhofs.

Der Hof hatte seinen eigenen Brunnen. Und einen kleinen Teich, der ausgetrocknet war. Vielleicht war er ursprünglich als Gartenraum gedacht, jetzt aber sah er ganz und gar nicht nach einem Garten aus, sondern erinnerte mehr an eine Teufelswerkstatt, in der ein satanisches Vorhaben unterbrochen und aufgegeben worden war. Thur versuchte, in dem scheinbaren Chaos von Kränen, Ziegelwerk, Grabungen und Gerüstbau einen Sinn zu erkennen.

Meister Beneforte hatte mitten in seinem Hof einen Schmelzofen gebaut, der auf einem Sockel ruhte. Davor hatte man eine tiefe Grube ausgehoben, und darin stand ein riesiger Lehmklumpen, der entfernte Ähnlichkeit mit einer Menschengestalt hatte. In ihm staken dünne Röhren; er war mit Eisenbändern und -gurten umwickelt und sah aus wie ein elementares Sumpfmonster, das um seine Gestalt rang. Das konnte nur der große Perseus sein, von dem Fiametta erzählt hatte. Brandstellen in der Grube verrieten, wo das Wachs aus der Gußform herausgeschmolzen worden war, das sie getrocknet und somit für die geschmolzene Bronze vorbereitet hatte. Um die Figur hatte man eine Umfassung aus Erde aufgeschüttet, die da und dort von Rohren aus Ton durchbohrt war. Das Ganze stand unter einem Zelt aus Segeltuch, das den Regen, der bisher noch nicht gefallen war, vom gebrannten Ton fernhalten sollte.

Von der hölzernen Galerie, die im Obergeschoß um den Hof lief, rief die tiefe Stimme eines Mannes: »Hier haben wir kein Glück!« Schritte waren zu hören.

Als Thur sich umwandte, erblickte er einen Mann, der sich auf das Geländer lehnte und zu ihm herunterschaute. Es handelte sich um einen kräftigen Kerl Mitte dreißig, der Kriegskleidung trug: ein Kettenhemd über einem wattierten Waffenrock und eine robuste Reithose aus Leder. Ein Offizier, nach seinem Schwert und seinem selbstbewußten Verhalten zu schließen. Das dunkle Haar war einfach geschnitten, damit es wie eine glatte Kappe unter einen Helm paßte. Er war glattrasiert, neigte offensichtlich jedoch zu starkem Bartwuchs, denn seine Kinnbacken schimmerten dunkel. Die wachsamen dunklen Augen nahmen dem Gesicht alle Schwere und musterten Thur furchtlos und abschätzend. Seine rechte Hand, die auf dem Geländer ruhte, war mit einer weißen Gazebinde umwickelt.

Wieder hörte man Schritte, auf der gegenüberliegenden Seite der Galerie erschien ein weiterer Mann. Thur bemühte sich, in seinem Gesicht kein Zeichen des Wiedererkennens zu zeigen. Es handelte sich um den rotgekleideten kleinen Kerl, den er in Monreales Spiegel gesehen hatte, als er auf dem Turm die Armbrustschützen befehligte. »Auch hier nichts«, sagte er, dann schaute er hinab und bemerkte Thur. Er runzelte die Stirn. »Was ist los?«

Thur zog wieder seine Kappe. »Entschuldigt, Herr. Ich bin ein Metallbearbeiter. Der Wächter am Stadttor hat gesagt, ich soll zu Messer Vitelli gehen.«

»So.« Der kleine Mann wurde etwas freundlicher. »Sie haben dich weitergeschickt, was? Nun, du hast mich gefunden.«

Es schien Thur, daß seinem verfluchten Talent, Dinge zu finden, die Gabe der Unterscheidung fehlte. Er war sich gar nicht sicher, ob er schon bereit war, Messer Vitelli zu begegnen. Der Kerl war schlank und wirkte schreiberhaft. Er hatte ein fliehendes Kinn, funkelnde Augen, und seine Bewegungen waren ruckartig wie die einer Amsel. Warum sollte er Thur Unbehagen bereiten?

»Bist du zufällig ein Gießereimeister?« fragte Vitelli.

»Nein, Messer.«

»Schade. Nun gut, du siehst stark genug aus. Du bist eingestellt. Wie bist du im Lösen von Rätseln?«

»Wie bitte?«

»Stark, aber nicht allzu helle. Komm hier herauf!«

Gehorsam stieg Thur die Treppe zur Galerie hinauf und stellte sich dem rotgekleideten Mann vor. Der Kerl, der wie ein Soldat aussah, kam um die Ecke geschlendert und gesellte sich zu ihnen.

»Wir suchen etwas«, erklärte Vitelli Thur. »Ein Buch oder vielleicht ein Bündel Papiere. Es dürfte gut versteckt sein.«

Eine randvoll mit Büchern und Papieren gefüllte Truhe stand vor ihnen auf der Galerie. Thur zeigte darauf. »Ist's nicht da dabei, Messer?«

»Nein. Muß aber ähnlich aussehen. Das dort ist wertvoll, aber nicht das, was wir suchen.«

»Wie könnt Ihr so sicher sein, daß es überhaupt existiert, Niccolo? Ich glaube, Ihr laßt uns einem Phantom nachjagen. Oder vielleicht hat Beneforte es schon vor Jahren verbrannt?«

»Es muß existieren, Euer Gnaden. Wenn er es besessen hat, dann dürfte er es nicht vernichtet haben. Kein Magier würde das tun. Nicht, wenn er schon so weit gegangen ist.«

Euer Gnaden? Dann war dies also Baron Ferrante höchstpersönlich? Thur überlegte, ob er seinen kleinen Dolch herausziehen und versuchen sollte, den Mann auf der Stelle zu ermorden. Doch sein Dolch war mehr daran gewöhnt, Brot zu schneiden. Der Krieger sah kaum wie der Leibhaftige aus, den Thur erwartet hatte. Ein normaler Mensch, von durchaus einnehmendem Wesen. Sein Kettenhemd schützte Ferrante, außerdem drehte er Thur nicht den Rücken zu. Es schien eine ganz zwanglose Gewohnheit von ihm zu sein, niemandem den Rücken zuzukehren, wie Thur bemerkte, als Ferrante an ihnen vorbei in das nächste Zimmer ging. Er ließ niemanden, nicht einmal Vitelli, hinter sich gehen. Dann trat ein weiterer, grün gekleideter Soldat aus dem Zimmer, und die günstige Gelegenheit war vorbei.

»Hilf ihm«, sagte Vitelli und wies auf den Soldaten. »Klopft jeden Ziegelstein ab, versucht es an jedem Bodenbrett. Laßt nichts aus!«

»Ja, Messer.« Der gelangweilt dreinblickende Soldat winkte Thur, er solle ihm folgen.

Und so kam es, daß Thur auf Steine klickte und auf Putz klopfte, sich auf den Boden kauerte und Zoll um Zoll seinen Dolch zwischen die Bodenbretter schob. Sie durchsuchten ein Zimmer, dann ein zweites.

Vitelli steckte den Kopf durch die Tür. »Werdet mit diesem Geschoß fertig. Wir versuchen es unten im Keller.«

Ich würde nach oben gehen, nicht nach unten, dachte Thur automatisch, hütete sich jedoch, es auszusprechen. Jetzt war nicht die Zeit, sein Talent oder sein Glück, oder was immer es sein mochte, glänzen zu lassen. Dessen war er sich sicher. Er beugte den Kopf zum Boden und ignorierte die Decke.

Als sie den nächsten Raum betraten, erkannte er mit Schrecken, daß es sich dabei um Fiamettas Zimmer handelte. In der ersten aufgeregten Suche nach den Schätzen des Goldschmieds hatte man das hölzerne Bett auseinandergebrochen und die Matratze aufgeschlitzt. Einige Truhen hatte man umgedreht und ausgeleert, und von ihrem Inhalt war nichts übrig außer ein paar alten Unterröcken, die auf dem Boden verstreut lagen. Sicher hatte Fiametta mehr Kleider besessen als diese da. Was aus gutem Tuch war, hatte man offensichtlich mitgenommen. Thur überkam das seltsame Gefühl, dieses Zimmer sei entweiht worden. Er stellte die Truhen wieder auf, sammelte die Unterwäsche ein und räumte sie unbeholfen weg. Hatten die Soldaten gelacht und mit Fiamettas Frauenkleidern ihre Späße getrieben? Thur wollte nicht, daß irgend jemand über Fiametta lachte, wo sie doch ihre Würde so standhaft verteidigt hatte.

»Komm her, hier!« Der Soldat hatte den Verdacht, Thur wolle sich drücken, und forderte ihn ungeduldig auf, ihm zu helfen. Folgsam begann Thur, die Wände abzuklopfen. Hinter den Wänden gab es nichts, dessen war er sich sicher. Eine Wand, die zweite, die dritte ...

»Aha!« rief der Soldat, der in einer Ecke auf dem Boden kniete. »Hab's gefunden!« Mit der Spitze seines Dolches stemmte er ein kurzes Bodenbrett hoch. Darunter lag ein Bündel Papier, mit einem Seidenband umwickelt. Er holte es heraus und schwenkte es triumphierend hin und her. Dann rannte er hinaus, um seinen Herrn zu suchen. Thur folgte ihm.

Sie fanden Baron Ferrante und Messer Vitelli in der Küche, wo die beiden gerade schmutzig und angewidert aus dem Rübenkeller heraufgeklettert kamen.

»Hier, Euer Gnaden!« Der aufgeregte Soldat reichte ihnen das Papierbündel.

»Ha!« Vitelli nahm es an sich, riß das Band herunter und breitete die Papiere auf dem Küchentisch aus. Die Risse im Holz waren gelb vom Mehl so vieler Schübe Brot und Nudeln. Vitelli las eifrig und blätterte die Papiere durch. Dann wurde sein Gesicht lang. »Verdammt! Lauter Plunder!«

»Das ist's nicht?« fragte der Soldat enttäuscht, der schon an der leeren Börse an seinem Gürtel herumgefingert hatte. »Ich habe es unter einem Bodenbrett versteckt gefunden ...«

»Das ist nicht Benefortes Handschrift. Es muß das Tagebuch des Mädchens sein. Pah! Notizen über Magie, ja, aber alles nur Lehrlingsplunder. Geschwätz und Liebeszauber und ähnlicher Mist.« Verächtlich warf Vitelli die Papiere weg.

Als Ferrante und Vitelli sich abwandten, sammelte Thur verstohlen die Blätter wieder ein, umwickelte sie mit dem Band und versteckte sie in einem Schrank, der abgenutztes Zinngeschirr enthielt. Ferrante blieb stehen und ließ zuerst Thur, Vitelli und den bitter enttäuschten Soldaten die Küche verlassen.

»Mehr Zeit kann ich heute vormittag nicht dafür verschwenden«, erklärte Baron Ferrante, als sie in den Hof traten. »Ihr könnt einige Männer nehmen und es noch einmal heute nachmittag versuchen, Niccolo, wenn Ihr darauf besteht, aber dann werden wir einfach ohne dieses Papier weitermachen müssen.«

»Es muß hier irgendwo sein. Es muß«, sagte der Sekretär verbissen.

»Das sagt Ihr. Vielleicht hat er alle seine Aufzeichnungen in seinem Kopf aufbewahrt, was?«

Der Gedanke machte Vitelli stöhnen.

Ferrante blickte geistesabwesend um sich. »Wenn ich Herzog bin, werde ich Euch vielleicht dieses Haus schenken.«

»Das würde mich zufriedenstellen, Euer Gnaden«, sagte Vitelli. Sein Gesicht heiterte sich etwas auf.

»Gut.«

Vitelli wanderte ins Sonnenlicht und blickte unter einen Haufen Segeltuch. »Soll ich diese Zinnbarren zusammen mit den Büchern in die Burg bringen lassen, Euer Gnaden?«

Thur schätzte, daß jeder der glänzenden Metallbarren in dem Stapel etwa hundert Pfund wog. Zweifellos war dies der einzige Grund, weshalb sie bei der ersten Plünderungswelle noch nicht davongetragen worden waren, bevor ein Offizier gekommen war, um Ferrantes Rechte geltend zu machen.

»Laßt sie einstweilen«, sagte Ferrante mit einem Achselzucken. »Sie laufen nicht davon. Bis wir einen Meister finden, der eine Kanone gießen kann, die für unsere Feinde gefährlicher ist als für uns, liegen sie hier genauso gut wie anderswo.« Ferrante wandte sich ab. »Komm mit, Deutscher.«

Thur nahm sein Bündel. Ferrante hielt an der Eichentür an und sprach zu dem Wachposten:

»Ich weiß, daß du hier drinnen herumgestöbert hast, auf der Suche nach Juwelen.«

»Nein, Herr«, erwiderte der Türwächter erschrokken.

»Heh, lüg mich nicht an, sonst schicke ich dich auf die Streckbank. Wenn du und deine Freunde einen Karfunkelstein oder eine Münze oder auch deren zwei einstecken, dann kümmert mich das nicht. Aber wenn ich herausfinde, daß jemand einen einzigen Fetzen Papier weggenommen hat, und wenn es auch nur ein Inventar der Nachttöpfe ist, dann werde ich noch vor Sonnenuntergang seinen Kopf aufspießen lassen. Verstanden?«

»Ja, Herr.« Der Wächter stand wie versteinert still, bis Ferrante und Vitelli sich auf ihre Pferde schwangen. Zwei Soldaten in Helm und Harnisch, die den Garten und den Geräteschuppen durchsucht hatten, erschienen, als der Pferdeknecht sie holte, und schlossen sich den beiden Reitern an. Der Soldat, der mit Thur die Räume durchsucht hatte, sowie der junge Pferdeknecht marschierten los.

Auf Ferrantes Wink hin ging Thur neben dem Steigbügel des Barons durch die Stadt. Die Wachen schauten mißtrauisch auf jeden Bürger, der dem kleinen Zug zu nahe kam. Die Montefoglianer ihrerseits zogen sich zurück, als Ferrante sich näherte. Sie wichen in Läden oder Seitenstraßen aus oder traten zurück und drückten sich gegen die Mauern. Keiner zischte, keiner jubelte. Es war, als umgäbe Ferrante ein Kreis des Schweigens, während er voranrückte.

Nur vier Wachen? War Baron Ferrante so mutig? Er ritt aufrecht sitzend und ließ sich nicht dazu herab, sich wie seine Begleiter umzuschauen. Tausende von

Montefoglianern lebten in dieser Stadt. Wenn sie alle gleichzeitig auf die Straße gekommen wären, dann hätten Ferrante und seine Männer ihnen trotz der Ungleichheit der Waffen sicher nicht Widerstand leisten können. *Warum taten die Montefoglianer es nicht?* fragte sich Thur. War Herzog Sandrino so unbeliebt gewesen? War für die Bürger ein Tyrann praktisch so wie der andere? Vielleicht war Ferrantes plötzlicher Wechsel vom Schwiegersohn zum Usurpator, vom Freund zum Feind für die Leute einfach zu schnell gekommen? Wie hielt Ferrante die Montefoglianer in seinem Bann? Mit Furcht, offensichtlich, aber ... man konnte sich schon vorstellen, wie eine aufgebrachte Menge erzürnter Bürger auf die Straße strömte, um ihren Herzog zu rächen, aber wer wäre bereit, als erster gegen die Schwerter der Feinde anzurennen? Thur war Ausländer, und es war nicht seine Sache, hier zu kämpfen. Wirklich? *Lebte Uri noch?* Die Straße machte eine Biegung, die Burg auf dem steilen Felsenhügel kam in Sicht, und Thur fröstelte.

»Also, Deutscher«, fragte Baron Ferrante freundlich vom Pferd herab, »was weißt du vom Kanonengießen?«

Thur zuckte mit den Achseln und schob sich sein Bündel bequemer auf der Schulter zurecht. Er versuchte, nicht an das zu denken, was sich darin befand. »Ich habe in Schmelzhütten gearbeitet, Euer Gnaden, wo wir Metalle und Erze trennen. Ich habe die Schmelzöfen gereinigt und beim Stapeln der Metalle und des Brennholzes geholfen. Ich habe den Blasebalg getreten. Ich habe beim Gießen in Sandgruben geholfen, doch da ging es nur um kleine Dinge, Schmuckplatten und Kerzenständer ... einmal habe ich allerdings bei einer Kirchenglocke mitgeholfen.«

»Hm. Wie würdest du eine gesprungene Bombarde reparieren, wenn du müßtest?«

»Ich ... das würde von der Sprungstelle abhängen,

Euer Gnaden. Wenn der Sprung der Länge nach verläuft, dann kann man, so habe ich gehört, Eisenreifen erhitzen und um das Geschützrohr legen. Wenn der Sprung quer verläuft, dann ist es vielleicht besser, die alte Bombarde als Muster für eine neue Form zu verwenden, sie einzuschmelzen und dann neu zu gießen. Dazu bräuchte man ein bißchen neues Metall, das man hinzufügen müßte, da im Schmelzofen und den Gußkanälen ein wenig verlorengeht.«

»So, so!« Ferrante betrachtete ihn beifällig. »Ich habe Kriegsingenieure den Kunstgriff mit den Eisenreifen anwenden sehen. Du scheinst dich bei deiner Arbeit auszukennen. Gut. Wenn ich keinen anderen Meister finden kann, dann wirst du vielleicht befördert.«

»Ich ... würde mein Bestes tun, Euer Gnaden«, sagte Thur unsicher.

Ferrante lachte leise. »Dafür würde ich schon sorgen.«

Für einen Mörder schien er sich in einer ziemlich heiteren Stimmung zu befinden. »Wonach habt Ihr in diesem Haus gesucht, Euer Gnaden?« wagte Thur zu fragen.

Ferrantes Lächeln verging. »Das geht dich nichts an, Deutscher.«

Thur verstand den Wink und hielt den Mund. Sie näherten sich dem Hügel, an dem die Straße zur Burg hinaufführte. Aus den Augenwinkeln sah Thur, wie ein Mann davonrannte und sich hinter einem Wassertrog niederkauerte. An einer Kreuzung warteten drei junge Männer. Einer von ihnen starrte Ferrante eindringlich an, die anderen schienen sich absichtlich abgewandt zu haben. Ferrante bemerkte den Mann, der ihn anstarrte, doch er erwiderte den Blick nicht. Er hob das Kinn und straffte die Backenmuskeln, dann wechselte er die Zügel in die rechte, bandagierte Hand und berührte mit der linken das Heft seines Schwertes. Eine weitere Gruppe von einem halben Dutzend junger

Männer torkelte anscheinend betrunken eine Nebengasse entlang und sang. Sie stießen und rempelten einander an, doch ihre Stimmen klangen zu gedämpft. Ferrantes Wachen nahmen eine drohende Haltung ein, doch sie zogen ihre Waffen nicht, sondern blickten auf ihren Herrn, welche Befehle er ihnen geben würde.

Thur schaute sich nach einem Ort, irgendeinem Ort um, nach einem Laden oder einer Gasse, wohin er entkommen könnte. Es gab nichts. Das Gebäude zu seiner Rechten war fest gebaut, Türen und Fensterläden waren verschlossen. Vor ihnen gesellten sich die drei Männer zu den sechs anderen, gemeinsam begaben sie sich auf die Straße. Alle hatten ihre Schwerter gezogen, und jetzt lächelte, scherzte oder sang keiner mehr. In ihren Gesichtern waren Entschlossenheit, Zorn, Angst und Hintergedanken zu lesen. Ein Junge, der nicht älter war als Thur, sah so grünlich-weiß im Gesicht aus, daß Thur schon erwartete, er würde sich vorbeugen und sich erbrechen.

Einige der Mitglieder der Gruppe machten kleine Vorstöße und wichen wieder zurück, wenn ihre Kameraden nicht schnell genug folgten. Etliche begannen Ferrante und seinen Soldaten Beschimpfungen zuzurufen, mehr um sich Mut zu machen, vermutete Thur, als um ihre Feinde zu ärgern. Ferrantes Gesicht war unbewegt und eisern. Er nickte, und seine Soldaten zogen ihre Schwerter. Vitelli, der nur einen Dolch trug, zügelte sein Pferd.

Das Schweigen von Ferrantes kampferprobten Veteranen wirkte bedrohlicher als die Drohrufe der Angreifer. Die Soldaten waren nervös – sie mochten des Lesens und Schreibens unkundig sein, aber sie konnten mindestens so gut rechnen, daß sie den Unterschied zwischen sechs und zehn verstanden. Doch sie schienen mehr angespannt als furchtsam zu sein, als stünden sie vor einer unangenehmen, aber doch vertrauten und gutgeübten Aufgabe. Ferrantes junger Pferdeknecht zog seinen Dolch und blickte über die Schulter auf seinen Herrn, um sich dessen Zustimmung zu vergewissern. Ferrante nickte ihm zu. Thur schluckte. Sollte er sein Messer ziehen oder nicht? Er befand sich auf der *falschen Seite …*

Schließlich stürzte die Straßenbande auf Ferrante los, angetrieben von einem schreienden Anführer, der seine drastischen Beschimpfungen statt an die Losimaner jetzt an seine zögerlichen Kameraden richtete. Die drei Soldaten stürmten vor und griffen mit klirrendem Stahl die Montefoglianer an.

Ein gutgekleideter junger Mann in blauem Wams und hellgelber Hose schlüpfte, die Augen auf Ferrante gerichtet, zwischen den kampfbereiten Soldaten hindurch. Der kleine Pferdeknecht rannte ihm entgegen und schwang seinen Dolch. Der Kampf war ungleich, die Parade mit dem Dolch vergeblich. Das Schwert des Montefoglianers drang dem Jungen in die Brust. Der Pferdeknecht schrie auf. Gelbhose hielt inne, als wäre er erschrocken und erstaunt über die Wirkung seiner Tat.

Ferrantes Gesicht lief scharlachrot an. »Feigling!« brüllte er, zog mit der linken Hand sein Schwert und gab dem prächtigen Fuchs die Sporen. Seine heißen dunklen Augen richteten sich mit erschreckender Konzentration auf Gelbhose. Der Montefoglianer warf einen Blick auf Ferrantes Gesicht, riß sein Schwert aus dem Leib des Pferdeknechts – ein Schwall Blut spritzte hervor –, dann drehte er sich um und rannte davon.

Fast gelang es ihm, Ferrante aus der Deckung seiner Soldaten herauszuziehen. Hände griffen nach den vergoldeten Zügeln des Pferdes, und die Straßenburschen brüllten. Ferrante schwang das Schwert gegen sie und benutzte wieder die Sporen. Sein Pferd bäumte sich auf, wieherte und schlug mit den Vorderhufen aus. Mindestens ein Mann wurde von einem kräftigen Schlag getroffen.

Vor Thur tauchte plötzlich ein montefoglianischer Schwertkämpfer auf. Thur zog seinen Dolch und wehrte gerade noch rechtzeitig den Hieb des anderen ab. Da er nicht wußte, was er tun sollte, stürzte er nach vorne und umklammerte seinen Angreifer mit den Armen, wobei er ihm den Schwertarm blockierte. Sein Gefangener keuchte und kämpfte, und sie stießen sich gegenseitig nach Knoblauch und Zwiebeln riechenden Atem ins Gesicht. »Nicht mich, du Trottel!« stöhnte Thur dem Montefoglianer ins Ohr. »Ich bin auf eurer Seite!« Der andere versuchte, ihm einen Kopfstoß zu versetzen.

Von der Seite kam eine farbige Bewegung – Thur schwenkte seinen Gefangenen gerade rechtzeitig herum, als ein anderer Montefoglianer nach ihm stieß. Das Schwert des Mannes drang geradewegs durch den Rücken seines Kameraden und stach Thur in den Bauch. Mit einem Schrei des Schmerzes und der Überraschung sprang Thur zurück, und der Mann, den er umklammert gehalten hatte, sackte auf das Straßenpflaster. Der zweite Schwertkämpfer schrie auf und zog seine Waffe eilends heraus, als könnte er seinen verhängnisvoll fehlgeleiteten Stoß noch zurücknehmen.

Thur berührte seinen Bauch. Seine zitternde Hand war rot, als er sie zurückzog, und der Fleck breitete sich auf seiner neuen gelbbraunen Jacke aus. Doch es handelte sich nur um eine oberflächliche Wunde, das spürte er. Kein Organ war verletzt. Er konnte sich aufrichten und sich bewegen, und er wich zurück. Der Montefoglianer folgte ihm nicht, sondern versuchte schreiend, seinen verletzten Kameraden wegzuschleppen.

Thur drehte sich um, als er Getrappel von Hufen auf den Plastersteinen hörte. Ein halbes Dutzend berittener Losimaner in grüner Kleidung kam von der Burg heruntergeritten, um ihrem Herrn zu Hilfe zu eilen. Sie schlugen von hinten auf die Montefoglianer ein, zerstreuten sie und sprengten ihren Angriff völlig auseinander. Die Städter ließen von ihrer Attacke auf Ferrante ab, jeder versuchte, sich selbst zu retten. Die Losimaner jagten sie einzeln die Gasse hinauf. Thur griff hinter sich. Gott sei Dank, er hatte sein Bündel nicht fallen lassen, und dessen belastender Inhalt war nicht über die Pflastersteine verstreut.

Ferrante, der schwer keuchte, beruhigte sein stampfendes Pferd. Das Tier rollte mit den Augen, bis sich das Weiße zeigte. Seine Nasenflügel bebten ob des Blutgeruches. Der kleine Pferdeknecht lag kreidebleich mit starren Augen auf Ferrantes Schoß. Der Baron steckte sein Schwert in die Scheide und drehte murmelnd den Kopf des Jungen zu sich. Einen Augenblick lang starrte er wie betäubt in das tote Gesicht, dann knurrte er wie ein Wolf.

Zwei der Soldaten waren verwundet. Auf den Pflastersteinen lagen drei tote Montefoglianer, darunter auch der, mit dem Thur gerungen hatte. Zwei Reiter waren abgestiegen und hielten den sich wehrenden Mann in der gelben Hose gefangen.

Ferrantes Gesichtsfarbe wechselte von rot zu aschgrau. Er zeigte auf den Gefangenen und sagte zu seinem Reiterhauptmann: »Quetscht ihn aus! Findet die Namen seiner Komplizen heraus. Dann spürt sie auf und tötet sie.« Der Fuchs tänzelte unruhig unter seinem bewegungslosen Reiter.

»Euer Gnaden!« Messer Vitelli steckte seinen Dolch, den er nicht benutzt hatte, wieder in die Scheide und drängte sein Pferd neben das des Barons. »Auf ein Wort!« Er senkte die Stimme. »Haltet den fest, ja. Bringt in Erfahrung, was er weiß. Aber verwendet keine Männer darauf, die anderen jetzt zu verfolgen. Das würde ihre Familien nur in eine Vendetta gegen Euch stürzen.«

Thur atmete heimlich auf. Eine Stimme der Vernunft

und der Barmherzigkeit, um diese monströse Kaskade der Gewalt aufzuhalten ... sein Respekt für Vitelli stieg etwas an.

»Wenn Eure Truppen eintreffen, dann packt die Attentäter und all ihre Verwandten auf einmal«, fuhr Vitelli fort. »Laßt keinen am Leben, damit niemand auf Rache sinnen kann. Das wird einen guten, starken ersten Eindruck machen, und danach wird Eure Herrschaft weniger schwierig sein.«

Ferrante hob die Augenbrauen und musterte seinen Sekretär, als wäre er leicht verwundert. Schließlich knurrte er seine Zustimmung. »Kümmert Euch darum, Niccolo.«

Vitelli neigte auf seinem unruhigen Pferd kurz den Kopf zum Zeichen, daß er den Befehl verstanden hatte. »Das erinnert mich an etwas. Wir sollten die Feinde des verstorbenen Herzogs aus dem Verlies entlassen. Wir werden den Platz brauchen.«

»Kümmert Euch darum«, seufzte Ferrante. Erregung und kämpferische Energie wichen sichtlich von ihm und hinterließen eine Art Mattigkeit. Er blickte auf Thur hinab. »Du bist verletzt, Deutscher.« Es klang nicht gerade besorgt, aber zumindest doch leicht interessiert.

»Nur ein Kratzer, Euer Gnaden«, brachte Thur hervor.

Mit kampferfahrenen Augen schätzte Ferrante Thur ab, pflichtete ihm bei und nickte ihm kurz zu. »Gut. Mir gefällt ein Mann, der nicht winselt.«

Wider Willen fühlte Thur eine alberne Freude über das Lob des Mannes. *Denk daran, wer er ist. Denk an Uri!* Er erwiderte steif Ferrantes Nicken, worauf der Baron aus irgendeinem Grund trocken bei sich lächelte.

Mit einem letzten kummervollen Blick strich Ferrante dem kleinen Pferdeknecht das Haar aus der bleichen Stirn und übergab die Leiche einem seiner Reiter.

Mit gerunzelter Stirn blickte er auf die Hand, die Thur auf seinen rotgefärbten Bauch preßte, dann streckte der Baron seine Linke aus. »Steig auf. Ich laß dich zu meinem Wundarzt mitreiten.«

Und so fand sich Thur weniger als einen Zoll von Ferrante entfernt auf der kräftigen Lende des kastanienbraunen Pferdes wieder, während das Tier zur Burg emporlief. Er klammerte sich mit seinen Fingern an den geschnitzten Hinterzwiesel des Sattels, da er den Herrn von Losimo weder anzufassen wagte noch wünschte. Ferrante ritt durch das von den Türmen flankierte Tor, ließ Thur im Burghof absteigen und wies einen Wächter an, ihn zum Wundarzt zu führen. »Wenn du ein Pflaster auf dem Bauch hast, dann geh zu meinem Sekretär. Er wird dir die Arbeit zeigen.«

KAPITEL

10

Thur folgte dem Soldaten über den Burghof. Ein Diener führte Baron Ferrantes Pferd in die entgegengesetzte Richtung weg. Zu seiner Linken erkannte Thur die kunstvoll verzierte Marmortreppe, die er in Monreales Spiegel gesehen hatte. Ferrante nahm zwei Stufen auf einmal und verschwand in der Burg. Seinem Führer folgend, trat Thur durch ein viel bescheideneres Portal an der Nordseite des Hofes, das anscheinend in den Gesindeflügel führte. Sie kamen durch eine gepflasterte und getünchte Küche, in der ein halbes Dutzend schwitzender und fluchender Männer sich mit Brennholz und dem Kadaver eines Ochsen abmühte. Ein paar erschreckt dreinblickende alte Frauen kneteten einen kleinen Berg Brotteig. Hinter der Küche hatte ein Feldapotheker die Vorratskammer des Kellermeisters in Beschlag genommen. Über ein paar Stufen und durch einen weiteren Korridor gelangten sie in den Prunkspeisesaal des verstorbenen Herzogs Sandrino, der in ein provisorisches Lazarett umgewandelt worden war.

Ein Dutzend Kranker oder Verwundeter lag auf gewebten Strohsäcken. Auf den mit Fresken bemalten Wänden lächelten und tändelten zwischen den Akanthusblättern rotbackige Götter sowie grünlich-bleiche Nymphen und zeigten sich völlig unbeeindruckt von dem irdischen Leid, das sich unter ihren gemalten Augen versammelt hatte.

Während sein Führer mit Ferrantes Wundarzt sprach, suchte Thur ängstlich mit den Augen die

Strohsäcke ab. Da lagen nur Fremde. Uri war nicht unter ihnen. Wie viele Männer hatte er bisher gesehen? Wenn er die Soldaten dazuzählte, die das Kloster belagerten, dann waren es gewiß mehr als die fünfzig, die Ferrantes ursprüngliche Ehrengarde gebildet hatten. Einige von der schnelleren Reiterei mußten schon aus Losimo eingetroffen sein. Wie viele Tage lag Ferrantes Fußtruppe hinter ihnen zurück? Thur vermutete, daß er versuchen sollte, dies herauszufinden.

Ferrantes Wundarzt war ein untersetzter, dunkelhäutiger Sizilianer, der geschäftig hin und her eilte. Er machte mehr den Eindruck eines Barbiers als den eines Heilers oder Magus, ganz anders als die gelehrten paduanischen Doktoren in ihren Roben, die den Puls maßen, am Urin schnüffelten und würdevoll ihre Erkenntnisse verkündeten. Dieser Mann sah aus, als sei er mehr im Ausheben von Gräbern bewandert. Er kräuselte seine vollen Lippen und zuckte mit den Achseln, als Thur seine Jacke auszog und seine Wunde zeigte. Die anfänglich starke Blutung hatte aufgehört. Die Spannung der Haut zog die Wundränder auseinander. Thur starrte mit morbider Faszination auf den rotbraunen Muskel, der durch die klaffende Wunde zu sehen war.

Der Wundarzt legte Thur auf einen Tisch, murmelte flüchtig einen Zauber gegen Eiterbildung und nähte mit einer gebogenen Nadel die Wundränder zusammen, während Thur mit Tränen in den schielenden Augen auf einen Lumpen biß und pfeifend den Atem durch die Zähne stieß. Kurz darauf ließ der Feldscher Thur sich wieder aufsetzen und wickelte ihm einen Leinenverband um die Taille.

»Wenn die Wunde nicht schlimmer wird, dann schneide in etwa zehn Tagen die Fäden durch und ziehe sie heraus«, wies der Wundarzt Thur an. »Wenn sie schlimmer wird, dann komm wieder zu mir. In Ordnung, hau ab!«

Der Schmerz ließ nach, je mehr Thur sich an ihn gewöhnte. »Danke, Herr«, stieß er hervor. Er faltete seine blutbefleckte Jacke zusammen und kramte vorsichtig in seinem Bündel nach der Ersatzjacke, einem schäbigen Stück aus grauem Leinen. Sollte er versuchen, in diesem Raum eines der kleinen Ohren abzusetzen? Würde es etwas hören, das von Wert war? Wenn man von den Fresken absah, dann glich dieser Saal sehr der Krankenstation im Kloster. Die Männer sahen ganz genauso aus, stoppelbärtig und erschreckt oder vom Fieber gerötet. Hier roch es genauso wie in jenem Raum im Kloster nach Schweiß, getrocknetem Blut, nach Urin und Kot, und dazu kam noch ein leichter Brandgeruch, der an das Ausbrennen von Wunden erinnerte.

Der Wundarzt kehrte ihm den Rücken zu. Thur ertastete eine der kleinen Pergamentscheiben und schaute sich nach einer Stelle um, an der er sie verstecken konnte. In einer Ecke hinter dem Tisch war allerhand Zeug durcheinander aufgestapelt: ein eingedellter Harnisch, das leere Bündel eines Verletzten, eine Pike und das Stangenpaar von einer Krankentrage. Thur wollte sich gerade bücken, da gebot ein stechender Schmerz im Bauch ihm abrupt Einhalt. Er hielt die Luft an, murmelte die aktivierenden Worte, die Abt Monreale ihm gesagt hatte, und ließ das kleine Ohr hinter den Stapel fallen. Dann richtete er sich vorsichtig auf.

Der Wundarzt hatte gerade seine Nadel in einem kleinen Lederkoffer verstaut, der noch größere und beunruhigendere Instrumente dieser Art enthielt, und stopfte die blutigen Lumpen in einen Wäschesack. Thur schnürte seine Jacke zu und fragte beiläufig: »Wie viele dieser Männer gehören zu Baron Ferrante, und wie viele sind eure Gefangenen?«

»Gefangene? Hier oben?« Der Feldscher hob verwundert die schwarzen Augenbrauen. »Wohl kaum.«

Sollte er es wagen und nach Uris Namen fragen? »Habt ihr viele verwundete Gefangene genommen?«

»Nicht sehr viele. Die meisten sind weggelaufen, hinter diesem kriegerischen Abt her, und wir haben alle ausgetauscht, die so schlimm dran waren, daß sie für uns keine weitere Bedrohung darstellten. Sollen sie doch die Verpflegung des Feindes auffressen. Ich kümmere mich lieber um unsere eigenen Leute.«

»Hm … wo sind sie jetzt, die paar, die ihr gefangen habt?«

»Im Verlies natürlich.«

»Auch die Offiziere? Sogar die Hauptleute und Beamten des Herzogs?«

»Sie sind alle gleicherweise Feinde«, sagte der Wundarzt mit einem Achselzucken.

»Läuft … Baron Ferrante da nicht Gefahr, daß er für solche Härte getadelt wird?«

Der Wundarzt stieß ein kurzes, bellendes Lachen aus. »Nicht von seinen Soldaten. Schau – du kannst lesen, nicht wahr?«

»Ja, Herr. Ein wenig.«

»Hab ich mir's doch gedacht. Sonst würdest du nicht solches Gewäsch von Pfaffen und Weibern nachplappern. Ich habe meine Arbeit als Feldscher im Lager eines gewissen venezianischen Condottiere begonnen – ich werde nicht meine Lippen besudeln, indem ich seinen Namen nenne. Wir verfolgten damals einige Bolognesen. Tagelang waren wir hinter ihnen her. An einem Sumpf holten wir sie ein – und unser lieber Kommandant hielt an und ließ sie sich auf unseren Angriff vorbereiten. Dafür erlangte er den Ruf der Ritterlichkeit und setzte sich reich zur Ruhe. Und ich hatte ein Zelt voll mit sterbenden Männern, die nie hätten verwundet werden sollen. Ein Fiasko. Pah! Ich mag einen Anführer, für den seine Leute an erster Stelle kommen. Der Feind kann dann die Brösel haben, wenn noch etwas an Rührseligkeit übrig ist.«

»Dann bewundert Ihr Baron Ferrante?«

»Er ist ein praktisch denkender Soldat. Je älter ich

werde, desto mehr gefällt mir eine solche Einstellung.« Der Wundarzt schüttelte den Kopf.

Thur dachte nach. »Aber jetzt muß Baron Ferrante mehr sein als ein Soldat. Jetzt muß er ein Herrscher sein.«

»Wo ist da der Unterschied?« fragte der Feldscher mit einem Achselzucken.

»Ich bin mir ... nicht sicher. Mir scheint nur, es müßte einen geben.«

»Macht ist Macht, mein junger Philosoph, und Männer sind Männer.« Der Wundarzt lächelte, halb säuerlich, halb amüsiert.

»Ich bin ein Gießereiarbeiter.«

»Du redest auch wie einer.« Der Arzt klopfte Thur auf die Schulter, eine Geste, die er gewiß Baron Ferrante abgeschaut hatte. »Mach uns einfach ein paar Kanonen, Gießer, und überlaß das Zielen denen, die es besser wissen als du.«

Thurs Antwort war ein düsteres Lächeln. Er packte sein Bündel und verließ den ausgemalten Saal.

Er wanderte durch eine verwirrende Abfolge von Räumen, einige waren hell und getäfelt und mit Fresken geschmückt, andere waren schmucklos und düster. In einer kleinen Halle dösten ein paar losimanische Soldaten auf ihren Decken in der Hitze des Nachmittags, während ein paar andere mit einem Würfelspiel beschäftigt waren. Sie würdigten Thur kaum eines Blickes. *Nach unten. Ich muß irgendwie einen Weg nach unten finden.*

Als nächstes fand Thur einen ungewöhnlich großen Raum mit einem Boden aus Marmorfliesen. Eine Tür mit zwei Flügeln stand offen vor windstiller Luft und dunstiger Helligkeit. Thur spähte hindurch und sah einen Garten, der auf der anderen Seite von einer hohen Mauer begrenzt wurde. Im weißen Nachmittagslicht summten schläfrige Insekten. Die Türmchen auf dem Mauerwerk waren mit einigen erschlafften Armbrustschützen besetzt. Thur orientierte sich an den Schatten. Die Gartenmauer mußte an der Klippe entlanglaufen, die steil zum See abfiel. Aus dieser Richtung war kaum ein Angriff zu befürchten. Es war überhaupt kaum ein Angriff aus irgendeiner Richtung zu befürchten, mußte er sich bitter eingestehen. Aber vielleicht wußte Baron Ferrante dies noch nicht.

Neben dem großen Raum gab es einen kleineren, der mit Holz getäfelt war. Ein Schreibpult mit Stapeln von Papier, Regale voller Bücher und ein mit Landkarten übersäter Tisch wiesen den Raum als Studierzimmer aus. Herzog Sandrinos Kanzlei? Thur blickte um sich und ging hinein. Er holte ein kleines Ohr aus seinem Bündel und blickte sich um.

Eigenartige braune Flecken waren über den Holzboden verspritzt und in die Maserung der Eichenbretter eingedrungen. Ein Regal ragte mehr als mannshoch vor Thur auf. Er griff nach oben und wischte mit der Hand über die Oberseite. Nichts als Staub. Auf dem Marmorboden draußen waren Schritte zu hören. Hastig murmelte Thur die Worte und schob das kleine runde Tamburin oben so hin, daß es nicht zu sehen war. Um es zu entdecken, hätte jemand einen halben Kopf größer als Thur sein müssen. Dann trat er vom Regal zurück.

Messer Vitelli betrat das Studierzimmer und runzelte mißtrauisch die Stirn, als er Thur erblickte. »Was machst du hier, Deutscher?«

»Baron Ferrante hat gesagt, Ihr würdet mir meine Arbeit zeigen, Messer«, erwiderte Thur und versuchte, nicht zu aufgeregt zu klingen.

»So?« Der kleine Mann stöberte in den Papieren auf dem Kartentisch herum, fand, was er suchte, und winkte Thur in den sonnenwarmen Garten hinaus. Thur biß sich enttäuscht auf die Lippe und folgte. Er blickte auf den massigen Ziegel- und Steinbau der

Burg zurück. *So nahe. Ich muß einen Weg nach unten finden.*

Vitelli führte Thur zum Ende des Gartens den Stallungen gegenüber, die durch ein versperrtes Tor zu erreichen waren. Ein paar von der Sonne gerötete Arbeiter, nackt bis zur Hüfte, die Oberkörper vor Schweiß glänzend, gruben langsam ein Loch aus. In der Nähe befindliche Haufen von Sand, Holzscheiten, Ziegelsteinen und Ziegelbruch zeigten an, daß hier eine Gießerei im Entstehen war. Eine bronzene Bombarde, von grüner Patina überzogen, lag auf einem Schlitten, die breit gähnende schwarze Mündung zum Himmel gerichtet. Vitelli zeigte darauf und sagte: »Das ist das Stück.«

Eines Riesen Schmortopf! Thur kniete sich neben der Kanone nieder und ließ seine Hände über ihren inkrustierten Schmuck gleiten: Tiermasken, Buckel, Weinranken, die im Relief gegossen waren und sich um das Geschützrohr wanden. Der Sprung war nicht zu übersehen, eine gezackte Spirale, die halb um das Rohr lief. Der Schaden mußte sich ausgebreitet haben, als das Geschütz nach einem Gefecht abkühlte. Wäre ein so schwerer Sprung aufgetreten, als die Bombarde tatsächlich abgefeuert wurde, dann hätte es die Bronze auseinandergerissen und der Geschützmeister wäre getötet worden. Wenn man sie noch einmal in diesem Zustand abfeuerte, dann würde genau das geschehen. Aber eine Eisenkugel, die dieses Rohr hervorspie, konnte ohne Frage eine Steinwehr so dick wie die Mauern von San Girolamo durchbrechen.

»Wie oft hat man sie abfeuern können?« fragte Thur.

»Etwa einmal pro Stunde, hat man mir erzählt«, erwiderte Vitelli. »Ihr früherer Besitzer versuchte diese Grenze zu überschreiten.«

Würde eine solche Belagerungswaffe Tag und Nacht eingesetzt, dann könnte sie, so vermutete Thur, in weniger als zwei Tagen eine Bresche in die Mauern von San Girolamo schießen. Der spiralige Verlauf des

Sprungs machte eine schnelle und leichte Verstärkung durch Eisenreifen zu einem zweifelhaften Vorhaben, sonst hätte schon Herzog Sandrinos Geschützmeister dieses Verfahren angewendet. Die Bombarde war offensichtlich beiseite gestellt worden, um sie eines Tages neu zu gießen.

»Was meinst du, Gießer?« Thur bemerkte, daß Vitelli ihn genau beobachtete.

Sollte er Ferrantes Sekretär sagen, die Bombarde könne mit Eisen gebunden werden, und somit die Feinde dazu bringen, sich selber in die Luft zu jagen? Nein, beschloß Thur mit Bedauern. Nach den Vorbereitungen zu schließen wußten die Losimaner schon, was getan werden mußte. Aber ein völliges Neugießen würde Zeit und viel Arbeit erfordern, doch Ferrante hatte wenige Leute, und vieles konnte schief gehen. Dafür konnte er sorgen. Er war kein Gießmeister, aber für eine solche Sabotage brauchte er auch kaum einer zu sein. Je ungeschickter, desto besser. Sein Gesicht hellte sich auf. »Man muß sie neu gießen.«

»Kannst du das?«

»Ich habe noch nie zuvor etwas so Großes angefertigt, aber – ja. Warum nicht?«

»Sehr gut. Übernimm die Arbeit. Mach eine Liste mit allen Dingen, die du brauchst, um die Sache zu vollenden, und bring sie mir. Und, Gießer ...«, in einem Mundwinkel Vitellis zuckte ein verstohlenes Lächeln, »unser Geschützmeister hat eine Eisenkette, die ungefähr sechs Fuß lang ist. Das eine Ende wird am Munitionswagen festgeschraubt, das andere Ende ist eine Fußschelle, die um deinen Fußknöchel geschlossen wird. Es wird deine Ehre sein, jedesmal, wenn das neue Stück abgefeuert wird, die Lunte anzuzünden. Gleich danach wird man dir eine Börse mit Gold übergeben.«

Thur grinste unsicher. »Das ist ein Scherz ... Messer?«

»Nein. Das ist Baron Ferrantes Befehl.« Vitelli machte eine leichte, ironische Verbeugung und ging zur Burg zurück. Thurs Grinsen verzog sich zu einer Grimasse.

Die beiden Arbeiter schaufelten schon, wie Thur auf Befragen erfuhr, die Grube für den geplanten Sandguß. Als man ihm eine Schaufel anbot, lehnte er ab, indem er auf seinen neuen Verband zeigte, dann stöberte in den aufgestapelten Materialien herum und versuchte dabei, so klug und unbeeindruckt wie Meister Kunz zu wirken. Es gab reichlich Ziegelsteine, doch wenig Brennholz. Ein paar Fässer mit gutem Ton, der gut abgelagert war. Der Sandhaufen war sauber und trocken, doch für den Fall, daß der Regen je käme, um den die Mönche von San Girolamo beteten, damit er ihre Zisternen füllte, sollte der Sand mit Segeltuch abgedeckt werden. Thur hob blinzelnd den Blick. Der Himmel war wolkenlos, wenn auch dunstig. In Ordnung, Segeltuch, um Fremdkörper fernzuhalten. Thur erinnerte sich noch daran, wie Meister Kunz damals die Tafel gegossen hatte, als die Dorfkatzen sich über seinen Sandhaufen hergemacht und die Arbeiter es unterlassen hatten, den Sand zu sieben, bevor sie ihn in die Grube schaufelten. Geschmolzene Bronze war auf Katzenscheiße gestoßen, und das hatte sofort eine Dampfexplosion verursacht. Der Guß war ruiniert gewesen, die Arbeiter hatten eine Tracht Prügel bekommen, und in den nächsten zwei Wochen hatte Meister Kunz mit Steinen nach jeder Katze geworfen, die unklug genug gewesen war, in der Nähe seiner Werkstatt aufzutauchen.

Oder sollte Thur vielleicht Ferrantes Sandhaufen mit alten Fischköpfen würzen? *Hierher, Miez, Miez, Miez …* Thur erinnerte sich an Vitellis sechs Fuß lange Kette und schob den Gedanken beiseite. Vorläufig.

Nachdem er seine vorbereitende Inventur beendet hatte, kehrte Thur in die Burg zurück, um Messer Vitelli zu suchen. Dabei erinnerte er sich daran, daß er nach noch mehr guten Stellen zum Verstecken der kleinen Ohren Ausschau halten mußte. Sobald er sie alle verteilt hatte, konnte er verschwinden, und dann sollte der Teufel Ferrantes Kanone gießen. Sobald er Uri gefunden hatte.

Unglücklicherweise fand Thur Vitelli am ersten Ort, an dem er nach ihm suchte, nämlich im Studierzimmer des Herzogs. Ferrantes Sekretär saß am Fenster und schrieb im letzten Tageslicht Briefe. Als Thur den Raum betrat, drehte er das Papier um, die beschriebene Seite nach unten. »Ja, was gibt's, Deutscher?«

»Ihr habt nach einer Liste der notwendigen Dinge gefragt, Messer.«

Vitelli nahm einen frischen Federkiel und ein Stück Papier. »Schieß los.«

»Einen Kran, oder die langen Balken, Paßstücke und Ketten, die man braucht, um einen zu bauen. Eisenrohre für die Kanäle. Genügend Segeltuch, um das entstehende Werk abzudecken. Und Bronzeschrott oder neues Kupfer und Zinn, um es beim Schmelzen hinzuzufügen, damit der Verlust beim Schmelzen und in den Gußkanälen und den Lüftungslöchern wettgemacht wird. Mehr Brennholz. Was bis jetzt da ist, wird nur ausreichen, um die Gußform zu trocknen. Holzkohle und feinen Dichtungslehm, um die Ziegel des Schmelzofens auszukleiden. Einen Klopfhammer. Ein paar gute große Blasebälge aus Ochsenhaut, und genügend starke Arbeiter, die abwechselnd während der heiklen Phasen pumpen. Sechs Männer würden ausreichen.«

»Dafür kann ich dir einige Soldaten ausleihen. Wieviel mehr Bronze?«

»Ich bin mir nicht sicher. Mindestens ein paar hundert Pfund.« Auf Vitellis gequälten Blick hin fügte Thur hinzu: »Was zu viel ist, kann man wieder aus den Kanälen zurückholen, aber wenn man zu wenig hat, dann scheitert der Guß. Und die Gußform wird ja zerstört, und da dann die alte Bombarde schon eingeschmolzen wäre, könnte man keine neue machen.«

»Also, mehr Bronze.« Resigniert beugte Vitelli den Kopf über seinen kratzenden Federkiel. Thur bemühte sich, nicht auf das Oberteil des Regals auf der anderen Seite des Studierzimmers zu blicken. Vitelli schaute auf und runzelte die Stirn. »Mach weiter mit der Arbeit, Deutscher.«

Noch war der Zeitpunkt nicht gekommen, von dieser Bühne zu verschwinden. Thur zog sich in den Garten zurück, wo er auf der hohen Seite der Grube die Maße eines Schmelzofens markierte und die Arbeiter anwies, mit ihrem Erdaushub schon einmal den Sockel für diesen Ofen vorzubereiten. Als das getan war, nahte bereits der Abend, und die Arbeiter führten ihn in die Küche, wo ein barscher Feldkoch ihnen geröstetes Brot, ein paar Brocken Fleisch und billigen Wein aushändigte. Thur aß seine Portion heißhungrig aus der Hand, während sie ihn in den Schlafsaal der Arbeiter über den Stallungen brachten, den sie mit den Pferdeknechten teilten. Thur fand einen unbesetzten Strohsack, den er zu seinem Bett machte. Zumindest hoffte er, der Sack wäre unbesetzt – mißtrauisch spähte er in das Gewebe, ob sich da unerwünschte Lebenszeichen zeigten? In einem unbewachten Augenblick versteckte er ein weiteres kleines Ohr zu Füßen der löcherigen Steppdecke, die ihm ein älterer Pferdeknecht gab, dann steckte er die verbleibenden drei in seine graue Jacke. Er ließ sein Bündel an seiner Schlafstelle zurück und entfloh der Einladung seiner neuen Bekannten zu Wein und Würfelspiel. »Ich muß zu Vitelli gehen und mit ihm über die Kräne sprechen«, entschuldigte er sich.

Tatsächlich war der kleine Sekretär, diese Nervensäge, der letzte Mensch, den Thur im Augenblick zu sehen wünschte. Er stieg die Leiter vom Schlafraum hinab und ging unsicher durch die Stallungen, die voller losimanischer Kavalleriepferde waren. Einige überarbeitete Pferdeknechte karrten Futter und Wasser herbei. Dies hier konnte nur ein Teil von Ferrantes Pferden sein, erkannte Thur, als er leise zählte. Der Rest mußte sich irgendwo auf einer Koppel vor der Stadt befinden, zusammen mit einer weiteren Anzahl von Soldaten.

Von den Stallungen gelangte man in den Eingangshof mit den zwei massiven Türmen und der marmornen Treppe. Die roten Ziegel, die die Dächer der Türme säumten, schimmerten im letzten hohen Licht der untergehenden Sonne wie Email, dann nahmen sie vor dem kühlen Himmel einen schattigen, erdhaften Ton an. Auf den Plattformen der Armbrustschützen, den mit Zinnen geschmückten offenen Backsteinkästen, die aus den Dächern hervorragten, bewegten sich einige behelmte Köpfe hin und her.

Aus zwei verschatteten Schartenfenstern in halber Höhe des einen Turmes kam der schwache goldene Schein von Kerzenlicht. Bezeichnete er die Kammer, wo die Herzogin und Donna Giulia gefangen gehalten wurden? Nichts, was dicker war als Kerzenlicht oder ein Armbrustbolzen, würde durch diese schmalen Steinmünder entkommen können.

Sanft und inständig wie ein Herzschlag wurde Thur von seinem sechsten Sinn weitergezogen, durch den Dienstboteneingang auf der anderen Seite des Hofes. Diesmal wandte er sich von der Küche weg in einen schwach beleuchteten Steinkorridor. An dessen Ende stieß Thur auf eine dicke Holztür. Ein müde aussehender Losimaner mit einem kurzen Schwert saß auf einem umgedrehten Faß. Seine Pike lehnte an der Wand.

Der Pikenier blickte Thur scharf an und griff nach dem Heft seines Schwertes. »Was möchtest du, Bursche?«

»Ich bin ... Baron Ferrantes neuer Gießer. Ich soll ...

die Gitterstäbe, Riegel und Metallbeschläge hier unten überprüfen und Messer Vitelli eine Liste geben, was repariert werden muß.« Das war die am glaubhaftesten klingende Lüge, die Thur einfiel. Wenn das nicht wirkte … Thur beäugte die Pike. *Uri, ich komme.*

»O ja, ich weiß, welche Zelle die meinen.« Der Wächter nickte wissend. »Ich bringe dich hin.« Er erhob sich von seinem Faß und stieß die Tür auf.

Von der Steintreppe hinter der Tür kam ein Ruf. Ein weiterer losimanischer Wächter kam ächzend herauf. Er trug eine Laterne. Als sein Kamerad oben auf der Treppe erschien, blieb er stehen, um Luft zu holen. »Carlo! Der Verrückte ist wieder draußen. Gib dort oben acht!«

»Hierher ist er nicht gekommen.«

»In Ordnung, dann muß er sich noch hier unten verstecken. Wir werden weitersuchen.«

»Ich sperre diese Tür ab, bis ihr ihn findet.« Der erste Wächter winkte Thur hindurch. »Hier ist der Gießer des Herrn Baron. Er kommt, um die Zelle zu überprüfen.«

»Gut.« Der zweite Wächter winkte ihm und wandte sich wieder die Treppe hinab. Thur stieg verwirrt hinunter. Doch als die Ledersohle seines Schuhs über den sandigen Stein scharrte, war jeder Schritt das Echo seiner Gewißheit. *Hinunter! Ja! Diese Richtung!* Hinter ihm fiel die dicke Tür in der Düsternis ins Schloß, und er hörte, wie der Eisenriegel vorgeschoben wurde.

Die beiden Männer gingen um eine zweite Biegung, und die Wände des Korridors wechselten von genau behauener Steinmetzarbeit zu massivem, natürlichem Sandstein. Der Gang wurde enger, dann machte er wieder eine Biegung und verbreiterte sich so weit, daß Platz für einen Wachtposten und einen Abort war. Ein vergittertes Fenster führte auf den See hinaus und ließ das schwache blaue Licht des frühen Abends herein. Es mußte direkt in die Wand der Klippe geschnitten sein, unterhalb der Gartenmauer. Daneben war der Abfluß des Aborts durch den Stein gebohrt.

Der Korridor neigte sich noch etwas tiefer und führte an einer Reihe ungewöhnlicher Türen vorüber. Jede Zellentür bestand aus einem Rahmen mit senkrechten Eisenstangen, dessen eiserne Angeln tief in den Sandstein eingelassen waren. Die Zellen hatten auch winzige vergitterte Fenster und waren deshalb nicht so stickig, feucht oder schrecklich, wie Thur erwartet hatte. In Verbindung mit der luftigen Schmiedearbeit der Türen war die Lüftung ausgezeichnet. Aber die Zellen waren überfüllt, vier oder fünf Mann in jeder. Thur verlangsamte seinen Schritt und versuchte, Gesichter und Gestalten auszumachen ... Ferrante hielt hier nur etwa zwanzig Leute gefangen. Uri war nicht unter ihnen ...

»Hierher, Arbeiter«, der Wächter blickte mit gerunzelter Stirn auf Thurs langsamen Schritt zurück, und Thur beeilte sich, ihn einzuholen. Zur Linken kam er an einem weiteren engen Korridor vorbei, der vielleicht nach oben – in die Burg? – führte. Doch um etwas zu erkennen, war es zu dunkel. Der Wächter zeigte in eine leere Zelle am Ende der Reihe. »Die hier.«

»Was ist da nicht in Ordnung?« fragte Thur. Sie sah genau so aus wie die anderen, nur war sie leer.

»Nichts, das wette ich«, sagte der Wächter düster. »*Ich* glaube, es handelt sich um Zauberei. Um Magie und Wahnsinn.« Niedergeschlagen rüttelte er an der Tür, nahm einen Schlüssel von seinem Gürtel und schloß auf. »Siehst du? Sie war versperrt, genau wie jetzt. Und doch ist der Verrückte entkommen.«

Nervös betrat Thur die Zelle. Ihm schoß ein Bild durch den Kopf, wie der Wächter die Tür hinter ihm zuknallte und schrie: *Ha! Haben wir dich geschnappt, du Spion!* Doch der Wächter rieb sich nur an der Nase und starrte in die Zelle, wobei er hilfsbereit die Laterne hochhielt. Thur trat an das Fenster, das etwa eine Elle im Geviert maß, fuhr mit der Hand über die darin eingelassenen Eisenstangen und rüttelte an ihnen. Sie waren fest. Zwischen der Zelle und der Klippenwand befanden sich einige Fuß massiven Gesteins. Das Fenster war wie ein kleiner Tunnel. Ein Stück vom See schimmerte in der zunehmenden Dämmerung. In einem winzigen Stückchen Himmel schien ein einzelner Stern. Thur riß seine Hand zurück, als ein großer Tausenfüßler aus einer Felsspalte hervorgekrochen kam, über den Stein lief und dann über den äußeren Rand des Fenstertunnels verschwand.

Thur schaute sich die getünchten Wände der Zelle an. Der Raum war klein, aber nicht unmenschlich klein. Es gab Platz zum Hinlegen (auf dem üblichen gewebten Strohsack) und zum Stehen für einen Menschen, der größer war als Thur. Sein Kopf stieß nicht an der Decke an. Die Wände schienen fest zu sein. Unter den Augen des Wächters rieb Thur daran. *Geh weg!* Er war nahe, nahe an Uri. Er konnte es spüren. Ach, wenn er nur einige Augenblicke unbeobachtet wäre!

Vom Ende des Korridors kamen rauhe Stimmen, in die sich ein viel seltsameres Geräusch mischte – Gelächter? Ein hohes Kreischen erklang: »Iii, iii, iii!«

»Aha, sie haben ihn.« Der losimanische Wächter machte eine Grimasse. »Er kommt nicht weit. Aber wie kommt er heraus?« Er schüttelte den Kopf und verließ die Zelle. Thur folgte ihm, gefolgt von der Finsternis, die aus den Ecken der Zelle zu sickern schien, als die Laterne davongetragen wurde.

Zwei Losimaner schleiften einen dritten Mann auf die Zelle. Ihr Gefangener war ein beleibter Mann mittleren Alters. Zu anderen Zeiten mochte er würdig und stattlich gewirkt haben. Der zerrissene und besudelte Samtrock mit schicklichen Schößen bis zum Knie und die seidene Kniehose, die er trug, kennzeichneten ihn als einen Mann von Rang, sein ergrauendes Haar als einen Mann von Würde. Doch jetzt stand ihm sein ungekämmtes Haar zu Berge, seine von Bartstoppeln überzogenen Wangen waren eingefallen, die rot umrandeten Augen waren von blauen Flecken umgeben. Er kreischte wieder, zappelte und flatterte mit den Händen, während die Wachen seine Arme fest gepackt hielten.

»Wo habt ihr ihn gefunden?« fragte der Wächter mit der Laterne.

»Wieder unten«, keuchte der jüngere Wächter. »In derselben Ecke. Bei der ersten Suche haben wir ihn übersehen, aber als ich zum zweitenmal hinschaute, kauerte er dort. Du lieber Himmel! Vielleicht verwandelt er sich noch in eine Fledermaus.«

»Sprich dieses Wort nicht aus, sonst schreckst du ihn nur wieder auf«, begann sein Partner, der Feldwebel, doch es war zu spät. Das Gesicht des Gefangenen rötete sich vor Erregung, er murmelte leise, und sein Körper zuckte.

»Eine Fledermaus. Eine Fledermaus. Ja, eine Fledermaus ist das richtige. Der schwarze Vitelli ist eine falsche Fledermaus, aber ich bin eine echte. Ich werde wegfliegen. Wegfliegen von euch, und ihr werdet gehängt. Wegfliegen zu meiner Frau, und ihr werdet mich nicht aufhalten – ihr Ungeziefer! Ihr Mörder!« Sein verschwörerisches Grinsen wich einer unverständlichen Raserei, und er begann ernsthaft, gegen sie zu bocken und zu kämpfen. Die beiden Wachen warfen ihn in die Zelle und schlugen die Tür zu. Er stieß mit der samtgekleideten Schulter dagegen, immer wieder, während die beiden jüngeren Wachen gegen die Stäbe drückten, um die Tür geschlossen zu halten, und der Feldwebel den Schlüssel ins Schloß steckte – was ihm erst beim dritten Versuch gelang – und umdrehte. Als der Riegel vorgeschoben war, wichen die Losimaner erleichtert von der Tür zurück.

Der Verrückte schlug auch weiterhin dagegen und

stieß weiter seinen wortlosen Fledermausschrei aus, dann stampfte er im Kreise und schüttelte seinen ganzen Leib, als wäre er eine Fledermaus, die mit ihren Schwingen flatterte. Es war absurd, aber irgendwie fand Thur es nicht komisch. Tränen rannen über das zerfurchte Gesicht des Mannes, als seine seltsamen Schreie hervorkreischten und er rasselnd einatmete. »Ich werde fliegen. Ich werde fliegen. Ich werde fliegen …« Endlich verstummte er und kauerte sich auf den Boden. Dann setzte er sich schwerfällig und erschöpft hin und weinte.

»Wer ist der arme Kerl?« flüsterte Thur, während er zwischen den Eisenstangen hindurchstarrte.

»Er war der Kastellan des toten Herzogs, Don Pio«, erwiderte der Feldwebel mit einem Achselzucken, noch ganz außer Atem von dem Ringkampf. »Ich glaube, der Kampf und das Blutvergießen haben ihn um den Verstand gebracht. Es macht ihm fast nichts aus, in seinem eigenen Gefängnis eingesperrt zu sein, das könnt ihr mir glauben.«

»Aber er bleibt nicht eingesperrt, das ist das Problem«, murmelte sein jüngerer Kamerad. »Wie macht er das? Vitelli schwört, es gebe keine Spur von Magie an dem Schloß.«

Die Augen des Gefangenen blitzten auf, als der Name des Sekretärs fiel, ein scharlachroter, klarer, boshafter Blick begegnete Thurs überraschten Augen, dann starrte der Gefangene wieder vor sich hin und versank erneut in sein Gemurmel. *Ist er wirklich verrückt? Oder tut er nur so?* Oder vielleicht beides … ein seltsamer Gedanke. Es war allerdings kein Wunder, daß man ihn allein in einer Zelle hielt, obwohl das Gefängnis jetzt so voll war.

Thur untersuchte die Eisentür. Die Stangen waren eingeölt, frei von Rost und Rostfraß. Die Angeln saßen tief im massiven Felsen und waren ganz. Er klopfte die langen vertikalen Stangen ab. Alles klang echt, keine verborgenen Löcher für einen geheimen Schieber. Er war kein Schlosser, doch so weit er sehen konnte, war an dem Schloß alles in Ordnung.

»Das haben wir auch schon alles gemacht«, sagte der Wächter mit der Laterne ungeduldig.

»Habt ihr ihn nach einem Schlüssel durchsucht? Die Zelle untersucht?«

»Bis auf die Haut. Zweimal.«

»Bis auf die Haut. Hm ... er wird doch nicht etwa ... das heißt, äh, habt ihr ...«

»Nein, er hat sich keinen Schlüssel in den Arsch gesteckt«, erwiderte der Feldwebel belustigt. »Er hat ihn auch nicht verschluckt und wieder hervorgewürgt.« Thur beschloß, den Feldwebel nicht zu fragen, woher er das wisse. »Ihn muß einfach Tag und Nacht jemand bewachen«, fuhr der Feldwebel fort.

»Ich muß Essen holen«, sagte der jüngere Wächter nervös.

Der Feldwebel beäugte ihn auf eine vielsagend feldwebelmäßige Art, doch dann zuckte er die Achseln. »Wir sind überall mit Leuten unterbesetzt. Ich werde den Hauptmann bitten, daß er uns einen Genesenden zuweist. Das wäre ein leichter Dienst. Einfach auf einer Bank gegenüber der Tür sitzen und ihn bewachen. Und dabei wach bleiben.«

»Hier unten würde ich nicht schlafen«, sagte der jüngere Wächter aus tiefstem Herzen.

»Hast du Angst vor Spinnen?« spottete sein Kamerad mit der Laterne. »Oder vor Ratten? Im Gefängnis in Genua haben wir Ratten gebraten und gegessen.«

»Und die Spinnen in Knoblauch und Achselschweiß frittiert, gewiß«, erwiderte sein Kamerad gereizt, aufgebracht durch die anscheinend oft erzählte Geschichte von männlicher Standhaftigkeit. »Es sind nicht die Spinnen, die mir nicht behagen. Aber in den Mauern gibt's was. Etwas Unheimliches.«

Es störte Thur ein wenig, daß keiner dieser Behauptung widersprach oder den Wächter der Trunksucht bezichtigte.

»Laßt mir die Laterne«, schlug Thur vor, »und ich werde ihn eine Weile beobachten. Vielleicht bekomme ich einen Hinweis darauf, wie er es macht.« Der Kastellan saß jetzt mit gekreuzten Beinen auf dem Boden und wiegte sich hin und her. Sein Blick war auf nichts gerichtet, sein Gesicht war wie aus Stein.

Der Feldwebel von der Wache nickte, und sein Untergebener reichte Thur die Laterne.

»Geh nicht zu nah ran. Er kann dich durch die Stäbe hindurch packen.«

»Dann werde ich schreien.«

»Nur, wenn er dich nicht am Hals packt.«

Die Wachen kehrten zu ihren unmittelbaren Pflichten zurück. Unter der genauen Aufsicht des Feldwebels, der eine geladene Armbrust hielt, teilten sie Eimer mit Essen an die überfüllten Zellen aus und nahmen die vollen Eimer mit Exkrementen entgegen, die sie zu dem Abort trugen und dort entleerten. Doch an diesem Abend schien keiner der Gefangenen geneigt zu sein, einen gewaltsamen Ausbruch zu versuchen.

Thur beobachtete eine Weile den sich wiegenden Kastellan, dann lehnte er sich an die gegenüberliegende Wand und schloß die Augen. Die Laterne brauchte er jetzt kaum noch. Er konnte sein Ziel mit geschlossenen Augen finden, dessen war er sich sicher. Es pulste in seinem Kopf so nahe. *Nach unten, nach unten.*

In einem Augenblick, als die Wachen am anderen Ende des Korridors ganz beschäftigt waren, außer Sicht im Abort oder an ihrem Wachposten, nahm Thur die Laterne und trat stumm in den dunklen Querkorridor. Seine Schultern streiften an den Wänden entlang, der behauene Fels schien, nach oben zur Burg geschrägt zu sein. Einen Moment lang zweifelte Thur an seiner Intuition, da der orangenfarbene Lichtkreis der Laterne ihm zeigte, daß der Boden vor ihm anstieg, aber dann entdeckte er die Treppen. Eine ging nach oben, die andere nach unten. Er wählte die zweite.

Von einem engen Korridor am Fuß der Treppe führten vier Türen weg, diesmal alle aus kräftigem Holz gefertigt. Zwei waren nicht abgesperrt. Von den unversperrten Türen war keine die, die er suchte, dessen war sich Thur im Herzen sicher, doch er spähte trotzdem hinein. Es handelte sich um Vorratskammern. Darin waren Fässer mit Mehl, verstaubte Weinfässer … Verpflegung für die Burg gegen eine Belagerung durch Menschen oder bei Unwetter. In einer Ecke verursachte sein Laternenlicht grünes Funkeln: die juwelengleichen Augen einer Ratte. Spinnweben überzogen die Ecken. Die Spinnen waren kleiner als Ratten, aber nicht soviel kleiner, wie Thur es lieber gewesen wäre.

Er kehrte in den Korridor zurück. *Diese* Tür. Er versuchte es erneut, rüttelte vergeblich daran, und versuchte dann, sie mit der Schulter aufzuzwingen. Das eiserne Schloß stöhnte, doch es hielt stand. Er hätte sich von den anderen Arbeitern Werkzeug leihen und in seiner Jacke verstecken sollen, bevor er sich auf den Weg machte. Wenn er zurückging und es holte, konnte er dann ein zweites Mal die Wachen übertölpeln und hierherkommen? Wie lange würde es dauern, bis die Wachen oben seine Abwesenheit bemerkten? *Jetzt. Jetzt oder nie. Uri, hier bin ich.*

Er setzte sich wieder, versuchte dabei, seine schmerzende Wunde nicht zu dehnen und rief leise in den dunklen Spalt unter der Tür: »Uri? Uri …?« *Warum habe ich Angst vor einer Antwort?* Das Gefühl, seine Eingeweide drehten sich um, hatte nichts mit seiner Wunde zu tun.

Der Staub auf dem Boden, direkt unter seiner Nase, bewegte sich in Wirbeln. Es gab keinen Luftzug hier. Thur rappelte sich hastig hoch. Ein heißer Blitz vor Schmerz zuckte an der Naht entlang. Er trat zurück, bis ihm die Steinwand den Weg versperrte. Sie berührte eiskalt seine Schultern. Er schluckte einen Schrei hinunter und stand still. Sein Herz klopfte. *Warte und sieh!*

Der Staub wirbelte nach oben, jedes winzige Stäubchen drehte sich im Licht der Laterne, und es zeigte sich eine vertraute, durchsichtige Gestalt … ein großer Stoffhut, ein gekräuselter Bart … *Sieh in ihm nicht einen Geist. Sieh in ihm … deinen zukünftigen Schwiegervater,* sagte sich Thur wild entschlossen.

»Seid gegrüßt, Herr«, flüsterte Thur. Panik und Höflichkeit schnürten ihm die Kehle zu. »M … Meister Beneforte. Ich bin gekommen, um …«

Der Hut aus Staub schien sich bestätigend zu neigen.

Thur zeigte auf das Schloß. »Könnt Ihr helfen …?« Was für ein mächtiger Geist war der tote Magus? Konnte hier das Geheimnis der Flucht des verrückten Kastellans liegen? Es war nur wenig besser, als sich vorzustellen, Don Pio verwandle sich in eine Fledermaus und schlüpfe zwischen den Stäben hindurch.

Die geisterhafte Gestalt schien mit den Achseln zu zucken, wie ein Mann, der sich für eine schwierige Aufgabe rüstete. Die Gesichtszüge aus Staub ließen Schmerz ahnen. Ein Augenblick der Vorbereitung, der Staub zog sich zusammen und verschwand aus der Luft. Im Schloß schabte Metall, hielt an, schabte erneut. Ein Klirren, und die Tür öffnete sich einen Finger breit. Dann herrschte Schweigen, reglos wie Stein.

Thur holte tief Luft, griff nach vorn und öffnete die Tür. Er hielt die Laterne fest, trat über die Schwelle und schloß sanft die Tür hinter sich.

Der Raum war größer als die anderen Vorratskammern und wies einen vergitterten Fenstertunnel zur Klippe hin auf, wie die anderen Zellen oben, und da kam gute Luft herein. An der Wand stand ein Tisch auf Zimmermannsböcken, er war voller Schachteln, Krüge, Bücher, Papiere, einem Kohlenbecken … alles erinnerte Thur unbehaglicherweise genau an Abt Monreales magische Werkstatt. Ein mit Leder bezogener Fußschemel in Gestalt einer kleinen geschnitzten Truhe stand inmitten der Papiere. Zwei eiserne Kerzenleuchter hielten ein Dutzend dicker, schöner Kerzen aus Bienenwachs, die halb verbraucht waren. Gute Arbeitslichter für Dinge, die in der Nacht getan wurden. Thur nahm die Talgkerze aus der Laterne und zündete einige Wachskerzen an. Erst dann zwang er sich, den Raum zu durchqueren und zu untersuchen, was an der gegenüberliegenden Wand lag.

Zwei längliche Kisten lagen nebeneinander, jede auf einem Paar Zimmermannsböcke. Die Kisten waren etwa sechs Fuß lang und aus rohen Kiefernbrettern gezimmert. Die Deckel aus Kiefernholz wurden nur durch jeweils ein Seil festgehalten, das um die Mitte jeder Kiste gewickelt war.

Vorsichtig berührte Thur ein Seil. Weder hob es sich noch wickelte es sich um seinen Hals; es vollführte auch keinen anderen Zaubertrick. Er zog den Laufknoten auf, und das Seil fiel zu Boden. Thur hatte kein Tuch in der Jacke, das er sich vors Gesicht hätte halten können, und so hielt er nur den Atem an, als er den Deckel zur Seite schob.

Nun, es kam nicht ganz unerwartet. Im einem Bett aus glitzerndem Steinsalz lag die Leiche von Meister Beneforte, noch in die Gaze vom Räucherhaus eingewickelt. Thur überlegte, warum der Geist immer in den Kleidern erschien, in denen Meister Beneforte gestorben war, und nicht in diesem dünnen Leichentuch, das geisterhafter wirkte. Vielleicht bevorzugte er die samtene Hofkleidung. Der Geruch war auch nicht annähernd so schlimm, wie Thur befürchtet hatte. Es war vor allem der anhaltende, nicht unangenehme Duft von Apfelholz. Doch entweder Ferrante oder Vitelli mußten – Thur zählte die sommerheißen Tage nach – einen mächtigen Bewahrungszauber hinzugefügt haben. Das gegerbte und bärtige Gesicht war kalt.

Kein Geist konnte diese dicke, schwere irdische Hülle beleben, so wie er gewichtlosen Staub und Rauch belebte. Thur suchte in seinem Herzen nach abergläubischer Furcht, doch die Gestalt, die da vor ihm lag, wirkte auf ihn mehr trauer- als furchteinflößend. Ein übel zugerichteter, nackter alter Mann, der alles verloren hatte, sogar seine Eitelkeit. Thur deckte ihn wieder mit dem Kiefernholzdeckel zu.

Widerstrebend wandte er sich um und zog den Laufknoten der zweiten Kiste auf, dann stand er einen Augenblick still und sammelte … nicht gerade seinen Mut. Seine Hoffnung. *Vielleicht ist es nicht Uri. Viele Männer sind diese Woche in Montefoglia gestorben.* Noch einen Augenblick länger konnte er hoffen. Dann würde er es wissen.

Du weißt es schon. Du hast es von Anfang an gewußt. Und: *Nein! Er wird's nicht sein!* In einem Anflug von Entschlossenheit schob Thur den Deckel zurück.

In Salz gebettet, blickte ihm das Gesicht seines Bruders entgegen, vertraut und fremd zugleich. Die einst so stattlichen Züge waren alle noch da, unzerstört. Doch der belebende Humor, der funkelnde Witz, Hunger und Ehrgeiz, der schnelle Verstand … wie leer war dieses seltsame, langgezogene, bleiche Gesicht ohne sie. *Er ist unter Schmerzen gestorben.* Dies allein blieb auf dem steifen Antlitz zurück.

Thur schaute den nackten Körper an. Eine einzige Wunde klaffte in seiner Brust. Dagegen wirkte Thurs Bauchverletzung wie eine lächerliche Parodie. *Er ist schnell gestorben. Schon vor Tagen.* Wenigstens konnte er jetzt den einen Teil seines Alptraums beiseite legen, nämlich daß Uri als Gefangener litt. *Wenn du nur hättest warten können, Bruder. Aushalten. Ich war doch schon unterwegs. Ich war …*

Doch es fehlte nicht an neuen Alpträumen, die den Platz des alten einnehmen konnten. Was hatte Ferrante mit dieser Kammer und ihrer seltsamen Ausrüstung im Sinn? Sein eigenes Gesicht kam ihm fast so starr vor wie das seines Bruders. Thur machte noch einmal die Runde durch die Kammer. Ein gesäuberter Bereich in der Mitte des Steinbodens zeigte Spuren von Kreide und von weniger leicht erkennbaren Substanzen. Schwarze Totenbeschwörung, in der Tat. Mit grimmigem Gesicht nahm Thur ein kleines Tamburin aus seiner Jacke, flüsterte den Spruch der Aktivierung und fand, auf den Zehenspitzen stehend, einen Platz dafür auf einem hohen Regalbrett hinter einem Krug. Also, dieses kleine Ohr dürfte Monreales lauschenden Mönchen ganz schön was zu hören geben.

Er kehrte zu seinem Bruder zurück und berührte zum erstenmal das kalte Gesicht. Es war nur noch eine Hülle. Uri war fort, oder zumindest fort aus diesem irdischen Kleid. Aber wie weit? Thur sah sich mit blinden Augen in der Kammer umher und erkannte plötzlich, daß seine beiden Alpträume buchstäblich wahr waren. Uri war tot. Und Uri war an diesem schrecklichen Ort gefangen. *Wie verschaffe ich dir die Freiheit, Bruder?*

Das gedämpfte Dröhnen einer Baßstimme und das steinerne Echo eines kurzes Gelächters erklangen jenseits der Kammertür. Erschrocken zog Thur hastig das Deckelbrett wieder über Uris Kiste und steckte dabei, obwohl es weh tat, den Daumen zwischen Kiste und Deckel, damit es kein Geklapper gäbe. Zu spät für die Flucht? Er drehte sich um und suchte mit den Augen die Kammer nach einem Versteck ab.

Die Kerzen gingen von selber alle gleichzeitig aus, ohne daß es einen Luftzug gegeben hätte, und tauchten den Raum in eine Finsternis, die kaum gemindert wurde vom nächtlichen Schimmer des Sternenlichts, das der See durch das tiefe vergitterte Fenster spiegelte. Eine Hand, von der Thur glaubte, daß er sie nicht einmal bei Tageslicht hätte sehen können, packte seine Schulter. »Hinunter, Junge!« klang in seinem Ohr ein Flüstern, das keinen Lufthauch bewegte.

Zu erschrocken, um zu widersprechen, kauerte er sich nieder und rutschte unter den Tisch. Die Tür fiel ins Schloß, das Schloß klickte zu. Thur schauderte und preßte seinen Körper an die Wand. Mit der Hartnäckigkeit eines Hundes, der an einem herumschnüffelte, damit man ihn tätschelte, schob sich ein Stück Tuch in seine Hand. Es war leicht und weich, wie Leinen, und er zog es über sich.

Ein echter und massiver Eisenschlüssel schabte in dem Schloß, und der Riegel klickte wieder zurück. Thur spähte über sein verhüllendes Tuch auf das schwankende gelbe Licht einer Laterne, die jemand in der Hand hielt. Kamen die Wachen, um nach ihm zu suchen?

Die Schritte zweier Männer überquerten den Boden, der eine trug Stiefel, der andere leichtere Schuhe. *Ich wünschte mir, es wären die Wachen,* dachte er, als er plötzlich erkannte, um wen es sich handelte.

Messer Vitellis Stimme hallte hohl von den Steinwänden der Kammer wider. »Riecht Ihr heißes Wachs, Euer Gnaden?«

KAPITEL

11

Fiametta rieb sich die schlaffen Augenlider und streckte die Arme hoch, um ihre Schläfrigkeit abzuwehren. Das Abendessen, verdünnter Wein und Brot, war kein so großartiges Festmahl gewesen, daß es hätte Schlaffheit zur Folge haben können, aber sie hatte die vorangegangene Nacht schlecht geschlafen, sich immer wieder auf dem knisternden Stroh herumgeworfen und sich Sorgen um Thur gemacht. Dabei war sie dauernd vom Rascheln und Husten und den Bewegungen der anderen Frauen in dem überfüllten Schlafsaal gestört worden. Ganz zu schweigen von den Flöhen! Sie kratzte sich an einer roten Strieme am Ellbogen.

Abt Monreales Arbeitszimmer war warm, die verputzten Wände der im ersten Stock gelegenen Kammer speicherten noch die Hitze des Tages, und das Licht der einzigen Kerze, die neben ihr stand, war golden und behaglich. Sie wackelte auf ihrem harten Sitz auf dem Faß mit den Hüften, stützte die Ellbogen auf den Tisch und ließ das Kinn wieder in die Hände sinken. Auf dem Tablett vor ihr blieben die drei verbleibenden Tamburine, die Mund-Zwillinge der kleinen Ohren, die Thur bei sich trug, eigensinnig stumm. Funktionierten sie noch …? Den ganzen Tag über hatte sie sich damit beschäftigt, den Zauberbann über die Münder aufrechtzuerhalten, und das war schon zu einem automatischen Vorgang geworden, etwa wie wenn man geistesabwesend ein Lied vor sich hin summte. Die Münder übertrugen nichts, weil sie nichts zu übertragen hatten.

Sie hörte, wie im Nachbarzimmer Abt Monreale stehenblieb, hustete, dann wieder auf und ab ging und Bruder Ambrosio weiterdiktierte. Es handelte sich um einen Brief an den Bischof von Savoyen, in dem er die verzweifelte Situation beschrieb und um Hilfe bat. Wenn schon keine militärische Hilfe verfügbar war, dann wenigstens magische. Ein vergeblicher Brief. Wie wollte Monreale ihn abschicken? Der Tag war in einer unheilschwangeren, überhitzten Ruhe vergangen, ohne daß es zwischen den Belagerern und den Verteidigern auf den Klostermauern auch nur zu dem üblichen beiläufigen Austausch von Flüchen und Armbrustschüssen gekommen wäre. Kein neuer Herold oder Unterhändler war an die Tore gekommen, auch keine neuen Flüchtlinge. Überhaupt niemand. Es war, als schlösse sich Baron Ferrantes Würgegriff immer enger um ihren Hals.

Fiametta starrte auf die kleinen kreisrunden Gegenstände. Am liebsten hätte sie sie zum Sprechen gezwungen. Drei waren heute zum Leben erwacht, zwei am Nachmittag und einer in der Abenddämmerung, als sie zum Abendessen gegangen war. Eingeweihte Klosterbrüder hatten die Münder in ihre Zellen mitgenommen, wo sie jetzt mit Federkiel und Papier saßen, bereit, wichtige Geheimnisse aufzuzeichnen. Sie hoffte, die Brüder wären auch alle noch wach. Auf jeden Fall aber war Thur bei Einbruch der Dämmerung noch am Leben und frei gewesen.

Sie unterdrückte ein Gähnen. Wenn Monreale hereinschaute und sähe, daß sie müde wurde, dann würde er sie zu Bett schicken und sie würde vielleicht die nächste Nachricht von Thur verpassen. Warum dachte denn Thur, dieser Tor, nicht daran, nach der Aktivierung in die Ohr-Tamburine zu sprechen und zu melden, wie es ihm ging? Sie knirschte mit den Zähnen, als das nächste Gähnen sie überkam. Die weißen Pergamentkreise begannen vor ihren Augen zu verschwimmen.

Dann wurde ein Mund ohne weitere Vorwarnung aktiv. Erwartungsvoll holte sie tief Luft und setzte sich aufrecht. Thurs Stimme, die mit seinem schlechten Akzent lateinisch flüsterte, drang von dem Tamburin an ihr angespanntes Ohr. *Sprich zu mir, Thur!* Aber es folgte nur ein schabendes Geräusch, als würde ein Krug über ein Bord geschoben. Auf einem Steinboden erklangen Schritte, dann folgte ein trauriges, nachdenkliches Schweigen. Verzweifelt versuchte Fiametta, sich von dem bloßen Geräusch ein Bild auszumalen. Steinboden, ein dumpfes Echo: eine steinerne Kammer? Felswände – das Verlies des Herzogs? Handelte es sich bei ihrem Eindruck um wahre Intuition oder nur um eine Selbsttäuschung? Sie zog an der Lederschnur, die um ihren Hals hing, holte den Löwenring aus seinem warmen Versteck zwischen ihren Brüsten hervor und umschloß das Schmuckstück mit der Hand. Was sah Thur in diesem Augenblick? *Rede doch, du schweizerischer Trottel!*

Doch die tiefe Stimme, die ihr plötzlich aus dem Tamburin entgegenbrummte, gehörte nicht Thur. Sie konnte keine Wörter unterscheiden. Es folgte das Gelächter einer Tenorstimme, dann ein gedämpftes Gerassel, hastige Schritte, ein Klicken und Klappern. Worte klangen in ihrem Kopf, die nicht durch ihr Ohr kamen – *Hinunter, Junge!* Fiametta erstarrte. *Papa?* Dann das Geräusch einer Tür, die geöffnet wurde, und die leichte Stimme eines Fremden: »Riecht Ihr heißes Wachs, Euer Gnaden?«

Euer Gnaden? Wo war Thur? War er geflohen? Ihr Herz pochte.

»Von Eurer Laterne, Niccolo.« Die gelangweilte Baßstimme gehörte Baron Ferrante, sein romagnolischer Akzent war unverkennbar.

Sie hörte ein seltsames, gedämpftes Plumpsen, so als würde etwas Schweres auf einen Holztisch gestellt. »Ich glaube nicht«, erwiderte die Stimme des mit ›Niccolo‹ Angesprochenen. »Diese Kerzen sind noch warm.« Dann ein »Au!« Und das Scharren von leichten Schuhen, als wiche jemand plötzlich zurück.

»Wart Ihr das, Niccolo?« fragte Ferrante interessiert.

»Nein!«

Ferrante lachte unfreundlich. »Beneforte macht wieder seine kleinen Tricks.« Seine Stimme nahm einen spöttischen Klang an. Fiametta stellte sich vor, wie er sich ironisch verneigte. »Danke, mein Diener, daß du meinen Weg beleuchtest.«

Ein saugendes Geräusch – leckte sich jemand die brennenden Finger? »Er ist noch nicht unser Diener«, knurrte Niccolo.

»Vater Abt«, flüsterte Fiametta verzweifelt, dann erinnerte sie sich daran, daß Klänge nur in einer Richtung durch die Paare der kleinen Ohren und Münder flossen – könnte man das nicht ändern? »Vater Abt!« rief sie laut. »Kommt schnell! Es ist Baron Ferrante selbst!«

Monreale kam durch die Tür aus seinem nebenan liegenden Schreibzimmer gerannt, gefolgt von Bruder Ambrosio, der noch den in Tinte getauchten Federkiel in Händen hielt. Sie beugten sich über das Tablett mit den Tamburinen.

»Bist du sicher?« fragte Monreale.

»Ich habe seine Stimme noch vom Bankett im Ohr. Die Stimme des anderen kenne ich jedoch nicht. Ferrante nennt ihn Niccolo. Ich glaube, sie befinden sich in einem Raum unter der Burg.«

»Ambrosio, übernimm!« Monreale nickte in Richtung auf das Mund-Tamburin.

Ich kann den Zauber ebenso gut aufrechterhalten wie er, ehrwürdiger Vater! Doch Fiametta hielt den Mund und überließ Ambrosio die Bewahrung des Zauberbanns. Seine Lippen bewegten sich einen Augenblick lang stumm, dann ließ er sich vor dem Tisch nieder.

»Wieviel mehr können wir es dann wagen, ihn zu

stärken, bevor ich ihn beherrsche?« fragte Ferrantes Stimme.

»Er muß genährt werden«, erwiderte Niccolo mürrisch. »Und schon dieses Nähren bringt ihn uns näher. Das beherrschen wir schon. Ich gebe zu, ich wünschte mir, wir könnten seine eigenen verdammten Aufzeichnungen über Geisterringe finden. Am besten könnten wir ihn mit seiner eigenen Magie einfangen. Aber er kann nicht soviel mehr wissen als ich. Wir werden ihn bald genug unter dem Daumen haben.«

»So bald wie möglich, wünsche ich mir. Ich habe schon genug von diesem Rumgeschleiche um Mitternacht.« Ferrante spie vielsagend aus.

»Große Werke erfordern Opfer, Euer Gnaden. Hängt die drei Säckchen an diese Haken. Seid vorsichtig mit dem Lederbeutel.«

»Gewiß doch.«

Es folgte ein Rascheln, als die beiden Männer die geheimnisvollen Dinge, die sie mit sich gebracht hatten, deponierten. Abt Monreale kniff voller Konzentration die Augen zusammen und öffnete die Lippen. Wie Fiametta, versuchte er aus den Geräuschen zu erraten, was die Männer taten. »Redet mehr, verdammt noch mal«, murmelte er leise.

»Ach, wenn wir doch jetzt eine Taube hätten«, sagte Ambrosio bedauernd.

»Sie würde nicht im Dunkeln fliegen. Und es bleibt uns keine Zeit, eine Fledermaus auszuschicken. Sie könnte sowieso nicht mehr sehen oder hören als das. Pst!« Als das Tamburin erneut sprach, gab Monreale Ambrosio ein Zeichen, er solle schweigen.

»Nun«, erklang Ferrantes Stimme. »Sollen wir Beneforte jetzt beschwören und ihn zwingen, uns das Geheimnis seines Salznapfes zu verraten?«

»Ich bin mir sicher, ich kenne das Geheimnis des Salzes, Euer Gnaden. Unsere Experimente mit den Tieren und dem Gefangenen waren sehr überzeugend. Schon allein seine Fähigkeit, Gift zu entdecken, würde es zu einem Schatz für Eure Tafel machen, doch ebenso seine Fähigkeit zur Reinigung – ein wahrer Genius!«

»Schön und gut. Aber das Geheimnis des Pfeffers verstehe ich noch nicht. Und ich bin nicht geneigt, mein Leben einem Ding anzuvertrauen, das mir gegenüber Geheimnisse birgt. Salz ist weiß und Pfeffer ist schwarz. Was wäre logischer, als daß Salz weiße Magie verkörpert und Pfeffer schwarze?«

»Verleumdung!« zischte Fiametta. »Narr! Glaubt er, Papa würde …« Monreales Hand packte ihre Schulter fest, und Fiametta schluckte ihre Empörung hinunter.

»Möglicherweise«, räumte Niccolo ein. »Beneforte hätte den Salznapf dann an der Überprüfung durch diesen Tugendbold Monreale vorbeischmuggeln müssen.«

»Monreale hätte Inquisitor werden sollen. Er hat die richtige lange Nase dafür.«

»Ihm fehlt die Lust dazu.«

»Das möchte er die Leute glauben machen«, sagte Ferrante säuerlich.

»Ich kenne diese Stimme doch«, murmelte Monreale in Fiamettas Ohr. »Niccolo. Niccolo – und wie noch?«

»Baron Ferrante hat einen Sekretär namens Niccolo Vitelli, Vater Abt«, meldete sich Ambrosio. »Man nennt ihn Ferrantes Schatten. Man sagte mir, er sei seit etwa vier Jahren in Ferrantes Diensten. Ferrantes Männer sind auf der Hut vor ihm – ich dachte, es sei wegen seiner Schläue, doch jetzt sieht es so aus, als steckte mehr dahinter.«

Monreale schüttelte den Kopf. »Das ist es nicht, was ich … Doch ich vermute, dieser Vitelli könnte der Grund dafür sein, daß Ferrante, von dem man in seinen Tagen als Condottiere nie gehört hatte, er hätte Verwendung für Magie gehabt, jetzt bis über beide Ohren darin steckt.«

»Der Pfeffer hat den Tieren nicht geschadet«, argumentierte Baron Ferrante.

»Natürlich nicht«, murmelte Fiametta. »Die können auch nicht sprechen.«

»... und der Zauber, der am Boden des Salznapfes eingraviert ist, hat beim Salz gut funktioniert«, fuhr Ferrante fort. »Der zweite *muß* beim Pfeffer wirken. Ich glaube, wir sollten es noch einmal probieren, und zwar an einem Versuchsobjekt, das besser befähigt ist, über subtile Wirkungen zu berichten als Donna Giulias Schoßhündchen.«

»Wir?« fragte Vitelli mißtrauisch.

»Ich werde den Zauber sprechen«, sagte Baron Ferrante, »und Ihr werdet den Pfeffer auf Eure Zunge streuen. Aber schluckt ihn nicht hinunter.«

»Verstehe.« Auf ein Schweigen, das Mangel an Begeisterung verriet, folgte ein: »Also gut. Bringen wir's hinter uns. In dieser Nacht warten noch dringendere Aufgaben auf uns.«

Jetzt konnte Fiametta sich vorstellen, was die Geräusche bedeuteten, als Ferrante bei Kerzenlicht auf den Boden des Salznapfes ihres Vaters schielte, ihn auf seinen Ebenholzsockel zurückstellte und eine Prise Pfeffer in den kleinen griechischen Tempel unter der Hand der Göttin fallen ließ. Mit schnellem Flüstern erläuterte sie Monreale und Ambrosio die Geräusche. Bald genug intonierte Ferrantes Stimme das lateinische Gebet für den Pfefferzauber.

»Versucht es jetzt«, befahl der Baron.

Einen Augenblick später berichtete Vitellis Stimme in der seltsam gedämpften Sprechweise eines Menschen, der sich bemühte, eine Prise Pfeffer auf seiner Zunge nicht zu schlucken: »Ich spüre nichts, Euer Gnaden.«

»Es kann nicht sein, daß keine Wirkung eintritt. Pfeffer. Zungen. Fühlt Ihr Euch vielleicht von Beredsamkeit inspiriert?«

»Nein.«

»Hm. Fühlt Ihr Euch befähigt, das Denken von Menschen zu beeinflussen? Sagt mir eine Lüge und überzeugt mich von ihrer Wahrheit. Welche Farbe haben meine Haare?«

»Swarz, Euer Gnaden.«

»Sagt ›rot‹!«

»Rrr … swarz.« Beim letzten Wort klang es, als hätte der Sprecher fast den Pfeffer ausgespuckt.

»Aber sagt ›rot‹!«

»Ich *kann nich.* Swaarz!«

Es folgte ein kurzes Schweigen. »Mein Gott«, flüsterte Ferrante. »Kann der Pfeffer zwingen, die Wahrheit zu sagen?«

»Da hast du aber lang gebraucht«, murmelte Fiametta.

»Die Wahrheit ist nicht eine Sache, auf die er sonderlich schnell kommt«, bemerkte Ambrosio.

»Nein, spuckt ihn noch nicht aus«, befahl Ferrantes Stimme nachdrücklich. »Ich muß sicher sein. Wie … wie alt seid Ihr?«

»Sweiundreißig, Euer Gnaden.«

»Euer Geburtsort?«

»Mailand.«

»Euer – oh, Euer Name.«

»Giacomo Sprenger.«

»Was?« Ferrantes Stimme aus dem Tamburin vermischte sich in ihrer Überraschung mit der des Abtes, der mit den Fäusten auf den Tisch schlug und rief: »*Was?* Das kann nicht sein!«

Aus dem Pergamentkreis kam der Laut heftigen Spuckens und ein gedämpftes Geräusch, das an einen Mann denken ließ, der sich seinen Mund heftig mit einem Tuch abwischte.

»Zwingt nun der Zauber die Wahrheit an den Tag?« bedrängte Ferrante seinen Sekretär.

»Es scheint so, Euer Gnaden«, erwiderte Vitelli/

Sprenger in einem ausgesprochen säuerlichen Ton. Nach einer kurzen Pause, in der der Herr von Losimo ihn mit einem brennenden Blick gemustert haben mochte, fuhr der Sekretär widerstrebend fort: »Ich habe den Namen Vitelli angenommen … in meiner Jugend. Nach gewissen … kleinen Schwierigkeiten mit dem Gesetz in Bologna.«

»Nun ja … so ist es bei der Hälfte der Schurken in meinem Heer. Aber ich hatte nicht geglaubt, daß Ihr Geheimnisse vor mir hättet, mein Lieber.« Ferrantes Stimme klang wohlüberlegt verzeihend, doch sie hatte einen gefährlichen, stählernen Unterton.

»Alle Menschen verbergen etwas«, sagte Vitelli und zuckte anscheinend verlegen mit den Achseln. Dann wurde seine Stimme kühl. »Würdet Ihr gerne einmal selbst den Pfeffer ausprobieren, Euer Gnaden?«

»Nein«, antwortete Ferrante. Die Ironie, die in seiner Stimme lag, entsprach der seines Sekretärs. »Ich denke, ich glaube Euch. Oder ich glaube zumindest Beneforte. Himmel! Was für ein Schatz! Könnt Ihr Euch vorstellen, wie wertvoll dies sein könnte, wenn man Gefangene verhört? Oder Leute, die versuchen, ihr Gold oder ihre Besitztümer zu verbergen?« Die Erregung dieser Aussichten schärfte seine Stimme.

»Himmel«, stöhnte Abt Monreale in einem ganz anderen Ton. »Gibt es je eine Magie, eine menschliche Absicht, die je so weiß ist, daß sie nicht verdorben werden kann? Wenn nicht einmal mehr die Wahrheit selbst göttlich bleibt …« Er verzog gequält den Mund.

»Wer ist Giacomo Sprenger?« fragte Bruder Ambrosio flüsternd. Anscheinend konnte er wie Fiametta nicht die geheime Überzeugung unterdrücken, daß Ferrante sie hören könne, wenn sie ihn hören konnten.

»Ist es möglich …? Der Kerl auf dem Turm – aber er ist so mager geworden! Ich werde es euch erzählen – später. Pst!« Monreale neigte sein Ohr wieder zu dem Tamburin und versuchte, wie Fiametta, zu erraten, was die Geräusche von Ferrantes und Vitellis nächster Vorbereitung bedeuteten. Diesmal schien das gelegentliche Murmeln eines Wortes oder Befehls oder das kratzende Geräusch Abt Monreale mehr zu sagen als Fiametta, denn er begann Ambrosio und Fiametta zuliebe, erläuternde Vermutungen zu murmeln.

»Ich glaube, sie zeichnen ein geweihtes Diagramm auf den Boden. Linien, die die mystischen Kräfte der Planeten aufnehmen sollen, oder die ihrer Metalle … heilige Namen, um die Kräfte ihrer Geister zu sammeln oder heraufzubeschwören. Eine eigenartige Verbindung von hoher und niedriger Magie, muß ich sagen.«

»Werden sie jetzt versuchen, Papas Geist in diesem schrecklichen Putto-Ring zu versklaven?« fragte Fiametta unglücklich.

»Nein … nicht heute nacht, glaube ich. Ich höre nichts, was so klingt, als würden sie einen Schmelzofen aufbauen. Oder? Der Ring muß zum Zeitpunkt der Bannung des Geistes aus geschmolzenem Metall neu gegossen werden. Das Metall muß flüssig sein, um die innere Form des Geistes aufzunehmen.«

Fiametta erinnerte sich daran, wie der Löwenring angefertigt wurde und nickte.

»Sie könnten diesen Putto-Ring sowieso nicht für deinen Vater neu gießen«, fuhr Monreale fort. »Silber ist für einen weiblichen Geist. Für Prospero Beneforte müßten sie Gold verwenden. Falls sie eine Ahnung von dem haben, was sie tun. Die sie unglücklicherweise zu haben scheinen. Falls Vitelli Sprenger ist, dann ist das keine Überraschung … Er war ein brillanter Student der …« Monreale brach ab, als die Stimmen aus dem Pergament erneut zu sprechen begannen.

»Die schwarze Katze für den Zauberer, den schwarzen Hahn für den Soldaten«, sagte Vitelli. »Reicht mir den Beutel mit der Katze, Euer Gnaden, über die Linien, sobald ich das Quadrat betreten und geschlossen habe.« Seine Stimme ging in lateinische Sätze über, die er viel sauberer intonierte als Thur oder Ferrante.

»Er spricht jetzt den Zauber über seine Klinge«, murmelte Monreale.

»Was tut er damit?« fragte Fiametta gespannt.

»Eine Katze opfern. Ihr Leben – ich zögere, es ihre Seele zu nennen, aber jedenfalls ihr Geist – wird dem Geist deines Vaters gegeben, um ... ihn zu stärken. Wie eine Speise.«

»Lebt sie noch?« fragte Vitelli unsicher.

Ein schwaches und mitleiderregendes Miauen, voller Pein und Schmerz, antwortete ihm. »Gerade noch«, sagte Ferrante.

Fiametta und Ambrosio tauschten entsetzte Blicke aus. »Die arme Katze«, jammerte Ambrosio. Er rang seine kräftigen Hände.

»Was machen sie mit ihr?« fragte Fiametta.

»Genug, um zwei Männer dafür auf den Scheiterhaufen zu bringen. Pst«, sagte Monreale ungeduldig.

Die Katze begann, erschrocken zu jaulen. Ihre Schreie übertönten Vitellis lateinisches Geplapper und verstummten dann abrupt.

»Gewiß würde Papa ein solches unreines Opfer ablehnen«, sagte Fiametta. »Er würde sie doch nicht ... essen? Das arme Kätzchen!«

Monreale schüttelte den Kopf. Sein Gesicht war so hart wie Granit. Doch er runzelte verwundert die Stirn, als Vitellis Singsang erneut begann. »Was ist das ... kann es sein, daß es *zwei* gibt?«

Die mysteriöse Szene wurde wiederholt, doch diesmal war es das Gegacker und Geflatter eines Hahns, das unter Vitellis verwünschter Klinge verstummte. Ein vertrauter Name klang auf, eingebettet in Vitellis sauberes Latein.

»Uri Ochs?« wiederholte Fiametta erschrocken. »Oh, nein! Ist er – ist Hauptmann Ochs dann tot?«

»Er muß tot sein«, erklärte Monreale düster, »um

Empfänger dieses Zaubers zu werden. Das würde erklären, warum er weder unter den verwundeten Gefangenen noch unter den Toten war, die ausgetauscht wurden … Ferrante spekuliert auf einen Ersatzring, scheint es.«

»Armer Thur …«, hauchte Fiametta. Wo *war* Thur bloß? Zwischen dem Augenblick, als sein Atem das kleine Ohr aktivierte, und dem Moment, als Ferrante und Vitelli die Kammer des Schreckens betraten, hatte er kaum Zeit gehabt zu fliehen. Doch er mußte entkommen sein, sonst wäre er inzwischen entdeckt worden.

»Nein …«, Monreale korrigierte nach kurzem Überlegen seine Worte. »Hauptmann Ochs muß von Ferrante als erster ausgewählt worden sein, und das schon an dem Tag, als er fiel. Er hatte keine Verwandten in der Stadt, die seine Leiche zu bestatten verlangten. Es war dein Vater, Fiametta, den sie als zweiten hinzufügten.«

»Also.« Vitellis Stimme klang befriedigt. Es folgte ein Klatschen, als klopfte er Kreide und Schlimmeres von den Knien seines Gewandes.

»Wie lange müssen wir uns noch mit diesen Pedanterien befassen?« fragte Ferrante verdrossen. »Ich möchte meine Ringe haben. Staatsereignisse warten nicht auf Euer thaumaturgisches Gepfusche.«

»Benefortes Geist ist sehr gefährlich zu bannen, Euer Gnaden. Ein kleiner Fehler …« Vitelli zögerte, dann fügte er hinzu: »Ich glaube, den Soldaten können wir schon morgen nacht bannen. Das ist die vernünftige Reihenfolge der Dinge, denn wir können ihn dazu einsetzen, daß er uns hilft, den Magus zu beherrschen. Ihr bringt die neue Bronze für den Ring. Ich werde mich um das Brennholz kümmern. Dann werdet Ihr wenigstens einen Ring zur Hand haben.«

»Ich würde sowieso lieber den Schweizer haben«, bemerkte Ferrante in einem helleren Ton. »Er ist kein so gerissenes Wiesel wie der Florentiner. Als Soldat wird er sicher mehr Verständnis für Gehorsam haben.«

»Vielleicht sollte dann ich den Ring des Magiers aufbewahren«, schlug Vitelli vor. Sein beiläufiger Ton konnte ein begieriges Beben nicht ganz unterdrücken. »Es gibt zwei Ringe, und wir sind zwei – es wäre für Euch schwierig, mit beiden umzugehen.«

»Nein, das meine ich nicht«, erwiderte Baron Ferrante kühl.

Das Schweigen, das darauf folgte, war ausgesprochen unangenehm, bis Vitelli kurz angebunden sagte: »Bringen wir's hinter uns. Wenn Ihr bitte den Lederbeutel mit der Natter herunternehmen würdet, Euer Gnaden.«

Die nächsten Geräusche waren sehr schwer zu deuten, bis Vitelli sagte: »Seid Ihr ganz sicher, daß Ihr diesmal das *Kopf*ende durch das Leder gesteckt habt, Euer Gnaden?«

»Ja«, versetzte Ferrante ungeduldig. »Öffnet den Beutel und greift hinein. Oder wollt Ihr lieber, daß ich es tue?«

»Ich – nun, wenn Ihr wünscht, Euer Gnaden. Ich werde den Knoten nehmen.«

»Ah … ha! Hat sie schon. Direkt hinter dem Kopf. Seht Ihr, wie sie nach Euch grinst, Niccolo? Haha!«

»Ach – nicht so nahe, wenn es Euch nichts ausmacht, Euer Gnaden. Ihr Gift wäre an mir verschwendet. Los. Wir sind für heute nacht fast fertig, und ich bin todmüde.«

Ferrante stimmte widerwillig knurrend zu. Ein Klappern, wie wenn sich jemand mit Kieferbrettern abmühte, war gefolgt von noch mehr von Vitellis Latein, in das etwas Hebräisch eingelegt war. Oder handelte es sich gleich gar um ausgesprochenes Kauderwelsch? Fiametta konnte es kaum unterscheiden.

»Was tun sie jetzt?« fragte sie Monreale.

»Ich glaube, das ist ein Zauber, der auf dem Prinzip

der Gegensätzlichkeit beruht.« Monreale lauschte aufmerksam. »Er scheint ganz neuartig zu sein … ich glaube, sie zwingen die Puffnatter, die … es tut mir leid, Fiametta – die Leiche oder die Leichen zu beißen. Das scheint ein Teil des Bewahrungszaubers zu sein.«

Noch mehr Geklapper, und dann plötzlich ein Schrei: »Paßt auf! Sie schlägt aus …« – »Laßt sie nicht fallen …« Dann schnelles Gescharre von Füßen. »*Fangt* sie!« – »*Ihr* fangt sie!« – »Sie kriecht unter den Tisch.«

Ein kurzes Schweigen.

»Ihr habt Stiefel an, Euer Gnaden«, bemerkte Vitelli.

»Die werden meine Arme nicht schützen, wenn ich im Dunkeln da hinuntergreife, wenn Ihr das meint«, sagte Ferrante kalt. »Ihr greift nach ihr hinunter. Oder holt sie mit einem Zauber heraus. Mein kleiner Magus.«

»Mein Zauber ist erschöpft.« Vitellis Stimme klang auch entsprechend leise und langsam.

Ferrante spuckte erneut aus, doch er widersprach nicht. Nach einer Pause befahl er: »Kommt am Morgen zurück und reinigt diesen Ort. Wenn Ihr besser sehen könnt. Fangt sie dann. Oder vielleicht wird sie dann schon entkommen sein, unter der Tür durchgeschlüpft. Kommt jetzt von dort herunter.«

»Ja … Euer Gnaden«, sagte Vitelli müde.

Auf einen vorsichtigen Plumps – hüpfte Vitelli von einem Tisch herunter? – folgte noch mehr Geraschel und Geklapper, dann Schritte, das Geräusch einer Tür, die geschlossen wurde, und das Knirschen eines Schlüssels in einem eisernen Schloß. Dann herrschte ungebrochene Stille. Als vor den Fenstern von Monreales Arbeitszimmer eine Nachtigall zu flöten begann, schrak Fiametta auf. Die Kerze war abgebrannt.

Ambrosio schüttelte sich aus seiner Konzentration frei und entzündete neue Kerzen an der alten, bevor sie ausging. Die zusätzliche Beleuchtung schien alle wieder in die Gegenwart zurückzubringen. Monreale rieb sein Gesicht, das von tiefen Falten durchzogen war. Fiametta streckte ihre Muskeln, die vor Spannung steif geworden waren. Das Tamburin sprach nicht mehr. Gewiß mußte Thur aus der Kammer entkommen sein, bevor Ferrante und sein Lieblingszauberer sie betreten hatten. Fiametta war froh, daß er wenigstens den fürchterlichen Mißbrauch der Leiche und des Geistes seines Bruders nicht miterleben mußte.

»Papa hat dem schrecklichen Opfer widerstanden, das Ferrante vollbracht hat ... nicht wahr, ehrwürdiger Vater?«

Monreale antwortete nicht sofort, doch er schenkte ihr ein leichtes, angespanntes Lächeln. »Die beiden Totenbeschwörer glauben, ihre Bemühungen hätten Erfolg«, sagte er schließlich. »Aber sie könnten sich täuschen. Selbsttäuschung ist ein weitverbreiteter Fehler bei denen, die sich mit den Schwarzen Künsten befassen.«

Fiametta empfand, daß diese schwache Beschwichtigung dem Wunsch entsprang, sie zu trösten, der mit dem Streben nach Ehrlichkeit im Streit lag. Da Monreale eben Monreale war, war die Ehrlichkeit stärker. Irgendwie war sie froh darüber.

Ambrosio zog einen Holzstuhl für den Abt und einen Schemel für sich herbei und ließ sich schwer darauf nieder. Auf seiner Stirn waren Sorgenfalten. »Wer ist Giacomo Sprenger, Vater Abt? Außer augenscheinlich Niccolo Vitelli, der Schreiber.«

Monreale lehnte sich zurück. Er wirkte tief beunruhigt. »Einen Augenblick lang dachte ich, er müßte selbst ein Dämon sein. Bis mir eine natürlichere Erklärung einfiel.

Vor etwa zehn Jahren schickte mich der Orden an die Universität von Bologna zum Studium der höheren geistigen Thaumaturgie unter Kardinal Cardini, damit die Kirche mich dazu qualifizieren möge, Lizenzen an solche Meister-Magier zu erteilen wie deinen Vater,

Fiametta. In meinem Kolleg war zu jener Zeit ein brillanter junger Student aus Mailand namens Giacomo Sprenger. Er war von einfacher Herkunft, doch er hatte sein Bakkalaureat in den Sieben Freien Künsten schon abgeschlossen und war nahe daran, zu einem der jüngsten Doktoren der Theologie und Thaumaturgie seit Menschengedenken promoviert zu werden. Er war brillant, aber nicht … weise. Das gibt es manchmal.« Monreale seufzte.

»Er ließ sich zum Inquisitor ausbilden. Auch das war eine zu schwere Bürde für sein junges Alter, allerdings befürchte ich, daß sein geistiger Hochmut so groß war, daß er dies erst als letzter erkannte. Er verstrickte sich in tiefe Studien der schwarzen Hexerei, vorgeblich, um der Inquisition als fachkundiger Hexenschnüffler zu dienen und das Übel der Hexen auszurotten, die durch den Dämonendienst verdorben waren. Er arbeitete an einer Abhandlung, die er dem Papst widmen wollte und der er den Titel ›Der Hexenhammer‹ gegeben hatte. Das Thema wühlte ihn sehr auf. Zu sehr, wie wir schließlich – zu spät! – erkannten. Er verfiel den Verlockungen des Gegenstands seiner Studien, wie es bei Zauberern manchmal geschieht. Er begann tatsächlich, mit der Dämonologie zu experimentieren, und seine Versuche gerieten ihm bald aus der Hand. Wer kann die Wächter überwachen?« Monreale starrte in die Kerzenflammen und rieb sich mit beiden Händen das von Erschöpfung gezeichnete Gesicht.

»Ich fürchte, ich hatte nicht wenig mit der Entdeckung seiner dunklen Karriere zu tun. Er wurde relegiert und in aller Stille vor Gericht gebracht, um nicht den Ruf der Hohen Schule zu schädigen. Ich trat gegen ihn als Zeuge auf. Doch bevor das Urteil verkündet wurde, beging er in seiner Zelle Selbstmord. Er schluckte ein Sublimat, ein giftiges Quecksilberpräparat, das man in seine Zelle geschmuggelt hatte – zumindest wurde mir so berichtet. Jetzt glaube ich, daß sein Körper noch lebendig gewesen sein muß, als man ihn hinaustrug, und daß er den Tod mittels einer Kombination medizinischer und magischer Mittel nur vorgetäuscht hatte.

Eine Kommission, die aus Kardinal Cardini, mir und einem Doktor der Rechtsfakultät bestand, widmete sich dem Problem seiner Papiere. Kardinal Cardini meinte zuerst, man solle einfach sein Buch auf den Index setzen, bis wir es eingehender untersucht hätten. Sprenger verfügte über einen hungrigen Geist und ein erstaunliches Gedächtnis – seine Sammlung von Zaubersprüchen, Anekdoten, Volksüberlieferungen und Geschichten aus zweiter Hand hätte zehn Bände füllen können. Aber es fehlte ihm an *Klugheit*. Sein Stil war leicht, sogar beschwingend, doch seine Wissenschaftlichkeit war schwach, seine Leichtgläubigkeit grenzenlos, und was sein praktisches Verständnis der realen Gerichtsbarkeit anging – da hob der Doktor der Rechte erschrocken die Hände. Sprenger empfahl allen Ernstes, man solle der schwarzen Hexerei angeklagte Frauen unter Folter zwingen, Komplizen zu nennen! Ich kenne die Foltern, die die Heilige Inquisition benutzt, und auch die Art von Männern, die sie einsetzen – könnt ihr euch die Flut wilder Anschuldigungen vorstellen, die bei der Anwendung von Folter die Folge wären, und jede würde noch mehr Verhaftungen, noch mehr Anklagen auslösen –, nun, binnen kurzem befände sich ein ganzer Landstrich in völligem Aufruhr! Es würde die Leute bis zur Hysterie aufhetzen. Ich glaube, diese Idee zeigte Sprenger – den Sprenger des Tageslichts –, wie er verzweifelt gegen seine Nachtseite kämpfte. Ich empfahl, die Bücher und alle seine Aufzeichnungen zu verbrennen.«

Ambrosio, der selbst in gewissem Maße Gelehrter war, zuckte zusammen. Monreale breitete die Hände aus. »Was würdest du tun? Lieber die Bücher verbrennen, als die armen alten Hexen, die nach meiner Erfahrung – und auch nach deiner, denn du hast ja in den Landbezirken gearbeitet – in neun von zehn Fällen entweder brabbelnde alte Weiber im Zustand geistiger Verwirrung sind oder das Ergebnis der Boshaftigkeit einer Nachbarin, die versucht, eine Schuldige zu finden für den Tod ihrer mißhandelten Kuh oder für ein völlig natürliches Ereignis wie einen Hagelschlag. Und das Buch war obendrein noch theologisch mangelhaft, denn es ignorierte die Macht des Namens Christi ... außerordentlich gefährlich. Wir haben alles verbrannt. Kardinal Cardini war sich nicht so sicher, aber ich kam mir vor wie ein Wundarzt, der durch eine rechtzeitige Amputation ein Gangrän gestoppt hat.

Sei dem wie es sei, Sprenger selbst war zum Zeitpunkt seines – von uns als echt angesehenen – Todes völlig verdorben, sein Wille war ganz dem Erwerb dämonischer Kräfte ergeben. Doch mir war, als hätte ich persönlich eine Seele für Gott verlorengehen lassen, in jener Nacht, als ich erfuhr, daß er Selbstmord begangen hatte, und als lachte der Teufel über mich.« Monreale schüttelte den Kopf ob dieser Erinnerungen.

»Was werden wir jetzt tun, ehrwürdiger Vater?« fragte Fiametta, als niemand das Schweigen brach.

Monreales Lippen verzogen sich zu einem schmerzlich-ironischen Lächeln. »Gott allein weiß es. Ich kann nur zu ihm beten, daß er es mir offenbart.«

»Aber Ihr müßt etwas tun, um sie aufzuhalten!« erwiderte Fiametta mit zitternder Stimme. »Das ist Schwarze Magie! Sie haben vor, morgen den armen Hauptmann Ochs zu versklaven. Und dann Papa. Und dann werden Ferrantes Truppen eintreffen und es wird keine Gelegenheit mehr geben!«

»Wenn wir ... irgend etwas versuchen, dann muß es sein, bevor die losimanischen Fußtruppen eintreffen«, stimmte Ambrosio zögernd zu.

»Das brauchst du mir nicht zu sagen«, versetzte Monreale. Mit sichtlicher Anstrengung hielt er seine nervöse Gereiztheit in Zaum und streckte seine schlaffen Schultern. »Doch das ist kein einfaches Problem. Es ist schwer, sich eine Macht vorzustellen, die Ferrante aufhält und dabei nicht selbst von Schwarzer Magie Gebrauch macht. Böse Absichten, die durchsickern und die Seele in Gefahr bringen.«

»Aber ... alle hängen von Euch ab. Es ist wie mit den Soldaten. Soldaten tun schreckliche Dinge, aber wir brauchen sie, damit sie uns vor ... vor anderen Soldaten schützen«, sagte Fiametta.

»Du brauchst mir nicht zu sagen, was Soldaten tun«, bemerkte Monreale trocken, und Fiametta errötete. »Ich kenne dieses ganze schlimme Argument sehr gut. Ich habe erlebt, wie es gebraucht wurde, um Verbrechen zu rechtfertigen, die du dir kaum vorstellen kannst. Und doch ...«

Fiamettas Augen verengten sich. »Es *gibt* etwas. Ihr denkt daran, an etwas, das Ihr tun könnt, nicht wahr. Etwas Magisches.«

»Ich muß erst beten.«

»Ihr betet viel. Werdet Ihr noch beten, wenn Ferrantes Heer vor die Tore von San Girolamo zieht und sie aufbricht? Wenn Ferrante mit einer Handbewegung Geistern gebietet?« fragte Fiametta hitzig. »Wenn alles, was Ihr tut, Beten ist, warum übergebt Ihr dann Don Ascanio und alles andere nicht sofort? Warum nicht schon gestern?«

»Wir könnten«, sagte Bruder Ambrosio langsam, »überleben, um eines anderen Tags zu kämpfen. Und später Baron Ferrante der Schwarzen Magie anklagen.«

»Und welche herkulischen Gerichtsdiener sollen wir ausschicken, um die Übeltäter zu verhaften, nachdem sie sich zu unbestrittenen Herren und Herrschern zweier Staaten gemacht haben?« überlegte Monreale leise und starrte wieder in die Flammen. »Sprenger muß sich an mich erinnern, so sicher wie ich mich an ihn erinnere. Ich weiß, er muß sich erinnern, denn er war so vorsichtig bemüht, mir aus den Augen zu bleiben. Ich frage mich, ob ich überhaupt überleben würde, um ihn dann irgendwo anzuklagen.«

»Also dann!« sagte Fiametta.

Die Finger des Abtes griffen nach dem Rosenkranz in seinem Schoß. Die Augen unter den buschigen grauen Brauen warfen ihr einen Blick zu. »Ich bin kein … mächtiger Magier, Fiametta. Nicht so mächtig wie dein Papa, nicht einmal so mächtig wie einige der geringeren Magier hier in Montefoglia … Gott weiß, ich habe einst versucht, einer zu werden. Es war meine Last, daß mein Verständnis größer war als mein Talent. Die es können, tun es. Die es nicht können …«

Ambrosio unterbrach ihn mit einem leichten Schnaufen und breitete verneinend die Hände aus. »Nicht diese Töne, Vater Abt!«

Monreale zog einen Mundwinkel hoch. »Mein guter Bruder. Nach welchen Maßstäben glaubst du zu urteilen? Glaubst du, es sei nur die Berufung zum Mönchstum, die mich hier in Montefoglia festhält? Erstklassige Talente gehen nach Rom, gehen zum Heiligen Kollegium. Geringere Männer finden sich in ländlichen Provinzen begraben. In meiner Jugend träumte ich, im Alter von fünfundzwanzig Marschall zu sein. Diese kriegerischen Narreteien streifte ich nur ab, um sie durch Träume zu ersetzen, in denen ich ein Kardinal-Thaumaturg wurde, bevor ich fünfunddreißig war … Schließlich schenkte Gott mir Demut, denn er wußte, daß ich sie brauchte.

Sprenger – wenn Vitelli tatsächlich Sprenger ist – hatte ein Talent, das sein Verständnis überstieg. Nun, nachdem es zehn Jahre Zeit hatte, um sich in Finsternis und im Geheimen zu entfalten, hat er einen mächtigen Gönner gefunden, der ihn beschützt, ihm Geld gibt, ihm seine animalische Vitalität leiht – denn Ferrante hat große Willensstärke, unterschätzt ihn nicht! Und wenn dazu noch ein Geistersklave vom Range eines

Meisters Beneforte kommt, dann wird ihre Macht ...« Er brach ab.

Ambrosio räusperte sich. »Ich gestehe, Vater Abt, Eure Worte bereiten mir Unbehagen.«

»Meine Berufung ist, Seelen zu retten, nicht Leben.« Monreales Finger zuckten an den Rosenkranzperlen.

»Seelen können später gerettet werden«, sagte Fiametta heftig. »Wenn Ihr Leben verliert, dann verliert Ihr beides: Leben und Seelen.«

Monreale blickte sie mit einem hintergründigen Grinsen an. »Hast du je daran gedacht, Scholastik zu studieren, Fiametta? Doch nein, dein Geschlecht verbietet es ja.«

Eine plötzliche Einsicht traf Fiametta. »Ihr fürchtet nicht, Eure Seele zu verlieren. Ihr fürchtet einfach, *zu verlieren.*« Die Furcht, daß seine Selbstbezichtigung der Zweitrangigkeit endlich bestätigt würde.

Diese offene Frechheit ließ Ambrosio die Luft anhalten, doch Monreales Grinsen wurde nur noch breiter. Er kniff die Augen zusammen, und man konnte nicht erkennen, was er dachte.

»Geh zu Bett, Fiametta«, sagte er schließlich. »Ambrosio, ich werde Bruder Perotto hierherkommen lassen, damit er während der Nacht an diesem Ohr wacht und es in Bereitschaft hält. Allerdings vermute ich, daß wir vorerst nichts mehr zu erwarten haben.« Er stand auf, schüttelte sein Gewand zurecht und rieb sich das Gesicht. »Ich bin in der Kapelle.«

KAPITEL 12

Thur saß ganz, ganz still. Die ursprüngliche Unruhe der Puffnatter hatte sich gelegt, doch anstatt sich unter Thurs überkreuzten Beinen zu verkriechen wie unter einem kleinen Höhlensims, hatte sie sich jetzt ganz um seinen Knöchel und seinen Schenkel gewickelt. Wahrscheinlich wegen der Wärme. Als die Schlange sich noch ein paar Zoll hinaufschob, spürte Thur durch seine dünne Hose hindurch die kühlen, wächsernen Schuppen. Solange er die beste Wärmequelle in diesem Raum blieb, schien die Natter keine Lust zu haben sich davonzubewegen.

Thur wagte nicht einmal, das dunkle Leinentuch zur Seite zu schieben, das noch seinen Kopf und seinen Körper bedeckte und unter dem es ihm allmählich stickig wurde. Er mußte pinkeln, und seine Nase juckte abscheulich. Er fürchtete, niesen zu müssen. Er versuchte, den Niesreiz zu unterdrücken, indem er seine Oberlippe verzog und mit der Nase wackelte, aber es half nicht sonderlich. Wieviel Zeit war vergangen, seit die beiden Totenbeschwörer diese aus dem Fels gehauene Kammer verlassen hatten? Eine Ewigkeit? Immer noch drang durch die pechschwarze Finsternis nicht die leiseste Andeutung der Morgendämmerung. Wenn er nur das verfluchte Reptil sehen könnte, dann würde er versuchen, mit der Hand schneller zu sein und es hinter dem Kopf packen. Aber nach ihm in der Dunkelheit zu greifen ... Doch er konnte nicht mehr länger so sitzen. Der kalte Steinboden saugte die Wärme aus seinen Gesäßbacken, und in den Muskeln seiner Beine, die schon lange nicht mehr ihre Stellung gewechselt hatten, drohte er einen Krampf zu kriegen.

Als sich endlich etwas bewegte, handelte es sich nicht um den ersehnten Abschied der Natter, sondern wieder um das Knirschen eines Schlüssels im Schloß. Die Schlange wickelte sich noch fester um Thurs Schenkel. Leichte Stiefelschritte überquerten den Boden der Kammer und blieben auf einer Seite stehen. Auf leichtes Geklapper von Geschirr folgte ein leises Plätschern, als gösse jemand Flüssigkeit aus einem Krug in eine Schale. Dann – Thur erstarrte noch mehr, wenn das überhaupt möglich war, doch sein Herz schlug schneller – intonierte Vitellis Stimme einen kurzen lateinischen Singsang. Die Schlange zuckte. Eine Pause folgte, dann wiederholte Vitelli in ungeduldigerem Ton seine Worte. Die Schlange entspannte sich leicht, doch sie schickte sich nicht an, Thurs Schoß zu verlassen. Tja, vielleicht handelte es sich bei ihr bloß um eine ungebildete Schlange vom Land. Vielleicht verstand sie einfach Vitellis gutes Schullatein nicht … Thur mußte ein hysterisches Kichern unterdrücken.

Vitelli fluchte leise. »Die verdammte blöde Schlange! Vielleicht ist sie schon abgehauen. Da muß ich morgen einen Soldaten nach Venedig schicken, damit er eine neue kauft.« Die Schritte entfernten sich mit zornigem Geschlurfe, die Tür wurde aufs neue zugesperrt. Die Schlange zischte verdrießlich. Thur kamen Tränen der Enttäuschung und der Angst. Sie rannen ihm über die Nasenflügel hinab. Er mußte versuchen, die Schlange zu packen …

Ein kaum vernehmliches Getrippel durchquerte die Kammer. Nur bei diesem steinernen Schweigen, in dieser nächtlichen Stille konnte Thur es hören, wie angespannt seine Sinne jetzt auch sein mochten. Die Schlange schien es auch mitzubekommen. Sie hob den Kopf und bewegte ihn hin und her, dann glitt sie, Windung um Windung, von Thurs Bein herab und unter dem Leinentuch hervor. Es schien eine Ewigkeit zu dauern, bis sie sich in voller Länge davonbewegt hatte. Thur hielt noch einige Sekunden den Atem an, dann pustete er ihn mit einem explosiven Schnaufer aus. Mit einer schnellen fließenden Bewegung rollte er sich unter seinem engen Tischgefängnis hervor und schwang sich auf die Tischplatte. Einen eisernen Kerzenleuchter, den er dabei umstieß (er hatte ihn mehr gespürt als gesehen), bekam er gerade noch zu fassen, bevor das Ding mit Geklirr herabfallen konnte. Seine Augen, die sich in der völligen Dunkelheit unter dem Tuch so lange vergeblich angestrengt hatten, konnten in dem schwachen Sternenlicht, das der See durch das tiefe Fenster spiegelte, tatsächlich dunkle Formen erkennen: seinen Tisch, die beiden Kisten auf ihren Zimmermannsböcken. Das Licht reichte allerdings nicht aus, um die Schlange zu sehen …

»Meister Beneforte«, bat er mit zitternder Stimme, »werdet Ihr mir eine Kerze anzünden?« Keine Antwort. Etwas zögernder: »Uri? Bitte?«

Mit zitternden Händen tastete Thur auf der Tischfläche umher. Papiere, Messer, Instrumente aus kaltem Metall. Eine kleine Schachtel. Eine Zunderbüchse? Thur öffnete sie, doch sie enthielt nur ein weiches Pulver. Er wollte fast seine Finger ablecken, um festzustellen, um was es sich dabei handelte, doch dann besann er sich eines besseren und wischte die Hand an der Jacke ab. Seltsame Scharrgeräusche kamen vom Boden, ein Geklicke, dann der unheimliche, leise und zugleich spitze Schrei eines Tieres. Thur versuchte, ihn zu überhören. Konnten Schlangen auf einen Tisch klettern? Er hatte von Schlangen gehört, die auf Bäume krochen …

Bei einer anderen, schwereren Schachtel hatte er mehr Glück. Feuerstein und Stahl lagen als vertraute Gewichte in seinen Händen. Er schlug Funken, fand in ihrem Licht den Zunder, und nach einigen Versuchen gelang es ihm, einen Span zu entzünden. Er ging fast aus, bevor Thur ihn an einen Kerzendocht heben konnte, doch nachdem die Flamme schon zu einer winzigen blauen Kugel geschrumpft war, flackerte sie vom Wachs her gelb auf. Thur, der auf dem Tisch kniete, hatte das Gefühl, als wäre dies die schönste Flamme, die er je gesehen hatte. Er brannte den Span erneut an und entzündete den ganzen Leuchter, sechs schon weit heruntergebrannte Klumpen aus Bienenwachs. Dann schaute er sich nach der Natter um.

Kein Wunder, daß es ewig gedauert hatte, bis die Schlange unter dem Tuch herausgekrochen war. Das Untier war vier Fuß lang. Sie lag auf einer Seite des Bodens zusammengerollt neben einem Schälchen mit Milch. Ihr Maul war weit aufgerissen, der Rachen weit gedehnt; darin stak die rückwärtige Hälfte einer großen Ratte. Die Hinterbeine der Ratte zuckten in Krämpfen, ihr Schwanz schlug hin und her.

Mit einem wilden Satz sprang Thur auf die Schlange zu, packte sie mit beiden Händen fest um den vollgestopften Schlund, damit die Ratte darin steckenblieb und verhindert wurde, daß sich die Natter wand und zubiß, dann rannte er zum Fenster und schleuderte sie durch das Gitter hinaus. Einen Augenblick später hörte er ein leichtes Platschen von unten, vom See, sank auf den Boden und rang nach Atem. Einige Minuten vergingen, bis Thur sich wieder an seine anderen Schwierigkeiten erinnerte.

Er schaute sich in der Kammer um und kam zu dem Schluß, daß Vitelli das Milchschälchen für die Schlange gebracht haben mußte. Es war gewiß nicht für die Katze bestimmt gewesen. Thur verzog das Gesicht, als er in der Mitte eines komplizierten Diagramms, das mit roter und weißer Kreide auf den Boden gezeichnet war, einen gräßlichen, blutigen Haufen aus den Kadavern der Tiere erblickte. Er ging vorsichtig um die Zeichen herum und versuchte es an der Tür. Von innen ließ sich das Schloß nicht ohne Schlüssel öffnen. Wieviel Zeit war in Wirklichkeit schon vergangen? Inzwischen mußten die Wachen oben sein Fehlen bemerkt und nach ihm gesucht haben – doch nicht hier unten. Thur war sich ziemlich sicher, daß niemand freiwillig hierherkam, außer Ferrante und Vitelli.

»Meister Beneforte?« flüsterte Thur. »Uri? Meister Beneforte? Könntet Ihr wieder dieses Schloß öffnen?«

Auch diesmal reagierten die Geister nicht. Doch Thur hatte Meister Beneforte zuvor *gesehen.* Sein intensives Gefühl für Uris Anwesenheit hatte ihn hier heruntergetrieben. Thur beäugte die Papiere, die über den Tisch verstreut lagen. Eine Beschwörung zwang einen Geist zu erscheinen, ob er wollte oder nicht. Thur glaubte nicht, daß er Glück haben und einen solchen Zauberspruch hier aufgeschrieben finden würde. Er drehte die Papiere um. Das meiste war noch mehr Latein. Da und dort verstand er die Wörter. »Meister Beneforte, *bitte.*«

»Was?« Der gereizte Ton wirkte angewidert und erschüttert, aber irgendwie stärker als zuvor. Nicht so angestrengt wie bei Benefortes früheren verzweifelten Versuchen sich mitzuteilen. Thur drehte sich um, starrte in jede Ecke der Kammer, doch kein Staubgespenst schwankte da in dem Luftzug, der die Kerzenflammen flackern ließ. Da war nur die Stimme.

»Wo … wo ist mein Bruder? Könnt Ihr ihn sehen, von dort aus, wo Ihr seid? Warum spricht er nicht?« fragte Thur in die Leere hinein.

Es folgte ein langes Schweigen. Thur begann zu befürchten, daß Benefortes Geist aus der Kammer geflohen war und ihn verlassen hatte, da antwortete ein widerstrebendes Flüstern: »Er ist ein schwächerer Schatten. Hinter ihm liegt nicht ein Leben voller spiritueller Manipulationen der materiellen Welt, wie es mein Beruf und meine Kunst mir geschenkt haben. Jetzt ist meine sterbliche Hülle von mir abgefallen, meine blinden Augen sind für solche Visionen geöffnet … doch ach, ich hatte nicht gedacht, daß ich die Empfindungen meines groben Fleisches so sehr vermissen würde ...« Die langsame Stimme verstummte sehnsüchtig. Sie schien von einem Punkt über dem Kreidediagramm zu kommen.

»Wie kann ich Euch retten? Was soll ich tun? Vitelli sagt, er will meinen Bruder morgen nacht versklaven!«

»Ferrante ist vielleicht kein so schlechter Herr, wenn man ihm dient«, murmelte Benefortes Stimme nachdenklich. »Ferrante, Sandrino, Lorenzo ... ein Fürst ist ein Fürst. Dienst ist Dienst ... Ferrante redet davon, meinen Perseus gießen zu lassen.«

»Ich würde eher meinen, daß er ihn wahrscheinlich für eine Kanone einschmelzen läßt!« versetzte Thur.

»Es stimmt, er war mehr ein Schutzherr der Kriegskunst als der Kunst der Bildhauerei. Aber er ist für den Reiz des Ruhms in dieser Form nicht unempfänglich. Wenn er sich mit meinem Perseus schmückte, dann würde er mich unsterblich machen ...«

»Aber Ihr seid tot«, argumentierte Thur einfältig. »Vor drei Nächten habt Ihr um Hilfe gerufen, als ginge es darum, Eure Seele zu retten.« *Buchstäblich.*

»Nun, die Seelen, also ...« Die Geisterstimme verstummte. »Warum sich überhaupt beeilen, um in jene Welt zu gelangen?«

»Könnt Ihr ... eine andere Welt sehen?« fragte Thur ehrfürchtig und furchtsam.

»Ich habe ein Licht erblickt ... es hat fast geschmerzt. *Hat* geschmerzt.«

Aber dorthin sollt Ihr gehen. Nicht hier bleiben. Hier sprach nicht die drängende Erscheinung, die er vor drei Nächten gesehen hatte, wie Thur mit Schaudern erkannte. Wie sehr hatten die schwarzen Riten der Totenbeschwörer schon Benefortes Willen geschwächt?

»Vitelli ist kein Fürst. Seid Ihr scharf darauf, ihm zu dienen?«

»Dieser Mailänder Pfuscher! Zweitklassiger Abschaum – ich könnte ihn unter meinem …« Ein Glühen wie das Nachbild bei einer Blendung des Auges huschte im Zickzack durch die Kammer. Ein Blitz aus … Zorn? Aus reinem Willen? *Dein Papa könnte Gefahr laufen, ein Dämon zu werden …*

Thur spürte, wie sich in seinen Eingeweiden ein kalter Klumpen bildete. Falls Benefortes Geist schon allmählich korrumpiert wurde, wie weit konnte er ihm dann noch trauen? Beneforte schien kaum noch gegen Ferrante zu kämpfen. *Es ist noch nicht zu spät, nein!*

Doch was konnte Thur tun? Die Leichen – Vitelli und Ferrante schienen die Leichen zu brauchen, um ihre üblen Riten zu vollenden. Konnte Thur sie irgendwie stehlen? Er konnte nicht einmal eine dieser Kisten heben, geschweige denn zwei. Und dann mußte er Treppen hinaufsteigen und an den Wachen vorbeigelangen. Der wilde Gedanke, die Kammer anzuzünden und die Leichen einzuäschern, scheiterte an dem offensichtlichen Mangel an ausreichendem Brennmaterial. Wenn die Leichen nur teilweise vernichtet würden, konnte Vitelli sie dann trotzdem noch verwenden?

Thur kauerte vor dem Schloß und lächelte in seiner Verzweiflung, als er in den Augenwinkeln ein seltsam vertrautes Flackern sah. Er legte den Kopf schief und starrte in die zitternden Schatten, die das Kerzenlicht in den Raum warf. Konnte es sein, daß Beneforte – oder Uri – sich bemühte, wieder eine stoffliche Form anzunehmen? Dieser fließende Schatten, der sich an der Wand bewegte, war keine Ratte und auch nicht (welch beunruhigender Gedanke!) eine weitere Schlange. Er trat aus der Wand, nahm dabei die dritte Dimension an und versteckte sich scheu hinter dem Bein eines der Zimmermannsböcke. Ein kleines Männlein, keine zwei Fuß groß …

»Guter Gott«, sagte Thur überrascht. »Ich wußte nicht, daß es hier Kobolde gibt!«

»Es gibt eine kleine Kolonie von ihnen in den Bergen

westlich der Stadt«, bemerkte Benefortes Geisterstimme in unheimlichem Plauderton.

»Ich dachte, sie lebten nur in Gebirgseinöden und näherten sich nicht menschlichen Städten.«

»Im allgemeinen stimmt das. Doch die Magie lockt sie an. Einmal wurde ich eine Zeitlang von ihnen regelrecht heimgesucht. Sie kamen unter meinem Haus hervor, um meine Tätigkeiten in meiner Werkstatt auszuspionieren. Sie sind lästig und bringen Sachen durcheinander, aber wenn man sie nicht angreift, werden sie nicht bösartig.«

»Ja, so verhalten sich die unseren in Bruinwald auch«, pflichtete Thur bei. Die schattenhafte kleine Gestalt huschte in ein Versteck hinter einem anderen, näheren Tischbein. Er blickte Thur mit seinen kleinen, runden, glänzenden Augen an.

»Ich habe einmal einen gefangen«, erinnerte sich Beneforte. »Ich brachte ihn dazu, mir etwas Silber und Berylle zu bringen. Er behauptete, in dieser Gegend gäbe es in der Erde kein Gold. Schließlich ließ ich ihn gehen, und danach wurde seine Sippe vorsichtig und hielt sich von meiner Werkstatt fern, und ich wurde nicht mehr belästigt.«

»Ich dachte, sie würden vor allem durch Milch angelockt, weil sie die unter der Erde nicht bekommen können. So ist es wenigstens im Gebirge. Manchmal stehlen sie aus unbewachten Eimern, wenn die Kühe oder Ziegen gemolken werden. Und im Dorf gab es eine Hebamme, die geriet in arge Schwierigkeiten, als man herausfand, daß sie Silberbrocken in ihrem Besitz hatte – man beschuldigte sie, sie hätte sie gestohlen oder mit Bergleuten geschlafen, die sie bei der Arbeit gestohlen hätten. Doch sie behauptete, sie verkaufe ihre Milch an die Kobolde.«

»Milch, ja«, ertönte eine dünne Stimme hoffnungsvoll hinter dem Zimmermannsbock. »Wir *mögen* Milch.«

»In meiner Koboldsfalle benutzte ich Milch als Köder«, bestätigte Beneforte. »Zu Hause essen sie vor allem ein Brot aus Pilzen, die sie unterirdisch in ihren Höhlen anbauen. Milch ist für sie besser als Wein. Ich habe nie gehört, daß sie Wein stehlen.«

»Am Abend vor Allerheiligen läßt meine Mutter insgeheim Milch für sie draußen«, erzählte Thur. »Mit einem Gebet um Sicherheit im Bergwerk. Bruder Glarus billigt das nicht. Am nächsten Tag ist die Milch immer weg.«

»Sie schwimmen durch die Felsen, wie ein Mensch etwa durch Wasser schwimmt. Seltsam …« Benefortes Stimme zögerte. »Ich kann sie jetzt sehen, obwohl meine Augen … Ich kann ringsum sehen, durch den Fels hindurch sehen. Seit Vitelli eingetroffen ist und mit seinen Aktivitäten begonnen hat, treibt sich ein halbes Dutzend vom Felsenvolk unter der Burg herum. Ich glaube, Vitelli beunruhigt sie ein wenig.«

Vitelli beunruhigt uns alle.

Ein zarter Finger kam hinter dem Zimmermannsbock hervor und zeigte auf das Schälchen mit Milch. »Keine Falle, edle Herren?« fragte der Kobold. »Ihr wollt sie nicht, ja?«

»Es ist nicht meine Milch«, antwortete Thur. »Wenn es nach mir geht, dann kannst du sie haben. Vitelli hat sie für seine Schlange hierhergestellt. Aber ich kann nicht versprechen, daß sie nicht vergiftet ist oder sowas.«

»Du brauchst meinen Salznapf«, bemerkte Beneforte ein wenig selbstgefällig.

Thur schaute auf den Tisch. »Sie haben ihn mitgenommen.« Der Napf war aus massivem Gold – Ferrante würde ihn kaum hier herumliegen lassen, selbst wenn das Ding nicht diese magischen Eigenschaften hätte.

»Brauche ich jetzt überhaupt das Salz zur Konzentration der …?« Benefortes Stimme klang nachdenklich. »Meine Augen sind weit offen, wenn ich es wage zu sehen …«

Thur sah nichts, doch er spürte, daß etwas bei dem Milchschälchen *zugegen* war, und an seinen Armen sträubten sich ihm die Haare. Die undurchsichtige weiße Oberfläche der Flüssigkeit zitterte.

»Vitelli hat die Milch mit einem Opiat gewürzt, um die Schlange zu betäuben«, berichtete Benefortes Stimme. »Kann ich … *darf* ich …«

Eine blaue Flamme stieg von der Milch auf und brannte mit einem langen Rauchfaden herab.

»Jetzt ist sie gereinigt«, verkündete Beneforte. Seine Stimme klang stolz. »Als ich noch in mein Fleisch gehüllt war, hätte ich das nicht tun können.«

Thur blickte voller Unbehagen auf das Diagramm und dessen besudelte Opfer auf dem Boden daneben. *Ich möchte wetten, Meister Beneforte, daß Ihr noch gestern das nicht hättet tun können.*

Der Kobold kroch vorsichtig zum Schälchen hin. »Danke, edler Herr«, sagte er zu Beneforte. Wo immer der auch sein mochte.

Ein zweiter Kobold und ein dritter kamen neben dem ersten aus dem Stein hervor. Sie alle knieten sich auf ihre kleinen knorrigen Hände nieder und leckten an der Milch, wie drei magere Scheunenkatzen vor einem Schälchen. Diese Hügelkobolde waren von hellerer Farbe als die granitgrauen Männchen von Bruinwald, mit einem Anflug von Gelb auf der Haut, wie montefoglianischer Sandstein. Die beiden Neuankömmlinge waren nackt, doch ihr Anführer trug eine Schürze, ähnlich wie ihre Vettern aus dem Gebirge. Die Milch nahm schnell ab, der Anführer hob das Schälchen hoch, das so groß war wie sein Kopf, und leckte es aus. Er blickte Thur über den Rand des Schälchens mit dunklen Augen an, dann schmolzen alle drei in den Stein und verschwanden, ohne auch nur ein Wort des Dankes zu sagen.

Thur blinzelte und versuchte sich wieder am Türschloß. Es hielt immer noch. »Meister Beneforte? Wie soll ich Euch retten? Und meinen Bruder?« *Und mich selbst?*

»Ich werde müde …«, hauchte die geisterhafte Stimme. »Ich kann nicht mehr reden.«

Thur kam zu dem unglücklichen Schluß, daß Meister Benefortes Schatten ihm mehr und mehr auswich. Das war nicht gut. Er versuchte nachzudenken, eingehüllt in den Dunstschleier der Erschöpfung, die sein Gesicht erstarren ließ und seinen Kopf mit Nebel füllte. Er schwankte, griff in seine Jacke. Es waren noch zwei kleine Ohren übrig. Drei, falls er einen besseren Ort finden sollte, um dasjenige nochmals zu verstecken, das er auf dem Dachboden bei den Pferdeknechten zurückgelassen hatte. Abt Monreale hatte ihn ausdrücklich gedrängt, er solle – wenn möglich – versuchen, ein Ohr zur gefangenen Herzogin oben im Turm hineinzuschmuggeln. Nun, er hatte sich seinen Weg hinab in das Verlies gebahnt. Es war Monreales Sache, Schwarze Magie zu bekämpfen. Es war Thurs Aufgabe, Monreales Anordnungen zu befolgen. Wenn er konnte. Er biß die Zähne zusammen.

Erst dann, wenn er das Problem gelöst hatte, diesen Raum hier zu verlassen, konnte er an den Wachen vorbeigelangen. Auf dem Tisch und den Wandbrettern lag genug seltsames Werkzeug herum. Wenn es keine andere Möglichkeit gab, dann konnte er einfach das verdammte Schloß auseinandernehmen. Doch als Thur sich ihm mit einer hastig ergriffenen Ahle in der Hand näherte, entdeckte er, daß er das Metall weder in das Schlüsselloch einführen noch unter die Nägel schieben konnte. Das Schloß war durch Zauber geschützt, wie hinter unsichtbarem, unzerbrechlichem Glas. Benefortes Geist hatte damit natürlich keine Probleme. Benefortes Geist konnte durch Wände gehen, wenn er wollte. Thur knirschte mit den Zähnen.

»Meister Beneforte!« Thur gab seiner Stimme einen beschwichtigenden Ton. »Bitte, laßt mich hinaus.«

Keine Antwort.

»Um Fiamettas willen!«

Doch er hörte nur das Blut, das in seinen Ohren pochte.

»Uri, wenn du mich liebst!« Er schluckte einen Anfall von Panik hinunter. Im antwortlosen Schweigen überfielen ihn der Schrecken, in dieser Zelle mit den Toten eingesperrt zu sein, und die raffinierten Nachwirkungen der schwarzen Hexerei. »Hilf mir!«

Diesmal, so spürte er, war nicht Benefortes kühle, klare Kraft zugegen, sondern etwas Rohes und Wildes. Ein seltsamer blauer Schein zuckte wie ein winziger Blitz über das Eisenschloß. Als der Riegel zurückgeschoben wurde, wich die unsichtbare Anwesenheit wie verwundet zurück. *Schmerz.* Die Handlung hatte Schmerz gekostet – und Willen. Uri war wirklich hier. Stumm, aber keineswegs machtlos. Und er war *nicht* Vitellis Geschöpf. Noch nicht.

Thur neigte den Kopf. »Danke, Bruder«, flüsterte er. Er torkelte leicht. Dann entzündete er erneut die Talgkerze in der Laterne des Wächters. Sie hatte die ganze Zeit über unbemerkt neben dem Tisch am Boden gestanden. Warum sollte Ferrantes Auge auf etwas so Bescheidenes und Vertrautes aufmerksam werden wie ein Gerät aus den Beständen seines eigenen Heeres? Thur blies die letzten der Bienenwachslichter aus und schlüpfte, so leise er konnte, aus der Kammer hinaus. Er zog die Tür hinter sich zu. *Irgendwie werde ich wiederkommen, Uri. Mit einem Plan. Mit dem Abt.* Mit dem Heer.

Thur brauchte einen Augenblick, um sich im Korridor wieder zu orientieren. Vorsichtig stieg er die schmale Treppe empor und lauschte auf das geringste Anzeichen – Atemhauch oder Knarren –, daß ein Wächter im Hinterhalt lauerte. Doch im Korridor zu den Zellen der Gefangenen wartete niemand. Die Treppe wand sich wie Vitellis Schlange und stieg in die Burg empor. In der pechschwarzen Dunkelheit am Kopf der Treppe stieß Thur auf eine solide Tür aus Eichenholz. Natürlich war sie verschlossen. Er zog sich wieder in das Stockwerk der Zellen zurück.

Schließlich bestimmte seine schmerzende Blase den Gang seiner Handlungen. Nach dem stechenden Geruch zu schließen hatten schon andere Männer vor Thur den dunklen Raum am Ende dieses Korridors als provisorischen Abort benutzt. Er erleichterte sich an derselben Stelle und bemühte sich, den Urin möglichst leise plätschern zu lassen. Dann blies er die Laterne aus, ging auf Zehenspitzen den Korridor hinunter, stellte die Laterne ab, legte sich auf den Steinboden, bettete den Kopf auf den Arm, schloß die Augen und tat so, als schliefe er. Seltsam verzerrte Bilder von den Ereignissen der Nacht gingen durch seinen Geist, während er darauf wartete, daß einer der Wächter ihn entdeckte. Zur Übung sagte er stumm die Geschichte auf, die er erzählen wollte, doch seine Gedanken schwebten in die Dunkelheit davon …

Ein mächtiger Fluch weckte Thur. Er blinzelte. Sein Körper schmerzte von der Kälte und der Härte des Steins. Sein erster Versuch sich zu erheben, wurde von einem stechenden Schmerz verhindert. Ein gestiefelter Fuß stieß ihn, allerdings nicht sehr fest.

»Was? Was?« würgte Thur verschlafen hervor. Seine Verwirrung war nur zum Teil gespielt. Er hatte wirklich geschlafen. Der Feldwebel von der Wache stand drohend über ihm, eine Laterne in der Hand und die Stirn gerunzelt. Auf seinen Ruf hin kam ein zweiter Wächter mit gezücktem Dolch angerannt. Thur nieste.

»Woher bist du gekommen?« fragte der Feldwebel barsch. »Wo bist du gewesen?«

Ein lang anhaltendes Niesen schob Thurs Antwort

lang genug auf, so daß er seine Gedanken ordnen konnte. »Mutter Gottes«, keuchte er gefühlvoll. »Ich hatte eben den *seltsamsten* Traum!« Er setzte sich auf und rieb sich die Augen und die Nase. »Bin ich ... eingeschlafen? Tut mir leid, ich habe doch versprochen zu wachen – der Verrückte ist nicht ausgerissen, oder?« Thur umklammerte den Stiefel des Feldwebels.

»Nein.«

»Oh, gut. Gott sei Dank! Eine Minute lang habe ich ...«

»Eine Minute lang hast du was?«

»Eine Minute lang habe ich gedacht, es sei Wirklichkeit. Mein Traum. Wie spät ist es?«

»Fast schon Morgen.«

»Das kann nicht sein. Ich bin gerade vor ein paar Minuten den Korridor hinabgegangen, um zu pinkeln.«

»Du bist verschwunden. Du warst fast die ganze Nacht weg.«

»Nein! Ihr habt doch gerade den Gefangenen das Abendessen gebracht. Ich bin den Korridor hinabgegangen und zurückgekommen. Ich hörte noch, wie die Eimer klirrten. Und dann ... und dann ...«

»Und dann was?«

»Plötzlich war ich so müde. Es war, als käme etwas über mich – ich legte mich einfach für einen Moment hier auf den Boden. Dann hatte ich diesen wunderbaren Traum, und dann habt ihr mich gefunden und geweckt.«

Die beiden Wachen betrachteten einander mit Unbehagen. »Was hast du geträumt, Gießer?« fragte der jüngere.

»Der verrückte Kastellan verwandelte sich vor meinen Augen in eine Fledermaus. Und dann verwandelte er mich auch in ein solches Tier. Wir flogen nach Süden, nach Rom. Welch ein Unsinn! Ich bin nie in Rom gewesen.« Thur fuhr sich verwirrt mit den Händen durchs Haar. »Wir konnten die ganze Stadt auf einen Blick aus der Luft sehen. Entlang des Tibers schimmerten Wachtlichter … der Papst stand, ganz in seine leuchtenden weißen Gewänder gekleidet, auf dem Balkon eines großen Palastes. Der Kastellan – immer noch in Gestalt einer Fledermaus, mit Fledermausohren, aber mit dem Gesicht eines Menschen – landete auf der Schulter Seiner Heiligkeit und flüsterte dem Papst etwas ins Ohr. Und der Papst flüsterte zurück und berührte ihn mit seinem Ring. Und dann flogen wir wieder nach Hause«, beendete Thur seinen Bericht. Er konnte seine eifrige Zunge gerade noch zügeln, bevor sie hinzufügte: *Ach, und meine Arme sind so müde!* Ferrantes Wachen hatten guten Grund, leichtgläubig gegenüber unheimlichen Dingen zu sein, doch gewiß waren sie nicht grenzenlos leichtgläubig.

»Aber wir waren doch zehnmal in diesem Korridor!« beharrte der jüngere Wächter. »Du warst nicht …«

»Still, Giovanni!« unterbrach ihn der Feldwebel und zog Thur grob auf die Beine. Der Feldwebel war kleiner als Thur, aber stark. Er starrte Thur ärgerlich und beunruhigt an. »Glaubst du, daß du vielleicht verzaubert wurdest, Gießer?«

»Ich … ich … weiß es nicht. Ich bin noch nie in meinem Leben verzaubert worden. Ich dachte, es sei ein Traum.«

»Ich muß dich überprüfen lassen. Von einem Fachmann.«

Das gehörte nicht zu Thurs Plan. »Schon fast Morgen? Mein Gott! Ich muß mich an die Arbeit machen. Baron Ferrante will ohne Verzögerung seine Kanone haben.«

»Wo arbeitest du?« forschte der Feldwebel mit zusammengekniffenen Augen.

»Im Garten oder im hinteren Hof, oder wie immer ihr den Ort nennt. Ich muß morgen den Schmelzofen bauen – das heißt heute.«

»Also gut. Solange ich weiß, wo ich dich finde. Giovanni, geleite den Gießer des Herrn Baron zu seiner Arbeit! Erzähle niemandem davon. Ich werde Bericht erstatten.«

Thur spürte eindringlich, daß ihm nicht mehr viel Zeit blieb. Seine Arbeitsgenossen von gestern standen gerade auf und gingen in die Küche, um ein Frühstück in Empfang zu nehmen, das aus heißem Hammelfleisch und Brot bestand. Welche Laster Ferrante auch haben mochte, er stellte wenigstens sicher, daß seine Leute gut verköstigt wurden. Thur gab acht, nicht darauf zu sprechen zu kommen, wo er die Nacht verbracht hatte.

Im kalten Morgennebel gingen Thur und die Arbeiter hinaus zum Gelände der geplanten Gießerei am Ende des umfriedeten Burggartens. Das niedergetrampelte Gras war glitschig, doch die Feuchtigkeit war nur vorübergehend lästig. Als Thur direkt nach oben schaute, sah er durch die letzten Nebelschleier hindurch die hohe blaue Wölbung eines wolkenlosen Himmels, bereits erhellt von einer Sonne, die noch über die Hügel im Osten heraufsteigen mußte. So froh er auch war, nach den dunklen Geschehnissen der Nacht Licht zu sehen, so wünschte er sich doch, die Zeit würde langsamer vergehen. Rosige Strahlen fielen auf die Türme der Burg, die nur allzu bald zu seinem neuen Ziel würden.

Thur leitete die Arbeiter ganz automatisch an und versuchte dabei die ganze Zeit herauszufinden, wie er sich von ihnen entfernen und in diese Türme gelangen könnte. Er stapelte Ziegelsteine entlang der Rundung des zukünftigen Ofens und versuchte mit seinem Kopf zu denken, in dem es unablässig hämmerte. Er mußte bei der Herzogin ein Ohr abliefern – zum Henker dann mit den beiden restlichen! – und spätestens um Mittag aus dieser verfluchten Burg verschwunden sein. Dann mußte er es irgendwie schaffen, zum Kloster zurückzukehren und magische Hilfe für Uri anzufordern. Konnte man vielleicht heimlich nach Einbruch der Dunkelheit ein Boot zum Sockel der Klippe schicken, dessen Ruder zur Dämpfung des Schalls mit Lumpen umwickelt waren? Und was dann?

Oder sollte er versuchen, an diesem Nachmittag Vitelli zu ermorden, bevor er die nächste Folge der üblen Riten absolvieren konnte? Obwohl Ferrante bis über beide Ohren darin verwickelt war, schien er nicht die treibende Kraft hinter diesem Abstecher in die schwarzen Künste zu sein. Thur zitterte bei dem Gedanken an eine Klinge in seiner Hand, die er in das Fleisch eines Menschen trieb. War es überhaupt möglich, einen Magier zu ermorden? Eine törichte Frage – er mußte ja nur an Meister Beneforte denken. Der Tod kam zu den Magiern wie zu gewöhnlichen Menschen. Oder … vielleicht nicht ganz wie zu anderen Menschen. Würde ein neuer Mord ein weiteres boshaftes Gespenst hervorbringen, oder noch Schlimmeres? Vielleicht konnte Monreale dem Geist des Magiers die Absolution erteilen und ihn seines Weges schicken. Am besten allen die Absolution erteilen …

Thur fügte die Ziegelsteine für den Boden des Ofens zusammen und plante abzuhauen, sobald er das Ende dieser Reihe erreicht hätte, indem er vorgeben würde, er müsse austreten. Ein Pochen ertönte von dem schweren hölzernen Tor, das am Ende des Gartens zu den Stallungen führte. Jemand schlug es mit einem Holzhammer auf. Thur schaute hoch. Zwei große, laute losimanische Soldaten in Stahl und Leder gingen hindurch und zogen an einem Seil. Ihr Gebrüll wirkte zu gutmütig, als daß es sich um einen Kampf handeln konnte, und Thurs Kameraden, die zuerst erstarrt waren, entspannten sich und lehnten sich auf ihre Schaufeln, um das Schauspiel zu genießen.

Hinter den losimanischen Soldaten kam eine Kolonne von Maultieren, die jeweils von Packsattel zu Halfter hintereinander zusammengebunden waren. Das erste der Saumtiere war von einem unverwechselbaren Grau, das zweite war honigbraun und hatte eine cremefarbene Nase – die fröhlich gestreiften Satteldecken waren Thur nur allzu vertraut. O Herr Jesus, das war Picos Maultierkolonne. Würde der Saummeister herausplatzen, wenn er Thur erkannte? Würde Thur binnen einer halben Stunde als entlarvter Spion am Strick von der Burgmauer baumeln? Er kauerte sich in seinem halbfertigen Schmelzofen nieder und starrte wild um sich. Verdammt, Pico hatte gesagt, er würde über die Hügel einen Umweg nach Mailand machen. Welcher böse Engel hatte ihn statt dessen auf den Gedanken gebracht, seine Kupferfracht in Montefoglia zu verkaufen? Gerade jetzt?

Doch das achte Maultier trottete steif durch das Tor, ohne daß ein Zeichen von Pico oder seinen beiden Jungen zu sehen war. Nur vier losimanische Reiter, die von ihren Pferden abgesessen hatten, zogen die Tiere. Thur stand wieder auf, vorsichtig und verwirrt.

»He, Gießer!« rief der Anführer der Soldaten. »Wo sollen wir das Zeug hintun?«

Thur hätte beinah geantwortet: *Stapelt die Barren paarweise dort drüben,* doch er schluckte diese Worte im letzten Moment hinunter und fragte statt dessen: »Was hintun?« Dann ging er zu der Saumtierkolonne hinüber.

Unter ihrem Geschirr waren die Maultiere verschwitzt und schmutzig. Irisierende grüne Fliegen plagten sie schon an neuen wunden Stellen, die sich rosa unter dem Rand der Ledergurte abzeichneten. Ein Maultier hinkte und hielt jetzt vorsichtig einen Hinterhuf so, daß er nur mit der Spitze den Boden berührte. Alle beugten den Kopf zum Gras zu ihren Füßen und schmatzten mit trockenen, durstigen Lippen.

»Das neue Kupfer des Herrn Baron.« Der Soldat zog

das Segeltuch von einem Packsattel zur Seite und zeigte stolz auf einen dicken Metallbarren.

Thur starrte auf die schwitzenden und erschöpften Tiere. Pico hätte das nie zugelassen … »Wo ist Pi … – ist der Saummeister?« fragte er. Die Furcht gab seiner Stimme eine ungewohnte Schroffheit.

»Heimgegangen zu Gott«, grinste der Soldat. »Und die hier hat er uns in seinem Testament hinterlassen, haha.«

Thur schluckte. »Wo habt ihr sie gefunden?«

»Wir waren gestern auf einer Patrouille und fouragierten oben nördlich vom See. Verdammt weit weg von zu Hause, und wir waren gerade dabei, Schluß zu machen und heimzukehren, als wir in den Hügeln auf das Lager dieses Burschen stießen. Unser Leutnant stellte sich vor, dies wäre ein Geschenk nach dem Geschmack des Herrn Baron, also nahmen wir sie uns. Wir haben sie die ganze Nacht getrieben, um hierherzukommen. Eigensinnige Viecher, wir mußten sie mit den flachen Seiten unserer Schwerter schlagen, um sie in Bewegung zu halten, und das bis zuletzt.«

Ja, die Hinterteile einiger Tiere zeigten lange blutige Striemen. Doch Thur mußte einräumen, daß Ferrantes Reiter zu ihren Tieren und untereinander genauso grausam waren. Das schweißverklebte, schmutzige Gesicht des Soldaten war von einer Müdigkeit gezeichnet, die kaum geringer war als die der ermatteten Maultiere. Doch den Maultieren fehlte dessen gierige Hochstimmung.

»Pi … hat nicht der Saummeister … ich nehme an, der Saummeister hat dagegen protestiert?« Thur bemühte sich, seine Stimme kühl und gleichgültig klingen zu lassen.

»Der spanische Stahl meines Offiziers hat den Streit schnell geschlichtet.« Der Soldat hielt nachdenklich inne. »Mir gefiel nur nicht so recht, was er mit dem Jungen anstellte. Der Bursche wollte nicht aufhören, gegen uns zu kämpfen, als es schon vorbei war. Halb verrückt, denke ich, doch sein älterer Bruder war vernünftiger und versuchte, ihn zurückzuhalten. Na ja, es war nicht schlimmer als einige der Dinge, die nach der letzten Belagerung von Pisa geschahen.«

»Hat er … was hat er mit dem Jungen gemacht?«

»Ihm halb den Kopf abgeschlagen. Das hat seinem Geschrei ein Ende gesetzt, und das war schon eine Wohltat.«

»Ihn umgebracht?« würgte Thur hervor.

»Ganz glatt.« Der Soldat spuckte nachdenklich aus. »Hätte schlimmer sein können.«

Thur verschränkte die Hände hinter dem Rücken, um zu verbergen, daß sie zitterten. »Hat er … beide Jungen getötet?«

»Nö. Der klügere ist davongerannt.« Der Soldat blickte auf. »Aha. Jetzt geht's los.«

Thur folgte dem Blick des Soldaten zum Eingang der Burg. Da betrat gerade Baron Ferrante den Garten, in dasselbe feine Kettenhemd und die ledernen Reithosen gekleidet wie gestern morgen. An seinem Hals schimmerte ein weißleinener Unterkragen, auf einer goldenen Spange an seinem grünen Hut funkelten Diamanten in der Sonne. Neben ihm stapfte ein weiterer schmutziger und müder Reiter daher. Ein staubiger Bart umrahmte einen düster lächelnden Mund, in dem einige Vorderzähne fehlten. Thur erstarrte – doch es gab keinen Grund zu der Annahme, daß der Mann ihn von Cattis Gasthaus her erkennen würde. Damals war es im Hof der Wirtschaft dunkel gewesen, und Thur hatte sich im Hintergrund gehalten, bis die Dinge so schrecklich verkehrt liefen. *Ich hätte den Mann allerdings an seinen Methoden erkennen sollen,* dachte Thur müde.

»Also«, sagte Ferrante rauh, aber herzlich und kam auf Thur zu. »Was ist das wert, Deutscher?«

Thur trat zu einem Sattelsack und tat so, als prüfte er

dessen Inhalt. »Feinstes schweizerisches Kupfer, Euer Gnaden.«

»Ist es für unsere Bedürfnisse geeignet? Reicht es aus?«

»Mehr als genug.« Thur befingerte Meister Kunzens Marke, die in den weichen roten Barren gestempelt war. »Ich habe … schon von dieser Schmelzhütte gehört. Es ist sehr rein.«

»Sehr gut.« Baron Ferrante wandte sich seinen Leuten zu und nahm eine Börse von seinem Gürtel. Er schüttete Goldmünzen in seine Hand, hielt sie hoch, damit alle sie sehen konnten, schüttete sie wieder zurück und überreichte die Börse seinem zahnlückigen Gefolgsmann, damit er sie verteile. Die Männer jubelten.

»Entladet diese Tiere, und dann schick deine Leute zum Essen«, wies Ferrante seinen Offizier an. »Liefert die Maultiere beim Konstabler meines Quartiermeisters vor den Mauern ab.« Ferrante runzelte die Stirn und ging an der Reihe der Maultiere entlang. »Sorgt dafür, daß sie Wasser und Heu bekommen und nehmt ihnen das Geschirr ab, bevor ihr eßt. Sagt meinem obersten Pferdeknecht, daß er sich den rechten Hinterhuf dieses Braunen da anschaut. *Meine* Maultiere sollen lange durchhalten.«

Ferrante drehte sich um und ging in die Burg zurück. Unter Thurs steifer Anleitung beeilten sich die hungrigen Männer mit dem Abladen und Stapeln der Kupferbarren auf dem Platz neben dem Schmelzofen. Dann führten die Männer die Maultiere zurück zu den Stallungen, dabei lachten und scherzten sie über ihr neugewonnenes Gold.

Von den weißen Blüten eines Pflaumenbaums, der als Spalier an der Gartenmauer stand, trillerte ein Vogel.

Die Arbeiter kehrten zu ihren Schaufeln zurück und gruben die festgestampfte Erde auf. Der Saum des

Lichts, der über den Boden kroch, während die Sonne höher stieg, erreichte den Kupferstapel und überzog ihn mit blendendem, rotem Feuer. Thur wurde übel. Er schluckte.

»Ich ... muß auf den Abort«, stammelte er, wandte sich um und torkelte aus dem Garten hinaus.

KAPITEL

13

Thur ging wirklich zum Abort, einem Schlitz in der Burgmauer hinter den Stallungen, der von den Pferdeknechten und Arbeitern benutzt wurde. Aber er kam wieder heraus, ohne daß ihm so sterbenselend geworden war, wie er befürchtet hatte. Noch wacklig auf den Beinen, lehnte er sich gegen eine Stallbox und lauschte dem beständigen Kauen eines Pferdes, das sein Heu fraß. Die Anwesenheit des großen Tieres beruhigte ihn ein wenig. Die stummen Geschöpfe waren unschuldig. Allerdings hatte Gott Balaams Esel laut und deutlich gegen die Ungerechtigkeit sprechen lassen, wie Bruder Glarus erzählt hatte. Warum nicht auch Picos Maultiere?

Ein bisher unbekanntes inneres Beben ließ Thur schneller atmen. Haß. *Zorn,* wie es in der Aufzählung der sieben Todsünden hieß. Der Mord an Picos Sohn Zilio, so unverblümt geschildert, brannte sich unauslöschlich in seine Vorstellung ein und erzürnte ihn fast noch mehr als Uris Tod. Uri war ein Erwachsener gewesen, der die Gefahren eines Mannes auf sich genommen hatte. Doch die Losimaner hatten keinen Auftrag, ein Kind zu töten. Sie hätten ihn wegstoßen können oder festbinden oder irgend etwas … Thurs Rechtschaffenheit erstarb, als aus seiner Erinnerung das Bild des käsebleichen kleinen Pferdeknechts aufstieg, wie er über Ferrantes Sattel lag. Verwirrt schüttelte er den schmerzenden Kopf.

Er ging zu der Tür, die vom Stall in den Haupthof führte. Einige Pferdeknechte hatten Picos Maultiere nach draußen genommen und im schmäler werdenden Schatten an die Ringbolzen in der Mauer gebunden. Sie hatten sie getränkt, sie ihrer Geschirre entledigt. Sie rieben sie jetzt ab und schmierten Gänsefett auf die wunden Stellen. Die Maultiere schnappten nach kleinen Heuhaufen, legten mürrisch die langen Ohren zurück und kniffen einander. Thur blinzelte in die Hitze des Hofes und in das Licht, das die wulstige Marmortreppe blendend hell zurückwarf. Die Sonne stand schon höher. Stieg sie am Morgen immer so schnell empor? Am Sockel des nördlichen Torturms, auf der anderen Seite des gepflasterten Hofes, standen zwei Wächter und flankierten einen kleinen, überwölbten Eingang.

Thur tastete in seiner Jacke nach den beiden restlichen Ohren und musterte die Männer. Sie hatten härtere Gesichter und sahen wachsamer aus als der Kerl, der letzte Nacht müde an der Tür zum Verlies gesessen hatte. Konnte er es ein zweites Mal mit seiner dünnen Geschichte vom Überprüfen der Riegel und Gitterstangen versuchen?

Während er dastand und versuchte, seinen Mut zusammenzunehmen, öffnete sich die kleine Tür nach innen und die Wachen nahmen Haltung an. Ein losimanischer Offizier kam heraus, gefolgt von drei Frauen, die stehenblieben und im hellen Licht blinzelten. Zwei Frauen und ein Mädchen, korrigierte sich Thur. Die erste war eine dunkelhaarige, auf hübsche Weise mollige Dame von vielleicht fünfundzwanzig Jahren, die ein krokusgelbes Leinenkleid trug. Die zweite, eine kleine, schon ältere und etwas welke Blondine mit sandfarbener Haut und sandfarbenem Haar, trug schwarze und weiße Seide; ein Hut mit breiter Krempe überschattete ihr langgezogenes und steifes Gesicht. Das Mädchen, das fast so groß war wie die zweite Frau, trug blaßgrünes Leinen und eine enganliegende Haube, über ihren Nacken fiel ein geflochtener Zopf aus goldfarbenem Haar. Sie klammerte sich eng an den Arm der welken Frau.

Der Offizier bedeutete ihnen mit Gesten, sie sollten weitergehen, dabei hielt er die Hände gespreizt wie ein Mann, der eine Schafherde antrieb. Sie blickten ihn finster an, schlurften über den Hof die marmorne Treppe hinauf und verschwanden in der Burg. Thur biß sich in die Lippe, dann ging er schnell durch die Stallungen und kletterte über das rückwärtige Tor in den Burggarten. Als er an dem Ziegelhaufen vorüberhastete, machten seine Arbeitsgenossen ein paar scharfe Bemerkungen über Drückeberger. Doch er hatte den Garten noch nicht zur Hälfte durchquert, als die Frauen an dessen Haupteingang erschienen und dann ins Freie hinabstiegen, immer noch von dem Offizier gefolgt. Thur zögerte, bückte sich und tat so, als müßte er einen Stein aus seinem Schuh holen. Die in Seide gekleidete Frau setzte sich auf eine Marmorbank unter einer Laube, die mit wildem Wein überwachsen war. Die zarten grünen Blätter warfen einen Schatten auf sie, der wie geflochten wirkte. Das Mädchen und die dunkle Frau in Krokusgelb hakten schützend die Arme unter und spazierten auf einem Kiesweg dahin. Es schien, als seien die adeligen Gefangenen zum Luftholen ins Freie geführt worden.

Für wie lange? Durfte er es wagen und einfach zu ihnen hinübergehen? Der Offizier hielt sich in der Nähe der Frauen auf, in Hörweite. Verwirrt durch diese so günstige und doch so ungewisse Möglichkeit zog sich Thur zu seinem Stapel Ziegelsteine zurück und überlegte sich eine andere Vorgehensweise, wobei er die ganze Zeit den Garten im Auge behielt. Der Hut der Herzogin wandte sich einmal ihm zu, dann wieder weg. Die Spazierenden blieben bei ihrer Bank stehen. Dann spazierten sie auf ihn zu. Thur hielt den Atem an. Der Offizier setzte an, ihnen zu folgen, doch dann besann er sich und wartete in der Nähe der Herzogin. Er lehnte sich mit verschränkten Armen an einen der Pfosten der Laube.

Die beiden jungen Frauen kamen näher. Das Mädchen mußte Donna Giulia sein, die Frau in Gelb war wohl eine Hofdame. Einer der Arbeiter machte leise eine derbe Bemerkung.

»Lamm oder Hammel, es ist alles nur für den Tisch des Herrn Baron«, antwortete sein Kumpan murmelnd mit einem säuerlichen Grinsen. »Da kriegen wir nicht einmal *ein* Stücklein ab, darauf wette ich.«

»Halt den Mund«, knurrte Thur. Der Arbeiter blickte ihn finster an, doch Thurs Größe schüchterte ihn ein, und so schluckte er den aufmüpfigen Spott, der ihm auf der Zunge lag, hinunter und bückte sich wieder nach seiner Schaufel. Thur ging mit einem wohlüberlegt abschätzenden Blick um seinen Ofensockel herum und versuchte als der Mann zu wirken, der hier die Leitung hatte. Offensichtlich gelang es ihm, denn die dunkelhaarige Frau trat an ihn heran und fragte: »Was tust du hier, Arbeiter? Warum grabt ihr unseren armen Garten auf?«

Thur senkte den Kopf in einer schwerfälligen halben Verneigung und trat sofort näher an sie heran. »Wir bauen einen Schmelzofen, Madonna. Um die Bombarde zu reparieren, die dort drüben liegt.« Thur zeigte auf das grüne Geschütz.

»Auf wessen Befehl?« fragte sie und trat einen Schritt zurück.

»Natürlich auf den des Baron Ferrante.« Thur machte eine weite Geste und trat nahe genug an sie heran, um endlich seine Stimme dämpfen zu können. »Mein Name ist Thur Ochs«, platzte er schnell heraus, »ich bin der Bruder Eures Gardehauptmanns Uri Ochs. Abt Monreale hat mich geschickt. Ich gebe mich nur für einen Gießereiarbeiter aus.«

Die Hand der dunklen Frau packte den Arm des

Mädchens fester. »Geht und holt auf der Stelle Eure Mutter, Giulia.«

»Nein«, setzte Thur zum Protest an, doch das Mädchen hastete schon davon. »Man darf uns nicht heimlich miteinander reden sehen, sonst wird alles aufgedeckt.« Er wandte sich um und begann, auf verschiedene Teile der Gießanlage zu deuten, als erklärte er ihre Funktion. Die Arbeiter, die sich knapp außer Hörweite befanden, wandten ihre neugierigen Blicke ab und folgten mit den Augen Thurs Gesten. Thur zog ein kleines Ohr aus seiner Jacke und flüsterte den Aktivierungszauber in seine Hand. Dann ließ er die verbergende Hand beiläufig fallen und ließ die Frau kurz das winzige Tamburin sehen. »Das ist ein magisches Ohr. Wenn Ihr da hinein sprecht, können Abt Monreale und seine Mönche in San Girolamo Euch hören. Versteckt es, schnell!«

Die Frau starrte auf die Bombarde, zog ein Tüchlein aus ihrem Ärmel und betupfte damit ihr Gesicht, als machte ihr die Hitze zu schaffen. Dann ließ sie das Tüchlein fallen. Thur bückte sich und hob es auf. Ohr und Tüchlein verschwanden wieder in ihrem Ärmel. Sie nickte ihm höflich dankbar zu, doch dann trat sie zurück, als stieße sein bäuerlicher Gestank sie ab. Oder hatte vielleicht sein bäuerlicher Gestank sie wirklich abgestoßen? Seine graue Jacke war von der Arbeit dieses heißen Morgens mit Schweiß getränkt.

Im Schlepptau von Donna Giulia traf Herzogin Letizia ein. Die Mutter und Witwe war immerhin vernünftig genug, zuerst den Bauplatz anzuschauen, anstatt sich direkt an Thur zu wenden.

»Dieser Gießer behauptet, er sei ein Agent von Bischof Monreale«, murmelte die dunkelhaarige Frau. Thur schluckte und verneigte sich linkisch. Ein Lümmel von Arbeiter wird der Herzogin vorgestellt – aus der Entfernung gesehen mochte diese Charade durchaus durchgehen.

Letizias rot umrandete, blaßblaue Augen wurden hart wie Stahl. Sie trat zu Thur und blickte ihm ins Gesicht. Ihre Hand packte krampfhaft seinen Ärmel. »Monreale?« hauchte sie. *»Ist Ascanio bei ihm?«*

»Ja, Euer Hoheit. Im Kloster, in Sicherheit.«

Sie schloß die geschwollenen Augenlider. »Gott sei Dank! Der Muttergottes sei Dank!«

»Doch … das Kloster wird von den Losimanern belagert. Ich muß dorthin zurückkehren, um Hilfe zu holen. Mein Bruder ist tot, und Ferrante und Vitelli versuchen, seinen Geist in einem Geisterring zu versklaven. Ich muß sie aufhalten, doch ich weiß nicht, wie.«

Die Herzogin öffnete wieder die Augen. »Indem man sie tötet«, bemerkte sie leidenschaftslos.

»Ich … habe noch keine gute Gelegenheit gehabt«, stotterte Thur, doch das war nur die halbe Wahrheit. Er hatte schon eine Gelegenheit gehabt, sie war nur nicht gut genug gewesen. *Ich wette, für Uri wäre sie gut genug gewesen.*

»Wenn ich nur meinen Rosenkranz aus Ebenholz in die Hände bekommen könnte, dann schwöre ich, ich würde mir eine Gelegenheit schaffen«, stellte Letizia fest. Sie wandte die Augen wieder ab, um sich nicht anmerken zu lassen, wie vertraulich dieses Gespräch war. Die Frau in Gelb verschränkte die Arme.

»Wie bitte?« fragte Thur.

»Also – glaubst du, du könntest im Geheimen bis zu meinen Gemächern gelangen? In meinem Schreibpult befindet sich ein Rosenkranz aus Ebenholz. Oder zumindest befand er sich dort, wenn er nicht inzwischen gestohlen wurde. Er ist sehr auffällig, mit Gelenken aus Golddraht. An seinem Ende hängt eine kleine Kugel aus Elfenbein, die sehr geschickt geschnitzt ist. Falls du ihn finden und mir bringen könntest …«

»Die gesprungene Bombarde selbst wird eingeschmolzen, um einen Teil des Metalls abzugeben«, unterbrach Thur sie laut. Er riß die Augen auf und versuchte, ihr damit verzweifelt ein Zeichen zu geben, denn gerade war Baron Ferrante aus dem Schloß gekommen. Er schaute sich um, erblickte die Frauen, winkte dem salutierenden Offizier ab und ging auf den Garten zu. Der Soldat folgte und nahm diskret außer Hörweite Stellung, indem er sich an die äußere Zwischenmauer lehnte. Ferrante hielt einen kleinen, ziemlich schmuddligen Hund mit hervorstehenden braunen Augen unter dem Arm. »Den Rest werden wir neu schmelzen«, fuhr Thur fort, »Baron Ferrante läßt es bei unserer Arbeit zu keinem Mangel an Material kommen.«

Giulia hielt sich zunächst näher an ihre Mutter, doch dann sah sie den kleinen Hund. »Pippin!« rief sie.

Der Hund zappelte verzweifelt. Ferrante kraulte ihn am Ohr, um ihn zu beruhigen, doch dann bückte er sich und ließ das Tier los. Es rannte zu seiner Herrin, sprang an ihren Röcken hoch und jaulte, dann lief es im Garten im Kreis herum. Schließlich kehrte der Hund auf Giulias Ruf zu ihr zurück, sie nahm ihn hoch, wiegte ihn in ihren Armen und küßte ihn auf den Kopf.

Die dunkelhaarige Frau machte ein empörtes Gesicht. »Küßt doch den *Hund* nicht, Giulia!«

»Ich dachte, er hätte den armen Pippin umgebracht!« Ein wilder zorniger Blick auf Ferrante verriet, wer hier der Angeklagte war. In Giulias Augen funkelten Tränen.

»Ich habe nur gesagt, daß ich ihn mir ausleihen wollte«, erwiderte Ferrante in einem vernünftigen, tatsächlich sogar freundlichen Ton. »Seht, hier ist er wieder, wohlauf und gesund. Ihr müßt lernen, meinem Wort zu vertrauen, falls wir miteinander auskommen sollen, Donna Giulia.«

Alle drei Frauen blickten ihn auf gleiche Weise angewidert an, als hätte man sie gezwungen, einen Tausendfüßler oder einen Skorpion anzuschauen. Ferrante trat zur Seite und zog eine Grimasse.

»Sollen wir miteinander auskommen?« fragte die Herzogin kühl.

»Bedenkt die Vorteile«, erwiderte Ferrante mit einem Achselzucken. Und fügte dann mit einem entsprechend eisigen Funkeln hinzu: »Bedenkt die Nachteile, wenn Ihr Euch dagegen entscheidet.«

»Einen Teufelspakt mit dem Mörder meines Herrn und Gemahls schließen? Niemals!«

»Niemals ist eine lange Zeit. Das Leben geht weiter. Ihr habt Kinder, für die Ihr sorgen müßt. Es stimmt, wir alle haben einen unglücklichen Unfall erlitten. Ich hatte ihn nicht erwartet, und es tut mir leid, daß ich meine Beherrschung verlor, aber ich wurde dazu aufgestachelt. Was wollt Ihr? Jähzorn ist eine männliche Sünde!«

»Und doch wagt Ihr noch vorzuschlagen, ich solle Giulia an ein Leben unter dieser Drohung binden?« versetzte Letizia. »Damit aus unserer Familie sie das nächste Opfer Eures Jähzorns wird? Und wie ist überhaupt Eure erste Gemahlin gestorben, Herrn Baron? Wahrhaftig, Ihr seid von Sinnen!«

Ferrante biß die Zähne zusammen. Dann brachte er ein gequältes Lächeln hervor und zog einen Lederball aus der gemusterten Börse, die an seinem Gürtel hing. »Hier, Giulia«, er wandte sich dem Mädchen zu, und seine Stimme klang bewußt sanft, »ich habe Euch einen Ball für Pippin gebracht. Warum nehmt Ihr ihn nicht zum anderen Ende des Gartens und schaut, ob er Euch den Ball bringt? Ich wette, er tut's.«

Giulia blickte unsicher auf ihre Mutter, die ihren Blick auf Ferrante geheftet hielt. »Ja, meine Liebe«, stimmte Letizia mit dünner Stimme zu. »Mach das.«

Widerstrebend setzte das Mädchen den Hund auf den Boden und gehorchte, mit einem gelegentlichen Blick zurück über die Schulter. Pippin tanzte um sie herum und folgte ihr.

»Euer Hoheit?« Die Frau in Gelb zog die Augenbrauen hoch und sah Giulia nach.

»Bleibt bei mir, Donna Pia«, bat die Herzogin. »Ich hätte gern eine Zeugin beim nächsten Verbrechen dieses Mannes, worin auch immer es bestehen mag.«

Ferrante rollte aufgebracht die Augen. »Danke, Letizia! Was geschehen ist, ist geschehen, und niemand kann es rückgängig machen. Ihr müßt in die Zukunft schauen und die Vergangenheit hinter Euch lassen!« Er ballte die Faust, dann spreizte er die Hand sorgfältig auf dem Schenkel seines ledernen Beinkleids, ganz nah an seinem Schwert. Sein Auge fiel auf Thur, der dastand und sich bemühte, unsichtbar zu wirken. »Geh zurück an die Arbeit, Deutscher.« Ferrante winkte ihn schroff fort. Thur verbeugte sich und zog sich zum nächstgelegenen Arbeitsplatz zurück, zu seinem Haufen zerbrochener Backsteine. Er kauerte sich hin und tat so, als sortiere er sie der Größe nach. Ferrante betrachtete einen Augenblick lang finster die Arbeitsstelle, dann folgte er Thur und fragte mit gedämpfter Stimme: »Also, Gießer. Wann wird meine Kanone gegossen?«

Niemals, du Mistkerl. »Wenn ich den Tag hindurch beständig arbeite, Euer Gnaden, dann könnte ich den Schmelzofen vielleicht bis Sonnenuntergang gebaut haben. Dann muß er mit Lehm ausgekleidet werden, und der Ton muß trocknen und festbacken.«

»Kannst du das heute abend machen?«

»Ich könnte, aber wenn man ihn anheizt, während er noch feucht ist, dann besteht die Gefahr, daß er Sprünge bekommt.«

»Mm. Geh die Gefahr ein«, befahl Ferrante mit einem schnellen Blick auf die Sonne. Anscheinend lief auch ihm die Zeit davon.

»Es muß auch noch die Gußform der Bombarde angefertigt werden, Euer Gnaden. Der Schmelzofen kann genauso gut langsam trocknen, während das geschieht.«

»Ach ja.« Ferrante blickte mit gerunzelter Stirn auf das Mauerwerk. Sein Gesicht wirkte abwesend. Sah er vor seinem geistigen Auge, wie seine Bombarde die Mauern von San Girolamo zusammenschoß? Und was dann? Der Kampf um die Bresche in der Mauer, erfolgreicher Durchbruch, die Mönche und Sandrinos Soldaten erschlagen. Die Frauen – unter ihnen Fiametta, o Gott! – geschändet, die Flüchtlinge aus den Winkeln hervorgetrieben und niedergemetzelt, während sie vergeblich um Zuflucht in der Kapelle schreien? Würde Fiametta unter ihnen sein? Gewiß würde sie kämpfen wie eine Wildkatze, und man würde sie umbringen, und das durchaus nicht auf schonende Art und Weise. Thur glaubte nicht, daß Fiametta bereit wäre, sich zu ergeben. Ascanio, der erschrocken unter dem Bett des Priors hervorgezerrt wurde und dem man dann die Kehle durchschnitt … *wie Picos Jungen.* Allerdings hatten Zilio weder Wachen noch Mauern verteidigt. Was jedoch am Endergebnis nichts zu ändern schien.

Wenn sie alle umgebracht würden, dann würde das das Endergebnis schon ändern.

Thur stand allein neben Ferrante. Er spürte sein Messer in der Scheide am Gürtel. Es drückte gegen sein Kreuz wie eine Hand, die ihn zwang. *Auf was für eine Gelegenheit wartest du denn noch?* Ferrante trug ein Kettenhemd, ganz richtig, aber sein Hals war nackt wie der eines … eines jungen Maultiertreibers. Doch würde Thur danach entkommen können? Etwa über das Stalltor, durch den Eingangshof hinaus, bevor man Alarm schlug? Thur sah schon die Lanze des zahnlückigen Reiters, wie sie sich zwischen seine Schulterblätter bohrte, während er fliehend die Straße hinunterlief … Seine Muskeln krampften sich zusammen. Er wollte nicht sterben, nicht an diesem hellen Morgen. Vielleicht wollte Ferrante auch nicht sterben. *Das ist nicht meine Berufung. Ich bin nach Montefoglia gekommen, um aus Metall schöne Dinge zu machen, nicht Leichen aus lebendigen Männern. O Gott!* Thur stand auf.

Doch Ferrante hatte sich schon abgewandt und ging wieder auf die Herzogin zu. Wieder war eine Gelegenheit ungenutzt geblieben. War es richtig oder falsch? Weinten jetzt Engel, oder knirschten Teufel mit den Zähnen? Thur bückte sich, werkelte an seinem Ziegelhaufen herum, um Ferrante im Auge zu behalten, und spitzte seine Ohren, um die nächsten Worte mitzubekommen.

»Wir können die Dinge noch auf gute öffentliche Art und Weise arrangieren, Madonna«, fuhr Ferrante, an die Herzogin gewandt, fort. Er hatte seine Stimme und sein Temperament wieder unter Kontrolle. »Sandrinos Tod war ein Unfall. Er lief bei einer Rauferei ins Messer. Wir hatten beide beim Bankett zu viel unverdünnten Wein getrunken. Mein Offizier hatte die Situation mißverstanden.«

»Wir alle wissen, daß das Lügen sind«, erklärte Letizia kategorisch.

»Doch wir sind die einzigen, die das wissen«, argumentierte Ferrante aalglatt, nachdem ein Blick auf Donna Pias steinernes Gesicht ihn anscheinend davon überzeugt hatte, daß Leugnen vergeblich wäre. »Wenn wir alle es anders darstellen, dann wird es für alle Welt so sein, was soll's! Ihr könnt die Ehre und Stellung Eurer Familie nach diesem unseligen Ereignis wahren. Wenn ich Giulia heirate und Ascanios Vormund werde, nun, dann wird es allen klar, daß Sandrinos unglücklicher Tod ein Unfall war. Ihr verliert nichts, nicht einmal Eure Heimstatt, und Ihr gewinnt in mir einen Beschützer.«

»Damit Ihr fortfahren könnt, meinen Sohn um sein Erbe zu bringen? Damit Ihr ihn nach Eurem Belieben ermorden könnt?«

»Ich könnte ihn nach meinem Gutdünken auf der

Stelle ermorden lassen!« versetzte Ferrante. »Schenkt mir doch Vertrauen! Ich versuche, Euch alle zu retten!«

»Ihr versucht nur, Euch selbst zu retten. Vor der gerechten Vergeltung, die über Euch kommen muß, wenn Gott die Welt nicht ganz und gar verlassen hat!«

Ferrantes Nasenflügel bebten, doch er setzte wieder das Lächeln auf, das von seinem Gesicht geglitten war. »Ich bin kein Unmensch. Ich wünsche mir Euer Wohlwollen. Seht, ich habe Euch sogar Euren Rosenkranz gebracht, um den Ihr gebeten habt. Meine Männer und ich sind nicht die Diebe, als die Ihr uns bezichtigt.« Er zog eine Kette aus glänzenden schwarzen Perlen aus seiner Börse und hielt sie der Herzogin hin, knapp außerhalb ihrer Reichweite.

Letizia erbleichte und bemühte sich, nicht gerade nach dem Rosenkranz zu schnappen. Sie nahm das Geschenk mit einem kleinen Knicks entgegen. »Danke, Herr Baron«, stammelte sie. »Ihr könnt nicht wissen, was mir dies bedeutet.«

»Ich glaube schon«, sagte Ferrante mit einem Lächeln. Sie zog die Perlen durch ihre weichen weißen Hände, kam an das Ende – eine schwarze Perle, die von einer winzigen Schleife aus Golddraht gehalten wurde –, drehte hastig die Kette um und kam ans andere Ende, das ebenfalls von einer gewöhnlichen schwarzen Perle gebildet wurde. Sie blickte auf, die Augen vor Zorn weit aufgerissen, und sah, wie Ferrante eine kleine geschnitzte Elfenbeinkugel zwischen Daumen und Zeigefinger hielt. »Sucht Ihr dies?« fragte er sanft.

»Gebt mir …« Letizia stürzte nach vorne, so daß die Seide ihrer Gewänder raschelte, dann blieb sie regungslos stehen, die Fäuste an den Seiten geballt.

»Ein sehr interessanter Gegenstand. Ich habe ihn durch Vitelli gründlich untersuchen lassen.«

Donna Pia verschränkte die krokusgelben Arme fest

unter ihrer Brust, doch sie blieb standhaft hinter der Herzogin stehen.

»Ein faszinierender Zauber«, fuhr Ferrante fort. Sein Ton triefte vor Ironie. »Eine Methode, wie eine Frau einen Mann töten kann, der viel stärker ist als sie. Ein Gift, das weder Speise noch Trank ist und wogegen mein Salznapf ganz nutzlos wäre. Die Frau hält das Gift in dieser kleinen Elfenbeinkugel unter ihrer Zunge eingeschlossen. Dann verführt sie den Mann, der ihr Feind ist, zu einem Kuß. War das Eure Aufgabe, oder die von Giulia? Oder die von Donna Pia hier? Eine hübsche Szene, mich hier zu verführen, während ihr Gemahl genau unter ihren Füßen im Kerker liegt. Sie flüstert das Wort, das die Kugel öffnet und atmet in den Mund ihres arglosen Liebhabers. Das Gift fließt in ihn über in Form einer Schlange aus Rauch. Er stirbt wie erdrosselt, unfähig zu atmen. Vermutlich muß sie achtgeben, daß sie nicht einatmet, während die Operation im Gange ist, was?« Er schloß seine Faust um die Elfenbeinkugel.

»Falls je ein Mann solch einen Tod verdient hat, so seid Ihr es«, zischte Donna Pia.

»Oh, dann solltet also Ihr meine Henkerin sein?« schnurrte Ferrante. »Das werde ich mir merken. Doch nein, wenn man dies dem Beweis hinzufügt, den ein sehr seltsam bemaltes Kabinett bildet, das in Eurem Boudoir verschlossen aufbewahrt wird, Madonna Letizia, dann scheint es mir, daß sich daraus eine sehr überzeugende Anklage bezüglich schwarzer Hexerei und Giftmischerei gegen Euch vorbringen ließe. Denkt daran!«

»Anklage durch Euch? Ihr Heuchler! Gott spalte Eure lügnerische Zunge!«

»Man möchte meinen, Gott sei Euer persönlicher Bravo, wenn Ihr ihn so anruft«, knurrte Ferrante sarkastisch. »Ihr hütet Eure Geheimnisse gut. Bevor ich auf dies hier stieß, hatte ich keine Ahnung, daß Ihr Talent für die schwarzen Künste habt. Doch dies hier«, er rollte die kleine Kugel zwischen seinen Fingern, »ist ein ganz hübsches Stück.«

»Ich habe es nicht gemacht«, verneinte Letizia.

»Doch wie seid Ihr dann daran gekommen?«

»Ich bekam es von einem Mädchen, das dafür verbrannt wurde. Sie hatte es von einem maurischen Magier in Venedig bekommen und dazu benutzt, um ihren untreuen Liebhaber umzubringen. Ich besuchte sie in der Nacht vor ihrer Hinrichtung in ihrer Zelle, aus Barmherzigkeit und um unseres Herrn Jesus willen. Der Inquisitor selbst fand trotz all seiner heißen Eisen nicht heraus, wie sie es getan hatte, doch mir gestand sie es. Sie schenkte mir die Kugel. Ich bewahrte sie als … Kuriosum auf. Ein solches Ding herzustellen, liegt völlig außer meiner Macht.«

»Natürlich müßt Ihr es so darstellen. Doch betrachtet es von meinem Standpunkt aus. Ein Kerl, der seine Schwiegermutter heimlich erdrosseln läßt, muß mit strenger gesellschaftlicher Mißbilligung von seiten ihrer vielen Cousins rechnen, ganz gleich, wie viele Neider insgeheim der Tat Beifall zollen mögen. Aber ein frommer Mann, der sie wegen schwarzer Hexerei gegen Leib und Leben öffentlich verbrennen läßt, kann nur rechtschaffenes Mitgefühl ernten.«

»Ein Justizmord«, erklärte Letizia eisig, »bleibt immer noch Mord.« Donna Pia stand atemlos und bleich neben ihr.

»Doch meine Hände werden nicht damit befleckt, nicht wahr? Und hat es nicht schon genug Mord gegeben in Montefoglia? Kommt, edle Dame. Schließen wir Frieden. Heute bitte ich demütig darum und gewähre Euch die Würde freier Einwilligung.« Ferrantes Bemühen um Wohlwollen wurde sichtlich auf eine harte Probe gestellt.

Letizia wandte ihr Gesicht ab. »Ich habe Kopfschmerzen. Ihr habt mich zu lange in der Sonne festgehalten.«

Ferrantes Stimme wurde hart. »Morgen werde ich das Mittel haben, um Euch zur Kooperation zu zwingen. Und Ihr werdet wünschen, Ihr hättet mit mir den besten Handel abgeschlossen, als Ihr noch konntet.«

»Ich möchte mich nach drinnen begeben.« Letizias Gesicht wirkte lebloser als das einer der Marmorstatuen, die die Gartenwege säumten.

»Damit Ihr fortfahren könnt, das Herz Eurer Tochter gegen mich zu vergiften?« Ferrante schob die Elfenbeinkugel in seine Tasche und verneigte sich wie ein Höfling vor der Herzogin. Letizia und Donna Pia blickten den Garten hinab, wo Giulia jetzt auf der Bank saß und ängstlich ihren Schoßhund umklammert hielt. Ferrante folgte dem Blick der beiden Frauen und kniff die Augen zusammen. »Ich glaube, die Zeit ist gekommen, daß ich sie von Euch und Eurer ach so ergebenen Dienerin trennen muß. Bevor Ihr mich zu der gleichen rohen Art von Brautwerbung zwingt, mit der unsere edlen römischen Vorfahren ihre sabinischen Frauen zu gewinnen pflegten.«

Es dauerte einen Augenblick, bis der Herzogin die Bedeutung dieser Drohung aufging. Letizias Augen funkelten vor Zorn. »Ihr werdet es nicht wagen …!«

»Und würdet Ihr es dann wagen, mir die Erlaubnis zur Eheschließung mit ihr zu verweigern?« Ferrante zog die Augenbrauen herab und überdachte diesen plötzlichen Einfall. »Vielleicht nicht. Ist das die Lösung für Euren Eigensinn, Letizia? Drastisch, ja, aber wenn Ihr mich zwingt, grausam zu sein, um freundlich sein zu können …«

»Ungeheuer!« schrie Donna Pia und griff mit krallenartig gekrümmten Fingern nach seinem Gesicht. Er konnte ihren Arm leicht abfangen und drehte ihn nach unten. Aus ihrem krokusgelben Ärmel fiel ein weißer kreisförmiger Gegenstand auf den trockenen Boden. Sie keuchte und stampfte mit dem Fuß darauf, doch zu spät. Ein orangenfarbenes Licht flammte um ihren Schuh herum auf und verschwand.

»Was ist das?« fragte Ferrante, der Donna Pia trotz ihrer Gegenwehr mit einer Hand auf Armes Länge von sich weg hielt. Er bückte sich, um das zertretene Tamburin aufzuheben und schob sie hinweg.

Thur stand auf. In wenigen Augenblicken würde seine Rolle als Spion offenbar werden. Er tastete nach dem Heft seines Messers. Das letztemal hatte er es benutzt, um beim Frühstück den Hammelbraten zu schneiden. Eigentlich müßte es einmal geschliffen werden. Warum hatte er nicht daran gedacht, es rechtzeitig schleifen zu lassen? Er hielt den Atem an.

Genau in dem Augenblick, als Ferrante sich aufrichtete, warf Thur sich nach vorne. Zu weit für einen Stich. Der Wächter an der Mauer sprang vor und stieß einen Warnschrei aus. Ferrante drehte sich halb um, warf den gepanzerten Arm hoch und wehrte Thurs Stoß ab. Die Klinge rutschte über die Kettenglieder und ritzte Ferrante nur am Hals. In einer verzweifelten Anstrengung, die Gelegenheit noch zu nutzen, kehrte Thur die Klinge um und fuhr zurück. Das Messer stach in Ferrantes Nacken. Doch schon hatte der Baron trotz des ungünstigen Winkels Thurs Handgelenk erstaunlich fest gepackt, und das Messer drang nicht tief. Sie rangen um den Messergriff. Dann explodierte in Thurs Lendengegend ein blendender Schmerz und raste wie ein Blitz durch seine Nerven. Ferrantes kampferprobtes Knie hatte mit Genauigkeit und Wucht sein Ziel getroffen. Ein Stiefel trat Thur noch gegen das Kinn, als er niedersank, und schlug ihm den Kopf nach hinten. Es war schlimmer als ein Felssturz. Ein zweiter Tritt traf seinen Bauch. Seine Naht platzte auf, und die schmerzende Wunde begann erneut zu bluten.

Die Spitze eines langen, glänzenden Schwertes stach in Thurs Halsgrube, während er am Boden lag und in den strahlend blauen Himmel blinzelte. Über ihm schwamm Ferrantes dunkles Gesicht. Der Baron drückte eine Hand seitlich an seinen Hals, blickte auf das klebrige Blut auf der Handfläche und fluchte. Er nahm sein Schwert hoch und trat einen Schritt zurück, während einige weitere Soldaten angerannt kamen und überflüssigerweise nach Thur zu treten begannen.

Die Edelfrauen kreischten und hielten sich gegenseitig umklammert. Fiametta hätte wenigstens einen Ziegelstein aufgehoben und versucht, Ferrante den Kopf einzuschlagen. Fiametta! Thur bereute seine Schüchternheit zutiefst. Wenn er nur etwas beherzter gewesen wäre, dann hätte er ihr einen Kuß stehlen können, oder noch mehr, bevor er starb …

Ferrante stützte sich auf sein Schwert und atmete heftig. Seine Augen waren weit aufgerissen. Nach einer Minute, als es ganz offensichtlich war, daß Thur sich nicht zu einem erneuten Versuch erheben würde, winkte Ferrante die Wachen zurück. »Bringt sie in den Turm«, beauftragte er zwei Männer, die schreienden Frauen wegzuschaffen. Der Wachoffizier holte die erschockene Giulia und ihren Hund und brachte sie aus dem sonnenhellen Garten hinaus.

Thur blinzelte mit wie verrückt tränenden Augen und versuchte, sich den Himmel einzuprägen. Er wollte in das Firmament hinabfallen, zu Gott heimkehren. Als letzter Anblick in seinem Leben wäre ihm Fiamettas Gesicht lieber gewesen, doch er wollte gewiß nicht, daß sie hier zugegen wäre, und so mußte der blaue Himmel genügen. Über ihm schwebten die Gesichter der Feinde. Ferrantes Gesicht, das wegen Thurs Tränen verschwommen und verdoppelt wirkte, war vor Wut und Angst ziegelrot.

»Warum, Deutscher?« knirschte der Baron. Das helle Schwert stach wieder gegen Thurs Kehle. Es sah aus wie eine Rutschbahn zum Himmel, perspektivisch verzerrt in der Sonne. Man konnte darauf in den blauen Himmel hinabrutschen …

»Schweizer«, korrigierte Thur mit belegter Stimme. Sein Mund war wie betäubt und voller Sand.

»Warum hast du gerade versucht, mich umzubringen?«

Warum? Warum? Nun, es war ihm als das Richtige vorgekommen. Alle hatten gewollt, daß er es tat. Er hatte es nicht wirklich gewollt. Ihm wäre viel lieber, Uri wäre am Leben und Ferrante tot. »Ihr habt meinen Bruder umgebracht«, spie Thur hervor.

»So? Doch nicht etwa Sandrinos schweizerischen Hauptmann!« Ferrantes Zähne schimmerten, als er eine seltsam zufriedene Grimasse schnitt. Anscheinend galt in seiner Welt Rache für tote Brüder als ausreichender Grund, um für noch mehr tote Brüder zu sorgen. Hatte Ferrante einen Bruder? Würde diese Kette der Rache immerzu weitergehen?

Vitelli, der Sekretär, kam herbeigerannt. Sein rotes Gewand flatterte. »Euer Gnaden!« rief er mit einer Stimme, in der Panik anklang.

»Es ist nicht so schlimm, wie es aussieht, Niccolo.« Ferrantes Stimme klang wieder beherrscht.

»Ihr blutet …«

»Keine tiefe Wunde. Ihr da, holt meinen Wundarzt.«

»Gestattet mir, daß ich die Blutung stille …« Vitelli legte seine Hand auf Ferrantes Hals, und das dunkle Rinnsal wurde zu einem langsamen Sickern.

Ferrante kratzte mit seinen blutigen Fingernägeln vorsichtig um die Wunde herum. Sein Gesicht war vor Erregung verzerrt. »Das war verdammt knapp. Durchsucht ihn nach versteckten Waffen«, befahl er einem Soldaten, der vorsichtig neben Thur niederkniete und ihn abtastete. Er entdeckte in der Jacke Thurs dünne Börse und reichte sie dem Sekretär. Beiläufig legte er eine weiße Scheibe aus Pergament auf den Boden. Thur stöhnte auf …

Vitelli mußte selbst erst dreimal hinschauen. »Was …?« Er bückte sich, um den Gegenstand aufzuheben. Einen Moment später fluchte er. Seine Hand schloß sich um das Pergamenttamburin und zerdrückte es. Zwischen seinen Fingern leuchtete kurz ein orangenfarbenes Licht auf. »Woher hast du das?« wollte er von Thur wissen.

Thur lächelte verträumt. Er schwamm in einem Meer von Schmerzen.

»Antworte!« schrie ein Soldat und trat ihn wieder. Thur röchelte und schwamm hinter einer zurückweichenden Dunkelheit her, die ihn aus all dem fortnehmen würde.

»Laß nur«, unterbrach Vitelli die hilfreichen Bemühungen des Wächters mit einer Handbewegung. »Wenn es noch mehr davon gibt, so kann ich das hier verwenden, um sie zu finden.«

»Was ist das?« fragte Ferrante, nahm das zerdrückte Stück Pergament und verglich es mit dem anderen.

»Ich glaube, es ist eine Vorrichtung, um uns zu belauschen, Euer Gnaden. Es ist … eine ziemlich gute Arbeit. Ich habe so ein Gefühl, als wären noch mehr davon in der Nähe.«

Ferrante blickte von den Tamburinen zu Thur und preßte die Lippen zusammen. »Ist er ein Spion?«

»Ohne Zweifel«, erwiderte Vitelli.

»Er sagte, er sei der Bruder von Sandrinos Gardehauptmann. Natürlich kann er beides sein.« Ferrante winkte seinen Soldaten. »Hängt ihn am Südturm auf. Und zwar an der Seite, wo man ihn vom Nordturm aus sehen kann.«

Wachen packten Thurs Arme und zerrten ihn hoch. Thur erinnerte sich undeutlich daran, daß er Gott gebeten hatte, er solle ihn retten, damit er nicht gehängt werde. *Ich nehme es wieder zurück.* Gewiß war ihm doch ein Tod in Erde und Wasser versprochen worden, kein Tod, bei dem er in der Luft baumelte.

»Wartet, Euer Gnaden …« Vitelli trat näher und musterte Thurs geschwollenes und blutiges Gesicht. »Der

Bruder von Hauptmann Ochs? Wirklich? Sie sehen sich nicht sehr ähnlich. Nun, vielleicht das Kinn.«

»Spielt das eine Rolle?«

»Es gibt eine Gelegenheit ...«

»Was denn?« fragte Ferrante wütend. »Mir macht es keinen Spaß, das hier noch weiter in die Länge zu ziehen. Er ist ein Spion und ein Meuchelmörder. Schön, also soll er auf der Stelle hingerichtet werden, als Warnung für andere.«

»Hingerichtet, ja, aber ... ich glaube, wir können seinen Tod besser nutzen. Unten im Verlies. Na? Katzen und Hähne sind bloße Kleinigkeiten, im Vergleich zu einem Menschen. Und falls der Mensch wirklich ein Bruder des ... anderen ist, nun denn ... Ich werde alle meine Diagramme neu berechnen müssen. Oh, das ist großartig, Euer Gnaden.«

»Ach so.« Ferrante rieb sich nachdenklich das Kinn. »Ich verstehe.« Einen Augenblick lang stand er ungewöhnlich unentschlossen da. »Ich frage mich, ob er noch einen weiteren Bruder hat, der aus der Dunkelheit auf mich losgeht. Nun ... schließlich handelt es sich bei ihm um einen verurteilten Verbrecher. Schade. Ich habe ihn eigentlich gemocht.«

»Um so besser, Euer Gnaden.« Vitellis Augen funkelten.

Ferrante preßte die Lippen aufeinander, doch er wandte sich an seine Soldaten. »Bringt ihn ins Verlies. Wir werden ihn später verhören und im Geheimen hinrichten.«

Zwei Losimaner zwangen Thur auf die Beine. Der Garten drehte sich langsam ruckweise um ihn, und sein Magen hob sich. Seine neue graue Jacke war jetzt auch mit Blutflecken besudelt. Ihm kamen die Tränen. Mutter wäre unglücklich ... Sie schleiften ihn den Garten hinauf. Die Düsterkeit der Burg verschlang das Tageslicht. Der hohle Widerhall gepflasterter Korridore begleitete ihn. Über Treppen stolperte er hinab in eine ewige steinerne Dunkelheit. Es ging um eine Ecke, dann vorbei an wohlbekannten vergitterten Zellen. Ein Streit dröhnte in seinen Ohren, gereizte Stimmen: »… zu voll!« – »Nicht da hinein!« – »Warum nicht, wir müssen ihn sowieso die ganze Zeit bewachen. Vielleicht wird das was aufwecken.« – »Ich möchte nicht, daß er aufgeregt wird!«

Endlich kam die Welt zur Ruhe und drückte sich in der Form kalten Steins gegen Thurs Gesicht. Er tastete mit den Händen über die sandige Kälte und drehte seinen schmerzenden Kopf sorgfältig zur Seite. Über ihm drang etwas trübes Tageslicht durch einen Tunnel in der Wand. Irgendwo fiel ein Metallriegel ins Schloß. Schritte entfernten sich.

Eine kräftige warme Hand packte sein Haar und drehte sein Gesicht herum. Erschöpft blickte Thur in ein unrasiertes Gesicht mit geröteten Augen. Ein Bart wie Salz und Pfeffer überzog die Hängebacken. Buschige Augenbrauen hoben sich verwundert.

»Eine Fledermaus ist die Lösung«, riet der verrückte Kastellan freundlich, öffnete seine Hand und ließ Thurs Wange wieder gegen den Stein klatschen.

KAPITEL 14

»Damit ist auch das letzte kaputt«, sagte Bruder Perotto mit grimmigem Gesicht. Ein Dunst aus orangenfarbenem Licht stieg von dem Pergamenttamburin auf, das vor ihm auf dem Tisch lag, zitterte undeutlich im kühlen Tageslicht von Abt Monreales Arbeitszimmer und verschwand.

»Die ganze Arbeit dahin«, stöhnte Bruder Ambrosio. Die anderen Mönche ringsum am Tisch, die alle einen jetzt verstummten kleinen Mund in Händen hielten, pflichteten ihm mit stummem Mienenspiel bei. Fiametta fingerte an dem letzten Tamburin herum, das vor ihr lag. Auch dieses war hinüber … Es hatte nie zu sprechen begonnen, doch jetzt war seine magische Aura nicht bloß inaktiv, sie war spurlos verschwunden. *Wo bist du, Thur?*

Fiametta hatte gerade Monreale den Mund übergeben, der abwechselnd klar und seltsam gedämpft aus Donna Pias Ärmel sprach, als das Pergament plötzlich einen Schrei wiedergab und dann abrupt verstummte. Monreale hatte schnell seine anderen Lauscher versammelt, um Vitellis zerstörerischem Rundgang durch die Burg zu folgen: Sandrinos Kanzlei, der Krankensaal, der Schlafraum der Pferdeknechte. Die Worte, die die kleinen Münder von sich gaben, bevor sie verstummten, waren wenige gewesen und hatten nüchtern geklungen: »Hier ist noch eins, Euer Gnaden.« – »Unter der Decke. Ha!« Bis zum letzten, der die erdrückenden Beweise für Schwarze Magie geliefert hatte und auf dem Wandbrett in der Kammer der Totenbeschwörung gefunden wurde. Fiametta hatte mitbekommen, daß dieser Mund Bruder Perotto die ganze Nacht wachgehalten hatte, nachdem sie auf Monreales Befehl hin zu Bett gegangen war, doch Perotto war, was die Ereignisse anging, die der Mund berichtet hatte, aufreizend ausweichend gewesen, zumindest ihr gegenüber.

Vitellis letzte geflüsterte Botschaft war kurz und schrecklich gewesen. »Ihr seid es, Monreale, nicht wahr? Ich erkenne Euren Stil. Es hat Euch nichts genützt. Euer Schicksal ist besiegelt, und Euer törichter Spion soll auf der Stelle sterben.« Es war ein Knistern zu hören, das plötzlich abbrach, und der Mund, der vor Bruder Perotto lag, hatte seine so mühsam in ihn gebannte Magie verloren.

Monreale saß gebeugt und bleich da, als würden ihm Stück für Stück Fleischfetzen aus dem Unterleib gerissen. Bruder Perotto lehnte sich zurück und kehrte in hilfloser Enttäuschung die Hände nach außen. »Was ist geschehen, Vater Abt? Es schien so gut zu gehen, und dann …«

»Ich habe große Angst um den armen Thur«, sagte Monreale leise vor sich hin.

Fiametta schlang die Arme um den Leib und drückte heimlich den Löwenring zwischen ihren Brüsten. Sie spürte immer noch sein warmes, musikalisches Summen, seinen winzigen Herzschlag. Wenn Thurs wirkliches Herz aufhörte zu schlagen, würde sie es erfahren? Sie blickte sich unter den um den Tisch Versammelten um: Männer in grauen Mönchskutten, feierlich, voller Autorität – und hilflos. »Wozu seid Ihr nütze?« fragte sie in plötzlicher Qual.

»Was?« erwiderte Bruder Ambrosio scharf, doch Abt Monreale hob nur den Blick.

»Wozu seid Ihr nütze? Die Kirche soll doch unser Schutz gegen das Böse sein. Oh ja, Ihr reitet in der Gegend herum und terrorisiert alte Dorfhexen wegen einer Läuseplage in den Haaren ihrer Nachbarinnen oder wegen eines dummen Liebestranks, der in der Hälfte der Fälle sowieso nicht wirkt, und Ihr bedroht ihre Seelen mit dem Höllenfeuer, wenn sie nicht aufhören und abschwören. Ihr seid gut darin, Männer bei der Arbeit in ihren Werkstätten zu belästigen, aber wenn das wirklich Böse kommt, wozu seid Ihr dann nütze? Ihr habt zuviel Angst, es zu bekämpfen! Ihr verfolgt die geringen Vergehen kleiner Leute, das ist sicher genug, aber wenn große Verbrecher mit einem Heer im Rücken einmarschieren, wo sind dann all Eure Predigten? Auf seltsame Weise verstummt! Große dumme Narren, die eigentlich noch – noch *Jungen* sind, werden gehängt, während Ihr dasitzt und *betet* …« 'Tränen rannen über ihre Nasenflügel hinab, sie schniefte heftig, wischte sich mit dem Ärmel über das Gesicht und biß sich in die Lippe. »Ach, wozu seid Ihr nütze …«

Bruder Perotto begann mit einer ungehaltenen Ansprache über die passende Demut, die unwissenden Mädchen anstünde, doch Abt Monreale winkte ihm, er solle schweigen.

»Fiametta hat teilweise recht«, sagte der Abt zurückhaltend, dann blickte er sich am Tisch um und lächelte freudlos. »Vor der scharfen Spitze eines Schwertes ist Mut die oberste aller Tugenden. Doch Klugheit muß den Mut mäßigen. Mut, der durch Irreleitung verschwendet wird, führt zu den schlimmsten, den herzzerreißendsten Tragödien. Wenn es eine achte Todsünde gibt, dann sollte es die Dummheit sein, durch die alle Tugenden vergeudet werden. Doch … wo endet die Klugheit und wo beginnt die Feigheit?«

»Ihr habt Thur allein dorthin geschickt«, platzte Fiametta heraus, »um meine Beschuldigungen von Schwarzer Magie und Mord bestätigt zu bekommen. Da mein Wort, das Wort eines unwissenden Mädchens, nicht gut genug war gegen einen so großen und *tu-*

gendhaften Herrn wie Umberto Ferrante. Jetzt sind meine Beschuldigungen und noch vieles mehr bestätigt worden, und das aus Ferrantes und Vitellis eigenem Mund. Worauf wartet Ihr nun? Es gibt keinen Grund mehr zu warten, doch es gibt viele Gründe sich zu beeilen!«

Monreale legte die Hände flach auf seinen Arbeitstisch und betrachtete die Versammelten ernst. »Ganz recht.« Er sog etwas Luft durch die Zähne ein, dann sagte er: »Bruder Ambrosio, hol den Prior und den Leutnant von Sandrinos Garde. Bruder Perotto, Fiametta, ihr sollt mir assistieren. Beginnt damit, daß ihr das ganze Zeug von meinem Tisch wegräumt.«

Trotz ihres ganzen leidenschaftlichen Aufrufs zur Tat wurde Fiametta von dieser plötzlichen Reaktion überrascht. Ihr wurde flau im Magen vor Angst, als sie geschäftig im Zimmer herumrannte und Dinge wegschaffte, aufräumte, und auf Monreales Anweisungen hin die Instrumente seiner Kunst herbeiholte. Monreale war bereit, geistig zumindest. Anscheinend hatte er die ganze Zeit, die er mit Meditation zugebracht hatte, auf etwas anderes als aufs Gebet verwendet. Als der Leutnant der geflohenen montefoglianischen Garde eintraf, ließ Monreale ihn vor einem Plan der Stadt Platz nehmen und erteilte genaue Instruktionen zur Abstimmung ihrer magischen und militärischen Bemühungen.

Man wußte, daß der Ring der losimanischen Belagerer um San Girolamo herum dünn war. Monreale drängte die Montefoglianer, gerade so viele Armbrustschützen im Kloster zu lassen, die notwendig waren, um den Feind von den Mauern fernzuhalten, und den Belagerungsring zu durchbrechen und einen Ausfall in Richtung der Stadt zu machen. Wenn Ferrante und Vitelli durch den Zauberbann, den er über sie zu werfen plante, handlungsunfähig wären und dieser plötzliche Angriff erfolgte, dann – so hoffte Monreale – würden die losimanischen Truppen verwirrt werden. Sandrinos – nun Ascanios – Männer könnten dann die Stadtbewohner um Hilfe rufen.

»Die Losimaner haben sich ausreichend verhaßt gemacht«, meinte Monreale. »Alles, was unsere Leute brauchen, ist eine echte Hoffnung auf Erfolg, um ihre Angst vor Vergeltung zu unterdrücken, und sie werden auf die Straßen strömen, um sich euch anzuschließen. Bahnt euch schon im ersten Sturm den Weg bis hin zur Burg und zur Herzogin, wenn ihr könnt. Wenn ihre Führer ausfallen, sind die Losimaner vielleicht bereit, sich unter bestimmten Bedingungen sogar hinter verschlossenen Türen zu ergeben.«

Fiametta durchlief ein kalter Schauer, als sie dies hörte. Nun, Ferrantes losimanische Mordgesellen waren grausam, aber vielleicht reichte ihre Loyalität nicht bis zur Selbstopferung. Sie würden allerdings nicht zögern, andere zu opfern. Die Kompliziertheit der militärischen Situation beängstigte sie. Um sich den Weg aus diesem monströsen Knäuel freizukämpfen, war mehr nötig, als nur einen Zauberstab zu schwenken. Doch wenn überhaupt jemand all diese auseinanderlaufenden Fäden zusammenhalten konnte, dann war es gewiß Abt Monreale. Selbst Papa hatte nach ihm gerufen.

Monreale segnete seinen leeren Arbeitstisch, während Bruder Ambrosio auf lateinisch singend im Zimmer umherging und ein Weihrauchfaß schwenkte. »Um die verbliebenen Nachwirkungen früherer Zauber zu beseitigen«, erklärte er. Fiametta nickte. Ihr Vater hatte dann und wann eine ähnliche Art von Hausreinigung praktiziert, bevor er besonders wichtige, delikate oder komplizierte Aufträge in Angriff nahm. Oder solche, bei denen er sich über das Ergebnis nicht allzu sicher war. Das Ritual schien mehr den Geist als den Raum zu ordnen, dachte Fiametta, während der Weihrauch sie zu husten veranlaßte.

Monreale legte selbst die Requisiten für seinen beabsichtigten Zauber bereit. »Es soll ein Zauber von Geist über Geist sein, doch ebenso von Geist über Materie. Die Symbole müssen korrekt ausgewählt werden, um den Geist zu konzentrieren. Doch ich könnte mir ein materielles Verbindungsstück wünschen. Eine Haarlocke, ein Stück Kleidung, das tatsächlich getragen wurde … Genauso gut könnte ich mir wünschen, daß das päpstliche Heer auf den Hügeln erscheint, während ich daran bin.« Er seufzte, dann hellte sich sein Gesicht auf. »Jedoch habe ich Vitellis wahren Namen. Ohne ihn wäre es sicherlich schiefgegangen, und ich hätte nicht gewußt, warum.« Er nahm ein neues Stück weißer Kreide und begann, ein Diagramm auf die Tischfläche zu zeichnen.

Als er das Kreidemuster beendet hatte, legte Monreale ein Messer, das mit grünem und goldenem Faden umwickelt war, parallel zu einer trockenen Weidengerte, die mit roten und schwarzen Fäden umwickelt war. Ferrante und Vitelli, der Soldat und der spirituell saftlose Magus. Monreale trat zurück und studierte die Objekte. »Ist es genug …? Wir müssen eine große Entfernung überbrücken, mehr als eine Meile.«

Sie sollten überkreuzt und umgedreht werden, um ihre Verwicklung und ihre Bosheit darzustellen, dachte Fiametta, doch sie sagte nichts. Ihr Vater hatte sie streng dafür getadelt, daß sie es wagte, derartige Vorschläge offen vorzubringen. Gewiß wußte Monreale mehr als sie über das, was er tat.

Monreale faltete ein Gazetuch und legte es neben das Messer und den Stab. Es handelte sich dabei tatsächlich um ein Stück Käsetuch, das man aus der Klosterküche geholt hatte. »Seide wäre besser«, murmelte Monreale. »Aber es ist wenigstens neu.«

Spinnenseide wäre noch besser, dachte Fiametta, doch sie zitterte vor Angst bei dem Gedanken, sich freiwillig zu melden, Spinnenseide zu sammeln, obwohl es im Kloster reichlich seltsame Ecken gab, in denen man Spinnen finden konnte. Sehr seltsame Ecken.

»Es wird ein Zauber tiefen Schlafes sein«, erklärte Monreale, »im Grunde der gleiche Zauber, den unsere Heiler benutzen, wenn ein Patient einen kleinen chirurgischen Eingriff fürchtet. Der Zauber ist mächtig genug, doch wir müssen uns bemühen, ihn noch mächtiger zu machen, um zwei Männer auf einmal zu überwältigen, von denen keiner darauf aus ist, mit uns zu kooperieren, und einer zum härtesten Widerstand fähig ist. Zudem mag er Wachen aufgestellt haben ...«

Warum nicht einen nach dem anderen verzaubern? Natürlich Vitelli zuerst.

»Meine größte Sorge«, murmelte Monreale, »betrifft die Frage, ob dieser Zauber weiß ist, ob er von geistlichem Wohlwollen getragen wird. Das ist sehr zweifelhaft.«

»Was denn«, fiel ihm Fiametta ins Wort, »warum? Der Zauber wird sie nicht töten – es sei denn, es lehnt sich jemand über das Balkongeländer, wenn er zuschlägt, und das kommt mir unwahrscheinlich vor –, er wird sie nicht einmal verletzen. Sie schlafen bloß ein. Ein Heilungszauber, was könnte denn noch weißer sein?«

Monreale verzog die Lippen. »Und am Ende – wenn wir siegen – müssen beide Männer letztlich auf dem Scheiterhaufen verbrennen. Das ist kaum harmlos in der Absicht, wenn auch legal in den Mitteln.«

»Wenn *sie* gewinnen, werden sie wohl kaum einen Gedanken an Legalität verschwenden.«

»Um zu behalten, was sie genommen haben, müssen sie ihre Verbrechen mit einem Mantel öffentlicher Vorwände verhüllen. Augenzeugen, die das Gegenteil behaupten, werden sich ... in sehr ernster Gefahr befinden.«

»Dazu gehöre ich«, erkannte Fiametta mit einem Schaudern.

»Inzwischen gehören so viele dazu, daß es ein regelrechtes Massaker geben dürfte.« Monreale seufzte. »Nun, ich bin bereit. Bis der Offizier meldet, daß seine Männer versammelt sind, wollen wir uns im Gebete sammeln.«

Das hätte ich voraussagen können. Doch Fiametta ließ sich ohne Widerspruch vor dem Kruzifix an der Wand von Monreales Studierzimmer auf die Knie nieder. Ihr fehlte es nicht an Dingen, für die sie beten konnte. Sie dachte traurig an all die Gebete, die sie in der Vergangenheit an ihre kleinen Wünsche vergeudet hatte … eine Spitzenhaube, ein silbernes Armband wie das von Maddalena, ein Pony … ein Ehemann. Doch indirekt hatte sie alles bekommen: die Haube und das Armband von Papa, den Schimmel … Thur? Worin bestand diese seltsame Mädchenmacht, die die eigensinnige Welt dazu brachte, daß sie Fiamettas Wünsche erfüllte? *Ach, ich wünsche mir, es wäre vorüber.*

Schließlich kehrte der Ranghöchste von Sandrinos überlebenden Offizieren zurück und beriet sich kurz mit dem Abt. Die Augen des Soldaten funkelten grimmig im Schatten seines stählernen Helms. Sein eingedellter Brustharnisch wirkte stumpf und bleiern. In seinem Gesicht zeigte sich mehr Entschlossenheit als Begeisterung, doch dies war vielleicht die Emotion, die im Kampfgetümmel länger durchhielt. Das Angebot des zehnjährigen Herzogs, selbst seine Truppen zu führen, war taktvoll abgelehnt worden, doch die Erinnerung daran schien dem Mann das Rückgrat zu stärken. Monreale segnete ihn und schlug ihm zum Abschied auf seinen Harnisch, daß es im Schreibzimmer hohl widerhallte.

Dann führte der Abt Perotto, Ambrosio und Fiametta in sein Arbeitszimmer. Der Prior folgte als Zeuge. Mehr Verwalter als Magier oder Heiler oder auch Mönch (wie Fiametta vermutete), war er doch in der ganzen Krise Monreales rechte Hand für die praktischen Dinge gewesen, und er hatte sich um Mensch und Raum und um das tägliche Brot gekümmert.

Monreale plazierte seine Brüder um den Tisch, auf dem die einfache Anordnung für den Zauber vorbereitet war. Er beugte sein Haupt zu einem weiteren, glücklicherweise kurzen Gebet und streckte seine rechte Hand Ambrosio, die linke Perotto entgegen. »Brüder, leiht mir eure Stärke.«

Fiametta trat an die vierte Seite des Tisches. »Vater Abt, ich leihe gerne auch meine Kraft.«

Monreale runzelte die Stirn und blickte sie ernst an. »Nein … nein«, sagte er langsam. »Ich möchte dich nicht der Gefahr des Rückschlags aussetzen, wenn diese Bemühungen scheitern.«

»Mein kleines Scherflein könnte den Unterschied machen zwischen Scheitern und Erfolg. Und es wäre auch kein so kleines Scherflein!«

Monreale lächelte traurig, während Bruder Perotto abweisend die Stirn runzelte. »Du bist ein gutes Mädchen, Fiametta«, sagte der Abt. »Doch nein. Lenke mich bitte nicht weiter ab.«

Er hob die Hand und gebot ihrem Protest Einhalt. Fiametta schluckte alles hinunter, was sie noch hatte sagen wollen. Es schnürte ihr fast die Kehle zu. Sie trat vom Tisch zurück an die Seite des Priors und verschränkte die Hände hinter dem Rücken.

»Ambrosio, Perotto, faßt Euch an den Händen«, wies Monreale seine Mitbrüder an. Sie reichten einander die Hände, um den Kreis zu schließen. Monreales Griff straffte sich. »Der erste Schlag braucht unser ganzes Herz, um Sprenger zu überwältigen.« Er senkte seinen Blick auf die Symbole, die auf dem Tisch lagen, auf Schwert und Stab, und begann im leisen Singsang eines Heilers zu psalmodieren.

Fiametta spürte, wie die Kraft sich aufbaute, als bildete sich über dem Tisch eine unsichtbare Kugel. Monreales Kontrolle schien sehr genau, akribisch, fast pedantisch zu sein, verglichen mit den fließenden, ausladenden Gesten ihres Vaters. *Monreale vergeudet nichts.* Und doch … seine sparsame Anwendung der Mittel vergeudete Zeit und Aufmerksamkeit, so schien es Fiametta. *Überfluß kann es sich leisten, kühn zu sein.*

Die Kugel begann, mit einem sichtbaren, funkelnden weißen Feuer zu leuchten und schimmerte in Wellen sowohl auf ihrer Oberfläche wie auch in ihrer Mitte, während sich ihre Kraft immer weiter aufbaute. Nun, *das* war Vergeudung. Papa hatte immer darauf bestanden, daß ein richtig ausgeschickter Zauber ohne Wärme und unsichtbar sein sollte. Vielleicht handelte es sich hier um eine unvermeidliche Reibung, weil er versuchte, die Kraft von Ambrosio und Perotto zu kombinieren. Fiametta hielt den Atem an. *Oh, schlagt jetzt zu, sonst spürt es Vitelli und ist gewarnt!*

Immer noch hielt Monreale die Hände und baute seine Kraft auf. Die Kugel warf die Schatten der Mönche an die Wand. Dann begann das Licht wie Wasser in die Gefäße von Messer und Stab hinabzufließen. Sie füllten sich. Die Messerklinge schimmerte wie Mondlicht. Lautlos hob sich die Gaze, schwebte über den beiden leuchtenden Gegenständen und ließ sich sanft auf ihnen nieder.

Monreale öffnete die Augen und hauchte die letzte Silbe seines Gesangs. Ambrosio grinste triumphierend, und sogar die Augen des mürrischen Perotto leuchteten. Monreale atmete lächelnd ein und setzte zum Sprechen an.

Die trockene Weidengerte barst in einer Flamme, die über die Gaze hinwegzuckte und sie verschlang, bis nur schwarze Ascheflocken übrigblieben. Weißes Feuer vermischt mit Rot loderte in Monreales Gesicht empor, wie die Stichflamme einer fehlgefeuerten Muskete. Das von unten her beleuchtete Gesicht des Abtes verzerrte sich. Rote und grüne Nachbilder wirbelten in Fiamettas Augen, sie kniff vergeblich die Augen zusammen und drückte ihre Hände auf den Mund, um ihren Schrei zu ersticken.

Monreale verdrehte die Augen und fiel hin, ohne daß seine Brüder ihm halfen, denn Ambrosio hielt seine Hände vor die Augen, und Perotto taumelte ebenfalls. Monreales Stirn schlug gegen den Tisch, als er zusammenbrach. Die Gesichter der drei Männer waren von der Verbrennung gerötet.

Fiametta und der Prior stießen zusammen, als sie um den Tisch rannten. Der Prior kniete sich neben Monreales blutendem Kopf nieder, doch er zögerte, ihn zu berühren, da er immer noch fürchtete, einen magischen Prozeß zu unterbrechen. Doch da gab es nichts mehr zu unterbrechen. Der Kreis und der Zauber waren zerbrochen.

»Vater Abt? Vater Abt!« schrie der Prior besorgt. Monreales Gesicht war totenbleich und von roten Flecken überzogen. Seine versengten Augenbrauen rochen scharf nach verbranntem Haar. Der Prior überwand sein Zögern und preßte sein Ohr an Monreales Brust im Mönchsgewand. »Ich höre nichts ...«

Fiametta lief zum Schrank und entnahm ein Stück von einem zerbrochenen Spiegel, das dort aufbewahrt wurde, und hielt es unter die Nase des Abts. »Der Spiegel beschlägt. Er atmet noch ...«

Perotto stöhnte. Ambrosio lag so seltsam reglos da wie sein Abt.

»Was ist geschehen?« fragte der Prior. »Hat Vitelli irgendwie einen Gegenangriff unternommen?«

»Ja, aber ... Vitellis Gegenangriff ist vielleicht aufgehalten worden. Sollte aufgehalten worden sein. Es war die überschüssige Hitze und die zundertrockene Weidengerte. Abt Monreale ließ zuviel Hitze aufbauen.«

Der Prior runzelte die Stirn ob dieser Kritik und wischte das Blut von der Beule, die auf der Stirn des Abtes wuchs. Er tastete den Schädel ab. »Nichts gebrochen, glaube ich. Er wird bald wieder zu sich kommen.«

Das glaube ich nicht. Nicht nur durch den Schlag gegen den Kopf war Monreale außer Gefecht gesetzt, sondern auch durch den Zauberbann, der auf seinen Ursprung zurückgeleitet worden war. Fiametta war sich nicht sicher, wie Vitelli das bewerkstelligte, aber es kam ihr fast vor, als sähe sie eine dunkle Hand, die gegen Monreales Gesicht drückte, so wie vielleicht ein Mann einen Feind unter Wasser hielt. Seltsam. Sie schüttelte den Kopf, um die gespenstischen Eindrücke abzuschütteln. Sie war in letzter Zeit zu tief in die Magie eingetaucht; es war, als wären ihre Sinne zu einer fast schmerzhaften neuen Empfänglichkeit geschärft. Vielleicht konnte Bruder Ambrosio die Zauberhand aufheben, wenn er sich erholte. Falls er sich erholte.

Bruder Perotto setzte sich von selbst auf. Ambrosio öffnete schließlich die Augen, doch er war verwirrt und konnte sich nicht klar ausdrücken. Der Prior beobachtete unsicher seine Mitbrüder einen weiteren Augenblick, dann lief er, Bruder Mario, den obersten Heiler, zu holen. Der Heiler wies einige andere Mönche an, die vom Bann heimgesuchten Männer aufzuheben und zu ihren Betten zu bringen. Fiametta wartete darauf, daß Mario sie fragte, was geschehen sei, doch er unterließ es, und so versuchte sie, es ihm zu sagen.

»Du!« Perotto, den zwei Brüder stützten, wandte sich ihr zu. »Du hast den Zauber zerstört. Du gehörst nicht hierher!«

»Ich? Abt Monreale hat mir befohlen, hier dabeizusein!« erwiderte Fiametta.

»Unrein ...«, stöhnte Perotto.

Fiametta wurde ungehalten. »Wie wagt Ihr es! Ich bin eine Jungfrau!« *Um so schlimmer!* Und dazu verurteilt, es zu bleiben, wenn man daran dachte, was an Hilfe Thur jetzt bekommen würde. Wenigstens bis die losimanischen Soldaten das Kloster stürmten, würde sie Jungfrau bleiben. Sollte sie Selbstmord begehen, bevor

San Girolamo eingenommen wurde? Doch auch dieser Weg führte zur Verdammnis. Ihr Herz brannte vor Zorn und Empörung. Warum sollte *sie* sterben müssen und wegen der Verbrechen von Männern verdammt werden? Sie würde lieber kämpfen und dem entsetzlichen Schicksal der Frauen und Waisen entrinnen.

Der Prior nahm sie am Arm und führte sie auf die Galerie hinaus, von der man einen Blick über den Kreuzgang hatte. »Ja, ja, er wollte dich nicht beleidigen. Aber es ist wirklich unschicklich, daß du dich in diesem Teil des Gebäudes aufhältst. Geh zurück zum Frauenquartier, Fiametta, und bleibe dort.«

»Bis wann? Bis die Losimaner über die Mauern kommen?«

»Wenn der Abt nicht bald wieder zu Bewußtsein kommt …« Der Prior leckte über seine trockenen Lippen.

»Er ist *verzaubert*. Er wird erst wieder zu sich kommen, wenn der Zauberbann aufgehoben ist. Es muß möglich sein zu entscheiden, wie man ihn aufheben kann. Vitelli arbeitet unter dem gleichen Nachteil der Entfernung wie wir auch.«

»Ich möchte, daß der Heiler tut, was er kann.«

»Dazu ist mehr nötig als ein Heiler!«

»Wie auch immer, wir haben nur noch Heiler zur Verfügung, wenn nicht Ambrosio vorher zu sich kommt.«

»Was wollt Ihr tun, wenn keiner der beiden Männer bald aufwacht? Oder überhaupt nicht?«

Der Prior ließ die Schultern sinken, als wäre gerade das volle Gewicht von Monreales Last auf ihn gefallen. »Ich werde … ich werde die Nacht hindurch abwarten. Vielleicht bringt der Morgen besseren Rat. Doch wenn Ferrantes Unterhändler wieder kommt und uns erneut heimsucht … vielleicht wäre es besser, wenn wir uns unter bestimmten Bedingungen ergeben würden, bevor es zu spät ist.«

»Ferrante ergeben? Glaubt Ihr, er würde seine Bedingungen auch nur fünf Atemzüge lang einhalten?« schrie Fiametta.

Der Prior ballte die Fäuste seiner machtlos hängenden Arme. »Geh zurück ins Frauenquartier, Fiametta! Du verstehst das Grundprinzip der Männerangelegenheiten nicht!«

»Welches Grundprinzip? ›Rette deinen eigenen Kopf, und den letzten sollen die Hunde beißen‹? Das verstehe ich sehr gut, vielen Dank!«

»Geh jetzt ...«, brüllte der Prior, dann senkte er die Stimme zu einem Zischen: »Geh in dein Quartier! Und zügle deine Zunge!«

»Wollt Ihr mich wenigstens versuchen lassen, den Schlafbann aufzuheben, wenn die Heiler keinen Erfolg haben?« bettelte Fiametta verzweifelt.

»Perotto hat recht. Du gehörst nicht hierher. Geh!«

Im nächsten Augenblick würde er sie entnervt schlagen und das dann eine gerechte Zurechtweisung nennen. Fiametta sah es förmlich kommen. Sie zeigte ihm die Zähne, wandte sich um und schritt mit steifem Rücken aus dem Kreuzgang davon. Sie hätte den Mund halten sollen. Sie hätte widersprechen sollen. Sie hätte ... sie hätte ...

Im Frauenquartier erbrachen sich gerade zwei Kinder, drei heulten, und ein heftiger Streit zwischen zwei Müttern über die letzten sauberen Windeln war in Gekreisch und gegenseitiges Gezerre an den Haaren ausgeartet. Fiametta floh erneut. Ihr Versuch, Abt Monreale auf der Krankenstation zu besuchen, wurde von Bruder Mario streng abgewiesen. Im Refektorium versuchte ein montefoglianischer Soldat, ihr im Vorübergehen an die Brust zu grapschen, und als sie sich abwandte, flüsterte er ihr einen lüsternen Spott ins Ohr. Die alte Laienschwester in Haube und Habit, die hier die Aufsicht führte, gab ihm einen Schlag aufs Ohr und schalt ihn scharf, wobei sie seine Mutter mit

Namen anrief. Er wich zurück, grinste und hielt sich die Nase, während Fiametta sich in die chaotische, von Kindern wimmelnde und nach Erbrochenem riechende Zuflucht des Schlafsaals der Frauen zurückzog.

Sie warf sich auf ihren Strohhaufen, vergrub das Gesicht darin und knirschte mit den Zähnen, um die Tränen zurückzuhalten. Ein Strohhalm stach ihr in den Hals, und ein Floh sprang ihr auf den Ärmel und dann ins Haar, bevor sie ihn zerquetschen konnte. Als sie sich umdrehte, stieß ihr das Mädchen, das neben ihr lag, den Ellbogen in die Seite.

»Bleib auf deiner Seite, Mohrin!« knurrte das Mädchen wütend, doch ihr bleiches Gesicht war von unterdrücktem Kummer und Angst erfüllt. Angespannt davon, mit den anderen zu warten, bis sie ermordet wurde.

Fiametta hätte beinahe mit einem Wort das Haar des Mädchens in Flammen aufgehen lassen. Sie preßte die Lippen aufeinander, um die Hitze ihrer Zunge zu zügeln, und rollte sich zitternd zusammen. *In der Ausübung der Magie,* hatte Monreale gesagt, *wirst du Versuchungen ausgesetzt sein, die den Unwissenden nicht plagen.* In der Tat. Doch was war mit dem Zauber in ihrem silbernen Schlangengürtel, den sie noch immer unter ihrem Samtmieder verborgen trug? Seine Wirkung war keineswegs wohltuend gewesen, sondern beinahe tödlich. Hatte Papa sich erlaubt, alles in allem gerade ein wenig verdammt zu sein, als Preis für seine Magie? Wenn er es tun konnte, warum dann nicht auch sie?

Mutter Maria, bewahre mich vor Schaden. Auf Monreales Anweisung hin hatte Fiametta zur Jungfrau um Geduld gebetet. Sie hatte sich auf dem Pflaster in der Kapelle niedergelassen, ihre Röcke geordnet und ernsthaft zu dem heiteren weißen Marmorgesicht der Statue mit dem Kind aufgeblickt. Geduld war anscheinend eine weitere dieser Frauentugenden, denn sie konnte sich nicht erinnern, daß Geduld je eine von Papas Tugenden gewesen wäre. Fiamettas Auge fiel jetzt auf ebenden Samtrock, den sie in der Faust hielt, befleckt und zerdrückt. *Mutter Maria … Mama, wo bist du?*

Dieses rote Kleid war weniger verblaßt als die bruchstückhaften Bilder in Fiamettas Erinnerungen an die Frau, die es vor ihr getragen hatte. Ihre Mutter war gestorben, als Fiametta acht Jahre alt war, und zwar in Rom, an dem Fieber, das so viele dahingerafft hatte. Ein schlimmes Jahr, und der August war sein schlimmster Monat gewesen, eine schwere Zeit für die Familie Beneforte. Papa wurde aufgrund jener lebensbedrohlichen Beschuldigungen in der Engelsburg gefangengehalten …

Fiametta konnte sich nicht an den Tod ihrer Mutter erinnern. Jemand anders mußte sich an ihrer Stelle um die kranke Frau gekümmert haben. Sie sah nur noch undeutlich, wie sie in steifen und unbequemen Kleidern der billigen und einfachen Bahre durch heiße, stickige, stinkende Straßen folgte und die Hand einer großen Frau hielt.

Es bedrückte Fiametta, daß sie sich so wenig an Rom erinnern konnte. Venedig zum Beispiel konnte sie sich deutlich vorstellen, sogar als Papa sie dorthin gebracht hatte, auf dem Rücken des Packpferdes. Die Aufregungen der Reise, das Wunder und das Geglitzer sowie der Stolz der Stadt … doch Mama war in Venedig nicht mehr dabeigewesen. Fiametta hatte von ihrem Fenster im Obergeschoß aus beobachtet, wie maurische Händler in farbenprächtigen Turbanen in ihren Gondeln den Kanal hinabgestakt wurden, oder sie hatte dann und wann den Negersklaven eines großen Herrn oder einer großen Dame gesehen, einmal sogar das wogende Gefolge eines äthiopischen Gesandten. Doch niemand von ihnen schien eine Beziehung zu Mama zu haben, der schlanken dunklen Hexe aus Brindisi … Fiametta war daran gewöhnt, von ihrem Papa als dem Mächtigen zu denken, doch auch Mama war eine Zauberin gewesen. Fiametta berührte den Schlangengürtel. Die Silberarbeit hatte Papa vollbracht, ja, aber den ursprünglichen Zauber …? *Stammte er von Mama? Ja …* In der Tat? Die dunkle Frau lächelte Fiametta über die Schulter der wohltätigen weißen Statue hinweg zu.

Mama, warum hast du deine Macht aufgegeben und Papa geheiratet?

Ich habe sie für dich eingetauscht, mein Schatz, und diesen Handel habe ich nie bereut. Magie ist Macht, doch Kinder sind das Leben selbst, ohne das es weder Magie noch irgend etwas Gutes gibt …

Papa hat bedauert, daß ich kein Junge war. Du auch?

Nein, nie. Fürchte dich nicht, Fiametta. Die Fülle ihrer Macht kommt erst spät zu einer Frau. Du mußt deinen Weg auf sie hin leben, wachsen und mehr Leben bekommen … dann wird alles, was mein war, dein sein, in jenem stillen Mittelpunkt.

Nein, nicht alle Macht hatte Papa gehört, denn er hatte diesen Mittelpunkt umkreist, als hinge er am Ende einer unzerreißbaren silbernen Schnur, bis der Tod sie zerrissen hatte. Fiamettas schwebende Ruhe wurde von Panik verschlungen. *Aber jetzt brauche ich Macht. Mama. Mutter Maria …*

Die beiden Gesichter, kühler weißer Marmor, weiche braune lächelnde Haut, verschmolzen in einer Art mütterlicher Schwesternschaft. *Du bist mein goldenes Kind …*

Das Geheul eines Säuglings weckte Fiametta. Sie war erschüttert über ihren flüchtigen Traum, erfüllt von Müdigkeit, aufs neue erschrocken über die Geräuschkulisse. Der nervöse Lärm in diesem überfüllten Raum würde sie sicher zum Wahnsinn treiben. Das Licht der untergehenden Sonne drang durch die Fensterschlitze in der Westwand. Fiametta rollte sich wieder vom Stroh herunter und suchte die stinkende Latrine auf. Selbst dort war sie nicht allein. Sie spähte zu den dunklen Quadraten der Fenster hinauf, die hoch oben zur Belüftung in die Wand eingelassen waren, und wünschte sich, sie wären größer. Die beiden anderen Frauen verließen den Raum. Nebenan im Schlafsaal begann mit Gekreisch ein neuer Streit. Ganz wirr vor Spannung faßte Fiametta hoch über ihren Kopf, schlang ihre Hände um einen schmutzigen Sims und zog sich hoch und halb hindurch. Sie lag auf dem Bauch über dem Stein und blickte sich um.

Die Traufe des mit Blei gedeckten Daches ragte über diesen winzigen Fenstern wie ein Zelt hervor und verbarg sie vor Blicken von außen. Von der Decke stießen Balken zum Dach vor und bildeten dreieckige Streben. Tief unter Fiamettas Nase traf die äußere Mauer des Klosters auf den Boden, auf grasigen, steinigen, von Menschen verlassenen Grund. Mit etwas Anstrengung schob Fiametta ihre Hüften durch das kleine Fenster und legte sich über die Querbalken. Es war eng und gefährlich, aber vielleicht gab es ein Versteck ab, wenn das Kloster von den Losimanern gestürmt wurde. Vielleicht – bis die Balken brannten und das Dach einstürzte.

Doch zumindest war sie allein, und der geisttötende Krach des Schlafsaals der Frauen war nur noch als ein undeutliches, fernes Geräusch zu vernehmen. Sie erlaubte sich endlich zu weinen, allerdings stumm, damit nicht etwa ein Wächter, der vielleicht über ihr auf dem Dach oder unter ihr am Boden postiert war, es hörte und dann Nachforschungen anstellte. Ihre Tränen fielen im Licht des Sonnenuntergangs wie geschmolzenes Gold in der Werkstatt ihres Vaters, das in ein Becken mit kaltem Wasser fiel, um kleine runde Perlen zu formen. Hier fielen die Tropfen in den Staub weit unten. Die Tränen wurden zu Perlen, dann verschwanden sie in den Schatten, während das Licht verging. Ihr Kopf, ihre Brust und ihr Bauch schmerzten vom unterdrückten Seufzen, das sie schüttelte.

Jedes Vertrauen, das sie in jemand gesetzt hatte, war

enttäuscht worden. Ihre Zuversicht war von einem Scheitern nach dem anderen verspottet worden: Papa, Monreale, Thur ... der arme Thur. Er war völlig unvorbereitet in diese Sache geraten. Es war kaum seine Schuld ...

Eine große Spinne, die in einem Dreieck links von Fiamettas Kopf ihr Netz wob, ließ sich an einem Strang ihrer Seide fallen und baumelte einen Augenblick lang hin und her, bevor sie wieder an dem Faden hinaufkletterte. Sie erinnerte Fiametta auf schreckliche Weise an einen Gehängten. An einen blonden jungen Mann, blauäugig und hilflos und ohne Glück in der Liebe.

So eine Spinne hätte ich für Abt Monreale holen können, dachte Fiametta. *Was wäre denn gewesen, wenn ich sie hätte berühren müssen.* Wenn sie sich doch nur zu Wort gemeldet hätte! Vielleicht hätte das den Ausschlag im Zauber des Abtes gegeben.

Die Spinne saß auf ihrer Webe, die sich sanft in einem schwachen Luftzug bewegte. Das Tier verschwamm zu einem dunklen Fleck, als die Schatten tiefer wurden.

Ich bin nur ein kleines Mädchen. Jemand sollte mich eigentlich retten. Von mir erwartet man nicht, daß ich mich selbst retten muß.

Oder auch noch die anderen.

Sie konnte nichts tun, eingesperrt in diesem Steinhaufen von einem Kloster. Meister-Magus oder kleines Mädchen – offensichtlich mußte jemand näher an das Ziel herankommen. Die Reise riskieren. Riskieren ... was? Den Tod? Den riskierte sie auch, wenn sie einfach hierblieb. Folter? Genauso.

Verdammnis?

Eine Sorge, die offensichtlich Ferrante nicht aufhielt und nicht einmal Vitelli verlangsamte. Und auch nicht ihre Mordgesellen.

Ich würde mit dem Stahl gegen diese Mistkerle kämpfen, wenn ich ein Mann wäre. Wenn sie ein Mann wäre, dann würde ein Priester ihr blutiges Schwert mit Weihwasser besprengen und ihr Vergebung verkünden, bevor noch die Leichen erkaltet wären. Aber sie war kein Mann, und sie bezweifelte, ob sie mit einem Schwert in der Hand überhaupt zehn Schritte weit kommen würde. *Kein Mann, aber eine echte Magierin.* Und wenn Gott sie dafür verdammen wollte, daß sie die einzige Kraft benutzte, die er ihr gegeben hatte, dann war dies seine Sache.

In ihrem Unterleib entbrannte in der zunehmenden Dunkelheit ein Feuer der Entschlossenheit. Sie griff nach draußen und schloß die Hand um die nur noch zu ahnende Spinne, die da vor ihrer Nase hing. Das Tier zappelte und kitzelte Fiamettas Handfläche. Zu einem Zauber gehörte mehr als nur reiner Wille. Der Zauber brauchte einen Angelpunkt und die Ansammlung von Macht innerhalb einer symbolischen Struktur.

»Bene«, flüsterte sie der Spinne zu, *»forte«.* Obwohl sie das Tier kaum sehen konnte, drückte sie seinen Unterleib. Ein feiner Silberfaden spann aus ihrer Hand hervor und legte sich um einen Balken. Sie schob ihre Röcke zurecht und ließ sich an dem Spinnenfaden zum eisenharten Boden hinabfallen. Ihr Arm wurde hochgerissen, als der Faden sich dehnte und hielt. Sie rotierte, einmal, zweimal, ihre Füße kamen mit einem Plumps auf dem Boden auf, und sie suchte taumelnd ihr Gleichgewicht.

Der Sturz hätte ihr beide Beine brechen können. Ihr spontaner Zauber hatte *funktioniert.* Sie öffnete die rechte Hand: da klebte die zermalmte Spinne – ein verschmierter Fleck.

Oh, tut mir leid, Spinne. Eine Welle von Übelkeit überwältigte sie fast, und sie rieb sich die Hand schnell am warmen rauhen Stein der Klostermauer ab, um die Überreste des Tierchens wegzuwischen.

Schwindlig vom Sprung und dem Nachglühen der

Magie in ihren Nervenbahnen, brauchte Fiametta einen Augenblick, um zu erkennen, daß sie in der Dämmerung offen vor der Mauer stand, ein deutliches Ziel für jeden losimanischen Armbrustschützen, der aufmerksam genug gewesen wäre, die Bewegung ihres gelenkten Falls zu bemerken. Den Spinnenfaden, dessen Zauber verbraucht war, hatte der Wind fortgeweht. Sie konnte nicht wieder hinaufklettern. Und auch nicht diese arme zerquetschte Spinne dazu bringen, einen neuen Faden zu spinnen. Keuchend ließ sie sich flach auf den Boden fallen. *O Gott. War das schon die Rache für meinen Stolz? Mutter Maria!* Doch kein Streit dröhnte tückisch über ihrem Kopf, es hagelte keine Rufe. Nur das erste Gequake der Frösche und das letzte Gezwitscher der Vögel klang durch die kühler werdende Dunkelheit. Starr vor Angst wartete sie einige Minuten. Es wurde dunkler.

Jetzt hast du's getan. Du kannst nicht mehr zurück. Du mußt weitergehen. Sie löste zappelnd den Schlangengürtel aus dem Versteck unter ihrem Mieder und wickelte ihn wieder offen um ihre Taille. Sie holte Luft, hob sich mit einem Schwung in eine geduckte Stellung, nahm ihre Röcke hoch und rannte auf den Wald zu.

Unter den Bäumen war es finsterer, aber unter ihren Schritten raschelten Laub und Gras, knackten Zweige. Sie trat so vorsichtig auf, wie sie nur konnte. Wenn sie nur durch die losimanischen Reihen schlüpfen und die Straße zur Stadt erreichen könnte …

Sie schrie nicht auf, als ein dunkler Mann in soldatischer Lederkleidung auf sie lossprang. Etwas derartiges hatte sie ja erwartet. Trotzdem blieb ihr die Luft weg und ihr Herz hämmerte, als er sie herumdrehte. »Ha!« schrie er. »Hab ich dich erwischt!«

»Nein. Ich hab dich«, erklärte sie, dann hielt sie überrascht inne. Selbst in der Dunkelheit war klar, daß der Mann kahl wie ein Kochkessel und sauber rasiert war. Doch unter seinem Lederwams trug er immerhin ein wollenes Hemd. Sie roch den getrockneten Schweiß. »*Piro*«, sagte sie deutlich.

Seine Ärmel brachen in Flammen aus, die sich in der Dunkelheit wie orangenfarbene Blüten um seine Arme schlangen. Kühn gestimmt spazierte sie in die wild wogenden Schatten davon, während er noch schrie und sich auf dem Boden wälzte. Sie rannte nicht einmal. Seine Schreie würden seine Kameraden zu Hilfe holen; schon jetzt konnte sie hören, wie sie hinter ihr durch das Unterholz trampelten. Doch nicht hinter ihr her. Nur wenige von den Losimanern würden töricht genug sein, eine unbekannte Zauberin in der Dunkelheit schnell genug zu jagen, um Gefahr zu laufen, sie tatsächlich zu fangen. Sie lief weiter, überflutet von einer Art zusammenhangloser Mattigkeit, ganz wie damals, als sie zuviel unverdünnten Wein getrunken hatte. Sie hatte keine Angst und wollte schlafen. Ihre Finger fühlten sich dick an wie Würste, ihre Beine kamen ihr vor wie Holz.

In diesem Waldstück südlich des Klosters gab es eine Schlucht, die zum See führte, wo der Boden eben wurde und die Straße den Graben kreuzte. Sie rutschte und kletterte den Abhang hinab und krallte sich in der rauhen Baumrinde fest, um ihren Abstieg zu verlangsamen. Sie spürte klebriges Blut, doch ihre Hände schienen für Schmerz taub zu sein. Auf dem Grund der Schlucht rieselte ein fast ausgetrocknetes Rinnsal schlammig schwarz um fahle Felsbrocken herum, und sie suchte sich ihren Weg zwischen ihnen hindurch.

Sie blieb stehen, kauerte sich zwischen einige umgestürzte Baumstämme und verbarg ihre weißen Ärmel unter der Brust, als zwei losimanische Soldaten mit gezückten Schwertern vorüberzogen. Sie rannten an Fiametta vorüber, ohne sie zu sehen, da ihre Aufmerksamkeit ganz auf die Rufe gerichtet war, die schwach von oben aus der Nähe des Klosters kamen. Sie mußten die Straße bewacht haben, denn als Fiametta die staubige Wagenspur erreichte, ein verschwommenes Band in der mondlosen Finsternis, war weit und breit niemand zu sehen. Der See lag da wie schwarze Seide.

Sie wandte sich nach Süden und trat den Weg nach Hause an.

KAPITEL

15

Erst nach einer Ewigkeit ließen die Wogen von Schmerz, die Thurs zusammengekauerten Körper durchliefen, so weit nach, daß er sich wieder strecken und aufsetzen konnte. Das Zellenfenster, das nach Norden führte, ließ keinen Sonnenstrahl hindurch, so daß er die Tageszeit hätte ablesen können, doch das tiefe Blau des Stückchens Himmel, das er sehen konnte, ließ vermuten, daß der Nachmittag zu Ende ging. Vorsichtig legte er seine Hand an die geschwollenen Lippen, berührte wackelnde Zähne und zuckte zusammen. Es war bloßer Zufall, daß er sich nicht die Zunge abgebissen hatte. Hüften, Rücken und Nieren schmerzten von den Stiefeltritten und verdrängten fast den Schmerz der Schwertwunde, die er gestern abbekommen hatte und die wieder aufgerissen war. Seine rote Kappe war verschwunden, seine Schuhe ebenfalls. Seine gestrickte Hose war zerrissen und zerfiel. Er schob sich seitwärts hoch, lehnte den Rücken an die Wand und streckte die Beine vor sich aus. Endlich konnte er sich umschauen.

Don Pio saß mit einem eigenen Stück Decke im Schneidersitz auf einem Strohsack. Der Kastellan wiegte sich sanft vor und zurück und knabberte am Deckenzipfel, genauso geistesabwesend wie ein Mann, der an seinen Fingernägeln kaut. Seine rot umrandeten Augen blickten unverwandt auf Thur. Seine schöne Seidenhose war ebenfalls ganz durchlöchert und ruiniert, wie Thur mit einem Gefühl trübseliger Kameradschaft bemerkte.

»Wer bist du?« fragte Don Pio mit heiserer Stimme, ohne seinen beunruhigenden Blick von Thur abzuwenden oder mit dem Schaukeln aufzuhören.

»Mein Name ist Thur Ochs«, murmelte Thur. Sein geschwollener Mund dämpfte seine Stimme. »Der Bruder von Hauptmann Uri Ochs. Ich bin gekommen, um meinen Bruder zu suchen, doch Baron Ferrante hat ihn ermordet.« In seinen eigenen Ohren klang die Geschichte fast mechanisch, bleiern, so oft hatte er sie wiederholt.

»Uris Bruder? Wirklich?« Don Pios Blick wurde schärfer. »Er hat von einem Bruder erzählt … ich habe ihn sterben sehen.«

»Er hat Euren Namen von Zeit zu Zeit in seinen Briefen erwähnt, Don Pio.« Thur verneigte sich respektvoll. Die beiden Männer waren Herzog Sandrinos Amtsträger gewesen. Sie mußten tagtäglich zusammengearbeitet haben.

»Uri war ein guter Kerl«, bemerkte Don Pio und starrte vor sich hin. »Manchmal hat er mir geholfen, Fledermäuse zu fangen, in den Höhlen westlich des Sees. Nach der Arbeit im Bergwerk fürchtete er sich nicht mehr vor den Höhlen, wie er mir sagte.« Er fingerte an der silbernen Stickerei auf seiner Jacke herum. Als Thur genauer hinschaute, erkannte er, daß es sich bei dem Geglitzer um winzige Fledermäuse handelte, die in einer Kette von Flügelspitze zu Flügelspitze Kragen und Ärmelaufschläge säumten. Hatte Donna Pia sie gestickt?

»So?« sagte Thur zurückhaltend. Er erinnerte sich, wie Don Pio bei der Erwähnung der kleinen Flugtiere vergangene Nacht außer sich geraten war.

»Fledermäuse sind das richtige, weißt du. Kluge Geschöpfe. Ich glaube, ein Mensch könnte wie eine Fledermaus fliegen, ohne Federn, wenn er nur Flügel herstellen könnte, die leicht genug sind und doch stark … Leder war zu schwer, selbst für Uris Schwert- und

Schildarme. Nächstes Mal werde ich es mit Pergament versuchen … Weißt du, daß die Fledermäuse die Sumpfmücken fressen, die uns so plagen? Ihr Fell ist sehr weich, wie das eines Maulwurfs. Und man kann sie lehren, nicht in die Hand zu beißen, die sie füttert. Anders als die Menschen.« Der Kastellan dachte nach. »Wenn man bedenkt, daß die Menschen es wagen, die Fledermäuse böse zu nennen, nur weil sie nachts fliegen, während Menschen am hellichten Tag Morde verüben – diese Heuchler!«

»Fledermäuse sind auch Gottes Geschöpfe, dessen bin ich mir sicher«, sagte Thur vorsichtig.

»Ach! Es ist so gut, einen Menschen zu finden, der keine abergläubischen Vorurteile hat.«

»Ich habe in den alten Bergwerksschächten oft Fledermäuse gesehen. Sie richten nicht mehr Schaden an als die Kobolde.«

»Du bist ein Bergmann, nicht wahr? Das hat Uri erzählt. Auch keine Angst vor der Dunkelheit? Guter Junge.« Das Gesicht des Kastellans hellte sich auf. Don Pios Mitgefühl für die Fledermäuse schien mehr einer besonderen Begeisterung zu entspringen als einer Geistesstörung, wenn man von dem bohrenden Blick absah, mit dem er von ihnen sprach.

»Ich … habe heute Donna Pia gesehen«, brachte Thur zögernd hervor. »Sie schien unverletzt zu sein. Sie harrt tapfer bei der Herzogin und bei Donna Giulia aus. Ferrante hält sie alle zusammen im nördlichen Torturm gefangen.«

»In meinen Gemächern«, bemerkte Don Pio. »Aha.« Er wurde starr, Tränen blinzelten hervor, und er biß sich in die Finger. Sein rötlicher Blick wurde in sich gekehrt.

Thur verschränkte die Hände. Ob verrückt oder nicht, der Kastellan war offensichtlich schon zweimal aus dieser Zelle entkommen. »Mein Bruder«, begann Thur und hielt inne, als er Leder scharren und jemanden rülpsen hörte. Ein losimanischer Wächter setzte sich genau vor der Zelle auf eine Bank an der gegenüberliegenden Wand des Ganges, beobachtete sie und lauschte. Sein linker Arm steckte in einem Verband und sein Gesicht wies blaue Flecken auf, die schon eine Woche alt waren, an seinem Gürtel hing ein kurzes Schwert. Thur preßte die Lippen aufeinander. Hol ihn der Teufel, soll er doch was zu hören bekommen. »Die Leiche meines Bruders liegt in einer Kammer, die genau unter dieser liegt«, fuhr er etwas lauter fort. »Ferrante und Vitelli praktizieren an ihm eine schreckliche Totenbeschwörung. Genügend Schwarze Magie, um dafür auf den Scheiterhaufen zu kommen.« Noch lauter: »Ja, und ihre Helfer werden auch verbrennen!« Er war sich in dem trüben Licht nicht sicher, aber er meinte gesehen zu haben, wie der bandagierte Wächter zusammenzuckte. »Sie haben auch die Leiche von Prospero Beneforte, dem Meister-Magus, gestohlen. Sie wollen seinen Geist zu einem Ringsklaven für Baron Ferrante machen.«

»So«, sagte Don Pio zurückhaltend. »Ich habe diese Kammer gesehen. Das ist es also, was sie dort treiben.«

»Ihr werdet alle verbrannt werden!« brüllte Thur zu dem Wächter hinaus, dann kauerte er sich wieder zusammen und hustete vor Anstrengung. Zweifellos wirkte er nach Aussehen und Klang so verrückt wie der Kastellan. Er fuhr flüsternd fort. »Don Pio, helft mir! Sie halten den Geist des armen Uri mit Hilfe seiner Leiche gefangen und wollen ihn der Verdammnis überantworten. Er ist ihr Gefangener und noch als Toter bedroht. Ich muß … ihn irgendwie befreien. Und auch Meister Beneforte.«

»Aha.« Der Kastellan zog die Augenbrauen hoch. »Befreien. Das ist der Trick daran, nicht wahr?«

Thur schwieg verwirrt. Der Kastellan machte einen Buckel, wandte sich auf seinem Strohsack zur Seite und begann wieder an seiner Decke zu knabbern und ins Leere zu starren. *Er ist verrückt. Es ist zwecklos.* Thur seufzte. Versuchsweise fügte er hinzu: »Abt Monreale hält Don Ascanio – Herzog Ascanio – in San Girolamo in Sicherheit, doch sie werden von den Losimanern belagert.« Darauf gab Don Pio keine Antwort. »... Abt Monreale hat einige Fledermäuse verzaubert, damit sie für ihn spionieren, doch ich weiß nicht, ob sie hier vorbeigekommen sind.«

»Ach!« sagte der Kastellan. »Sie sind doch gute und sanfte Geschöpfe, nicht wahr, daß sie dem ehrwürdigen Abt so dienen. Monreale kennt sich aus.« Don Pio nickte weise und kaute an der Wolle. Thur legte sich wieder auf den Steinboden nieder und lauschte eine Weile verzweifelt seinem Herzklopfen.

Schritte und Stimmen im Korridor ließen ihn aufschrecken. Ein paar große Losimaner standen vor der Tür, neben ihnen Messer Vitelli in seinem roten Gewand. Vitelli hielt eine kleine grüne Glasflasche, die mit einem Strohgeflecht gepolstert war. Der kleine Mann starrte durch das Gitter auf Thur, gähnte und sog an seiner Unterlippe. »Macht schon«, wies er die Männer an und trat zur Seite, damit der Gefängnisfeldwebel die Tür aufsperren konnte. Der Feldwebel hatte ein Auge auf den Kastellan gerichtet und wartete vorsichtig, bis die kräftigen Soldaten die Zelle betraten. Doch Don Pio verschwendete keinen Blick an die Eindringlinge.

Einer der Bravos trat hinter Thur, zwang ihn in eine Sitzstellung und hielt ihm die Arme hinter dem Rücken fest. Vitelli lehnte sich an die Wand und gähnte, daß er sich fast den Kiefer ausrenkte, dann griff er nach etwas unter seinem Gewand und schüttelte den Kopf, wie ein Hund, der Wasser abschüttelt. »Zum Teufel mit diesem Menschen«, murmelte er, richtete sich auf und atmete tief ein.

Die Haare sträubten sich auf Thurs Nacken, als Vitellis dunkle Aura etwas Tieferes als seine Sinne aufwühlte. Es gab keine Hitze, keinen Blitz, weder Geräusch noch Geruch, doch es war, als gelang in Thurs Bauch ein Zauberaroma, ohne daß es zuvor durch seine Nasenlöcher eingedrungen war. Vitelli hielt einen Zauberbann aufrecht, der nicht in ein symbolisches Objekt eingeschlossen war, sondern in seinen eigenen fließenden Gedanken saß – ein mächtiger, bedrückender Zauber. Und doch konnte er noch gehen und reden, ruhig und normal. Der Eindruck verflog, als Thur sich seiner vergewissern wollte, und ließ bei ihm einen halluzinatorischen Schwindel zurück. Vielleicht war das nur eine weitere Nebenwirkung der Prügel, die er bekommen hatte. Thur kniff die Augen zusammen und blinzelte schnell. Die dunkle Aura wich zurück und blieb nur in Vitellis finsteren Augen gegenwärtig.

Der Mann hinter Thur packte ihn an seinem glatten blonden Haar und riß seinen Kopf nach hinten, der zweite trat vor, drückte Thurs Nase zusammen und schob ihm ein Stöckchen zwischen die Zähne. Vitelli zog den Korken aus seiner Flasche und schüttete den Inhalt in Thurs schmerzenden Mund. Es war ein süßer dunkler Wein mit einem bitteren Nebengeschmack. Thur sträubte sich, er würgte und spuckte und schluckte.

»Gut.« Vitelli trat zurück und drehte die geleerte Flasche um. Ein letzter Tropfen floß am Flaschenhals entlang und fiel wie eine Sternschnuppe aus Blut auf den Zellenboden. »Das sollte reichen, selbst für einen so großen Trottel. Kommt in einer halben Stunde wieder hierher und schafft ihn dann nach unten.« Er verließ die Zelle und überließ es seinen Leuten, sie abzuschließen. Der dunkle, abwesende Ausdruck verbreitete sich erneut von seinen Augen aus über sein Gesicht, als er sich abwandte. Die schlurfenden Schritte entfernten sich im Gang wieder. Zurück blieb nur der sitzende Wächter. Thurs Kopf sank unwiderstehlich auf den kühlen Boden.

Der Kastellan hob das Gesicht und kicherte ganz vernehmlich. Sein Gekicher wurde zu einem Heulen, dann zu hohem Gekreisch. Er sprang auf die Füße. »Eine Fledermaus ist die Lösung!« schrie er, packte den Aborteimer, der in einer Ecke der Zelle stand, und hüpfte in der kleinen Kammer umher. Mit einem listigen Grinsen blieb er an der Tür stehen, riß den Deckel vom Eimer und schüttete den stinkenden Urin über den erschrockenen Wächter.

Der Soldat sprang mit einem empörten Aufschrei von seiner Bank auf, wobei er unglücklicherweise dem üblen Schwall entgegenkam, anstatt ihm auszuweichen. Der Kastellan griff durch die Gitterstäbe, öffnete und schloß seine Hände, dann tänzelte er rückwärts, als der Soldat seine Klinge zog und auf ihn losging. Don Pio stürzte sich auf den Schwertarm und entriß ihm die Klinge, dann schwenkte er sie in der Luft und schlug Funken aus der Decke. Fluchend und nach dem Feldwebel brüllend, er solle ihm den Schlüssel bringen, dann werde er trotz allem jetzt diesen Wahnsinnigen umbringen, zog sich der Wächter den Gang hinauf zurück, wischte angewidert seine Jacke ab und war den Tränen nahe.

»Schnell.« Don Pio ließ das Schwert fallen und wandte sich Thur zu, der einer Ohnmacht nahe war und das ganze Spektakel auf dem Boden zusammengekauert beobachtet hatte. Seltsame Muster wie von gewässerter Seide wirbelten und zitterten vor seinem Blick. Don Pio hielt den Aborteimer Thur direkt unter die Nase, riß seinen Kopf am Haar nach hinten – nicht weniger unsanft als der Losimaner – und steckte seine kräftigen und schmutzigen Finger Thur tief in die Kehle. Obendrein stieß er Thur noch mit dem Knie in den Bauch.

»Los, Junge, kotz alles raus«, redete er ihm ermutigend zu, als Thur sich in den stinkenden Eimer erbrach. Thur brauchte keinen zweiten Anstoß, um seinen Magen völlig zu entleeren. Der widerwärtig süße Wein, Galle und die giftige Schärfe der Droge füllten seinen Mund. Er spie heftig, die Augen tränten ihm, die Nase begann zu laufen. Don Pio wandte den Kopf und lauschte, dann nahm er den Eimer und schüttete den widerlichen Inhalt genau und sauber durch das Gitter des Fensters nach draußen.

»Bevor sie zurückkommen, hör mir zu!« zischte Don Pio und zog Thur wieder an den Haaren hoch. Thurs Augen waren noch voller Tränen. »Bleib still liegen! Tu so, als würde das Gift schon wirken. Geh so schlaff wie eine Schnecke und schrei nicht einmal, wenn sie dir eine Nadel ins Fleisch stechen, dann werden sie selbst dich von hier wegtragen. Täusche sie dann weiter so, bis ich dir zurufe, daß du losschlagen sollst! Hörst du? Kapierst du?« Seine geröteten Augen blickten wild. Thur nickte benommen. Er brauchte sich gar nicht anzustrengen, so zu tun, als würde er gleich in Ohnmacht fallen; sein Hirn war von einem schwarzen Dunst umnebelt. Wenigstens dämpfte die Benommenheit den Schmerz der Schläge und der blauen Flecken, die er abbekommen hatte. Er wischte sich die Lippen am Ärmel ab. Don Pio ermahnte ihn erneut: »Bleib still liegen!«

Der Kastellan hob das Schwert auf und sprang von Wand zu Wand, schwang die Waffe und heulte, als der Wächter und der Feldwebel zurückkehrten. »Blöder Trottel, daß du dich von ihm entwaffnen läßt! Glaubst du, ich hole dir jetzt dein Schwert von einem heulenden Irren zurück? Was? Oder willst du abwarten, bis er sich selber die Kehle durchschneidet? Eigentlich sollte ich …« Beide Männer sprangen zurück, als der Kastellan bei seiner atemlosen Runde das Schwert gegen die Gitterstäbe schlug. Das Eisen hallte noch leise nach, als er aufhörte, seinen Kopf listig zur Seite neigte und in Richtung der Losimaner blökte. Der Wächter geriet in Rage und griff nach dem Schlüsselring des Feldwebels, doch der schlug seine Hand weg. »Hirnloser Schwachkopf, ich werde dich auspeitschen lassen, wenn du nicht meinen Befehlen gehorchst. He, du da!« Die letzten Worte waren an Don Pio gerichtet, doch der tänzelte mit einem unheimlichen Gekicher zum Fenster, steckte das Schwert durch das Gitter und ließ es fallen.

Der Wächter brüllte wütend unverständliches Zeug und rüttelte an den Türstäben. Der Feldwebel versetzte ihm einen Hieb. »Du Dussel! Geh und hol es! Du kannst dich im See waschen, wenn du unten bist. Und das wirst du müssen, denn das Schwert dürfte mindestens zehn Fuß tief gesunken sein. Und daß du mir ja nicht den ganzen Tag brauchst!«

»*Ihn* werd ich mir holen«, schrie der unglückliche Wächter, doch unter einem Strom übler Beschimpfungen und persönlicher Verunglimpfungen durch den Feldwebel wurde er davongeschickt. Der Feldwebel starrte dann auf den Kastellan, schüttelte den Kopf und ließ sich auf die Bank nieder, um erschöpft seinem eigenen Befehl zu gehorchen, den schwer faßbaren Verrückten unter ständiger Beobachtung zu halten. Don Pio warf sich keuchend und schwitzend und mit zerzaustem Haar wieder auf seinen Strohsack und starrte mit leeren Augen an die Decke.

Die beiden großen Bravos Vitellis kamen wieder, bevor der entwaffnete Wächter zurückgekehrt war. Der Kastellan beachtete sie überhaupt nicht, als sie bei Thur haltmachten. Der eine stieß Thur in den Bauch, nicht schlimm, nur versuchsweise. Thur konnte nicht verhindern, daß er zusammenzuckte, doch er hielt die Augen verdreht und blieb schlaff. Das war gar nicht so schwer. Versuchen aufzustehen – *das* wäre schwerer gewesen.

Die Nacht brach an. Das Licht aus dem Fenster war nur noch ein seltsames lachsrosafarbenes Nachglühen. Der Feldwebel hielt eine Laterne hoch, die in der zunehmenden Finsternis wie ein rauchig-goldenes Tierauge wirkte. Der eine Losimaner packte Thur bei den Schultern, der andere an den Füßen. Es war gut, getragen zu werden. Thur kam sich vor wie mit Wasser vollgesogen, jeder Atemzug bedeutete eine Anstrengung. Als er hochgehoben wurde, ließ Thur seine glasigen Augen zu Don Pio schweifen, der auf der Seite lag und den Blick ausdruckslos erwiderte, während seine Finger auf dem steinernen Boden einen seltsam schnellen Rhythmus trommelten, eine Geste, die so formlos zwanghaft war wie sein Kauen an der Decke.

Warum spiele ich beim Plan dieses Verrückten mit? Falls er überhaupt einen hat ... Doch nun wurde er, genau wie Don Pio vorhergesagt hatte, aus der Zelle hinausgetragen. Seine Träger schleiften ihn in der pechschwarzen Dunkelheit die schmale Steintreppe zu dem schon bekannten Untergeschoß mit den vier Türen hinab. War es zuviel, wenn er hoffte, sie würden ihn einfach bei den Weinfässern einsperren ... nein. Sie schleiften ihn durch die Tür in die magische Werkstatt.

»Legt ihn da ab!« Vitelli deutete in die Mitte des Raumes. Eilends ließen sie Thur fallen.

»Sonst noch etwas, Messer?« fragte einer der Soldaten mit vorsichtiger Unterwürfigkeit.

»Nein. Geht.«

Das brauchte ihnen nicht zweimal gesagt zu werden. Sie trotteten im Eiltempo die Treppe hoch.

Thur lag ausgestreckt mit dem Gesicht nach unten am Boden und ließ ein Auge einen Schlitz weit offen. Vitelli wandte ihm den Rücken zu und zündete einige weitere Bienenwachskerzen an, die das schon reichliche Licht vermehrten. Der kleine Mann hatte seine rote Kleidung durch ein Gewand aus schwarzem Samt ausgetauscht. In seinen Falten glitzerte da und dort goldene Stickerei. Handelte es sich dabei um magische Symbole? Oder bloß um Schmuck?

Baron Ferrante kam herein und schwenkte einen kleinen Lederbeutel auf eine Weise, die erkennen ließ, daß sich diesmal kein lebendiges Tier darin befand. Die Schnittwunde an seinem Hals war gereinigt und mit außerordentlich feinen Silberdrähten genäht worden. Er trug ein sauberes Hemd ohne Blutflecken, doch er hatte wieder sein Kettenhemd und seinen Schwertgürtel angelegt, dazu Beinkleider aus schwarzem Leder. »Habt Ihr alles?« fragte er Vitelli.

»Habt Ihr die neue Bronze dabei?«

»Ja.« Ferrante ließ den Beutel an seinen Schnüren rotieren.

»Dann haben wir alles.«

Ferrante nickte und schloß die Tür ab. Er steckte den großen eisernen Schlüssel wieder in die Tasche an seinem Schwertgürtel. Thur stöhnte fast laut auf. Wie, zum Teufel, sollte er diesmal hier herauskommen? *Täusche sie weiter, bis ich dir zurufe, aufzustehen und zuzuschlagen.* Wie, zum Teufel, stellte sich Don Pio vor, hier hereinzukommen?

»Bleibt stehen«, sagte Vitelli, als Ferrante auf die Salzkisten zugehen wollte. »Ich muß diesen verdammten heiklen Schlafzauber in etwas ableiten, das ihn eine Weile hält.«

»Könnt Ihr ihn nicht einfach lassen? Selbst wenn er gebunden ist, muß er Euch ablenken.«

»Nicht annähernd so sehr, wie wenn Monreale mich ablenken würde, falls er sich schnell genug erholen sollte, um sich in einem kritischen Augenblick einzumischen. Und es ist leichter, den Zauber aufrechtzuerhalten, als ihn zurückzuwerfen. Klugheit ist nötig. Und Geduld, Euer Gnaden.«

Ferrante grinste, setzte sich halb auf den Tisch und ließ eines seiner schwarz gestiefelten Beine baumeln. Er blickte düster auf die kleine Fußschemel-Truhe neben sich und schob sie fort. Dann zog er einen verschlackten Silberring aus seiner Gürteltasche und drehte ihn grübelnd hin und her. Seine rechte Hand war nicht mehr bandagiert, wie Thur bemerkte, obwohl sie noch gerötet war und kaum halb geheilt aussah.

»Trotz all Eurer Bemühungen, Niccolo, hat Beneforte den Geist dieses Ringes ganz ohne weiteres freigesetzt. Mit einer Geste seiner Hand. Und keine Eurer Mätzchen mit der Leiche oder dem Ring haben seitdem ausgereicht, um die Macht zurückzurufen.«

»Ja, ich habe Euch doch gesagt, wir müssen Benefortes verborgene Aufzeichnungen über Geistermagie finden. Mehrmals habe ich das gesagt.«

»Ich glaube, es war kein guter Handel«, sagte Ferrante ruhig, »meine Verdammnis gegen eine so kurze und flüchtige Macht einzutauschen.« Er ballte die Faust.

Vitelli, der Ferrante den Rücken zuwandte, rollte verärgert die Augen, dann glättete er seine Züge vorsichtig zu einer Miene gebührender Unterwürfigkeit und wandte sich um. »Wir haben das doch schon durchgesprochen, Euer Gnaden. Das Kind war kränklich. Seine Mutter lag im Sterben. Es hätte nicht die Nacht überlebt. Wäre es Euch lieber gewesen, wenn dieser Tod vergeudet worden wäre? Was hätte das genutzt? Und es war sowieso nur ein Mädchen.«

»Ich hätte mich von Euch wohl kaum dazu überreden lassen, das mit meinem Sohn und Erben zu tun, Niccolo, ganz gleich, ob er kränklich wäre oder nicht.« Er stieß den Atem aus. »Ich möchte keine solchen kränklichen Mädchen mehr haben. Ihr seid ein Zauberer. Wie soll ich sicher sein, daß es beim nächstenmal ein starker Sohn wird?«

Vitelli zuckte mit den Achseln. »Es heißt, die Aufgabe der Frau sei es, den Stoff zur Verfügung zu stellen, und die des Mannes, mit seinem Samen die Form zu geben. Alle Dinge ringen um die vollkommene Form, das Männliche, genau wie die Metalle in der Erde sich bemühen, Gold zu werden. Aber viele scheitern, und so entsteht das Weibliche.«

»Wollt Ihr damit sagen, ich hätte mehr Form hinzufügen sollen?« Ferrante zog die Augenbrauen hoch. »Sie war zu krank, erbrach sich die ganze Zeit. Es war widerlich. Ich brachte es nicht fertig, sie zu plagen. Außerdem gab es reichlich Frauen in der Stadt.«

»Es ist nicht Eure Schuld, Euer Gnaden, dessen bin ich mir sicher«, sagte Vitelli beschwichtigend.

Ferrante runzelte die Stirn. »Nun, nächstes Mal möchte ich keine Kindbraut haben. Die bleiche, wimmernde Giulia taugt nicht zum Gebären.«

»Mit Giulia ist ein Herzogtum verbunden«, sagte Vitelli scharf. »Laßt ihr ein wenig Zeit.«

»Ich habe das Herzogtum jetzt schon mit Waffengewalt in der Hand oder werde es in Kürze haben.« Ferrante zuckte die Achseln. »Welches Recht brauche ich sonst noch? Welches andere Recht wäre überhaupt von Nutzen, wenn ich kein Heer hätte?«

»Das stimmt, Euer Gnaden, aber die Sforza sind in Mailand beide Wege gegangen.«

»Und ließen zu viele Visconti am Leben, die jetzt an jedem zweiten italienischen Hof auf der Lauer liegen und neues Unheil ausbrüten.« Ferrante drehte den Ring in seiner Hand, ohne ihn anzuschauen, als überlegte er, ob das zerstörte Zauberjuwel nach einer solchen raffinierten Rache verlangte.

Vitelli schwieg einen Augenblick, dann sagte er listig: »Gebt mir den Silberring, Euer Gnaden, und ich werde versuchen, ob noch etwas zu retten ist.«

Ferrante lächelte unfreundlich. »Nein«, erwiderte er leise, aber sehr bestimmt. »Es war recht und billig, daß der Geist meiner toten Tochter mir diente. Und niemand anderem. Ich würde keinen der meinen binden, damit er einem niedriggeborenen Mailänder diente ... einem verdammten Pfuscher.«

Vitelli senkte den Kopf und biß die Zähne aufeinander. »Wie Euch beliebt, Euer Gnaden. Es wird andere Gelegenheiten geben. Und bessere.« Er wandte sich um und machte auf den Borden auf der anderen Seite einen Platz frei, bestäubte ihn mit einem grauen Pulver und wischte ihn sauber. Dann ordnete er die für den Zauber benötigten Gegenstände an: ein winziges goldenes Kreuz – mit der Vorderseite nach unten – und ein hauchdünnes Seidentuch. Er konzentrierte sich und begann, etwas zu murmeln. Nach wenigen Augenblicken hob sich die dünne Seide in die Luft, wie der Kopf einer beutesuchenden Schlange und ließ sich sanft auf dem Kreuz nieder. Vitellis Gemurmel verstummte. Entschlossen holte er tief Luft und wandte sich wieder Ferrante zu. »Es ist geschehen. Das wird Monreale festhalten – lang genug.«

»Soll ich dann den Ofen anzünden?« fragte Ferrante.

»Nein, das werde ich tun. Entledigt den schweizerischen Spion seiner Kleider. Ich werde Euch gleich helfen, seinen Bruder hochzuheben.«

Ferrante warf ihm seinen Beutel zu. Vitelli fing ihn mit einer Hand auf. In der Nähe des Fensters thronte auf Steinblöcken ein kleiner Juwelierofen. Vitelli hatte schon das Brennholz hineingelegt. Jetzt beugte er sich über die untere Herdöffnung und flüsterte: *»Piro!«* Blaue Flammen leckten an den Pinienscheiten und der Holzkohle, die Feuer fingen und dann stetig brannten. Vitelli entleerte den klirrenden Inhalt von Ferrantes Lederbeutel in einen anderen irdenen Feuertopf, der nicht größer war als seine Faust, und schob ihn in den Ofen.

Thur wurde entkleidet. Er machte seine Glieder schlaff und seine Atmung langsam. Ferrante ging schnell und nüchtern zu Werke – hatte er an Leichen auf dem Schlachtfeld geübt? –, allerdings gab es wirklich nur noch wenig auszuziehen, nur die ruinierte rote Hose und die graue Jacke. Für Thurs nackte Haut war der Boden kalt. Zitterten Menschen, die mit Drogen betäubt worden waren? Dieses Spiel konnte nicht mehr viel länger weitergehen. Bald mußte Thur seinen vermeintlichen Schlaf abstreifen und zuschlagen – oder sterben. Oder zuschlagen und sterben. Eine letzte Chance. Er bekam noch eine letzte Chance, ein Held wie Uri zu werden …

Vitelli betätigte einige Male den Blasebalg des Ofens, dann wandte er sich um und half Ferrante, Uris steifen grauen Leichnam aus seinem Salzbett zu heben und ihn, mit dem Gesicht nach oben, neben Thur auf den Boden zu legen. Ein paar Salzkörner fielen zu Boden und zerstreuten sich mit gedämpftem Glitzern über den Stein. Ferrante kehrte zu Thur zurück und legte ihn mit dem Gesicht nach unten hin. Wo, zum Teufel, war der Geist von Meister Beneforte während all dieser Vorbereitungen? Nun, wenn Beneforte tatsächlich schon beim Teufel war, dann würde dies alles nicht geschehen. Einen irren Augenblick lang wünschte sich Thur aus ganzem Herzen, der Meister wäre hier. Doch jetzt erhob sich kein hilfreicher Mann aus Staub vom Boden.

»Übernehmt den Blasebalg!« wies Vitelli Ferrante an. Ein gespannter Unterton in seiner Stimme warnte Thur, daß nun das Zauberritual ernsthaft beginnen sollte. Vitelli nahm drei neue Kreidestücke in Grün, Rot und Schwarz fächerförmig in die linke Hand, trat vor und ließ sich neben Uri nieder. Sein lateinischer Gesang klang fast wie ein Gebet. Doch Thur hielt ihn nicht für einen solchen, zumindest nicht für ein Gebet zu Gott. Vitelli nahm die Tongußform eines Ringes aus seinem Gewand und legte sie auf den Boden, in die Mitte zwischen den Lebenden und den Toten. Neben Thurs Kopf legte er ein sehr blankes Messer mit einer langen Klinge und einem Griff aus Knochen. Aus was für einem Knochen? Es wurde für Thur immer schwieriger, dem Geschehen nicht mit den Augen zu folgen. Vitelli sah ihn unentwegt an …

Vitelli murmelte aufs neue und begann mit der Kreide auf dem Boden um die beiden Brüder Diagramme zu zeichnen. Thur mußte an die Katze und den Hahn denken. Seit letzter Nacht war der Boden sauber geschrubbt worden, und das nicht, vermutete Thur, von einem Diener, es sei denn, Vitelli beschäftigte einen Mann, dem man die Zunge herausgeschnitten hatte. Der Blasebalg keuchte gleichmäßig. Das unheilvolle Geräusch des Feuers wurde heftiger.

»Zum Teufel ...!« Ferrante duckte sich. Eine Fledermaus war durch das Fenster hereingeflattert und kreiste mit schnellen, stummen Schlägen durch den Raum, wie ein Spielzeug, das ein Kind an einer Schnur im Kreis wirbelte. Vitelli, der mit seinem Singsang beschäftigt war und nicht innehalten konnte, warf einen zornigen Blick auf Ferrante und die Fledermaus. Der Baron zog sein Schwert und schwang es nach dem fliegenden Ziel, doch er verfehlte es dreimal. Er fluchte und stürzte hinter der Fledermaus her.

Vitelli kam ans Ende einer Strophe und holte Luft. »Es ist nur eine Fledermaus«, knurrte er über die Schulter. »Laßt sie in Ruhe, verdammt noch mal!« Dann nahm er seinen Gesang wieder auf.

Ferrante zog eine Grimasse und hielt inne, doch bei der nächsten Runde der Fledermaus schnellte sein Schwert wieder hoch. Nur halb gezielt, schlug es in einem Zufallstreffer das schattenhafte Tier aus der Luft. Mit einem gebrochenen Flügel krabbelte die Fledermaus zitternd über den Steinboden und verschmierte eine von Vitellis Kreidelinien.

Vitelli biß die Zähne zusammen und brach seinen Gesang ab. Thur kamen die Worte des Zauberers vor wie eine Reihe marschierender Soldaten, die sich ineinander verkeilten, weil ihr Führer ohne Vorwarnung stehengeblieben war. Vitelli öffnete die Hände und ließ die schreckliche Spannung aus ihnen entweichen, bevor er sich bewegte.

»Ungeschickter ...!« schrie er Ferrante stark gequält an. »Wir müssen von neuem beginnen. Holt den

Schwamm und wischt diese Linien weg.« Sein Gesicht zuckte. Er trat zu der verletzten Fledermaus, stampfte mit dem Fuß auf sie und tötete sie. Dann hob er den kleinen Kadaver an einem Flügel hoch, hielt ihn vorsichtig von seinem Gewand weg und warf ihn durch das Gitterfenster.

Ferrante war offensichtlich nicht erfreut über diesen abrupten Befehl seines Untergebenen zu einer Knechtsarbeit, doch mit starrem Gesicht gehorchte er. Vielleicht, weil er schon so tief in diese Magie verwickelt war. Er machte seine Arbeit jedoch ordentlich, und binnen weniger Minuten war der Boden wieder trocken und bereit. Vitelli hob die Ringgußform und das Messer wieder auf und begann von neuem.

Diesmal ließ er Ferrante innerhalb der Linien stehen, neben Thur, während er sie zeichnete. Aus dem Augenschlitz beobachtete Thur das Messer mit dem Knochengriff. Er mußte danach greifen, bevor Ferrante es tat, wie auch immer es dann ausging. Er wünschte sich verzweifelt, er wäre besser in Form. Konnte er überhaupt aufstehen, geschweige denn kämpfen? Das Miasma der Magie war so dicht in dem Raum, daß er kaum atmen konnte, so als hätte sich Vitellis dunkle Aura bis zu den Wänden ausgedehnt. Aus den Augenwinkeln sah Thur, wie Vitelli mit einer Zange erschien, mit der er den kirschroten Tonbecher hielt, in dem sich die geschmolzene Bronze befand. Schweiß rann ihm über das Gesicht. Sobald er die Schmelze gießen würde, würde der Ring fast unmittelbar danach erstarren – und Uris Geist einschließen? Der Gesang hob sich zu einem Crescendo. Ferrantes lederne Beinkleider knarrten, als er sich hinter Thur niederkniete und auf das Signal wartete, das Messer zu nehmen. *Jetzt* mußte Thur zuschlagen – da kamen vom Fenster, das zum See führte, Geräusche, die an Gekletter und Geschnaufe erinnerten. Viel zu laut für eine Fledermaus …

»Erhebe dich und töte die Mistkerle!« brüllte Don Pio.

Ferrante drehte sich um und zog sein Schwert. *Erheben* war nicht ganz das richtige Wort, doch Thur machte eine Art Froschsprung nach vorne, fiel auf das Messer und rollte sich zur Seite. Der Knochengriff in seiner Hand ließ einen lähmenden Stoß durch seinen rechten Arm ziehen, der – nicht ganz als Schmerz – an seinen Nerven entlangzitterte. Seine Hand öffnete sich, ausgelöst durch einen Krampf, das Messer klapperte über den Boden und verschwand unter den Zimmermannsböcken. Ferrantes Schwert schlug Funken aus dem Stein und hinterließ einen hellen Einschnitt an der Stelle, an der Thur gerade noch gelegen hatte.

Vitelli bückte sich und würgte krampfhaft. Die Zange fiel ihm aus der Hand. Der Tonbecher zerbrach, als er auf dem Boden aufkam, die geschmolzene Bronze spritzte über den kalten Steinboden.

Der Kastellan quetschte sich durch das Fenster und bezog mit wehendem Haar und leuchtenden Augen in der Kammer Stellung. In der rechten Hand hielt er das kurze Schwert des Wächters, in der linken eine Eisenstange vom Fenster. Seine behaarten Beine waren nackt, seine Lippen zu einem wilden Zähnefletschen verzogen.

Thur griff nach einem der Böcke, auf denen eine Salzkiste stand, und zog sich hoch. Seine Beine zitterten, doch sie trugen ihn. Ferrante stürzte auf Don Pio los, stolperte über den Kreidelinien und fing sich gerade noch rechtzeitig, um Don Pios Schwert mit seiner eigenen Klinge zu parieren und dann die mörderisch niedersausende Eisenstange mit dem anderen Arm abzufangen. Der Baron trat zurück und fing den Stoß von Don Pios Angriff mit einer schnell geordneten Verteidigung auf. Don Pio war Soldat, gewiß, und Ferrante im Schwertkampf ebenbürtig. Doch er war auch älter und dicker. Schon keuchte er wie der Blasebalg.

Vitelli befand sich halb liegend, halb kniend neben Uri und verrichtete etwas am Mund des Toten. Thur taumelte zu ihm hinüber, packte ihn an den gepolsterten Schultern seines Samtgewandes und schlug ihn gegen die Wand. »Sieg oder Niederlage, Ihr werdet meinen Bruder nicht bekommen!« Thur hatte es als trotzigen Ruf ausstoßen wollen, doch es kam nur als Krächzen heraus. Er packte Uris starre Knöchel und zog ihn zum Fenster.

Er blickte hinaus und überraschte einen schattenhaften Kobold, der die letzte Eisenstange in den festen Stein hinabschob, so wie man einen Löffel in Haferbrei steckte. Der Gnom grinste ihn an und verschwand hinter seiner Beute. Thur hob Uri hoch und stand mit knackenden Gelenken da wie ein Stützbalken im Bergwerk. Er zielte mit seinem Bruder auf das kleine quadratische Fenster und stürzte nach vorne, als trüge er einen Rammbock. Er hatte gut gezielt. Die Leiche schoß durch die enge Öffnung, ohne hängenzubleiben und flog in die Nachtluft hinaus. Einen Moment später war von unten ein lautes Plätschern zu hören. Thur stieß sich vom Fenstersims ab und wandte sich wieder seinen Feinden zu.

Don Pio focht immer noch mit Ferrante. Ihre Schwerter klirrten wie das Gehämmer zweier verrückter Schmiede. Thur war splitternackt und trug nichts am Leib, womit er einen Schwertkämpfer hätte angreifen können. Wie stand es mit dem Schwarzmagier?

Vitelli war wieder auf die Beine gekommen und ging auf Don Pio los. Dabei murmelte er vor sich hin und vollführte mit seinen Händen allerlei Gesten. Thur packte mit einer Hand einen eisernen Kerzenständer, mit der anderen fegte er das Zauberarrangement aus Goldkreuz und Seidentuch vom Tisch. Vitelli schrie auf, stolperte und wandte sich Thur zu.

Thur holte aus, um mit dem ersten mächtigen Schlag Vitelli den Kopf vom Leib zu trennen. Er glaubte nicht, daß er eine zweite Chance haben würde. Vitelli duckte sich, und Thur verlor durch den eigenen Schwung das Gleichgewicht. Er drehte sich gerade rechtzeitig um und sah, wie Ferrante Don Pio durch den Schwertarm stach und ihn an die Eichentür nagelte. Don Pio schrie nicht. Ferrante ließ sein eigenes Schwert zitternd in Fleisch und Holz stecken und fing das kurze Schwert des Kastellans auf, als es zu Boden fiel. Ohne innezuhalten drehte er sich um und ging auf Thur los.

Thur schlug das Schwert mit dem Kerzenständer zur Seite, einmal, zweimal. Ferrante trieb ihn schnell durch die Kammer, mit dem Rücken gegen den Schmelzofen. Thur spürte an seinen nackten Gesäßbacken die Hitze. Er trat zur Seite, um statt dessen das Fenster hinter sich zu haben. Ferrante hatte sein Gleichgewicht wieder gefunden und bewegte sich geschmeidig und selbstbewußt; er schien fast, Thur in aller Ruhe zu studieren. Vitelli, der sich hinter Ferrante gestellt hatte, zeigte mit einem Finger auf Thur und begann auf lateinisch zu schreien. Seine dunkle Aura kreiste um seinen Kopf wie ein Wirbelsturm.

Thur dachte, es wäre wohl besser, nicht mehr dazustehen, wenn dieser Zauber – um was immer es sich handeln mochte – diese Stelle erreichte. Als Ferrante das nächstemal zustieß, schwang er seinen Kerzenständer mit all seiner verbliebenen Kraft und schlug dem Baron das Schwert aus der Hand. Ferrante verteidigte sich immer noch mit einem Messer – es war nicht das mit dem Knochengriff –, das irgendwie in seine linke Hand geraten war. Thur drehte sich auf der Ferse um und sprang durch das Fenster hinter Uri her. Diesmal hatte er nicht so gut gezielt. Als er hindurchschoß, schürfte der rauhe Sandstein seine Schultern und Knie auf. Dann schlug er in der dunklen Luft um sich. *Ein Mensch kann vielleicht wie eine Fledermaus fliegen, ohne Federn* – war der Kastellan heruntergeflogen gekommen? Wo, zum Teufel, war das Wasser …?

Er kam mit dem flachen Bauch auf der Oberfläche des Sees auf. Nach der stickigen Hitze der magischen Kammer war die Kälte scheußlich. Sie schloß sich über seinem Kopf und nahm ihm den Atem. Er kämpfte sich durch einen Schwall kitzelnder Blasen nach oben und holte keuchend Luft. Das Wasser war kalt, aber sauber. Es schien endlich die schwindlige Schlaffheit der Droge aus seinen Gliedern zu waschen. Thur trat Wasser, drehte sich um und versuchte sich zu orientieren.

Die Nacht war mondlos, das Sternenlicht vom Dunst gedämpft. Nebelfetzen stiegen von der Seefläche auf und hüllten alles ein. An einer drohend aufragenden dunklen Masse machte Thur ein paar schwache goldene Kleckse von Kerzenlicht aus: die Wand der Klippe mit den Fenstern darin und der Burgmauer darüber. Davon mußte er sich entfernen. Er ruderte, so leise er konnte, in die entgegengesetzte Richtung. Nur seine Augen und seine Nase hielt er über die dunkle und ruhige Wasserfläche. Dann stieß er gegen einen schwimmenden Baumstamm.

Nein, es war kein Baumstamm, sondern Uris Leiche. Irgendwie hatte sich Thur in dem verzweifelten Kampf vorgestellt, sie würde in den See hinabsinken, wo Vitelli sie nicht mehr erreichen konnte, doch das Wasser trug sie. Er versuchte, sie hinabzudrücken, doch sie kam wieder hoch. Jeder Losimaner mit einem Ruderboot konnte sie am Morgen von der Seefläche einfangen und zu Vitelli zurückbringen, und alles wäre umsonst gewesen.

Nein, nicht umsonst. Nicht umsonst. Aber nicht genug. Er hatte Uri nur zurückgewonnen, um dabei Don Pio zu verlieren. Der Kastellan war vielleicht verrückt, aber schlau und mutig … so wie Abt Monreale heilig war, Herzogin Letizia trotzig, Don Ascanio unschuldig, und Fiametta … Fiametta … und alle, alle waren Opfer von Ferrantes übergroßem Eigendünkel, seiner *Ruhmsucht*. Was gab Ferrante das Recht, auf all diesen Menschen herumzutrampeln?

Das hat nichts mit Recht zu tun. Er kämpft, um zu überleben. Und je mehr er ins Unrecht abgleitet, desto härter wird er kämpfen. Das sagte der Verstand. Doch der Verstand war keine praktische Hilfe.

Auch Thur trieb dahin. Er begann zu zittern; das kalte Seewasser entzog seinem Körper die Wärme. Wenigstens war es nicht so mörderisch kalt wie das Wasser im Bergwerk. Würde sich Uri voll Wasser saugen und zu sinken oder zu verwesen beginnen? Unsicher begann Thur, die Füße zu bewegen und sich und seinen Bruder sanft voranzutreiben. Er war sich nicht mehr sicher, wo sich das Ufer befand. Kein Licht, keine Laterne leuchtete hell genug, um den Nebel zu durchdringen. Aber nach einigen Versuchen erreichte er eine Art Gleichgewicht, er stieß gerade schnell genug, um sich warm zu halten, und gerade langsam genug, um nicht außer Atem zu geraten. Es kam ihm vor, als könne er stundenlang so weitermachen. Aber was dann?

Als er gegen den Kai stieß, wußte er weder, wie weit er gekommen war, noch, wie lang er dazu gebraucht hatte. Es kam ihm vor, als hätte er die halbe Strecke bis Cecchino gerudert. Jenseits der Stufen und Anlegestellen und des steinigen Strands erhob sich eine Stadt. Die Steine schnitten in seine nackten Sohlen, als er sich tropfend erhob und das Wasser sein Gewicht nicht mehr trug. Er zerrte Uri so lange wie möglich waagrecht neben sich her, dann zog er ihn ans Ufer wie einen Fisch. Die Leiche war fast so schlüpfrig wie ein Wasserbewohner. Mit zitternden Beinen stand Thur da und starrte in die Dunkelheit, durch die da und dort ein schwaches Licht drang, das aus den Ritzen geschlossener Fensterläden kam. Große Gebäude, zu groß für ein Dorf. Ein Hund bellte zweimal und verstummte. Welche Stadt …?

Verdammt. Es war nur Montefoglia. *Immer noch* Montefoglia. War er im Kreis geschwommen? Durchaus möglich. Er blickte am Ufer entlang und stellte sich Landmarken vor, die er jetzt nicht mit den Augen sehen konnte. Zur Rechten der Burgberg, zur Linken die großen Anlegestellen, die unteren Mauern, und am Ende die hohe äußere Stadtmauer, die direkt bis zum Hafen hinunterlief. Vor ihm lagen enge, gewundene Straßen, dunkel und seltsam. Nun, sie konnten auch nicht seltsamer sein als der Ort, von dem er gerade entflohen war.

Einen Augenblick stand er unentschlossen da. Wasser umspülte seine Knöchel. Wohin sollte er überhaupt gehen? Er mußte Uri verstecken. Er wollte ... er wollte mit Fiametta sprechen. Er wollte Fiametta finden, ja. Folglich sagte ihm der Verstand, er sollte wieder in den See hinausrudern und nach San Girolamo schwimmen. Doch Thur verdrängte die Verstandesargumente aus seinen Gedanken, kniete nieder, hob Uri auf die Schulter, kam grunzend auf die Beine und ging los.

Vom Kai hinauf über Steinstufen. Seine Füße stampften unter dem doppelten Gewicht schwer auf. Gab es Wachen? Eigentlich sollte hier eine Wache sein – da kam sie. Thur versteckte sich in der nächsten Gasse, als ein Mann mit einer Laterne in der Nähe des Kais auftauchte. Ein alter Mann, ein Stadtwächter, kein Losimaner. Thur ging weiter, ohne zurückzuschauen, und setzte im Dunkeln vorsichtig einen bloßen Fuß vor den anderen. Aber was war, wenn er in diesen Durchgängen auf eine Gefahr aus der Stadt stieß? Mit seinem geistigen Auge sah er sich plötzlich selber: ein nackter, irrer Schweizer, der eine Leiche trug ... Nun, er hatte gewiß nichts an sich, was einen Räuber anlocken würde.

Hier eine Biegung. Dort eine Biegung. Wohin, zum Teufel, ging er? Er würde *nicht* in die Burg zurückgehen, ganz egal, wie sehr sein sechster Sinn es auch verlangte. Er stolperte über einen Haufen, der unter einer Decke auf der Gasse lag und einen gedämpften Schrei von sich gab. Mit seiner Last konnte sich Thur gerade noch fangen, bevor er hart genug auf den Steinen landete, um sich die Kniescheiben zu zerschmettern.

»Verdammt! Nein, sei still. Ich tu dir nichts. Vergiß, daß du mich gesehen hast. Schlaf weiter«, sagte Thur, denn er fürchtete, der Unbekannte würde laut aufschreien.

»Thur?« fragte eine vertraute Stimme. »Bist du's?«

»*Tico?*« Thur blieb verwirrt stehen. »Was tust du hier?«

»Na sowas, du bist ja ganz nackt!« Picos älterer Sohn richtete sich auf. Sein Gesicht war ein weißer Fleck in der Finsternis. »Was trägst du da mit dir?«

»Uri, meinen Bruder. Du bist doch Uri schon begegnet, nicht wahr?« sagte Thur benommen.

»Das ist ja eine Leiche«, stellte Tico erschrocken fest, nachdem er Uri berührt hatte.

»Ja. Ich habe Uri von Ferrantes Schwarzmagier zurückgestohlen. Warum bist du hier?«

»Thur, diese räuberischen Losimaner – sie haben meinen Vater und Zilio umgebracht! Sie haben ihm den Hals durchgeschnitten wie einem Hund ...« Seine Stimme wurde vor Erregung laut – es war vermutlich schon einige Tage her, seit er jemanden getroffen hatte, den er Freund nennen durfte.

»Pst, pst! Ich weiß. Ich habe gestern die Maultiere deines Vaters gesehen, als sie in die Burg gebracht wurden.«

»Ja, ich bin ihnen gefolgt. Und sie gehören jetzt *mir*. Ich möchte sie zurück haben. Ich möchte diese Mistkerle umbringen! Ich habe versucht herauszufinden, wie man in die Burg gelangt.«

»Pst, nein! Diese verfluchte Burg ist kein Ort, in den man versuchen sollte hineinzukommen. Ich bin heute nacht gerade noch lebendig weggekommen.«

»Wohin gehst du?« fragte Tico. Es klang so verwundert, wie sich Thur selber vorkam.

»Ich … weiß nicht recht. Aber ich kann nicht nackt auf der Straße stehen, bis der Tag anbricht.«

»Du kannst meine Decke haben«, bot Tico sofort an, allerdings in einem ziemlich unsicheren Ton.

»Danke.« Thur wickelte sich die Decke um und fühlte sich plötzlich viel besser, und das nicht nur wegen der Wärme. »Ich … Hör mal, ich nehme nur ungern deine einzige Decke. Warum kommst du nicht mit mir?«

»Aber wohin gehst du?« wiederholte Tico.

»Zu … einem Haus in der Stadt, das ich kenne.« Das Bild von Fiamettas Haus erschien deutlich vor seinen Augen, als er die Worte laut aussprach, endlich nicht mehr verwirrt von dem überlappenden Ruf von … Tico? ja. Es war kein Zufall, daß er im Dunkeln über Tico gestolpert war, genausowenig wie damals, als er im Schnee über die kleine verirrte Helga gestolpert war. Doch jetzt wußte er, wohin er unterwegs war. »Dort ist niemand zu Hause. Außer vielleicht ein losimanischer Wächter«, fügte er plötzlich zweifelnd hinzu. Vielleicht sollte der Verstand siegen, wenigstens dies eine Mal …

»Ich habe einen Dolch«, sagte Tico. »Wenn es um einen Losimaner geht, dann töte ich ihn für dich.«

»Ich … Wir werden sehen. Vielleicht ist es nicht notwendig. Gehen wir zuerst einmal dorthin, ja? Hm …«

»Ich … nehme ihn an den Füßen«, sagte Tico zögernd.

»Danke.«

Thur erkannte, daß er die Decke wieder hergeben mußte. Unbeholfen nahmen sie Uri zwischen sich und gingen los. Sie redeten nicht, abgesehen von einigen geflüsterten Anweisungen Thurs. »Hier abbiegen. Diese Straße hinunter … richtig. Diesen Hang hinauf. Wir sind schon fast da …«

»Eine ruhige Gegend«, bemerkte Tico. »Die Häuser hier sind wie Festungen.«

Endlich stießen sie auf die vertrauten Mauern von Meister Benefortes – also Fiamettas – Haus. Da war die Eichenholztür unter dem Marmorbogen, die selbst im Dunkeln schimmerte. Kein Licht leuchtete. Es war gewiß verschlossen und bewacht. Sie setzten ihre Last ab, und Thur borgte sich wieder die Decke.

»Wie kommen wir hinein?« flüsterte Tico.

Thur war sich nicht sicher, ob er zu diesem Zeitpunkt überhaupt in ein Bett steigen, geschweige denn über eine Mauer klettern konnte. Er trat vor und klopfte an die Tür.

»Bist du verrückt?« zischte Tico. »Du hast doch gesagt, es wäre bewacht!«

Ja, vielleicht war er inzwischen ein wenig verrückt. Aber es würde nichts bringen, dies Tico zu sagen. Thur wußte nur, daß er sehr, sehr müde war. »Also, wenn ein Wächter drinnen ist, dann wird er jetzt herauskommen. Dann kannst du ihn töten«, versprach Thur. Er klopfte wieder, stellte Uris Leiche neben sich und hielt sie, einen brüderlichen Arm über die kalte, wächserne Schulter gelegt, fest. Er wartete darauf, daß der Wächter sie grüßte. Und umgekehrt. Er klopfte wieder, lauter.

Endlich hörte man, wie der Querbalken zurückgezogen wurde und der Türriegel schnappte. Tico erstarrte, seine Hand umkrampfte seinen gezogenen Dolch. Die Tür sprang auf.

Fiametta stand da, in einer Hand eine Laterne, in der anderen ein langes Küchenmesser. Sie trug immer noch ihr rotes Samtkleid, an dem die äußeren Ärmel fehlten. Sie trat einen halben Schritt zurück, und ihre Augen weiteten sich, als sie das Laternenlicht über ihre Besucher wandern ließ. Thur war doppelt dankbar für Ticos schmutzige Decke, die er jetzt wie einen Rock um die Hüften gewickelt trug.

Fiametta schaute zwischen den beiden Brüdern hin und her. »Du lieber Himmel, Thur. Wie kann man denn erkennen, wer von euch die Leiche ist?«

»Uri sieht besser aus«, entschied Thur nach einem Augenblick ernsten Nachdenkens.

»Ich fürchte, du hast recht. Kommt herein, kommt herein! Weg von der Straße!« Fiametta winkte sie eilig ins Haus.

KAPITEL 16

»Was hast du mit den Wächtern gemacht?« fragte Thur und schaute sich mit trüben Augen in der abgedunkelten Eingangshalle um. Er und Tico legten Uri auf dem Fliesenboden nieder, während Fiametta hinter ihnen die Tür wieder absperrte und verriegelte.

»Mit *dem* Wächter«, korrigierte ihn Fiametta und wandte sich um. »Da war nur einer. Im Augenblick ist er im Rübenkeller unter der Küche eingesperrt. Ich hoffe, daß er sich besinnungslos säuft. Sein Schwert konnte ich ihm nicht abnehmen.« Sie blickte neugierig auf Tico.

»Hast du ihn durch einen Zauber dort hinuntergebracht?« fragte Thur beeindruckt. Tico zog die Augenbrauen hoch. »Ach ja«, sagte Thur, »tut mir leid. Das ist Tico, der Sohn von Pico. Erinnerst du dich nicht mehr an ihn? Damals in Cattis Gasthaus? Der Sohn des Maultiertreibers. Eine Bande von Ferrantes Bravos hat seinen Vater und seinen Bruder ermordet und die Maultiere gestohlen. Tico, das ist Fiametta Beneforte. Ihr Vater war der Meister-Magus, den Catti geräuchert hatte. Dies ist sein Haus. War sein Haus.«

»Ja, ich erinnere mich an dich«, sagte Fiametta. »Dann haben wir etwas gegen Ferrante gemeinsam. Wir alle.«

»Ja, Madonna Beneforte«, nickte Tico. »Wollt Ihr, daß ich den Losimaner im Keller töte?«

»Ich weiß nicht recht. Aber er muß besser gesichert werden. Ich fürchte, er entkommt uns sonst. O Thur, ich bin so *froh,* daß du hier bist!« Sie schlang die Arme um ihn und umarmte ihn fest.

Thur errötete vor Freude und röchelte vor Schmerz. »Bist du wirklich froh?« fragte er und kam sich plötzlich ganz schüchtern vor.

»Habe ich dir weh getan – oh, was für eine schreckliche Wunde! Sie muß auf der Stelle genäht und verbunden werden! Du siehst schrecklich aus.« Sie sprang zurück, doch es gelang ihm, sie weiter an den warmen Händen zu halten. Er war noch ausgekühlt vom Seewasser und von der Nachtluft. Aber als seine Decke weiter hinunterrutschte, mußte er Fiametta loslassen, um die Decke der Schicklichkeit halber festzuhalten. Fiametta hielt plötzlich verdutzt inne. »Aber *warum* bist du hier?«

»Ich wollte dich treffen.«

»Aber wie wußtest du, daß du hierherkommen mußtest? Bis vor einer Stunde war ich mir noch nicht sicher, ob ich selbst hierherkommen könnte. Glaubst du … Ist es immer noch mein Ring?« Sie griff sich an die Brust. Ja, da hing der Ring, unter Leinen und Samt, dessen war sich Thur sicher. Doch er hatte nicht an den Ring gedacht.

Er schüttelte den Kopf. »Ich weiß es nicht. Dieses Haus war der einzige Ort in Montefoglia, von dem ich wußte, daß ich mich dort verstecken könnte. Ich meine, ich wußte – ich spürte, daß ich dich so finden würde. Aber ich weiß nicht, wie ich es wußte. Ich bin gut darin, Sachen zu finden. Darin war ich immer gut. In letzter Zeit bin ich darin noch besser geworden. Ich habe Uri gefunden …«

»Das ist eine Begabung. Es muß eine sein. Uri hat recht daran getan, dich als Lehrling zu meinem Vater zu schicken. Ach, wenn er doch nur am Leben geblieben wäre!« Sie rieb sich die Augen, die feucht verschmiert waren vor Zorn, Erschöpfung und Trauer.

Thur begann mit einem kurzen, verwickelten Bericht

über seinen Aufenthalt in der Burg von Montefoglia. Der Höhepunkt war seine Flucht mit Uris Leiche. Tico lauschte mit offenem Mund. Fiametta biß die Zähne zusammen.

»Wir wußten, daß du am Nachmittag verhaftet wurdest. Bevor Vitelli das letzte Ohr zerstörte, benutzte er es, um Monreale mitzuteilen, daß er dich töten würde«, sagte sie. »Ich dachte, er hätte vor, dich zu hängen. So etwas Schlimmes, wie er vorhatte, hatte ich mir nicht vorgestellt.«

»Aber – was hat dich bewegt, San Girolamo zu verlassen?« fragte Thur.

Sie zog amüsiert die Augenbrauen hoch. »Ich suchte nach dir. Ich wollte dich vor dem Hängen retten. Ich hatte nur noch nicht herausgebracht, wie. Ich dachte, sie würden es im Morgengrauen tun.«

Seine Mundwinkel hoben sich zu einem langsamen Grinsen.

»Nun, niemand sonst war bereit, es zu versuchen – ach du lieber Himmel!« Seltsame stampfende Geräusche hallten von fern durch das Haus und unterbrachen sie. »Ich glaube, der Wächter versucht sich zu befreien. Kommt mit.« Sie nahm die Laterne und führte sie durch den Hof in die Küche. Thur hinkte hinter ihr her. Tico bildete die Nachhut.

Die breiten blanken Bretter, die die eine Hälfte des Küchenbodens bedeckten, wackelten, als schlüge etwas Hartes von unten dagegen. Der Kopf des Wächters, dachte Thur benommen. Zotige Flüche drangen herauf, als der Losimaner ihre Schritte hörte. Einen Moment später schob sich dessen Schwertklinge durch einen dünnen Spalt zwischen zwei Brettern hindurch und suchte blind nach einem Ziel. Thur blickte auf den Boden, um sicherzustellen, daß er auf den Fliesen stand.

»Wie hast du ihn dort hinunter bekommen?« fragte Tico und ging ebenfalls vorsichtig um die Holzbretter herum.

»Nicht mit Zauber«, erwiderte Fiametta. Sie zündete an der Flamme der Laterne einen Kerzenstummel an, der in einer Flasche auf dem Küchentisch steckte. »Ich war drauf und dran, einen Zauber einzusetzen. Ich wollte ihn in Brand stecken. Das ist der einzige mir bekannte Zauber, den ich ganz mit meinem Kopf bewirken kann, ohne daß materielle Symbole ihn halten müssen. Das ist ein Talent. Doch als er auf mein Klopfen hin an die Tür kam, da dachte ich, ich sollte lieber erst einmal ins Haus gelangen. Also sagte ich ihm, daß ich hier wohne und zurückgekommen sei, um nachzuschauen, ob von meinen Kleidern noch etwas übrig sei. Doch dann wurde das Gespräch ... seltsam. Er ließ mich einfach ein und sagte, er würde mir helfen, nach meinen Kleidern zu suchen, wenn ich ihn ... an mir herumfummeln ließe.«

Plötzlich gefiel Thur der Gedanke viel besser, Tico zu erlauben, den Losimaner umzubringen. Er biß die Zähne zusammen, doch nur ganz kurz, denn die gelockerten Zähne schmerzten.

»Ich sagte ihm ... na ja, ich sagte ihm, es sei in Ordnung.« Ihre Hand berührte den Kopf einer auffälligen Silberschlange, die sie als Gürtel um die Taille trug. »Aber ich sagte ihm auch, es gebe da ein Weinfaß, das mein Vater im Rübenkeller versteckte habe, hinter den weißen Rüben, einen besonderen Jahrgang. Es gab wirklich einmal so eins, weißt du. Vielleicht ist es sogar noch da. Als er hinunterging, um nachzusehen, schlug ich die Falltür zu und schob den Schrank mit dem Zinngeschirr darüber.« Sie nickte in Richtung auf den großen bemalten Schrank, der von der Wand weggezogen worden war. »Er drückte die Tür fast so hoch, daß er seine Finger herausstecken konnte, doch dann bin ich auf der Falltür auf und ab gesprungen. Und dann seid ihr gekommen. Ich dachte, wenn das nicht genügt, um ihn unten zu halten, dann müßte ich sein Haar in Brand stecken – wenigstens hat er Haare – und dann versuchen, ihn zu erdolchen.« Sie verstummte, als das Schwert wieder hochgeschoben wurde. »Ich könnte ihn immer noch in Brand stecken. Und *du* könntest ihn erdolchen«, schlug sie Tico vor.

Thur, der sich noch an seine Erlebnisse mit Ferrante erinnerte, schauderte bei dem Gedanken, die kleine Fiametta hätte sich auf einen Einzelkampf mit einem wütenden losimanischen Veteranen einlassen können. »Warte mal einen Augenblick«, sagte er. Er borgte sich die Laterne aus und humpelte in den Hof zurück. Er erinnerte sich daran, etwas gesehen zu haben … ja, da, in einem Haufen von Werkzeugen unter der Galerie, lag ein ziemlich großer Schmiedehammer. Er schaffte ihn in die Küche. »Zumindest werden wir ihm einmal sein Schwert wegnehmen.«

Um den Losimaner zu ködern, trat er auf die Bodenbretter, wobei er achtgab, sich auf keinen Spalt zu stellen. Tatsächlich drang wieder, von Flüchen begleitet, die Schwertklinge durch den Boden, genau durch den Schlitz, neben dem er stand. Thur hob den Schmiedehammer, ein seinen Händen vertrautes Werkzeug, und ließ ihn schwer niedersausen. Der Hammer traf mit Geklirr auf die Schwertklinge. Von der Wucht des Schlages fiel Thur fast um. Er griff wieder nach seiner rutschenden Decke und reichte, von der Anstrengung benommen, den Hammer an Tico weiter, der sofort weitermachte und begeistert auf die verbogene Klinge einhieb, während der Losimaner vergeblich versuchte, sie zurückzuziehen. Beim dritten Schlag zerbrach das Metall. Von unten war ein Krachen zu hören, und dann noch mehr Flüche, als der Losimaner auf den Rücken fiel.

»Großartig, Thur. Das war schlau«, sagte Fiametta, und es klang ziemlich erstaunt. Thur zog die Augenbrauen zusammen. Etwas weniger Erstaunen wäre ein größeres Kompliment gewesen.

»Jetzt haben wir Waffengleichheit«, grinste Tico

atemlos und schwenkte seinen Dolch. »Erledigen wir ihn.«

»Warte«, sagte Thur. »Was hast du hier zur Hand, um ihn zu fesseln?«

Fiametta biß sich nachdenklich auf die Lippe. »Wenn sie sie nicht mitgenommen haben – sie war nur aus Eisen, nicht aus Silber oder Gold, vielleicht haben sie sie zurückgelassen –, einen Augenblick.« Sie lief mit der Laterne hinaus. Der Losimaner hörte auf zu stampfen. Nach wenigen Minuten kehrte Fiametta zurück. Sie trug eine lange Eisenkette über der Schulter.

»Das sind Handfesseln, an denen mein Vater für den Herzog gearbeitet hatte. Dafür braucht man keinen Schlüssel. Sie öffnen sich auf einen Zauberspruch.«

»Kennst du den Spruch?« fragte Thur.

»Nun … nein. Ich weiß, wo er in Papas Notizbüchern steht, aber Ferrante und Vitelli haben Papas Notizbücher alle mitgenommen.«

»Aber brauchst du den Zauberspruch, um sie zu schließen?«

»Nein, sie schließen sich einfach so. Das ist eingebaut.«

Thur betrachtete die Handschellen, dann trat er an die Tür und blickte in den Hof mit den Steinbögen über den Säulen, die die hölzerne Galerie trugen. »In Ordnung.« Er ging in die Küche zurück und rief durch die Bodenbretter hinab: »Heh! Du! Losimaner!«

Ihm kam nur mürrisches Schweigen entgegen.

»Hier oben sind zwei bewaffnete Männer …«, seine Hand umschloß den Hammerstiel, »… und eine sehr zornige Zauberin. Sie möchte dich in Brand stecken. Wenn du heraufkommst und dich ergibst, ohne uns noch mehr Schwierigkeiten zu bereiten, dann lasse ich nicht zu, daß sie dich töten.«

»Wie weiß ich, daß ihr mich nicht einfach fesselt und umbringt?« fragte eine rauhe Männerstimme.

»Ich gebe dir mein Wort«, erwiderte Thur.

»Was ist das wert?«

»Mehr als das deine. *Ich* bin *kein* Losimaner«, knurrte Thur.

Ein langes Schweigen folgte, während der im Dunkeln hockende Losimaner seine Möglichkeiten überdachte. »Baron Ferrante wird mich um einen Kopf kürzer machen, weil ich in seinem Dienst versagt habe.«

»Vielleicht kannst du später desertieren.«

Der Losimaner machte einen obszönen Vorschlag, den Thur ignorierte.

Thur flüsterte Fiametta zu: »Könntest du ihm einfach mal ein bißchen einheizen? Ihn nicht wirklich in Brand stecken, aber ihm zeigen, daß du's kannst?«

»Ich werde es versuchen.« Sie schloß die Augen und bewegte ihre weichen Lippen.

Aus dem Keller drang ein Schrei, und man hörte, wie der Losimaner klatschend auf sein Haar schlug. »Schon gut! Schon gut! Ich ergebe mich!«

Thur ließ Tico und Fiametta den Schrank von der Falltür wegziehen und stand mit erhobenem Schmiedehammer bereit. Langsam öffnete sich die Tür mit einem Knarren, und der Losimaner schob vorsichtig den Kopf heraus. Er war ein grauhaariger Mann, stark, aber nicht mehr jung. In seinem gelockten Haar, das angesengt roch, glommen noch kleine rote Funken. Er machte sich nicht die Mühe, das Heft seines zerbrochenen Schwertes zu halten, sondern kroch heraus und stand mit leeren Händen auf.

Auf Thurs Geheiß ließ Tico das eine Ende der Handfesseln um das Handgelenk des Mannes zuschnappen, dann führte er ihn in den Hof, wo er die Kette um eine Steinsäule wickelte und dann die andere Schelle schloß. Thur legte den Schmiedehammer erst dann nieder, als Tico an der Kette gezogen hatte, um sicherzugehen, daß die Fesseln hielten. Tico stemmte einen Fuß gegen die Säule und hielt den Mann, während Fiametta ihn knebelte. Der Losimaner blickte auf den Hammer und ließ das Mädchen gewähren.

Fiametta führte sie in die Küche zurück. »Hier, setz dich auf den Stuhl«, wies sie Thur an. »Ruberta hat eine Heilsalbe für Prellungen. O je, an der Seite siehst du ja aus wie ein Schecke. Sind irgendwelche Rippen gebrochen?«

»Ich glaube nicht, sonst wäre ich nicht so weit gekommen.« Thur ließ sich sehr vorsichtig nieder.

Fiametta kramte in den Schränken. »Diese häßliche Wunde wird nicht heilen, wenn die Ränder nicht genäht werden. Zumindest sieht sie sauber aus. Ich bin keine Heilerin, aber ich verstehe etwas von Näharbeit. Wenn … wenn ich es aushalte, die Wunde zu nähen, hältst du es dann aus, daß ich es tue?«

»Ja«, erwiderte Thur und schluckte das Wimmern hinunter, das ihm beinahe entschlüpft wäre.

»Ah, hier ist die Salbe.« Sie tauchte aus den Tiefen einer geschnitzten Kommode auf und hielt ein Gefäß aus venezianischem Glas in Händen. Es beinhaltete eine helle Creme, die einen sanften, angenehmen Duft verströmte, wie von Wildblumen und frischer Butter. Zart verrieb Fiametta einiges davon über Thurs Rippen. Von den Stellen, die sie eingeschmiert hatte, breitete sich eine warme, entspannende Empfindungslosigkeit aus. »Ich hole jetzt mein Nähzeug, falls die Losimaner es nicht geklaut haben.« Sie setzte das Salbgefäß ab und eilte davon.

Verstohlen fischte Thur einen großen Klecks der Salbe aus dem Glas, schob seine Hand unter die Decke und schmierte seine schmerzende und geschwollene Lendengegend ein. Es half sehr, und er seufzte erleichtert auf.

»Dort hättest du *sie* dich salben lassen sollen«, bemerkte Tico mit einem Kichern und ließ sich im Schneidersitz auf dem Boden nieder.

»Das hätte vielleicht … mehr Schaden als Nutzen gebracht«, meinte Thur. Der Gedanke gefiel ihm zwar, doch ihm behagte nicht, daß der Vorschlag von Tico gekommen war. Verdammt, er hatte Fiametta noch nicht einmal geküßt, ja, er hatte es überhaupt nicht versucht. Er erinnerte sich daran, wie tief er das bereut hatte, als er in der Burg dem Tod ins Auge schaute. »Himmel, mir tut alles weh.«

Einige Minuten später kehrte Fiametta mit einem kleinen, abgedeckten Korb zurück. »Wir haben Glück. Ich habe die gebogenen Nadeln gefunden, die Ruberta benutzt, um die gefüllte Gans vor dem Braten zuzunähen.«

»Das hört sich ja gut an«, bemerkte Tico und hob amüsiert die Augenbrauen.

Thur kam zu dem Schluß, daß seine Lippen zu sehr schmerzten, um zu lächeln.

»Ich glaube, du solltest dich lieber flach auf den Küchentisch legen«, wies ihn Fiametta an.

»Genau wie eine Gans«, bemerkte Tico. Fiametta blickte ihn mit einer halb amüsierten, halb ärgerlichen Grimasse an, und er verstummte.

Thur kletterte auf den Tisch und legte sich hin, während Fiametta ihre Nadel einfädelte. Sie studierte die beiden Stiche am einen Ende der Wunde, die noch von der Arbeit von Ferrantes Wundarzt übrig waren. »Ja, das schaffe ich.« Sie schob entschlossen die Unterlippe vor. Sie holte tief Luft und machte den ersten Stich.

Thur hielt den Atem an, ergriff mit beiden Händen den Rand der Tischplatte und starrte zur Decke.

»Glaubst du, daß jemand vorbeikommt und nach diesem Wächter Ausschau hält?« fragte Tico, der aufgestanden war, um zuzuschauen. Fiametta reichte ihm eine Kerze, damit er ihr bei der Arbeit leuchtete.

»Nicht vor dem Morgen«, sagte Fiametta und knüpfte einen Knoten. Sie machte es ordentlich, aber viel langsamer als Ferrantes Feldscher.

»Vielleicht überhaupt nicht«, brachte Thur mit gepreßter Stimme hervor. »Sie haben zu wenig Leute, und aus diesem Haus sind schon alle Sachen von Wert geraubt worden. Es sei denn, Vitelli kommt vorbei, um noch einmal zu suchen. Er ist überzeugt, daß – ah!«

»Entschuldigung.«

»Mach nur weiter. Er ist überzeugt, daß dein Vater irgendwo im Haus geheime Aufzeichnungen oder Bücher über Geistermagie versteckt hat. So habe ich ihn vorgestern hier getroffen.«

»Geheime Bücher?« Fiametta legte die Stirn tief in Runzeln. »Papa? Na ja … vielleicht.«

»Weißt du etwas davon?«

»Nein … wenn dem so wäre, dann hätte er sie vor mir verborgen gehalten.«

Thur starrte an die Decke der Küche. Der Schmerz ließ ihm die Tränen in die Augen treten. »Ich glaube, sie existieren. Ich glaube, sie sind irgendwo … *oben*. Ich spürte es, als Vitelli mich hinter den Bodenbrettern suchen ließ. Ich habe – ah! – Vitelli natürlich nichts gesagt.«

Fiametta kniff konzentriert die Augen zusammen. »Oben. So, so.« Sie band einen anderen Faden ab und blickte zur Decke empor. Die Hälfte wäre geschafft! Langsam, aber sicher. Auf jeden Fall langsam.

»Vitelli will sie unbedingt haben. Ich bin mir sicher, daß er wiederkommt«, keuchte Thur. »Aber vielleicht noch nicht morgen. Er sah ziemlich schlecht aus, als ich seinen Zauber brach.«

»So knapp vor Vollendung … mit einem so schwierigen Zauber …« Fiametta nickte nachdenklich. »Ich möchte wetten, im Augenblick geht es ihm ganz schön schlecht.«

Niemand sprach, während sie sich peinlich genau an Thurs Bauchwunde entlangarbeitete. Endlich der letzte Stich. Das Wort *blaß* war für Fiametta bedeutungslos, doch ihre braune Haut hatte einen ausgesprochen grünlichen Unterton. Sie preßte die Lippen zusammen und rieb eine reichliche Handvoll der Salbe über die Wunde, bevor sie Thur sich aufsetzen hieß und ihm einen schützenden Tuchstreifen um die Taille wickelte, der verdächtig wie ein Stück von einem früheren Unterrock aussah.

»Das ist … das ist gut«, keuchte Thur tapfer. »Besser als beim Feldscher.«

Ihre vollen Lippen zeigten ein erfreutes Lächeln. »Wirklich?«

»Ja.« Er schwang mit seinen Beinen vom Tisch und stand auf. Rosafarbene und schwarze Wolken erschienen vor seinen Augen, und der Raum neigte sich zur Seite. Thur wurde bewußt, daß er gebückt stand und sich am Tisch festhielt.

»Tico, hilf!« Fiametta eilte an Thurs Seite. Er winkte sie weg, da er fürchtete, er würde sie zerdrücken, wenn er umfiele, doch sie beachtete seine Geste nicht und schob ihre Schulter entschlossen unter seinen Arm. »Du gehst sofort ins Bett«, ordnete sie an. »Ich lege dich in Rubertas Zimmer, das ist gleich gegenüber der Küche. Da steht das einzige Bett, das die Losimaner auf der Suche nach verborgenen Schätzen nicht zertrümmert haben. Tico, die Laterne!«

Als Thurs Kopf wieder klar war, hatten die beiden ihn ins Schlafzimmer der Haushälterin geschleppt. »Nein!« protestierte er. »Die geheimen Bücher deines Vaters, Fiametta. Wir müssen sie finden, um sie vor Vitelli in Sicherheit zu bringen. Ich bin sicher, das ist wichtig. Ich muß dir suchen helfen.«

»Du mußt dich hier hinlegen.« Fiametta zog die Bettdecke des ersten echten Bettes zurück, das Thur seit Wochen sah. Die Laken waren aus Leinen.

»Oh«, murmelte er überwältigt. Das Bett schien ihn anzuziehen. Es war etwas kurz, doch wundervoll weich. Fiametta zog ihm die Bettdecke über, nahm mit einer geschmeidigen Bewegung Ticos Decke weg und gab sie ihrem Besitzer zurück.

»Aber die Notizbücher«, sagte Thur schwach.

»Ich werde nach ihnen suchen«, erwiderte Fiametta.

»Sie waren oben. Über dem ersten Stock.«

»Dieses Haus hat nur zwei Geschosse, nicht wahr?« Tico reckte den Hals, als könnte er durch die Decke schauen.

»Ich habe schon eine Idee«, erwiderte Fiametta. »Schlaf nur, Thur, sonst bist du nutzlos.«

Thur ließ sich zurücksinken. Sie hatte ihn überredet. Auf Zehenspitzen verließen Fiametta und Tico das Zimmer. Thur war so erschöpft wie noch nie in seinem Leben, doch durch seine Gedanken wirbelten wirre Bilder der letzten paar Tage. Er hatte Uri gerettet, aber Meister Beneforte war noch in Gefahr. Die Herzogin. Donna Pia. Don Pio, mit seiner seltsamen Leidenschaft für Fledermäuse, hing an der Eichentür, und sein Blut rann herab. Vitellis dunkle Aura, die an Bedrohlichkeit und Macht zunahm …

Doch nach einigen Minuten kam Fiametta mit einem großen irdenen Becher zurück. Sie stellte die Laterne ab, während Thur sich mühsam aufsetzte.

»Hast du schon gegessen? Ich glaube nicht. Im Augenblick gibt es im Haus nichts zu essen, außer etwas Mehl, getrocknete Bohnen und alte Rüben, aber ich habe diesen Wein hier gefunden.« Sie setzte sich auf den Bettrand und half ihm, die Hände um den Becher zu schließen.

Sie hatte den Wein nicht mit Wasser verdünnt. Er war dickflüssig, rot, kräftig und etwas süß. Thur trank ihn dankbar.

»Das tut gut. Danke. Ich war schon am Verhungern.«

»Du hast gezittert.« Sie betrachtete ihn besorgt.

Er erwiderte ihren Blick über den Rand des Bechers hinweg. Durch Ferrantes Verrat und durch die eigenartige Prophezeiung ihres Löwenrings waren ihre Leben miteinander verstrickt worden. Sollte der Zauber des Meisters von Cluny zu jener Art von Prophezeiung gehören, die sich von selbst erfüllt? Thur war zuerst von Fiamettas Anmut beeindruckt gewesen, freundlich geneigt, jedes weibliche Wesen zu lieben, das zu verstehen gab, daß es ihn liebte. Doch jetzt war er sich nicht mehr so sicher, daß sie ihn liebte, trotz des Ringes. Was dachte sie wirklich? Ihm war unbehaglicherweise bewußt, daß er ihr Herz erst zur Hälfte gewonnen hatte. Es war alles so kompliziert. Sie war ein kompliziertes Mädchen. Würde ein Leben zusammen mit Fiametta immer so verwirrend sein? Dieser Verdacht begann in ihm zu wachsen.

Er erinnerte sich daran, wie er im Burggarten an Ferrantes glänzendem Schwert emporgeschaut hatte. Nun, *das* war einfach gewesen.

Unbeholfen ließ er seine freie Hand um Fiamettas Taille gleiten, beugte sich vor und küßte sie. Ihre Nasen stießen zusammen, und er traf ihren Mund nur halb. Sie riß die großen braunen Augen auf, und er wartete resigniert darauf, daß sie zurückwich.

Statt dessen küßte sie ihn zurück. Herzhaft. Und ihr gelang es, das Ziel voll zu treffen. Er legte seinen Arm freudig um ihre Schultern. Sie schloß ihre Hand fest über dem Silberkopf ihres Schlangengürtels. Es war ein seltsames Gefühl, mit gequetschten Lippen zu küssen. Als er von ihr abließ, leuchteten ihre Augen. *Ich habe etwas richtig gemacht!* dachte Thur voller Freude. *Ich frage mich nur, was es war.*

Doch bevor er es weiter erforschen konnte, sprang sie auf. Angesichts seines mitgenommenen körperlichen Zustands war dies wohl richtig. Sie beugte sich vor und küßte ihn auf die Stirn. »Jetzt mußt du schlafen, Thur.«

Wenigstens lächelte sie noch, als sie ihn verließ. Ein geheimnisvolles Mädchenlächeln. Thur ließ sich zurücksinken. Diesmal kam der Schlaf fast gleichzeitig mit der Dunkelheit.

Thur erwachte in einem ungewissen grauen Tageslicht, das durch die halboffenen Fensterläden des Zimmers hereinsickerte. Stöhnend setzte er sich auf. Seit dem Einsturz und der Überflutung des Bergwerksstollens hatte er keine solchen Verletzungen mehr gehabt. Aber er fühlte sich viel besser als letzte Nacht. Übelkeit und Schwindel waren vergangen, doch er kam zu dem Schluß, daß eine weitere Handvoll dieser Salbe angenehm wäre. Er schwang sich mit nackten Beinen aus dem kleinen Bett.

Wenigstens mußte er nicht mit der Bettdecke seine Blöße bedecken. Auf dem Bett lag etwas zum Anziehen: eine fadenscheinige Männerrobe aus dunkler Wolle. Thur zog sie über den Kopf. Sie war offensichtlich für einen kleineren Menschen gemacht, wahrscheinlich für Prospero Beneforte, denn der Saum, der mit einem würdigen akademischen Schwung über den Boden hätte fegen sollen, hing in der Höhe von Thurs Knöcheln, und die Ärmel waren zu kurz. Er ließ die Ärmel auf dem Bett zurück, band sich ein Stück Schnur um die Taille und machte eine Art Tunika daraus. Dann spähte er durch das Fenster in den umfriedeten Garten hinter dem Haus. Ja, da stand der Abort. Das Grau des Himmels war nicht die Morgendämmerung, sondern ein stahlfarbener Dunst mitten am Vormittag. Hatte er zu lang geschlafen? Beunruhigt ging er in die Küche und blieb wie angewurzelt stehen.

Eine fremde Frau, die eine Haube und eine Schürze trug und einen Holzlöffel in der Hand hielt, wandte sich am blaugekachelten Ofen um und blickte Thur an, ohne überrascht zu sein. »Aha, der junge Mann.« Sie nickte ihm freundlich, aber abschätzend zu, als wäre er ein Ballen Tuch, den sie zu erwerben gedachte, bezüglich dessen Farbfestigkeit sie jedoch noch Zweifel hegte. Sie war eher robust als beleibt und von mittlerem Alter.

»Äh«, sagte Thur.

»Der Haferbrei braucht noch ein paar Minuten.« Sie zeigte mit dem Löffel auf einen schwarzen Eisentopf auf dem Herd. »Danach gibt es einen Dörrapfelkuchen, mit Honig gesüßt. Viel Kuchen, nicht viel Apfel, aber man muß mit dem vorliebnehmen, was man hat. Und ich habe eine Kräutermilch gekocht. Die trinkt sich am Morgen besser als starker Rotwein, der ansonsten das einzige ist, was wir im Hause haben. Es gibt kein Bier.« Sie nickte entschlossen, bückte sich, stieß mit dem Löffelgriff die Ofentür auf und stocherte in den Kohlen herum.

Thur lief das Wasser im Mund zusammen. Es duftete köstlich.

»Du wirst zuerst zum Abort gehen wollen, nehme ich an. Er ist direkt dort draußen.« Sie winkte mit dem Löffel vage in die Richtung einer eisenbeschlagenen Tür, die in den Garten führte.

»Ja, ich war dorthin unterwegs, Madame.« Thur überlegte kurz. »Mein Name ist Thur Ochs.«

»Des armen Hauptmanns Uri Bruder aus Bruinwald, ja, ich weiß.«

»Seid Ihr zufällig Ruberta?«

»Die Haushälterin des Meisters, ja. Oder zumindest war ich das, bis diese räuberischen, mörderischen Losimaner über uns hereinbrachen.« Sie zog die Stirn in tiefe Falten. »Verbrechen über Verbrechen … Prospero Beneforte war ein schwieriger Mensch als Hausherr, doch er war ein großer Mann, und so einen wie ihn gab es in ganz Montefoglia nicht mehr. Lauf jetzt. Wenn du zurückkommst, dann wasch dir in dem Becken dort die Hände und hol Fiametta zum Essen.«

»Wo ist … Signorina Beneforte?«

»Irgendwo im Haus. Sie versucht, von den Geräten ihres Papas zu finden, was diese verfluchten Räuber irgendwie übersehen haben.«

Thur tat, wie ihm geheißen, und kehrte durch die Küche in den Hof zurück. Der Gefangene lag auf einer

Decke, ohne Knebel, jedoch schlafend. Er hielt einen billigen Weinschlauch an die Brust gedrückt. Nicht der gute Rotwein, vermutete Thur. Seit den Vorfällen der letzten Nacht war jemand draußen gewesen, um nach Lebensmitteln zu suchen. Wahrscheinlich Fiametta. Sie mußte Ruberta geholt haben. Thur hoffte, daß sie vernünftig genug war, Tico zum Schutz mitzunehmen. Nicht, daß ein Junge mit einem Messer gegen Schwertkämpfer würde viel ausrichten können ...

Thur trat auf die Steinplatten des Hausflurs. Uri war nicht mehr da. Er warf einen Blick in das Zimmer zu seiner Rechten, das in der Ecke seine eigene Feuerstelle hatte, dazu Teppiche und Stühle: offensichtlich der Raum, wo wichtige Gäste oder Kunden empfangen wurden. Auf einer provisorischen Totenbahre aus Brettern, die über zwei Zimmermannsböcke gelegt waren, lag eine Gestalt, die mit einem Laken bedeckt war. Thur seufzte und betrat das Zimmer. Er hob das Laken, um seinen Bruder anzuschauen und – offen gesagt – nach Anzeichen von Verwesung zu suchen. Er war gerührt, als er entdeckte, daß Uri schicklich gekleidet war, ebenfalls in Kleider, die Prospero Beneforte hinterlassen hatte: eine Strickhose, ein Hemd, eine kurze Jacke, weder neu noch schön – sonst hätten die Soldaten sie schon mitgenommen –, aber mit Sorgfalt hergerichtet. Das Werk der Frauen, ohne Zweifel. Vitellis Bewahrungszauber schien noch zu wirken. Thur deckte seinen Bruder wieder zu und ging über den Flur in die gegenüberliegende Werkstatt.

Fiametta saß auf einem hohen Schemel, die Ellbogen auf den Arbeitstisch gestützt. Sie hatte sich nicht die Zeit genommen, ihre eigenen Kleider zu wechseln; immer noch trug sie ihr kaputtes Samtkleid mit den fehlenden äußeren Ärmeln. Thur fragte sich, ob sie sich Zeit zum Schlafen genommen hatte. Vor ihr auf dem Tisch lag ein großes, in Leder gebundenes Buch offen da, und in einem Kreis darum lagen allerhand Papiere und Pergamente verstreut. Sie runzelte beim Lesen grimmig die Stirn.

Auf das Geräusch seiner Schritte hin blickte sie auf. »Thur, du hattest recht. Ich habe sie gefunden.« Ihr Gesicht war abgespannt.

»Wo?« Er trat an ihre Seite.

»Hast du das kleine Eckzimmer mit den zwei Fenstern neben Papas Schlafzimmer bemerkt, das er sich als Studierzimmer eingerichtet hatte?«

»Ja, aber Vitelli auch. Er hat es ausräumen lassen. Ich – da drin war mein Gefühl sehr stark, und so sorgte ich dafür, daß ich dort nicht sehr gründlich suchte.«

»Die Decke ist mit Holzpaneelen getäfelt, in deren Mitte jeweils eine Rosette geschnitzt ist.«

»Wir haben sie alle abgeklopft. Sie klangen alle massiv. Wir haben sogar ein paar davon abgenommen, dann überzeugte ich den losimanischen Soldaten, daß sie alle gleich sind.«

»Wenn ihr alle abgenommen hättet, dann hättest du die Sachen entdeckt. Wenn du an einer der Rosetten drehst, dann öffnet sich ein Schnappschloß und ein Paneel kommt herunter – das ist der Boden eines Kastens. Kein sehr großer Kasten. Er war mit all dem Zeug hier vollgestopft. Kein Wunder, daß das Paneel massiv klang.« Sie wies mit der geöffneten Hand auf die Papiere. »Papa wäre in ernsthafte Schwierigkeiten geraten, wenn man diese Sachen je gefunden hätte.«

Thur räusperte sich. »Ein Fall für den Scheiterhaufen?«

»Nicht … ganz, glaube ich. Das hängt davon ab, welche Vorurteile der Inquisitor gegenüber den Florentinern hegt. Aber es wäre genug gewesen, um seine Lizenz und seinen Lebensunterhalt zu gefährden. Da sind Rezepte für Zaubersprüche … Aufzeichnungen von Experimenten … Tagebucheintragungen über zwei nächtliche Besuche auf Friedhöfen, bei denen allerdings die Ergebnisse nicht zufriedenstellend gewesen zu sein scheinen. Es gibt einen kompletten Bericht, bei dem es meiner Meinung nach um das Gießen des großen Geisterrings für das Oberhaupt der Medici geht, einschließlich eines Verzeichnisses der Zahlungen, wobei allerdings keine Namen, sondern nur Initialen verwendet werden. Aber die Daten passen zu Papas letztem Aufenthalt in Florenz. Gefährliche Beweise gegen Menschen, die noch am Leben sind. Papa scheint einige Dinge mit Tieren angestellt zu haben, die … äußerst fragwürdig waren. Da ging es nicht nur um Ringe. Um weit mehr als Ringe! Mein armes Kaninchen – hier«, sie schlug eine Seite in dem Buch auf, die eng in Latein vollgekritzelt war, »ist ein Bericht, wie er die Seele eines meiner Kaninchen übertragen hat, um einen Messinghasen zu beleben, den er gegossen hatte. Seine Nase zuckte, er bewegte sich …« Ihr Finger machte an einer Zeile Halt, und sie übersetzte: »›Er hopste eine Viertelstunde lang auf meinem Arbeitstisch umher, bis seine Seele verbraucht war und mein Zauber versagte. Die Starrheit des abkühlenden Messings schien ihn schneller zu ermüden. Nächstesmal werde ich versuchen, den Guß heiß zu halten, um die Fluidität zu verbessern.‹ Du lieber Gott, Thur, das ist unglaublich! Und er hat nie etwas davon verlauten lassen – ich will sagen, hier an diesem Tisch! Und wir müssen später dasselbe Kaninchen als Schmorbraten gegessen haben, hinterher! Und ich erinnere mich an die ausgezeichnete Detailgenauigkeit dieses Messinghasen – er saß anderthalb Jahre auf seinem Fensterbrett, bis die Losimaner ihn raubten.« Auf ihrem Gesicht mischten sich Schrecken, Stolz und Empörung. Ihre Hand lag besitzergreifend auf dem Notizbuch. Thur war sich nicht ganz sicher, ob sie es unter Verschluß halten oder für sich als Anleitung behalten wollte.

»Was sollen wir dann mit diesen Aufzeichnungen machen? Sie dem Abt übergeben? Dein Vater ist jetzt irdischer Verfolgung entzogen, meine ich.«

»Wenn wir es können. Wenn wir alle überleben. Ich … es gibt hier Dinge – diese Seiten hier enthalten das Denken und die Arbeit eines ganzen Lebens. Ich könnte es nicht ertragen zu erleben, wie sie vernichtet werden, doch – Thur, die Möglichkeit ist erschreckend. Vitelli würde sich nicht auf Kaninchen beschränken! Stell dir mal vor, er würde sich entschließen, ein Heer von Messingsoldaten zu schaffen, Geistersklaven! Papa spekulierte darauf – ein Heer von *Golems* nannte er sie. Ich kenne dieses Wort nicht, ich glaube, es ist nicht einmal Latein. Papa tanzte so behutsam durch seine Arbeit und versuchte diese magische Macht zu benutzen, ohne sich der Verdammnis zu überantworten. Doch andere würden nur die Macht sehen und nach ihr greifen, ungeachtet …« Sie holte tief Luft. »Ich würde das Buch lieber Abt Monreale geben, als zu sehen, wie es vernichtet wird. Doch ich würde es eher selbst verbrennen, bevor ich es in die schwarzen Hände von Ferrante oder Vitelli fallen ließe.«

»Ganz Montefoglia fällt in ihre Hände«, sagte Thur bitter. »Und niemand scheint fähig – oder willens – zu sein, sie aufzuhalten. Ich habe es versucht, Gott ist mein Zeuge. Und ich habe versagt. Selbst beim feigen Stich mit dem Messer in den Rücken. Mit einem Schmiedehammer hätte ich vielleicht etwas ausgerichtet. Du brauchst nicht mich, Fiametta, du brauchst einen Helden wie Uri, der im Schwertkampf ausgebildet ist. Der falsche Bruder liegt tot im Nebenzimmer.«

»Thur, mach dir keine Selbstvorwürfe! Baron Ferrante ist ein Soldat mit zwanzigjähriger Erfahrung im Feld! Wie könntest du erwarten, ihn in einem Kampf Mann gegen Mann zu besiegen?«

»Don Pio hat sich eine Weile behauptet. Wir hatten es beinah zusammen geschafft! Bis ich ihn verließ und er an die Wand genagelt zurückblieb, wie ein Märtyrer, von seinen Feinden umringt. Doch es war knapp, Fiametta. Baron Ferrante ist nicht unbesiegbar. Jedenfalls nicht, bis sein Heer hier eintrifft. Heute abend, morgen …« Thur verzog das Gesicht.

»Nicht heute abend«, sagte Fiametta. »Ruberta sagt, Gerüchte auf dem Marktplatz behaupten, die Losimaner würden beim Übersetzen ihrer Kanonen über die Furt an der Grenze aufgehalten. Doch morgen – morgen sind sie vielleicht schon hier.« Fiametta rieb sich müde das Gesicht. »Heute morgen habe ich Ruberta gefunden, im Hause ihrer Schwester. Ich hatte mir gedacht, dahin müsse sie gegangen sein, falls sie überlebt hatte. Sie erzählte mir, was hier geschehen war. Als die Soldaten kamen, geriet Teseo, dieser Trottel, in Panik und öffnete ihnen die Tür. Ruberta kam nur knapp mit dem Leben davon und floh über die hintere Mauer. Nun ja, dadurch wurde unsere arme Tür wahrscheinlich davor bewahrt, eingeschlagen zu werden, und am Ende machte es sowieso keinen Unterschied.«

»Ach ja, da du Ruberta erwähnst: sie sagt, wir sollen zum Essen kommen.«

»Ja, das müssen wir wohl.« Fiametta seufzte. »Um unsere Kräfte zu stärken. Unsere Kräfte, um wegzulaufen, wenn schon nichts anderes übrigbleibt.« Sie schlug mit der Faust auf den Tisch. *»Nein«*, schrie sie. »Ich möchte nicht weglaufen! Dieses Haus ist meine einzige Mitgift, die noch übrig ist. Ferrantes Bravos haben alles mitgenommen, was nicht niet- und nagelfest war. Ich will nicht ohne Mitgift heiraten, wie die Tochter eines Bettlers, wie eine Sklavin …« Dann brach sie in Tränen aus.

»Fiametta … Fiametta …« Thur öffnete die Hände. Er wagte es kaum, diese zitternden Schultern zu berühren. »Deine Talente, deine Kunst, deine Magie, die sind doch in sich selbst Mitgift genug. Jeder Mann muß das begreifen, wenn er nicht ein völliger Narr ist. Und du bist doch zu gut, um einen Narren zu heiraten. Allerdings würde ich dich auf der Stelle heiraten. Obwohl ich auch keinen Heller besitze. Ich habe nicht einmal Kleider oder Schuhe! Wenn wir … in Bruinwald leben könnten, dann könnte ich wieder in das Bergwerk gehen, oder in die Schmelzhütte. Ich gebe zu, es gibt in Bruinwald nicht viel Bedarf für einen Goldschmied.«

Fiametta hob das tränenüberströmte Gesicht. »Aber … würdest du nicht gerne hier leben wollen, Thur? Ich könnte Papas Werkstatt übernehmen, zuerst im kleinen Rahmen, aber die meisten der Werkzeuge sind ja geblieben – du könntest das Holz beschaffen und die Schmelzöfen in Gang halten und die großen Aufträge aufführen und mein M-m-mann sein, der Rat der Zunft würde dir sofort die Erlaubnis für die Werkstatt ausstellen. Solange ich eine minderjährige Waise bin, verwaltet die Zunft meinen Besitz, aber wenn ich verheiratet wäre, dann würdest du es tun. Und … und Ruberta könnte immer noch zum Kochen kommen und wir könnten hier glücklich zusammenleben!«

Thur war überrascht, wie viele praktische Einzelheiten in diesem Bild ehelichen Glücks enthalten waren. Sie mußte viel darüber nachgedacht haben. Er hatte kaum gewagt, in seinen Gedanken über die Grenzen eines unbestimmten körperlichen Verlangens hinauszugehen – er mußte zugeben, das Haus war wunderbar, so weit über der Hütte eines Bergmanns, wie die Burg von Montefoglia über dem Wohnsitz eines Goldschmieds stand. Nach der Plünderung gab es natürlich allerhand zu reparieren. Das konnte er übernehmen, seine Hand und sein Auge waren geschickt genug dafür. »Das würde mir gefallen«, versicherte er. Seine Mutter würde erstaunt sein, wenn er so gut und so schnell heiratete … »Könnte meine Mutter zu uns kommen und hier leben? Im Winter ist es in Bruinwald so kalt und so einsam.« Ja, früher oder später würde es ihm nicht erspart bleiben, der Mutter von Uris Schicksal zu erzählen. Bei diesem Gedanken krampfte sich sein Magen zusammen.

Fiametta blinzelte. »Nun, hier gibt es reichlich Zimmer …« Und dann fügte sie unsicher hinzu: »Glaubst du, sie würde mich mögen?«

»Ja«, erwiderte Thur mit Nachdruck. Er sah seine Mutter vor sich, mit einem Enkelkind auf dem Schoß, während Fiametta an einer eleganten Goldarbeit hämmerte, Ruberta kochte und er einen Schmelzofen bediente, Zinnteller und Kerzenständer und andere robuste, praktische Sachen goß.

Doch als er an die von Losimo heranrückenden Truppen dachte, verblaßte das bunte Bild. Fiametta teilte seine Furcht, das Leuchten in ihren Augen erlosch. »Aus alldem wird nichts, wenn Ferrante siegt«, seufzte sie.

»Ja. Gehen wir … essen.« Er bot Ferrante und allem Schicksal die Stirn und nahm schüchtern Fiamettas Hand, als sie in den Hof hinaustraten. Sie erwiderte seinen Händedruck.

Sie blieb stehen und starrte auf den großen Lehmklumpen in der Gußgrube, auf die zerbrechliche Gußform für den großen Perseus. »Mein Vater hat so viele Werke unvollendet zurückgelassen. Wenn ich etwas tun könnte, um seinem armen Schatten Ruhe zu verschaffen, so würde ich diese Statue für ihn gießen lassen. Bevor die Losimaner die Form zerstören oder Zeit und mangelnde Sorgfalt sie zerbröckeln lassen. Jetzt werden wir nie das Metall dafür bekommen.«

»Schade, daß wir nicht Uri in diesen alten griechischen Helden bannen können«, sagte Thur düster, »wie das Kaninchen in den Messinghasen. *Er* würde Ferrante in die Flucht schlagen.«

Fiametta erstarrte. »Was sagst du da?«

Thur bewegte sich nicht. »Nun, wir könnten doch nicht … oder? Ich meine, das wäre ernstliche Totenbeschwörung. Eine finstere Sünde.«

»Sündiger als ein Meuchelmord?«

Thur blickte verlegen in ihr gespanntes Gesicht.

»Und wenn … wenn der Geist, Uris Geist, nicht gegen seinen Willen gebunden wäre? Wenn er eingeladen würde – nicht als Sklave, sondern als Freiwilliger aus eigenem Antrieb, wie der Geist in Fürst Lorenzos großem Ring?« fragte sie heiser. »Uris Geist wurde schon für die Bindung gestärkt, wenn auch auf böse Weise von Vitelli – wir haben die Form, den Schmelzofen, das Holz, der Zauberspruch ist niedergeschrieben, oh, ich verstehe ihn jetzt, Thur! Es sind nicht bloß Worte, er hat eine innere Struktur …« Sie ließ die Schultern sinken. »Aber wir haben immer noch nicht das Metall. Nicht einmal Vitelli selbst könnte soviel Kupfer aus der Luft herbeizaubern, wie für diesen Helden nötig ist.«

Wie ein Blitz schoß Thur ein Bild durch den Kopf. Ein grinsender Kobold, der eine Eisenstange in massiven Stein hineinschob, als steckte er einen Löffel in Haferbrei …

»Ich kann es nicht aus der Luft herbeizaubern.« Seine atemlose Stimme klang in seinen Ohren, als käme sie aus großer Entfernung, wie übers Meer. »Aber ich schwöre, ich kann es aus dem Boden hervorzaubern.«

KAPITEL 17

»Also *das* ist wirklich und ausdrücklich verboten«, erklärte Fiametta und blickte sich in der vorderen Werkstatt im Kreis ihrer Gefährten um. Ihrer Freunde. Ihrer Verbündeten. Ruberta und Tico saßen an den gegenüberliegenden Seiten eines Doppeldiagramms, das Fiametta mit Kreide auf den Boden gezeichnet hatte. In der Mitte der einen Achse lag Uris Körper. Auf einen widersinnigen, doch ununterdrückbaren Impuls hin hatte sie ihm ein Kissen unter den Kopf gelegt, als schliefe er. Er sah jedoch nicht aus, als läge er im Schlaf. Diese graue Starre war unverkennbar der Tod. Thur saß mit überkreuzten Beinen in der Mitte der anderen Achse, er blickte furchtsam, aber entschlossen drein. Die Fensterläden des Raums war geschlossen und verriegelt. Die Kerzen, die entsprechend den vier Himmelsrichtungen um die Diagramme standen, lieferten sowohl wirkliche als auch symbolische Beleuchtung. »Wenn jemand sich noch zurückziehen möchte, dann sollte er es lieber jetzt tun.«

Tico und Ruberta schüttelten den Kopf. Beide preßten gleicherweise die Lippen aufeinander. »Ich bin bereit«, erklärte Thur standhaft.

Wir müssen alle verrückt sein, dachte Fiametta. Nun, wenn sie es waren, dann war Ferrante schuld daran. So brütete Böses Böses aus. *Nicht ganz böse. Ich zwinge Uris Seele nicht. Ich bitte sie nur.* Sie sah noch einmal die Anleitung für eine Séance durch, die sie in den Aufzeichnungen ihres Vaters gefunden hatte. Wenn er nichts ausgelassen hatte, dann hatte sie es auch nicht.

»Bist du sicher, daß ich nichts tun muß?« fragte Thur wehmütig.

»Du tust nichts – in einem, einem *positiven* Sinn. Ich glaube, das ist schwerer als es klingt. Du mußt die Herrschaft über dich selbst aufgeben.« Fiametta überlegte kurz. »Du mußt deinem … deinem Gast wirklich vertrauen.«

Thur schüttelte den Kopf und lächelte traurig. »Einem anderen … Gast nicht. Uri schon.«

»Ja.« Sie preßte die Lippen zusammen. »Abt Monreale beginnt jeden Zauber mit einem Gebet. Hier erscheint mir das ein bißchen heuchlerisch, aber …« Was sollte sie sagen? Sie konnte kaum um Segen für dieses Unternehmen bitten. Sie neigte den Kopf, und ihre Gefährten taten es ihr nach. »Im Namen Jesu und Mariens bitten wir, Gott, erbarme dich unser, Gott, erbarme dich unser, Gott, erbarme dich unser aller.«

»Amen«, murmelten die anderen. Und eine bange, sprachlose, unsichtbare *Anwesenheit* stimmte ebenfalls zu.

Fiametta blickte zum letztenmal auf die Aufzeichnungen, die in der lateinischen Handschrift ihres Vaters flüssig geschrieben waren. Der gesprochene Teil des Zaubers war kurz. Sie wiederholte die Silben stumm in Gedanken, prüfte eine jede und hatte plötzlich eine Einsicht. Die Substanz des Zauberspruchs lag nicht im Lateinischen, sondern in einer Art Unterstruktur des Denkens – war das Beharren auf Latein lediglich eine Vorkehrung, um die Unwissenden von der Macht fernzuhalten? Uri sprach sowieso kein Latein, nur Deutsch und Italienisch und ein paar Brocken Kasernenfranzösisch. Aber jetzt war gewiß nicht die Zeit für Experimente.

Ihre Lippen formten auf jeden Fall die Wörter, eine Brücke von Klängen über ein Muster, das von Sekunde zu Sekunde in ihrem Geist festgehalten wurde und für das die Kreidelinien nur ein mnemonisches Hilfsmittel waren. »Uri, tritt ein!« *Dies* waren magische Worte, so offen und einfach? Ihre Impulsivität hatte den Zauber verpfuscht, sie mußten ganz von vorne anfangen …

Ein Ruck ging durch Thur. Er riß die Augen auf und öffnete den Mund. Seine gebeugte Haltung, teils Erschöpfung, teils eine Gewohnheit vom Kopfeinziehen in den unerbittlich niedrigen Bergwerksstollen, verschwand. Er streckte den Rücken wie ein Soldat bei einer Parade. Etwas Eifriges, Hungriges, fast Gehetztes hatte von ihm Besitz ergriffen …

»Fiametta, hier bin ich.« Es war Thurs Stimme, aber mit Uris Akzent und Tonfall, von seiner Zeit in südlichen Gefilden geglättet und gemildert. Und seine Augen – seine Augen waren gespannt und hell und sehr, sehr zornig. »Es ist schwer zu bleiben. Beeilt Euch!«

»O Uri, es tut mir so leid, daß Ihr getötet wurdet!«

»Nicht halb so leid wie mir.« Der bittere Humor, der hier aufblitzte, war ganz Uri, gewiß. Sein Zorn galt nicht ihr.

»Es war meine Schuld. Ich lenkte Euch ab, als ich schrie.«

»Es wart nicht Ihr, sondern das, was aus dem verfluchten Schemel fiel. Schrecklich.«

Ein Knoten schuldbewußter Reue löste sich in ihrem Herzen. Uri/Thur schloß die Augen. »Gesegnet seist du, Bruder, weil du mich den Totenbeschwörern entrissen hast.« Er drückte die Augen noch fester zu, als wirkte eine Qual in ihm nach. »Ich habe *versucht*, ihnen zu widerstehen. Sie haben nicht … mit redlichen Mitteln gekämpft.«

»Das kann ich mir vorstellen«, sagte Fiametta schwach. »Gott schenke Euch seine Gnade.«

»An jenem dunklen Ort war es schwer, an Gott zu denken. Es gibt Männer, die finden Gnade in Verliesen und Bergwerksschächten, als würden die Farben, Geräusche und Ablenkungen des Lebens sie blenden und als würden sie nur in der Finsternis klar sehen. Doch ich kam zu spät, und in das falsche Verlies. Vitellis Schatten ist Finsternis, die selbst von Gott entleert ist.« In seinem Gesicht zeichnete sich die Erinnerung an diese Leere und diese Finsternis ab.

»Pst … jetzt ist alles in Ordnung.« Nun, wohl kaum, dachte Fiametta und warf einen Blick auf die graue Leiche. »Aber könntet Ihr – würdet Ihr wagen – ihm noch einmal gegenüberzutreten?«

Uri/Thur zuckte zusammen. »Vitelli?«

»Ja. Aber diesmal nicht mit so ungleichen Waffen. Uri – wir haben einen Zauberspruch von Papa entdeckt, einen wundervollen Zauber. Anstatt Euren Geist in einen Ring zu bannen, glaube ich, können wir diesen Zauber benutzen, um einen Weg für Euch in den großen Perseus zu bahnen. Er war schließlich Ihr, abgesehen vom Gesicht und den Pockennarben. Ein Körper nicht aus Fleisch, sondern aus Bronze, unverwundbar und ungeheuer stark. Es kann nicht für lange Zeit sein, obwohl ich vorhabe, meinen Feuerzauber zu benutzen, um diesen Bronzeleib solange wie möglich heiß und in Bewegung zu halten. Doch in der Zeit hättet Ihr eine Chance, eine einzigartige Chance, gegen Ferrante und Vitelli zurückzuschlagen. Ich kann Euch in keiner Weise zwingen oder binden – und ich will es auch nicht. Aber ich bitte Euch. Uri, helft uns!«

»Bereitet mir einen Pfad zu diesem Ziel«, hauchte Uri/Thur, »und ich werde ihn dahinfliegen. Große Zauberin!« Seine Augen brannten. »Sandrino hatte mir sein Leben anvertraut. Und ich stand da, *an Ort und Stelle*, mit offenem Mund wie ein Dorfhanswurst, als Ferrante ihn mir entriß. Ich habe meinen Eid nicht erfüllt, ich habe in der Überraschung meine Ehre verloren – ich habe Ferrante nicht vertraut, ich hätte schneller bereit sein sollen, ach, Fiametta! Wenn ich meine Schande mit Ferrantes Blut abwaschen könnte, dann würde ich meine Seele dafür hergeben!«

»Sagt das nicht!« rief Fiametta erschrocken. »Das will ich nicht! Aber wenn die Kreuzfahrer Gottes Soldaten sein konnten, dann glaube ich, könnt Ihr es auch. Vitelli ist schlimmer als jeder Sarazene. Doch wir brauchen noch mehr Hilfe. Papa hätte für diesen Guß zehn starke Arbeiter eingestellt. Wir haben nur vier, das heißt drei, denn ich will es mit dem Zauberspruch versuchen. Ihr wart in der Burg – könnt Ihr uns sagen, wie Don Pio die Kobolde zwang, ihm zu helfen?«

»Don Pio hat eine alte Freundschaft mit dem kleinen Felsenvolk. Deshalb treiben sie sich in so großer Zahl um die Burg herum. Sie hatten ein gemeinsames Interesse an Höhlen und an Wesen, die darin leben.« Uri/Thur hob die Hände und deutete eine Bewegung von fliegenden Fledermäusen an. »Ich habe einmal in Don Pios Begleitung die Kolonie der Kobolde besucht. Wie *ihr* sie zwingen könnt, dessen bin ich mir nicht sicher, besonders, wenn es um Arbeit geht, denn sie sind faul und flatterhaft und treiben lieber Schabernack. Sie werden schlimmen Schabernack mit Euch treiben, wenn Ihr ihnen Schmerzen zufügt. Es ist ein schlechter Einfall, einen Kobold zu etwas zwingen zu wollen.«

Plötzlich wurde sein Gesichtsausdruck unter den herabgezogenen Augenbrauen verwirrt. Thurs eigene Stimme meldete sich mit Schwierigkeiten aus seinem Mund, langsam und undeutlich: »Bestich sie. Mit Muttermilch. Dafür würden sie alles tun.« Er öffnete den Mund und schloß ihn wieder. Uri war wieder da und blickte überrascht drein.

»Das würde besser wirken als eine Geiß zu stehlen – das wird ihnen nicht oft angeboten! Sie würden in Scharen zu Euch kommen!«

»Aber woher würden wir eine Amme bekommen? Ach, es wird alles so kompliziert!«

»Es ist seltsam …«, Uris/Thurs Blicke schweiften in die Ferne, »was ich jetzt sehen kann. Mehr. Weniger. Anderes. Mauern sind wie aus Glas. Stein ist wie Wasser. Aber ich kann die Kobolde in ihrer Schattengestalt in den Felsen sehen, und sie erscheinen mir seltsam fest. Menschen – Ihr, in Eurem Fleisch – sind, wie früher Schatten waren, ganz verzerrt und fern und außer Reichweite. Außer jetzt im Augenblick, wenn ich durch diese Augen schaue. Es ist gut, Euch noch einmal zu sehen.« Er lächelte flüchtig, dann wurde er grimmig. »Alle außer Vitelli. Sein Schatten ist fest, innerhalb seines Leibes. Fest und dunkel. Ich fürchte mich vor ihm.« Uri/Thur seufzte, ein langer, tiefer Atemzug. »Ihr müßt Euch beeilen. Schon jetzt unternimmt Vitelli Schritte, Euren Vater an seinen Ring zu binden. Es ist wie ein Ringkampf. Und Meister Beneforte ist dabei zu verlieren! Wenn Vitelli den Geist Eures Vaters seinem Willen unterworfen hat, wird er über alle seine Macht und sein ganzes Wissen verfügen. Und wer würde zweifeln, daß Meister Beneforte die Macht hat, seinen eigenen Zauber, Euren Zauber, unseren Zauber zu brechen?«

»Wann plant Vitelli nun, den Ring zu gießen?« fragte Fiametta gespannt. »Wißt Ihr es? Könnt Ihr es mir sagen?«

»Heute abend.«

»Heute abend – o nein! Könnt Ihr Papa überhaupt sehen oder mit ihm sprechen? Sagt ihm …«

Doch Uri/Thur verzog das Gesicht. »Ich kann nicht bleiben!« kam wehmütig über seine Lippen. »Lebt wohl …« Er fiel auf den Rücken und keuchte. Und war jetzt wieder ganz und gar nur Thur.

»O Gott! O Gott!« Er weinte fast.

»Hat es weh getan?« fragte Fiametta besorgt.

»Weh getan?« Thur schüttelte verwirrt den Kopf und rollte die glasigen Augen. »Mir ist übel. Uri – Uri tut es weh. Vitelli hat ihm weh getan.«

»Dürfen wir uns jetzt bewegen?« fragte Tico atemlos. »Sicher?«

Fiametta nickte. »Ja, es ist vorbei.« Tico streckte seine

Beine aus, bückte und streckte sich. Ruberta rutschte in ihren Röcken und Unterröcken hin und her. »Nein. Es geht erst los«, erkannte Fiametta. »Und wir haben so wenig Zeit! Es ist so kompliziert geworden. Und Ferrantes Soldaten können jeden Augenblick über uns herfallen, und oh …« Sie schauderte, nahezu überwältigt.

»Wir machen es Schritt für Schritt, Fiametta«, sagte Thur. »Der letzte wird uns nicht so groß vorkommen, wenn einmal der erste getan ist. Was kommt zuerst? Das Kupfer. Dafür brauchen wir die Kobolde. Dafür brauchen wir … hmm.« Er runzelte die Stirn und blickte zur Decke.

»Ich glaube nicht, daß eine Amme vom Himmel fällt«, sagte Fiametta scharf, als sie seinem Blick folgte. »Zumindest keine, die bereit wäre, einen garstigen kleinen Bergdämon an ihrer Brust zu stillen. Und wir können in diese Sache keine Seele verwickeln, die nicht bereit ist, was bedeutet, daß wir ihr enthüllen müssen, was wir tun. Und wenn wir es ihr gesagt haben und sie nicht zustimmt, dann könnte sie uns verraten …«

»O ihr Kinder!« prustete Ruberta heraus. Fiametta blickte auf. Der trockene Ton der Alten verwunderte sie.

»Glaubt ihr, ihr seid die einzigen, denen diese schlimme Entwicklung Schmerzen bereitet?« fragte die Haushälterin. »Ferrantes Soldaten sind tagelang in der Stadt herummarschiert und haben ihrem Herrn Feinde gemacht. Sie benehmen sich nicht wie die Garde eines neuen Fürsten, sondern wie eine Besatzungsarmee. Ich könnte ein Dutzend unglücklicher Frauen nennen, die bereit wären, weit schlimmere Dinge zu tun, um einen Gegenschlag zu unterstützen. Überlaß das mir, meine Kleine.« Ruberta stand grollend auf und stellte sich, die Hände in die Hüften gestemmt, hin. »Ich würde es im Nu selbst tun, doch ich habe es vor vier Jahren aufgegeben, Amme zu sein, als ich die Haushälterin deines Papas wurde. Ich wurde sowieso dafür allmählich zu alt. Es ist keine Aufgabe für Zimperliesen. Ich weiß nicht, warum man Mädchen ermutigt, zimperlich zu sein. Frauenarbeit ist nichts für eine, die Angst hat, sich die Hände schmutzig zu machen.« Sie nickte kurz und verließ mit einem stahlharten Gesichtsausdruck den Raum.

Tico zog die Augenbrauen hoch, als wäre er amüsiert oder zumindest verwundert darüber, wie stramm die Alte hinausmarschiert war.

»Schau sie nicht so an«, sagte Fiametta scharf. »Einige von Ferrantes besoffenen Soldaten haben vorletzte Nacht ihre Nichte vergewaltigt. Haben sie geradewegs von der Straße weggeholt, als sie sich aus dem Haus wagte, um Essen für die Familie zu besorgen. Als ich heute morgen dort war, um nach Ruberta zu suchen, lag das Mädchen immer noch im Bett und weinte, mit Prellungen und Quetschungen am ganzen Leib. Die ganze Familie ist in Aufruhr.«

Tico kauerte sich zerknirscht zusammen.

Thur holte tief Luft und richtete sich auf. »Tico, wir können schon einmal anfangen, das Holz in den Ofen zu legen, während wir warten, und diesen Stapel von Zinnbarren umzulagern.«

»Ganz recht.« Tico kam auch auf die Beine.

Fiametta sank erschöpft zusammen. »Ach, Thur. Mir kommt es vor, als hätte ich gerade vom Gipfel eines eurer Berge einen Stein losgetreten und als schaute ich jetzt zu, wie er zwei andere Steine mit sich reißt, die wiederum fünf mit sich reißen – heute abend wird ein Berg über jemanden herabstürzen. Werden wir es sein?«

»Nein, über Ferrante, wenn ich etwas dazu tun kann.« Er reichte ihr die Hand, sie nahm sie, und er zog sie auf seine Beine, so leicht, als wäre sie eine Strohpuppe.

Sie bückte sich und hob das kostbare Buch auf. »Ich

sollte lieber den Zauberspruch noch etwas studieren. Und soviel von den notwendigen Symbolen zusammenholen, wie ich nur kann. Wir sollten am besten nur dann das Haus verlassen, wenn wir unbedingt müssen. Der Rauch von Rubertas Herdfeuer wird dem Wächter zugeschrieben werden, aber was wird los sein, wenn wir den Schmelzofen anzünden? Er wird Aufmerksamkeit auf sich ziehen.«

»Um die Zeit wird es schon Abend sein. Mittag ist schon vorbei«, bemerkte Thur. »Du solltest dir auch ein wenig Zeit nehmen, um vorher auszuruhen.«

»Ja.« Es war keine Zeit mehr für halbherzige Bemühungen oder für Zweifel. Fiametta richtete die Schultern auf. Sie mußte auf dem Gipfel dieses einstürzenden Berges tanzen, sonst würden sie alle unter ihm begraben werden. *Möge Gott sich unser erbarmen. Amen.*

Von der Straßenseite klopfte jemand an die Tür. Es war unverkennbar Ruberta: ihr gewöhnlich lauter Schlag war gefolgt von einem dreimaligen kurzen Pochen, das sich ungeduldig wiederholte. Fiametta kam aus der vorderen Werkstatt herbeigeeilt und ließ sie ein. Der Nachmittag ging schon bald in den Abend über. Wenn man die Schwierigkeit und die heikle Natur ihres Auftrags in Betracht zog, dann war Ruberta nicht so lange weg gewesen, aber das Verrinnen der Zeit machte Fiametta hektisch. Und das war kaum der ruhige und aufgeräumte Geisteszustand, den ein Meister-Magus haben sollte, der einen größeren Zauber vorbereitet, dachte Fiametta trübselig. Aber schließlich war sie ja wohl kaum ein Meister-Magus. Sie hoffte, daß Ruberta an die getrocknete Gartenraute gedacht hatte.

Tico, der Rubertas Klopfzeichen nicht kannte, kam ebenfalls zum Eingang gelaufen, das Messer in der Hand. Fiametta schickte ihn zu seiner Arbeit zurück und entriegelte die Eichenholztür. Als sie sie öffnete, stand vor ihr die Alte mit Haube und Umhängetuch, einen Korb auf dem Rücken und einen großen Krug in der Hand, dahinter eine große stumme Frau in einem langen Umhang mit einer großen Kapuze, die über den Kopf gezogen war und das Gesicht überschattete. Ruberta schenkte Fiametta ein kurzes, beruhigendes Nicken, als wollte sie sagen: *Die ist's. Ich hab's geschafft.* Fiametta winkte die Frauen ins Haus und versperrte und verriegelte die Tür aufs neue.

Fiametta begrüßte die fremde Frau. Eine Frau, kein Mädchen. In ihrem schwarzen Haar, das zu einem Knoten und einem Zopf zurückgebunden war, waren graue Strähnen. Eine Dame, verbesserte Fiametta ihre Einschätzung. Die Kleider der Unbekannten waren so gut geschneidert, wie Fiamettas eigene gewesen waren, bevor die Losimaner die meisten von ihnen gestohlen hatten. »Danke, daß Ihr gekommen seid. Möge Gott Euch segnen. Hat Ruberta erklärt – oh, entschuldigt. Mein Name ist …«

Ruberta hob einhaltgebietend den Finger. »Wir sind übereingekommen, keine Namen zu nennen.«

Das war verständlich. Fiametta nickte. »Ich habe nicht die Möglichkeit, anonym zu bleiben, doch Ihr sollt so namenlos sein, wie Ihr wollt. Nennt mich Fiametta.« Die Frau nickte. »Hat Ruberta erklärt, was wir von Euch erbitten?« Gewiß war diese Dame keine berufsmäßige Amme.

»Ja. Ich habe mein Kind meiner Schwiegermutter übergeben und gut gegessen, bevor ich kam.«

»Ich habe gutes Bier mitgebracht, um sie bei Kräften zu halten«, fügte Ruberta hinzu und hielt den Krug hoch.

»Hat Ruberta erklärt, wofür wir um Eure Milch bitten?« fragte Fiametta erneut, um sicherzugehen.

»Ja. Für Felsendämonen, Gnomen, Kobolde, für den Leibhaftigen selbst, mir ist gleich, wie Ihr es nennt, solange es zu Umberto Ferrantes immerwährenden Jammer beiträgt.« Sie hatte den gleichen brennenden Blick in den Augen, den Fiametta in letzter Zeit in zu vielen montefoglianischen Gesichtern gesehen hatte. »Die Losimaner haben am ersten Tag meinen Mann umgebracht. Bei einem Straßenkampf haben sie vor zwei Tagen meinen Erstgeborenen ermordet, meinen hübschen Jungen, meinen blühenden Jüngling. Vor Jahren hat die Pest mir meine beiden mittleren Kinder geraubt. Nur das Kleine ist noch übrig, und jetzt werde ich keines mehr bekommen.« Sie ballte die Fäuste. Fiametta kniete nieder und küßte ihr beide Hände.

»Dann seid Ihr so bereit zu beginnen, wie ich es bin.« Sie erhob sich. »Kommt mit mir.«

Fiametta führte sie durch den Hof in die Küche. Dabei machte sie einen großen Bogen um den angeketteten, geknebelten Losimaner, der wieder wach war. Er stürzte drohend auf die Frauen zu, doch die Kette hielt ihn zurück. Er blickte die Frauen verächtlich an. Die große Frau raffte ihren Umhang, nicht aus Furcht, sondern so, wie man vielleicht vor einem Aussätzigen zurückweichen mochte, und blickte ihn direkt und haßerfüllt an. Trotz seiner Fesseln gelang es ihm, ihr mit einer obszönen Geste zu antworten, doch dann gab er auf und setzte sich mürrisch nieder, als Thur mit dem Schmiedehammer in der Hand erschien. Thur und Tico begleiteten die Frauen in die Küche, wo Thur ihnen die Falltür öffnete.

Fiametta zündete die Laterne an und führte die Frau in den Rübenkeller hinunter, in einen Raum, der halb so groß war wie die Küche und den teilweise Regale und große Steinkrüge säumten. Auch Thur stieg über die schmale Treppe hinab, die eher eine Leiter war. Ruberta und Tico beobachteten alles gespannt von oben. Fiametta drehte eine Kiste um, und die Frau ließ sich darauf so anmutig nieder, als handelte es sich dabei um einen mit Samt bezogenen Stuhl.

Die Wände waren mit Pflastersteinen verkleidet. Abgesehen von einem Stück Felsen, das an die Oberfläche trat, bestand der Boden aus gestampfter Erde. Der Erdboden von Montefoglia war dünn. Fiametta setzte die Laterne ab und ließ sich neben Thur nieder, der auf den Felsen starrte, als könnte er durch ihn hindurchschauen. Wie durchsichtig der Fels auch Uris Geist erscheinen mochte, für sie blieb er hartnäckig undurchsichtig. Thur legte seine Hände auf die rauhe Steinfläche und neigte den Kopf zur Seite, als lauschte er.

»Schmiert etwas Milch auf den Stein«, schlug Thur nach einem Augenblick des Nachdenkens vor. Die namenlose Dame öffnete ihr Mieder, beugte sich vor und spritzte einen Strahl Milch auf die Stelle, auf die Thur zeigte. Fiametta verschmierte die Milch und rief ziemlich verzweifelt: »Hierher, Kobold, Kobold, Kobold!«

»Ihr ruft doch nicht nach einem Rudel Straßenkatzen!« kritisierte Tico, der in den Keller hinabschaute. »Solltet Ihr nicht einen Zauberspruch singen?«

Da Fiametta sich dasselbe fragte, versetzte sie umso pikierter: »Wenn du soviel davon verstehst, dann sing doch *du* etwas. Hierher, Kobold, Kobold, Kobold!«

Trübes Licht. Der zitternde Schein der Laterne. Schweigen. Nicht einmal das Rascheln einer Ratte oder das Krabbeln einer Küchenschabe waren zu vernehmen. Sie warteten. Und warteten.

»Es funktioniert nicht«, sagte Tico und biß sich nervös in den Finger.

Fiametta blickte ängstlich auf die große Frau. »Vielleicht noch ein bißchen länger …«

»Ich habe keine Eile«, erwiderte die Frau. Aus ihrer Stimme sickerte Geduld zur Rache wie Vitriol aus einem Felsen. Sogar Tico wagte keinen Widerspruch mehr.

»*Hierher,* Kobold, Kobold, Kobold«, versuchte Fiametta es aufs neue. Tico verzog das Gesicht, anscheinend tief beleidigt ob dieser schrecklich hausbackenen, unzauberischen Vorgehensweise. Doch dann riß er die Augen auf.

Dunkle Gestalten huschten über die Mauer und das schräge Felsenstück, Gestalten, die nicht vom Laternenlicht erzeugt waren. Zwei, drei, vier … sechs … dünne Männlein erhoben sich, und es sah aus, als würden sie, anstatt Schatten zu werfen, von ihren Schatten geworfen. Schweigend krochen sie zu der großen Frau, die auf ihrer Kiste saß. Der Mutigste faßte nach ihrem Rock, berührte ihn und neigte den Kopf mit einem verschmitzten Lächeln zur Seite. »Dame?« piepste er. »Hübsche Dame …« Sie erwiderte den Blick ernst und zuckte nicht.

»Ihr werdet Milch bekommen«, verkündete Thur, »aber noch nicht jetzt.«

»Wer bist du, daß du das sagen kannst, Metallmeister?« fragte der Anführer der Kobolde. Er blickte Thur finster an und streckte seine knochige Brust vor.

»Er spricht für mich«, sagte die große Frau ruhig. Der Kobold krümmte den Buckel und zuckte mit den Achseln, als wollte er sagen: *Nix für ungut!* Seine funkelnden schwarzen Augen waren gierig auf die Frau gerichtet.

»Im Hofgarten der Burg von Montefoglia steht ein Stapel mit Kupferbarren«, sagte Thur. »Jeder von euch, der uns hilft, sie durch die Erde in den Hof dieses Hauses zu bringen, darf sich satt trinken. Wenn das Kupfer herbeigeschafft ist. Und nicht eher.«

»Zuviel Arbeit. Zu schwer«, winselte der Kobold.

»Nicht, wenn ihr zusammenarbeitet.«

»Wir können nicht in der Sonne laufen.«

»Der Himmel ist bewölkt, und der Tag ist fast vorbei. Inzwischen reicht der Schatten der Mauer schon bis zum Ende des Gartens.«

»Nur einen kleinen Schluck auf die Lippe zuerst, Metallmeister.«

Thur wischte mit den Fingern über die verschmierte

Milch auf dem Felsstück und hielt sie dem Kobold unter die Nase. »Magst du das? Ist das gut? Dann bring uns das Kupfer. Zuerst.«

»Du wirst uns austricksen, verspotten, oder?«

»Wenn ihr tut, was er bittet«, sagte die große Frau, »dann werdet ihr eure Belohnung bekommen. Dafür habt ihr *mein* Wort.« Sie richtete ihren Blick auf den Kobold. Dessen Augen wichen aus, als hätten sie sich versengt.

»Das Wort der Dame. Ihr habt's gehört«, säuselte der Kobold seinen Kameraden zu.

»Seid vorsichtig, ihr Kleinen«, warnte Thur. »Geht dem dunklen Mann aus dem Weg, der Vitelli heißt. Ich glaube, er könnte euch weh tun.«

Der Kobold blickte ihn schmerzlich an und verzog die Lippen. »Das wissen wir, Metallmeister.«

»Habt ihr …«, Thurs Blick wurde plötzlich gespannt, »habt ihr Don Pio gesehen? Hat man ihn umgebracht, oder ist er noch am Leben?«

Der Kobold duckte sich und kauerte sich hin. »Freund Pio lebt, aber er steht nicht auf. In seinen Augen sind viele Tränen.«

»Und Donna Pia? Die Herzog und Donna Giulia? Was ist mit ihnen?«

»Sie sind zu hoch in der Luft gefangen. Kobolde trauen sich dort nicht hin.«

»Schon gut. Geht. Je schneller ihr zurückkehrt, desto eher werdet ihr eure Belohnung bekommen.« Thur seufzte und stand auf, wobei er achtgab, sich nicht den Kopf an den niedrigen Balken anzustoßen. Sie kletterten alle wieder in die Küche hinauf, wo Ruberta ein venezianisches Glas sorgfältig auswischte und Bier hineingoß. Sie gab Tico einen Klaps auf die gierige Hand und reichte das Glas der großen Frau, die sich hinsetzte und gehorsam davon trank. Fiametta, Thur und Tico gingen wieder hinaus in den Hof.

Sie und Papa hatten früher, als sie nach Montefoglia

gekommen waren, ihr Frühstück für gewöhnlich an einem großen Tisch in diesem Hof eingenommen. Damals war der freie Raum fast ein Garten gewesen, kühl und beruhigend, mit Topfblumen und einem plätschernden Brunnen. Jetzt füllte ihn das Perseus-Projekt von einer Mauer zur anderen. Der alte Frühstückstisch war beiseite geschoben und unterhalb der Galerie halb unter einem Haufen Werkzeuge und Abfall begraben. Der Schmelzofen, ein Bienenkorb aus Ziegelsteinen, fast so groß wie Thur, stand auf einem Hügel aus festgestampfter Erde, die aus der Gußgrube ausgeschaufelt worden war. Die hübschen Pflastersteine waren herausgerissen und in den Ofensockel eingebaut worden.

Fiametta blickte in den Ofen. Thur hatte schon die erste Schicht abgelagertes Kiefernholz hineingelegt. Den Kanal, der aus Holz angefertigt und dick mit Lehm ausgekleidet war und der vom Boden des Ofens zu den Eingußtrichtern auf der Gußform hinabführte, hatte Tico sorgfältig gekehrt und abgedeckt. Der Kran mit dem großen Ausleger, mit dem die Form sorgfältig in die Gußgrube gesenkt worden war und der die fertige Statue wieder herausheben sollte, war einstweilen zur Seite gedreht. Der riesige Lehmklumpen war mit Eisenbändern umwickelt, um – genau wie beim Glockengießen, wie Papa gesagt hatte – zu verhindern, daß die Form barst, wenn das große Gewicht des geschmolzenen Metalls hineinfloß.

Fiametta ging um die Grube herum und plante ihren Zauberspruch. Sie würde Uris Leiche auf der dem Ofen gegenüberliegenden Seite ablegen. Es war nicht nötig, den Ofen selbst in das Diagramm der Kräfte einzubeziehen. Zum einen würden sonst Thur und Tico immer wieder ihre Zauberlinien hin und her überqueren müssen, um Holz nachzulegen, die Schmelze umzurühren und den Blasebalg zu betätigen. Und für den rein physikalischen Vorgang des Schmelzens der

Bronze war Magie nicht erforderlich. Erst wenn Thur den eisernen Spund im Boden des Ofens herausschlagen und das Metall über ihre magische Linie hinwegfließen würde, wäre der rechte Augenblick gekommen, um Uris drängenden Geist in diese Schöpfung zu leiten. Fiametta wurde bewußt, daß sie tatsächlich wenig Ahnung von der Abkühlzeit hatte. Diese Eisenbänder würde man losbrechen müssen, um … Uri freizusetzen, doch wenn das zu früh geschähe, dann würde vielleicht die Gußform platzen und die Statue zusammensacken, und wenn zu spät, dann würde sie vielleicht zu steif werden. Das rechte Abwägen sei immer ein Problem, hatte Papa gesagt. Und sie belastete diesen Zauber mit einer Rache. *Ich muß verrückt sein.*

Ein unerwartet scharfer Laut kam aus der Richtung des angeketteten Losimaners – ein Schrei, ausgestoßen trotz eines Knebels im Mund, wie Fiametta erkannte. Der erschrockene Soldat war bis ans Ende seiner Kette zurückgewichen. Auf der anderen Seite seiner Säule schreckten zwei Kobolde, die einen Kupferbarren schleiften, mit zwitscherndem Geschrei vor ihm zurück. Der Losimaner versuchte, sich zu bekreuzigen und rief durch das Tuch in seinem Mund hervor: »Dämonen! Dämonen am hellichten Tag!«

»Häßlicher, häßlicher Mann!« kreischten die Kobolde.

In Wirklichkeit war die Abenddämmerung schon hereingebrochen, wie sich Fiametta mit einem Blick gen Himmel überzeugte. Der Hof lag im Schatten, und dort oben zogen dicke Wolken über den sich purpur rötenden Himmel. Es wurde kalt. Sie konnte Regen in der Luft riechen.

»Hierher!« Thur winkte den Kobolden, sie sollten ihre Last beim Ofen absetzen. Tico lief mit der Neuigkeit in die Küche. Als er mit Ruberta und der Unbekannten zurückkehrte, tauchte aus dem Boden neben Thurs Füßen ein weiteres Gnomenpaar auf. In der Art, wie der Erdboden sie hervorbrachte, lag etwas abstoßend Organisches, das Fiametta an den Gaukler auf dem Markt erinnerte, der mit einem Trick ganze Eier aus seinen aufgeblähten Backen hervorholte. Doch die Kobolde brachten einen weiteren Kupferbarren. Mit Gekicher tauchte das erste Paar erneut kopfüber in den Boden. Dann erschien das dritte Paar, fröhlich zirpend wie Zikaden.

Thur begann, das Kupfer sorgfältig im Ofen aufzustapeln, abwechselnd mit weiteren Lagen Holz. Meister Beneforte hatte einen Lagerraum im Erdgeschoß mit ausgewähltem Kiefernholz gefüllt, das dort gelegen hatte, um speziell für dieses Vorhaben zu trocknen. Die Losimaner hatten etwas davon genommen – wie knapp hatte ihr Vater sein Brennholz berechnet? Sie würden es herausfinden. Noch mehr Kobolde – oder waren es erneut die gleichen Kobolde? – huschten hervor wie die Wiesel. Fiametta verlor bald die Übersicht, Thur jedoch nicht.

»Das ist der letzte«, sagte er.

Fiametta trat neben ihn, als er aus dem Ofenloch hervorkroch, durch das er sich gequetscht hatte, um den Ofen mit Barren und Brennholz zu füllen, und die Eisentür schloß. Er strich sich mit dem Rücken einer schmutzigen Hand die Haare aus den Augen. Er war groß und warm, und in seinen blauen Augen war Heiterkeit zu lesen. Selbst das absurd knappe Gewand, das er wie eine Tunika trug und bei dem seine nackten Waden herausschauten, ließ ihn nicht närrisch wirken.

Für dieses Unterfangen konnte er auf dem Scheiterhaufen verbrannt werden. Für sie. In dieser Stunde regierte ein Impuls, der nichts mit Ferrante zu tun hatte. Sie spürte ihn: ein Antrieb zur Kunst, der von innen kam, die Entschlossenheit zur *Vollendung*. An manchen Tagen hatte sie ihren Vater gehaßt, weil er bereit gewesen war, andere ebenso wie sich selbst diesem Antrieb zu opfern. Und sie war sich gar nicht sicher, ob es ihr gefiel, das, was sie an ihrem Vater gehaßt hatte, in sich selber wiederzufinden.

»Hast du Angst?« fragte sie Thur.

»Nein. Ja. Ich habe Angst, daß ich etwas tun könnte, was all diese schönen Vorbereitungen zunichte macht. Ich meine, der Ofen allein ist schon ein Kunstwerk. Kein Wunder, daß sein Geist noch in dieser Welt verweilte, wo er doch so kurz vor der Vollendung dieses Werks abberufen wurde. Wenn ich das fertigbringe – es wäre ein Brautpreis für deinen Papa, der deiner würdig wäre. Sohn eines armen Bergmanns, sei verdammt!«

Nein! »Thur, weißt du – ich habe keine Ahnung, was die Auswirkung auf die Statue sein wird, wenn der Zauber vergeht.« *Und auch nicht, was mit Uri sein wird.*

»Der kleine Messinghase war schön, hast du gesagt. Das hier wird großartig werden. Du wirst sehen.« Er überlegte einen Augenblick. »Jetzt können wir den Ofen anzünden.«

»Das ist meine Aufgabe.« Fiamettas Gesicht leuchtete in einem Anflug von Nostalgie. »Ich habe immer jedes Feuer für Papa angezündet.«

Sie faßten sich an den Händen, dann trat Thur zurück. Fiametta schloß die Augen. *Für dich, Papa.* Und für Abt Monreale, und Ascanio und seine Mutter und den armen Don Pio, die arme Donna Pia, für Tico und Ruberta und ihre Nichte und die Dame ohne Namen. Für alle Einwohner von Montefoglia. *»Piro!«*

Der Ofen brauste, dann sank das Geräusch zu einem heiseren Zischen herab. Thur begann, einen Blasebalg zu betätigen, auf der anderen Seite des Bienenkorbs bediente Tico den zweiten. An einer geschützten Stelle jenseits des Ofens unter der Galerie saß die namenlose Dame und beobachtete alles mit Interesse. Das erste Licht aus dem Ofen weckte ein zustimmendes Funkeln in ihren dunklen Augen. Sie zog ihren Umhang um einen Kobold, einen aus dem Rudel zu ihren Füßen, der sein runzeliges Gesicht anbetend zu ihr emporhob. Im Zwielicht konnte man sich die Kobolde fast als Kinder vorstellen. Fast.

Aus den Lüftungslöchern stiegen, in der Hitze zitternd, einige Funken empor, doch nur wenig Rauch. Das Holz brannte heiß und trocken und klar, genau wie es sollte. Nicht … nicht *zu* auffällig, hoffte Fiametta. *Doch wir sollten lieber nicht zu lange dazu brauchen.*

Sie winkte Ruberta herbei, und zusammen trugen sie Uris Bahre in den dunkler werdenden Hof. Aus dem Ofen kam genügend Licht, so daß sie nicht stolperten, doch Fiametta beschloß, für den nächsten Teil des Geschehens Ruberta eine Laterne halten zu lassen.

»Ich kann die Diagramme zeichnen und die Symbole auslegen und dann ausruhen, während die Bronze geschmolzen wird. Solange wir achtgeben, daß wir nicht darauftreten. Ich werde sie so nah und eng an der Bahre und der Grube zeichnen, wie ich kann. Halte das Licht so, daß ich sicher sein kann, daß die Linie nicht unterbrochen wird.«

»Wo hast du deine Kreide, Kleine?« fragte Ruberta.

»Bei diesem Zauber wird keine Kreide verwendet.« Fiametta kniete nieder und nahm ein kleines scharfes Messer aus dem Korb mit Geräten und Gegenständen, den sie bereitgestellt hatte. Sie rollte ihren rechten Ärmel hoch und streckte die Hand aus, um ihr Handgelenk zu entblößen. Sie studierte ihre Venen. »Hm.«

Ruberta hielt entsetzt die Hand an die Lippen, doch dann schlug sie leise vor: »Parallel zu deinen Sehnen, meine Liebe, nicht quer. Wenn du danach noch schreiben oder sonst was tun willst.«

»Ah … richtig. Ein guter Gedanke. Ich danke dir.« Das war schwer. *Nimm es als Übung fürs Kindergebären.* Die Linien mußten mit des Magiers eigenem Blut gezogen werden. Das eines anderen Menschen würde nicht taugen. Das mußte sie auf jeden Fall bei ihrem

Vater anerkennen. Es war nicht einfach. Sie stach das Messer mit der Spitze hinein und zog es durch ihr Fleisch. Sie mußte es noch einmal wiederholen, bis das Blut frei genug an ihrer Hand herabfloß, so daß sie mit ihrem Zeigefinger schreiben konnte. Sie sammelte ihre Gedanken, trat zu Uris Haupt und fing an.

Als sie endlich murmelnd ihren Weg zurückgelegt und ihren Kreis am Ausgangspunkt geschlossen hatte, war ihr schwindlig. Ein anderes Problem war das richtige Abwägen. Sie drückte ihren Arm nicht mehr, und das Blut hörte auf, aus der Wunde zu sickern. Sie setzte sich einen Augenblick auf den Boden, um sich zu erholen.

»Schmilzt es schon?« fragte Tico Thur keuchend und sackte fast über dem Blasebalg zusammen. »Ist es schon Zeit, das Zinn hinzuzufügen?«

»Noch nicht.« Thur guckte um die Seite des Ofens herum und grinste ihn an. »Wenn man es zu früh zufügt, dann verflüchtigt sich das Zinn von der Legierung, und alle Bemühungen und Kosten waren vergebens. Wir haben noch Stunden vor uns.«

Tico stöhnte. Doch nach einem kurzen Geflüster kroch ein Paar grinsender Kobolde aus der Ecke der Dame hervor und übernahm seinen Blasebalg. Sie sprangen wie Affen zum Hebel hoch und hängten sich an ihn. Tico wischte sich den Schweiß ab und ruhte sich neben Fiametta aus. Die restlichen Kobolde packten mit an und tauchten ebenfalls unter Gejohle und Gekicher abwechselnd in ihrer Schattengestalt in den Ofen. Das orangenfarbene Glühen der Flammen erleuchtete die dämonische Szene. Der losimanische Gefangene beobachtete sie ebenfalls und sah in ihr, wie es schien, eine Vision der Hölle, denn er kauerte schniefend und heulend am anderen Ende der Kette und rollte die weit aufgerissenen Augen. Ruberta brachte verdünnten Wein sowie Brot und Knoblauchwurst für alle. Fiametta aß dankbar, doch sie dachte: *Wir müssen es beschleunigen.*

Papa. *Es ist ein Wunder, daß er hier nicht herumbrüllt,* hatte Thur in aller Unschuld gesagt. Ein Wunder, in der Tat. Wo war Meister Beneforte? Warum wurde sein Schatten nicht von diesem Werk angezogen, von dem er so besessen gewesen war? Sie konnte sich kaum einen mächtigeren Zauber für ihn vorstellen. Es war kein Problem der Entfernung. Er war sogar im weitentfernten San Girolamo erschienen. Sie schloß die Augen und versuchte, ihren Geist zu entleeren, um zu lauschen und zu spüren. *Papa?* Nichts. Falls er nicht zu diesem Werk kam, dann nur deshalb, weil er nicht konnte. Gebannt oder teilweise gebannt – sie stellte sich vor, wie Vitelli ihn in immer kleinere Umgrenzungen bannte, in einen Raum, in ein Diagramm, zuletzt in eine Fingerbreite. Wie bald schon?

Sehr bald, dachte sie beunruhigt. Und was war mit Vitelli selbst? An ihren ruhigen Vorbereitungen war genug, was seine übernatürliche Aufmerksamkeit anziehen konnte, falls er aktiv suchte. Vitelli und Papa mußten vollends miteinander beschäftigt sein, um hier so auffällig abwesend zu sein. *Es ist wie ein Ringkampf, und Meister Beneforte ist am Verlieren …*

Sie öffnete die Augen, erhob sich und ging zum Ofen hinüber. Thur hatte das Oberteil seines Gewandes abgestreift und war jetzt bis zu den Hüften nackt. Sein Körper schimmerte im Licht und in der Hitze, während er mit einer langen eisernen Rührstange in das Schauloch stocherte.

»Schmilzt es schon?« fragte Fiametta besorgt.

»Es fängt an.«

Sie schloß die Augen, konzentrierte sich tief und rezitierte: *»Piro. Piro. Piro.«* Sie hielt inne. Ihr war schwindlig. Als sie den Mund öffnete, kondensierte ihr Atem. Der Ofen toste. Aus den Lüftungslöchern stiegen orangenfarbene, spiralenförmige Funken in die Nachtluft empor und wurden vom aufkommenden Wind davongeweht.

»Fiametta, spar deine Kraft auf!« Thur legte ihr besorgt die Hand auf die Schulter.

»Wir haben nicht mehr viel Zeit. Ich spüre es.« *Ich habe Angst.*

Sein Griff wurde fester. »Wir schaffen es«, flüsterte er ihr ins Ohr. »Es wird großartig.« Als sie in das helle blaue Licht seiner Augen schaute, wollte sie es fast glauben.

Tico taumelte mit einer riesigen doppelten Armladung Kiefernholz herbei. Krachend ließ er es vor seine Füße fallen. »Das ist das letzte«, keuchte er.

»Was?« fragte Thur. »Gewiß doch noch nicht.« Er spähte beunruhigt durch das Schauloch.

»Tut mir leid«, sagte Tico. »Kein einziger Kienspan ist mehr da.«

»Nun, legen wir's rein.« Zusammen hoben sie das Holz in den Ofen, während die Kobolde die Blasebälge bedienten. Thur rührte mit der Eisenstange. »Vielleicht geben wir jetzt am besten den Rest des Zinns dazu. Danach wird es nicht mehr so lange dauern, Fiametta.«

Sie nickte und trat zurück. Sie beobachtete, wie das heiße Licht in seinem angespannten, konzentrierten Gesicht spielte, als er wieder das zu schmelzende Erz umrührte. *Auch er empfindet die Leidenschaft des Schaffens.* Ihr Herz wurde wärmer, und ihre Lippen formten ein Lächeln ob der unerwarteten Freude. *Er ist schön, so wie er jetzt aussieht. Wie aus Elfenbein geschnitzt. Mein Maultiertreiber. Wer hätte das gedacht?*

Plötzlich verzog Thur knurrend den Mund. »*Nein*«, stöhnte er. Er rührte fester, dann trat er – von der Hitze vertrieben – zurück. »Es verklumpt!«

»Was heißt das?« fragte Tico verwirrt. Thurs verzweifelter Gesichtsausdruck jagte ihm Angst ein.

»Das bedeutet, daß der Guß verdorben ist! Das Metall erstarrt. Ach!« Er stampfte mit den nackten Füßen auf, warf die Stange auf den Boden und stand steif und zitternd da. Tico sank zusammen. Fiametta hielt den

Atem an. Ruberta stöhnte. Die Kobolde zwitscherten durcheinander.

Thur warf den Kopf zurück. »Nein!« brüllte er. »Es muß etwas geben, was wir tun können, um den Guß zu retten! Mehr Zinn – mehr Holz …«

»Mehr ist nicht da«, sagte Tico zaghaft.

»Und ob, zum Teufel! Ich werde dir mehr Holz geben!« Grimmig stürzte Thur über den Hof zu dem alten groben Tisch und drehte ihn um, so daß alles, was darauf gelegen war, mit einem Krach herabfiel. Er brüllte wie ein Irrer und ging mit dem Schmiedehammer auf den Tisch los. »Trockene Eiche. Nichts brennt heißer! Mehr davon, Tico! Fiametta, Ruberta! Alles, was in diesem Haus aus Eiche ist! Bänke, Arbeitstische, Regale, Stühle, bringt sie her! Schnell! Kobolde, her zu mir! Pumpt diese Blasebälge, ihr kleinen Ungeheuer! Schiebt diese Bretter unter den Rost, wo die Asche durchfällt, damit die Hitze aufsteigt …!«

Die nächsten Minuten bot sich ein Bild wie bei einer Orgie der Zerstörung. Thur schleifte selbst aus der Werkstatt eine große Werkbank herbei, rasend wie ein Berserker, so daß Fiametta fürchtete, die sorgsam vernähte Wunde würde wieder aufreißen. Thur, Tico und sogar die Kobolde halfen zusammen, die Möbel zu zertrümmern. Den Kobolden schien es zu gefallen, sie quietschten und kreischten. Ruberta warf sogar ihre Holzlöffel ins Feuer. Das Feuer loderte auf, Funken und Flammen stiegen aus den Lüftungslöchern empor, wie ein Fluß, der himmelwärts strömte. Von außen mußte es wie ein Signalfeuer wirken.

Keuchend öffnete Thur das Schauloch und rührte erneut. Er zog ein langes Gesicht, ließ die Schultern fallen und setzte sich hin, so daß sein schmutziges, versengtes Gesicht fast auf die Knie sank. »Es reicht nicht«, keuchte er. »Es ist vorbei …« Er saß zusammengekrümmt da und starrte ins Nichts. Fiametta beugte sich zu ihm. Ihr Bauch schmerzte aus Mitgefühl für seine

Wunde. So nahe am Ziel scheitern… Gott wartete nicht auf den Tod, um sie zur ewigen Qual zu verurteilen. Sie war schon in diesem Leben zugegen…

»Zinngeschirr«, flüsterte Thur in das rauchdurchwehte Schweigen.

»Was?«

»Zinngeschirr!« schrie Thur. »Bringt mir jedes Stück Zinngeschirr, das ihr in diesem Haus habt!« Er wartete gar nicht auf die Frauen, sondern eilte in die Küche und kam mit einer gewaltigen Armladung alter Teller, Servierplatten und Suppenschalen zurück. Er warf sie in das Ofenloch, so schnell er konnte, und rannte wieder davon, um mehr zu holen. Fiametta lief die Treppe zur Galerie hinauf und durchsuchte die Räume im Obergeschoß. Sie kehrte mit einem Krug zurück, mit einem ramponierten Waschbecken und ein paar schmutzigen alten magischen Kerzenständern, die sich auf ein Wort von jedermann hin entzündeten und die die Losimaner nicht als wertvoll erkannt hatten. Ruberta brachte noch mehr Löffel. Alles in allem mußten es mehr als hundert Pfund Metall gewesen sein. Thur stopfte alles in den Ofen und schrie: »Ha! Ha!« Er rührte, schob mehr Eichenholz auf den Rost und rührte wieder. Das Tosen des allesverschlingenden Brandes übertönte den fernen Donner, der über den See von Montefoglia rollte.

»Es schmilzt!« heulte Thur freudig auf. Er verzog den Mund zu einem irren Grinsen. »Es wird flüssig, oh, ist das schön! Schön! Fiametta, mach dich bereit.«

Fiametta eilte auf ihre vorbestimmte Stelle, an die Spitze eines Dreiecks auf halbem Weg zwischen Uris Kopf und der Gußgrube, und kniete sich auf den festgestampften Boden. Sie wußte nicht, wie sie in diesem lärmenden satanischen Chaos denken und die gelassene Macht eines Meister-Magus ausüben sollte. *Deshalb hast du diesen Zauberspruch auswendig gelernt. Denke nicht, tu einfach!*

Sie berührte die sechs Kräuter, die vor ihr aufgereiht lagen, das Messer und das Kreuz. Sie betupfte Stirn und Lippen mit dem Pulver. Auf eine Eingebung hin bekreuzigte sie sich schnell: Vater-Sohn-Heiliger-Geist. Gott! *Gott sei ... Gott sei gepriesen für all seine Wunder.* Sie schloß die Augen, öffnete Herz und Sinn. Uri war eine drückende Gewalt, ein gewaltiger Wille, der neben ihrer Hand schwebte, drei Teile Zorn und ein Teil Schrecken, sein freundlicher Humor war fast verschwunden. *Ich habe dich irgendwie geliebt.* Fiametta öffnete die Augen, blickte Thur an und nickte.

Tico zog das Abdeckungstuch vom Gußkanal. Thur nahm den Eisenhaken und zog den Spund aus dem Ofenboden. Weißglühendes Feuer strömte heraus und trieb die Schatten zurück. Es lief herab, durchstieß die Linie aus Fiamettas trocknendem Blut und ergoß sich in den Eingußtrichter der großen Lehmform, ein Strom aus Licht, so schnell und geschmeidig wie heißes Öl.

Uri *floß* durch Fiametta hindurch. Tausend und abertausend Bilder der Erinnerung, die in der tödlichen Finsternis seines Todes gipfelten, alle voll in Bewegung ... Sie öffnete den Mund und krümmte den Rücken vor Schmerzen. *Es brennt, oh, es brennt!* Mutter Maria. *Mutter ...*

Über ihnen hatte in der tosenden Hitze die hölzerne Galerie Feuer gefangen. Gelbe Flammen leckten über die Balustrade und das Geländer. Die Tür zur Straße begann unter heftigen Stößen zu erzittern. Männer schrien vor dem Haus. Immer noch kreiste das Feuer durch Fiamettas Adern. Sie wagte nicht, sich zu bewegen, sie wagte nicht, es zu unterbrechen, sicher würde sie bald in Flammen stehen wie die Galerie, explodieren als menschliche Fackel ... Tico rannte mit einem nutzlosen kleinen Eimer voll Wasser die Treppe hoch. Thur nahm seinen Schmiedehammer.

In der gepflasterten Eingangshalle barst die Tür nach innen. Drei losimanische Soldaten, die einen

Rammbock hielten, stolperten – vom eigenen Schwung mitgerissen – ins Haus. Hinter ihnen kam ihr Offizier, der sein Schwert gezogen hatte und schrie. Ein bärtiger, wilder, zahnlückiger Mann, der fürchterlich fluchte. Im Gußkanal floß der letzte Rest des hellen Metalls in die Form hinab. Der Zauber ließ Fiametta so abrupt los wie eine sich öffnende Hand. Sie sank auf den Boden, unfähig, sich zu bewegen, kaum fähig zu atmen, und sie wußte nicht einmal, ob sie Erfolg gehabt hatte oder gescheitert war.

Die Losimaner rannten in den Hof und zögerten, zweifellos verwirrt von der unverständlichen Szene, die sich ihren Augen bot: die brennende Galerie, die kreischenden Frauen (denn Ruberta und die namenlose Dame liefen mit noch mehr Wasser hinter Tico her), Kobolde, die in alle Richtungen pinkelten, der angekettete Wächter, der durch seinen Knebel hindurch heulte und sich wild wie in Krämpfen hin und her warf. Fiametta, die, die Wangen nach unten, am Boden lag, kicherte. Thur stand da und schwenkte sanft seinen Hammer. Ein Mann mit einem Werkzeug gegen vier Schwertkämpfer. Fiametta hörte auf zu kichern, rollte sich auf die andere Seite und starrte mit glasigen Augen in die Gußgrube. Was war dort unten geschehen?

Laßt mich heraus, rief etwas. Fiametta glaubte nicht, es mit den Ohren zu hören. *Laßt mich heraus!*

»Thur«, keuchte sie. »Spring hinab und schlag die Reifen ab. Die eisernen Reifen.«

Thur schaute hin und her, auf Fiametta, auf die Form, auf die vorrückenden Losimaner, die sich mit ihren Schwertern vorsichtig vorwärtstasteten, als suchten sie unsichtbare Feinde. Thur glitt in die Grube und begann auf die Klammern einzuschlagen, die die Eisenbänder hielten. Fiamettas Herz pochte heftig. Was war, wenn es zu früh war? Was war, wenn die Form zerbrach und die weißglühend geschmolzene Bronze heraussprudelte und sich über ihn ergoß …? Ein Eisenband sprang ab, dann ein anderes, und noch eines. Eine Schwertspitze berührte Fiamettas Kehle und drückte sie zu Boden. Sie blickte in ein dunkles, bärtiges Gesicht ohne Humor, ohne Geist, fast ohne Menschlichkeit.

»Leg den Hammer hin und komm da heraus, oder ich steche sie ab«, knurrte der losimanische Offizier. Thur ließ seinen Hammer fallen, kroch auf der anderen Seite aus der Grube und rollte sich zu Boden. Wie ein Frosch kauerte er auf Händen und Knien und grinste. Seine Augen sprühten, und er hielt die Luft an.

In der Grube begann der Lehm aufzubrechen mit einem Geräusch, als würde eine Masse von Töpferware zerschmettert. Er fiel ab, zerfiel in Trümmer und Staub. Tief in den Rissen glühte etwas rot wie Blut.

Etwas schüttelte sein Gewand aus Ton ab wie ein Hund, der Schnee abschüttelt. Oben erschien als erstes ein abgetrennter Kopf, den eine starke Hand gepackt hatte und emporhielt. Bronzeschlangen ringelten sich kirschrot um den mythischen Schädel. Schultern krümmten und strafften sich. Ein kräftiger Arm, der ein Krummschwert hielt, brach ins Freie hindurch. Dann ein Flügelhelm und, mit einem Ruck seines Kinns, das Gesicht eines Mannes. Doch nicht das heitere Gesicht des sanften Griechen, o nein!

Das ist Uri, dachte Fiametta. *Ganz und gar, mit seinen Pockennarben.* Sie war auf eine verrückte Weise froh, als sie diese Pockennarben sah.

Der Blick aus geschmolzener Bronze hob sich und entdeckte den zahnlückigen Losimaner. *Erinnerst du dich an mich?* schrien die brennenden Augen stumm. *Denn ich erinnere mich noch an dich!* Die bronzenen Lippen lächelten ein schreckliches Versprechen.

Der losimanische Offizier machte kehrt und rannte schreiend davon.

KAPITEL

18

Fiametta stützte sich mit Händen und Knien auf, dann setzte sie sich auf die Fersen. Den sinnlos schnatternden, zahnlückigen Offizier hielten zwei seiner Männer fest, die nicht gesehen hatten, was in der Gußgrube geschah. Der dritte Soldat brach mit Hieben seines Schwertes gegen die Steinsäule die Kette des Gefangenen auf; der Befreite belohnte die Bemühungen seines Kameraden, indem er ihn überrannte und zum Ausgang stürzte. Donner grollte nahe über ihnen am nächtlichen Himmel und ließ das Haus erbeben.

Uris Hände, die das gekrümmte Schwert und das feurige Haupt der Medusa hielten, kamen über den Rand der Grube empor. Rote Bronzemuskeln spielten, als er sich hochstemmte, ein herrlicher nackter Held. Selbst im Feuerschein der brennenden Galerie glühte er mit seinem eigenen dunkelroten Licht, nur die Augen waren gelbweiß. Es mußte der Zauber sein, der ihn bei dieser Temperatur zusammenhielt, dachte Fiametta wirr. Seine Umrisse waren schärfer und sogar noch vollkommener, als Papas schöne Wachskopie von Uris Körper gewesen war. Thur sprang behende in die leere Grube und hob seinen Schmiedehammer auf, der ihn offensichtlich so sehr ermutigte, wie er seinen Gegnern Unbehagen einflößte.

Der heiße bronzene Uri blickte auf den kalten fleischlichen Uri hinab, dann hob er seine Augen zu Thur. Die beiden Brüder tauschten einen Blick aus, und selbst im geschmolzen-gelben Leuchten des Metalls las

Fiametta Bedauern und Trauer und so etwas wie Liebe, gemischt mit Entschlossenheit und Wut.

In Thurs blauen Augen funkelten Tränen. Er hob seinen Schmiedehammer zu einem feierlichen Gruß. »Führe uns, Hauptmann Ochs. In Gottes Namen, im Namen von Bruinwald und Herzog Sandrino.«

»Folge mir, mein Junge«, erwiderte Uri mit einem langsamen Lächeln, »und ich werde dir etwas zeigen, wovon du meinen Nichten und Neffen erzählen kannst. Denk daran!« Seine bronzene Stimme hallte wie der Schall einer Orgelpfeife, tief und laut, mit Untertönen, die Tote aufwecken konnten, und doch war sie irgendwie immer noch Uris Stimme. Seine gelben Augen entdeckten Fiametta, die sich erhob. »Ich habe nicht viel Zeit. Machen wir uns an die Arbeit.«

»Führt uns! Wir folgen Euch«, sagte Fiametta atemlos. Ihr Haus brannte nieder. Na und? Sie ließ es hinter sich.

Uri richtete seinen Blick auf die vier Losimaner, die – sich gegenseitig unterstützend – ihre Gefühle wieder halbwegs im Griff hatten. Gemeinsam nahmen sie eine Verteidigungsstellung ein, den Rücken hatten sie klugerweise dem Ausgang des Hauses zugewandt. Uris Finger umfaßten den Schwertgriff, und er schritt auf sie zu. Seine tiefen, schwarzen Fußspuren in der festgetretenen Erde dampften und rauchten.

Der zahnlückige Offizier zückte sein Schwert, spielte den Tapferen und stürzte auf den heranrückenden Bronzekrieger los. Mit einem Klirren prallte sein Schwert an Uris nacktem Körper ab. Uri hob das Medusenhaupt, ließ es auf den Schädel seines Mörders herabfallen und schmetterte den Losimaner zu Boden. Ein Krampf schüttelte den Offizier, seine Beine traten um sich, dann blieb er reglos liegen. Die Überlebenden zogen sich zurück, wobei sie sich duckten und einander auf fast reguläre Weise Deckung gaben, bis sie die zerschmetterte Eichenholztür zur Straßenseite hin erreichten. Dort brach die scheinbare Disziplin zusammen, und sie rannten davon. Fiametta hob das Schwert des toten Losimaners auf – für alle Fälle. Uris rötlich schimmernde Waffe war eindrucksvoll, doch Fiametta war sich nicht sicher, wie Bronze – und zwar von der Hitze enthärtete Bronze – Waffen aus gehärtetem Stahl widerstehen würde. Dann fiel ihr ein, daß Uri sein Schwert nicht auswechseln konnte. Es war ihm angegossen, es war eins mit seiner Hand.

Thur legte seinen Arm um Fiamettas Schultern, als sie Uri auf die Straße folgten. Überrascht vom Anblick der Menge, die sich da versammelt hatte, blieb Fiametta stehen. Ein paar Dutzend Menschen liefen umher, Männer, Jungen, sogar einige Frauen, in jeder Art von Straßen- und Hauskleidung, manche sogar im Nachthemd. Fiametta erkannte die Gesichter einiger Nachbarn.

Lorenzetti, der Notar, der neben ihr wohnte, eilte auf Fiametta zu. Die Losimaner hatten auch sein Haus geplündert. Der Verband, den er noch um den Kopf trug, zeugte von unklugem Widerstand. »Fiametta! Was ist los? Was hast du getan?«

»Mein Haus brennt«, sagte sie wie benommen. Schreiend wich die Menge erschrocken vor Uri zurück, doch nicht sehr weit. Die Leute staunten verwundert, einige von ihnen machten ihrer Neugier mit fragenden Rufen Luft. »Wir haben einen Bronzeheld geschaffen«, fuhr Fiametta fort, »einen Krieger, der für uns gegen die Losimaner kämpfen und Montefoglia befreien wird. Wir sind jetzt auf dem Weg, Ferrante zu töten. Tretet bitte zurück.«

Die drei übrigen Losimaner waren stehengeblieben und hatten sich auf der dunklen Straße hinter der Menge wieder formiert. Sie reckten ihre Hälse, beobachteten und warteten. Einer von Fiamettas Nachbarn, Bembo, der Wachskerzenzieher, hielt eine Fackel hoch, weitere Leute mit Fackeln trafen ein – Fiametta wußte nicht, woher –, und das Feuer wurde immer wieder weitergegeben.

Lorenzetti kniff die Augen zusammen, riß den Mund auf und stammelte: »Ist das nicht Uri Ochs, Sandrinos Mann aus der Schweiz? Ich habe mit ihm Würfel gespielt. Als er starb, schuldete er mir noch einen halben Dukaten … Heh! Uri!«

Uri schenkte dem Notar einen aufmunternden Gruß mit der Schwerthand.

Lorenzetti trat mit wildem Blick einen Schritt zurück und verbeugte sich. »Nun, *meinen* Segen habt Ihr. Heh! Macht Platz, Leute!« Er winkte die Menge auseinander. Die Losimaner waren plötzlich von zwei Reihen ihrer Opfer eingerahmt. Plötzlich trat, mehr aus Zufall, eine seltsame Stille ein. Ein Pflasterstein flog, von einem zornigen jungen Mann geschleudert. Mit einem Klirren prallte er vom Brustharnisch eines Losimaners ab. Die Soldaten taumelten. Uri ging zwischen die Leute hindurch die Straße hinauf. Thur und Fiametta, die sich wie zwei Kinder im Dunkeln an den Händen hielten, folgten ihm dicht an den Fersen. Von der Menge der Montefoglianer stieg ein Gebrüll auf, das Fiametta an das Brausen des Ofens erinnerte, als er auf dem Schmelzhöhepunkt gewesen war. Die Losimaner machten kehrt und rannten diesmal tatsächlich davon. Sie blieben nicht mehr stehen und blickten nicht einmal mehr zurück.

Rufe hallten durch die Straßen. In den Obergeschossen der Häuser gingen Fensterläden auf, Köpfe mit Schlafmützen drängten sich an die Fenster. Schreie der Neugier und der Angst gellten herab. Fiametta blickte über die Schulter zurück. Menschen folgten ihnen, zuerst einzeln oder zu zweien, dann ein Rinnsal, schließlich ein Strom. Türen flogen auf, noch mehr Männer kamen heraus. Messer und Dolche erschienen, dazu einige Schwerter sowie andere, behelfsmäßige Waffen: Äxte und Hämmer, Keulen und Hacken, ein Pickel und eine rostige Sichel. Eine dicke Frau, die sich der Menge angeschlossen hatte, war mit einer großen gußeisernen Bratpfanne bewaffnet. Noch mehr Fackeln wurden angezündet und hochgehalten. Wofür hielten die Leute hinter ihnen wohl den Auflauf, dem sie sich – ausgelassen und grimmig, entschlossen und verwirrt – angeschlossen hatten? Für einen Umzug, für einen Angriff? Fiametta wußte es nicht.

Es war ganz und gar nicht die stille, geheime mitternächtliche Jagd durch die Straßen von Montefoglia, die Fiametta sich ausgemalt und die sie beabsichtigt hatte. Uri konnte sowieso kaum unbemerkt dahinmarschieren, wo er doch so rot in der Dunkelheit glühte. Falls die Inquisition sie je für das Werk dieser Nacht vor Gericht brachte, dann würde es tausend Augenzeugen geben.

Ein Blitz spaltete den Himmel. Die ersten dicken, kalten Regentropfen fielen herab und trafen Fiametta ins Gesicht. An Uri verdampften sie auf der Stelle, er zog hauchdünne Dampfschwaden hinter sich her. Seine Füße zischten auf den nassen, glänzenden Pflastersteinen. *Du bist zu kalt,* rief Fiametta stumm dem Regen zu. *Hör auf, zurück, noch nicht!* Sie stolperte, Thurs Griff wurde fester und hielt sie auf den Beinen.

Sie kamen zum Fuß des Hügels und begannen, die Straße zur Burg emporzusteigen. Es gab keine Hoffnung, überhaupt keine Hoffnung, sich hineinzustehlen und Ferrante zu überraschen. Auf den Mauern liefen schon losimanische Soldaten umher und zündeten Fackeln an. Fiametta hörte das rostige Quietschen, als das Fallgitter herabgelassen wurde. Während sie noch schaute, fielen die großen, schweren Eichenholztüren zu, mit einem Knall, der dem Donner glich, der über den schwarzen See rollte.

»Nein«, schrie sie gequält auf. »Was machen wir jetzt? Ferrante kann da drinnen einfach warten, bis, bis …«

Uri blickte über die Schulter und lächelte. »Wir werden sehen.« Einige Schrittlängen vor dem Burgtor blieb er stehen. Von oben schlug ein stählerner Armbrustbolzen in seine Schulter und blieb dort stecken. Er zuckte mit den Achseln und wischte ihn weg wie eine lästige Fliege. Dann musterte er das Tor. »Fiametta, wärme mich«, sagte er.

»Piro«, sprach Fiametta. Sie hatte größte Schwierigkeiten, den Zauber in ihren umherirrenden Gedanken zu ordnen. Doch er war ihr so vertraut, daß er sie ruhig werden ließ. *»Piro! Piro!«*

Uri hielt die Schwerthand hoch. »Das reicht einstweilen.« Er ging zur Eichentür und lehnte sich dagegen. Das Holz begann zu glimmen und fing Feuer. Uri drehte seine Arme durch das so entstandene Loch und stieß mit den Ellbogen das Holz auseinander, als handelte es sich dabei um verfaulten Zunder. Brennende Brocken flogen auseinander. Fiametta und Thur duckten sich und verschanzten sich in dem Graben.

Uri trat in den dunklen Durchgang zwischen den beiden Tortürmen. Einige Schritte weiter blockierte das Fallgitter den Eingang zum Hof. Durch die Pechnase im Torbogen leerte ein erschrockener losimanischer Soldat einen Topf mit siedendem Öl über Uris Kopf.

Uri warf den Kopf zurück und lachte. Es klang wie der Ton einer mächtigen bronzenen Trompete. Er drehte sich unter dem Flammenstrom wie unter einem erfrischenden Regenschauer, wie ein Mann, der sich nackt unter einem Wasserfall tummelt. In einem Anfall von Raserei leerten die Losimaner einen zweiten und dritten Topf, bevor ein Offizier bemerkte, daß sie sich damit nichts Gutes taten. Flammen loderten auf Uris schimmerndem Körper, tanzten und drehten sich, während er einem Feuergeist gleich auf das Fallgitter zuschritt.

Er steckte seinen Schwertarm durch eines der quadratischen Löcher des gußeisernen Gitters, schlang ihn um eine der Stangen und zog ihn mit Wucht zurück. Krachend brach das Eisen auseinander. Uri wiederholte das Zerstörungswerk, bis er aufrecht mit erhobenen Schultern hindurchgehen konnte. Fiametta raffte ihre Röcke und eilte ihm nach durch die ersterbenden Flammen auf dem Boden des Durchgangs. Thur folgte ihr und weitete mit einigen wohlgezielten Schlägen des Schmiedehammers die Lücke im Fallgitter, damit die Nachfolgenden leichter hindurchkämen. Männer folgten ihnen und trotzten den wenigen Armbrustbolzen, die Ferrantes konfuse Verteidiger abschossen. Sie rannten nach rechts und links, in Gruppen zu dreien und sechs, und zerstreuten sich in der Burg, um Montefoglias Unterdrücker zur Strecke zu bringen. Hinter ihnen verstopfte die Menge das Tor und brach dann durch.

Fiametta ließ sich keuchend auf den Pflastersteinen nieder und beobachtete, was vor sich ging. Uri trat in den Hof und beleuchtete ihn wie eine menschliche Fackel. Ein Regenschauer ließ ihn dampfen wie eine Fumarole. *»UMBERTO FERRANTE!«* brüllte er. Die Steinmauern warfen das Echo zurück. »Umberto Ferrante! Komm heraus!«

Ein halbes Dutzend losimanischer Schwertkämpfer kam durch die Burgtür die Marmortreppe herab. Ihr Ansturm verlangsamte sich und erstarrte zu einer Verteidigungsstellung, als sie sahen, wer nach ihrem Herrn gerufen hatte. Sie blickten einander entsetzt an.

Baron Ferrante erschien und blickte über den Hof. Er trug sein Kettenhemd, das im unruhigen Feuerschein silbrig-golden schimmerte, dazu seine schwarze Reithose und Stiefel. Er trug weder Hut noch Helm. In seinem dunklen Haar glitzerten einige Regentropfen wie Diamanten. Er blieb einen Augenblick lang ganz still stehen, dann zog er langsam sein Schwert, absichtlich mit einem schabenden Ton, der ewig zu dauern schien und Fiametta Zahnschmerzen bereitete. Er wandte den Kopf und rief über die Schulter: »Niccolo!« Dann hob er das Kinn, blickte kurz zum nördlichen Torturm und hob seine Klinge, als grüßte er jemanden, den Fiametta nicht sehen konnte, und als wollte er sagen: *Diesen Tod widme ich Euch.* Dann ging er mit gezücktem Schwert achtsam und langsam die Treppe hinab.

Mit nervösen Blicken nach hinten verteilten sich seine Wachen vor ihm zu seinem Schutz, doch nur für eine kleine Weile, bis Uri die Hände hob und auf sie losging. Wie ein einziger Mann flohen sie und rannten davon. Ferrante sah sie davonhasten. Es schien ihn nicht zu überraschen, um seine Lippen spielte ein ironisches Lächeln. Doch dann öffnete er den Mund und brüllte: »Niccolo!« Und dann noch lauter: »Niccolo! Zu mir, *sofort!*«

Spürte Ferrante, daß er jetzt unterlegen war? Ja, dachte Fiametta. Und doch stand er immer noch auf der letzten, vom Regen versilberten Marmorstufe und trat nicht den Rückzug an.

»Er ist böse«, flüsterte Thur, »aber …«

Fiametta spürte es auch. »Tapfer. Oder todesmutig.« Kein Wunder, daß diesem Mann andere Männer folgten. Fiametta hatte manchmal überlegt, warum es hieß, daß Engel so viele Tränen über Sünder vergossen. *Sie weinen nicht um des Bösen willen. Sie weinen um das Gute, das damit vergeudet wird.*

»Also«, sagte Ferrante und befeuchtete seine Lippen. »Sandrinos unfähiger Gardehauptmann erhebt sich aus den Wogen wie die schaumgeborene Venus. Ich dachte, wir hätten Euch getötet.«

»Also«, sagte Uri in einem Versuch, ebenso ironisch zu sein. »Mein unfähiger Mörder. Wollt Ihr noch einen Versuch wagen?« Er hob einladend das rote Schwert. Ferrante, so dachte Fiametta, verstand sich besser auf Ironie. Sie entsprach seiner Art. Doch Uris Zorn brannte sichtbar, in aufsteigenden Hitzewellen, und was seinen Worten an Biß fehlte, das machten sie an Macht wett.

Ferrante hob herausfordernd den Kopf und trat mit einem halben Lächeln von der Treppe herunter. »Ich glaube … Ihr gehört in die Zuständigkeit meines Sekretärs. Doch ich werde mein Bestes tun, Euch zu unterhalten, bis er kommt.« Er zog die Augenbrauen herab, verzog gereizt die Lippen und rief über die Schulter hinweg: *»Niccolo!«*

»Was beschäftigt ihn denn so, daß er nicht angerannt kommt?« flüsterte Thur.

»Ich glaube, ich weiß es«, flüsterte Fiametta verzweifelt. Doch sie konnte noch nicht davonlaufen und in der Burg nach Papa suchen. Sie mußte bei Uri bleiben und ihn bei Hitze halten. Ferrante machte einen Ausfall.

Der erste Schlagabtausch war kurz. Ferrantes Klinge schnellte an Uris Deckung vorbei, prallte jedoch nutzlos an der bronzenen Haut ab. Ferrante sprang zurück, seine betäubten Finger spannten sich um den Schwertgriff und aus seinem Gesicht wich die letzte Spur von Ironie. An ihre Stelle trat ausdruckslose Konzentration. Er näherte sich Uri erneut und versuchte, nach dessen gelben Augen zu stechen. Uri wollte ihm mit dem Haupt der Medusa den Schädel einschlagen, streifte jedoch nur seine Wange, auf der sofort ein Streifen aus weißen Blasen erschien. Mit zusammengebissenen Zähnen und vor Schmerz zischend, wich Ferrante zurück.

»Er kann nicht gewinnen. Er muß flüchten. Warum haut er nicht ab?« flüsterte Fiametta hitzig. Sie wollte, daß Ferrante flüchtete, sich als Feigling erwies, ja, und sich völliger Verachtung preisgab. Doch statt dessen ging er wieder auf Uri los, versetzte ihm einen Stoß, parierte, parierte aufs neue …

»Er stellt sich auf die Probe«, sagte Thur plötzlich. »Er will der Beste sein. Er muß *wissen,* daß er der Beste ist. Und er will auch, daß alle anderen es wissen.«

»Er ist verrückt.«

»Was hat Uri vor? Warum schnappt er Ferrante nicht einfach und zerschmettert ihn?«

Die Absicht in Uris Angriff wurde schließlich deutlich, als er Ferrante zwang zu straucheln und rückwärts auf die Marmorstufen zu fallen. Uris Schwert schlug auf Ferrante ein und hielt ihn am Boden fest. Seine Spitze bohrte sich an der gleichen Stelle in das Kettenhemd, wo sich auch Uris eigene tödliche Wunde befand. Uris Gesicht straffte sich voller Zorn, und er stützte sich mit dem ganzen unmenschlichen Gewicht seines dichten metallenen Leibes auf sein Schwert.

»*Niccolo!*« schrie Ferrante. Erst jetzt war in seiner Stimme ein Unterton rein menschlichen Schreckens zu hören.

Er ist zu Fall gebracht, dachte Fiametta. *Er ist zu Fall gebracht.* Doch dies weckte bei ihr keine Freude.

Das Kettenhemd barst, das Schwert drang in Ferrantes Brust, versengte Fleisch und kühlte gleichzeitig die Klinge. Uri stand gebückt da und hielt Ferrante einen langen, langen Augenblick an seinem Platz fest.

Vitelli kam durch die Burgtür gerannt und stieß gegen die Marmorbalustrade. Sein schwarzes, mit Symbolen verziertes Gewand flatterte. Triumphierend hielt er die rechte Hand hoch. An seinem Zeigefinger schimmerte ein goldener Reif mit einer Maske, die das Gesicht eines bärtigen Mannes darstellte. »Euer Gnaden, ich *habe* ihn!«

Fiametta hauchte einen stummen Jammerschrei und ballte bar aller Hoffnung die Fäuste. *Wir waren zu langsam …*

Ferrante verdrehte die Augen zu Vitelli und keuchte: »Ihr seid spät gekommen … Niccolo! Mit Absicht?«

»Nein, Euer Gnaden!« schrie Vitelli erschrocken, als er seinen Herrn da an den Boden genagelt sah. Doch die Antwort kam einen Herzschlag zu spät, um überzeugend zu wirken.

»Lügt mich nicht an, Niccolo. Ich hasse einen Mann, der lügt. Ich habe Euch gesehen, wie Ihr Euch da drinnen herumgedrückt habt. Gewartet habt. Ich habe das Weiße in Euren Augen gesehen. Zum Teufel mit Euren Augen, Niccolo ...« Er öffnete den Mund, sein Gesicht verzerrte sich vor Qual, als Uri seinen Fuß auf Ferrantes Brust setzte und das Schwert wieder herauszog.

Einen Moment lang zögerte der Bronzekrieger und blickte wachsam auf den Zauberer. Dabei war sein Gesicht so seltsam ruhig, daß er fast wie wahrhaft träges Metall erschien. Dann sprang er in zwei Sätzen die Treppe zwischen Ferrante und der Tür hinauf. Unter seinen Füßen knirschte der Marmor. Vitelli schwang sich mit einer Hand über die Balustrade und sprang in den gepflasterten Hof. Seine Knie knickten ein, und er stöhnte unter der Wucht seiner Landung auf, doch er richtete sich sofort auf und tänzelte rückwärts, wo er genügend Raum zur Bewegung hatte. Mit den Händen glättete er sein Samtgewand.

»Ich hab dich, Abbild!« schrie er Uri an. »Kälte wird dich erstarren lassen, wo du stehst, und in deinen Ohren werden Vögel nisten!« Er murmelte und vollführte dabei Gesten. Uri, der entschlossen die Treppe hinab auf Vitelli zuging, verlangsamte seinen Schritt. Sein rotes Glühen ließ nach, statt dessen schimmerte sein neuer Bronzeglanz auf Nase, Ohren und Zehen. Mit quälender Anstrengung hob er den Schwertarm.

»Piro, piro, piropiropiro!« schrie Fiametta. Uri schüttelte sich, von oben bis unten rotglühend, und begann, sich wieder geschmeidig wie eine Katze über die Steine zu bewegen und geschickt die Stelle für seinen nächsten Hieb zu suchen. Fiametta ließ sich auf Hände und Knie fallen.

Vitelli warf Fiametta einen Blick zu, der sagte: *Warte nur, später! Und du wirst dir wünschen, du wärest nie geboren worden,* doch dann war er gezwungen, seine ganze Aufmerksamkeit auf Uri zu richten. Er ging rückwärts und rieb den neuangesteckten Ring. Sein leises Gemurmel wurde eindringlicher, dann wuchs es zu einem Ruf an: »So setze ich dich frei! Fliehe ungebunden und sei frei!«

Der bronzene Uri blieb abrupt stehen. Vitelli kniff triumphierend die Augen zusammen, richtete sich auf und näherte sich, um den erstarrten Helden zu untersuchen.

»*Nein*«, stöhnte Thur. »Er hat den Zauberspruch deines Vaters, Fiametta! Den, den dein Papa, wie du erzählt hast, dafür benutzte, den Geist des Kindes aus Ferrantes erstem Silberring freizusetzen. Wir sind erledigt! Gott helfe uns und auch Uri!« Er hob seinen Schmiedehammer, blickte auf Vitelli und holte tief Luft, bereit zum Schlag gegen die unbesiegbare Übermacht. Der grinsende Totenbeschwörer umkreiste die stumme Statue.

»Nein, warte!« zischte Fiametta, sie richtete sich auf und packte Thur am Arm. »Das stimmt nicht, es stimmt nicht, warte ...!«

Der bronzene Uri grinste. Sein Geflüster hallte von der Burgmauer.

»Ihr könnt mich nicht freisetzen. *Ich bin nicht gebunden.*«

Er schleuderte mit voller Kraft sein Schwert, es bildete raunend einen tückischen flachen Bogen und schlug Vitelli den Kopf ab – doch erst nachdem dieser Uris letzte Worte gehört und verstanden hatte, so daß der letzte Ausdruck auf dem Gesicht mit den schwarzen Augenbrauen tiefste Bestürzung und Entsetzen zeigte, als Vitellis Kopf zu Boden fiel, ein Stück rollte und dann liegenblieb.

Schweigen herrschte auf dem Burghof. Regenschauer prasselten hernieder. Fiametta blickte sich um. Etwa hundert Leute standen kreisförmig im Burghof und sahen zu. Drei verschmierte bleiche Frauengesichter preßten sich gegen die Fensterschlitze im nördlichen Torturm. Die meisten der Zeugen waren montefoglianische Stadtbewohner, dazu einige verwirrte Losimaner, die mit gezückten Schwertern in Schach gehalten wurden.

Aus verschiedenen Winkeln der Burg kamen entfernte Rufe, Schreie und krachende Geräusche, als Ferrantes letzte Männer aufgestöbert wurden. Vitellis Blut bildete auf den Pflastersteinen eine Pfütze und dampfte leicht in der kalten Nachtluft. Uri dampfte ebenfalls, als er im Regen zurücktrat. Sein rotes Glühen wurde dunkel, der metallische Schimmer der Bronze begann, seine Kanten und Flächen zu überziehen. Die Kälte und eine Art einsame Vorahnung ließen den leuchtenden Triumph in seinen Augen erlöschen. Bald mußte er seinen zeitweiligen metallenen Leib verlassen. *Und wohin gehen?*

Und wo war Papa? Fiametta dachte an den neuen Goldring an Vitellis toter Hand und stürzte darauf los. Sie mußte ihn an sich bringen. Vielleicht würde Abt Monreale wissen, was damit geschehen sollte. Es mußte doch möglich sein, Papa aus dem Ring zu befreien und den Ring Vitellis Willen zu entreißen, denn wie könnte ein Toter durch einen anderen Toten gebunden sein?

Entsetzt sah Fiametta, daß auch Ferrante auf Vitellis kopflosen Leichnam zukroch. Der Herr von Losimo war nicht so tot, wie sie gedacht hatte. Die heiße Klinge mußte die Wunde, die sie geschlagen hatte, zugleich auch ausgebrannt haben, so daß Ferrante trotz seiner zerschmetterten Rippen nicht so schnell verblutete wie Uri bei seiner Ermordung. Ferrantes Gesicht war eine lehmfarbene Maske der Entschlossenheit und des Schmerzes.

Sie lief mit ihm nach dem Ring um die Wette. Thur folgte mit seinem Hammer, obwohl sie nicht glaubte, daß Ferrante in seiner Verfassung noch eine Bedrohung für Leib und Leben war. Doch in seinem unnachgiebigen Willen, der seinen nutzlosen Körper über die regennassen Steine schleifte, lag ein unheimlicher Stolz.

Als sie nach Vitellis rechter Hand griff, schlug ein kalter Windstoß sie mit der Gewalt eines Keulenhiebs zurück. Auch Ferrante zuckte zurück und erhob eine Hand, um den unsichtbaren Schlag abzuwehren. Die Anstrengung ließ etwas in ihm zerbrechen, denn er keuchte einmal auf, dann wurden seine dunklen Augen starr und schlossen sich nicht mehr. Fiametta setzte sich nieder. Ihr blieb der Mund offenstehen und das Unmögliche füllte ihre Augen.

Eine *Gestalt* verdichtete sich über Vitellis Leiche, als würde die Nacht mit Händen greifbar. Ein dunkler Mann, eine Finsternis, viel tiefer als jeder Schatten in diesem von Fackeln erleuchteten Hof. Es war Fiametta, als sähe sie im Inneren des schwarzen Mannes andere kleine, halb aufgelöste Geister, ja, Dutzende von ihnen, entstellt und gequält.

»O nein«, keuchte Thur. »Wir haben ein weiteres Gespenst hervorgebracht! Wird das nie enden?«

»Nein«, hauchte Fiametta. Der Schrecken preßte ihr die Brust zusammen. »Schlimmer. Viel schlimmer. Wir haben einen *Dämon* hervorgebracht.« Wo war Papa? Im Inneren des dunklen Mannes? Einer dieser Untergeister wirkte sehr neu und stand schreckliche Qualen aus.

Das Gesicht des dunklen Mannes erwachte und schärfte sich zu bestimmbaren und vertrauten Zügen. Vitelli öffnete die schwarzen Augen, und sie glitzerten in ihrem eigenen roten Glühen. Er sah fast so überrascht aus wie Fiametta. Er drehte die Hände um und starrte sie verwundert an. Ein schimmerndes Licht umgab einen der schwarzen Finger. Vitelli warf den Kopf zurück und lachte, als er die Fortdauer seiner Existenz und Macht erkannte.

»Es hat funktioniert! Ich lebe! Ich bin jetzt unsterblich!« Der dunkle Mann machte tatsächlich einen Luftsprung und verbeugte sich mit wilder Ironie vor Uri, der starr und betäubt dastand. »Ich danke Euch!«

Jetzt habe ich *es also getan,* dachte Fiametta kläglich. Abt Monreale hatte in einer seiner vielen Predigten über das Thema einmal die Sünde als das Begehen eines wirklich unwiderruflichen Fehlers bezeichnet, der dauernde Folgen hatte. Sie starrte auf ihren riesigen Fehler und dachte *Die achte Todsünde ist wirklich die Dummheit.* Und die Unwissenheit. Sie hatte keine Ahnung, wie man einen Dämon bekämpfte. Nicht die geringste Ahnung. Doch in ihrem Herzen war sie sich sicher: falls Vitelli entkäme, wären die Folgen schrecklich.

»Was habt Ihr mit meinem Papa gemacht?« fragte sie den Vitelli-Dämon mit zitternder Stimme.

Als sich dessen rote Augen ihr zuwandten, erkannte sie, daß sie seine Aufmerksamkeit nicht hätte auf sich lenken sollen. »Sein Wille ist jetzt der meine«, flüsterte Vitelli mit Eisesstimme. »Du kommst zu spät.« Er brachte ein höllisches Lächeln hervor. »Auch *er* kommt zu spät.« Der Dämon kehrte sein Gesicht dem Tor zu.

Die Hufe eines Pferdes hallten über das Pflaster. Fiametta hüpfte das Herz vor Freude, und sie wollte erleichtert einen Triumphschrei ausstoßen: Auf einem Schimmel kam Abt Monreale zu ihrer Rettung geritten.

»Fiametta! Thur!« rief er.

Fiametta erstarb der Schrei in der Kehle, als sie zweifelhafte Einzelheiten wahrnahm. Zuerst war da das Pferd. Sie kannte es. Selbst der Kavalleriesattel, den Monreale sich irgendwo ausgeborgt hatte, konnte den krummen Rücken des Tieres nicht verbergen. Es stand schnaufend und pustend da, mit roten, runden Nüstern in der grauen Schnauze, einem traurigen Ausdruck im Gesicht und zitternden Beinen. Abt Monreale mußte gewiß ein gottbegnadeter Wundertäter sein, denn irgendwie hatte er den Schimmel gezwungen, bergauf zu traben.

Monreales graues Mönchsgewand war hochgerutscht und gab die nackten Beine frei; die Sandalen waren verdreht, weil er mit den Füßen das alte Roß in die Flanken getreten hatte. In den Händen hielt er die Zügel, seinen Krummstab und ein paar Flaschen. Die Haare standen ihm so wild zu Berge wie seine buschigen Augenbrauen; auf der Stirn hatte er eine große purpurfarbene Beule. »Fiametta!« rief er nochmals und verstummte, als er die Szene im Hof überblickte.

»Ich wollte sagen«, fuhr er in einem seltsamen, sanften Gesprächston fort, »Fiametta, was immer du tust, töte Vitelli nicht!«

Er richtete seine grauen Augen auf die roten Augen des dunklen Mannes. Fiametta spürte, wie Vitellis gefährliche Aufmerksamkeit von ihr abließ, und sie war dankbar dafür. In diesem Augenblick sah an Monreale außer seinen Augen alles absurd aus.

Ohne seinen Blick von Vitelli abzuwenden, schwang Monreale sein rechtes Bein über den gesenkten Nacken des Schimmels und sprang leichtfüßig ab. Er steckte die Flaschen in sein Gewand, richtete seinen Krummstab auf und fuhr nachdenklich daran mit der Hand entlang. Er ging auf Vitelli zu, dann blieb er mit einem Ruck stehen, als spürte er den gleichen kalten Windstoß wie Fiametta.

»Giacomo Sprenger. Obwohl dein Geist von deinem Körper getrennt ist, existierst du noch teilweise in der Welt des Willens. Solange dein Wille frei ist, kannst du wirksam Reue zeigen, deine Sünden gestehen und deinen Glauben bekennen. Ich schwöre dir, Gott ist größer als alles Böse, das du herbeiführen kannst. Bleib stehen! Bleib auf der Stelle stehen und wende dein Gesicht um!« Monreales Stimme klang aufrichtig besorgt.

Er war nicht durch die Nacht geritten, um Vitelli zu vernichten, sondern um ihn zu retten, wie Fiametta erkannte. Und darin sah sie auch eine schreckliche Gefahr. Vitelli könnte versuchen, Monreale auszutricksen, ihn dazu verleiten, daß er in seiner Wachsamkeit nachließ. Trotz aller Zweifel würde Monreales eigenes Gewissen ihn zwingen, es in gutem Glauben mit Vitelli zu versuchen …

Doch Vitelli war so stolz auf seine Macht, daß er es verachtete, sich zu verstellen. Der dunkle Mann bekreuzigte sich spöttisch mit einer obszönen Geste. Die nächste Geste hatte eine stärkere Wirkung; als der Farbenwirbel vor Fiamettas Augen und das Dröhnen in ihren Ohren erstarben, befand sich Abt Monreale auf den Knien, und das keineswegs im Gebet. Er schwang jedoch seinen Krummstab und ging zum Gegenangriff über. Vitelli schien zusammenzuschrumpfen, doch das dauerte nur einen Augenblick.

Von Uri war keine Hilfe mehr zu erwarten. Er erstarrte zu kalter Bronze, während Fiametta noch zuschaute, und in ihrem Geist war nicht mehr genug Feuer, um ihn wieder zu erhitzen. Sie konnte nicht einmal aufstehen, sondern sank auf die Knie, dann auf Hände und Knie, und schließlich ganz auf das nasse Pflaster. In diesem Augenblick hätte jeder Losimaner ihr die Kehle durchschneiden können, und sie hätte nicht mehr getan, als ihn apathisch anzuschauen. Thur saß besorgt neben ihr und hielt sie an den Schultern fest.

Der Geisterring! Das Gold schimmerte an der Hand der Leiche, keine zwei Schritte entfernt. Kein Wunder, daß Geistermagie so selten war. So schwer zu verwirklichen, so empfindlich, wenn vollzogen! Wenn sie nur den Lösespruch ihres Papas wüßte – sie rief sich den Augenblick bildlich in Erinnerung: Ferrantes erhobene Hand, das Zerbrechen und Aufblicken des Silberrings, der Geruch von verbranntem Fleisch …

Aber sie kannte sich doch mit Ringen aus. Sie hatte einen kleinen Teil ihrer selbst in das Gold ihres Löwenrings gelegt. Er wurde dort gehalten von … gehalten von … »Von der Struktur«, murmelte sie zerstreut. Der

Zauberspruch war in das geschmolzene Metall gefallen wie ein Samenkristall in das Alaunwasser, das die Färber benutzten, und davon hatte sich eine Struktur fächerartig ausgebreitet wie Reif, kompliziert und schön … Das Umgekehrte mußte sein … das Umgekehrte mußte sein …

Sie rollte sich auf die andere Seite, so daß ihr Gesicht auf den Pflastersteinen nur wenig von der toten Hand mit dem Ring entfernt war. Sie hatte nicht mehr genug Kraft, um den bronzenen Uri wiederzubeleben, nein. Aber sie hatte immer noch etwas Kraft. Gold war ein weicheres Metall als Bronze, und in diesem Ring war davon nur wenig mehr als ein Fingerhut voll. Das war genug. Es würde reichen …

»Piro«, flüsterte sie. *»Piro.«*

Die goldene Maske fiel zusammen, verschlackte. Das Metall tropfte herab. Das Fleisch, das den Ring umgab, wurde versengt, trieb Blasen, dampfte und wurde schwarz. Der scharfe Geruch verbrannten Fleisches stach Fiametta in die Nase.

Der dunkle Vitelli schrie auf, als der Ring aus Licht auf seiner Schattenhand verschwand. Er drehte sich um und richtete den Blick auf Fiametta. In seinen roten Augen loderte Wut. Aus dem schützenden Kreis von Thurs Armen grinste sie ihn an, völlig unfähig sich zu bewegen.

Er schien einzuatmen, wurde größer und wuchs zu einer Spindel aus schwarzem Rauch, die geschmeidig in den offenen Mund des bronzenen Medusenhaupts schlüpfte, das Uris erstarrte linke Hand hochhielt. Die kleinen Schlangen auf dem Schädel wurden feuerrot und begannen sich zu winden. Die Augenlider der Medusa öffneten sich zu weißglühenden Schlitzen. Das Gesicht drehte sich langsam, die gespenstischen Augen öffneten sich weit und suchten Fiametta.

Er wird mich hier an Ort und Stelle zu Asche verbrennen. »Thur, geh weg! Geh zurück!« Sie versuchte, sich aus seinen schützenden Armen zu befreien, doch Thurs Umarmung wurde vor Sorge und Verwirrung fester.

Und dann erschien zwischen ihr und diesem obszönen Kopf der Regenmann. Er bestand ganz aus dichten schwebenden diamantenen Tropfen, die im Fackelschein wie winzige Regenbogen glitzerten. Er schimmerte so hell und glänzend, wie der Schatten-Vitelli finster war. Er war unglaublich schön und trug eine glitzernde, gefältelte Jacke, einen großen runden Hut wie aus Regenbrokat. Sein Bart war aus Nebel, seine Augen waren flüssig und leuchtend.

»Papa«, hauchte Fiametta glücklich.

Er warf ihr eine Kußhand zu, oder war es ein Regentropfen, der kalt auf ihrer Haut landete? Sie rieb sich staunend und zitternd die Wange.

Ein doppelter Strahl weißglühenden Feuers schoß aus den Augen der Medusa. Alle Regentropfen, auf die er unterwegs traf, wurden zu Dampf, der aufwölkte, doch unbeschädigt bildete sich der Regenmann wieder, nur weißer durch den zusätzlichen Nebel.

»Kommt heraus«, forderte Meister Beneforte streitbar. »Das gehört *mir.*« Er kauerte sich nieder und wölbte die Hände. Langsam wie Teer wurde die schwarze Gestalt wieder aus dem Mund der Medusa gezogen. Der Regenmann umfaßte sie. Fiametta konnte sie in seinem Inneren sehen, ein zuckendes schwarzes Männlein, das stumm schrie.

Meister Beneforte wandte sich Abt Monreale zu. »Schnell, Monreale! Schickt uns nun gemeinsam los, während ich ihn festhalte! Ich kann ihn nicht lange halten.«

Monreale stemmte sich an seinem Krummstab hoch. Er wirkte wie betäubt. »Wo … wo liegt Euer Körper, Prospero?«

»Der Schweizer Junge weiß es.«

»Thur.« Abt Monreale wandte sich ihm zu. »Geh sofort – nimm diese Männer …«, ein paar keuchende Mönche waren verspätet in Monreales Gefolge eingetroffen, »… und holt Meister Benefortes sterbliche Überreste. Beeilt euch!«

Thur nickte, packte seinen Hammer, winkte den Mönchen, ihm zu folgen, und lief über den Hof. Dann verschwand er durch einen Seiteneingang in der Burg.

Vorsichtig trat Monreale zu Vitellis Kopf, hob ihn auf und legte ihn neben den abgetrennten Hals. Er kniete nieder und vollzog die Sterbesakramente, sprenkelte Wasser aus einem seiner Krüge und neigte den Kopf im Gebet. Das Männchen im Inneren des Regenmannes zuckte in Krämpfen, doch dann wurde es still.

Als Monreale sich wieder erhob, bemerkte Meister Beneforte: »Mir gefiel Eure kleine Predigt über den Willen, die Ihr gerade gehalten habt. Aber schließlich haben mir Eure Predigten immer gefallen, Abt Monreale. Manchmal haben sie mich danach für einen halben Tag zu einem guten Menschen gemacht.«

»Ich wünschte, Ihr hättet sie öfter hören können.« Ein spöttisches Lächeln kam über die Lippen des Abtes.

»Ihr habt uns gewarnt, wie plötzlich der Tod zu den Unvorbereiteten kommt. Ich war allerdings nicht darauf vorbereitet, daß er in dieser seltsamen Halbheit kommt.« Er trat als flüssiger Schimmer näher an Monreale heran, zu einem vertraulichen Wort, denn die ehrfürchtigen und staunenden Zuschauer schoben sich näher heran. Er senkte seine Stimme zu einem Flüstern, das nicht lauter war als das Rinnen des Regens auf einem Fensterladen. »Segnet mich, ehrwürdiger Vater, denn ich habe gesündigt …«

Monreale nickte und neigte das Ohr zum Regenmann. Die Stimme flüsterte weiter, bis Thur und die Mönche erschienen. Auf einer provisorischen Bahre, die wie der Deckel einer Kiefernholzkiste aussah, trugen sie eine reglose, in Gaze gewickelte Gestalt. Monreale segnete den Regenmann, dann wandte er sich dem noch nicht ganz verlassenen Körper zu und wiederholte die Sterbesakramente.

Fiametta kroch an die Seite des Regenmannes und fragte mit zitternder Stimme: »Haben wir ihn gut gegossen, Papa, deinen großen Perseus?«

»Ein schreckliches Risiko, für zwei Anfänger …«, begann er, dann brach er mitten im Satz seine Kritik ab. Er neigte seinen Hut zu ihr herab, neugierig, als sähe er sie zum erstenmal wirklich, und deutete ein Lächeln an. »Gut genug.«

Nur *gut genug?* Nun … so war Papa.

»Heirate den Schweizer, wenn du willst«, fügte er hinzu, »er ist ein ehrlicher junger Kerl, der dich nicht im Stich lassen wird. Du wirst es nicht besser haben, wenn du viel Geld heiratest. Da wir von Geld reden: Ruberta soll hundert Dukaten bekommen, das ist in meinem Testament aufgelistet. Lorenzetti hat es, der Notar. Leb wohl, sei brav …« Seine Gestalt zitterte, als das dunkle Männchen in seinem Inneren wütete. »Und Fiametta, wenn du schon nicht brav sein kannst, dann sei wenigstens vorsichtig!«

Er wandte sich Monreale zu. »Ehrwürdiger Vater, die Wirkung Eurer Predigt läßt nach. Schickt uns los! Während ich noch den Willen aufbringen kann, ihn zu halten.«

»Geh mit Gott, mein Freund«, flüsterte Monreale und erteilte ihm den letzten Segen.

Der Regen fiel. Und dann war da überhaupt nichts mehr.

Thur hob flehend die Hände zum Abt. »Ehrwürdiger Vater. Habt Ihr einen Segen für Uri übrig? Für meinen Bruder?«

Monreale blinzelte und schien wieder zu sich zu kommen. »Natürlich, mein Junge.« Er wandte sich linkisch um und stolperte dabei fast. Thur fing ihn am Arm auf. Zusammen untersuchten sie die Statue. Sie war in der Pose erstarrt, in der sie ursprünglich gegossen worden war, doch ein winziger Schimmer von Geist war noch in ihren Augen zurückgeblieben, wenn er auch langsam verging. Welche Empfindungen übermittelte dieser metallene Leib Uri? Die Hitze, die ihn belebte, machte es für Uri unmöglich, zum Abschied seinen Bruder zu umarmen oder Fiametta zu küssen.

Fiametta betete auf ihren Knien um Kraft und murmelte ein letztes Mal: *»Piro!«* Nur die bronzenen Lippen wurden noch einmal dunkelrot.

»Ehrwürdiger Vater, segne mich, denn ich habe gesündigt«, flüsterte die hohlklingende Stimme wie mit dem leisesten Flötenton. »Allerdings nicht annähernd so viel, wie ich gerne gesündigt hätte.«

In Monreales Mundwinkeln zuckte es, doch er murmelte: »Macht keine Scherze. Damit vergeudet Ihr das wenige an Zeit, das Euch noch verbleibt.«

»All meine Zeit war vergeudet, ehrwürdiger Vater«, seufzte die verlöschende Stimme.

Monreale neigte zustimmend den Kopf. »Das ist eine ziemlich vollständige Beichte. Verzweifelt nicht, denn Verzweiflung ist eine Sünde. Habt Hoffnung, mein Junge.«

»Soll ich hoffen, Ruhe zu finden? Ich bin so müde ...«

»Ihr werdet vollkommene Ruhe finden.« Als Monreales Hände den Segen vollendet hatten, stand vor ihnen nichts mehr als eine leblose Statue.

Nicht ganz so, wie sie ursprünglich gegossen worden war, wie Fiametta erkannte, als sie aufblickte. Das kühle griechische Gesicht war nicht zurückgekehrt. Statt dessen waren der Bronze Uris eigene und unverkennbare, wache und unvollkommene Züge für immer eingeprägt. In der Wölbung der Lippen lag sogar ein

Anflug von Humor – ganz anders als bei dem klassischen Original.

Und mit einem Zittern sah Fiametta, daß auch das Gesicht der Medusa verändert war. Vitelli mit seinen schwarzen Augenbrauen hatte die Unsterblichkeit erhalten, nach der er so sehr verlangt hatte. Gewissermaßen.

KAPITEL 19

Thur hielt seine Hand vor das Gesicht der Statue. Obwohl die Bronze nicht mehr in ihrem eigenen Licht glühte, war sie immer noch zu heiß, als daß er sie hätte berühren können. Doch Uri war nicht länger zugegen, um berührt werden zu können, selbst wenn Thur es vermocht hätte. Der strömende Regen würde das Metall sehr schnell abkühlen. Thur hob sein Gesicht zum Himmel und ließ die kalten Tropfen, die von oben fielen, mit den warmen Tränen aus seinen Augen vermischen und verbarg so seinen Kummer vor all diesen Fremden. Diese Welt würde nicht mehr an Uri denken, würde bald vergessen, daß er je gelebt oder gelacht hatte. *Aber ich schwöre, ich werde dich nicht vergessen.*

Thur blinzelte, und die Tränen tropften aus seinen Augen. Als sein Blick wieder ungetrübt war, sah er, daß Soldaten – montefoglianische Soldaten! – durch die zerstörten Tore ritten. Einige von ihnen zeigten erstaunt auf die Statue, da sie die Züge ihres gefallenen Hauptmanns erkannten, doch dann begaben sie sich eilends an ihre Arbeit. Fiametta stand im Sprühregen, sie wirkte klein und erschöpft und sah sehr naß aus. Gekräuselte schwarze Locken hatten sich aus ihrem Zopf gelöst, doch jetzt klebten sie nur glatt an ihrer Haut. Thur wollte ihr einen Umhang anbieten, doch er selbst besaß nur die durchnäßte alte Robe, die jetzt bis zu seinen Lenden herabgerutscht war. Er zog sie wieder zu den Schultern hoch, stand barfuß in den Pfützen und zitterte, teils vor Kälte, teils von den Nachwirkungen des Geschehenen.

Fiametta wandte ihr blasses Gesicht Abt Monreale zu. »Wie seid Ihr hierhergekommen, ehrwürdiger Vater? Als man Euch unter Vitellis Bann in San Girolamo ins Krankenzimmer trug, lagt Ihr fast so bleich und still wie ein Toter da. Bruder Mario erlaubte mir nicht, Euch zu sehen.«

Monreale stand an seinen Krummstab geklammert breitbeinig da. Auf Fiamettas Worte hin wandte er seinen nachdenklichen Blick von der erkaltenden Bronze ab. »Der Bann wurde gestern am späten Abend gebrochen. War das dein Werk, Thur?«

»Ich … glaube, das kann sein, ehrwürdiger Vater. Ich weiß nicht sicher, welcher Bann gebrochen wurde, aber als ich seine Zaubersachen vom Tisch fegte, geriet Vitelli in Raserei. Das war, kurz bevor ich mit der Leiche meines Bruders aus dem Burgverlies floh.«

»In der Tat«, sagte Monreale. »Ich erwachte, doch mir war sehr übel. Die Heiler hielten mich bis zum Morgen im Bett, bis ich schließlich wieder genügend Kraft gewann, um sie zu überstimmen. Erst am Nachmittag entdeckte ich, daß du San Girolamo verlassen hattest, Fiametta, und niemand schien zu wissen, für wie lange. Ich schickte meine Vögel aus, doch ich erfuhr nur wenig, abgesehen davon, daß Vitelli und Ferrante nicht im Freien unterwegs waren und Thur noch nicht mit einer Schlinge um den Hals am Burgturm hing.

Sandrinos Offiziere und ich waren einhellig der Meinung, daß wir angreifen und das versuchen müßten, was wir am Vortag geplant hatten. Doch ich kam zu dem Schluß, daß ich die Entfernung zwischen Vitelli und mir verringern müßte, bevor ich mich erneut auf einen Kampf mit ihm einlassen würde. Seine Macht war offenbar außerordentlich gewachsen. Wir machten uns bereit und einigten uns auf einen Nachtangriff, um zu verschleiern, wie gering unsere Zahl war.« Müde rieb er sich den Nacken und kniff die Augen zusammen, die bei der Erinnerung an das jüngst Geschehene funkelten.

»Wir brachen im Schutz der Dunkelheit auf und hatten ein heftiges Gefecht mit den Belagerern, was uns zusätzlich aufhielt. Schließlich brachen wir durch und eilten nach der Stadt. Die Soldaten brauchten die wenigen Pferde, die wir hatten, doch ein Bruder fand diesen Schimmel, der bei unseren Schafen herumwanderte. Bei den wenigen Schafen, die uns noch geblieben waren. Ist das das Roß, das dein Vater in Cecchino gekauft hat, Fiametta? Ihn hat man doch ausgeraubt. Nun, es hat mir vermutlich geholfen, Kräfte zu sparen.

Doch als wir alle zusammen an den Stadttoren ankamen und einen verzweifelten Kampf erwarteten, da waren die Losimaner verschwunden, vertrieben von einer Schar Stadtbewohner. Anstatt also das Volk zum Sturm auf die Burg anzuführen, folgten wir den Leuten von Montefoglia. Inzwischen war mir der Gedanke gekommen, daß du einen magischen Angriff vorhattest, Fiametta, und ich ritt so schnell voran, wie ich nur konnte, da ich befürchtete, Vitellis dämonische Kräfte seien vielleicht tatsächlich so überragend geworden, daß er den Tod besiegen könnte. Und so war es ja dann auch.« Monreale seufzte niedergeschlagen. »Nicht, daß dieser zweitklassige alte Mann hier tatsächlich jener dunklen Macht ebenbürtig war.«

»Doch Ihr seid auf jeden Fall gekommen«, bemerkte Thur.

»Ehrwürdiger Vater, ohne Euch wären wir verloren gewesen. Wirklich«, Fiametta zog die Augenbrauen nach unten, während sie das Ganze überdachte, »keiner von uns war allein Vitelli gewachsen. Ich konnte Papa befreien, doch ich konnte Vitelli nicht festhalten. Papa konnte Vitelli festhalten, doch er konnte ihn nicht exorzieren. Ihr konntet ihn in die Verbannung schicken, wozu weder Papa noch ich fähig waren … doch nur, wenn er festgehalten wurde. Und wir wären nie hier in die Burg hereingekommen ohne Uri, dessen Bronzeleib nicht ohne Thur gegossen worden wäre. Wir mögen uns alle für geringe Leute halten, aber zusammen waren wir eine erstklassige Mannschaft.«

»So?« Ein Lächeln stahl sich auf Monreales Lippen. Er hatte die Augen halb geschlossen. »Könnte das die Lektion sein, die Gott mir die ganze Zeit erteilen wollte? Aus den Mündern der Kinder ...«

»Ich bin kein Kind mehr«, erwiderte Fiametta mit Nachdruck.

»Meine Kleine, vom Standpunkt meines halben Jahrhunderts aus gesehen wirkt ihr *alle* wie Kinder.« Monreale zog sich an seinem Krummstab hoch und richtete sich unter Schmerzen auf. Er blickte noch einmal auf die Bronzestatue. »Nein. Du bist kein Kind mehr. Und so stehst du vor den Gefahren einer erwachsenen Frau.«

»Ehrwürdiger Vater«, sagte Thur. »Es gibt etwas, das Ihr sehen solltet, auf der Stelle, bevor es durcheinandergebracht wird. Ich habe einen Eurer Mönche zurückgelassen, damit er die Tür bewacht.«

Monreale nickte. »Führe mich, mein Junge. Denn es gibt noch viel zu tun.«

Thur geleitete ihn durch den Dienereingang in die Burg und über die ihm nun vertrauten Korridore hinab in das Verlies. Wenigstens waren sie dem Regen entronnen. Ein Mönch trug eine Fackel für den Abt. Thur wußte nicht, wie die aus dem Fels gehauenen Gänge bei Nacht noch dunkler sein konnten als am Tag, aber es schien so zu sein. Die Kraft, die der unbarmherzige Schrecken in ihm geweckt hatte, war allmählich verbraucht, und er stieß beim Gehen gegen die Wände. Beim Humpeln. Ihm kam es vor, als wäre jeder einzelne Muskel, den er besaß, mit Rost und grobem Sand überzogen: es stach, wenn er sich bewegte, es schmerzte, wenn er stehenblieb.

Die Zellentüren standen offen. Das Verlies war schon

zur Hälfte entleert. Die gesunden Gefangenen waren bereits fortgeeilt, um sich dem Kampf anzuschließen. Den Verwundeten halfen Leute aus Montefoglia ins Freie; einige von ihnen waren Verwandte der Eingesperrten.

Thurs kleine Prozession folgte der Wendeltreppe zum nächst tieferen Korridor. Vor der zersplitterten Tür der magischen Werkstatt der Totenbeschwörer hielt ein Mönch Wache. Er hatte Thurs Schmiedehammer in der Hand; sein Gesicht war ganz bleich. Monreale trat als erster ein, die anderen folgten. Thur nahm eine der brennenden Kerzen und zündete damit die heruntergebrannten Stummel der anderen Kerzen an.

Monreale biß die Zähne zusammen und atmete zischend aus. Die Zimmermannsböcke waren umgestoßen, die Salzkiste zu Boden gefallen und zerbrochen, das Salz verschüttet, als Thur und ein Mönch den Deckel heruntergestoßen hatten, um hastig nach Meister Benefortes Leichnam zu suchen. Auf dem Boden erstreckte sich in komplizierten Spiralen ein Doppeldiagramm: die eine Hälfte war leer – Thur hatte Meister Benefortes sterbliche Hülle allein hochgehoben, als sich der entsetzte Mönch geweigert hatte, sie anzufassen –, die andere Hälfte umrahmte noch eine weitere Leiche. Es handelte sich um einen nackten jungen Mann, der schrecklich verstümmelt war und dessen Kehle durchgeschnitten war.

»*Das* war die Macht, mit der sie am Ende Papa in den Geisterring zwangen«, hauchte Fiametta und spähte ängstlich hinter dem Abt hervor. »Das neue Gespenst. Ich habe es in Vitellis Leib *gesehen*. Oh, Vater Abt.« Sie drehte sich um, schloß die Augen und schluckte schwer.

Das hätte ich selbst sein können, dachte Thur, als er – nur aus den Augenwinkeln – auf den Toten blickte. »Wer ist dieser arme Kerl, ehrwürdiger Vater?«

Monreale befeuchtete seine Lippen, trat vorsichtig

näher und kniete neben dem Kopf des Toten nieder. Doch welche magische Macht auch immer durch diese finstere Tat erzeugt worden sein mochte, jetzt war sie anscheinend verbraucht. »Ja, ich kenne den Jungen. Er ist einer meiner Klosterbrüder … sein Name war Luca. Er ist der Mönch, den ich zwei Tage vor dir ausgeschickt hatte, Thur, um für uns zu spionieren, und von dem wir nichts mehr hörten. Nach deiner Flucht muß Vitelli ihn unter den Gefangenen für diesen Greuel ausgesucht haben. Er hat eine Familie in der Stadt, Eltern, Brüder und Schwestern … Mord, Mord, finsterster Mord.« Der Abt neigte in tiefer Trauer sein Haupt und begann den Ritus des Sterbesegens.

Als er sich wieder erhob, fragte Thur besorgt: »Sollten wir diesen Raum nicht mit Brettern zunageln oder so?«

Monreale sog grimmig an seiner Unterlippe und ging in dem Raum umher. Er unterdrückte seinen Schock, indem er die Beweisstücke mit der kühlen Gründlichkeit eines Mannes untersuchte, der sich bewußt ist, daß er bald einen offiziellen Bericht über das alles schreiben muß. »Hm? Nein …« Er raffte die Aufzeichnungen und Papiere zusammen, die auf dem Arbeitstisch lagen. »*Das hier* sollte jedoch nicht hier liegenbleiben. Nein, Thur, ganz im Gegenteil. Dieser Raum soll offenbleiben, und jeder Soldat und jeder Bürger, der laufen kann, soll hierhergeholt werden und ihn anschauen. Die Beweise für Vitellis und Ferrantes Freveltaten sollten vor so vielen Zeugen wie möglich öffentlich gemacht werden.« Er hielt kurz inne. »So viele Zeugen wie diejenigen, die gesehen haben, wie eine bronzene Statue sich erhob und wandelte und zwei Männer erschlug. Wenigstens so viele Zeugen sollen es sein …«

Er drehte sich auf den Fersen um und betrachtete Thur und Fiametta. »Ihr beide wißt, was ihr getan habt, und wir werden noch ausführlich darüber sprechen. Später. Die ersten Berichte an die Erzdiözese, an die päpstliche Kurie und an den Erzabt meines Ordens werde ich selbst schreiben. Inzwischen ... könnt ihr sicher sein, daß sich über die Ereignisse der heutigen Nacht die phantastischsten Gerüchte unter den Leuten verbreiten werden. Ich hoffe, daß sich möglichst viele dieser Gerüchte um Vitelli ranken und nicht um euch. Versteht ihr, was ich meine?«

Fiametta nickte unsicher. Thur schüttelte ernstlich verwirrt den Kopf. Monreale winkte ihn zu sich und senkte seine Stimme. »Schau mal, mein Junge. Es ist absolut wesentlich, daß Fiametta niemals von der Inquisition verhört wird. Man würde sie für ihre hitzige Zunge schon am ersten Tag verbrennen, und die Beweise würde dann der Teufel holen. Verstehst du?«

»Oh ...« Thur sah es ein, ja.

»Wenn du sie liebst, dann hilf ihr, daß sie den Kopf gesenkt hält und den Mund nicht aufmacht. Für Kirchenpolitik bin ich zuständig. Falls nötig, gibt es da den einen oder anderen, der mir einen Gefallen schuldet. Aber Fiametta muß sich hüten, ihre Nachbarn zu beleidigen oder zu ... ungewöhnlich zu erscheinen. Sonst wäre ich vielleicht nicht in der Lage, alle denkbaren Folgen zu steuern.«

»Ah ... wäre es zu ... ungewöhnlich, wenn wir heiraten und im Haus ihres Vaters eine Werkstatt eröffnen?«

»Nein. Das wäre ideal. Wenn sie eine Werkstatt eröffnen würde, *ohne* zu heiraten – nun, das könnte gefährlich werden.«

Thurs Gesicht hellte sich auf. »Ich werde ihr in jeder Hinsicht helfen, wenn sie mich läßt, ehrwürdiger Vater.«

»Du solltest lieber darauf vorbereitet sein, ihr noch mehr zu helfen, falls nötig«, murmelte der Abt trocken.

»Aus ganzem Herzen, ehrwürdiger Vater.«

Monreale nickte Thur kurz zu und wandte sich zum Ausgang. Thur blieb noch stehen und warf einen letzten, gequälten Seitenblick auf den Geopferten, der da in der Lache seines Blutes lag.

»Er war ... mein Sündenbock. Luca.« Diesen Namen wollte er sich merken, so wie er hoffte, daß andere sich Uris Namen merken würden.

Monreale öffnete die Lippen. »Ja, in einem gewissen Sinne ... doch wenn du gestern gestorben wärest, so hätte ihn dies heute nacht nicht gerettet. Trotzdem erlege ich dir auf, jeden Sonntag in der Kathedrale von Montefoglia eine Kerze für ihn anzuzünden und für sein Seelenheil zu beten.«

»Jawohl, ehrwürdiger Vater«, erwiderte Thur. Er fühlte sich getröstet.

Monreale nickte und führte sie hinaus.

Während sie wieder den nun fast völlig verlassenen Gefängniskorridor im darüberliegenden Geschoß durchquerten, hörte Thur ein schwaches Stöhnen. »Wartet ...« Er lief zur letzten Zelle. Gewiß doch, hier lag auf einem Strohsack ein menschliches Bündel. »Warum hat man diese Tür nicht aufgesperrt? Wo ist der Schlüssel?« rief Thur.

Aus dem Wachraum trat ein ältlicher Mann aus der Stadt und klimperte mit dem Schlüsselbund. »Man hat uns gesagt, er sei wahnsinnig, Herr. Kommt der zuständige Wachtmeister bald und nimmt diese Schlüssel hier an sich?«

»Ich nehme sie«, erwiderte Monreale und befreite den Mann von seiner Bürde. Er reichte den Schlüsselbund an Thur weiter, der sich bückte und das Schloß öffnete.

Don Pio lag unter einer dünnen Decke allein in der Zelle. Sein Gesicht war sehr grau, mit seinen glasigen Augen schien er Thur nicht wahrzunehmen. Die Wunde in seinem Arm war nicht verbunden worden und dick mit geronnenem Blut überkrustet. Nach den grünen und blauen Flecken zu schließen, war er nach seiner endgültigen Wiederergreifung schlimm verprügelt worden. Um seine Neugier zu befriedigen, steckte Thur den Kopf zum Zellenfenster hinaus. An der Seite war noch ein Gitterstab übrig. Um ihn war der Bund eines gedehnten seidenen Hosenbeins gebunden, dessen Fußteil seinerseits mit einem anderen verknüpft war und so eine Art Seil bildete, das jetzt schlaff und feucht an der Felswand herabhing. Wie einfach! Thur war erleichtert und zugleich etwas enttäuscht. Don Pio war also letzte Nacht keineswegs wie eine riesige Fledermaus zum Fenster von Vitellis dunkler Kammer hinabgeflogen. Doch er hätte es gewiß gerne getan.

Monreale schickte nach Hilfe, und schon bald legte man den armen Kastellan auf eine Planke, ein stämmiger Mönch und ein Bürger der Stadt trugen ihn vor den anderen aus dem Verlies hinaus. Sie kamen wieder in den Hof, wo sie eine wimmelnde, schreiende Menschenmenge vorfanden, die sich um die aus dem Turm befreite Herzogin Letizia drängte. Sie hatte Sandrinos überlebende Amtsträger zu sich gerufen und verteilte Aufgaben, um die Herrschaft über ihre Burg zurückzuerlangen, zuerst von den verbliebenen Losimanern und dann vom montefoglianischen Stadtvolk. Die Montefoglianer verschmähten es zwar, unmittelbar den Besitz ihres ermordeten Herzogs zu bestehlen, doch sie waren sich nicht zu gut, gefangene oder getötete losimanische Plünderer um ihre Beute zu erleichtern. Monreale wurde auf der Stelle in den Sog um die Herzogin hineingezogen.

Donna Pia eilte an die Seite ihres Gemahls. Sie blickte besorgt drein. Trotz seiner Schwächung und seiner ungewissen geistigen Verfassung schien Don Pio sie zu erkennen. Er lächelte schwach zu ihr empor und ergriff ihre Hand, als sie neben ihm niederkniete. Sie hielt auf der Stelle einige Passanten dazu an, den Kastellan über die Treppen hinauf in ihre Turmgemächer zu tragen, die aufs neue als Wohnung und nicht mehr als Gefängnis dienten. Außerdem zog Donna Pia rücksichtslos einen Heilermönch aus Monreales Gefolge heraus, damit er ihr helfe.

Irgendwie hatte sich der Mittelpunkt dieses ganzen mitternächtlichen Chaos von Fiametta und Thur über Monreale zur Herzogin verlagert. Thur war froh darüber. Der Regen ließ nach und ging in ein feines nebliges Nieseln über. Thur legte seinen Arm um Fiamettas zitternde Schultern.

»Ich glaube, wir können jetzt den Leichnam deines Vaters nach Hause nehmen.«

»Wenn mein Haus noch steht. Was ... was ist mit Uri?«

»Du meinst die Statue? Wir lassen sie hier, nehme ich an. Jetzt handelt es sich ja nur noch um eine Statue. Niemand wird sie ohne die Hilfe einiger Joch Ochsen von hier stehlen.«

Fiametta nickte, die Augen im flackernden Zwielicht weit offen. Sie bahnten sich ihren Weg zu dem Kistendeckel, der mit seiner verhüllten Last auf den Pflastersteinen ruhte. »Thur, ich glaube, ich kann meine Hälfte nicht tragen«, sagte Fiametta besorgt.

»Ich glaube, im Augenblick könnte ich es auch nicht«, sagte Thur ehrlich. »Möchtest du dein Pferd zurück haben?«

Der Schimmel schnupperte trübselig am Pflaster herum, auf dem kein Gras wuchs. Er war nicht weit gewandert, und aus irgendeinem Grund hatte niemand versucht, sich mit ihm aus dem Staub zu machen, während Monreale ihm den Rücken zukehrte. Thur fing das Pferd ein, indem er zu ihm ging und es hinter den Ohren kratzte. Der Schimmel rieb seinen Kopf an Thur, kratzte Thurs Haut mit den Zaumknöpfen und verlor nasse weiße Haare.

Thur reichte Fiametta die Zügel und machte sich auf die Suche nach einem Stück Seil. In den Ställen fand er eine Seilrolle, die an einem Nagel hing. Niemand machte ihm ihren Besitz streitig. Er band das eine Ende des Seils an einen Steigbügel, schlang das Seil um das Kopfbrett des Kistendeckels, band das andere Ende an den anderen Steigbügel und verwandelte so den Deckel in einen provisorischen Lastschlitten. Der Schimmel blähte die Nüstern, beunruhigt von dem kratzenden Geräusch hinter sich, und drängte zur Seite. Thur sah ein verrücktes Bild vor seinem geistigen Auge: wie das Pferd durchging und über das Land dahingaloppierte, während Meister Beneforte in einer letzten wilden Fahrt hinterherpolterte und -hüpfte. Doch schon einen Augenblick später fiel das Pferd in seinen gewöhnlichen müden Trott, und Thur hielt es für ungefährlich, Fiametta auf den Rücken des Tieres zu helfen. Sie faßte mit ihren Händen in die lange Mähne des Schimmels und beugte sich über seinen kräftigen Hals. Thur führte sie durch die zertrümmerten Burgtore hinaus den Hügel hinab.

Als die Nacht zu Ende ging, wurde es auf den Straßen von Montefoglia ruhiger. Sie kamen nur an zwei kleinen Gruppen aufgeregter Männer mit Fackeln vorbei, die jedoch einen so weiten Bogen um Thurs kleine Kavalkade machten, wie es die engen Straßen zuließen. Thur war zu müde, um etwas anderes zu tun, als sie zu ignorieren. Ohne daß jemand sie ansprach, gelangten sie zur eingeschlagenen Eichenholztür von Fiamettas Haus. Die Wände standen immer noch, und das Ziegeldach war nicht eingestürzt. Das war schön, wenn auch unerwartet.

Thur half Fiametta vom Pferd. Sie torkelte ins Haus. Mit tauben Fingern löste Thur die Knoten des Seils und band den Kistendeckel los. Inzwischen war Tico mit einer Laterne gekommen und führte den Schimmel um das Haus herum zu dem hohen Tor, das in den Garten führte.

Zusammen banden sie ihn an einer Stelle fest, wo er nicht an die Beete mit Frühlingszwiebeln, Salat und anderem Küchengemüse gelangte. Tico brachte dem Tier einen Eimer Wasser, das es durstig trank. Es bedankte sich bei dem Jungen, indem es ihn beschnupperte und besabberte. Doch Ticos Jacke war schon so schmutzig und rußig, daß der Pferdegeifer kaum noch auffiel.

»Am Morgen müssen wir Futter suchen«, erklärte Tico im Ton eines Fachmanns. »Das bißchen Gras reicht nicht.«

»Nicht bei seinem Appetit. Ich werde dir morgen auch helfen, deine Maultiere zu suchen.«

Tico nickte zufrieden, und sie sperrten das Gartentor ab. Tico half Thur, Meister Beneforte ins Haus zu tragen und im Vorderzimmer neben Uri niederzulegen. Man hatte den Leichnam des Schweizers schon zuvor in diesen ruhigeren Raum gebracht.

»Sie sollten bald beerdigt werden«, sagte Thur. »Und zwar so, wie es sich geziemt.«

»Nach allem, was wir gehört haben, wird es morgen in Montefoglia eine Menge Beerdigungen geben«, sagte Tico.

»Diese beiden werden als erste bestattet«, erwiderte Thur. »Dafür werde ich sorgen.«

»Ruberta hat für uns in der Eingangshalle Bettzeug ausgebreitet«, sagte Tico. »Sie meint, wir könnten auf diese Weise die Tür bewachen, bis sie repariert ist.«

Über Thurs Lippen zuckte ein Lächeln. »Ich glaube nicht, daß jemand dieses Haus heimsuchen wird.« *Bettzeug.* Was für ein wunderschönes Wort. Thur hätte fast weinen können, daß jemand so barmherzig war, für ihn Bettzeug herzurichten.

Tico zog sich in sein Bett zurück, bevor es völlig ausgekühlt war, doch Thur ging noch ein letztes Mal in den Hof. Dort schien ein Licht, eine Kerze oder Laterne – beides, wie er sah, als er den Hof betrat. Fiametta hatte neben der leeren Gußgrube einen Kerzenstummel in den Boden gesteckt und hielt eine Laterne hoch, um die Schäden näher zu untersuchen.

Der Hof sah aus wie ein Abfallhaufen. Der ausgebrannte Schmelzofen, die leere Grube, zerbrochene Möbel, verstreutes Werkzeug. Auf einer Seite war der Mittelteil der Galerie verschwunden, die Wand darüber war vom Rauch geschwärzt, in den Ecke hingen verkohlte Balken gefährlich locker in der Luft.

»Sie haben also das Feuer gelöscht«, bemerkte Thur befriedigt.

»Ja«, sagte Fiametta. »Ruberta, Tico und die Nachbarn. Ich wußte nicht … daß ich solche Freunde habe.« Sie setzte sich schwer mit ihrem durchnäßten Samtgewand auf die mit Asche übersäten Steinplatten. »O Thur! Mein armes Haus ist ein Trümmerfeld!«

»Nun, nun.« Vorsichtig ließ er sich neben ihr nieder und streichelte ihre zitternden Schultern. »Vielleicht sieht es am Morgen nicht so schlimm aus. Ich werde dir helfen, alles wieder herzurichten. Die Galerie ist der leichteste Teil. Weißt du, im Bergwerk habe ich beim Stützbalkenbau geholfen. Ich kann dir eine Galerie bauen, die *niemals* herabstürzen wird.«

Mit zitternden Lippen stieß sie den Atem aus. Thur wußte nicht, ob es ein Lachen oder ein Seufzen sein sollte. »Gibt es etwas, das du nicht kannst?«

»Ich weiß es nicht.« Thur dachte nach. »Ich habe noch nicht alles probiert.«

Sie zog amüsiert die Augenbrauen hoch. »Willst du alles versuchen?«

Er holte Luft, um sich Mut zu machen. »Ich würde gerne versuchen, dein Ehemann zu sein.«

Sie blinzelte schnell und rieb sich mit einer rußverschmierten Hand die Augen. »Ich wäre eine schlechte Ehefrau. Meine Zunge ist zu scharf. Das sagen alle. Du würdest unter dem Pantoffel stehen.«

Thur runzelte die Stirn. »War das ein Ja oder ein Nein? Komm, wo wirst du sonst einen Kerl finden, der so mutig ist, ein Mädchen zu heiraten, das ihn mit einem Wort in Brand stecken kann?«

»Das würde ich nie tun!« Sie straffte den Rücken.

»Aber es stimmt, ich rede eine Menge – hat Papa gesagt – und ich bin nicht sehr geduldig.«

»Ich bin sehr geduldig«, brachte Thur vor. »Ich bin geduldig genug für uns beide.«

»Als die Bronze festbuk, warst du nicht sehr geduldig.« Ihr Mundwinkel zuckten.

»Nun ja ... das war vielleicht nicht richtig. Ich brauchte es aber, um gute Arbeit zu leisten.« Jetzt müßte er beredsam sein. Er sollte nicht versuchen, solche Dinge zu sagen, wenn er so verdammt müde war, daß er nicht einmal richtig sehen konnte. Er blickte auf und war überrascht: Der Himmel, den das schattige schwarze Viereck des Ziegeldachs umrahmte, hatte eine orangene Färbung. Stand die Stadt in Flammen? »Warum hat der Himmel so eine seltsame Farbe?«

Fiametta blickte auch empor. »Das ist die Morgendämmerung«, antwortete sie nach einer Weile. »Die Wolken reißen auf.«

Und so war es. Ein aprikosenfarbenes Leuchten säumte schieferblaue Wolkenmassen. »Ach so.« Thur kam es vor, als bestünde sein Gehirn aus Haferbrei.

Fiametta kicherte und schniefte. *Sie* sollte jetzt eigentlich in einem Bett stecken – und auch in einem trockenen Gewand. Er zog sie auf seinen Schoß und umarmte sie, um sie zu wärmen. Sie wehrte sich nicht. Tatsächlich schlang sie sogar ihre Arme um seinen Hals. Und so saßen sie eine Zeitlang, während der Himmel heller wurde.

»Es sieht schlimmer aus«, bemerkte Fiametta mit schläfriger Stimme.

»Was?« Thur erwachte mit einem Ruck.

»Es sieht schlimmer aus. Am Morgen.«

Er starrte über das Rattennest ihrer Haare auf das Trümmerfeld des Hofes. »Tja.«

Fiametta verzog die Nase. »Ja.«

»Was ja?« fragte Thur, nachdem er nach einer Minute Pause zu dem Schluß gekommen war, daß er keine Ahnung mehr hatte, worüber sie redeten.

»Ja. Ich möchte dich auch heiraten.«

»Oh, gut!« Er blinzelte und umarmte sie noch fester.

»Ich glaube, es kommt daher, weil du verstehst, was es heißt, vorzügliche Arbeit zu leisten. Was es kostet.«

»Was kommt daher?«

»Daß ich dich liebe.«

Ein langsames Grinsen stahl sich auf sein von Erschöpfung gezeichnetes Gesicht. »Natürlich. Darum liebe ich *dich*.«

EPILOG

Das helle Licht des Mittsommermorgens schien durch die Fenster des Lichtgadens der Kathedrale von Montefoglia. Wie es der Absicht des Baumeisters entsprach, fiel ein Strahl davon genau auf den Altar. Der Granat des Löwenrings fing dieses Licht auf, als Fiametta ihn Thur an den Finger steckte. Der Edelstein funkelte wie ein Rubin, wie ein Stern. Unter Fiamettas Hand schien die goldene Löwenmaske zu schnurren, wie eine äußerst zufriedene, mit Sahne gefütterte große Katze. *Thur spürt es auch,* dachte Fiametta, denn er lächelte selbst wie eine große, mit Sahne gefütterte Katze. Er umarmte sie so sehr, daß er ihr fast die Rippen quetschte, bis Bischof Monreale sich räusperte. Sie verstanden den Wink und wandten sich ihm Hand in Hand gehorsam zu, um den Schlußsegen zu empfangen. Fiametta wußte nicht zu entscheiden, was besser zu Monreale paßte: die einfache graue Mönchskutte oder, wie jetzt, das prächtige liturgische Gewand mit dem wallenden Mantel aus roter Seide und der hohen Bischofsmitra. Wahrscheinlich stand ihm beides gleichermaßen. Es waren nicht die Kleider, die Monreale machten, und so paßten seine Gewänder immer zu ihm.

Thur machten die Kleider auch nicht, dachte Fiametta, eher offenbarten sie ihn. Sie warf ihm immer wieder aus den Augenwinkeln kleine zufriedene Blicke zu, selbst als sie den Kopf neigte. Er hatte sie erst heute morgen seine Hochzeitskleidung sehen lassen, es war eine Verschwörung zwischen ihm, Ruberta und dem Schneider gewesen. Fiametta und Thur hatten sparsamerweise die Bahn Seide, die sie gekauft hatten, unter sich aufgeteilt, und so paßte seine grüne Jacke zu ihrem Obergewand. Und der findige Schneider hatte noch genügend Stoff für richtige Falten herausgeholt. Thurs aufrechte Haltung ließ die bescheidene Zierborte an Saum und Ärmeln eher maßvoll als gewöhnlich wirken. Und mancher dünnbeinige reiche Herr mochte Thur um die Waden beneiden, die höchst vollkommen die weißseidenen Hosenbeine füllten. Die Schuhe waren blank und neu, und niemand brauchte zu wissen, daß er nur noch ein weiteres Paar Stiefel besaß. Auf seinem hellblonden Haar saß ein schöner großer Hut aus dunkelgrünem Tuch mit einer Spange aus vergoldetem Kupfer, die Fiametta selbst entworfen hatte. *Verzehrt euch vor Gram, ihr Damen von Montefoglia – er gehört mir!*

Fiametta hatte ihren eigenen Ehering – diesmal ohne Zaubersprüche – mit der Maske einer Löwin gegossen. Ihre winzigen goldenen Zähne umschlossen ein grünfacettiertes Stück, das sie dem Auge ihres silbernen Schlangengürtels entnommen hatte; die Juwelen waren geprüft worden und hatten sich als echte Smaragde erwiesen. Die keusche Schlange mußte einfach eine Weile ein Auge zudrücken, bis Fiametta sich einen anderen Stein als Ersatz leisten konnte. Fiametta drehte ihre Hand ein wenig, um das Grün funkeln zu lassen, und sie lächelte still vor sich hin.

Sie wandten sich vom Altar ab und bekamen Küsse, Umarmungen und herzliche Glückwünsche von den Zeugen, von jedem nach seiner Art: Lorenzetti, der Notar, schüttelte die Hände, Tico gab Fiametta einen flüchtigen Kuß auf die Wange, Ruberta umarmte alle und trocknete ihre Augen. Thurs Mutter ergriff Fiamettas Hände und schenkte ihr ein warmes Lächeln, auch wenn in ihren tränenfeuchten Augen noch eine Spur prüfenden Zweifels aufschimmerte. Die Zeit würde diese Zweifel zerstreuen, hatte Monreale Fiametta unter vier Augen beruhigt. Voll ernstlicher Hoffnung, daß es so käme, erwiderte Fiametta das Lächeln ihrer Schwiegermutter.

Auf der ersten Reise mit seinen Maultieren hatte Tico Frau Ochs persönlich von Bruinwald nach Montefoglia begleitet. Ihm war es schließlich gelungen, bis auf zwei, alle verlorengegangenen Tiere wiederzubekommen. Seine Überredungsgabe und seine guten Dienste hatten viel dazu beigetragen, daß die alte Frau ihre vertraute Hütte verließ und sich auf dieses Abenteuer einließ, erfüllt von Kummer und Freude, da sie das Grab des einen Sohnes und die Hochzeit des anderen besuchen würde. Thur und Fiametta hatten die alte Frau sehnlichst erwartet, da sie den Tag nach ihrer Ankunft als Hochzeitstermin bestimmt hatten. Sie schien eine ruhige Frau zu sein, voller Zärtlichkeit für Thur. Vielleicht lag darin genügend Gemeinsamkeit, auf der ihre Bekanntschaft mit der frischgebackenen Schwiegertochter aufbauen konnte. Sie war sichtlich begeistert von Thurs neuen Kleidern.

Bevor sie die Kathedrale verließen, traten sie in eine der Seitenkapellen. Dieser heilige Raum hatte vor mehr als einem Jahr ein edles Geschenk aus den Händen von Meister Beneforte erhalten: ein schön gemeißeltes Marmorkruzifix mit einem weißen Christus auf einem Kreuz aus schwarzem Marmor, das jetzt mit eisernen Klammern an der Wand befestigt war. Im Austausch dafür hatte das Domkapitel ihm seine demütige Bitte gewährt: Platz für einen steinernen Sarkophag zu Füßen des Erlösers. Fiametta glaubte nicht, daß es sich dabei um eine düstere Vorahnung gehandelt hatte, denn Meister Beneforte hatte damals noch keinen Sarkophag bestellt. Die Steinmetze, die sie beauftragt hatte, hatten erst vor einer Woche das Grab aufgestellt, immerhin rechtzeitig, damit sie jetzt am Grab ihres Vaters niederknien und ihre Hochzeitsblumen darauf niederlegen konnte. »Ruhe in Frieden, Papa«, flüsterte sie.

Zu ihrem immerwährenden Bedauern hatte sie die Totenmaske ihrer Mutter nicht mehr gefunden. Sie war nirgendwo aufgetaucht, als Fiametta das Durcheinander ihres Hauses geduldig geordnet hatte, und auch Umfragen unter den Nachbarn, die Teile der ihnen geraubten Besitztümer wiedererlangt hatten, hatten kein Ergebnis gebracht. Selbst Thurs eigentümliches Talent war diesmal keine Hilfe, obwohl er stundenlang umhergegangen war und mit einem konzentriert-geistesabwesenden Gesicht Montefoglia durchstreift hatte. Die Bronzemaske mußte aus der Stadt davongeschafft worden sein.

Ich bin eine Zauberin. Wenn ich wirklich suche, muß ich dich schließlich finden, Mama, schwor Fiametta stumm. *Eines Tages. Eines Tages.*

Als sie sich erhob, entdeckte sie Abt Monreale, der hinter ihr stand und auf den Christus schaute. Seine Meditation galt mehr der Kunst als dem Glauben, denn er sagte: »Es ist sehr schön. Die Proportionen sind seltsam, doch sie fesseln das Auge und den Geist.«

»Er hat kein Modell benutzt. Es stammt von einer Vision, so hat Papa mir erzählt, die er hatte, als er in Rom einmal im Gefängnis saß, wegen … hm … falscher Beschuldigungen, wie er sagte.«

»Ja, ich habe diese Geschichte von ihm gehört. Zumindest die Vision war wahr«, sagte Monreale nachdenklich. »Nun, er ruht jetzt unter besseren Augen als den meinen. Es ist gut für ihn, einen solchen Beschützer zu haben. – Da ich gerade von Beschützern spreche«, er wandte sich Fiametta zu, »ich habe ein Hochzeitsgeschenk für dich.« Aus seinem Gewand zog er ein gefaltetes Stück Pergament und reichte es ihr.

Sie entfaltete es hastig, las es und sprang zweimal in die Luft. »*Wunderbar!* Meine Zulassung zur Zunft! Jetzt kann ich Zauber herstellen und verkaufen sowie auch Kleinigkeiten aus Metall!«

»Nur solche, die überprüft wurden und für die Stufe deiner Lizenz erlaubt sind«, warnte er. »Du bist offiziell als mein Lehrling eingetragen, und somit bin ich teilweise verantwortlich für die Folgen deiner Handlungen. Ich werde dich nicht täglich überwachen können wie ein gewöhnlicher Meister, aber du darfst sicher sein, daß ich deine Werkstatt oft inspizieren werde.« Zur Unterstreichung seiner Wort bemühte er sich um einen strengen Blick. »Ich werde keine weiteren Beneforte-Tricks dulden, wie sie mir dein Papa gespielt hat!«

»Nein, Herr!« Fiametta tanzte und umarmte Thur. »Jetzt sind wir wirklich im Geschäft!« Er grinste und spiegelte ihre helle Freude.

Monreale dämpfte seine Stimme, so daß nur sie ihn hören konnte. »Ich meine das sehr ernst, Fiametta. Bei den Verhandlungen mit dem Rat der Inquisition über den Fall des verstorbenen und verfluchten Vitelli mußte ich mit äußerster Vorsicht vorgehen, um dich da herauszuhalten. Nach allen offiziellen Berichten trat Uris Geist von selbst in die gegossene Figur ein, als zufällige Folge von Vitellis Machenschaften. Ich empfehle dir, die Aufmerksamkeit der Inquisitoren kein zweitesmal auf dich zu lenken.«

»Er tat es von selbst«, argumentierte Fiametta mit leiser Stimme. »Ich habe ihn nicht gezwungen, ich habe ihm nur als Kanal gedient.«

»Ich habe mich bemüht, den Scharfsinn der Inquisitoren nicht mit dieser subtilen Unterscheidung herauszufordern. Betrachte die Sache als besiegelt unter meiner Autorität als deinem Meister und erörtere sie mit niemandem ohne meine Erlaubnis. Ja?«

Fiametta lächelte. »Ja – Meister.«

Monreale nickte mit grimmiger Befriedigung. Dann erteilte er allen seinen Segen und entschuldigte sich. Er mußte sich um die Diözese kümmern, und um die Kanzleigeschäfte, die ihm zugefallen waren, als Herzogin Letizia in ihrer ungewohnten Rolle als Regentin für den kleinen Herzog Ascanio ihn zu ihrem engsten Berater ernannt hatte.

Die Hochzeitsgesellschaft trat in das herrliche Morgenlicht hinaus, das auf die Stufen der Kathedrale fiel. Ruberta und Lorenzetti machten sich zu Fuß auf den Rückweg zum Haus, um das Decken der Tische und das Anzapfen des Weinfasses zu beaufsichtigen, bevor all die Nachbarn, die beim Löschen des Hauses geholfen hatten, zum Fest eintrafen. »Ich traue dieser Lohnköchin nicht bei meinen Pasteten«, schnaubte Ruberta. Die Kobolde hatte man nicht eingeladen; tatsächlich hatte Fiametta seit jener wilden Nacht der Zauberei und des Metallgusses keinen einzigen der scheuen Gnome wiedergesehen. Doch die Schale mit Ziegenmilch, die sie jeden Abend im Rübenkeller auf den Boden stellte, war am nächsten Morgen immer leer.

Thur half seiner Mutter auf ein weißes Maultier, das er sich von Tico ausgeliehen hatte, und Fiametta auf ihren Schimmel. Fiametta selbst hatte den gestrigen Nachmittag damit zugebracht, beide Tiere zu waschen und zu striegeln, bis kein Dungfleck mehr an ihnen zurückblieb. Über Nacht hatte sie sie in alte Laken gehüllt, um das Ergebnis ihrer Mühen zu schützen. Die Hufe beider Tiere waren mit Schuhwichse geschwärzt worden, in ihre Mähnen und Schwänze waren goldene Bänder geflochten. Der krumme Rücken des Schimmels war mit genügend Polstern und Blumen bedeckt, so daß er fast normal aussah, und Fiametta zog glücklich ihren Oberrock aus grünem Brokat und ihren cremeweißen Unterrock über der Satteldecke zurecht. Als wollte es auf all diese Aufmerksamkeit antworten, wölbte das alte Pferd seinen Hals und schritt stattlich aus. Thur ging zwischen den beiden reitenden Frauen.

Sie folgten den gewundenen Straßen und stiegen den Hügel zur Burg von Montefoglia empor.

Die Zinnen schienen zu glühen, sonnenbeschienen und offen, und waren nicht mehr die nächtlich-düsteren Steinhaufen, als die sie in der regendurchpeitschten Dunkelheit jener schrecklichen Nacht vor sechs Wochen erschienen waren. Erst vor sechs Wochen? Es schien in einer vergangenen Welt gewesen zu sein. Als an den Grenzfurten die Nachricht vom Tod ihres Führers und seines finsteren Beraters eingetroffen war, hatte das Heer von Losimo kehrtgemacht und war in die eigene Hauptstadt zurückmarschiert. Ein Cousin von Ferrante, den die päpstliche Kurie zum Erben bestimmt hatte, bemühte sich im Augenblick dort um die politische Herrschaft und war durchaus nicht in der Stimmung, sich bei seinen neuen Nachbarn Schwierigkeiten einzuhandeln.

Das Klappern der Hufe hallte von den Steinmauern wider, als die Frauen durch das von den Türmen flankierte Tor in einen Burghof voller Geschäftigkeit und Lärm einritten. Schmiede waren dabei, das Fallgitter zu reparieren, ihre Arbeiter schürten eine tragbare Schmiedeesse an. Don Pio, gekleidet in Sommerleinen und ein Hemd aus ägyptischer Baumwolle, führte auf einen Rohrstock gestützt die Aufsicht. Unter der hingebungsvollen Pflege seiner Frau hatte er sich gut erholt, und doch erschien er jetzt zerbrechlicher, denn das Grau in seinen Haaren hatte zugenommen und an Körperumfang hatte er etwas verloren. Abgesehen von einer gewissen uncharakteristischen Zögerlichkeit hatte sich sein Geisteszustand stark verbessert im Vergleich zu der überspannten Verrücktheit in jenen Tagen des Wahnsinns, der Magie und des Mordes. Er erkannte Fiametta und winkte ihr freundlich zu. Fiametta winkte zurück, während sie versuchte, sehr beschäftigt auszusehen, weil er sonst herübergekommen wäre und Thur aufs neue in weitere Gespräche über seine Vorschläge bezüglich Versuche mit nachgebauten Fledermausflügeln verwickelt hätte.

Den bronzenen Perseus/Uri hatte man direkt vor der Marmortreppe auf seinen Steinsockel gehoben. Und so bewachte Herzog Sandrinos Hauptmann sein Haus für alle Zeit. Fiametta biß sich immer noch enttäuscht in die Lippe, weil die Herzogin beschlossen hatte, di Rimini mit der Vollendung zu betrauen und nicht Fiametta. Sie hoffte, daß Papa jetzt wirklich weit weg von diesem Jammertal war; selbst sein Geist wäre bei dem Gedanken erbleicht, daß sein größtes Werk in die Hand seines Rivalen gefallen war, obwohl er wahrscheinlich genauso erschrocken wäre, wenn er es in den Händen seiner Tochter gewußt hätte. Nun ... di Rimini schien seine Sache soweit ganz gut gemacht zu haben. Zumindest war die Statue noch nicht umgestürzt.

Man konnte nur einfach so weitermachen. Die Herzogin war in den ungewissen Tagen ihres neuen Witwenstandes sparsam und hatte beschlossen, nicht den Körper der Medusa gießen zu lassen, der zu Perseus' Füßen hätte liegen und die Szene vervollständigen sollen, sondern die Statue so aufzustellen, wie sie war. Das verhinderte, daß diese Aufgabe an di Rimini ging, gab ihr allerdings auch den Vorwand, die Bezahlung, die Papa von Herzog Sandrino zu erhalten gehofft hatte, auf die volle Hälfte zu reduzieren.

Thur las diese Gedanken von Fiamettas Gesicht; sie hatte sie oft und lebhaft genug vor ihm ausgesprochen. Er hob sie vor der Statue vom Pferd herab, küßte sie auf die Stirn und flüsterte: »Unser täglich Brot, mein Schatz.«

Sie nickte und seufzte resigniert. Die halbe Zahlung und die Restsumme, die noch für den Salznapf ausgestanden hatte, hatten wenigstens alle Schulden ihres Vaters getilgt. Nachdem sie neues Werkzeug für die Werkstatt gekauft und genügend beiseite gelegt hatten, um weiterleben zu können, bis sich ihr Geschäft etabliert hatte, hatte Thur weiter gespart, indem er die Reparaturen an dem verwüsteten Haus selbst durchführte. Seine neue Galerie sah so stabil aus, daß sogar die Elefanten des Sultans darauf hätten tanzen können.

Neue Möbel und schöne Kleider konnten warten. Thur hatte Fiamettas Zunge abgekühlt, indem er darauf hinwies, daß Gott nur das tägliche Brot versprochen hatte, jedoch keine Bäckerei. Und tatsächlich hatte die Herzogin Fiametta bald einen Auftrag für einigen Silber- und Perlenschmuck für Donna Giulia gegeben. Und dort, wo die Herzogin einkaufte, würden sich bald auch alle noblen Damen von Montefoglia zeigen.

Sie legten den Armvoll Blumen, den sie mitgebracht hatten, zu Füßen des bronzenen Uri nieder, und Fiametta trat respektvoll zurück, um Thurs Mutter ein letztes, unerwartetes Mal einen Blick auf die Züge ihres verstorbenen Sohns richten zu lassen. Würde sie die schöne fließende Form, die dramatische Pose, die Vollkommenheit des Gusses zu schätzen wissen? Würde dieses Monument, das seinem Andenken und seinem Mut gewidmet war, ihr gefallen?

»Thur«, sagte die alte Dame mit gepreßter Stimme, »er ist ja *nackt*.« Entsetzt legte sie die Hand an die Lippen.

»Nun ja, Mama«, sagte Thur besänftigend ruhig. »So machen die Italiener ihre Statuen. Vielleicht wegen des heißen Klimas.«

»Du meine Güte!«

Thur kratzte sich am Kopf. Er blickte drein, als überlegte er, ob er auf den Sockel springen und an einer bestimmten kritischen Stelle einen Blumenstrauß anbringen sollte, um sie zu trösten.

Doch sie überwand ihren Schrecken so weit, daß sie mit zitternder Stimme höflich sagte: »Sie ist … sie ist sehr schön, ganz bestimmt.« *Aber er ist nackt!,* konnte Fiametta sie fast in Gedanken jammern hören.

Fiametta, die nicht wußte, ob sie lächeln oder brummen sollte, biß sich in die Finger und sagte nichts. Sie hob die Augen zu dem bronzenen Gesicht unter dem Flügelhelm, zu den metallenen Lippen, die sich in den Mundwinkeln leicht kräuselten, und sie wußte:

Uri hätte gelacht.

NACHWORT DER AUTORIN

Für den neugierigen Buchliebhaber möchte ich gern noch eine Bemerkung über die hauptsächlichen historischen Quellen zu *Der Geisterring* anfügen.

Dieser Roman begann mit einem Buch – mit drei Büchern, um genau zu sein, die alle Beziehungen zu meiner Familie hatten und jahrelang nebeneinander auf meinem Bücherbord standen. Der erste Sproß aus meinem Stammbaum und sicherlich das seltenste unter den Büchern, die mich inspiriert hatten, war eine anspruchsvolle Monographie mit dem Titel *The Grateful Dead, The History of a Folk Story* (Die dankbaren Toten, Die Geschichte einer Volkssage), 1907 erschienen und verfaßt von meinem Großonkel Gordon Hall Gerould, B. Litt. (Oxon.), Dozent für Englisch an der Universität von Princeton. Auf 174 engbeschriebenen Seiten verfolgte Onkel Gordon durch etwa 20 Länder und 20 Jahrhunderte die Geschichte einer sehr alten Volkssage mit diesem Motiv. Ihr Inhalt ist kurzgefaßt folgender: Ein junger Mann zieht aus, um sein Glück zu suchen, und gerät in eine heftige Auseinandersetzung, bei der die Leiche eines Schuldners unbestattet bleibt, bis dessen Schulden gezahlt sind. Unser Held holt sein Reisegeld heraus (dessen Höhe je nach den Versionen erheblich variiert, aber immer seine gesamten Geldmittel darstellt) und läßt den Schuldner begraben. Er setzt seinen Weg fort und gerät in weitere Abenteuer, in deren Verlauf er übernatürliche Hilfe vom dankbaren Geist des Toten erhält, als Belohnung für seine fromme Tat.

Aus der großen Vielfalt von Versionen, die in die Monographie eingestreut waren wie Rosinen in einen Kuchen und danach riefen, wieder mit Leben erfüllt zu werden, war ersichtlich, daß es sich hier um ein universales Thema von großer Gewalt handelte.

Dazu kommen zwei weitere Bücher, die ich von meinem Vater, einem Ingenieur, geerbt hatte. *De Re Metallica* (Über Metalle) von Agricola ist eine Abhandlung in lateinischer Sprache aus dem 16. Jahrhundert über Bergbau und Metallurgie, ins Englische übersetzt von Herbert und Lou Henry Hoover. (Ja, von Herbert Hoover, dem seinerzeitigen Präsidenten der USA. Bevor er Politiker wurde, war er Bergbauingenieur. Seine Frau war Altphilologin.) Agricola inspirierte mich zum männlichen Helden von *Der Geisterring*, dem zurückhaltenden Schweizer Bergwerkssohn Thur Ochs. Die Kobolde entsprangen einer Fußnote in diesem Buch. Und *Die Lebensbeschreibung des Benvenuto Cellini* lieferte mir natürlich die Vorlage für Prospero Beneforte und außerdem eine Menge mehr. Agricola ist nicht leicht zu lesen, aber ich kann Cellinis Lektüre jedermann sehr empfehlen. Darin wird der Leser den goldenen Salznapf wiederentdecken, den bronzenen Perseus, den verrückten Kastellan, die Vision im Verlies der Engelsburg und tausend weitere ergötzliche oder erschröckliche Einzelheiten aus jener Zeit, wie auch dieses wunderbar prätentiös-geltungsbedürftige Monstrum Cellini selbst.

Danach las ich noch ein paar Dutzend weiterer Sachbücher zu diesem Themenkreis (Lorenzo de' Medicis *Geisterring* ist zum Beispiel in dem üppig illustrierten Band *Europa 1492* von Franco Cardini zu finden), aber aus den drei erwähnten ist dieses Buch entsprossen.

Cellini hinterläßt keine Aufzeichnung darüber, daß er jemals eine Tochter gehabt hätte. Fiametta ist meine eigene Schöpfung.

NACHWORT DES ÜBERSETZERS

Kein Geringerer als Johann Wolfgang von Goethe hat die selbstbewußte Lebensbeschreibung des berühmten Renaissance-Bildhauers und -Graveurs, die zwischen 1558 und 1566 entstand und 1728 veröffentlicht wurde, ins Deutsche übersetzt, und zwar unter dem schönen Titel *Leben des Benvenuto Cellini Florentinischen Goldschmieds und Bildhauers von ihm selbst geschrieben*. Da diese Übersetzung nach dem 2. Weltkrieg mehrfach neu herausgebracht wurde (u. a. 1957 und 1965), dürfte sie dem interessierten Leser zumindest in guten Bibliotheken zugänglich sein. (Eine weitere Übersetzung von A. Semerau erschien 1925 unter dem Titel *Benvenuto Cellinis Lebensgeschichte von ihm selbst erzählt*.)

Cellini behauptet, er habe seine Lebensgeschichte ursprünglich während der Arbeit einem Gesellen erzählt, und so handelt es sich bei diesem Bericht um keine trockene wissenschaftliche Biographie, sondern um die plastische Selbstdarstellung eines typischen Renaissancemenschen. Das Selbstporträt seines Lebens mit künstlerischer Arbeit für Könige, Päpste und Adlige, aber auch mit einer Vorliebe für Raufereien und mit abenteuerlichen Fluchten aus Verliesen findet einen passenden Widerhall in Lois McMaster Bujolds Geschichte von Prospero Beneforte und seiner Tochter, obwohl Meister Beneforte etwa fünfzig Jahre früher geboren sein dürfte als Cellini. Und Cellini ist nie nach Montefoglia gekommen – dieses Herzogtum entsprang (ebenso wie die Herrschaft von Losimo und das Kloster von San Girolamo) der Phantasie der Autorin. Wer jedoch einmal den Gardasee besucht, kann in der herrlichen Landschaft wandern, in der Fiametta Beneforte und Thur Ochs einträchtig viele Jahrzehnte zusammenlebten. Und wenn sie nicht gestorben sind …

Michael Morgental